Adolf Schlatter

Die Briefe an die Galater, Epheser, Kolosser und Philemon

Adolf Schlatter

Erläuterungen zum Neuen Testament

Band 7

ADOLF SCHLATTER

Die Briefe an die Galater, Epheser, Kolosser und Philemon

Ausgelegt für Bibelleser

Calwer Verlag Stuttgart

CIP-Kurztitelaufnahme der Deutschen Bibliothek

Schlatter, Adolf:
Erläuterungen zum Neuen Testament / Adolf Schlatter.
Stuttgart : Calwer Verlag

Bd. 7. Die Briefe an die Galater, Epheser, Kolosser
und Philemon : ausgelegt für Bibelleser.
44. – 45. Tsd. – 1986.
ISBN 3-7668-0190-2

ISBN 3-7668-0190-2

44. bis 45. Tausend der Gesamtauflage 1986

Druck: Gutmann + Co., Heilbronn

Der Brief an die Galater

Kapitel 1,1-10

Paulus verwirft die Rückkehr zum Gesetz

1,1.2: *Paulus, ein Apostel nicht von Menschen, auch nicht durch einen Menschen, sondern durch Jesus Christus und Gott den Vater, der ihn aus den Toten auferweckt hat, und alle Brüder, die bei mir sind, an die Gemeinden Galatiens* (Apg. 16,6; 18,23; 1. Kor. 16,1). Den galatischen Gemeinden hält Paulus besonders ernst den göttlichen Ursprung seiner Sendung vor. Nicht Menschen sind ihre Urheber, so daß sein Botenamt auf dem Willen und dem Urteil der Menschen beruhte und er in ihrem Dienste spräche; ein Mensch war nicht einmal das dienende Werkzeug, durch das ihm Gott seinen Beruf übertrug. Auch wenn sein Auftrag von Gott stammte, könnte er ihm durch die Vermittlung von Menschen übertragen sein, wie die Gemeinden oft zu Vereinbarungen mit anderen Gemeinden oder zum Missionswerk von ihnen ernannte „Boten" aussandten. Am Apostelamt des Paulus ist aber der Mensch in keiner Weise beteiligt; es ist ausschließlich Gottes und Jesu Werk.

Daß wir durch Menschen werden, was wir sind, ist die natürliche Regel, nach der sich unser Leben gestaltet. Wir sind nichts ohne die menschliche Gemeinschaft. Auch was wir an göttlichen Gaben besitzen, bildet ein Gemeingut, das durch den Dienst von Menschen zu uns gelangt. Paulus verachtet die natürliche Einrichtung des Lebens nicht; er stellt seinen Weg nicht als die allgemeine Regel hin. Seine Gemeinden haben das Evangelium nicht ohne Mitwirkung eines Menschen, sondern durch ihn empfangen, dürfen es aber deshalb nicht geringschätzen. Es bleibt auch so Gottes Wort und Kraft. Aber ihn selbst hat Gott nicht auf diesem Weg der Natur berufen.

Paulus ist als Apostel ein Wunder Gottes. Was Gott an ihm getan hat, ließ alle natürlichen Vermittlungen hinter sich zurück. Sein Christenleben ist ein neuer Anfang, unmittelbar von Gott gesetzt. Das Wunder in seiner Berufung hält er als das Siegel seiner göttlichen Sendung denen vor, die ihn fragen: „Aus was für einer Vollmacht handelst du?"

Nicht von Menschen, auch nicht durch einen Menschen – darin liegt vor allem: nicht durch mich selbst. Wer sich aus der menschlichen Gemeinschaft löst, weil er sich selber gefällt und sich selbst erhöht, wer den Dienst der anderen verschmäht, weil er meint, nichts empfangen zu müssen, bereitet sich durch seine Überhebung den Fall. Paulus darf aber so reden, weil es für ihn die klarste Gewißheit ist, daß er nicht durch eigene Wahl Apostel geworden ist und nicht durch eigene Arbeit sein Wort hervorgebracht hat. Dieses ist nicht sein Gebilde, nicht das Produkt seines Denkens und seines Fleißes. Hat er es auch nicht aus eines Menschen Hand empfangen, empfangen hat er es doch. Alles, was Paulus hat, ist ihm von Jesus gegeben. Die Wahrheit, Erkenntnis und Vollmacht, die in ihm ist, ist das Werk Jesu in ihm. Von Jesus weiß er sich völlig abhängig. Er sieht sich als eine Schöpfung Jesu an, und darum ist er eine Schöpfung Gottes. Denn was Jesus tat, tat nicht der Mensch. Das Werk Jesu ist mit dem Werk des Vaters eins; es entsteht durch seinen Willen und wird durch seine Kraft vollführt. Paulus faßt mit völliger Sicherheit in Jesus die Hand Gottes. Weil er von Jesus und von Gott zum Apostel bestellt ist, ist er es auch für Jesus und für Gott. Von dem, der den Auftrag gibt, hängt auch der Inhalt und Zweck des Auftrags ab. Paulus überbringt der Menschheit die Berufung zu Jesus und zu Gott. Darum fügt er bei, daß Gott Jesus auferweckt hat. Er erinnert damit nicht nur an die besondere Weise seiner Berufung, die erst durch den Auferstandenen geschehen ist, sondern bestimmt damit auch den Inhalt und das Ziel seines Amts. Da er im Dienst des Auferstandenen steht, verschwinden für ihn alle Unterschiede, die sonst die Menschen trennen. Es kann ihm nicht darauf ankommen, ob einer ein Skythe, Grieche, Jude oder irgend etwas anderes sei, beschnitten oder unbeschnitten, verständig oder unverständig. Diese Unterschiede haben alle nur zeitlich und irdisch begrenzte Bedeutung. Der Auferstandene steht über allen, allen gleich fern, allen gleich nahe. Wie sollte sich seine Botschaft an die Kraft und das Werk des Menschen binden? Sie zielt auf himmlisches Wesen und ewiges Leben, auf Herrlichkeit der Auferstehung, uns bereitet in dem, der für uns auferstanden ist. Bote des Auferstandenen sein, das heißt die göttliche Gnade verkündigen und ihre Gabe dem Glaubenden darbieten.

Paulus schreibt zugleich im Namen aller Brüder, die ihm bei seiner Arbeit halfen. Dadurch, daß ein Wunder Gottes ihn zu seinem Boten machte, ist er nicht von der Gemeinde getrennt, vielmehr in sie hineingestellt und ihr mit seiner ganzen Arbeit verpflichtet. Mit dem ersten Wort hat Paulus sich von den Menschen abgesondert. Er hat niemand als seinen Lehrer vor sich, ist niemand unterstellt und niemand für seine Erkenntnis zu Dank verpflichtet. Aber das bedeutet nicht, daß er allein reden und regieren will. Vielmehr zieht er, nachdem er sich im Christus auf Gott allein gegründet hat, nun die Menschen zu sich heran und tritt unter sie als einer von ihnen, daß sie im Dienst Jesu mit ihm vereint reden und arbeiten. Diese sorgsame, absichtliche Pflege der Einheit und Gemeinsamkeit ist die andere Seite am Verhalten des Paulus, die wir mit seinem Wissen um eine besondere Berufung und Macht verbinden müssen, damit unser Bild des Apostels vollständig sei. Und wenn er nun zu den Gemeinden sagt, daß er um sie bekümmert ist, und ihnen zuruft: „Bleibt bei dem, was ihr empfangen habt!“, so haben sie dabei nicht zu vergessen, daß auch alle Brüder ebenso urteilen wie er selbst.

Den Namen „Galatien“ brachten große Scharen, die von den Donauländern her einwanderten, nach dem inneren Kleinasien. Die wechselnde Geschichte dieser Stämme können wir hier beiseite lassen; sie hilft zum Verständnis des Briefs nichts. Es läßt sich auch nicht sagen, was für Städte Paulus im einzelnen im Auge hat und wie weit er den Kreis der Gemeinden zieht, an die sein Brief gerichtet ist.[1] Dagegen zeigt schon die knappe Art der Überschrift, daß Paulus ein ernstes Wort mit den Gemeinden sprechen will. Er schreibt, weil ihnen jüdische Christen zum Anstoß geworden waren. Es waren jüdische Fromme zu ihnen gekommen, die das Gesetz rühm-

[1] Es ist wahrscheinlicher, daß der Brief in die Gegend ging, die Lukas „das galatische Land“ heißt (Apg. 16,6; 18,23), nicht zu den südlich gelegenen Gemeinden, die Paulus bei der ersten Missionsreise gegründet hatte.

ten, sich als Kinder Abrahams seligpriesen und die Christen aus den Heiden lockten, auch ihrerseits durch die Beschneidung Israel beizutreten und sich dem Gesetz zu unterwerfen. Ihr Rat machte Eindruck auf die Gemeinden; sie nahmen eine jüdische Haltung an. Solche Bewegungen kamen vermutlich in der ersten Zeit in vielen Gemeinden vor. Denn damals beherrschte das Gesetz allgewaltig das ganze fromme Streben und Denken der Judenschaft. Als Frucht der vielfältigen Bezeugung Gottes, die sie erlebt hatte, war es nach dem früheren Widerstreben endlich dahin gekommen, daß der Jude durchdrungen war von der Heiligkeit des Gesetzes, von der Wichtigkeit des Unterschieds zwischen Juden und Heiden und von dem unermeßlichen Vorzug Israels. Daran war durch das Kommen Jesu nichts geändert worden; Jesus brachte vielmehr dem Gesetz und den Propheten vollends die göttliche Bestätigung. Der Verheißene, von dem die Schrift geredet hatte, war gekommen; Gott hatte ihr Wort wahr gemacht und seinen Bund mit Israel aufs neue besiegelt. Niemand konnte weniger daran zweifeln, daß das Gesetz von Gott gegeben und Israel zum Volk Gottes ausgesondert war, als die Juden, die zum Glauben an Christus gekommen waren. Besaßen sie einen hellen Einblick in die Gnade Jesu und die lautere Aufrichtigkeit der Buße, so mischte sich der Gedanke an den Vorzug Israels nicht mit menschlichem Ruhm und aufgeblähter Eitelkeit, und dann war alles rein und recht. Wenn aber der Beruf und die Gabe Jesu nur mit mattem Blick und schwachem Verlangen ergriffen war, konnte es nicht ausbleiben, daß der Judenstolz ungebrochen durch Taufe und Bekehrung auch in die Christenheit hinüberging. Kamen nun solche Juden mit oder ohne geheime Nebenabsicht zu den in den heidnischen Landen zerstreuten Gemeinden, so wurden sie natürlich mit Freuden aufgenommen, besonders wenn sie von Jerusalem waren. Ihr Kommen war ein lebendiges Zeugnis für die Einheit und Verbundenheit der Kirche und brachte den Gemeinden neue Nachricht über die großen Geschichten, mit denen ihr ganzes Herz beschäftigt war, Bericht über die Apostel und über den Stand der ersten Christenheit. Allein solche Männer brachten nicht nur dies; sie trugen auch ihr jüdisches Selbstgefühl zur Schau und betonten, ein gläubiger Jude sei doch mehr als ein gläubiger Heide; seine Stellung vor Gott sei höher und sein Anteil am Himmelreich sicherer als der eines Heiden. Damit gaben sie dem glaubenden Heiden zu verstehen, daß er in der Kirche doch nur geduldet sei, weil er dem Gesetz Gottes nicht untertan und von dem Volk Gottes getrennt sei. So, wie wir Menschen sind, ist es begreiflich, daß die Heidenchristen hinter diesen Judenchristen nicht zurückstehen und nicht weniger fromm erscheinen wollten, daß auch sie nach so hohen Dingen strebten, nach so sicherer Versiegelung der Seligkeit und so vollkommener Heiligkeit. Es geschah auch in den griechischen Gemeinden vieles, was die Unentbehrlichkeit und Heilsamkeit des Gesetzes unwiderleglich zu beweisen schien. Sie sollten nach der Anleitung des Paulus als die Freien selbst ihren Weg finden und erlebten dabei oft genug, wie stark sich die verkehrten Begehrungen immer wieder zeigten und wie tief sündliche Vorgänge die Gemeinden verwirrten. War nicht allen Rückfällen in das Heidentum und aller eigenwilligen Unordnung dann am sichersten ein Riegel vorgeschoben, wenn das göttliche Gesetz auch die Christenheit mit derselben Macht regierte, die es in der Judenschaft besaß? Seither sind in der Kirche unzählige Dinge unter dem Titel Gottesdienst und Frömmigkeit geschehen, die noch ungleich finsterer, geistloser und mit dem Glauben an Jesus viel unvereinbarer gewesen sind als die jüdischen Neigungen der Galater. Die Galater waren durch den an sich wahren Gedanken gelockt, es sei das Gesetz Gottes, dem sie sich unterwerfen, und das Volk Gottes, dem sie beitreten.

Diesen Bewegungen widerstand die Erinnerung an Paulus und an seinen Unterricht. Es wurde ohne Zweifel viel in den Gemeinden über Paulus verhandelt. Seine Lebensgeschichte wurde durchgesprochen, sein Apostelberuf erörtert. Den jüdischen Männern lag es daran, die Gemeinden von ihm zu trennen. Sie setzten ihn unter die ersten Apostel als deren Schüler herab und redeten den Gemeinden ein, an der Meinung des Paulus liege nichts, da ihm keine selbständige Stimme in der Leitung der Kirche gebühre; sie dürften sich daher durch seinen Widerspruch nicht in ihrem Eifer für Gottes Gesetz irremachen lassen. Sie wiesen nach Jerusalem, wo die Apostel von den gesetzlichen Ordnungen nicht gewichen waren. Dort sehe man, was vollkommener Gottesdienst sei. Wie diesen Eiferern um das Gesetz die gläubige Judenschaft als die echte Gemeinde galt, so feierten sie auch die Apostel in Jerusalem als die echten Hauptapostel, erhöhten Petrus und setzten Paulus ihm gegenüber herab.

Gegen solche Verkleinerungen seines apostolischen Berufs wendet sich Paulus schon in den ersten Worten seines Briefs. Er schiebt alle Vorwände auf die Seite, mit denen man sich das Gewicht seiner Warnung verbergen wollte. Die Gemeinden, die er selbst zu Christus gebracht hatte und die seine helle Erkenntnis und glühende Liebe erfahren hatten, haben ihn sicher niemals verachtet, sondern jederzeit mit Dankbarkeit und Bewunderung von ihm geredet; er war für sie ein hochbegabter, eifrig dem Evangelium ergebener Mann. Aber solche Bewunderung und Hochschätzung für seine eigene Person galt dem Apostel nichts. Er verlangte etwas anderes, Größeres: Die Gemeinden sollten Christus durch ihn hören und in Christus Gott. Gehorsam will er haben, nicht für sich, wohl aber für den, der durch ihn zu ihnen spricht. Sein Wort soll sie binden mit der heiligen Macht des göttlichen Worts. Darum leitet er seinen Brief mit der Bezeugung ein, daß durch seinen Dienst das Wort Gottes und des Christus zu ihnen kommt.

1,3-5: *Gnade sei euch und Friede von Gott unserem Vater und von dem Herrn Jesus Christus, der sich für unsere Sünden gab, um uns aus der gegenwärtigen bösen Welt herauszunehmen, nach dem Willen Gottes und unseres Vaters; sein ist die Herrlichkeit in alle Ewigkeiten. Amen.* Nicht Zorn und Verdruß haben Paulus die Feder geführt. Ein Strom von Empfindungen geht warm durch seinen Brief: Besorgnis und Furcht für die Gemeinden, Unwille gegen ihre Verderber, Strafernst im Blick auf deren Bosheit, Zärtlichkeit in der Erinnerung, wie nahe ihm die Gemeinden stehen, Mut und Zuversicht, daß das Evangelium mächtiger sein wird als alle Lügen der Verführung, aber nicht Ärger und gereizte Empfindlichkeit. Darum beginnt der Apostel auch hier mit dem fürbittenden Segenswunsch, der den Gemeinden die Gnade zuwendet, die uns mit Frieden umgibt. Der Zusatz, den er noch beifügt, zeigt auf das Werk Jesu hin, durch das Gott und Christus der Welt ihre Gnade erzeigten und den Frieden bereiteten, und legt das Fundament zum ganzen Christenglauben. Vergessen wir nicht, was Jesus für uns getan hat, so sind wir vor aller Verirrung geschützt und bleiben bei der Gnade und kehren nicht zum Gesetz um. Dann sehen wir nicht auf den Glauben herab, als wäre er etwas Geringes, sondern erkennen unser Heil darin, daß wir uns an Christus halten dürfen. Der Glaubensgrund besteht in der Liebe Jesu, in der er sich nicht unserer Sünden wegen von uns schied, vielmehr um ihrer willen sich selbst mit dem Kreuz belud. Sein Tod ist deshalb nötig, weil wir als Glieder einer bösen Welt in deren Art und Geschick verflochten sind. In allem, was die Welt jetzt ist, kommt das verkehrte, sündliche Verhalten des Menschen ans Licht; darum ist nicht die gegenwärtige, sondern die zukünftige Welt die bleibende. Diese wird von Gnade und Herrlichkeit erfüllt sein; jene dagegen vergeht und ist unter das Gericht Gottes gestellt. Daß wir aus dem verderblichen Zusammenhang mit dieser argen Welt herausgenommen und in die zukünftige Welt eingebürgert werden, das ist die Hilfe, deren wir bedürfen, und das Ziel Jesu in seinem Tod. Durch sein Sterben hat er die Fessel beseitigt, die uns an diese arge Welt gebunden hält und in ihren Fall hineinzieht, und hat er uns in die neue und zukünftige Welt eingepflanzt, in die er selbst durch seinen Tod emporgestiegen ist. Damit sind wir vom Gesetz losgelöst. Mögen wir auf unsere Sünden sehen, um deren willen Jesus gestorben ist, oder auf seine Liebe, die er uns mit seinem Tod erwiesen hat, oder auf die böse Welt, in der wir stehen, oder auf die zukünftige Welt, deren Glieder und Erben wir durch seinen Tod geworden sind – all das wendet unsere Hoffnung gänzlich vom Gesetz weg. Uns Sündern hilft kein Gesetz aus unserer argen Welt heraus; es gehört selbst zu dieser gegenwärtigen Weltgestalt. Und wer die Liebe Jesu kennt und aus seiner Hand das Bürgerrecht in der zukünftigen, himmlischen Welt empfangen hat, der hat, was er braucht; er sucht es nicht anderswo als bei Jesus und sucht es nicht beim Gesetz. Durch seinen Tod hat Jesus dem Willen Gottes gedient. In den Blick auf Jesu Kreuz kommt die Zuversicht und die Freude dadurch hinein, daß hier der Wille Gottes geschehen ist. Eine solche Erlösung hat Gott für uns gewollt. Daher erhebt sich im Apostel im Blick auf den Tod Jesu der Lobpreis Gottes, und er schaut empor zu Gottes ewiger Anbetungswürdigkeit.

Dem Gruß läßt Paulus sofort sein Urteil über die Vorgänge folgen, die sich in den Gemeinden zutrugen. Die Belehrung und Beweisführung gibt er erst hernach. Zuerst sollen sie deutlich wissen, wie er über ihre jüdischen Neigungen denkt. Die Galater wollten Christus nicht verleugnen; denn die jüdischen Männer, die sie verlockten, waren auch Christen; sie priesen Jesus als den Herrn der ewigen Gemeinde und hofften auf ihn. So wollten auch die Galater Christus und das Gesetz, den Glauben an Jesus und die Beschneidung zusammenfügen. Sie werden sich eingeredet haben, sie gäben im Grunde nichts von dem preis, was sie von Paulus empfangen hatten; sie blieben ja gläubig und Christus untertan und machten nur einen Schritt vorwärts zur Vollendung ihres Christenstands, wenn sie sich auch noch unter das Gesetz stellten und dem Volk Gottes einverleibten. So verdeckten sie sich den Widerstreit zwischen dem Wort Jesu und diesem neuen scheinbar erst ganz sicheren Weg zur Seligkeit. Solche Einbildungen zerstört Paulus sofort. In seinen Augen sind die neuen Neigungen der galatischen Gemeinden nicht unschuldig. Sie können den neuen Weg nicht gehen, ohne vom alten abzutreten, können nicht nach dem Gesetz greifen, ohne Christus fahrenzulassen. Darum erhält das Wort des Apostels einschneidenden Ernst. Der Gegensatz zwischen ihm und jenen jüdischen Männern muß deutlich werden. Es soll Klarheit an die Stelle der Selbsttäuschungen treten. Die Gemeinden sollen wissen, was sie verlieren, sollen wissen, daß sie verführt werden, vom Evangelium abtreten und die Weisung des Apostels verachten, wenn sie aus ihrem jüdischen Eifer nicht umkehren. Erst, nachdem Paulus die Gemeinden aus ihrer leichtsinnigen Sorglosigkeit aufgeweckt und ihnen die Bedeutung ihrer Entscheidung fühlbar gemacht hat, geht er belehrend auf die Frage ein, die sie bewegt.

1,6.7: *Ich wundere mich, daß ihr so rasch von dem weggebracht werdet, der euch durch die Gnade des Christus berufen hat, zu einer anderen Heilsbotschaft, während es doch keine andere gibt, sondern es gibt nur einige, die euch verwirren und Lust haben, die Heilsbotschaft des Christus zu verdrehen.* An der Verwunderung des Apostels sehen sie, daß sie für ihren neuen Weg keinen Grund haben. Das Grundlose und Törichte an ihrem Verhalten besteht darin, daß sie die Berufung Gottes wegwerfen. Wenn Gott dem Menschen ruft, soll er kommen. Sein Ruf ist ja die einladende Stimme der Gnade. Er ruft den Menschen zu sich, damit er die Gemeinschaft mit ihm und den Anteil an seinen Gaben empfange,

Statt dessen lassen die Galater sich von Gott, der ihnen rief, wegdrängen. Das war freilich nicht ihre Meinung. Sie meinten, sie blieben bei Gott, ja, sie kämen ihm noch näher, dienten ihm noch völliger und seien durch ihr Judentum noch sicherer in seine Verheißung eingeschlossen. Von Gott wegtreten, das ist unfromm. Solch unfrommes Widerstreben gegen Gott ist der bittere Kern ihrer neuen Frömmigkeit. Es kann sich ja nicht darum handeln, daß wir selbst Mittel und Wege ersinnen, wie wir Gott Dienst erzeigen wollen. Diese selbstgemachte Frömmigkeit ist nichts als Unfrömmigkeit. Sie ist Gott nicht untertan und behandelt Gott nicht als Gott, sondern erhebt sich gegen ihn. Zu hören, wenn Gott uns ruft, zu kommen, weil er uns zu sich lädt, das ist Frömmigkeit.

Durch die Gnade des Christus kam der Ruf Gottes zu den Galatern. Dadurch, daß Christus zu uns kam und uns mit dem Reichtum der göttlichen Liebe sucht, sind wir zu Gott geladen. Wer Christus ablehnt, schlägt den Ruf Gottes aus. Daß jemand dazu imstande ist, heißt Paulus verwunderlich. Da Gott uns dadurch das Höchste gibt, daß er uns unter die Gnade des Christus stellt, ist die Abwendung von ihr mehr als Torheit, nämlich Undank und Versündigung. Nichts bindet und verpflichtet so innerlich und so vollständig wie die Gnade; denn sie wendet sich über alle Trennungen hinweg an den in seiner Sünde verwerflichen Menschen. Die Vollendung der Liebe, mit der sie sich in die menschliche Tiefe hinabläßt, stellt das heiligste Band her, mit dem Gott uns Menschen inwendig faßt und an sich zieht. Wer es zerreißt, verschuldet sich.

Und dies geschah so rasch, als wären der Ruf Gottes und die Gnade des Christus wertlose Dinge, die man leicht preisgeben kann. Die jüdische Bewegung ergriff die Gemeinden plötzlich. Einige drängende Eiferer rissen sie mit sich fort. Ob man das Gesetz übernehmen wolle, das erforderte keine langen Erwägungen, sondern einen Entschluß, den die erregte Leidenschaft rasch faßt. Paulus aber schmerzte es, daß die Galater so wenig Kraft zum Widerstand bewiesen und ihr Glaube so rasch erlag.

Es lockt sie eine andere Verkündigung über Gottes Werk zum Heil der Welt. Aber die Hoffnung, daß es ein anderes Evangelium gebe, ist Trug. Es gibt nicht eine zwiespältige Botschaft Gottes. Es ist nicht eine andere, reichere und höhere Bezeugung der göttlichen

Gnade, die da zu den Galatern käme, sondern Verwirrung der Gemeinden und Verkehrung der Botschaft des Christus. Paulus unterscheidet in seinem Urteil deutlich zwischen den Gemeinden und denen, die ihnen zum Anstoß wurden. Er spricht auch zu den Gemeinden ernst, aber doch schonlich. Sie wissen nicht, was sie tun; sie sind in eine blinde Aufregung hineingetrieben und verwirrt worden. Die jüdischen Männer dagegen wissen, daß das, was sie sagen, seinen Grund nicht im Werk und Wort Jesu hat. Sie haben die volle Verantwortung für ihre Umtriebe zu tragen. Paulus verlangt, daß einzig die Botschaft, die Christus gebracht hat und die von ihm handelt, in der Gemeinde gilt. Gottes gnadenvolles Wort besteht darin, daß es uns Christus zeigt und uns zu Christus ruft. Daß Gott uns Christus zum Herrn und Haupt gegeben und uns dem Christus übergeben hat zu seinem Eigentum, an dem er sich in der Macht seiner Gnade verherrlicht, das ist das Evangelium. Davon weichen die jüdischen Männer ab, wenn sie ihr Judentum und Gesetz als die Bürgschaft des göttlichen Wohlgefallens und als das Band preisen, das sie mit Gott verbinden und zu Gliedern seiner ewigen Gemeinde machen soll. Sie wollen eine andere Gnade haben als die, die im Christus erscheint, eine Gnade, die dem Juden gehören soll, und wollen das ewige Leben auf andere Weise erlangen als aus der Hand des Christus, nämlich durch den Dienst des Gesetzes. Dadurch bekämpfen und verdrängen sie ihn.

1,8.9: *Aber auch wenn wir oder ein Engel aus dem Himmel euch eine andere Heilsbotschaft brächten, als wir euch brachten, so sei er gebannt. Wie wir früher gesagt haben, so sage ich auch jetzt wieder: Wenn jemand euch eine andere Heilsbotschaft bringt als die, die ihr erhalten habt, so sei er gebannt.* Den Menschen, der das Wort und Werk des Christus zerstören will, stellt Paulus unter das göttliche Gericht. Gerade weil es aus der wahrhaften, ernstgemeinten Gnade stammt, trifft die Widersetzlichen das Gericht. Paulus handelt auch mit diesem Wort als der Diener der Gnade; eben ihre Wahrheit macht, daß man sie nicht ungestraft antastet und verstößt. Das Urteil des Apostels schließt die jüdischen Evangelisten nicht nur aus der Gemeinschaft mit ihm selbst aus; er verkündet ihnen das Gericht Gottes. Er scheidet sie von Christus ab. Es handelt sich hier nicht nur um die Kirchengemeinschaft, sondern um das Urteil Gottes, das diesen Männern die göttliche Gnade und Gabe versagt. Paulus braucht die Vollmacht, die Jesus seinen Jüngern gegeben hat, Gottes Herrschaft nicht nur zu öffnen, sondern auch zu verschließen, Sünden nicht nur zu vergeben, sondern auch zu behalten, und er braucht sie in der Gewißheit, daß das, was er auf Erden tut, im Himmel gültig ist (Matth. 16,19; 18,18; Joh. 20,23). Dabei leitet ihn nicht Leidenschaft, sondern die göttliche Ordnung: Das Wort Gottes ist ein Heiligtum, das der Mensch nicht entweihen und verkehren kann, ohne daß er sich selbst verdirbt, und Christus ist eben darum, weil er zum Felsen der Rettung für uns gesetzt ist, auch der Stein des Anstoßes für alle, die gegen ihn anlaufen. Mit diesem Urteil war auch den Gemeinden gesagt, was sie zu tun haben. Mit ihrer Bewunderung und Hingebung an die Männer, die mit dem Strafgericht Gottes belastet sind, ist es aus. Sie sollen sich von ihrer Lehre und Leitung trennen, für sie fürchten und den Ernst Gottes ehren in heiliger Scheu. Die Ausflucht, der Widerspruch dieser Männer richte sich nur gegen Paulus und seine Predigt, nicht gegen Christus und seinen Willen, läßt Paulus nicht zu. Was er den Gemeinden verkündigt hat und was sie von ihm erhalten haben, ist die wahrhafte und heilige Botschaft, deren Widersacher Gott gegen sich haben. Ohne diese Gewißheit wäre Paulus nicht mehr Apostel. Ist sein Wort die Wahrheit Gottes, so bindet es ihn selbst und die Gemeinden und richtet die, die sich ihm widersetzen. Wäre es biegsam, so daß man es nach den eigenen Wünschen umbilden dürfte, so wäre es nicht mehr die Verkündigung des Christus. Gottes Wort ist nicht dem Belieben des Menschen preisgegeben, sondern steht über ihm und will ihn regieren.

Paulus mildert seinen verurteilenden Spruch dadurch, daß er ihn nicht direkt mit Namen auf die Verführer fallen läßt. So wird er für sie zu einer Drohung, die ihnen den Weg noch offenläßt, von ihrem verderblichen Treiben abzustehen. Zugleich hat der Apostel auch sich selbst nicht von ihm ausgenommen; dadurch bezeugt er, daß er nicht für seine eigene Person und Ehre eifert. Nicht darum, weil er es ihnen sagt, sind die Gemeinden an sein Wort gebunden. Wenn er selbst ihnen etwas anderes sagte, so träfe sein Urteil auch ihn. Die Heiligkeit und Ewigkeit seines Worts entsteht aus dem, was es sagt, daraus, daß es Christus offenbart, sein Werk bezeugt, seine Gnade anbietet und damit den heiligen und ewigen Rat und Willen Gottes ausspricht. Wenn Paulus nicht einmal die himmlischen Boten von seinem Urteil ausnimmt, wirft er damit alle Gegengründe beiseite, mit denen etwa die Abwendung von seinem Wort gerechtfertigt werden wollte. Brächte ein Engel vom Himmel eine andere Botschaft, so schiene sie ja auf das sicherste bezeugt zu sein. Wer könnte da noch zweifeln? Auch so dürften wir nicht wanken von dem Wort, das uns gegeben ist. Mögen sich die Bestreiter des Evangeliums berufen, auf wen sie wollen, mögen sie noch so sehr im Glanz einer leuchtenden Frömmigkeit schimmern, mögen sich ihre Gründe noch so bestechend als Wahrheit darstellen – nichts darf uns das apostolische Wort zweifelhaft machen, nichts uns wieder abwenden von der Wahrheit, die wir mit ihm erhalten haben. Paulus hat den Grund gelegt; ein anderer baut darauf (1. Kor. 3,10); aber das Wachstum und der Fortschritt der Kirche kommt nicht so zustande, daß wir über dem Neuen wieder preisgeben, was wir haben, und die Wahrheit wieder fraglich machen, die in uns gepflanzt worden ist. Es kann kein heiligeres Besitztum für uns geben als die Wahrheit und Erkenntnis, die uns verliehen ist. Nichts im Himmel und auf Erden darf uns bewegen, wieder fahrenzulassen, was uns von Gott her geschenkt ist.

1,10: *Suche ich denn jetzt die Zustimmung der Menschen oder Gottes? Oder bestrebe ich mich, Menschen wohlzugefallen* (1. Thess. 2,4)? *Wenn ich mich noch um das Wohlgefallen von Menschen bewürbe, so wäre ich kein Knecht des Christus.* Paulus benützt den durchdringenden Eindruck, den der Bann über alle Bestreiter seiner Predigt auf die Gemeinden machen mußte, um ihnen den inneren Beweggrund zu zeigen, der ihn bei seiner gesamten Tätigkeit leitet. „Lernt mich hier kennen", sagt er ihnen, „hier habt ihr den echten Paulus vor euch; hier seht ihr, was ich bin und was mich treibt, und könnt ermessen, wieviel mir am Beifall der Menschen liegt." Wäre sein Ziel, die Zustimmung der Menschen zu gewinnen, wollte er möglichst viele auf seine Seite ziehen und ihr Lob ernten, dann stände er nicht mit so unbeugsamer Festigkeit auf der Wacht bei der Botschaft Jesu, damit niemand sie antaste; er wäre geschmeidig und spendete den Meinungen der anderen Beifall; er würde ihnen nur sanft widersprechen und wüßte sich ihren Absichten anzubequemen. Die Gemeinden haben aber jetzt den Beweis in der Hand, daß dem Apostel die Wahrheit seiner Botschaft über alles geht; sie sehen, mit welchem Ernst er jedes Band der Freundschaft und Gemeinschaft mit denen zerschneidet, die ihr widerstehen, wie er alle anderen Rücksichten ausschaltet und den Eifer für die Wahrheit Gottes walten läßt. Dies kann er nur darum, weil er über das Urteil der Menschen erhaben und vom Erfolg seiner Predigt unabhängig ist. Mag man ihr zustimmen oder widersprechen, sich an ihm freuen oder ärgern, mag ihm seine Arbeit Lob eintragen oder Tadel, hienach fragt er nicht. Sein Ziel ist nicht der Beifall der Menschen. Ob er ihm zuteil wird oder ausbleibt, jenes wie dieses hat auf ihn keinen Einfluß. Paulus wird zu diesem Wort durch die Verleumdungen veranlaßt sein, die seine Gegner ausstreuten, um sein Ansehen zu schwächen. Man konnte mit einigem Schein sagen, Paulus leite die Gemeinden nicht nach festen, stets gleichbleibenden Grundsätzen, sondern entscheide je nach der Lage und den Wünschen der Beteiligten jetzt so, dann so; in Jerusalem sei er jüdischer als in Galatien und finde große Worte zum Preis der göttlichen Majestät des Gesetzes, während er es vor den Griechen als wertlos beseitige. Denen, die in ihrem eigenen inneren Leben nichts Höheres als die gesetzliche Regel kennen, liegt die Vermutung immer nahe, es gebe jenseits des Gesetzes überhaupt keine Regel mehr, sondern nur noch die Willkür, die nur noch nach der klugen Ausnützung der Umstände trachte. Die jüdisch Gesinnten stellten Paulus als einen klugen Opportunisten dar; damit verstärkten sie ihre Forderung, die Gemeinden sollten sich unbekümmert um seine Meinung entschlossen dem Gesetz unterwerfen. Mit einem einzigen Wort treibt Paulus solche Verleumdungen weg. So wird ihm die Absicht beigemessen, die Menschen zu überreden und ihnen gefällig zu sein. Seine Gegner haben aber erlebt, welch falsches Bild sie sich von ihm machen. Sein Strafwort in seinem heiligen Ernst mag ihnen zeigen, ob er nach der Gunst der Menschen strebt und ihren Beifall sucht.

Täte es Paulus, so gehörte er nicht mehr dem Christus als sein Knecht. In der Einfalt eines unzerspaltenen Herzens schaut er auf dessen Befehl. In seinem Gericht will er bestehen, nicht in der Menschen Gericht, von Christus treu erfunden werden und aus seinem

Munde sein Lob empfangen, nicht aus der Menschen Mund (vgl. 1. Kor. 4,2-5). Er hat den Pharisäer nicht mehr in sich mit der Doppelrichtung des Herzens, das bei Gott und bei den Menschen zugleich gelten will, das Gottes Lob begehrt und zugleich auf dem Markt gegrüßt sein will. Sein Herz ist an Christus allein gebunden; da dringt das Gerede der Menschen nicht mehr an sein Ohr, und die Welt ist ihm in Nichtigkeit versunken als ein Schattenspiel.

Beides, sagt Paulus, hat nicht zusammen Raum. Entweder will man den Menschen gefallen, oder man ist Jesu Knecht. Der Mensch kann nicht zwei Herren haben; denn Gott will ihn ganz. Der Knecht des Christus sein heißt keine andere Regel kennen als seinen Willen und kein anderes Ziel als sein Wohlgefallen. Sein Knecht kümmert sich um ihn und sonst um nichts. Paulus gibt den Galatern zu verstehen: Wenn ihr mir allerlei kleinliche, unlautere Beweggründe unterschiebt, so schneidet das tiefer, als ihr bedenkt; ihr streitet mir damit ab, daß ich dem Christus diene. Wißt ihr denn nicht, daß man ihm nur mit ganzem Herzen dienen kann, daß jeder, der Nebenrücksichten festhält, ihm die Treue versagt und nicht in seinem Dienst bleiben kann? Ich bin wahrhaft und redlich und darum ganz und allein sein Knecht; das gibt auch euch die Regel, nach der ihr mein Wort und Werk verstehen sollt.

Sich nicht um der Menschen Zustimmung und Gunst zu kümmern, machte freilich nur die eine Seite am Verkehr des Apostels mit den Menschen aus. Wir hörten ihn auch sagen: „Weil wir die Furcht des Christus kennen, suchen wir die Menschen zu gewinnen" (2. Kor. 5,11). Gerade der Galaterbrief ist ein ergreifender Beweis dafür, mit welcher Bewegung des Herzens und Anstrengung des Geistes Paulus den Zugang zu den Menschen suchte, wie er danach rang, ihr Herz seinem Wort zu erschließen, ihr Urteil sich geneigt zu machen und sie zur Zustimmung zu bewegen. Wie sorgfältig ist hier jedes Wort überdacht, wie erfinderisch ist er, immer neue Wege zu ihnen zu entdecken. Er redet zu ihrem Verstand und dringt auf ihr Herz ein. Er hält ihnen gebietend seine Vollmacht vor und bemüht sich zugleich, ihnen sein Evangelium verständlich zu machen. Er lehrt und bittet, lockt und schreckt. Wie wichtig ist ihm der Mensch mit allem, was er denkt und will; welch unschätzbare Bedeutung haben für ihn seine Gemeinden! Und doch ist es völlige Wahrheit, wenn er sagt: „Ich kümmere mich um der Menschen Zustimmung und Beifall nicht." Das ist kein Widerspruch, sondern die einträchtige Doppelwirkung seiner Bindung an Christus. Da werden ihm die Menschen gänzlich gleichgültig, wenn sie neben Christus recht haben und ihn verdrängen wollen, wenn sie ihr Urteil und ihr Lob geltend zu machen suchen, als wären sie die Herren, denen er untergeben wäre. Ein solcher Anspruch prallt an Paulus völlig ab. Christus ist für ihn so groß, daß die Menschen daneben verschwinden; sie reichen nicht in diese Höhe hinauf. Nun aber, nachdem der Apostel sich dem Christus allein untergeben hat und weil er aus ihm die Kräfte seines Lebens zieht, wendet er sich mit der reichsten Liebe den Menschen zu. Er ist ja der Bote der Gnade Jesu an die Menschen und bringt ihnen Gottes Gaben. An den Menschen hat er seinen Dienst auszurichten; sie sind ihm aufs Herz gebunden; sein Leben und Werk ist untrennbar mit ihnen verflochten. Nun will er nichts als ihnen dienen, aber nicht als ihr, sondern als Jesu Knecht.

Eben noch, V. 8 und 9, trat Paulus in der höchsten Erhabenheit vor uns; er hieß sein Wort heilig und ewig, Gottes unumstößliche Wahrheit zum Leben dem, der glaubend auf sie hört, zum Fluch und Gericht dem, der sie bestreitet. Nun sehen wir in den Grund dieser Erhabenheit mit ihrem hohen, kühnen Flug hinab; dieser Grund ist die völlige Beugung unter Christus: Mein Wort ist nicht mein, meine Kraft ist nicht mein, die Ziele meiner Arbeit sind nicht mein, und ihr Ertrag ist nicht mein. Der Herr hat gesprochen, der Herr hat befohlen, der Herr hat gegeben, in der Hand des Herrn liegt alles. Das ist die lautere Demut des Paulus, und aus ihr entsteht sein erhabener Mut. Diese Durchdringung von Demut und Erhabenheit verschafft seinem Willen die Reinheit und gibt ihm die Art Jesu (Joh. 5,19; 6,37.38; 12,49; Matth. 11,25-29).

Kapitel 1,11–2,21

Der dreifache Beweis für die Sendung des Paulus durch Gott

Das erste Ziel, das Paulus erreichen möchte, ist, das Vertrauen der Gemeinden zu seinem Apostelamt neu zu erwecken, damit er für sie wieder der unverdächtige Bote Jesu sei. Er möchte Herr werden über den Verdacht, sein Wort bedeute in dieser Frage wenig, anderswo sei bessere Leitung zu finden. Es handelt sich dabei besonders um sein Verhältnis zu Petrus: Darf man sagen, Petrus gelte mehr als Paulus? Darf man sich gegen das Wort des Paulus auf Petrus berufen? Die Gegner des Paulus stützten sich darauf, daß Petrus von Jesus selbst die Unterweisung empfangen und hernach von Anfang an die Gemeinde gesammelt und geführt hatte. Darum zeigt Paulus, wie es mit seiner göttlichen Sendung steht: Gott hat ihn unabhängig von allen Menschen gemacht; er ist niemand nachgesetzt, sondern von Christus selbst zu seinem Boten bestellt und mit allem ausgerüstet, was das Vertrauen der Gemeinden zu ihm begründen kann.

Paulus weist die Galater zu diesem Zweck auf drei Vorgänge in seinem Leben hin. Der erste ist seine Bekehrung. An der Weise, wie er zum Apostel geworden ist, muß es sich zeigen, ob er den anderen Aposteln untergeordnet ist. Er ist aber ohne die Mithilfe von Menschen durch Christus allein zum Apostel geworden. Er machte sich nicht erst im Lauf der Zeit selbständig, so daß er ursprünglich Lehrer und Führer über sich gehabt und erst später die Abhängigkeit von ihnen abgestreift hätte; vielmehr stand er zuerst der Gemeinde ganz fern und war ihr Verfolger. Da hatte Gott ihm Jesus geoffenbart, und diese Offenbarung wurde seine einzige, aber auch völlig ausreichende, ausschließlich göttliche Ausrüstung zum Apostelamt. Mit ihr begann er sofort seine Arbeit; sein Verkehr mit den Aposteln in Jerusalem folgte erst später und war von kurzer Dauer und beschränkt.

Das zweite Ereignis, an das Paulus erinnert, ist seine Verhandlung mit den älteren Aposteln über die Ordnung des Lebens der Heidengemeinden. Später kam allerdings ein Zeitpunkt, an dem er absichtlich seine Verkündigung den Aposteln in Jerusalem, die die Säulen der Kirche waren, vorlegte. Er suchte sie in Jerusalem auf, befragte sie, was sie zu seiner Predigt sagen, und verlangte ihr Urteil über sein Werk. Das tat er aber unter ganz besonderen Umständen, weil falsche Brüder seine Arbeit zu stören versuchten, und mit dem Erfolg, daß er für sein Wort und für sein Amt bei den Aposteln Jerusalems volle Anerkennung fand.

Zuletzt spricht Paulus von der Versündigung des Petrus an der griechischen Gemeinde von Antiochia und davon, wie er Petrus zurechtwies. Beide Apostel trafen in Antiochia zusammen. Da erwies sich nicht Paulus als der schwächere, den Petrus halten und leiten mußte; vielmehr blieb er aufrecht und stark, als Petrus schwankte und sündigte, und wies ihn zurecht und wandte den Schaden ab, den das Verhalten des Petrus den Gemeinden hätte bringen können.

Mit fortschreitender Kraft führen diese drei Vorgänge den Beweis dafür, das Paulus nicht an den Menschen hängt, sondern allein an Gott. Darum darf er nicht verachtet werden, sondern ist ganz in derselben Weise wie Petrus als Apostel Jesu zu hören. Er ist ohne die Menschen Apostel geworden, und als er hernach vor die Apostel trat, konnten sie lediglich dem Werk, das Gott durch ihn gewirkt hatte, zustimmen. Ja auch gegen Petrus hat Paulus die Wahrheit und Freiheit des Evangeliums geschützt und ist allein auf der geraden Bahn geblieben, als der Blick aller anderen getrübt war und ihr Urteil furchtsam von der Wahrheit wich. Die beiden letzten Erzählungen schlagen um so gewichtiger ein, weil sie dieselbe Frage betreffen, die die galatischen Gemeinden beschäftigen, ob das Gesetz nicht doch noch zum Christenstand gehöre. Eben in dieser Frage stand Paulus ebenbürtig neben den Aposteln, und sie haben sein Wort gebilligt, seine Stellung bestätigt und der Ordnung, die er den Heidengemeinden gegeben hat, zugestimmt. Eben in der Gesetzesfrage ist Paulus stärker als Petrus gewesen und hat sich als den erleuchteten und innerlich befestigten, den rechten Lehrer und Führer der Heidengemeinden erwiesen, der keiner Schwankung ausgesetzt war, sondern mit gewisser Klarheit in der Bahn Jesu geblieben ist. Die Galater dürfen also nicht erwarten, anderswo über das Gesetz und Evangelium besseren Bescheid zu empfangen als bei ihm. Gerade das ist die Frage, in der Gott die Kirche, auch Petrus nicht ausgenommen, an Paulus gewiesen hat.

Dieser Teil des Briefes war von jeher vielen inner- und außerhalb der Kirche anstößig. Er wäre in der Tat unerbaulich, wenn Paulus gegen Petrus darum stritte, wer von ihnen der größere sei; wenn Paulus so eifrig versichern würde, er habe auch von den Aposteln nichts empfangen, um auf sich selbst hinzuzeigen: Seht! welch ein genialer Mensch ich bin!; vollends, wenn er den Fehltritt des Petrus benützte, um in dessen Schwäche sich selbst zu spiegeln und durch die Erniedrigung des Petrus sich selbst zu erhöhen. Dann hätten wir allerdings nur das alte Menschenherz in seiner wohlbekannten Art vor uns, das nicht anders in die Höhe zu kommen weiß als so, daß es die anderen herabzieht und bloßstellt. Wer jedoch eine solche Absicht in diesem Abschnitt findet, der beurteilt den Apostel nach seiner eigenen Art und nimmt nicht wahr, was ihn bewegt.

Wo kämpft Paulus für sich und seinen eigenen Ruhm? Wo fordert er von uns, daß wir ihn anstaunen und über Petrus, oder wer es immer sei, erheben? Paulus sagt nicht: „Statt des Petrus feiert mich!" Er sagt: „Weder vor Petrus noch vor mir, sondern vor Christus beugt euch!" Für die Wahrheit, die Gott offenbart und Christus gebracht hat, kämpft er. Sie will er freilich nicht um irgendeines Menschen willen bedeckt und herabgezogen wissen. Er spricht mit hohem Mut von sich selbst und stellt sich neben alle, sei ihr Name noch so hoch und gefeiert, nicht weil er nach Ehre begierig wäre und diese nicht den anderen lassen wollte, sondern weil man mit seiner Person Gottes Gabe und Werk verachtet, weil man in Galatien sagt: „Es ist ja nur Paulus; seine Warnung bedeutet nichts!" Paulus läßt sich nicht verachten, weil seine Botschaft nicht verachtet werden soll. Ihm hat Gott sie gegeben; darum erhebt er sein Haupt hoch und stellt sich ohne Scheu Petrus an die Seite; aber gegeben hat ihm Gott alles, was er hat und kann; darum ist seine tapfere Mannhaftigkeit voll reiner, leuchtender Demut.

Paulus demütigt Petrus nicht tiefer als sich selbst. Auch Petrus ist ein Bote und Knecht des Christus, und alles, was Paulus hier von der Größe eines Apostel Jesu sagt, gilt auch für Petrus. Er nimmt ihm nur den falschen Ruhm, in den ihn die Verehrung der Menschen hüllt, die sich an seine Person hängen und mit ihr einen Heiligenkult treiben, als wäre der Mensch Petrus der Führer der Kirche, als könnte Fleisch und Blut ihre Hilfe sein. Darum zeigt Paulus ohne Ziererei mit dem Ernst der Wahrheit auf den furchtsamen, schwankenden Petrus hin; der Heiligenschein soll zerrinnen, mit dem seine Anhänger ihn zieren und im Blick auf den sie sich das Recht zusprechen, auf Jesu Wort nicht zu hören, wenn Paulus es sagt. Diese Beugung und Demütigung alles Menschlichen, die in Gott allein Wahrheit, Gerechtigkeit und Hilfe sucht, hat Paulus zuerst und zumeist an sich selbst geübt; er hat am wenigsten mit sich selbst einen

Heiligenkult getrieben und auch die Gemeinden einen solchen nicht mit sich treiben lassen; er hat Fleisch und Blut auch an sich selbst als unbrauchbar für Gottes Herrschaft verleugnet und jedermann zum Glauben an den Christus gewiesen, der allein der Sohn Gottes ist und dessen Boten Paulus und Petrus in gleicher Weise sind.

So macht gerade dieser Abschnitt nicht am wenigsten die Kraft und Größe unseres Briefes aus. Er ist das Zeugnis des Heiligen Geistes gegen alle Abgötterei mit den Menschen und deren Anbetung. Niemals gab es einen Heiligenkult, der reiner, begründeter, unverfänglicher schien als der, der den Aposteln erwiesen wurde. Ein Petrus, ein Johannes, ein Jakobus – welch einen Strom von Ehrfurcht, Dankbarkeit, Hingebung und Andacht erweckten diese Namen in der Kirche mit allem Recht! Konnte man sie genug schätzen? Die tiefste Ehrfurcht und der unbedingteste Gehorsam ist hier rein und recht, solange in diesen Männern Gott geehrt wird und das Auge von ihnen zu dem Herrn aufsteigt, dessen Werk und Werkzeug sie gewesen sind. Die Eigenliebe des Menschen bleibt aber an den Menschen hängen und bringt auch in die Verehrung der Apostel Unlauterkeit hinein. Sie war von vornherein unrein und fleischlich, wenn sich wie in Galatien mit der Verehrung des Petrus die Abneigung gegen Paulus verband. Dann schaute man sicherlich nicht mehr durch Petrus hindurch auf Christus und Gott, sondern hatte nur noch Petrus im Auge und beugte die Gemeinde unter den Namen und die Art des Menschen. Darum macht Paulus hier wieder Platz für Gott und richtet die, die vor Petrus auf die Knie fallen, auf; er hat damit auch uns in der Kraft und Fülle des Heiligen Geistes den Freibrief geschrieben, der uns den Kniefall vor jedem Menschen erspart, sei er geistlich noch so hoch begabt und von Gott noch so wunderbar ausgezeichnet.

Es ist nicht zufällig, daß der Heiligenkult und der Gesetzesdienst von denselben Männern nach Galatien gebracht wurden und von Paulus im selben Brief beseitigt werden müssen. Diese beiden Verirrungen finden sich stets zusammen. Sie waren schon in der Judenschaft beisammen. Abraham, Isaak, Jakob, die Väter alle waren mit dem Dienst unter dem Gesetz zu den Heiligen der Synagoge geworden, auf deren Verdienst und Fürbitte man baute. Auch in der Christenheit war beides stets beisammen, in alter und neuer Zeit.

Steht der Mensch unter dem Gesetz, so hält er sich an sich selbst und muß an Menschen die Kraft und Tugend finden. Hat er sie selbst nicht, so müssen sie doch andere haben, größere, vollkommenere, heiligere Menschen als er. Das Gesetz muß als Kraft und Tat erscheinen an irgendeiner Heiligengestalt, die Tugend an irgendeinem Tugendbild sich finden, für das man schwärmen und mit dem man sich trösten kann. Wir müssen etwas haben, was größer ist als wir, zu dem wir emporschauen können. Wenn wir aber durch das Wort Jesu wahrnehmen, was Gott uns gibt, dann haben wir den wahrhaft Hohen und Erhabenen gefunden, in dessen Gnade unsere Seele ruht. Vor ihm muß nicht nur der Zöllner und Sünder, vor ihm muß sich der Mensch neigen mit allem, was er ist und kann. Darum hat da, wo die Gnade Gottes im Glauben an Christus erfaßt ist, kein Heiligenbild mehr Raum. Und jetzt erst ist in uns für die Apostel Raum, daß wir sie nach ihrem echten und wahrhaften Beruf ehren, nämlich als die Boten Jesu, die uns zu ihm hinführen. Die Christen, die Petrus nach natürlicher Menschenart verehrten, meinten ihn zu erhöhen; in Wahrheit erniedrigten sie ihn; denn sie machten den Menschen an ihm groß und nahmen ihm damit, was ihn allein wirklich groß gemacht hat: daß er durch die Gnade Gottes mit der Botschaft Gottes ausgestattet ist und Gott durch ihn zu uns redet. Paulus aber, der Petrus demütigt, setzt ihn in seine wahre, rechte Ehre ein und verbindet mit dem Zeugnis gegen den Heiligenkult zugleich das Zeugnis für die Echtheit und Wahrheit des göttlichen Berufs, der den Aposteln gegeben ist.

Paulus wird Apostel durch Christus selbst

(1,11-24)

1,11: *Denn ich mache euch, Brüder, die Heilsbotschaft bekannt, die von mir verkündigt wird, nämlich daß sie nicht nach der Art des Menschen ist.* Der Hauptsatz, zu dem die folgenden Geschichten den Erweis geben, sagt: „Ihr habt es bei dem, was ich euch sage, mit Gott zu tun." Hieran hängt alles weitere. Sowie dies beachtet wird, verliert die Weise, wie Paulus von sich und den Aposteln spricht, jeden Schein von Anstößigkeit. 1,12: *Denn ich habe sie auch nicht von einem Menschen übernommen und wurde nicht unterrichtet, sondern bekam sie durch die Offenbarung Jesu des Christus.* Paulus hat die Botschaft, die er der Menschheit bringt, nicht gelernt. Damit nennt er den natürlichen Weg, auf dem Wort und Erkenntnis von einem zum anderen übergeht; der eine ist Schüler, der andere Lehrer. So ging es bei Paulus nicht, sondern von oben herab, durch eine göttliche Gnadentat kam er zur Erkenntnis Jesu. Gott hat ihm Christus gezeigt. Aus der Verborgenheit, die Christus von uns Menschen scheidet, stellte Gott ihn vor das Auge des Paulus hin, so daß er ihn sah. Daher weiß und verkündigt Paulus, daß Jesus lebt, daß der Gekreuzigte der Herr der Herrlichkeit und der Quell der Gnade ist, an den man glauben darf. Kein Unterricht hätte ihm geben können, was ihm Jesu eigene Offenbarung verlieh, durch die er ihm sichtbar wurde. Auch das reichste, hellste Wort bietet nicht dasselbe wie die eigene Wahrnehmung. Deshalb ist es unsere Hoffnung, daß wir, die wir Christus jetzt nur im Wort kennen, ihn dereinst auch sehen werden; wir werden dann, wenn wir ihn sehen, anders mit ihm verbunden sein als jetzt, da wir nur von ihm hören. Durch die Offenbarung des Christus, die Paulus jene Gewißheit gab, die das eigene Erlebnis uns verschafft, war ihm die Eigenschaft eines Zeugen verliehen, der von dem spricht, was er selbst gesehen hat. So erhielt sein Wort das Merkmal einer Botschaft, die nicht sein Ahnen, Meinen und Forschen ausspricht, sondern die Gnade Gottes und die Macht des Christus bezeugt.

1,13: *Denn ihr hörtet von meinem Verhalten einst im Judentum, daß ich die Gemeinde Gottes ohne Maß verfolgte und sie zerstörte* (Phil. 3,6; 1. Tim. 1,13; Apg. 8,3; 9,1; 22,4.19; 26,9.11). Auch die Verirrung des Paulus diente der Absicht Gottes und erhöhte die Bedeutung des Wunders, das ihm widerfuhr. Sie macht offenbar, daß kein Mensch bei seiner Berufung mitgeholfen und mitgewirkt hat, weder die Apostel noch sonst jemand aus der ersten Christenheit, am wenigsten er selbst. Die Predigt der Apostel hat ihn nicht überwunden, sondern erbittert. Der Glaube und die Hoffnung, die die erste Gemeinde auf Christus setzte, erschienen ihm als gotteslästerlich und der Vernichtung wert. Auch ihr Leiden und Sterben, wie wir es von Stephanus wissen, ergriff ihn nicht. Zwischen den Menschen, die das Evangelium verkündigten, und ihm war eine tiefe Kluft; Gott allein hat Paulus zu Christus gebracht. Die tiefe Reue, die der Apostel zeitlebens in der Erinnerung an seinen Irrweg in sich wach erhielt, äußert sich auch hier. Er denkt an seine Leidenschaftlichkeit, der keine Maßregel gegen die Christen zu hart war. Andere haßten den Christennamen auch, aber kühler; sie kannten eine Grenze, und wäre es auch nur die, die das träge, schlaffe Gehenlassen der Dinge mit sich bringt. Ihm füllte der Widerwille gegen Jesus und die Christenheit das Herz, und er stand nicht auf halbem Wege still. „Die Gemeinde Gottes", sagt er, „habe ich verfolgt." So erschien ihm sein Verhalten damals noch nicht. Die Gemeinde Gottes war im Gesetz der Ehrenname, der Israel seinen Vorzug, Gottes Eigentum zu sein, vorbehielt. Paulus suchte damals das wahre Israel noch nicht in der verachteten Schar derer, die sich zu Jesus bekannten. Aber jetzt ist ihm das Israel der Hohenpriester und Schriftgelehrten nicht mehr die Gemeinde Gottes; jene Schar, die im Namen Jesu verbunden war, ist der Erbe dieses Namens geworden. Wenn Paulus gegen sie kämpfte, war es ein Ansturm gegen Gott, mit dem er bewies, daß er Gott nicht kannte, sein Wort nicht hatte, seine Wege nicht sah, sondern blindlings Wort und Werk Gottes zerstören wollte. Und alles, was er gegen die Gemeinde sagte und tat, war böse, bittere Ungerechtigkeit.

Auch daran erinnert der Apostel, daß sein Ansturm gegen die Gemeinde nicht erfolglos war. Er hat sie nicht nur verfolgt, sondern auch zerstört. Sein Eifer kam zum Ziel. Die Gemeinde zerstreute sich; mancher kehrte wohl auch zur Synagoge zurück; viele, die der Sache Jesu geneigt waren, wurden abgeschreckt. Paulus zog nach Damaskus in der Überzeugung, in Jerusalem sei die Gemeinde zertreten und das Ende des Christentums erreicht. Je mehr er sich als Sieger erschien, um so ferner war er dem Evangelium. Er brauchte Gottes Hand, um ihn aus seinem Siegeslauf herumzuholen zu der von ihm zertretenen Christenheit.

1,14: *Und ich kam im Judentum weiter als viele Altersgenossen in meinem Geschlecht, da ich besonders stark ein Eiferer für meine väterlichen Überlieferungen war* (Apg. 22,3). Damit spricht Paulus den Grund aus, der ihn zum Verfolger machte und sein Ohr dem Zeugnis der Christenheit verschloß. Es fehlte ihm in seinem Gottesdienst, den er dem Gesetz darbrachte, nicht an Erfolg. Wie eine weite Rennbahn tat sich das Leben vor den jungen Israeliten auf.

Die Satzung der Väter steckte das Ziel, und miteinander wetteifernd strebten sie ihm zu. Wer kennt die Überlieferung am besten? Wer hält sie am getreuesten? Wer ist der pünktlichste in der Befolgung aller Ordnungen Gottes und in seinem Wandel stets ganz korrekt? Wem kann niemals auch nur die geringste Verletzung eines Sabbats nachgewiesen werden? Wem fällt niemals eine Übertretung der Speiseordnung zur Last? Wer ist der genaueste in der Abgabe der Zehnten? Mit den Alten konnte man sich vergleichen. Sie waren die Meister in der Kenntnis der Satzung und deren längst erprobte Praktiker. Mit der langen Reihe ihrer Verdienste konnte kein Jüngerer wetteifern. Aber an den Altersgenossen maß man sich: Wie weit haben sie es gebracht und wie weit ich? Solche Prüfungen fielen für Paulus ermutigend aus. Er durfte sich sagen: Ich bin vielen voran. Der Eifer der anderen war lauer; sie wurden da müde, wo er zur Arbeit im Dienst Gottes frisch und munter blieb. Ihre gesetzliche Vollkommenheit war mangelhafter; er war unter ihnen der korrekteste. So wuchs sein Mut. Gott gab ihm Gelingen auf seiner Bahn. Die Hoffnung kam ihm nah, ein Leben führen zu können, das ein Muster der Gesetzestreue in aller Heiligkeit war.

Paulus trieb der Eifer für seine väterlichen Überlieferungen. Nichts ging dem Israeliten über die „Väter". Sie sind die heilige Autorität, auf die man blickt. Gott ist der Väter Gott, der Bund und das Gesetz ist den Vätern erteilt, die Verheißung den Vätern verliehen. Die Väter sind die Weisen, die die Schrift durchforscht und ihren Inhalt wohlbedacht in ihren Satzungen erläutert haben. Zu bleiben bei dem, was die Väter geordnet haben, ist die höchste Tugend und der glänzendste Ruhm. Ihre Überlieferungen sind ja, wie Paulus sagt, „meine väterlichen Überlieferungen". So zog ein rechter Jude, was ihm die Väter hinterlassen hatten, mit glühender Liebe an sich.[1] Dieser Eifer verschloß Paulus das Ohr für die Botschaft der Christen. Als der Weg Gottes galt ihm das Gesetz. Das Wohlgefallen Gottes ruht auf dem, der das Gesetz hält; ihm werden das Reich und die Gaben Gottes zugeteilt. Da war kein Raum für einen neuen Bund in dem Gekreuzigten. Was Glauben heißt und

[1] Die Formel „meine väterlichen Überlieferungen" hatte für Paulus noch einen besonders starken, persönlichen Klang, da es ihm bleibend zur Ermunterung diente, daß er „von seinen Vorfahren her im Dienst Gottes stand" (2.Tim. 1,3); nicht erst er selbst, sondern schon seine Ahnen sind Pharisäer gewesen (Apg. 23,6).

im Glauben die Gerechtigkeit haben, das faßte Paulus damals nicht. Gott allein hat ihn auf eine neue Bahn gestellt.

Die jüdischen Christen können nicht sagen, Paulus verstehe ihren Eifer nicht. Er kennt das alles gut und hat das auch getrieben. Welch eine Macht in den Worten liegt: „das Gesetz Gottes den Vätern gegeben“, „väterliche Überlieferung“, welch einen Reiz die eifrige Übung der Satzung gewährt, wie lockend es ist, sich über die trägen, unfrommen Menschen durch den korrekten Wandel nach dem Gesetz zu erheben, das weiß er ebensogut wie sie. Er hat das einst eifriger getrieben als die, die ihm jetzt mit dem Gesetz widerstehen. Sie sind nur halbe Juden; er war es ganz. Ihr Eifer ist geknickt, innerlich unwahr und künstlich aufgetrieben; sein Eifer war aufrichtig und ernst. Die Juden in Galatien konnten an ihm sehen, wohin ein rechtschaffener Eifer für das Judentum führt: weg von Christus, hinaus aus seiner Gemeinde, in die Reihe derer, die seine Gemeinde zu zerstören suchten, so wie er es einst getan hatte. Dorthin gehören solche jüdischen Glaubenseiferer und nicht in die christlichen Gemeinden. Sie sollen aber auch wissen, warum er sich mit diesen Dingen jetzt nicht mehr abgibt. Sie haben ihn beherrscht, ehe er Christus kannte, als er ihn verfolgte. Eben aus seinem Judentum heraus hat Gott ihn zu Christus bekehrt dadurch, daß er ihm seinen jüdischen Eifer als Irrweg erwies und nahm.

1,15-17: *Als es aber der Wille dessen war, der mich vom Leib meiner Mutter her ausgesondert* (Jer. 1,5) *und durch seine Gnade berufen hat, seinen Sohn in mir zu offenbaren, damit ich ihn unter den Völkern verkündige* (1. Kor. 9,1; 15,8), *beriet ich mich alsbald nicht mit Fleisch und Blut, ging auch nicht nach Jerusalem hinauf zu den Aposteln, die vor mir waren, sondern ging fort nach Arabien und kehrte wieder nach Damaskus zurück* (9,3). Der letzte Grund der Bekehrung des Apostels besteht in Gottes Beschluß. Fragen wir ihn: „Wie bist du Christ und Apostel geworden?“, so antwortet er: „So war es Gottes Wille.“ Im Willen Gottes läßt er seine Gedanken ruhen. In sich selbst kann er den Grund nicht suchen. Darin vollzieht sich das freie Walten Gottes; Gott hat es in seiner eigenen Weisheit und Güte bei sich festgestellt; vor ihm beugt Paulus sich dankbar. Dieses göttliche Wohlgefallen hat sein ganzes Leben von Anfang an regiert. Sein Elternhaus mit seinem jüdisch frommen Sinn, seine

Verpflanzung nach Jerusalem, sein Studiengang, sein Emporwachsen in die Reihe der Schriftgelehrten, sein Eifer im Dienst Gottes nach dem Gesetz, ja auch seine Berührungen mit der Christenheit und sein Kampf gegen sie, das alles waren Mittel zu dem Ziel, zu dem Gott ihn bestimmt hatte. Das ist im Rückblick des Apostels auf seinen Lebenslauf der ergänzende Gedanke zu V. 13. Dort kommt die Reue zum Wort, die er nicht stillen kann und nicht verlieren will; sie ist ja seine Kraft. Sie hindert ihn aber nicht, mit der tiefsten Dankbarkeit auf seinen Lebensgang zurückzusehen, weil er ihm überall die Leitung Gottes offenkundig macht. Gottes Auge ist nicht von ihm gewichen; Gottes Hand hat ihn mit jedem Schritt auf der besonderen, hohen Bahn erhalten, an deren Ende die Berufung zum Dienst eines Apostels stand. Seine Bekehrung ist ein Wunder Gottes und doch mit seinem ganzen Lebenslauf im engsten Zusammenhang und dessen wohl vorbereitetes Resultat. Freilich nicht er selbst hat diese Vorbereitung hergestellt. Er wußte gar nichts von dem Ziel, dem alles diente. Erst jetzt, als er am Ziel steht, sieht er, warum der Wille Gottes seinen ganzen Gang so geordnet hat.

Die entscheidende Wendung kam dadurch, daß Gott Paulus rief. Dabei werden wir an das Erlebnis bei Damaskus zu denken haben. Dort drang Gottes Ruf an sein Ohr, und was ihn rief, war Gottes Gnade. Wenn Gott an den Verfolger seiner Gemeinde kein Strafwort richtet, sondern den einladenden Ruf, der ihn in den Frieden mit ihm stellt und ihm an seinen Gaben Anteil gibt, so ist das freilich Gnade. Nichts kann die Wurzel einer solchen Berufung sein als die aus dem Erbarmen emporsteigende und durch die Sünde durchbrechende göttliche Gnade. Es gab dem Leben des Paulus seinen besonderen Charakter, daß es in dieser besonderen Weise an der Gnade seinen Grund besaß.

Wir wissen nun, woher das Apostelamt des Paulus kommt. Er ist erwählt durch das Wohlgefallen Gottes, ausgesondert vom Anfang seines Lebens an und berufen, als sein Leben sich zu Gott hin wenden sollte. Was war dabei das Ziel Gottes? Er wollte seinen Sohn in Paulus offenbaren. Das ist die Gabe, die Gottes Wohlgefallen ihm zudachte; die Aussonderung bereitete sie vor, und die Berufung teilte sie ihm zu. Das Gesetz Gottes kannte er; auch hatte er durch seinen Verkehr mit der Christenheit schon manches von Jesus gehört.

Aber der Sohn Gottes war ihm verborgen; nun nahm er ihn wahr. Mit Bedacht hat Paulus gerade hier Jesus den Sohn Gottes genannt. Was Jesus vor Gott und für Gott ist, darauf kommt es an. Jetzt sah Paulus in Jesus den, der von Gott ausgegangen und mit ihm in vollkommener Gemeinschaft verbunden ist. Nun lebt die Erkenntnis Jesu in ihm. Die Erscheinung Jesu, die ihm von oben entgegentrat, war keine vergängliche Gabe, wie wenn ein Licht mit plötzlichem Strahl aufleuchtet und wieder in die Dunkelheit versinkt. Mit dem äußeren Sehen wurde ihm auch ein inneres Sehen geschenkt, ein Offenbarsein des Christus in seinem Geist, das ihm den Aufblick zur Herrlichkeit des Christus „mit aufgedecktem Angesicht" bleibend gewährt (2. Kor. 3,18).

Was Paulus gegeben wurde, war nicht für ihn allein bestimmt. In der besonderen Gabe erfaßte er nüchtern und ernst die besondere Aufgabe. Gott hat ihn deshalb zum Empfänger seiner Gnade gemacht, damit er ihr Werkzeug sei. Und wie er in der Gabe vor den anderen ausgezeichnet wurde, so hat er auch eine Arbeit zu tun, die den anderen Aposteln nicht aufgetragen war. Ihm ist als seine besondere Pflicht der Dienst Jesu unter den Heiden zugewiesen. Hierin findet Paulus den Schlüssel zu allem, was Gott ihm besonders verliehen hat.

Die Art, wie Paulus hier von seiner Bekehrung spricht, ist in ihrer schlichten Einfachheit überaus schön. Eine wunderbar geordnete, fest und klar gewordene Seele tut sich in diesen Worten kund. Schlicht und aufrichtig ist seine Reue in der Erinnerung an seine Verirrung, schlicht und tief auch seine Dankbarkeit im Rückblick auf seinen Lebensgang. Klar und fest spricht er von der unvergleichlichen Gabe, die ihm zuteil geworden ist; klar und fest erfaßt er zugleich den Auftrag, der mit ihr verbunden ist. Da mischt sich kein hohler Ton ein, kein Bombast, keine Künstelei, keine ungezügelte Regung der Seele. Sie ist unter Gott gestellt und damit zur Ruhe und Ordnung gebracht.

Als Paulus Christus kannte, ging er sofort an sein Werk. Da gab es keinen leeren Zwischenraum, keine Zeit des Schwankens und Besinnens: Was soll ich tun? Will ich, oder will ich nicht? Er war zum apostolischen Werk vollständig ausgerüstet. Er wußte, daß Jesus der Christus ist und daß der Glaube an ihn Gerechtigkeit und Leben hat, und der Auftrag, ihn allen zu verkündigen, lag vor ihm. Was sollte er noch zögern? Ohne Zögern glaubte und gehorchte er. Hätte er sich zuerst bei den Menschen erkundigen sollen, ob die Offenbarung Gottes Wahrheit ist? Hätte er die Menschen um Erlaubnis bitten sollen, ob er dem Auftrag Gottes gehorchen darf? Er war gewiß, daß Gott ihn erleuchtet und berufen hatte; in dieser Gewißheit handelte er.

Fleisch und Blut nennt er hier den Menschen, weil er ihn Gott entgegensetzt. Neben Gott ist der Mensch nichts. In diese Bezeichnung schließt er auch Petrus und Johannes und die ganze Christenheit Jerusalems ein. Damit geschieht ihnen aber an ihrer Ehre kein Abbruch. Nur das liegt in diesem Wort, daß Paulus Gott für größer achtet als Petrus; daß das Wort Gottes nicht erst der Bestätigung der Apostel bedarf und nicht erst durch sie zur Wahrheit wird; daß Petrus der Bote Gottes und Jesu ist und darum nichts mehr zu sagen hat, wenn der Herr selbst in anderer Weise geredet hat. Sollte Paulus etwa nach Jerusalem zu Petrus und Johannes reisen und ihnen berichten: „Gott hat mich berufen, was meint ihr dazu?" Was hätte ihm Petrus sagen können als: „Glaube dem, was dir Gott offenbart, und gehorche dem, was dir Gott befiehlt"? Paulus gab Gott die Ehre und ließ nicht auch noch den Menschen reden, nachdem Gott geredet hatte; er war in dem, was ihm von oben gegeben war, beruhigt und gewiß.

Petrus konnte Paulus freilich viel Lehrreiches über Worte und Taten Jesu, aus der Geschichte seines Lebens und Auferstehens und aus den Erlebnissen der ersten Gemeinde mitteilen. In den Erinnerungen an die Arbeit Jesu auf Erden bestand der besondere Besitz der ersten Jünger, der ihren Dienst der Kirche unentbehrlich machte. Hätte Paulus die Absicht gehabt, Petrus zu verdrängen oder es ihm gleichzutun, so hätte er sich eifrig um diese Kenntnis bemühen müssen. Aber dieser Gedanke hat ihn nie berührt. Er hat nicht nach der Gabe des Petrus gestrebt, sondern mit der ihm selbst verliehenen Gabe Jesus gedient; und er wollte nicht tun, was Petrus konnte, sondern das, wozu er selbst vom Herrn befähigt war. Gott hatte ihm gezeigt, daß Jesus der Christus ist, der Sohn Gottes, gekreuzigt für uns und auferstanden für uns. Dieses jedermann zu bezeugen, bildete sein Amt, zu dem er keinen Menschen nötig hatte. Was ihm an

Kenntnissen aus der Geschichte Jesu und der ersten Gemeinde zukam, hat er gesammelt und an seinem Ort benützt. Aber sein Apostelamt stand nicht darauf.

Paulus erinnert an den Ort seiner ersten Tätigkeit. Es war für den Anfang seiner apostolischen Arbeit von Wichtigkeit, daß ihm Jesus nicht in Jerusalem, sondern bei Damaskus erschienen ist. Paulus war dadurch schon räumlich von den älteren Aposteln getrennt, und es konnte kein Verkehr mit ihnen stattfinden. Von Damaskus dehnte er seine Arbeit auf die anstoßenden Gegenden aus, nach Arabien, wobei wir an die Landschaften zwischen dem Jordan und dem Wüstenrand zu denken haben. Daß er nicht allzu weit nach dem Süden ging, ergibt sich daraus, daß er wieder nach Damaskus zurückkehrte.

1,18.19: *Dann nach dem Beginn des dritten Jahres ging ich nach Jerusalem hinauf, um Kephas kennenzulernen* (Apg. 9,26), *und ich blieb fünfzehn Tage bei ihm; aber einen anderen von den Boten sah ich nicht außer Jakobus, den Bruder des Herrn* (2,9.12; Apg. 12,17; 15,13; 21,18; Jak. 1,1; Jud. 1,1; Matth. 13,55). Über der ersten Arbeit des Paulus verstreichen mehr als zwei Jahre, und noch hatte er niemand aus dem Apostelkreis gesehen. Nun aber ging er nach Jerusalem. Wir wissen aus Apg. 9,23 ff., vgl. 2. Kor. 11,32, daß diese Reise nicht auf einem freien Entschluß beruhte, sondern dadurch veranlaßt war, daß ihm in Damaskus die Arbeit unmöglich wurde. Der Haß gegen ihn war so gestiegen, daß man die Tore bewachte, um ihn zu fangen. Dennoch konnte er heimlich die Stadt verlassen. Jetzt, da er aus seinem bisherigen Arbeitsfeld vertrieben war, wollte er Petrus kennenlernen. Paulus bewegte sich gegenüber den älteren Aposteln in freier Unbefangenheit. Er war nicht an sie gebunden, so daß er auf ihre Zustimmung und Anweisung warten mußte, sondern begann seine Arbeit ohne sie. Aber ebensowenig mied er sie absichtlich, als hätte er ein böses Gewissen oder als schätzte er sie gering. Solange er in Damaskus arbeiten konnte, blieb er von Jerusalem weg. Als er Damaskus verlassen mußte, stand unter seinen Wünschen der vornean, Petrus zu sehen.

Wie wenig Paulus seine Selbständigkeit durch diesen Besuch verlor, zeigte sich aus seinem Verlauf. Schon daß er erst im dritten Jahr nach Jerusalem kam, schließt jeden Verdacht aus, als habe ihn innere

Unsicherheit zu Petrus getrieben, um Unterweisung von ihm zu holen. Sodann dauerte sein Besuch nur fünfzehn Tage. Das war nun freilich nicht allein die Folge der eigenen Entschließung des Apostels. Er war auch in Jerusalem nicht müßig geblieben, und dies brachte ihn sofort in Lebensgefahr. Vor einem Mordanschlag der Juden wich er aus der Stadt. Es ist für Paulus sehr bezeichnend, daß er weder bei der Abreise aus Damaskus noch bei der Abreise aus Jerusalem auf die Gefahr hindeutet, durch die er hindurchgegangen ist. Er prunkt nicht mit seinen Kämpfen und Leiden. Man kann seinen Worten nicht entnehmen, wie mutig er in den Synagogen den Kampf für Jesus bestand, wie wenig er dabei seines Lebens schonte. Der Grund, weshalb er Jerusalem so bald verlassen mußte, ist für seinen Zweck nebensächlich. Es kommt ihm darauf an, daß sein Besuch nur von so kurzer Dauer war. Sodann hebt Paulus hervor, daß er damals nur Petrus und Jakobus, aber keinen der anderen Apostel sah. Was ihn hieran hinderte, ob niemand von den Aposteln in Jerusalem war oder ob dies mit seiner plötzlichen Abreise zusammenhing, wissen wir nicht. Aber auch dies tut kund, wie sein Weg unter Gottes Führung abseits von der Christenheit verlief. Er stand schon lange in reicher, ausgebreiteter Wirksamkeit, ehe er mit der Mehrzahl der Apostel persönlich zusammentraf. In all dem steht er unabhängig von den Menschen da. Wäre ihm eine längere Frist in Jerusalem beschieden gewesen, so hätte er sie dankbar ausgenützt. Konnte er nur einige Tage daselbst verweilen, so betrieb er sein Apostelwerk auch so. Hätte er auch die anderen Apostel gesehen, so hätte er sich dessen gefreut. Traf er sie nicht, so war dies kein Hindernis auf seinem Weg. Er bedurfte der Menschen nicht.

Das sind Tatbestände, die Paulus nicht beweisen kann, für die die Leser auf sein Zeugnis angewiesen sind. Darum beruft er sich auf Gott. 1,20: *Was ich euch aber schreibe, seht, es ist vor Gott, daß ich nicht lüge.* Es soll hier niemand dem Apostel einen Zweifel anhängen und sagen: „Es scheint uns unglaublich, daß du so selbständig und allein auf Gott gestellt zum Apostelamt gekommen bist; du erzählst das wohl, doch wer will untersuchen, ob es sich so verhält?" – Nein, so ist es geschehen, und Gott ist Zeuge! Auch mochte manches über die Anfänge des Apostels von den Juden erdichtet worden sein, was der Wahrheit nicht entsprach und was er mit seinen bestimmten Mitteilungen widerlegen wollte. Mit seinem Eid dämpft er jeden Widerspruch. Darauf hat ihn seine Arbeit in die Weite geführt. 1,21-24: *Dann ging ich in die Gegenden von Syrien und Cilicien* (Apg. 9,30). *Ich war aber den Gemeinden Judäas, die in Christus sind, dem Angesicht nach unbekannt. Sie hörten nur: Der, der uns einst verfolgte, verkündet jetzt die heilsame Botschaft vom Glauben, den er einst zerstörte, und sie priesen um meinetwillen Gott.* Cilicien mit Tarsus und Syrien mit Antiochia wurden das Arbeitsfeld des Apostels; die Berührung mit der Christenheit Judäas blieb zunächst auf jenen kurzen Besuch beschränkt. Nur sein Name war ihr wohlbekannt, und damals war noch kein Argwohn und keine Mißstimmung gegen ihn erwacht. Damals freute man sich in Judäa seiner. Daß Gott den Verfolger zum Verkündiger des Glaubens an Jesus gemacht hatte, war für die Gemeinden ein großes und erfreuliches Erlebnis; darüber priesen sie Gott. So fällt bei den Anfängen seines Apostelamtes den Menschen keine Rolle zu. Mit Gott hat Paulus sein Werk begonnen, auf Grund dessen, was Gott an ihm getan hatte.

Paulus wird von den Aposteln anerkannt

(2,1-10)

Im Anfang seiner Apostelarbeit stand Paulus ganz allein, ohne mit den Männern in Jerusalem verbunden zu sein. So konnte es aber nicht immer bleiben. Es kam die Zeit, die es notwendig machte, daß sie sich gegenseitig aussprachen und ihr Verhältnis zueinander deutlich regelten. Paulus tat später, was er in den Anfängen seiner apostolischen Arbeit nicht getan hatte: Er legte sein Evangelium den älteren Aposteln vor, damit sie vor der Kirche ihr Urteil darüber abgeben. Paulus ist auch damals nicht abhängig von den Menschen geworden; vielmehr hat sich seine von Gott ihm verliehene Selbständigkeit aufs neue bewährt. Er nennt zuerst den Anlaß, der ihn bewog, sich an die Apostel zu wenden, sodann, was die Frucht dieses Schrittes war.

2,1-5 (vgl. Apg. 15,1-29): *Später nach vierzehn Jahren zog ich wieder nach Jerusalem hinauf mit Barnabas und nahm auch Titus mit. Ich zog aber auf Grund einer Offenbarung hinauf, und ich legte ihnen die heilsame Botschaft vor, die ich unter den Völkern verkünde, den Angesehenen aber für sich, damit ich nicht umsonst laufe oder gelaufen sei. Aber auch Titus, der mit mir war und Grieche ist, wurde nicht gezwungen, sich beschneiden zu lassen. Ich tat es aber wegen der nebeneingedrungenen falschen Brüder* (Jud. 4), *die abseits hineinkamen, um unsere Freiheit, die wir in Christus Jesus haben, zu erkunden, damit sie uns unterjochten. Ihnen wichen wir auch nicht für eine Stunde, daß wir uns unterworfen hätten, damit die Wahrheit der Heilsbotschaft bei euch erhalten bleibe.* Erst der letzte Teil des Satzes nennt den Grund, der Paulus zu dieser Reise nach Jerusalem bewog. Er besaß eine vollkommene Freiheit und gab sie auch den Gemeinden. Frei war er im Gebrauch der Natur; er hat nichts an ihr für unrein gehalten, sondern alles mit Danksagung zum Guten gebraucht. Freiheit hatte er im Verkehr mit den Menschen; es gab für ihn hier keine trennenden Unterschiede. Er wies sie alle in dieselbe Stellung vor Gott in der Sünde und in der Gnade und verband alle in derselben Berufung zu Christus. Frei war er weiter vom Gesetz; es hatte neben Christus keine Stelle mehr, sondern war völlig durch das ersetzt, was wir im Christus finden. Frei war er deshalb auch von der Sünde; denn die Gnade des Christus ist mächtiger als sie; sie löscht ihre Schuld und überwältigt in der Kraft des Geistes ihren Reiz. Frei wußte Paulus sich darum auch von der Knechtung unter den Tod und die Vergänglichkeit, unter der alles Natürliche sich ängstet; ihm ist ewiges Leben durch seinen Anteil an Christus gegeben, so daß er nicht nur für zeitliche, vergängliche Ziele, sondern für Gott lebt und wirkt. So waren überall die Hindernisse, Knechtungen und Ketten, die den Menschen ohnmächtig machen, für Paulus abgefallen. Er war inwendig fest erfaßt und gehalten von Christus; sein Denken und Trachten war an ihn gebunden. Dadurch war er allem entnommen, was den Menschen zerrüttet, geschützt gegen alle Feinde seines Heils und mächtig gemacht, allen Menschen wohlzutun und alle Gaben Gottes sich zum Guten und mit Dankbarkeit zu brauchen. Diese Freiheit besaß der Apostel im Christus. Er hat sie sich nicht selbst genommen durch einen eigenmächtigen Griff. Im Hader gegen Gott entsteht stets das Gegenteil der Freiheit. Wer sie begehrt, muß seinen Willen mit Gott eins machen, und das geschieht dadurch, daß wir Christus kennen. Ihn hat uns Gott dazu gesandt, daß er uns in die Freiheit führe. Weil sie aber zum Werk des Christus gehört und einen wesentlichen Teil seiner Gabe bildet, konnte Paulus seine Freiheit aus keinem Grund preisgeben. Wer die Freiheit nicht mag, stößt Christus weg.

An der Freiheit entstand aber Argwohn und Widerspruch. Man hatte Paulus knechten wollen, dadurch daß man ihm die mosaischen Gebote als unverletzliche Satzung auflegen wollte. Wir wissen aus der Apostelgeschichte, daß dies in Antiochia geschehen war (15,1). Denen, die diesen Versuch machten, spricht Paulus jedes Recht in der Gemeinde ab. Sie gehören nicht zur Kirche, kennen Christus nicht, haben keinen Glauben an ihn und stehen in keiner lebendigen, durch den Geist gewirkten Verbindung mit ihm. Man kann nicht Christus im Glauben ergriffen haben, ohne von ihm befreit zu sein. Diese Gegner des Paulus sind von derselben Art wie die Verfolger der Kirche draußen in der Judenschaft, nur daß sie nicht mit Gewalt verfahren, sondern sich mit List wie Spione in das eigene Lager der Christenheit schleichen, um in Erfahrung zu bringen, wie man sie so verletzen kann, daß sie stirbt. Die Freiheit der Christenheit schien ihnen der geeignete Punkt für ihren Angriff. Wie leicht ließ sie sich verdächtigen! Und wenn sie der Christenheit entrissen war, dann war diese um ihre Kraft gebracht und wieder auf den jüdischen Boden zurückgeworfen.

Mit diesem Urteil hat Paulus seinen Gegnern gewiß nicht Unrecht getan. Sie wollten allerdings auch Christen sein, sprachen auch vom Glauben an Jesus und von der Hoffnung auf ihn, von der Erwartung seiner Herrschaft und vom Empfang der Seligkeit durch ihn. Aber die Hauptsache blieb ihnen doch ihr Judentum und ihr Gesetz. Das zeigte sich darin, daß sie Christus seine Freiheit nicht lassen wollten, alle zu retten, die an ihn glauben, und zu berufen, wen er will. Er sollte nur Juden an seiner Gnade Anteil geben und nur durch das Gesetz hindurch. Darum ließen sie auch den Glaubenden ihre Freiheit nicht, volles Genüge in Christus zu finden und auf nichts ihr Vertrauen zu setzen als auf ihn allein. Sie sollten vor allem an das Gesetz gebunden sein. Damit erwiesen sie, daß ihnen nicht Christus, sondern das Gesetz als ihr Heiland, als ihr Band mit Gott, als der Träger und Mittler seiner Gaben galt. Der stolze, selbstsüchtige Wille des Juden, der sich vor Gott großmachte und über alle anderen erhob, war nicht ausgetrieben, sondern trat in ihnen mitten in der Gemeinde auf.

Diese Verehrer des Gesetzes stießen bei Paulus auf einen harten Felsen, der sich nicht brechen ließ. Mochten sie noch so laut rufen: Gottes Gesetz, unwandelbare Satzung des Herrn, Sakrament seines ewigen Bundes, bleibendes Zeichen seiner Erwählung! – Paulus hielt unerschüttert bei der Freiheit in Christus Wacht. Forderten sie, daß der Sabbat gelte, so hielt er ihn nicht. Verlangten sie die reine Speise, so hielt er nichts für gemein. Wollten sie die Beschneidung haben, so nannte er die Glaubenden mitsamt ihrer Vorhaut das Eigentum Gottes.

Und doch konnte Paulus so nachgiebig und fügsam sein; man lese 1. Kor. 8, Röm. 14 und in unserem Brief 5,26–6,5. Es sind die zartesten Mahnungen zur Nachgiebigkeit, zur Rücksicht auf das Urteil der anderen, zum Verzicht auf das eigene Recht und die eigene Freiheit. Sogar vom Glauben sagt er, daß wir ihn nicht hervorkehren und anderen aufdrängen sollen: „Hast du Glauben, so habe ihn für dich selbst bei Gott." Warum wich er dagegen diesen Männern nicht einen Augenblick? „Damit die Wahrheit der Verkündigung den Heidenchristen verbleibe." Was sollte aus den heidenchristlichen Gemeinden werden, wenn die christliche Botschaft nur noch ein Anhang zum Gesetz war? Damit war ihre Wahrheit preisgegeben. Nur ihr Schein blieb so zurück, jene „andere Botschaft", die nur eine Verkehrung der heilsamen Botschaft Jesu war (1,6). Wo aber das Wort bekämpft wird, das die errettende Gotteskraft für alle ist, und seine Wahrheit bedroht wird, da gelten alle anderen Rücksichten nichts. Die Freiheit, in der Paulus stand, machte manchen ängstlich und besorgt. Gegen alle Ängstlichkeit war Paulus voll schonender Rücksicht; er hielt das Band der Gemeinschaft mit solchen Christen mit hingebender Sorgfalt fest. Sie waren keine falschen Brüder, sondern, mochten sie noch so schwach sein, echte Brüder, denen nach Jesu Art alle Liebe zu erweisen war. Aber gegen die trotzigen Geister, die nicht nur selbst die Freiheit nicht besaßen, sondern sie auch anderen rauben wollten, fürchtete er keinen Kampf.

So scheiterte der erste Anlauf der falschen Brüder; sie konnten ihre Absicht nicht ausführen. Aber sie gaben deshalb ihre Meinung nicht auf, sondern lästerten die Freiheit des Paulus und der glaubenden Heiden. So war in den Gemeinden Zank. Dies trieb Paulus nach Jerusalem. Jetzt wandte er sich an die dort die Gemeinde führenden Apostel. Jetzt sollten auch sie reden, unzweideutig in dieser Sache Stellung nehmen, mit ihm die Freiheit in Christus schützen und die falschen Brüder abweisen. Er wollte sich persönlich mit denen besprechen, die das Ansehen hatten, mit Petrus, Johannes und Jakobus. Er nennt sie hier nicht Apostel Jesu, sondern die Geltenden, die den gefeierten Namen und das große Ansehen hatten. Er spricht offenbar mit Unwillen und Tadel, aber nicht gegen Petrus und Jakobus, sondern gegen die, denen die Wahrheit des Evangeliums nichts galt, wenn Paulus sie ihnen vorlegte, es sei denn, daß auch Petrus sie bestätigte, gegen die, die über die Freiheit in Christus murrten, bis Petrus sie schweigen hieß, während Paulus sie nicht zum Schweigen bringen konnte. Es galt ihnen weder seine apostolische Vollmacht etwas, weil sie die Sendung Jesu in ihm verachteten und ihn weit geringer schätzten als Petrus, noch machte seine Darlegung der Allgenugsamkeit der Gnade des Christus und der Vollkommenheit seiner Erlösung Eindruck auf sie, weil sie das Evangelium weder faßten noch glaubten. Solche Leute unterwarfen sich nicht dem Christus und der Wahrheit seines Worts, sondern dem Petrus und Jakobus und ihrem Ansehen. Deren Autorität war für sie der Zügel, dem sie sich fügten. An den Menschen hingen sie.

Eben dieses knechtische Hängen an Petrus und Jakobus nötigte Paulus, die Sache nach Jerusalem zu ziehen. Er kam nicht zu Petrus als dem Apostel Jesu, um zu erfahren, was der Wille des Christus sei; er war über den Willen des Christus gewiß, aber die, die das Ansehen hatten, suchte er auf. Er wandte sich an sie als an die vielgeltenden Männer, deren Wort in der ganzen Kirche gehört wurde und die Widersprechenden zum Schweigen nötigte, die Schwankenden befestigte und den Streit dämpfte. Für Paulus war diese Reise ein Weg der Demut und Nachgiebigkeit. Er trat damit an die Seite derer, die nicht das Ansehen hatten; er tat das um der Schwachen willen, die sich durch die falschen Brüder verwirren ließen. Warum galt ihnen Petrus mehr als Paulus? Warum glaubten sie dem Evangelium nicht, wenn Paulus es verkündigte, wohl aber, wenn Petrus es bestätigte? Die Gründe hierfür waren nicht geistlicher Art. Aber die

Gefahr für die Kirche war in jenem Augenblick groß, und die Gründe, die Paulus zu diesem Schritt trieben, waren dringend. Er mußte fürchten, seine ganze Arbeit sei umsonst; er gleiche einem Wettläufer, dem der Siegespreis entrinnt. Was sollte aus seiner Arbeit werden, wenn die Einigkeit unter den apostolischen Männern nicht unzweifelhaft ans Licht trat? Paulus und Petrus waren bisher selbständig ihre eigenen Wege gegangen; aber nun mußte offenbar werden, daß Christus beide in dieselbe Wahrheit und Freiheit geführt hatte; die Stunde war da, in der sie einander die Hand reichen und Petrus das selbständig herangewachsene Werk des Paulus ausdrücklich anerkennen und ihm zustimmen mußte. Hätte Petrus sich jetzt von Paulus getrennt oder ihm gar widersprochen, hätten sich die Apostel unter sich nicht geeinigt, so wäre die ganze Arbeit des Paulus, nicht nur seine künftige, sondern auch seine bisherige, umsonst gewesen; dann baute er, und andere rissen ein, und alle seine Bemühungen wären am Zwiespalt der Apostel in nichts zergangen. Es hätte für die Kirche kein größeres Unglück geben können als eine Entzweiung zwischen Petrus und Paulus. Er sagt gewiß nicht zuviel, wenn er erklärt, ohne die Zustimmung des Petrus wäre sein ganzer Lauf vergeblich gewesen.

Der Bericht des Paulus zeigt, daß es damals noch nicht jedermann deutlich war, wie Jakobus, Petrus und Johannes sich zu den Heidengemeinden stellten. Die falschen Brüder werden Paulus eifrig vorgeworfen haben, er stehe im Widerspruch gegen die Apostel in Jerusalem; in Jerusalem halte man das Gesetz, in Antiochia nicht; in Jerusalem sei der Sabbat heilig, in Antiochia entweihe man ihn; in Jerusalem kenne man nur beschnittene Gläubige, in Antiochia dulde man auch unbeschnittene; in Jerusalem denke niemand daran, sich von Israel zu trennen, in Antiochia habe man sich von der jüdischen Gemeinde geschieden; das widerspreche der Lehre der Apostel. Die Apostelgeschichte stellt uns überaus schön dar, wie ruhig und nüchtern und natürlich die erste Gemeinde herangewachsen ist. Sie machten keine weit aussehenden Projekte und stellten nicht Lehren auf, die keine praktische Veranlassung und keine Beziehung zu ihrer Aufgabe hatten. Schritt um Schritt, wie Gott es fügte und die Dinge sich gestalteten, ging man voran. Petrus und die anderen Apostel waren von Jesus nach Jerusalem geschickt; dort blieben sie und waren als die Glieder ihres Volks allen Ordnungen des Gesetzes untertan. Darin waren sie äußerlich den falschen Brüdern ähnlich, weshalb diese sich auf sie berufen konnten. Auch sie hatten beides, das Gesetz und den Christus, den Gottesdienst Israels und den Glauben an den Gekreuzigten und Auferstandenen. Aber der Unterschied der Apostel von den falschen Brüdern bestand in der Weise, wie sie beides nebeneinander übten und zusammenordneten: Sie ordneten nicht wie diese Christus dem Gesetz nach; vielmehr war ihr Glaube und ihre Hoffnung wahrhaftig und ganz auf Christus gerichtet. Ihn predigten Petrus, Jakobus und Johannes und nicht das Gesetz; in ihm suchten sie die Gnade Gottes und nicht in ihrem Gesetzesdienst; von ihm erwarteten sie den Eingang in Gottes Reich und nicht von ihrem Judentum. Die Ähnlichkeit mit den falschen Brüdern war äußerlich, die Trennung von ihnen innerlich; so war auch ihr Unterschied von Paulus äußerlich und ihre Gleichheit mit ihm innerlich, und diese inwendige Einheit zwischen Petrus und Paulus mußte nun für die ganze Christenheit offenbar werden.

Diese Besprechung mit den Aposteln in Jerusalem fand erst lange Zeit nach der Berufung des Paulus statt, vierzehn Jahre nach seinem früheren Besuch in Jerusalem, nachdem er allein ohne die Bestätigung der Apostel in Jerusalem sein Werk schon weit ausgebaut und bis tief ins Innere Kleinasiens hinein ausgedehnt hatte. Auch vertrat er die Sache der Heidengemeinden nicht allein; Barnabas ging mit ihm als Zeuge und Vertreter derselben Verkündigung und derselben Freiheit, die Paulus übte. Zugleich nahm Paulus Titus mit, weil er ein geborener Grieche und unbeschnitten war. Er stellte dadurch die Gemeinde Jerusalems sogleich praktisch vor die Frage, wie sie sich gegen die glaubenden Heiden verhalte. Wurde Titus von ihr brüderlich aufgenommen, so war die ganze Heidenkirche in Jerusalem anerkannt; wäre von ihm die Beschneidung gefordert worden, dann freilich wäre der Riß in der Kirche dagewesen.

Das alles tat Paulus nicht ohne bestimmte göttliche Weisung. Es leiteten ihn nicht nur eigene Erwägungen, wie nötig gerade jetzt das Einverständnis mit Petrus sei, auch nicht nur die Beschlüsse der antiochenischen Gemeinde, die die Sache gern in Jerusalem entschieden sah; sondern er empfing auch die Weisung und Zusage Gottes, daß eben jetzt der rechte Moment zu diesem Schritt sei. So konnte er getrost nach Jerusalem gehen und Titus zuversichtlich mitnehmen. Er wußte, daß Gott ihm den Weg daselbst bereitet hatte und bei dieser wichtigen Wendung der Dinge die Hand schützend über der Kirche und seinem Apostelwerk hielt.

Seine Hoffnung hat Paulus nicht getäuscht. Wie er von der Sorge spricht, die ihn damals bewegte, daß am Zwiespalt in der Kirche seine Arbeit untergehen könnte, fügt er sogleich bei, daß das Ergebnis ein anderes war. Die Apostel in Jerusalem trennten sich samt der dortigen Gemeinde von den falschen Brüdern. Titus verkehrte ohne Beschneidung als Christ und Bruder mit den Aposteln und Christen Jerusalems. Sicher hätte es mancher in der Gemeinde gern gesehen, wenn er Israel beigetreten wäre; aber gefordert wurde es nicht. Titus stand wegen seines Glaubens an Jesus unter den jüdischen Christen als ihr Bruder, wie sie ein Sohn Gottes und Erbe des Christus, derselben Gnade gewürdigt und zur selben Hoffnung berufen wie sie.

Ausführlicher gibt Paulus mit dem neuen Satz an, welches das Ergebnis jener Besprechung war. 2,6: *Von denen aber, die das Ansehen hatten, daß sie etwas seien – was sie waren, das macht für mich keinen Unterschied; denn parteiische Gunst erweist Gott einem Menschen nicht – mir legten die Angesehenen nichts weiter auf* (Röm. 2,11; Apg. 10,34; Eph. 6,9). Die Apostel in Jerusalem haben Paulus zugestimmt. Er legte ihnen sein Evangelium vor, und sie legten ihm nichts vor, was als ein Zusatz hinzugekommen wäre, wie die falschen Brüder zum Glauben an Christus auch noch die gesetzlichen Forderungen hinzutaten. Die Apostel in Jerusalem haben an der Ordnung der Heidengemeinden, wie Paulus sie eingerichtet hatte, nichts geändert. Was sie von diesen als den Erweis und die Frucht ihres Glaubens forderten, das forderte Paulus auch; was er dagegen bestritt, das forderten auch sie nicht. Über die Merkmale des rechtschaffenen Christenstandes waren sie sich alle einig. Vom Gesetz war keine Rede, als wäre es Christenpflicht. Es blieb für die Gemeinden alles so, wie es durch die Predigt und Weisung des Paulus geworden war. So schlug der Versuch der jüdischen Eiferer, die Gemeinden jüdisch zu machen, in sein Gegenteil um; denn ihre Freiheit war nun durch das Zeugnis aller Apostel festgestellt, und es war kein Riß zwischen ihnen entstanden. Auch die Selbständigkeit des Paulus war durch diese Reise und Verhandlung nicht verdunkelt, sondern hell ins Licht gestellt; denn mit der Zustimmung zu seinem Evangelium ging die ausdrückliche Anerkennung seines Apostelamts Hand in Hand.

Es war ein großer Schritt, den die Apostel in Jerusalem damit vollzogen; denn es war für jeden Juden eine schwere Sache, über das mosaische Gesetz hinwegzugehen. Allerdings hatte man bei diesen Beschlüssen nur die Heiden im Auge. Aber auch den Heidengemeinden konnten die Apostel in Jerusalem die Freiheit vom Gesetz nicht zugestehen, wenn sie nicht innerlich von ihm frei waren, weil sie etwas Größeres als das Gesetz kannten. Petrus hat viel gelernt seit jenem Tag, als er in Joppe der göttlichen Aufforderung mit lebhaftem Widerwillen antwortete: „Niemals kam etwas Unreines in meinen Mund!" (Apg. 10,14.) Nun stand ein Heidenapostel vor ihm, der vom Gesetz völlig frei geworden war, und eine Heidenchristenheit, die sich Israel nicht gleichförmig machte; er aber erkannte jenen als Apostel und diese als Gemeinde Jesu an und vollzog fest und mutig die Einigung mit ihr, obschon er damit das ganze für das Gesetz eifernde Israel wider die Christenheit erbitterte und in den Augen aller Pharisäer seinen Abfall von Gott an den Tag brachte. Es kam an diesem Tag vieles zur reifen Frucht: Jesu eigene Unterweisung und die Freiheit, mit der er selbst über die Satzung hinweg zum Dienst Gottes in Geist und Wahrheit fortgeschritten war; sodann die schwere Schule des Kreuzes und der bitteren Erfahrungen mit dem Unglauben Israels, die gezeigt hatten, daß gerade der Gesetzesdienst Israel von Christus und von Gott fernhielt, vor allem aber die reichen innerlichen Erweisungen der Gnade und Herrlichkeit des Christus, die die ersten Apostel in aufrichtiger Buße vor ihm gebeugt und zum dankbaren Glauben an seinen Namen erhoben hatten, so daß er ihnen über alles teuer geworden war und sie ihn auch im Heiden höher schätzten als alles, was bisher der Ruhm Israels gewesen war.

Weil Paulus von der Zustimmung redet, die sein Evangelium bei denen fand, die das Ansehen hatten, erklärt er zugleich mit den stärksten Worten, daß auf ihr Ansehen gar nichts ankomme. Er will dem Hängen an den Menschen, das spricht: „Ja, wenn es Petrus gesagt hat, dann freilich ist es sicher", keinen Vorschub bieten, auch jetzt nicht, wenn er aussprechen kann, daß Petrus sein Apostelamt bestätigte. Es sollte der Schein völlig vermieden werden, als ob die Verkündigung des Paulus erst durch Petrus wahr, gültig und glaubhaft geworden wäre. Darum erklärt Paulus: An ihnen liegt nichts, obschon sie die Begleiter Jesu, die Hörer seiner Predigt, die Zeugen seiner Wunder, seines Todes, seiner Auferstehung und die ersten Verkündiger des Evangeliums gewesen sind. Das alles kommt für ihn nicht in Betracht und gibt jenen keine besondere Wichtigkeit. Warum nicht? Weil Gott niemand zu seinem Günstling macht und sich nicht mit besonderer Liebe, die zur Parteilichkeit wird, an diesen oder jenen Menschen hängt. Für Paulus steht der freie Zugang aller zu Gott fest. Eine und dieselbe Regel Gottes steht über allen. Ein und dasselbe Antlitz kehrt Gott allen Menschen zu. An niemand, und ob es Petrus, Johannes oder Jakobus sei, hat Gott sich so gebunden, daß man sagen dürfte: Was nicht von Petrus herkommt, gilt nichts. Petrus wiegt in Gottes Waage nicht mehr als Paulus oder sonst ein Mensch.

Es gibt allerdings Unterschiede der Begabung und Berufung. Daß Petrus und Johannes von Jesus zu seinen ersten Jüngern erwählt und die Zeugen seines ganzen Wandels wurden, gibt ihnen eine unvergängliche und unvergleichliche Bedeutung für die ganze Kirche und macht sie zu Lehrern und Leitern für alle Gläubigen. Aber diese Wichtigkeit, die sie haben, stammt daher, daß Gott sie in seinem Dienst gebraucht und seine Gaben ihnen verliehen hat. Was Paulus uns hier lehrt, ist dies, daß wir den Menschen als das Werkzeug Gottes zu achten und im Apostel den Boten Gottes zu sehen haben, durch den wir Gott hören. Das Werkzeug bleibt das Nebensächliche, Unwichtige. Hieran ändert auch die höchste Höhe der Begabung und Berufung nichts. Und wenn Petrus Jesus vom Jordan bis nach Golgatha begleitet und am Pfingsttag mit neuen Zungen geredet hat und der Fels geworden ist, auf den Jesus seine Kirche baute: an ihm liegt nichts. Die Wahrheit, die er spricht, ist Gottes Wort und die Gnade, die er predigt, Gottes Gnade. Auch folgt daraus nicht, daß Gott alles durch Petrus allein ausrichtet und nicht neben ihm auch einen Paulus beruft. Gott wählt und bildet sich seine Werkzeuge frei. Paulus schaut den Menschen mit Gott verbunden und unterscheidet beide gleichzeitig aufs bestimmteste. Er schaut beide verbunden; denn Gott spricht und wirkt durch den Menschen und legt die Ehre, ihm dienen zu dürfen, auf ihn. Das macht den Menschen wichtig, groß, ehrwürdig, doch nicht so, daß er es in sich selbst ist; er ist es und wird es durch Gott. Deshalb ist es unerläßlich, daß zwischen beiden unterschieden wird; sonst tritt der Mensch an Gottes Statt, und es wird eine Art Halbgott aus ihm. Weil Paulus mit dieser trüben Vermischung von Mensch und Gott zu kämpfen hat, die die Ehre, die Gott dem Menschen gibt, auf diesen selbst überträgt, darum betont er scharf den Unterschied, damit wir den Menschen, und sei es Petrus, bleiben lassen, was er ist: ein Mensch. Der Gewinn, den Paulus hieraus zog, war, daß kein Mensch ihn am eigenen, freien Zugang zu Gott hindern konnte. Er brauchte keinen Menschen als Mittler mit Gott, sondern war gewiß, daß er denselben Gott wie Petrus hat und dieselbe Wahrheit und Gnade Gottes auch ihm gehört.

Nichts Neues kam in Jerusalem zur Verkündigung des Paulus hinzu. 2,7-10: *sondern im Gegenteil, da sie sahen, daß mir die Heilsbotschaft für die Unbeschnittenen anvertraut ist wie Petrus die für die Beschnittenen – denn der, der für Petrus zum Apostelamt für die Beschnittenen wirksam war, war auch für mich bei den Heiden wirksam – und da sie die Gnade erkannten, die mir gegeben wurde, haben Jakobus und Kephas und Johannes, die als Säulen angesehen sind, mir und Barnabas den Handschlag der Gemeinschaft gegeben, daß wir zu den Heiden, sie zu den Beschnittenen gesandt seien, nur daß wir der Armen gedenken sollten; das habe ich mich auch bemüht zu tun* (1. Kor. 16,1-4; 2. Kor. 8,9; Röm. 15,26.27; Apg. 24,17). Bei der Ehre, die ihm zuteil wurde, hebt Paulus sorgsam hervor, wofür er Anerkennung begehrt. Es gilt natürlich auch ihm, daß nichts an seiner menschlichen Art und Leistung liegt. Aber die Verkündigung Jesu unter der Völkerwelt ist ihm anvertraut, und Gott ist für ihn wirksam gewesen und hat ihm Gnade verliehen. Was er ihm gegeben hat, das soll erkannt und geschätzt werden; es ist auch von den Aposteln in vollem Maß gewürdigt worden. Die, die als die festen Pfeiler der Kirche geehrt wurden, stellten Paulus neben sich als ihnen gleich. Die Hand der Gemeinschaft, die sie ihm reichten, war mehr als das Zeichen der brüderlichen Gemeinschaft zwischen Christen in der Einheit des Glaubens und der Liebe. Sie war hier das

Zeichen der Genossenschaft im apostolischen Beruf, der Gemeinsamkeit der Sendung durch Christus zum gleichen Werk. Mit dieser Gleichstellung vertrug es sich vortrefflich, daß jeder seine besondere Arbeit behielt. Sie wollten und konnten nicht alle dasselbe tun und verlangten dies auch nicht voneinander; jeder behielt vielmehr sein eigenes Arbeitsfeld. Petrus begann nicht sofort die Heidenpredigt, und Paulus zog nicht die Leitung der jüdischen Gemeinde an sich. Petrus war überzeugt, daß der Befehl Jesu ihn nach Jerusalem stellte, weil Israel das Evangelium hören und zu Christus hingewiesen werden sollte. Paulus wußte, daß ihm die Heiden von Jesus zugeteilt waren. Jeder hat das ihm aufgetragene Werk zu treiben und wird hierin von den anderen geachtet und geehrt. Eben in dieser Teilung der Arbeitsgebiete lag die volle gegenseitige Anerkennung. Weil sie einander Vertrauen erwiesen und jeder im anderen den Apostel des Christus sah, der unter der Leitung des Herrn steht, gewährten sie einander ungeschmälerte Selbständigkeit.

Damit war den jüdischen Eiferern verboten, die heidnischen Gemeinden mit ihren Forderungen zu beschweren; diese sollten ungehindert ihren besonderen Weg gehen und sich nicht von Jerusalem aus regieren lassen. Nur in einem Punkt sollten auch sie der jüdischen Gemeinde dienen und sich nicht weigern, an ihrer Last mitzutragen: Sie sollten zur Erhaltung der Armen in Jerusalem mithelfen. Damit war von ihrer Freiheit nichts abgebrochen, dafür aber der Liebe die Gelegenheit gegeben, die Einheit der ganzen Kirche im Glauben an denselben Herrn sichtbar zu machen. Die jüdische Gemeinde muß schon damals sehr bedrängt gewesen sein. In der dichten Menschenmenge, die sich in Jerusalem zusammendrängte, weil es der Ort des Tempels und die Stadt der Verheißung war, muß sich neben großem Reichtum überaus viel Armut gefunden haben. Und nicht aus den reichen jüdischen Familien, sondern aus den Armen sammelte sich die Gemeinde. Darum sehen wir sie von Anfang an mit der Armut im Kampf. Schon die großen Taten der alles für die Gemeinde hergebenden Aufopferung, die uns die Apostelgeschichte aus der ersten Zeit der Kirche erzählt (4,33-37; 6,1 ff.), beweisen, daß die Gemeinde mit Armen schwer belastet war. Dazu kam die Feindseligkeit der Judenschaft, die manchen von seiner Familie schied und seiner Existenzmittel beraubte. So sah man sich in Jerusalem verlangend nach Hilfe um. Dies gab Paulus und den Heidengemeinden Gelegenheit, ihre Verbindung mit Jerusalem durch ein sichtbares Zeichen immer wieder zu erneuern. Paulus betrieb diesen Hilfsdienst mit großem Eifer (vgl. 2. Kor. 8 und 9). Seine letzte Reise nach Jerusalem ist dafür das größte Zeugnis; denn damals hat er Leben und Freiheit an die Ausrichtung dieses Liebesdienstes gesetzt (vgl. Röm. 15,25-32).

So brachte diese Reise des Paulus nach Jerusalem ein wichtiges Ergebnis. Einmal haben alle Apostel einstimmig die heidenchristlichen Gemeinden allein auf Christus gewiesen und ihre Freiheit bestätigt. Sodann war Paulus jetzt auch in Jerusalem als Apostel anerkannt und von den älteren Aposteln ihrem Kreise beigefügt. Für die galatischen Gemeinden gab es hier viel zu lernen: daß es eine Torheit war, am apostolischen Beruf des Paulus zu zweifeln, während doch die Säulen der Kirche ihn anerkannten und die Arbeit unter den Heiden ausdrücklich ihm übertrugen; und daß es eine Lüge war, wenn sie die Apostel gegeneinanderstellten und Petrus zuliebe das Evangelium des Paulus verwarfen. In Wirklichkeit bestand zwischen den Aposteln kein Zwiespalt, in Jerusalem wurde dasselbe Evangelium gepredigt, das Paulus verkündigte, und auch Petrus kannte für die Heiden keinen anderen Weg zu Gott als den Glauben an Jesus.

Paulus war stärker als Petrus

(2,11-21)

Petrus hat nicht nur in Jerusalem mit Worten aus der Ferne der Heidenkirche zugestimmt und ihre Freiheit bestätigt, sondern er ist selbst nach Antiochia gekommen, unter die Heidenchristen getreten und hat durch brüderlichen Verkehr mit ihnen ihren Glauben und ihre Freiheit bekräftigt. Daraus entstanden aber Schwierigkeiten, die Petrus nicht bedacht hatte, so daß er in ein Schwanken kam und Paulus die schwere Aufgabe zufiel, ihm zu widerstehen. Allein Paulus war auch hier stark genug. 2,11-13: *Als aber Kephas nach Antiochia kam, widerstand ich ihm ins Gesicht, weil Verurteilung auf ihm lag. Denn bevor einige von Jakobus kamen, aß er zusammen mit den Heiden. Als sie aber kamen, zog er sich zurück und sonderte sich ab, da er die, die aus der Beschneidung sind, fürchtete, und auch die anderen Juden heuchelten mit ihm, so daß auch Barnabas durch ihre Heuchelei mit fortgerissen wurde.* Paulus konnte den Gemeinden keinen größeren Beweis für seine innere Sicherheit geben als durch den Hinweis auf diesen Vorgang. Wenn er von den Gemeinden verlangte, daß sie bei seinem Wort bleiben, selbst wenn ein Engel vom Himmel ihnen anders predigte, so hat er es selbst so gehalten und ist beim Evangelium geblieben: mit Petrus, als dieser mit dem Evangelium einträchtig war, ohne Petrus und sogar gegen Petrus, als dieser von ihm wich. Als Petrus schwach wurde, wurde er nicht schwach, sondern war stark genug, gegen ihn aufzustehen; er ließ die Wahrheit des Evangeliums nicht fahren, sondern hielt sie allen denen vor, die irregingen, damit sie sich an ihr zurechtfinden. Ohne Petrus wuchs er hinein in sein Apostelamt; mit Petrus schützte er einträchtig das Evangelium gegen die falschen Brüder; und nun wurde er sogar noch über Petrus emporgeführt, so daß er Petrus zur Stütze und Zurechtweisung wurde.

Es braucht nicht viel Überlegung, um die Schwierigkeiten zu verstehen, die den an Jesus glaubenden Juden aus dem Gesetz erwuchsen. Reinigkeit und Sabbat waren unzweifelhaft biblische Gebote und durch Gott zum Gesetz für Israel gemacht. Deshalb war es eine tief ins Gewissen dringende Frage, wann und wie man sie übertreten durfte. Diese Schwierigkeiten waren für die Juden noch nicht damit erledigt, daß die Heidengemeinden vom Gesetz frei gemacht waren. Denn sie mußten auch in ihrem eigenen Gewissen ermächtigt sein, als Juden die gesetzlichen Ordnungen zu beseitigen, ohne daß darin Ungehorsam gegen Gott und Verachtung seines Wortes lag. Unfromme Juden, die mit leichtem Herzen das Gesetz zerrissen, gab es zu jeder Zeit; aber ein frommer Jude zu sein, in der Furcht Gottes zu stehen, sein Gebot über alles zu ehren und doch die gesetzlichen Ordnungen mit gutem Gewissen und ohne innere Anklage zu beseitigen, das war schwer.

In Jerusalem, wo jedermann nach dem Gesetz lebte, lag kein Anlaß vor, von seinen Ordnungen abzugehen; wohl aber wurde dies in den gemischten Gemeinden notwendig, in denen Juden und Heiden in der Verbundenheit des brüderlichen Verkehrs eng zusammen lebten. Da konnten die Judenchristen die Schranke, die das

Gesetz zwischen Israel und den Heiden errichtet hatte, nicht auch den Heidenchristen gegenüber festhalten, und die Speiseordnung fiel. Das war aber für einen frommen Juden eine ernste Tat, zu der ein festes Fundament nötig war. Wo Paulus mit seiner Klarheit und Freiheit voranging, da vermochten auch die Judenchristen ihm nachzugehen. Er hat alle, Juden wie Heiden, in derselben Weise über das Gesetz emporgeführt. Der Heide ist nicht darum vom Gesetz frei, weil er ein Heide ist, sondern darum, weil er in Christus ist und in Christus das lebendige Gesetz seines Lebens hat. Bei ihm finden alle die Freiheit in derselben Weise, auch die Juden, wie auch alle ihrer bedürfen. Um des Christus willen hatten deshalb in Antiochia auch die jüdischen Glieder der Gemeinde die Speiseordnung außer Kraft gesetzt, die Person und den Tisch des heidnischen Bruders nicht mehr unrein genannt, obgleich sie es nach der alten Ordnung der Schrift waren, und damit die Scheidung zwischen Israel und den Heiden innerhalb der Gemeinde abgetan. Als nun Petrus nach Antiochia kam, trat er auf dieselbe Bahn. Er setzte sich, ohne des Gesetzes zu gedenken, mit den Heidenchristen zu Tisch und hielt die Bewahrung der Speiseordnung nicht mehr für seine Pflicht.

Dieses Verhalten hat er plötzlich geändert. Er zog die Speiseordnung wieder hervor und mied das Gemeinschaftsmahl mit den Heidenchristen. Der Grund lag darin, daß auch Männer nach Antiochia kamen, die Jakobus sandte; sie hatten den Auftrag, nicht nur für ihre Person das Gesetz vollständig zu halten, sondern auch die Judenchristen Antiochias in der Treue gegen das Gesetz zu bestärken und sie vor seiner Übertretung zu warnen. Petrus wußte, daß sie von ihm erwarteten, daß er nicht gegen ihren Auftrag handle, sondern mit ihnen vereint auch *sein* Verhalten nach der Satzung Moses ordne. Darum gab Petrus plötzlich und sofort die von ihm vorher geübte Freiheit auf.

Die erste Christenheit war ein Reich der Wahrheit und der Freiheit. Nie mehr sind so viel Menschen beisammen gewesen, denen die Wahrheit das eine große und heilige Anliegen ihres Lebens war, und zwar nicht nur so, daß sie sie gern gekannt hätten, sondern so, daß sie aus der Wahrheit zu sein und die Wahrheit zu tun sich bemühten. Ihr Christentum war keine angelernte Form und äußere Farbe; es war von innen heraus in selbsterlebter Begründung und Aneignung erwachsen. Darum geht nicht nur Paulus seinen besonderen Weg abseits von den anderen, sondern auch unter den großen Aposteln in Jerusalem, Jakobus, Petrus, Johannes, hat jeder seine eigene Art. Das macht, daß sich an jeden auch ein besonderer Kreis von Gleichgesinnten angeschlossen hat. Weil aber keiner unter ihnen sich selbst lebte, sondern alle aufrichtig Christus, dem gemeinsamen Herrn, untergeben waren, wurde daraus kein Streit verschiedener Gruppen. Schwierigkeiten entstanden freilich auf diesem Weg, wie unsere Geschichte zeigt. Es ist in gewissem Sinn leichter, Menschen zusammenzuhalten, wenn einer als General kommandiert und die anderen alle blind folgen, wenn die Meinung des einen für alle gilt, das Wort des einen von allen wiederholt wird und nicht jeder nach seiner Erkenntnis und nach seinem eigenen Glauben handeln soll. Nur ist das nicht mehr Gemeinschaft in der Wahrheit und im Geist, und die Apostel wußten, daß eben eine solche das Wesen der Gemeinde Jesu ist.

Jakobus hielt sich unter den Aposteln am nächsten bei der frommen Art Israels. Darum wurde er in Jerusalem sehr geschätzt. Wir werden die Männer bei ihm finden, die sagten: „Ich bleibe auch in der Nachfolge Jesu ein ganzer Israelit; eben dazu bin ich Christ, damit ich ein treuer Jude sei." Diese Männer lehnten es ab, die Speiseordnung zu übertreten, ausdrückliche Gebote der Schrift durchzustreichen und sich durch sie nicht mehr für verpflichtet zu halten. Mit dem Gesetz hing der gesonderte Bestand Israels untrennbar zusammen. Fiel das Gesetz, so verschwand Israel unter den Völkern. Nun war es gewiß der Wille Gottes, daß auch die Heiden sich zu Christus bekehrten. Aber sollte deshalb der Jude aufhören, ein Jude zu sein? Hat nicht Gott Israel zu einem bleibenden Zweck geschaffen? Durfte der Mensch an seinem Teil das Werk Gottes zerstören und den Unterschied aufheben, den Gott selbst zwischen Juden und Heiden festgelegt hatte? Und wie mißverständlich war diese Freiheit, das Gesetz Gottes zu übertreten! So machte man sich den ungläubigen Verächtern des Gesetzes ähnlich, die wie die Heiden lebten, weil sie Gott und die Hoffnung Israels verleugneten. Diese Ähnlichkeit war anstößig, auch wenn sie nur äußerlich war, und der Eindruck auf die Judenschaft widerwärtig und für die Verkündigung des Christus hinderlich. Ein solches Verhalten erzeugte den Schein, als ob der

Glaube an Christus vom Gehorsam gegen die göttlichen Gebote losbinde. Was konnte man noch antworten, wenn die Feinde Jesu lästerten, sein Werk sei durch die Schrift gerichtet? Das alles galt aber noch in besonderem Maß für Petrus, der in der jüdischen Christenheit das hohe Ansehen genoß und auf den jedermann in Jerusalem sah. Es ist darum völlig verständlich, daß es Judenchristen einen bitteren Schmerz bereitete, Petrus wie einen Heiden leben zu sehen. Auch für Petrus hatten diese Erwägungen Gewicht. Er nahm Rücksicht auf diese Brüder; er wollte nicht vor ihren Augen und in ihrer Gegenwart das Gesetz brechen und wünschte, daß die Freiheit, mit der er sich zunächst in Antiochia bewegt hatte, nicht zu ihrer Kenntnis komme und nicht nach Jerusalem gemeldet werde. Er fürchtete den Anstoß, wenn bekannt wurde, daß er sich in Antiochia benommen hatte, als wäre er kein Jude mehr.

Das Beispiel des Petrus zog auch die übrigen Judenchristen mit. Die Speiseordnung stand wieder auf. Sie ließen Petrus nicht im Stich, sondern halfen ihm, die Abgesandten des Jakobus zu beruhigen. Diese sollten sehen, daß man in Antiochia für die jüdische Treue ein warmes Herz habe und ihr gern Raum und Recht gewähre, daß man auch hier das väterliche Gesetz als ein Heiligtum verehre und ihm nicht abtrünnig geworden sei. Warum sollte man nicht auf die Juden Rücksicht nehmen und ihnen alles, was für sie ein Anstoß war, aus dem Wege räumen? Warum sollte man nicht den Juden ein Jude werden? Sogar Barnabas hatte in dieser Stunde nicht den Mut, seine Freiheit vom Gesetz offen an den Tag zu geben. Er mochte sich nicht von Petrus trennen, mit dem er von der Zeit seiner Bekehrung an so eng verbunden war, und nicht allein als Verächter des Gesetzes dastehen. So sah sich denn der heidnische Teil der Gemeinde plötzlich vom jüdischen verlassen, und einzig Paulus erschien noch als Gast am heidnischen Tisch.

Paulus hieß das Heuchelei, weil die Judenchristen das Gesetz nicht aus eigenem Trieb und innerer Überzeugung wieder hervorzogen. Sie stellten sich der Jakobusleute wegen anders, als sie wirklich waren, wollten etwas verbergen, was doch geschehen war, und einen guten Eindruck hervorbringen, der doch nicht der Wahrheit entsprach. Sie spielten eine fremde Rolle, anderen zulieb! Der ganze Vorgang ist überaus natürlich und durchsichtig. Ähnliches geschieht im großen und im kleinen fort und fort. Das aber geschieht selten, daß man wie Paulus Heuchelei und Menschenfurcht bei ihrem rechten Namen nennt und sich nicht vor dem Ansehen der Menschen scheut.

2,14: *Aber als ich sah, daß sie nicht mit geradem Fuß zur Wahrheit der Heilsbotschaft wandelten, sagte ich zu Kephas vor allen: Wenn du, der du Jude bist, nach heidnischer und nicht nach jüdischer Weise lebst, wie zwingst du die Heiden, sich jüdisch zu benehmen?* Auch Paulus ist den Juden ein Jude geworden und hat das Gesetz bald beobachtet, bald nicht beachtet, jetzt den Sabbat gefeiert und ein andermal ihn versäumt, hier die Beschneidung vollzogen und ein andermal sie unterlassen. Es scheint ja, Petrus halte es ebenso, wenn er jetzt mit den Heiden wie ein Heide und hernach vor den jüdischen Zuschauern wie ein Jude lebte. Den Unterschied zwischen der zarten, in missionarischer Liebe begründeten Rücksicht des Paulus auf die Menschen und dem, was hier geschah, bezeichnet Paulus so: Die anderen hinken jetzt mit verkrüppelten Füßen und haben ihre Regel nicht an der Wahrheit, er dagegen habe nie im Namen der Liebe die Wahrheit verletzt. Die echte Liebe dient den anderen dadurch, daß sie ihnen in die Wahrheit hilft. Zarte Anpassung an die Meinungen und Neigungen der anderen mit schonender Rücksicht auf das Maß ihrer Kraft ist die rechte, edle Christenkunst; aber zwei Dinge vertragen sich nicht mit ihr: Verleugnung der Wahrheit und Schädigung der Aufrichtigkeit. Beides hängt eng zusammen, und beides war hier geschehen. Dieser Eifer für die Speiseordnung war eine leere Demonstration, ein bißchen Schauspielerei. Die Freiheit, die man doch in Anspruch nahm, sollte heimlich bleiben, weil sie unangenehme Folgen hatte und zu Erörterungen und Vorwürfen führte. Das war nicht aufrichtig. Und damit war die Wahrheit preisgegeben. Petrus stellte dadurch seine Freiheit als ein Unrecht hin, als hätte er nicht mit gutem Gewissen aus der Schüssel der Heidenchristen gegessen, während er doch sein Christenrecht gebraucht und nach seiner Christenpflicht gehandelt hatte, als er sich ihnen gleichstellte. So aber richtete er das Gesetz wieder auf, als wäre es eigentlich doch gültig, und warf auf die Freien den falschen Schein, als dürften sie ihre Freiheit nicht im Licht zeigen, weil sie einen zweideutigen, dunklen Grund im sündlichen Willen habe. Petrus hatte nicht ohne alle anderen Rücksichten einzig die Wahrheit der Verheißung Jesu und die Herrlichkeit der Berufung zu Jesus vor Augen, sondern verdunkelte sie den Judenchristen zu Gefallen durch sein Schwanken zwischen Freiheit und Unfreiheit. Und doch ist Christus die Freiheit und Gerechtigkeit derer, die an ihn glauben.

Es ist lehrreich, daß sich zur Aufrichtung des Gesetzes sofort ein Stück Heuchelei gesellte. Gesetz und Heuchelei sind immer beisammen im Judentum wie im Christentum. Was damals in Antiochia geschah, war ungleich edler und feiner, als was man in der Synagoge trieb. Wenn der Pharisäer auf dem Markt betete und den Gebetsriemen recht sichtbar machte, so war seine ganze Frömmigkeit von der Rücksicht auf die Menschen durchzogen und verdorben. Petrus hatte dagegen gelernt, sich wahrhaft zu Gott zu wenden, die Menschen zu vergessen und dem Willen Jesu zu gehorchen. Damals kam jedoch wieder das zum Vorschein, was Jesus den Sauerteig der Pharisäer genannt hatte, vor dem die Jünger sich zu hüten haben (Matth. 16,6). Die Rücksicht des Petrus auf die Juden war gemischt mit den reinsten Trieben, mit apostolischer Sorge für die ihm anvertraute jüdische Gemeinde, mit der Furcht vor unnötigem Ärgernis, mit treuer Liebe zu Israel. Aber er sah doch auf die Menschen und gab sich ihretwegen dem Gesetz zu Ehren einen Schein, der nicht aus der Wahrheit war.

Wer hierbei von Wankelmut spricht, der Petrus besonders eigen gewesen sei, von seinem „sanguinischen Temperament" u. dgl., macht es zweifelhaft, ob er je mit Ernst nach der Wahrheit des Evangeliums zu handeln versucht hat. Macht er den Versuch, so wird er merken, ob es zu solchen Schwankungen eines besonderen Maßes von Wankelmut bedarf. Petrus stand fester als wir alle. Der Vorgang stellt sich allerdings neben die Erzählungen der Evangelien, die uns Petrus schwankend zeigen; sie sind eben deshalb erzählt, damit wir wissen, wie Petrus war, nicht nur, wie er einst gewesen war, sondern wie er nach seiner menschlichen Art auch als Apostel war und blieb. Wie er, als Jesus auf den Wellen vor ihm stand, auch auf sie hinaustrat und dann doch erschrak (Matth. 14,29.30); wie er Jesus nachging, bereit mit ihm zu sterben, und ihn doch verleugnete (Matth. 26,58), so trat er hier in die Heidengemeinde, als könnte ihn das Gesetz nicht mehr erfassen, als sei er lauter Glaube und völlig in die Freiheit gestellt, und dann erschrickt er doch wieder; das Gesetz wird ihm zu stark, und er mag nicht ein Gesetzesübertreter heißen. Wenn es auf seinem Gang über den See nur keine Wellen gegeben hätte und keine Magd im Hof des Hohenpriesters und keine Juden aus Jerusalem in Antiochia! Aber was Petrus gleiten läßt, ist nicht natürliche Schwäche oder ein besonderer, ihm eigener Charakterzug; das ist die menschliche Unfähigkeit, die wir alle haben, Gott für groß zu halten und alles andere für klein; es ist unser menschliches Unvermögen, unser ganzes Denken und Wollen unter den Glauben zu stellen, der allein auf Christus sieht. Diese Schwachheit tritt an Petrus besonders hell ans Licht, weil er zu größeren Aufgaben berufen war als wir und im Namen Gottes mehr gewagt hat als irgendeiner neben ihm. Er hatte auch damals in Antiochia eine große Tat vollbracht. Der Apostel der Beschneidung saß neben dem Apostel der Heiden am Tisch der glaubenden Heiden, und das Gesetz lag hinter ihnen. Da war dem Wort Jesu von der Stunde, in der man weder auf dem Zion noch auf dem Garizim, sondern in Geist und Wahrheit Gott anbeten wird (Joh. 4,21.23), eine teilweise Erfüllung gekommen. Und für niemand bedeutete ein solcher Schritt mehr als für Petrus, den Felsen, der die Kirche trug. Aber nun warf das Gesetz doch wieder seinen Schatten auf seinen Glauben und riß ihn zurück.

Damals war Paulus stärker als Petrus. Er erwies, daß er nicht ein Knecht der Menschen war und nicht Menschen zu gefallen strebte; er hielt sein Auge einfältig auf die Wahrheit Jesu gerichtet, ohne sich durch irgendeine Furcht oder Liebe von ihr trennen zu lassen. Solange der Fehltritt des Petrus zweifelhaft blieb und freundlich entschuldigt werden konnte, schwieg Paulus gern und legte sein Verfahren zu seinen Gunsten aus. Er ergriff nicht mit Lust eine Gelegenheit, um Petrus zu demütigen. Er hat uns V. 2 gesagt, wie tief er vor jedem Zwist im Apostelkreis erschrak. „Wäre Petrus nicht zu mir gestanden, so wäre ich vergeblich gelaufen und würde mich auch fernerhin umsonst bemühen.“ Da dürfen wir ihm zutrauen, daß er auch jetzt, als er das Wort schrieb: „Ich widerstand ihm“, und damals, als es galt, gegen Petrus aufzustehen, tief empfand, wie unendlich wichtig die Einheit der Apostel für die Kirche war. Nur eine zwingende Notwendigkeit konnte ihn zu seinem Schritt bewegen. Aber es ging nicht anders; Petrus war ein verurteilter Mann. Ein offenkundiger Fehltritt war geschehen, und das Verhalten des Petrus war ohne Zweifel sündig und falsch. Darum sprach Paulus, und zwar am rechten Ort und zu rechter Zeit, nicht hinter seinem Rücken oder erst nach seiner Abreise. Er richtete seinen Tadel an ihn selbst, vor allen öffentlich. Das war keine unnötige Härte, keine Verletzung der Regel Jesu, daß wir die Fehlenden still zurechtzuweisen haben mit sorgsamer Schonung ihrer Ehre (Matth. 18,15); es war vielmehr der einzig mögliche Weg, um den Fehler des Petrus gutzumachen und den Schaden zu heilen, den er angerichtet hatte. Was Petrus verdecken wollte, mußte frei heraus ans Licht. Es mußte öffentlich gesagt werden, daß dieser jüdische Eifer nur Schein war und Petrus samt allen anderen heidnisch gelebt hatte. Die Heuchelei war nur dann unschädlich gemacht, wenn sie öffentlich ihre Widerlegung fand. Darum sagte ihm Paulus vor allen, daß er nach der heidnischen Weise gelebt habe. Sein jüdisches Wesen war nicht Wahrheit, sondern nur zum Schein angenommen, der Zuschauer wegen. Dadurch sollte sich niemand täuschen lassen, weder die Judenchristen aus Jerusalem noch die Heidenchristen. Aber nun gibt Paulus Petrus zu bedenken, was er mit diesem jüdischen Schein angerichtet hat: Dadurch zwingt er die griechischen Christen zur Befolgung des jüdischen Brauchs.

Wir müssen das Amt des Petrus im Auge behalten. Paulus hat nicht die Judenchristen aus Jerusalem und nicht Jakobus gescholten. Sie waren Juden, gaben sich als Juden, taten, was ihr Gewissen von ihnen verlangte, und wichen an keiner Stelle vom Gesetz. Das war ihr Christenrecht, gegen das Paulus nie eine Einrede erhob. Petrus dagegen war als der Apostel Jesu zu den Heidenchristen gekommen. Wenn er nun wieder das Gesetz hervorzog und den Glaubenden erklärte: „Ich bin ein Jude; euer Tisch und eure Person verunreinigen mich; zwischen uns steht scheidend das Gesetz", so zwang er die Heiden, jüdisch zu leben, selbst wenn Petrus kein Wort der Empfehlung für das Gesetz aussprach, sondern bloß still sich von den Heiden sonderte. Die Heiden konnten ihn, den Apostel, nicht meiden und konnten doch erst dann ungehindert mit ihm verkehren, wenn sie nach der gesetzlichen Form lebten. Sie mußten in ihm ihr Vorbild suchen, und nun behandelte er das Gesetz als das ihn verpflichtende Gebot und legte Nachdruck darauf, daß er nur reine Speise essen dürfe. Wer durfte dann in der Kirche noch andere Speise genießen, wer die gesetzlichen Ordnungen ohne Sünde übertreten, wenn es Petrus unmöglich war? An diese Folgen seiner jüdischen Haltung hatte Petrus nicht gedacht. Er sah auf die Judenchristen, auf den Schmerz und Anstoß, den er ihnen ersparen wollte, und dachte nicht an das, was er den Heidenchristen zu geben hatte und ihrem Gewissen an Rücksicht schuldig war. Er sollte ihnen die Zuversicht geben, daß sie in ihrer Freiheit vom Gesetz keinen Makel an sich trugen und der Gnade des Christus teilhaft waren wie die Juden. Statt dessen stellte er das Gesetz zwischen sich und sie.

Dadurch kam ein greller Widerspruch in das Verhalten des Petrus. Selbst ein Jude sein und doch heidnisch leben, dafür aber die Heiden nötigen, jüdisch zu leben, das verträgt sich nicht. Petrus hat das Gesetz für seine Person überschritten und legt es nun doch wieder den Heiden auf. Dieses kurze Wort stellt das Unrichtige am Verfahren des Petrus genügend dar. Petrus darf von den Heiden nicht verlangen, was er selbst für seine eigene Person nicht gelten läßt. Weil aber dieses Schwanken daher rührt, daß das Gesetz noch immer eine Macht in den Herzen der Juden war, stellt Paulus den inneren Grund heraus, der uns vom Gesetz befreit. Die Schwankenden zeigten, daß ihre Freiheit vom Gesetz noch nicht fest gesichert und völlig begründet war; es fehlte ihr noch an Kraft. Darum zeigt Paulus, was jedermann vom Gesetz frei macht, so daß sich niemand mehr mit ihm einlassen darf. Auf diese Weise schützte er die Heidenchristen vor dem verwirrenden Eindruck, den das Verhalten des Petrus auf sie machen konnte. Darum zeigt er mit diesen Worten auch den Galatern, warum ihn solche Schwankungen nicht ergreifen konnten, warum er sie so entschieden und scheinbar hart bekämpfte und jeder Aufrichtung des Gesetzes widersprach, auch wenn sie in der mildesten Form geschah wie dort durch Petrus. Er spricht mit den folgenden Worten den tiefsten Beweggrund aus, der ihn jetzt, da er den Brief schreibt, wie damals, als er mit Petrus sprach, völlig und für immer vom Gesetz geschieden hält.

2,15.16: *Wir, von Natur Juden und nicht Sünder aus den Heiden, da wir aber wissen, daß kein Mensch aus Werken des Gesetzes gerechtgesprochen wird, es geschehe denn durch den Glauben an*

Jesus Christus, auch wir sind an Jesus Christus gläubig geworden, damit wir aus dem Glauben an Christus und nicht aus Werken des Gesetzes gerechtgesprochen werden; denn aus Werken des Gesetzes wird keiner, der Fleisch ist, gerechtgesprochen werden. Die Kraft, die vom Gesetz befreit, ist der Glaube an Jesus. Wie Jesus dem schwankenden Petrus zurief: „Warum zweifelst du, Kleingläubiger?“ (Matth. 14,31) – so hält ihm auch Paulus vor, was Wesen und Kraft des Glaubens ist. Wer unter das Gesetz tritt, hat für Christus keinen Glauben mehr. Das ist der starke Hebel, mit dem Paulus Petrus und alle Gläubigen vom Gesetz weggehoben hat. Wir sind gläubig an Christus; das ist Kern und Stern unseres Lebens. Nun denn, mit dem Glauben an Christus verträgt sich kein Gesetzesdienst. Kein rechtschaffenes Glied der Gemeinde, und Petrus am allerwenigsten, wollte den Glauben an Jesus preisgeben. Damit, daß ihnen Paulus zeigte, daß ihr gesetzliches Wesen Schwäche des Glaubens ist, zog er sie zur Freiheit empor.

Warum, fragt Paulus, glauben wir denn an Jesus? Er spricht zuerst den großen Unterschied zwischen den Juden und den Heiden aus.[1] Götzendienst und mancherlei Bosheit machen den Heiden offenkundig zum Sünder. Und wenn man hieran denkt, ist es freilich ein großer Vorzug, ein Jude zu sein. Paulus war damals unter allen Juden der einzige gewesen, der sich den Heiden gleichgestellt hatte, und der einzige, dem das Gesetz nichts mehr galt. Aber warum? Hat er etwa nötig, daß man ihn an den Vorzug Israels erinnert, als sähe er den Unterschied zwischen dem Juden und dem Heiden nicht, als verachtete er den Dienst, den das Gesetz dem Juden leistet? Hat er etwa Gefallen an der heidnischen Gottlosigkeit und einen Widerwillen gegen den Gottesdienst Israels? Sieht er die heidnische Sünde und die Rechtschaffenheit der Juden nicht? O nein! Er weiß, daß Petrus ein Jude ist, und ist auch selbst ein solcher und dankt Gott, daß er durch den Dienst des Gesetzes von der Sünde der Heiden geschieden war. Er stellt sich den Heiden an die Seite in der vollen Kenntnis der Größe ihrer Sünde und des Wertes der Gesetzeszucht.

Aber dieser Unterschied macht nicht, daß es zwei verschiedene Mittel gibt, durch die ein Mensch sich vor Gott rechtfertigen kann. Der Heide mit seiner bösen Gottlosigkeit und der Jude mit seinem

[1] Vgl. hierzu die Auslegung zu Röm. 1,18–3,20.

ernsten Gottesdienst sind beide aus demselben Grund vor Gott gerecht. Das haben die Judenchristen sämtlich dadurch anerkannt, daß auch sie an Christus gläubig sind. „Auch wir Juden, die wir von Kindheit an das Gebot Gottes besitzen, ihm fleißig und aufrichtig dienen und an der Sünde der Heiden keinen Anteil haben, auch wir haben wie die Heiden unser Vertrauen auf Christus gestellt." Allen ist klar, daß dem Heiden nur zu helfen ist, wenn er sich gläubig an Jesus hält. Ihm hilft das Gesetz nicht, weil er es weder kennt noch gehalten hat; vielmehr wird sein heidnisches Wesen vom Gesetz gerichtet. Ihm erscheint die Hilfe nur im Christus, und sein Anteil an ihm beruht auf seinem Glauben. Allein nun sagt Petrus nicht bloß den verkommenen Heiden: „Glaubt doch an Jesus, euer Glaube wird euch helfen!" – sondern auch er selbst ist an Christus gläubig, obwohl er ja kein Heide ist. Warum haben denn auch wir Juden an ihn geglaubt? Weil wir wissen, daß wir nicht durch unsere Erfüllung des Gesetzes vor Gott bestehen. Aus Gottes Liebe und Reich ist alles Böse ausgeschlossen. Niemand wird sein Reich ererben als der, den Gott als gerecht anerkennt. Diese Wahrheit hat das Gesetz mit großer Kraft jedem frommen Israeliten eingepflanzt. Es hat ihn angehalten, um das Urteil Gottes sich zu kümmern, und ihm eingeschärft, daß er verloren ist, wenn er nicht die göttliche Rechtfertigung für sich hat. Nun sind das Höchste und Beste, was wir haben, ehe wir Christus kennen, die Werke, die wir im Dienst des göttlichen Gesetzes vollbringen, um das Gebot Gottes zu erfüllen. Alles andere fällt als nichtig von uns ab, sowie wir an das Urteil Gottes denken. Mit Wünschen, Vorsätzen und Erkenntnissen können wir uns nicht entschuldigen; sie tun dem Gesetz Gottes nicht genug. Aber auch aus unseren Werken wird uns das Wohlgefallen Gottes nicht erwachsen. Wären wir Gott recht und angenehm, weil wir sein Gesetz erfüllt haben, dann brauchten wir Christus nicht. Wir müssen aber erkennen, daß eine solche Zuversicht hoffärtige Eitelkeit und Blindheit ist. Was soll denn aus unseren Sünden werden, wenn wir nichts zur Deckung und Rechtfertigung besitzen als das, was wir selbst unter dem Antrieb des Gesetzes tun? Über unseren Sünden steht das verdammende Gerichtsurteil Gottes nach dem Gesetz; wie können uns denn unsere Werke die Rechtfertigung verschaffen?

Wir müssen eine Rechtfertigung haben, die Sündern Gerechtigkeit zuerkennt. Kann es eine solche geben? Oder wird es vor uns Nacht und ist das Reich Gottes uns entrückt, himmelhoch, ohne Weg und Steg dorthin, weil das verwerfende Urteil Gottes über uns steht? Nein, wir wissen noch mehr. Wir wissen, daß der Glaube an Jesus Christus vor Gott Gerechtigkeit ist. Wir kennen nicht nur das Gesetz, sondern wissen, daß Gott uns Christus gegeben hat und daß uns Christus ihm glauben heißt. Er spricht zu uns: „Glaube nur! Glaube mir! Glaubst du mir, so bin ich deine Rechtfertigung vor Gott. Keiner, der an mich glaubt, wird von Gott verstoßen; keiner wird zuschanden, der auf mich seine Hoffnung stellt.“ Gott hat Christus zu uns gesandt, damit seine Gnade über allen stehe, die an ihn glauben. Daran fällt unsere Sünde dahin; sie ist uns vergeben, weil wir glauben; wir haben das Wohlgefallen Gottes und stehen als die Gerechten vor seinem Blick, weil wir glauben. Um Jesu willen, weil Gott den Glauben, den wir auf ihn stellen, erhört, steht die Rechtfertigung, die uns unerreichbar ist, solange wir auf uns selbst sehen, nun vor uns, faßlich und nah. Um Jesu willen wird uns das Urteil Gottes, von dem wir unserer Sünden wegen die Verwerfung erwarten müssen, zum Eingang in das Leben, weil uns Christus ihm glauben heißt und auf denen, die ihm glauben, Gottes Gnade ruht. Weil wir das hörten, sagt Paulus, griffen auch wir Juden zu, setzten unser Vertrauen nicht auf das Gesetz und nicht auf unsere Werke, wie reich und groß ihre Zahl auch immer war, sondern trauten und trauen jetzt auf ihn in der Gewißheit, daß er uns nicht umsonst durch den Glauben mit sich verbunden hat.

Wissen wir, warum wir glauben, so wissen wir auch, wozu wir glauben. Was möchten wir durch unseren Glauben erlangen? Was schwebt uns vor als die Gabe, die wir glaubend suchen? Eben Rechtfertigung, und zwar aus Glauben an Christus und nicht aus Werken des Gesetzes. Weil wir uns die Gerechtigkeit nicht selbst verschaffen, weil sie uns gegeben wird, wenn wir an Christus glauben, darum können wir nun nach nichts anderem mehr streben als danach, daß uns die Rechtfertigung zufalle kraft des Glaubens und nicht unserer Werke wegen. Glauben ist noch kein Besitzen, Sehen und Genießen, sondern noch ein Verlangen und Erwarten, das aber auf gewissem Grund steht und weiß, was es empfangen wird. Eine Rechtfertigung, die geglaubt werden muß, ist noch nicht an mir offenbar. Das wird sie erst dann, wenn ich vor dem Thron des Christus stehe und aus seinem Mund den Spruch vernehme, der mich für ewig in das Licht der göttlichen Herrlichkeit stellt und mir die himmlische Gnade zu genießen gibt. Dieses Suchen und Verlangen meines Glaubens kann aber nur auf Christus zielen. Es kann den Grund nicht aufheben, aus dem es entspringt. Es entsteht aus der Einsicht: Mit dem Gesetz bin ich ungerecht; Christus aber verheißt mir: Glaube an mich, so bist du gerecht! So will ich nun nichts anderes, als eben gläubig und durch Glauben gerecht sein, und suche meine Gerechtigkeit nicht mehr in meinem Werk.

Es ist unmöglich, daß wir auf anderem Weg im Gericht Gottes bestehen, nach dem Wort der Schrift Ps. 143,2, das allem, was Fleisch ist, die Rechtfertigung aus den eigenen Werken nimmt. Ich mag der frömmste Diener des Gesetzes sein und mein Wirken hoch emporsteigen lassen, so daß ich ein reines Vorbild glänzender Tugend bin und mein Leben eine reiche Summe von Werken wird, die nach dem Gesetz Gottes geschehen: Ich bleibe Fleisch, ein Mensch, wie die Natur ihn macht. Es wird auch von mir gelten, daß ein jeder, der Fleisch ist, Dinge an sich hat, die das verdammende Urteil Gottes herausfordern. Auch ich bin mit all meinem guten Willen, ernsten Streben und tüchtigen Wirken auf Glauben gewiesen; ich muß auf mich selbst verzichten und bekennen: „Ich habe unrecht getan"; ich muß mich an Christus halten und ihm danken, daß er mir von Gott zur Rechtfertigung gegeben ist. Der Glaubensweg ist nicht nur für die gebaut, die sonderlich tief fallen. Er ist der einzige Weg zur Rechtfertigung, den Gott für alle geordnet hat, die im Fleisch leben; Gott kann niemand gerecht nennen als den, der seine Zuversicht auf Christus stellt.

Wie sieht es nun mit der Speiseordnung aus und mit der Weigerung des Petrus, am Tisch der Heidenchristen zu essen, weil ihr Fleisch nicht nach dem Gesetz behandelt war? Das taten die Judenchristen nicht Jesu wegen, sondern alle sagten: „Das tun wir nur des Gesetzes wegen." – „Um Jesu willen", sagt Petrus zu den Heidenchristen, „bin ich euch verbunden als ein Bruder; durch das Gesetz bin ich aber von euch geschieden wie ein Reiner von den Unreinen." Nun sagen die Judenchristen weiter: „Die reine Speise, dieses um des Gesetzes willen getane Werk, gehört für uns zur Gerechtigkeit; wir würden vor Gott als Sünder dastehen, wenn wir unreine Speise genössen." Also steht ihr Glaube nicht mehr auf Christus; sie haben es aufgegeben, im Glauben an ihn ihre Rechtfertigung zu suchen. Also ist das Gesetz ihre Ehre und ihr Schmuck vor Gott, und sind sie Gott recht und lieb wegen ihrer Befolgung des Gesetzes. Der an Christus Glaubende dagegen weiß, daß ihm die reine Speise nicht die Rechtfertigung bringen kann, daß er ihrer auch nicht zur Rechtfertigung bedarf, weil er sie im Glauben hat. Dann ist es einerlei, ob die Speise nach der gesetzlichen Vorschrift bereitet ist oder nicht. Dann darf Petrus getrost in der Weise der Heidenchristen leben, und es ist ein Unrecht, wenn er diese zur Satzung zwingt, die ihnen vor Gott nichts helfen kann. Sie sind verloren, auch wenn nie etwas Unreines über ihre Lippen kommt; das ist keine Entschuldigung für ihre Sünden; und sie sind gerecht, auch wenn sie die Speiseordnung dahinten lassen; denn sie sind durch ihren Glauben an Christus gerecht. Könnten sie neben dem Glauben auch noch mit reiner Speise das Wohlgefallen Gottes finden, so stände ihre Zuversicht zu einem Teil auf dem Gesetz und auf ihrem eigenen Werk.

Weder Petrus noch irgendein Judenchrist wollte Jesus fahrenlassen; denn um Jesu willen erwarteten sie, am Himmelreich teilzuhaben. „Nun denn", sagt Paulus, „macht damit Ernst und sagt nicht beständig ja und nein zugleich! Jetzt sagt ihr: Der Glaube an Christus schließt in die Gnade Gottes ein; dann wieder: Die reine Speise macht, daß wir bei Gott in Gnaden stehen. Jetzt sagt ihr: Um Jesu willen sind wir gerecht, und fahrt fort: Durch die Erfüllung des Gesetzes machen wir uns gerecht. Ihr laßt beständig wieder fahren, was ihr ergriffen habt." Ist der Glaube an Christus wirklich unsere Gerechtigkeit vor Gott, dann ist alles andere bedeutungslos; dann gibt es nur eine einzige Pflicht für uns, nur eine einzige Weise, wie wir Gott dienen, nur ein einziges Ziel, auf das wir unverrückt das Auge richten: daß wir festgewurzelt und unbeweglich im Glauben an Christus stehen.

Genügt das? So fragt der kleingläubige Sinn, den das Gesetz noch erschüttert. Darf ich wirklich den Glauben allein als meine Gerechtigkeit betrachten, so daß mir alles andere zur Sache der Freiheit wird? 2,17: *Wenn aber auch wir, die wir suchen, im Christus gerechtgesprochen zu werden, als Sünder erfunden wurden, dann ist also Christus ein Diener der Sünde? Nimmermehr.* Paulus schaut auf die ängstlichen Männer um ihn her, auf die jüdischen wie auf die heidnischen Glieder der Gemeinde. Sein Wort warnt beide in derselben Weise. Die Judenchristen sehen ängstlich auf das Gesetz zurück und sagen: „Wenn wir die Speiseordnung nicht halten, stehen wir vor Gott als die Übertreter und Sünder da!" Und die Heidenchristen fragen bestürzt: „Sind wir denn Sünder geblieben, da ja das Gesetz gelten soll nach des Petrus Weisung? Steht Paulus nun mit seiner Freiheit vom Gesetz doch als Sünder da?" – „Bedenkt", sagt Paulus, „was ihr mit solchem Verdacht aus Christus macht! So würde ja Christus der Sünde zur Macht und zum Sieg verhelfen."

Halten wir den Glauben für unsere Gerechtigkeit, so suchen wir sie so eifrig und so ernst als nur irgendeiner, der dem Gesetz dient; aber wir betrachten Christus als den, durch den Gott sie uns gewährt. Aus Christus leiten wir die Gnade Gottes für uns her und wissen und begehren keinen anderen Weg, auf dem wir sie finden könnten. Um des Christus willen glauben wir, daß Gott uns unsere Sünde nicht vergilt, sondern vergibt, und sehen uns nach keinem anderen Mittel um, sie zu entschuldigen. Um des Christus willen erwarten wir, daß Gottes gute Gaben uns nicht versagt, sondern geschenkt werden, und wir zweifeln nicht daran, daß wir sie empfangen. Warum Gott sich nicht von uns als von Ungerechten trennt, sondern sich mit uns als mit Gerechten verbindet, dafür kennen und suchen wir keinen anderen Grund als Christus, nichts anderes, als was er ist und für uns tut und aus uns macht. Wir haben unser Leben in seine Hand gelegt und erwarten seine Kraft und Gabe, daß er uns von jeder Verdammung entlastet und durch Gerechtigkeit zu Gott erhebt. Und nun soll das Täuschung sein! Es zeigt sich, daß auch wir die Gerechtigkeit nicht haben und ebenso wie die, die mit dem Gesetz und Werk sich selbst vergeblich rechtfertigen möchten, als Sünder dastehen. Dann ist Christus der Sünde unterlegen; sie ist mächtiger als er geworden, und das Werk des Christus hat sie nicht beseitigt, sondern gemehrt. Der Sünde bleibt der Triumph, daß sie sogar Christus in ihren Dienst zwingen und als ihr Werkzeug brauchen kann. Denn zum Glauben an ihn sind wir durch Christus selbst berufen; er selbst hat sich uns in seinem Tod als unsere Rechtfertigung angeboten. Einen solchen Verdacht trägt kein Glaubender gegen Christus im Herzen. Vielmehr spricht er mit gewisser Zuversicht: „Du bist über die Sünde mächtig; sie macht dein Werk nicht scheitern, sondern muß weichen und vergehen vor dir. Weil wir glaubend auf dich sehen und du uns führst, weil deine Gnade bei uns ist und deine Kraft in uns lebt, dürfen wir getrost sagen, daß wir vor Gott nicht als die Sünder stehen. Was sündig an uns ist, ist durch dich bedeckt; und was gerecht ist vor Gott, wird durch dich gewirkt."

Die judenchristlichen Eiferer klagen, der Jude, der das Gesetz dahinten lasse, mache aus Christus einen Sündendiener; er sage ja, Christus habe ihn von der Beobachtung der Gebote befreit. „Mir", antwortet Paulus, „mir ist er kein Sündendiener, weil ich mir in Christus eine vollkommene Gerechtigkeit gegeben weiß. Ihr seid die, die ihn als einen Diener der Sünde behandeln. Eure Anklage gegen mich fällt auf euch zurück. Ihr meint, ihr findet im Christus doch nicht eure Rechtfertigung und müßt zur Abwehr der Sünde noch das Gesetz daneben haben. Ihr haltet, was Christus euch gegeben hat, nicht für Gerechtigkeit, sondern meint, er lasse doch der Sünde noch Raum und Macht und Sieg. Wollt ihr Christus ehren, so zweifelt nicht, daß er eure vollkommene Rechtfertigung ist! Was Sünde an uns ist, das treibt er aus; was er nicht austreibt, das liegt nimmermehr vor Gott als Sünde auf uns. Lüge und Unzucht und Ungerechtigkeiten und Verachtung seines Namens und seiner Herrlichkeit treibt er aus; das tut niemand im Namen Jesu und im gläubigen Aufblick zu ihm. Aber die unreine Speise hat uns Jesus nicht verboten. Von ihr scheidet uns der Glaube an ihn nicht. Sie meiden wir im Namen des Gesetzes. Sie ist uns also nimmermehr Sünde vor Gott und kein Verlust unserer Gerechtigkeit, so gewiß als Christus die Sünde nicht schont und pflegt. Ich wenigstens trage nicht die Angst im Herzen, daß Jesus einen Sünder aus mir mache, weil er mich nicht an das Gesetz, sondern allein an sich gebunden hat. Ich weiß, daß in ihm ein ganzes, völliges Wohlgefallen Gottes über mir steht, eine wirkliche Vergebung meiner Sünden, eine wirkliche Erlösung von allem Bösen, eine wirkliche Einführung in die Gerechtigkeit, so daß alles, was ich im Glauben an ihn tue, rein und recht vor Gott ist. Darum schreckt mich das Gesetz nicht, und ich kehre nicht zu ihm zurück. Ich will Christus dadurch ehren, daß ich nichts für Gerechtigkeit halte als das, was aus ihm erwächst." Hier wird sichtbar, was Paulus Glauben heißt. Er hat kein geteiltes Herz, das zum Teil auf Christus hofft und zum Teil auf andere Dinge; er hat in seinem Herzen nur für einen einzigen Helfer Raum. Ihm hat er sich ganz ergeben; all sein Hoffen, seine ganze Erwartung, sein ganzes Streben zielt auf Christus hin. Da liegt die Hauptursache, weshalb uns die Worte des Apostels dunkel scheinen. Wir verstehen bei unserem schwachen Glaubensstand und vielfach zerteilten Verlangen nicht leicht, wie Großes Paulus von Jesus hofft und wie ungeteilt er an ihm hängt.

Wann wird man als Sünder erfunden? 2,18: *Denn wenn ich das, was ich abgebrochen habe, wieder aufbaue, so erweise ich mich als Übertreter.* Wer an Christus gläubig wurde und seine Gerechtigkeit bei ihm suchte, der hatte sich vom Gesetz abgewandt und seine Gerechtigkeit nicht mehr in den vom Gesetz befohlenen Werken gesucht; wenn er sich nun wieder zum Gesetz zurückwandte, sprach er sich allerdings das Urteil und beschuldigte sich, daß er das Gesetz mit Unrecht verließ und ein Band zerriß, in das er vor Gott gebunden war. Auch dieses Wort antwortet auf die Befürchtungen der Judenchristen. „Sollen wir denn zu Übertretern des Gesetzes werden?" klagen sie. „Nein", sagt Paulus, „eben das sollt ihr nicht werden; ihr sollt nicht in Zwist mit dem Gesetz geraten. Wenn ihr wider das Gesetz streitet, geht ihr zweifellos zugrunde. Auf dem Weg des Glaubens wird man aber nicht zum Übertreter des Gesetzes; das wird man gerade auf eurem gesetzlichen Weg. Meine Abwendung vom Gesetz, die mich völlig von ihm losgemacht hat, ist rein und recht. Ihr aber, die ihr noch halb am Gesetz hängt und es jetzt wegwerft, um es hernach wieder zu holen, die ihr euch jetzt im Glauben von ihm löst und euch dann wieder darunterstellt, ihr seid allerdings Übertreter. Ihr erweist, daß ihr das Gesetz nicht auf rechtem Weg und mit reinem Gewissen verlassen habt. Von euch wird das Gesetz mißhandelt und um seine Heiligkeit gebracht. Ihr fallt unter seine Verurteilung, deshalb, weil ihr es wieder aufbaut, weil ihr euch wieder darunterstellt und nicht mit völligem Glauben an Christus hängt." Das war nun freilich für die gesetzlichen Eiferer eine verwunderliche Rede, daß gerade sie die Übertreter des Gesetzes sein sollten. Aber so geht es uns bei allen unlauteren, schwankenden

Stellungen. Da kommt nichts zu seinem Recht; alles wird gebrochen und verkürzt. Diese Judenchristen wollten Gesetz und Christus zusammenfügen und gaben weder Christus noch dem Gesetz seine Ehre. Sie beschuldigten Christus und brachen das Gesetz.

Warum ist die Freiheit des Paulus vom Gesetz rein? 2,19a: *Denn ich starb durch das Gesetz für das Gesetz, damit ich für Gott lebe* (Röm. 7,4). Für das Gesetz gestorben sein, bedeutet die ganze Lösung vom Gesetz statt der halben. Einem jüdischen Mann, dessen Gewissen von seiner Kindheit her an das Gesetz gebunden war, war es kaum glaublich, daß ein Jude, der Gott vor Augen habe, sich über das Gesetz ohne innere Vorwürfe hinwegsetzen könnte. „Kannst du", werden sie Paulus gefragt haben, „wirklich am Sabbat arbeiten, ohne daß dir das Herz klopft und das Wort dich strafend verfolgt: Gedenke des Sabbattages!?" Seine Antwort lautet: „Ich bin dem Gesetz tot und werde inwendig nicht mehr von ihm gefaßt. Es hat keinen Zugang mehr zu mir und spricht nicht mehr in mein Gewissen hinein. Die Gerechtigkeit, die ich mit dem Gesetz erwerben könnte, begehre ich nicht; sie hat jede lockende Kraft für mich verloren. Ebensowenig beängstigt mich die Drohung, die auf der Verletzung des Gesetzes steht. Das Gesetz mit innerer Selbstverurteilung zu beseitigen ist freilich ein unheilvolles Verfahren, woran der Mensch sich verdirbt; das ergibt jenes Abreißen und Wiederaufbauen, woran man zum Übertreter wird. Das trifft mich nicht. Ich bin gänzlich vom Gesetz los."

Das Wort des Apostels weist aber noch tiefer. „Wie bist du denn los geworden vom Gesetz?" Er antwortete: „Gestorben bin ich." Und das ist mehr als ein Bild, vielmehr der richtige Ausdruck für das, was in ihm vorgegangen ist. Seine Hoffnungen und Wünsche erloschen; sein Ringen und Laufen stand still; seine Kraft schwand; sein eigenes Leben sank in sich zusammen. Seine Lösung vom Gesetz war kein Kinderspiel. Ein Sterben hat ihn durchbohrt, ein Tod ist über ihn gekommen. Was verstehen doch die von der Stellung des Paulus zu Gott, die seine Freiheit vom Gesetz Leichtsinn schelten! Er hat sie schwer erkauft. In diese Freiheit geht man durch ein Sterben ein. Paulus deutet damit auf den ernsten Hintergrund seines Glaubens an Christus hin und zeigt uns das Gewicht, das seiner freudigen Gewißheit die Waage hält.

Denken wir an die Tage seiner Bekehrung vor Damaskus: War Paulus nicht ein toter Mann? Der ganze Gewinn seines Lebens und seiner Arbeit war vernichtet. Seine Gerechtigkeit, an die er alles gesetzt hatte, war wie ein Hauch verschwunden. Er war ein Sünder geworden. Es war ihm nichts geblieben, keine Kraft, die er nochmals hätte einsetzen können, kein Weg, den er noch versuchen, keine Hoffnung, an der er sich wieder aufrichten konnte. Mit sich selbst war er völlig fertig. Er stand am Ende seiner Wege; er mußte sich selbst aufgeben und rundum verurteilen. Wenn je einem das Herz gebrochen ist, so ist dies Paulus widerfahren. Er schüttelte dieses Sterben nicht von sich ab. Seine Wirkungen waren unauslöschlich. Er trug sie sein Leben lang in sich. In diesen Ausgang hatte ihn das Gesetz hineingeführt. Dem Gesetz hatte er einst gelebt und nichts anderes vor Augen gehabt. Dafür hatte er gearbeitet und gekämpft. Mit dem Gesetz war er zum Sünder, zum Feind Gottes und zum Verfolger des Christus geworden. Und hernach sprach das Gesetz das Schuldig über ihn (Röm. 7,14-25); er mußte ihm recht geben, sich selbst preisgeben als einen, der Unrecht tat und dem Tod verfallen war. Das Gesetz hat ihm mit seinem verdammenden Spruch alle Hoffnungen begraben und das Leben abgeschnitten. Eben darum, weil er durch das Gesetz ein toter Mann geworden ist, ist er nun auch für das Gesetz tot. Es hat sein Werk an ihm bis zum Ende getan; nun ist er nicht mehr mit ihm verflochten, sondern von ihm frei.

Dieses Sterben war der Weg zum Leben. „Ich starb, damit ich lebe; ich starb für das Gesetz, damit ich für Gott lebe." Darin kommt die Regel Gottes ans Licht und das Wunder seiner Gnade, daß wir im Sterben das Leben gewinnen. „Gerade jenes Sterben hat mich", sagt Paulus, „so gewiß es ein Sterben war, wahrhaft lebendig gemacht. Ziele und Hoffnungen, Wollen und Vermögen, Kraft und Werk und Gerechtigkeit – das kam mir alles erst jetzt zu, und erst jetzt war dies alles göttlich, aus Gott geschöpft und Gott zugewandt. So wurde mir erst jetzt ein Leben zuteil, das Gott gehört und ihm dient." Auch das war für die Verehrer des Gesetzes eine harte Rede. Sie meinten, durch ihre Bindung an das Gesetz für Gott zu leben. Was aber mit dem Tod endigt, kann kein Leben für Gott sein. Wahrhaftes Leben hat nicht den Tod in sich. „Bei eurem Dienst am Gesetz", sagt Paulus, „beschäftigt ihr euch mit euch selbst. Euer

Wollen und Können und Wirken, eure Gerechtigkeit und eure Ehre und eure Seligkeit erfüllen euch. Ihr denkt beständig an euch und sucht euch. Und das Ende ist der Tod. Erst als mir das Gesetz unterging, fand ich Gott. Da wurde mir Gott lebendig als der gebende und mich bewegende, auf den ich geworfen bin, von dem ich alles, was ich bin, empfangen habe und dem ich nun auch mein ganzes Trachten und Handeln hingeben darf." So schützt Paulus seine Freiheit vom Gesetz gegen alle Verdächtigung: „Ich bin dem Gesetz tot, nicht weil ich mir selbst und meinem Eigenwillen lebe; ich lebe für Gott."

Es mußte den Judenchristen immer noch unglaublich erscheinen, daß Paulus wirklich vom Gesetz nicht mehr erfaßt werde, daß dessen Gebot ihn nicht mehr binde und dessen Fluch ihn nicht mehr schrecke und daß diese Erstorbenheit für das Gesetz die Wurzel des Lebens für ihn sei, und zwar eines heiligen Lebens voller Fruchtbarkeit für Gott. Er erklärt ihnen darum, wie er für das Gesetz ein toter Mann geworden ist. 2,19b: *Mit Christus bin ich gekreuzigt* (Röm. 6,6). Jesus hat Paulus mit sich in seinen Tod hineingezogen. Zuerst hatte sich Paulus mit ganzer Seele gegen das Kreuz Jesu empört. Mit einem Gekreuzigten wollte er nichts gemein haben und in ihm nicht seinen Herrn und Hirten sehen, dem er untergeben sein sollte. Aber Gott hat ihm im Gekreuzigten seinen Sohn gezeigt. Je gewaltiger er sich vorher gegen dessen Kreuz empört hatte, um so mächtiger erfaßt es ihn nun: „Der Gekreuzigte ist dein Herr; in ihm ist dir die Herrlichkeit Gottes bereitet gerade durch seinen Gang zum Kreuz. Das alles gilt dir; deine Sünde wird hier offenbar, dir wird hier das Urteil gesprochen, dein fleischliches Wesen im Tod abgetan. Was ist dein Streben, Laufen, Wirken? Am Kreuz des Christus sinkt es dahin. Es macht deinem eigenen Wesen und Leben ein Ende." So hat Paulus sich völlig in Jesu Sterben eingeschlossen, es auf sich selbst bezogen und gesagt: „Mit Jesus bin auch ich ein verurteilter und in den Tod gegebener Mann."

Paulus stellt beides nebeneinander: „Durch das Gesetz und durch Jesu Kreuz bin ich in den Tod versetzt." Denn was Gott uns durch das Gesetz tut und was er durch Christus uns tut, ist einträchtig. Das Gesetz sagt: „Du bist ein Sünder, und ein Sünder kann und darf nicht leben." Das sagt auch Christus; deshalb geht er für uns in den

Tod. Das Gesetz sagt: „Sünde wird nur dadurch gedeckt, daß das Leben ihretwegen hingegeben wird." Das sagt auch Jesus und vergießt deshalb sein Blut. Das Gesetz sagt: „Du bist Fleisch, und Gott ist Geist, du bist geschieden von ihm und seinem Reich." Christus sagt es auch und legt sein Fleisch ins Grab. So kommt am Kreuz Jesu das Gesetz zur Erfüllung, und eine und dieselbe Wirkung geht von beiden auf uns aus.

Das Gesetz und das Kreuz Jesu lassen sich nicht voneinander trennen. Das eine wird nur durch das andere verstanden. Warum hat Paulus den Tod Jesu als seinen eigenen Tod betrachtet? Weil er das Gesetz Gottes vor Augen hatte und in seinem Herzen wirken ließ. Weil das Gesetz sein eigenes Trachten und Wirken traf und tötete, begriff er, weshalb Jesus gestorben ist, daß sein Kreuz auch für ihn errichtet ist. Auch wir begreifen das Kreuz Jesu nur dann, wenn wir uns dem Ernst des göttlichen Gebots untergeben. Wiederum, was hat Paulus fähig gemacht, sich dem Spruch des Gesetzes zu unterwerfen, ohne daß er in Verzweiflung fiel? Er sah auf Christus und bedachte, daß er mit Christus in den Tod gegeben ist. Das Kreuz des Christus ist aber nicht nur das Bußzeichen, das uns zeigt, daß Gott die Sünde gerichtet hat, sondern zugleich das Gnadenzeichen, das uns sagt: „Du bist mit Gott versöhnt." Darum entsteht aus diesem Sterben die Begründung des Lebens. Nun begreifen wir, wie für Paulus aus dem Sterben das Leben kam. Weil er sich mit Christus in den Tod gegeben wußte, starb er so, daß das Leben für Gott daraus entstand.

2,20: *Nicht mehr ich lebe; Christus lebt in mir* (2. Kor. 5,15). *Was ich aber jetzt im Fleisch lebe, lebe ich im Glauben an den Sohn Gottes, der mich geliebt und sich für mich dahingegeben hat* (Eph. 5,2; Joh. 13,1). Paulus, der vom Gesetz zu Tod getroffen und in Jesu Kreuzigung mit eingeschlossen ist, lebt. Warum? Christus lebt, und das ist auch für ihn der Grund des Lebens. Paulus leitet sein Leben nicht von dem ab, was er selbst ist und tut; denn in ihm wirkt und herrscht der Tod. Er ist nicht mehr der Lebendige. Aber Christus lebt nicht bloß für sich in der Herrlichkeit seiner eigenen Person, sondern erweist sich in Paulus als lebendig und macht, daß sein Leben an ihm sichtbar wird. So wird aus Paulus eine Schöpfung und ein Zeugnis des Lebens Jesu.

Allerdings hat Paulus jetzt noch etwas an sich, was ihm und nicht dem Christus zugehört und nicht durch den lebendigen Herrn in ihm entstand. Das ist das Fleisch. Der Apostel macht sich den Einwand: „Du bist ja Fleisch, und doch soll das Leben des Christus in dir sein? Er ist bei Gott und hat die Gestalt und Herrlichkeit Gottes; du aber hast die Fleischesgestalt; wie kann so das Leben Jesu das deine sein?" – „Jetzt lebe ich freilich", sagt Paulus, „im Fleisch, und so lange ist meine Einigung mit Christus noch nicht vollendet und seine Gestalt noch nicht die meinige und sein Leben an mir noch nicht offenbar. Aber das trennt mich nicht von ihm. Es gibt ein Band, das auch aus meiner Fleischesgestalt zu ihm emporreicht und sein Leben zum meinigen macht, das ist der Glaube. Im Fleisch mit Christus verbunden sein, das beruht darauf: ich glaube an ihn. Durch den Glauben weiß ich trotz meiner irdischen Art, daß er in mir lebt. Durch den Glauben an ihn bin ich über meinen inwendigen Tod emporgehoben und empfange, was mir Christus gibt: das hat nicht die Art des Fleisches an sich, sondern kommt aus dem Geist. Und der Glaube ist seiner Sache gewiß; er weiß, worauf er steht. Denn er hat seinen Grund in der Liebe des Christus, in der durch den Tod bewährten Liebe des Sohnes Gottes. Darauf läßt sich bauen mit festem Glauben, der sich völlig auf ihn verläßt. Das Leben des Christus sehe ich freilich jetzt noch nicht, aber seine Liebe sehe ich; denn er hat sich für mich dahingegeben, darum glaube ich."

Nun wissen wir, wie Paulus vom Gesetz frei geworden ist. „Christus hat sich für mich dahingegeben", das ist das Wort, das er in seiner Seele trägt. Das gibt Glauben an Christus, und dieser Glaube wird von Christus erhört und macht, daß Christus mit dem Glaubenden verbunden ist. Also gehört der Tod und das Leben des Christus dem an ihn Glaubenden. Das ist seine Gerechtigkeit, und er wird nicht mehr als Sünder erfunden. Jesu Tod hat seine Sünde bedeckt; Jesu Leben macht ihn lebendig in Gerechtigkeit für Gott. Also hat er beim Gesetz nichts mehr zu suchen, sondern läßt sich allein von Jesus leiten und tut, wozu ihn Jesus durch seinen Tod und durch sein Leben beruft.

So hat Gott Paulus Gnade erzeigt, und die Gnade darf man nicht verwerfen. 2,21: *Ich beseitige die Gnade Gottes nicht; denn wenn durch das Gesetz Gerechtigkeit entsteht, dann ist Jesus umsonst ge-*

storben. Es gibt nichts in der Welt, das weniger verachtet werden darf als die Gnade. Sie ist das Allerheiligste, was wir in seiner Gültigkeit und Kraft unverletzt stehen lassen müssen. „Ich“, sagt Paulus, „kann mich angesichts der Gnade Gottes nicht besinnen, ob ich sie annehmen will; ich kann nichts anderes als gläubig sein, einfach deshalb, weil ich der Gnade nicht widersprechen kann, sondern sie als mir gegeben und erzeigt stehen lassen muß.“ Nun gibt es keinen Rückweg mehr in das Gesetz. Denn wenn uns das Gesetz ein vor Gott bestehendes Recht verschafft, dann hat uns das Sterben Jesu nichts gebracht; es war dann eine fruchtlose Tat, die ohne Wirkung blieb. Was sollte denn die Gabe Jesu sein, die sein Kreuz uns erwürbe, wenn wir die Gerechtigkeit in uns selbst finden und vom Gesetz geführt das Leben erlangen? Dann bedürfen wir keiner Liebe, die an unsere Stelle tritt und für uns tote Menschen stirbt. Dann handeln wir selbst gut und gerecht und sind dazu stark und lebendig genug. Das heißt den Tod Jesu für unnütz achten. Das tut aber niemand, der ihn kennt, niemand, der an ihn glaubt. Der Gläubige spricht: „Dein Tod ist das Beste, was in der Welt geschehen ist; deine Hingabe ist uns zur Rechtfertigung ewig wirksam; deiner Liebe sind wir bedürftig; in ihr ruhen wir, erlöst von Zweifel und Furcht, gedeckt gegen allen Mangel und Fall, dir verbunden und in dir zu Gott gebracht.“

Daher kam die Betrübnis und der Zorn des Paulus über die Heuchelei in Antiochia und die jüdischen Neigungen in Galatien. Die jüdischen Zerstörer der Gemeinden wissen nun, warum er in dieser Sache keinen Menschen, und sei sein Ansehen noch so groß, schont, nicht einmal Petrus, geschweige denn unlautere Eiferer und falsche Brüder, wie sie es sind. Das Vertrauen auf Christus wegwerfen, zweifeln, ob er uns zur Gerechtigkeit geworden ist, sich fürchten, als würden wir durch ihn zu Sündern, sich losreißen von ihm, dem für uns gestorbenen und auferstandenen Christus, der doch allein uns tote Menschen für Gott lebendig macht, seine Liebe verachten, die er uns durch das Kreuz bezeugt hat, seinen Tod geringschätzen, als ginge er uns nichts an und als wäre er vor Gott ohne Frucht, das kann Paulus nicht. Wo er solches in den Gemeinden findet, da verfolgt er es mit dem Eifer der Wahrheit, dem Christus über alles geht. Wie sollte er da einen Menschen schonen, während Christus herabgesetzt und sein Kreuz verachtet wird? Der Mensch, und sei es auch Petrus, werde klein, und Christus und sein Kreuz werde in der Gemeinde groß und sei das einzige, was sie bewegt und erfüllt!

Der Bericht steht hier an seinem richtigen Ende, obwohl uns nichts mehr von Petrus erzählt wird und wir nicht hören, wie er die Zurechtweisung durch Paulus aufgenommen hat. Der Schein, in den Petrus sich hüllte, war zerstört; es war öffentlich vor der ganzen Gemeinde festgestellt, daß Petrus mit den Heidenchristen gegessen hatte. Juden- und Heidenchristen wußten nun, was sie von jenem Eifer für die Speiseordnung zu halten hatten. Das Ärgernis war von den Heidenchristen abgewandt und die alleinige Richtschnur für die, die Christus kennen, ins Licht gehoben. Was konnte Petrus anders als schweigen und Paulus recht geben! Er mag hervorgehoben haben, was er zu seiner Entschuldigung sagen konnte: daß es eben doch für einen Juden eine schwere Sache sei, über das Gesetz hinwegzusehen, und daß Israel auch in seinem Eifer für das Gesetz alle Schonung verdiene. Aber in der Hauptsache mußte er Paulus beitreten und gestehen, daß er nicht offen und mutig gehandelt hatte. Und daß die Gnade Gottes und das Kreuz Jesu und der Glaube an ihn nicht verachtet werden dürfen, sondern die Kraft der Gemeinde Jesu sind, darin war Petrus mit Paulus eins. Was sollte Paulus vom Geständnis des Petrus reden, als ginge seine Absicht dahin, ihn zu beschämen? Ihm ging es allein um die Sache, um die Ehre Jesu, darum, daß ihm völlig vertraut werde. Darum hat Paulus in Antiochia geeifert und dazu auch jetzt diesen Vorgang erzählt. Diesen Zweck hat er erreicht; so bricht er ab.

Kapitel 3,1-5

Durch Glauben wird der Geist empfangen

Wenn die Gemeinden erwägen, was Paulus ihnen bisher gesagt hat, so hat sein Wort für sie wieder sein ganzes Gewicht erhalten. Er redet wieder als der Apostel des Christus zu ihnen, mit einer Vollmacht, die ihn unter keinen anderen Menschen stellt. Er hat aber die Gemeinden nicht nur auf seine Autorität verwiesen; so hätte er nur Gesetz mit Gesetz, das jüdische mit einem christlichen

Gesetz vertauscht und statt der mosaischen eine paulinische Satzung aufgerichtet. Paulus wollte die Gemeinden in der Freiheit erhalten, und dazu bedürfen sie des eignen Einblicks in den Rat Gottes. Darum fordert er nicht nur, daß sie sich nicht mehr unter das Gesetz begeben, und schilt er sie nicht nur wegen ihrer gesetzlichen Neigungen, sondern gibt er ihnen eine reiche Unterweisung, die ihnen das Werk des Gesetzes und das Werk des Christus nach ihrer Verschiedenheit und ihrer Eintracht deutet; sie sollen begreifen, welches Amt jedem von ihnen in der Haushaltung Gottes zukommt. Wenn sie wahrnehmen und verstehen, was Gott in Christus gegeben hat, dann hängen sie selbst mit eigener Gewißheit im Glauben ihm an.

3,1: *O ihr unverständigen Galater! Wer hat euch bezaubert, denen Jesus Christus vor die Augen hingezeichnet wurde als Gekreuzigter?* Paulus hat gesagt, was ihn zu Christus zieht, wie Jesu Tod und Auferstehung uns umfaßt und in die Gerechtigkeit und Gnade hineinstellt. Dem Apostel steht die Gnadengabe Gottes so hell vor dem Blick und die Heilandstat Jesu spricht so dringend und kräftig in sein Herz, daß er verwundert ausruft: „Wo sind denn eure Augen, um wahrzunehmen, was geschehen ist? Wo ist euer Verstand, um zu begreifen, was euch widerfährt? Seid ihr so stumpf, so unfähig, daß ihr euch nicht klarmachen könnt, was das Gesetz euch bringt und was euch dagegen Jesus gewährt?" Jesus kennen und nicht merken, daß er uns zum Glauben beruft, daß in ihm uns die Gnade gegeben ist, die man nicht verwerfen darf, das ist nicht Klarheit des Geistes, sondern Ohnmacht des Verstandes. Es liegt etwas Unbegreifliches darin, daß ein Mensch, wenn er Glauben empfangen hat, ihn wieder fallenläßt. Das drückt Paulus scharf mit seiner Frage aus, wer die galatischen Christen bezaubert habe. Er denkt an den „bösen Blick", von dem man damals mancherlei erzählte: Menschen sollten ohne äußere Mittel der Gewalt oder des Giftes, nur durch einen giftigen Blick plötzlich und unvermerkt das Leben der anderen treffen können, so daß sie dahinwelkten. An den Gemeinden in Galatien ist solche Rede wirklich wahr geworden. Eine verderbliche Macht ist plötzlich und unvermerkt über sie gekommen und hat sie in ihrem inneren Leben krank und matt gemacht, unfähig, Christus festzuhalten und im Glauben an ihn fest zu bleiben. Und doch hatte Paulus ihnen Christus am Kreuz gezeigt.

Hier hören wir, welchen Inhalt Paulus seiner Verkündigung gab: Er stellte der Gemeinde Jesus vor Augen als den, der das Kreuz erlitten hat. Seine Verkündigung diente einem hohen Ziel: Sie will aus den Hörern heilige Menschen machen, weise Menschen, die Gott kennen und mit ihm verbunden sind, Empfänger des ewigen Lebens, Glieder der vollendeten Gemeinde. Das Mittel, womit er all dies erreicht, ist, daß er das Auge der Menschen auf den gekreuzigten Christus lenkt: Hier steh still, ihn nimm wahr! Paulus wünscht, daß wir Menschen eines bedenken: Als der Sohn Gottes kam, starb er am Kreuz, und zwar ist das unter uns geschehen. Uns geht es an; durch uns Menschen und für uns Menschen wurde dies vollbracht. „Wenn du das weißt", sagt Paulus, „so kennst du Gott, bist geschieden von der Sünde, bist geheiligt, erleuchtet, lebendig gemacht." Der Apostel hat dasselbe auch den Korinthern gesagt (1. Kor. 2,2). Wer aber den Gekreuzigten wahrgenommen hat, der hat den Mut verloren, auf sich selbst zu bauen, und hat zugleich den Mut gewonnen, der Gnade Gottes gewiß zu sein. Und damit ist er vom Gesetz geschieden. Darum liegt im Schwanken der galatischen Gemeinden ein Preisgeben der Wahrheit, die in ihnen lebendig war, und deshalb enthält es ein böses Geheimnis, das Paulus für sie besorgt macht.

Weil der Blick der Galater trübe geworden ist, fängt Paulus seinen Unterricht bei dem Nächstliegenden an, bei ihrer eigenen Erfahrung. 3,2: *Nur das will ich von euch erfahren: Erhieltet ihr den Geist aus den Werken des Gesetzes oder aus dem Hören des Glaubens* (Röm. 10,17)*?* Paulus erinnert die galatischen Gemeinden an den Anfang ihres Christenstands und heißt sie bedenken, was sie empfangen und wie sie das Empfangene erlangt haben. Schon dies eine muß sie aus allen Zweifeln herausheben, dem ganzen Streit ein Ende machen und ihnen den Weg Gottes zeigen. Es ist etwas Neues aus ihnen geworden; sie sind nicht mehr die alten Heiden. Wenn sie jetzt zu Gemeinden des Christus versammelt sind, so ist eine große Wandlung an ihnen geschehen, und sie wissen, was sie erlebt haben: sie haben den Geist erhalten. Warum lebt jetzt der Name Gottes in ihnen, und zwar der Vatername? Warum wenden sie sich jetzt zu ihm mit Dank, Lob und Anbetung? Warum sind ihre alten Begierden von ihnen abgefallen und stehen als etwas Häßliches vor ihrem Auge? Warum wurde es in ihrem Inneren hell, und Erkenntnis Gottes leuchtete in ihnen auf und die Liebe wurde darin geboren? Geist haben sie erhalten; Geist macht das Inwendige neu, Geist ist der Schöpfer der Erkenntnis und der Liebe, Geist hebt das Herz zu Gott empor. Den Geist haben sie erhalten, den einen und selben Odem Gottes, der von Gott her kommt und in Menschen eingeht und sie kräftig bewegt. Nun sollen sie sich besinnen, wie der Geist ihr Besitz geworden ist. Nur das möchte Paulus von ihnen wissen, weil damit die ganze Frage entschieden ist. Denn der Geist ist nicht nur eine unter Gottes Gaben, etwa gar eine geringe; der Geist ist vielmehr die Gabe aller Gaben, unsere wahrhafte Hinleitung zu Gott, unsere Einigung mit ihm, die Gegenwart des Christus bei uns, unsere Einpflanzung in ihm. Darum strömt aus dem Geist vollkommene Erneuerung und ewiges Leben. Wo der Geist ist, da kann niemand zweifeln, daß hier Gnade und Gerechtigkeit und die Liebe Gottes ist, von der uns nichts scheiden wird.

Nicht Werke des Gesetzes, sondern das Hören des Glaubens hat den Gemeinden den Geist gebracht. Ehe Paulus kam, wußten sie vom Gesetz nichts. Sabbat und Beschneidung waren für sie unbekannte Dinge, von denen sie erst danach erfuhren; denn Paulus hielt ihnen, als er bei ihnen wir, nicht das Gesetz vor und hieß sie nicht dies und jenes tun, um das Gesetz zu erfüllen und so Gott zu dienen; er verkündigte ihnen Christus und zeichnete Christus vor ihr Auge, seine Kreuzesgestalt und sein Auferstehungsbild. Und die Galater hörten zu; sie hörten, wie der Glaube hört, wer Christus ist und was Gott in ihm der Welt gegeben hat, und ihr gläubiges Hören hat den Geist Gottes in ihre Herzen gebracht. Sie haben ihn nicht durch Sabbat und Beschneidung oder durch irgendein anderes Gott zur Ehre vollbrachtes Werk auf sich herabgezogen, sondern sie haben gläubig darauf gehört, was Paulus ihnen im Namen Gottes sagte, und mit dem Hören des Glaubens ist der Geist in ihre Herzen eingezogen. Also wissen sie, ob ihr Glaube in das Leere greift und vergeblich bei Gott anklopft, ob er Gott wohlgefällig ist oder nicht, ob Gott von ihnen etwas anderes verlangt, als daß sie gläubig auf ihn hören. Hat ihnen der Glaube den Geist gebracht, so besitzen sie im Glauben die ganze Gnade Gottes. Dadurch ist der Glaube ihnen göttlich versiegelt, und es liegt ihnen nichts ob, als ihr Leben lang im Glauben vor Gott zu bleiben.

Die Werke des Gesetzes oder das Aufmerken des Glaubens, das sind die beiden Wege, in die die Frömmigkeit der Menschen auseinandergeht. Das Gesetz will nicht nur Hörer haben, sondern beruft zur Tat; es zeigt uns die Werke, mit denen wir Gott dienen. Ich, der Mensch, stehe mit Entschlossenheit auf und gehe an die Arbeit und bin fleißig in Gottes Dienst. Der Glaube ist von anderer Art. Da horchen wir auf Gott, auf das, was Gott sagt, Gott getan hat, Gott verheißt. Das Ohr geht uns auf für das Wort Gottes, und was wir hören, das faßt uns inwendig, ergreift uns mit der Macht der Wahrheit, bindet unsere Gedanken und Begierden und wird Gewißheit, die uns trägt. Durch das offene Ohr zieht das Wort Jesu in uns ein und bringt den Geist mit sich.

Nun sind die Galater nicht mehr damit zufrieden, sondern wollen ein vollkommeneres Christentum haben, Gott noch näher kommen, noch heiliger werden, nicht bloß gläubig sein. Was geschieht, wenn man über den Geist hinaus will? Wohin kommt man dann? 3,3: *Seid ihr so unverständig? Nachdem ihr durch den Geist begonnen habt, macht ihr jetzt das Ende durch das Fleisch?* Zwei Kräfte wollen uns regieren; die eine steht über uns, die andere ist an uns. Die eine ist der Geist, den die Gegenwart Gottes und Jesu uns bringt; die andere ist das Fleisch, das natürliche Gebilde, das wir von der Geburt her sind. Am Geist haben wir durch Glauben an Christus teil. Aber nun lösen sich die Galater von Christus, lassen den Glauben in sich erlöschen und scheiden sich damit auch vom Geist. Was bleibt nun als Vollendung und Abschluß ihres Anfangs übrig? Sie haben nichts anderes einzusetzen, als was sie von Natur bei sich selbst finden, und das ist Fleisch. Wir dürfen nicht nur daran denken, daß die Beschneidung ein Stück Fleisch abschneidet, daß der Sabbat dem Leib Ruhe gebietet, daß überhaupt die äußere Ordnung des Gesetzes sich auf leibliche Dinge bezieht. Fleisch und Geist stehen nicht nur widereinander wie Auswendiges und Inwendiges, sondern zugleich wie Unteres und Oberes, wie Mensch und Gott. Wer bedenkt, welche Scheidung zwischen Geist und Fleisch besteht, was es für einen Unterschied ergibt, ob Gott im Heiligen Geist oder der Mensch in seiner Fleischesart der Führer auf dem Weg ist, dem ist deutlich, wie blind wir sind, wenn wir meinen, wir könnten dadurch höher steigen und heiliger werden, daß wir uns dem Geist entziehen. Die Galater sagen freilich: „Wir halten uns an Gottes Gesetz.“ Aber sie bedenken nicht, daß eben das Gesetz sie ins Fleisch zurückwirft, weil es uns an uns selbst und an unsere eigene Kraft verweist.

3,4: *So viel habt ihr umsonst erlitten, wenn es wirklich umsonst ist.* Auch in Galatien konnten die Gemeinden sich nur durch einen harten Kampf erhalten, und sie haben ihn tapfer bestanden. Dadurch wurde sichtbar, daß der Geist bei ihnen ist; denn zum Leiden für Gott macht uns nicht das Fleisch, sondern der Geist willig und stark. Wer so Großes empfangen und so Schweres erlitten hat, darf das nicht umsonst erlebt haben. Wer durch Geist beginnen konnte, der hat die reiche Güte Gottes empfangen, und diese ist heilig; sie zieht uns für immer und völlig zu ihm. Wir dürfen nicht mehr von ihr wegstreben. 3,5: *Der, der euch den Geist darreicht und unter euch Wunder wirkt, tut er es aus den Werken des Gesetzes oder aus dem Hören des Glaubens?* Auch die wunderbaren Wirkungen des Geistes bezeugen den Galatern deutlich, wie Gott sich zum Glauben bekennt. Doch benützt Paulus nicht bloß das Wunder für seinen Beweis; zuerst hat er von jenem Empfangen des Geistes gesprochen, das den Glauben stets begleitet und die heiligen Triebe der Erkenntnis und der Liebe Gottes in das Herz legt. So erweckt Paulus in den Galatern zuerst das dankbare Bewußtsein um Gottes große Gabe, damit sie die Torheit ihres Wunsches erkennen, mehr als nur gläubig an Jesus zu sein. Niemand ist höher, heiliger, Gott näher als der an Jesus Glaubende. Über diesen Glauben hinaus gibt es in diesem Leben keine höhere Stufe der Vollkommenheit, weil Geist und Glaube beisammen sind.

Kapitel 3,6-14

Was man im Glauben erhält und mit dem Gesetz verliert

Ohne ein Gesetz, ohne ein Werk, ohne ein Verdienst, deswegen, weil die Galater an Jesus glaubten, als er ihnen verkündigt wurde, gab Gott ihnen seinen Geist. So ist ihnen dasselbe widerfahren, was Abraham geschehen ist. 3,6: *Wie Abraham Gott glaubte und es ihm zur Gerechtigkeit gerechnet wurde* (1. Mose 15,6). Gott hat es mit den Galatern nicht anders gehalten als mit Abraham. Abraham hatte ebenfalls kein Gesetz, kein Werk, kein Verdienst, sondern die Verheißung Gottes kam zu ihm, und er glaubte, und das war seine Gerechtigkeit vor Gott. Wenn der glaubende Abraham bei Gott Gerechtigkeit fand und die glaubenden Galater den Geist erlangten, so offenbart sich hier und dort dieselbe göttliche Gnade. Wer Geist aus Gott erlangt, hat in ihm das Zeugnis, daß er gerechtfertigt ist. Wen Gott verwirft, den einigt er nicht mit sich durch das heilige Band der Geistesgabe. Kommt der Geist, so ist unsere Sünde vor Gott bedeckt, unsere Scheidung von ihm überwunden, und wir stehen als die Gerechten vor ihm. Hier liegt aber nicht nur ein gleiches Geschehen vor, sondern was Abraham von Gott erhielt und was die Heiden von Gott empfingen, ist miteinander durch einen inneren Zusammenhang verbunden; hier ist das eine der Grund, das andere die Folge. Weil Gott Abraham so behandelt hat, hat er es mit den Heiden nicht anders gehalten. Aus der Gnade, die Abraham empfing, wuchs die Gnade für die Heiden hervor. Der erste Schritt Gottes zieht die anderen nach sich. Die Rechtfertigung, die Abraham durch seinen Glauben bei Gott fand, öffnet auch den Heiden den Zugang zu Gott und bewirkt, daß ihr Glaube so wunderbar reiche Folgen hat.

Paulus hat die Galater zuerst an ihr eigenes Erlebnis erinnert. Sie haben schon darin die deutliche Weisung, die ihnen für immer ihren Weg bestimmt. Nun fügt er ihr Erleben zusammen mit dem großen Gang Gottes in seiner ganzen Offenbarung, mit dem Zeugnis der Schrift, mit der immer gültigen göttlichen Heilsordnung. Dadurch wird ihnen ihre Erfahrung erst recht gewiß und überzeugend. Sie sehen nun, wie das, was sie erlebten, aus Gottes festem Rat entspringt. Das erläutert ihnen Paulus an Abraham, weil die Galater gern Abrahams Kinder werden möchten, da Gott ja Abraham und seinen Kindern seinen Segen versprochen hat. So haben die Juden es den Galatern vorgesagt: „Ihr seid bloß Heiden; wir aber sind die Kinder Abrahams." Darum zeigt ihnen Paulus, wie Gott an ihnen genau ebenso wie an Abraham gehandelt hat. Sie sind nicht hinter ihn zurückgesetzt, sondern Gott hat sie ihm mit derselben Gnade an die Seite gestellt.

3,7: *Ihr erkennt also, daß die, die aus dem Glauben sind, Söhne*

Abrahams sind. Heißt uns Paulus Menschen, die „aus dem Glauben sind“, so macht er damit unser ganzes Geschick vom Glauben abhängig. Außer ihm wissen wir von keiner Kraft und keiner Gerechtigkeit. Es wird uns so viel zufallen, als unserem Glauben von Gott zugemessen wird. Er ist ja nicht willkürlich von uns gemacht, sondern entsteht aus der Kenntnis Jesu und bringt uns in Gemeinschaft mit ihm, in der wir alles empfangen, was Gott uns verleiht. Auch Abraham ist „aus Glauben“ gewesen; ohne Glauben war er vor Gott nichts. Gottes Wohlgefallen galt nicht seiner menschlichen Art, auch nicht irgendeinem Werk, das er getan hätte, sondern allein wegen seines Glaubens hat Gott ihn zum Vater für die ganze von ihm berufene Gemeinde gemacht. Darum gibt es keine andere Verwandtschaft mit Abraham als die, die durch denselben Glauben entsteht. Der Jude sagte, er sei Abrahams Sohn, obwohl er ungläubig Christus verwarf und Gott widerstrebte. Den Judenchristen schien es, sie seien gläubig an Christus und dazu auch noch Abrahams Same. Die Abrahamskindschaft kam auch ihnen zum Glauben hinzu als etwas Neues, von ihm Unterschiedenes. So wurde immer wieder neben dem Glauben an Christus etwas aufgerichtet, was Gott wohlgefällig sein und als Gerechtigkeit gelten sollte. Paulus sagt: Alles andere, was Abraham hatte, ist vor Gott völlig nichtig gewesen. Wer nur Fleisch und Blut mit Abraham teilt, hat nichts von dem empfangen, was Abrahams Leben vor Gott gewesen ist. Es gibt nur eine Verwandtschaft mit ihm; das ist der Glaube, weil er allein Abrahams Gerechtigkeit gewesen ist (Röm. 4,9-12).

Mit dieser Erkenntnis war aller Verwirrung ein Ende gemacht, die in der ersten Christenheit daher kam, daß die Judenchristen sich höher dünkten als die Heidenchristen. Wollten die Galater durch Beschneidung und Gesetz erst noch Abrahams Kinder werden, so wäre das eine Torheit. Aus Glauben sein, das war gerade die Art Abrahams. Die glaubenden Heidenchristen stehen somit an seiner Seite und wachsen aus derselben Wurzel wie er. Sie haben empfangen, was zuerst Abraham gegeben war. Lassen sie sich, um die Abrahamskindschaft zu erwerben, aus dem Glauben herauslocken, so verlieren sie gerade, was sie mit Abraham verwandt und zu seinen Kindern macht. Sind sie dagegen gläubig, so müssen sie nicht erst Abrahams Kinder werden, sondern sind es und gehören zu denen, die Gott, weil sie dieselbe Haltung einnehmen, mit Abraham zu einer großen Familie zusammenfaßt.

3,8: *Da aber die Schrift voraussah, daß Gott die Völker aus Glauben gerechtspricht, verkündigt sie Abraham die Heilsbotschaft zuvor: In dir werden alle Völker gesegnet werden* (1. Mose 12,3). Bei Abraham zieht Paulus noch einen zweiten Punkt in Betracht, der das über seinen Glauben Gesagte bestätigt: Es wird schon zu Abraham von den Heiden gesprochen als von solchen, die Gott segnen wird. Spricht Gott über einen Menschen die Segnung, so ruht sein Wohlgefallen auf ihm, so wendet sich ihm seine Liebe zu, so teilt er ihm seine Gaben aus. Jetzt soll es von Gott gesegnete Heiden geben; also ruft Gott auch die Heiden zu sich. Die gesegneten Heiden stehen nicht mehr in der Ferne von Gott; sie sind in die Verheißung eingeschlossen. Ihre Sünde ist bedeckt und die Feindschaft abgetan. Das ist ja, sagt Paulus, schon das Evangelium. Eben dies ist die Botschaft, die Paulus im Namen Jesu jetzt den Heiden bringt: „Euch Heiden segnet Gott." Die Schrift stellt die Heiden unter denselben Segen wie Abraham. Gott macht ihn zum Werkzeug seiner Segnung für die Heiden: „In dir", heißt es, „sollen die Heiden gesegnet werden." Abraham empfängt sie zuerst; später empfangen sie durch ihn auch die Heiden. Das ist wiederum die gute Botschaft, die Paulus im Namen Jesu auszurichten hat, daß Juden und Heiden im Besitz derselben göttlichen Gnade zu einer Gemeinde vereinigt sind, daß Israel durch Jesus, seinen Herrn, sein Erbe mit den Heiden teilen und für sie zum Quell der Segnung werden darf.

Wie konnte aber die Schrift von gesegneten Heiden reden? Weil sie voraussah, daß Gott die Gerechtigkeit der Heiden in ihren Glauben setzt. Segen empfängt von Gott nur der Gerechte; wo Verdammung ist, da ist nicht Segen. Der Heide vermag aber Gott nichts anderes darzubringen als den Glauben. Werk und Gesetz hat er nicht, weil er offenkundig gottlos und ungerecht ist. Wäre die Rechtfertigung an eine andere Bedingung geknüpft, so hätte der Heide sie nicht erlangt, und der Segen wäre ihm ewig verschlossen geblieben. Doch der Rat der Gnade stand von jeher fest, die Menschen zum Glauben zu leiten und ihren Glauben zu erhören, so daß mit ihm ihre Sünde begraben ist und Gerechtigkeit ihnen zugemessen wird. Weil der Rat Gottes von Anfang an derselbe war, wie er jetzt durch Christus ins Werk gesetzt worden ist, und weil die Schrift dies voraussah, darum konnte sie von den Heiden als von den Gesegneten des Herrn reden. 3,9: *Folglich werden die, die aus Glauben sind, mit dem gläubigen Abraham gesegnet* (Apg. 3,25).

Auf dem Weg des Glaubens finden wir die Kindschaft Abrahams und den Segen Gottes; was finden wir mit dem Gesetz? Von all dem das Gegenteil. Damit ist aufs neue bewiesen, daß der Glaube der Weg zu Gottes Segnung ist. 3,10a: *Denn alle, die aus Werken des Gesetzes sind, sind unter dem Fluch.* Aus Werken des Gesetzes sein ist der volle Gegensatz zum Verhalten derer, die aus Glauben sind; das heißt nicht bloß: Werke, wie sie das Gesetz fordert, tun, sondern das heißt: auf die Werke der Zuversicht setzen, so daß unser Geschick an unsere Werke gebunden ist und wir erlangen, was sich aus unseren Werken ergibt. Hängen wir von unseren Werken ab, so kann über den Ausgang kein Zweifel sein: Wir sind verflucht. Der Fluch Gottes ist ebenso heilig und mächtig wie sein Segen. Der Fluch ist das Wort des göttlichen Unwillens, mit dem Gott uns von sich wegweist, die Trennung zwischen sich und uns besiegelt und uns seine Gaben nimmt. Der Fluch ist dem Gesetz zur Seite gestellt. Er liegt auf jedem, der es übertritt; er kann ihn nicht von sich abschütteln und nicht über ihn emporkommen. Der Fluch ist wie jedes Wort aus dem Mund Gottes eine Macht, die uns gebunden hält.

3,10b: *Denn es ist geschrieben: Verflucht ist jedermann, der nicht in allem bleibt, was im Buch des Gesetzes geschrieben ist, daß er es tue* (5. Mose 27,26). Wenn wir nur hie und da das Gesetz ungestraft übertreten könnten! Das ist die Hoffnung aller, die sich an ihre Werke hängen und sich an ihnen als ihrer Gerechtigkeit freuen. Sie nehmen aus dem Gesetz heraus, was ihnen liegt, sind aber nicht bereit, stets und in allen Dingen zu gehorchen. Jedermann erholt sich hie und da von seinem Gesetzesdienst und erlaubt sich Ausnahmen. So vergessen wir aber, was das Gesetz ist, und nehmen ihm seine Heiligkeit. Das Gesetz verlangt, daß wir in beständigem Gehorsam verharren. Ich darf nicht heute gehorchen, morgen aber ungehorsam sein, jetzt einen Anlauf zum Guten nehmen und darauf wieder sündigen. Und beim ganzen Gesetz müssen wir bleiben. Ich darf dem Gesetz nicht in einem Stück willfahren und in einem anderen mich ihm versagen. Und getan muß es werden; erst mit solcher Erfüllung ist das Gesetz zufrieden. Das Gesetz Gottes will nicht stückweise, sondern ganz gehalten sein. Es darf niemals und nirgends zerrissen werden. Vor diesem Wort standzuhalten kann nur ein Lügner versuchen, mit dessen Heuchelei das Gesetz bald fertig wird. Auch der stolzeste Jude rühmte sich keiner solchen Erfüllung des Gesetzes. Sie alle bekannten sich als sündig. So sollen sie auch hören, was das Gesetz den Sündern sagt, wie es den Fluch Gottes über sie spricht, und bedenken, was der Fluch Gottes ist. Er steht trennend zwischen Gott und ihnen und läßt sie nicht zu seinem Angesicht herzu.

Wir dürfen nicht sagen: Das Gesetz enthält doch nicht nur den strengen Fluch, sondern daneben auch gnädige Worte, die die Sünder schonen und aufrichten. Gewiß! Die Gerechtigkeit, die Gott an den Glaubenden offenbart, ist schon durch das Gesetz bezeugt (Röm. 3,21). Das Gesetz der Schrift ist mit reichen Bezeugungen der göttlichen Gnade verbunden, und wenn wir die Gnade Gottes suchen, ist alles recht. Dann sind wir gläubig; die Gnade begehren heißt gläubig sein; dann sind wir nicht mehr „aus Werken des Gesetzes", dann ist unser Leben nicht mehr von unseren Werken und nicht mehr vom Gesetz, sondern von der Gnade Gottes abhängig. Soll mir aber mein Heil aus meinen Werken erwachsen und nach dem Gesetz mir zugemessen werden, was mir gebührt, dann gilt nicht Gnade, sondern Recht, und für den, der unter dem Gesetz steht und es dennoch bricht, kann es nichts anderes geben als den Fluch.

Paulus nimmt die drohenden Sprüche der Schrift ebenso ernst wie ihre gnadenvollen Worte. Die Verheißungen Gottes sind ihm unverbrüchlich wahr und unendlich reich, voll ewigen Lebens; er nimmt sie mit ungeteiltem Glauben in sich hinein. Aber ein göttliches Fluchwort ehrt er ebenso in seiner Wahrheit und Allgewalt. Es ist nicht redlich, wenn wir uns nur an der Verheißung der Schrift ergötzen, aber ihre Strafe und Drohung leichthin überhören. Darin liegt viel Verachtung Gottes. Alle, die ihre Hoffnung auf sich selbst gründen und am Gesetz genug zu haben meinen, machen sich dieser Heuchelei schuldig. Alle beschönigen ihre Bosheiten. Keiner richtet die Sünde rund und ganz. Keiner heiligt Gott und läßt sein Urteil gegen alle Bosheit unverkürzt und unbezweifelt für sich gelten. Sie alle verleugnen den Fluch Gottes, der auf der Übertretung des Gesetzes steht. Es stand nicht so, daß die jüdischen Männer die Verteidiger des Gesetzes gewesen wären, die für die Heiligkeit und Unverbrüchlichkeit des Gesetzes geeifert hätten. Sie brachen es mit leichtem Herzen, und ihre Übertretungen machten sie nicht unglücklich. Und wenn die Galater sich jetzt mit dem Gesetz einlassen, so ist es nur eine Spielerei; sie hatten keine Ahnung von dem heiligen Ernst des Gesetzes, vor dem der Mensch erbeben muß. Sie handeln am Christus und am Gesetz mit demselben Leichtsinn und Übermut. Das tut Paulus weh. Er eifert für das Gesetz Gottes, ehrt es und gibt ihm, was ihm gehört: unverletzliche Majestät und ganze Heiligkeit. Darum ehrt er auch seinen Fluch gegen seine Übertreter, der kräftig ist, von Gott zu scheiden und in den Tod zu begraben.

Liegt aber wirklich dieses Urteil auf allen, die dem Gesetz dienen? 3,11: *Daß aber im Gesetz keiner vor Gott gerechtgesprochen wird, ist deutlich, weil der Gerechte aus Glauben leben wird* (Habak. 2,4; Röm. 1,17; Hebr. 10,38). Käme der Mensch durch das Gesetz zur Gerechtigkeit vor Gott, so wäre das göttliche Wort nicht mehr wahr, das dem Gerechten deshalb das Leben verheißt, weil er glaubt. Redete hier Paulus mit solchen, die noch nicht gläubig sind, so würde er sie wohl anleiten, sich ehrlich zu gestehen, daß sie das Gesetz mit der Tat vielfach brechen und das Gute nicht vollbringen. Weil er aber zu Christengemeinden redet, die sich auf der Verheißung Gottes erbauen, nimmt er aus dieser seine Antwort her. Wer nicht über das Gesetz hinausschaut, sondern innerhalb desselben bleibt und dennoch meint, es gebe für ihn Rechtfertigung, der heißt die Verheißung Gottes eine Lüge. Gott hat uns zugesagt, daß wir leben werden; aber wie? Durch Glauben. Der hilft uns ins Leben, weil Gott uns den Glauben zur Gerechtigkeit macht. Wer nicht über das Gesetz emportreten will, will auf einem anderen Weg ins Leben kommen als auf dem, den uns die Verheißung Gottes zeigt; dieser Versuch wird nicht gelingen. Keiner wird anders ins Leben kommen als nach der Regel: „Dein Glaube hat dir geholfen (Luk. 7,50); du batest mich, darum gebe ich dir. Du hast dein Heil im Glauben von mir erwartet; das ist in meinen Augen deine Gerechtigkeit, und deshalb ist das Leben dein."

Wenn Paulus den Fluch über jeden Übertreter des Gesetzes bestätigt, so will er nicht im mindesten zweifelhaft machen, daß Gottes Segen und Rechtfertigung über uns steht. Die Gemeinden wissen, daß sie einen Weg zur Rechtfertigung haben, obwohl niemand im Gesetz gerechtfertigt wird. Aber Paulus heißt sie diesen Weg zur Rechtfertigung wohl erwägen und seinen Unterschied vom Gesetzesweg erkennen. Die Gnade, die den Glauben erhört und zur Wurzel des Lebens macht, steht über dem Gesetz. Wer sie hat, ist nicht mehr im Gesetz. Wer im Gesetz bleiben will, tritt nicht auf den Glaubensweg und ist deshalb auch nicht auf dem Lebensweg.

So behandelt Paulus das Gesetz und den Glauben als einen scharfen, reinen Gegensatz. Entweder, sagt er, bleibst du im Gesetz, oder du wendest dich gläubig an Gott. Du kannst nicht auf beide Wege zugleich treten. Gerade das verbargen sich die Galater; sie wollten ein Stück Gesetz und ein Stück Glauben zusammenfügen. Darum hebt der Apostel diesen Gegensatz hervor. 3,12: *Das Gesetz ist aber nicht aus Glauben, sondern: Der, der dies tut, wird dadurch leben* (3. Mose 18,5; Röm. 10,5). Was vom Gesetz verlangt wird, hat nicht im Glauben seine Wurzel; denn es ist uns nicht dazu gegeben, um uns gläubig zu machen, sondern das Gesetz sagt: „Du, Mensch, handle!" Wer das Gesetz tut, dem spricht es das Leben zu.

Der Unterschied zwischen dem Gesetz und dem Glauben liegt in der Frage: Wer schafft mein Heil, ich oder Gott? Bringe ich selbst oder bringt Gott mein Leben an sein Ziel? Das Gesetz sagt: „Tue den Willen Gottes; das ist deine Gerechtigkeit; dann wird dir Gott das Leben geben." Ich darf das Gesetz nicht anders brauchen als so, daß es mich zum Werk bewegt. Jeder andere Gebrauch des Gesetzes ist lügnerisch und böse (Röm. 2). Der Glaubende dagegen weiß, daß er dem Gesetz nicht gehorcht hat. Darum wendet er sich gläubig an Gott: „Gib mir, was mir fehlt, und schaffe für mich Gerechtigkeit und Leben." Und weil der Glaube im Anblick Jesu entsteht, wissen wir, daß Gott uns Gerechtigkeit und Leben verliehen hat und daß wir in ihm alles haben, was uns fehlt. So besteht zwischen dem Gesetz und dem Glauben ein reiner, deutlicher Unterschied. Eins hebt hier das andere auf; darum stößt der, der durch das Gesetz Rechtfertigung sucht, das göttliche Wort um, das uns das Leben als die Frucht des Glaubens zusagt.

Der Apostel hat uns bisher zwei Worte Gottes vorgeführt und ausgelegt. Das eine ergeht an Abraham. Es gibt, es weckt den Glauben und teilt den Segen aus. Das andere ist durch Mose gebracht. Es gebietet, es verlangt die Tat und spricht den Fluch. Die beiden stehen scheinbar widereinander. Sie laufen in verschiedener Richtung. Wo kommt die Einheit beider ans Licht? Nimm wahr, was Jesus tut! An ihm tritt der ganze Rat Gottes hervor, aus dem das verheißende und das gebietende Wort als Zweige erwachsen sind. Das Gesetz scheint sich mit seinem Fluch vor den Segen zu stellen, so daß er uns nicht mehr erreichbar wird. Wie kommt er dennoch zur Erfüllung trotz des Fluchs, den jeder Übertreter des Gesetzes auf sich hat? An Jesus sehen wir, wie aus dem Fluch der Segen kommt. Darum stellt Paulus neben das, was Gott Abraham getan hat, und neben das, was er durch Mose verkündigt hat, das Werk Jesu. 3,13: *Christus hat uns vom Fluch des Gesetzes losgekauft, da er für uns zum Fluch wurde, weil geschrieben ist: Verflucht ist jeder, der am Holz hängt* (5. Mose 21,23). Während die Galater unter das Gesetz zurückstreben und sich dadurch mit seinem Fluch beladen, ist Christus dazu gekommen, um diesen Fluch wegzunehmen, und dies so, daß an ihm selbst der Fluch Gottes gegen die Übertreter seines Willens sichtbar wird. Paulus zeigt uns wieder das Kreuzesbild Jesu. Am Kreuz erscheint Jesus nicht als der Gesegnete des Herrn; er stellt an seiner Person nicht dar, was Gottes Segnung in sich schließt. Hier ist er ein Fluch geworden. Das hat Paulus in seinem Verkehr mit den Juden bitter erfahren. „Der Gekreuzigte – verflucht ist er!" (1. Kor. 12,3) – diese Antwort hat er unzählige Male empfangen. Warum verflucht? Eben weil er aufgehängt am Kreuzholz endete. So enden die von Gott Gerichteten. Und dieser schreckliche Eindruck, den das Ende Jesu am Kreuz macht, stammt nicht nur aus der natürlichen Empfindung des menschlichen Herzens, sondern wird durch die Schrift bestätigt. Auch das Gesetz hat den am Holz Aufgehängten ausdrücklich einen Fluch genannt. Der Jude berief sich mit Grund auf das göttliche Wort, wenn er Jesus einen Fluch nannte. Paulus stimmt bei und sagt: „Ja, das ist er geworden – für uns." Warum wurde Jesus dieses Marterbild, der Mann der Schmach und Schmerzen, an dem wir sehen, was es heißt, von Gott verlassen sein, an dem der Fluch Gestalt gewann und sichtbar wurde, so daß sich an ihm seine ganze Tiefe und Bitterkeit ermessen läßt? Hier erscheint der Fluch, den das Gesetz über den ausspricht, der es übertritt. Am Kreuz Jesu wird die Trennungswand sichtbar, die das

Gesetz zwischen uns und Gott befestigt hat. Jesus hat an sich selbst gekostet, wie das Gesetz den Sünder von Gott wegtreibt und vom Genuß der göttlichen Hilfe und Herrlichkeit ausschließt. Er tat und litt das für uns. Denn wir, nicht er, sind die Übertreter des Gesetzes, die fluchbeladen vor Gott dastehen.

Hieran sollen wir nicht nur erkennen, wie ernst und heilig der Fluch des Gesetzes ist, da auch Christus selbst sich unter ihn als unter Gottes heiliges Urteil beugen mußte, sondern mehr noch, daß wir nicht mehr unter ihm stehen. Das Leiden Jesu ist unser Loskauf vom Fluch. Der von Gott geordnete Fluch ist eine unlösbare Fessel für jeden, der unter ihn fällt. Keiner streift sie mit List oder Macht von sich ab. Aber Christus hat diese Verhaftung aufgehoben und für uns abgetan eben dadurch, daß er sich mit seiner eigenen Person dem Fluch unterwarf. Auch er hat ihn nicht so beseitigt, daß er ihn zerrissen hätte. Wie sollte er das Urteil Gottes umstürzen? Das Wort Gottes ist Jesus heilig, auch wenn es ein Gerichtswort gegen uns Menschen ist. Nur wenn der Fluch als gerecht und gültig und unverbrüchlich geehrt wird, ist es eine gerechte Lösung. Darum nahm Jesus ihn auf in sein eigenes Geschick und erlitt ihn an sich selbst; nun ist er lauter Segen, Gnade und Gabe für uns. Indem er sich selbst unter den Fluch stellte, hob er uns aus ihm empor. Dadurch ist uns aber der Rückweg zum Gesetz für immer verschlossen. Wir können den Loskauf nicht rückgängig machen, den Christus für uns erstattet hat. Soll er sich selbst umsonst in den Tod gegeben haben? Nein! Dankbar bedenken wir, daß unsere Erhebung über das Gesetz eine Erlösung ist, deren Wert die Größe des Leidens Jesu uns vor die Augen hält.

3,14a: *damit an den Völkern der Segen Abrahams in Jesus Christus geschehe.* Auch die Heiden sind in jenen Kauf eingeschlossen. Sie waren ja vollends durch das Gesetz von der Gnade getrennt und unter das Gericht gestellt. Das Gesetz sagte deutlich genug, was heidnischer Götzen- oder Lasterdienst vor Gott verdient, so daß die Sache der Heiden hoffnungslos war, solange sie auf dem Gesetz stand. Wenn nicht einmal der Israelit mit seinem Gottesdienst etwas anderes als Fluch durch das Gesetz gewann, so stand für den Heiden vollends das Gesetz mit flammendem Schwert vor dem Eintritt in die Gemeinschaft mit Gott. Paulus weiß nichts von einem nur jüdischen Gesetz; er kennt nur ein göttliches Gesetz. Wohl ist Israel allein ihm unterstellt worden; aber es spricht den göttlichen Willen und die göttliche Regel aus und bestimmt darum die Stellung aller Menschen vor Gott. Indem der Heide durch das Gesetz von dem Bund und der Verheißung Gottes ausgeschlossen ist, ohne Gott und ohne Hoffnung in der Welt steht und um seiner Sünde willen verlorengeht, erfährt er an sich den Spruch des Gesetzes. Aber auch ihm gilt die Wohltat des Christus; auch für ihn hat Christus den Fluch des Gesetzes getragen und abgetan.

Segen war von Anfang an auch für die Heiden da. Als Abraham gesegnet wurde, war ihm gesagt worden, daß mit ihm auch die Heiden vor Gott als die Gesegneten dastehen. Aber das Gesetz war der Riegel, der den Segen bis jetzt noch nicht zu den Heiden gelangen ließ. Nun ist das Gesetz zu seinem Ziel gelangt und sein Fluch in Kraft getreten, als Christus zum Kreuzestod willig war. Nun tritt auch der Segen in Kraft; er hat jetzt im Christus seinen Vermittler erhalten, der ihn selbst zur Tat und Gabe werden läßt. Den Fluch litt Christus an sich selbst; den Segen gibt er den Heiden.

3,14b: *damit wir die Verheißung des Geistes durch den Glauben erhalten* (Luk. 24,49; Apg. 1,4; 2,33). Jetzt ist die Zeit gekommen, in der die Verheißung nicht mehr bloß verkündigt, sondern empfangen wird. Erhalten haben wir eines, und dies eine ist in gewissem Sinne die ganze Verheißung und schließt alles in sich, was Gott versprochen hat: den Geist. Er bringt noch nicht unsere Verklärung, noch nicht die Gleichgestaltung mit dem Auferstandenen; aber er ist die Wurzel aller Herrlichkeit und ewiges Leben in unzerstörlichem Anfang. Er ist innerliche Einigung mit Gott im Christus. Paulus erläutert die verheißenden Worte Gottes an Abraham: „Ich will dich segnen, ich will dein Gott sein", so: „Ich gebe euch meinen Geist." Mit ihm wird aus dem Versprechen die Gabe, aus der Hoffnung die Verwirklichung, das Erlebnis. Daß durch Christus der Geist auch in den Heiden ist, das ist der froh machende Erweis dafür, daß für die Verheißung die Stunde der Erfüllung gekommen ist. Der Weg zum Empfangen des Geistes ist der Glaube. So ist nun die Übereinstimmung dessen, was die Galater selbst erlebten, mit dem großen Rat Gottes gezeigt; es ist deutlich, daß sie auf der Bahn zu verbleiben haben, auf die sie im Glauben getreten sind. Nichts können sie gewinnen, wenn sie darüber hinausstreben, nur all das verlieren, was ihnen jetzt gegeben ist. Treten sie vom Glauben ab, so scheiden sie sich von Abraham, werden von Moses Fluch getroffen und werfen die Frucht des Todes Jesu weg. Bleiben sie im Glauben, so sind sie mit Abraham als seine Kinder verbunden, fallen nicht unter Moses Gericht, und der Tod Jesu kommt ihnen zugut und wendet ihnen die Erfüllung der Verheißung zu.

Kapitel 3,15-29

Was das Gesetz in Gottes Haushaltung bedeutet

In der Ausführung des Paulus über die Offenbarung und Regierung Gottes ist die Aufgabe, die das Gesetz in ihr hat, noch dunkel geblieben. Es steht so seltsam neben der Verheißung, dem Segen und dem Glauben als etwas ganz anderes. Vom Gesetz ging die Verwirrung in den Gemeinden aus. Was hat Gott eigentlich für eine Absicht mit dem Gesetz, und wie fügt es sich in seinen großen Rat ein? Auf diese Fragen geht nun Paulus mit sorgfältiger Belehrung ein.

Die Galater benutzen das Gesetz dazu, um sich dadurch die Verheißung Gottes schwankend zu machen. Sie vermischten es mit der Verheißung und hängten es als deren Bedingung an sie an. „Wenn auch ich mich beschneide, wenn auch ich den Sabbat halte, dann ist mir die Verheißung sicher" – wenn! Wenn ich dies tue und dies! Das heißt das Gesetz verkehrt gebrauchen. Wir haben zweifellos oft genug das Gesetz ähnlich mißbraucht und uns die Zusage Gottes dadurch schwankend gemacht. Deshalb unterscheidet Paulus die Verheißung und das Gesetz voneinander und stellt die selbständige Festigkeit der Verheißung dar. 3,15.16a: *Brüder, ich rede im Blick auf das, was der Mensch denkt. Bei einem Menschen beseitigt keiner eine bestätigte Verfügung oder macht Zusätze zu ihr. Die Verheißungen wurden aber dem Abraham gesagt und dem, der von ihm stammt* (1. Mose 12,7). Indem Paulus über die Festigkeit der göttlichen Verheißung spricht, geht er auf die Gedanken des Menschen, auf seine Zweifel und seinen Unglauben ein. Er redet so im Blick auf das, was der Mensch zu denken pflegt. Gegen seine finsteren

Gedanken macht er aus den verheißenden Worten an Abraham seinen Schild. Sie sind gegeben, diese Zusagen, die zum Beginn der Offenbarung Gottes Israel anzeigen, wie Großes Gott in der Welt zu tun gedenkt und wieviel er ihr schenken will. Gott hat sein Wort gegeben, und das stößt niemand um, nicht der Mensch, noch weniger Gott selbst. Die verheißenden Worte an Abraham stehen da als ein unantastbares Heiligtum mit ewiger Gültigkeit und unzweifelhafter Erfüllung. An der Art, wie wir ein menschliches Testament behandeln, heißt uns Paulus bedenken, wie wir die Verheißung Gottes zu ehren haben. Die Zusagen Gottes sind einem Testament vergleichbar, weil sie die göttliche Willenserklärung darüber enthalten, was er der Welt geben will. Obgleich nun ein Testament nur der Wille eines Menschen ist, achten wir es doch; wir lassen es so, wie es der Testamentgeber angeordnet hat, und entkräften es nicht, verändern es auch nicht durch eigene Zusätze. Aber der Gnadenwille Gottes soll ungültig sein! Die Verheißungen Gottes macht der Mensch wankend, betrachtet sie als aufgehoben oder hängt ihnen doch nach seiner Willkür eigene Bedingungen an und versieht sie mit seinem „Wenn“ und „Aber“: „Gott hat es versprochen, aber du bist nicht beschnitten; wenn du dich beschneidest, dann mag die Zusage Gottes auch für dich wahr sein, usw.“ „Schämt euch“, will Paulus sagen, „vor Gott! Ehrt die Majestät Gottes dadurch, daß ihr sein Versprechen laßt, wie er es gab! Wägt das Gewicht eines göttlichen Worts auf rechter Waage, so wird es euch größer, fester, gewisser als alles andere in der Welt!“

Die Verheißungen bleiben denen, denen sie gegeben sind. Niemand streicht aus der Verfügung Gottes die aus, die er bedacht hat. Nun sind die Verheißungen Abraham und seinen Nachkommen gegeben. Wer sind diese von Abraham Stammenden, denen Gottes Zusage gegeben ist? 3,16b: *Er sagt nicht: und denen, die von dir stammen, als seien es viele, sondern als sei es ein einziger: und dem, der von dir stammt. Dieser ist Christus.* Paulus hält sich an den Wortlaut des göttlichen Ausspruchs, der von der Nachkommenschaft als von einer Einheit spricht. Sie ist eine solche im engsten Sinn; denn es gibt nur einen einzigen, dem der Reichtum der göttlichen Herrschaft in die Hand gegeben ist. Nicht die Menge der Juden, nicht die Abrahamskinder nach dem Fleisch sind in der Verfügung

Gottes als die Besitzer seiner Güter genannt. Wie kann irgendein Jude so blind und eingebildet sein, zu meinen, er bringe den Segen auf alle Völker und sei selbst der Anfang des Lichts und Heils von oben für die Welt, während er selbst zuerst vom Fluch erlöst und zu Gott herzugebracht werden muß? Mit solchen Abrahamskindern ist niemand gesegnet; durch sie wird niemand zu Gott gebracht. Darum ist nicht von ihnen in der Verfügung Gottes die Rede, sondern vom Christus. Auf ihn zielt die Höhe und Größe der göttlichen Verheißungen. Um seinetwillen hat Gott ein Segenswort in die Welt gesprochen, das nicht bricht. Ihn hat er zum Werkzeug seiner Gnade eingesetzt, durch das sein Heil aller Welt aufgeht; ihm hat er seine Herrschaft und seine Herrlichkeit zugeteilt, damit er sie austeile an alle, die Gott herzurufen wird. Diese Verfügung nimmt Gott nicht zurück, auch dadurch nicht, daß er das Gesetz gegeben hat. Er hat damit weder Abraham sein Wort gebrochen noch Christus enterbt und aus seiner Stellung abgesetzt, nach der er die Güter Gottes uns als freie Gnade aufschließen darf. Darum sollen wir am Gesetz nicht Zweifelsgedanken nähren und Christus nehmen, was ihm die Verheißung Gottes übertragen hat.

In der Deutung der Abrahamsverheißung verfährt Paulus nach derselben großen Regel, nach der er die ganze Schrift gedeutet hat. Ihm ist Christus der Schlüssel zu aller Erkenntnis Gottes und deshalb auch zum Verständnis der Schrift. Im Christus ist der Rat Gottes offenbar; in ihm wird gezeigt, was seine Gnade über uns beschlossen hat. An ihm allein können wir ermessen, was die Worte Gottes meinen und seine Verheißungen in sich haben. Wo ist jemand, in dem alle Völker gesegnet werden? In keinem anderen Menschen aus Abrahams Geschlecht erfüllt sich diese Zusage als im Christus. In ihm aber hat Gott das alles getan (2. Kor. 1,20). Also ist er Grund und Ziel und Inhalt aller jener Verheißungen. Von ihm sprach Gott, ob wir es verstehen oder nicht. Nicht das beschäftigt Paulus, was Abraham selbst oder irgendein Mensch sich bei Gottes Wort gedacht habe, sondern das erwägt er, was Gott gedacht hat. und die Gedanken Gottes sehen und verstehen wir an Gottes Tat.

3,17: *Ich sage aber dies: Eine von Gott vorher bestätigte Verfügung macht das Gesetz, das vierhundertunddreißig Jahre später entstand* (2. Mose 12,40), *nicht ungültig, um die Verheißung aufzu-*

heben. „Aber", sagt der Jude, „nachher ist ja das Gesetz gekommen!" „Doch nicht dazu, damit du die Verheißung damit entkräftest." Eben die Tatsache, daß das Gesetz erst später nach langer Frist kommt, zeigt, daß es nicht mit der Verheißung eins ist und nicht mit ihr vermengt werden darf, als gälte nun die Verheißung nicht mehr, sondern das Gesetz, oder als gälte nun die Verheißung doch nur nach und mit dem Gesetz. Die Verheißung ist das erste und oberste Wort Gottes, festgestellt in völliger Selbständigkeit; sie wird durch das Gesetz weder verändert noch betroffen. 3,18: *Denn wenn das Erbe aus dem Gesetz kommt, kommt es nicht mehr aus der Verheißung. Den Abraham aber hat Gott durch eine Verheißung beschenkt* (Röm. 4,14). Wer das Gesetz in die Verheißung einmischt, macht ihre Erfüllung unmöglich. Es kann hier nur entweder das eine oder das andere gelten. Entweder müssen wir selbst das Erbe mit unserem eigenen Tun nach der Anleitung des Gesetzes erwerben, oder es wird uns geschenkt, weil Gott es uns zugesagt hat. Das Gesetz und die göttlichen Verheißungen sind zwei verschiedene Dinge. Das Gesetz sagt: „Erwirb das Erbe!" Die Verheißung sagt: „Ich gebe es dir." Die Verheißung ist der Ausdruck der freien Güte Gottes, zu der er durch sich selbst getrieben ist. Wie Gott es hält, sieht man an Abraham, dem Gott das Erbe als seine Gabe versprochen hat. Nur so ist es in Wahrheit ein Erbe. Denn ein Erbe können und sollen nicht wir selbst uns erwerben. Es fällt uns ohne unser Werk durch den Willen dessen zu, der es uns verordnet hat.

So fest heißt Paulus uns die Verheißung Gottes erfassen als etwas Ganzes, Vollendetes, Unbewegliches, in dem wir mit einer vollen Zuversicht ruhen können. Dadurch entsteht nun die Frage: Was ist denn der Zweck des Gesetzes, wenn es nicht mit der Verheißung vermengt werden darf und nicht als ein Nachtrag und Anhang zu ihr gegeben ist? 3,19: *Was ist also das Gesetz? Es wurde der Übertretungen wegen hinzugetan* (Röm. 5,20), *bis der von Abraham Stammende komme, dem die Verheißung gegeben ist, angeordnet durch Engel durch die Hand eines Mittlers* (Apg. 7,53; Hebr. 2,2). Verheißung und Erbe einerseits, Gesetz und Übertretung andererseits sind von Gott zusammengeordnet. Dadurch hat jedes der beiden göttlichen Worte seinen besonderen und heiligen Beruf. Das

Amt des Gesetzes ist nicht, uns das Erbe zu bringen und uns einen anderen Weg zu ihm an der Verheißung vorbei zu zeigen, sondern in der Weise des Gesetzes spricht Gott mit uns der Übertretungen wegen. Mit dem Licht des Gesetzes beleuchtet er unseren verkehrten Willen, der sich jetzt, da das Gebot Gottes vor uns steht, zur Übertretung vollendet; darin, daß das Gesetz uns zur Übertretung führt, hat es das Feld seiner Wirksamkeit, Geltung und Macht. Die Sünde ist nicht erst durch das Gesetz gekommen; sie steht am Anfang der menschlichen Geschichte und beherrscht von dort her unser ganzes Geschlecht. Sie ist auch in jedem von uns vorhanden, ehe wir bewußt und persönlich mit dem Gesetz bekannt werden. Eben deshalb, weil wir sündig sind, hat Gott uns das Gesetz gegeben, damit es uns durch die Übertretung zeige, wie verwerflich unser Begehren ist. Dadurch gibt es uns Aufschluß über die Tiefe und Macht unserer Sündigkeit und mißt uns das Urteil zu, das jedem Übeltäter gebührt.

So zerrinnen alle Einbildungen, die wir am Gesetz nähren, weil wir uns selbst nicht kennen. Gerechtigkeit wollten wir mit ihm gewinnen; es sollte uns die Stufe werden zum Thron Gottes und unser Schmuck und Ehrenkleid vor ihm sein. Paulus sagt: „Wo erfüllen sich denn solche Hoffnungen? Bist du unschuldig geworden durch das Gesetz? Nein, schuldig! Ist deine Sünde durch das Gesetz verschwunden und unsichtbar geworden? Nein, sie wurde offenbar! Bist du mit seiner Hilfe besser geworden und in die Höhe gestiegen? Nein, du bist gefallen! Und das zerrissene Gebot treibt dich weg von Gott und ist deine Schande und deine Not. Dieses Ende hat Gott wohl bedacht. Dazu gerade hat er dich unter das Gesetz gestellt" (Röm. 7,7-25).

Fragen wir: Ist das Gottes würdig?, so haben wir zu bedenken: Woher nehmen wir das Recht, zu verlangen, daß jedes Wort an uns lieblich, gütig, aufrichtend sein müsse? Uns Sünder darf Gott mit Fug und Recht erniedrigen. Das Gesetz ist nicht an unserer Bosheit schuld. Daß es uns in die Schuld und Schande der Übertretung hinunterführt, das verdanken wir uns selbst. Darum haben wir nicht zu murren, sondern zu ermessen, daß es Gott wohl zusteht, das Licht seines Gesetzes in unsere Sündigkeit hineinstrahlen zu lassen, damit ihre Dunkelheit uns greifbar werde und wir ihre Last empfinden lernen. Es ist bei Paulus überall derselbe Ernst der Wahrhaftigkeit. Er stellt die Güte Gottes ernst und groß vor sich und die Forderung Gottes nicht weniger. Jene erhebt uns zur Gerechtigkeit und Herrlichkeit Gottes. Diese läßt uns in die Tiefe unserer Übertretungen versinken. Aber der Jude halbiert alles, und wir verfahren nicht anders als er. Er bricht die Größe der göttlichen Verheißung mit seinem Wenn und Aber aus dem Gesetz, und er bricht den Ernst des göttlichen Gebots mit leichtsinnigem Trost aus der Verheißung. Beides wiegt ihm leicht; die Verheißung besagt ihm nicht viel und das Gebot auch nicht viel. Dem Apostel ist der Wille Gottes voll unendlicher Majestät. In der Verheißung wendet sich der gnädige Wille Gottes uns zu und erhebt uns himmelhoch. Im Gebot wendet sich der heilige Wille Gottes gegen uns; daran scheitern wir. Und gerade weil Paulus sich vor der Majestät des Gebots aufrichtig beugt und sich durch das Gesetz zum Übertreter machen läßt, vermag er auch die Verheißung Gottes in ihrem unendlichen Wert zu erfassen. Wer aber den gebietenden Willen Gottes geringachtet, dem gilt auch sein verheißender Wille nichts.

Klagen oder verzweifeln könnten wir nur dann, wenn das Gesetz das einzige Wort Gottes wäre. Aber es ist weder das erste noch das letzte Wort Gottes. Voran geht ihm die Verheißung, und es folgt ihm jener Sohn Abrahams nach, für den die Verheißung bestimmt ist. Dieser war noch nicht da, als das Gesetz am Sinai zu Israel kam. Darum kam auch die Verheißung damals noch nicht, weil ihr Empfänger noch nicht vorhanden war. Die Schar, die am Fuß des Sinai versammelt war, und das ganze Israel, das seither unter dem Gesetz stand, waren nicht diejenigen Kinder Abrahams, die Gott im Sinne hatte, als er seine Verheißung gab. Das ist erst Christus; darum konnten die Gerechtigkeit und das Leben noch nicht erscheinen, ehe Christus kam. So gewiß Christus nicht schon am Sinai erschienen ist, so gewiß ist das Gesetz nicht Leben und Erlösung und Gerechtigkeit, sondern deren Gegenteil. Die Verheißung Gottes ist an Christus gebunden und kommt nicht anders als mit ihm. Also ist die Geltung des Gesetzes auf die Zeit begrenzt, da Christus noch nicht erschienen war. Mit ihm tritt eine neue Ordnung in Kraft. Durch Christus redet Gott mit uns nicht von unseren Übertretungen, sondern in ihm nimmt die Gnade Gottes das Wort. Darum bringt er die

Wendung aus der Tiefe in die Höhe; er macht dem Fallen, in das uns das Gesetz versetzt, ein Ende, hebt die Scheidung auf, die es zwischen uns und Gott errichtet hat, und macht aus dem Übertreter einen Gerechtfertigten. Wir sind zwar nicht gewohnt, mit dem Apostel in Christus den Empfänger der Zusage Gottes zu sehen, sondern denken ihn uns lieber als den Boten und Mittler, der sie uns verschafft. Sicherlich ist die Verheißung Gottes Jesus dazu gegeben, damit sie in ihm der Reichtum der Welt werde. Der Apostel hat aber absichtlich die Verheißung allein auf Jesus bezogen, um festzustellen, daß Jesus ihr alleiniger und ausschließlicher Mittler ist und es keinen Zugang zu ihr gibt außer ihm. Wollen wir in den gnädigen Willen Gottes eingeschlossen sein, so müssen wir zu Christus gehören. Er ist der Universalerbe. Es gibt keinen Erben neben und außer ihm; es gibt Erben nur durch ihn. Paulus beseitigt damit allen Übermut, der Christus verachtet und gleichwohl nach der Verheißung Gottes greifen will. Nicht neben Jesus, als wären wir ihm gleichberechtigt, nur unter ihm umfaßt die Verheißung Gottes auch uns.

Weil die Zeit damals noch nicht erfüllt war, in der Gott Christus senden wollte, ist das Gesetz durch andere göttliche Boten gebracht worden; auch darin zeigt sich wieder, daß das Gesetz nur vergängliche Bedeutung hat. Am Sinai waren die Werkzeuge und Boten der göttlichen Rede Engel und ein Mensch: Engel, deren Gegenwart in den wunderbaren Erscheinungen wirksam ist, die die Gesetzgebung begleiten, im Posaunenschall und Donner, in der sichtbaren Wolke und hörbaren Stimme, die die Gebote dem Volk zuruft – und der Mensch Mose, der als Mittelsmann zwischen dem Volk und Gott handelt, jenem die Befehle Gottes und diesem die Rede des Volks überbringt. Auch darin ist das dienende, bloß vorbereitende Ziel des Gesetzes ausgedrückt. Engel, so hoch sie gestellt sind, sind nicht der Sohn. Dieser steht über ihnen. Was Engel bringen, ist noch nicht die Verheißung Gottes. Und der Mittler Mose macht mit seinem Amt ebenfalls die Schwäche des Gesetzes offenbar. 3,20: *Ein Mittler vertritt aber nicht einen einzigen; Gott aber ist Einer.* Darum braucht Gott zur Ausführung seines Werkes keinen Mittelsmann. Dieser zeigt vielmehr an, daß da andere handeln, die Engel, die die Gebote geben, und der Mensch, der sie erfüllen soll. Darum hält Gott sich im Hintergrund und stellt einen Mittelsmann vor das Volk, der ihm das Gesetz überbringt. Wenn aber Gott seine Verheißung erfüllt, handelt er, der Einzige, allein; dann steht Gott allein im Licht, und wir stehen unter ihm; er offenbart uns seinen Sohn und schenkt uns durch das, was dieser für uns tut, ewiges Leben.

Wir beschreiben zwar gern das Amt Jesu dadurch, daß wir ihn den Mittler zwischen uns und Gott heißen; so tut es auch Paulus 1.Tim. 2,5. Hier aber gibt er nur Mose und nicht Christus die Stellung eines Vermittlers zwischen den Menschen und Gott und drückt den Unterschied zwischen dem Gesetz und der Gnade dadurch aus, daß jenes einen Mittler brauchte, diese dagegen nicht. Solche Verschiedenheiten in der Schrift sind sehr lehrreich und helfen uns kräftig, unsere Gedanken wirklich schriftgemäß zu machen. Warum heißt die Schrift anderswo Jesus unseren Mittler? Weil zwischen uns und Gott Feindschaft aufgehoben und ein Zwiespalt überwunden werden mußte; weil wir Gott nicht kennen ohne Jesus und Gott nicht lieben ohne ihn und Gott uns nicht kennt ohne ihn und uns nicht liebt ohne ihn; weil wir nur im Sohn Gottes Gemeinschaft mit Gott haben können. Dasselbe sagt Paulus an unserer Stelle dadurch, daß er Christus allein als den Inhaber der göttlichen Verheißung verkündigt, die uns nur darum umfaßt, weil wir ihm angehören als Glieder seines Reichs und als sein Eigentum. Warum sagt dagegen Paulus hier, daß Christus nicht auch ein Mittler ist wie Mose? Weil Christus Gott nicht bedeckt und in den Schatten stellt; er ist nicht ein Stellvertreter des abwesenden Gottes, sondern ist selbst der Aufgang der Gnade für uns. Sie ist da durch Gott selbst und durch Gott allein und erweist sich uns eben damit, daß Christus zu uns kommt und wir als die Glieder seines Reichs mit ihm verbunden werden. Sagen wir: Christus ist unser Mittler, so denken wir an den Ort, an dem wir ursprünglich stehen: fern von Gott und im Streit wider ihn. Sagt uns Paulus: Die Gnade bedarf keines Vermittlers wie das Gesetz, so denkt er an die Weise, wie Gott sich zu uns hält: Er ist selbst nach dem Reichtum seiner eigenen Liebe in Christus zu uns gekommen und hat in ihm die Welt mit sich selbst versöhnt. So mahnt uns unsere Stelle, nicht so von dem Mittleramt Jesu zu sprechen, daß wir auf die Freiheit und Vollkommenheit der göttlichen Güte einen Schatten werfen. Vielmehr ist Jesus eben dadurch unser Mittler mit Gott, daß er der Diener der freien, eigenen Gnade Gottes für uns ist.

Wir haben durch die bisherigen Worte des Apostels gelernt, die Verheißung und das Gesetz zu unterscheiden, und haben das entgegengesetzte Ziel beider erkannt. Sie liegen so weit auseinander, daß die Frage entsteht, ob denn nicht ein Widerstreit zwischen ihnen sei, so daß das Gesetz der Verheißung im Wege stände und sie hinderte. 3,21a: *Ist also das Gesetz gegen die Verheißungen Gottes? Niemals.* Wenn ich am Gesetz ein Übertreter werde, so scheint mir damit die Verheißung entrückt. Ist es aber wirklich so, daß das Gesetz mich des verheißenen Erbes beraubt? Nein, hier ist kein Zwiespalt! Ein und derselbe Gott redet durch beide Worte zu uns; er hat sie nach seiner Weisheit zu einem einträchtigen Rat trefflich zusammengeordnet. Paulus zeigt zuerst, woher die Verwirrung unserer Gedanken stammt, daß wir das Gesetz und die Gnade nicht miteinander reimen und als einträchtige Offenbarung Gottes fassen können. Daran sind unsere Einbildungen über die Bedeutung des Gesetzes für uns schuld. Wir geben dem Gesetz die Macht, lebendig zu machen. Dann freilich ist ein Zwiespalt zwischen der Gnade und dem Gesetz da. 3,21b: *Denn wenn das Gesetz so gegeben wäre, daß es lebendig machen könnte, dann käme in der Tat die Gerechtigkeit aus dem Gesetz.* So hätte das Gesetz denselben Zweck wie Christus und ständen wir vor zwei Wegen zur Gerechtigkeit und müßten zwischen ihnen wählen; wir würden mit dem Gesetz uns Christus entbehrlich machen und auf andere Weise ans Ziel gelangen als durch die Verheißung Gottes hindurch. Aber ein lebendig machendes Gesetz existiert nur in unserer Einbildung. Was uns lebendig macht, ist weit mehr als ein Gesetz, ist väterliches Erbarmen Gottes, ist das Versöhnen Jesu, ist allmächtige Gnade, die Tote lebendig macht und Sünder rechtfertigt. Gerade weil das Gesetz solche Lebenskräfte nicht in sich hat, ist es kein Widerspruch zur Verheißung, sondern läßt ihr den Raum völlig frei und hindert Christus nicht an seinem erlösenden Werk. Paulus entreißt den Gegnern damit die Wahrheit, mit der sie sich gegen ihn wehren wollten, und kehrt sie gegen sie selbst. Der Vorwurf, den sie gegen ihn erhoben, fällt auf sie selbst zurück. Sie sagen ihm: „Du bringst das Gesetz und die

Verheißung in Zwiespalt, weil du uns vom Gesetz lösest, um uns zu Christus zu führen." „Nein!" antwortet Paulus. „Gesetz und Verheißung sind völlig einstimmig in denen, die Gott im Glauben untergeben sind. Aber bei euch wird alles durch einen Zwiespalt entstellt, weil ihr dem Gesetz eine Bedeutung beilegt, die es nicht hat, und es zu eurem Heiland macht. Nun habt ihr zwei Heilande und schwankt zwischen ihnen hin und her. Für euch gibt es zwei Lebensquellen und zwei Gerechtigkeiten. Eine hebt die andere auf." Im Glauben an Christus wird dagegen die Offenbarung Gottes als ein einträchtiges Ganzes voller Weisheit und Güte erkannt. Da hat das Gesetz seinen besonderen Dienst, und die Gnade übt ihr eigenes Werk. Das Gesetz führt in die Tiefe, die Gnade erhöht. Das Gesetz tötet, die Gnade macht lebendig. Das Gesetz macht uns zu Sündern, die Gnade zu Gerechten. Keines stört das andere; das Gesetz dient vielmehr der Gnade und bereitet ihr den Weg.

3,22: *Aber die Schrift hat alles unter die Sünde verschlossen, damit die Verheißung aus Glauben an Jesus Christus den Glaubenden gegeben werde* (Röm. 3,9; 11,32). Die Einbildungen, die wir an das Gesetz heften, als brauchten wir nichts als Gebote und fänden im Gebot eine lebendig machende Kraft, werden durch die Schrift zerstört. Sie weiß nichts von solchen Menschen, denen man schon mit dem bloßen Gebot ins Leben helfen könnte. Ihr Zeugnis lautet gegen jeden mit allem, was er ist und tut: „Ihr seid unter der Sünde, ohne daß ihr sie von euch wegbringt. Nichts, was ihr seid und tut, hebt euch über eure Sünde empor und bewirkt, daß sie nicht mehr auf euch läge." Diesen Spruch der Schrift heißt Paulus eine Macht, die uns eingesperrt hält. Wir mögen es ja versuchen, dieses Urteil der Schrift für uns selbst ungültig zu machen und in eine Höhe emporzuklimmen, auf der es uns nicht mehr trifft; es wird uns aber nicht gelingen. Das Urteil, das die Schrift über den Menschen fällt, wird auch an uns wahr werden. Es ist ein Riegel, den wir nicht wegschieben. Wir werden uns unter der Macht und Schuld der Sünde finden, wie die Schrift es sagt, und werden uns an den Platz begeben müssen, den die Schrift uns anweist. Ein solcher Verschluß unter die Sünde ist aber das Gegenteil von lebendig machender Kraft.

Dabei haben wir aber auf den Zweck zu achten, um dessen willen die Schrift uns ihren anklagenden Spruch entgegenhält wie einen

Riegel, der uns gefangensetzt. An diesem Zweck sehen wir, daß das Gesetz nicht wider die Verheißung ist. Die Schrift heißt uns sündig und gestattet uns nicht, daß wir uns gerecht und fromm vorkommen; aber sie will uns damit nicht die Verheißung nehmen, sondern ihr den Weg bahnen. Was wir empfangen sollen, ist die Verheißung Gottes: nicht der Lohn unserer Arbeit und die Frucht unserer Werke, vielmehr das, was Gott uns um seiner selbst willen zugesagt hat. Und aus Glauben an Jesus sollen wir die Verheißung empfangen, so daß Christus uns die Gaben Gottes bringt, er, den allein die Verheißung meint. Zu ihm sollen wir glaubend herzutreten, und dieses glaubende Nehmen von ihm, nicht unser Werk, soll uns zum Empfangen des Heils führen. Denn der Kreis, dem Gott seine Verheißung zugedacht hat und an dem er sie durch Christus zur Erfüllung bringt, sind die an Christus Glaubenden.

Die Schrift hat alles unter die Sünde verschlossen, damit die Verheißung aus Glauben gegeben werde. Mit diesem „damit" bereitet uns Paulus den vollen Frieden (vgl. Röm. 1,18; 8,1). Nun sehen wir, wie das Gesetz und das Evangelium sich die Hand reichen und auch das Gesetz in seinem Teil der Gnade dient. Erwächst uns doch sogar aus unserer Sünde eine Segensfrucht! Was soll ich aus meiner Sünde machen? Einen Beweggrund zum Glauben; das ist das einzige, wozu sie mir dienen kann. Dient sie mir nicht dazu, so ist sie mir lauter Verderben. Aber das ist der Nutzen, den uns unsere Sündhaftigkeit bringen soll. Darum schaute die Gnade unserem Fall zu; darum gab Gott uns das Gesetz zur Seite, das unseren Fall noch tiefer macht. Er täte es nicht, wenn er uns nicht auch aus unserer Übertretung Heil und Leben bereitete. Gott nimmt uns die Möglichkeit, unser Vertrauen auf uns selbst zu gründen, und nötigt uns, an Christus uns zu halten; wir sollen das offene Auge für ihn gewinnen, seiner Gnade bedürftig werden, darum nun auch auf sie bauen und trauen, weil sie unsere alleinige Gerechtigkeit und Hoffnung ist. So macht das Gesetz, obgleich seine Wirkung für uns zunächst tödlich ist, Christus die Bahn frei. Es führt in die Armut, die Raum für die Fülle des Christus hat; es läßt uns nicht Ruhe und Frieden in uns selbst und schafft dadurch das Herz, das glauben kann.

3,23: *Bevor aber der Glaube kam, wurden wir unter das Gesetz verschlossen und bewacht für den Glauben, der geoffenbart werden sollte.* Der Glaube ist dadurch gekommen, daß Christus gekommen ist; er kommt auch zu uns dadurch, daß Christus uns erkennbar wird. Israel war auch vorher fromm, diente Gott mit Fleiß und Eifer, hatte auch nicht nur Mißtrauen und Argwohn gegen Gott im Herzen; auch Israel wandte sich glaubend nach oben, stützte sich auf die Hilfe Gottes, hoffte auf seine Gnade und rief seinen Namen an. Und dennoch kam der Glaube erst jetzt, als Christus kam. So geglaubt, wie wir es im Anblick Jesu können, haben wir nicht, ehe wir ihn kannten. Da blieb das Glauben ein Schwanken zwischen Hoffen und Fürchten, ein angestrengtes Rennen und Laufen, ein Schweben zwischen Anklage und Entschuldigung, ein Abwägen der eigenen Kraft, ein Sehen auf sich selbst und das eigene Werk. Das Gesetz ließ es nicht anders zu. Es hielt uns unser eigenes Bild vor mit der Verpflichtung, Sünde und Not, die auf uns liegen. Nun haben wir den gefunden, in dem Gott uns gesucht und sein Reich uns aufgeschlossen hat. Nun ruhen wir als die, die gefunden und empfangen haben. An die Stelle der bangen Spannung tritt jetzt der Friede und die Gewißheit. Das Sehen auf uns selbst und auf unser Werk hat ein Ende, und über der Selbstanklage und Selbstrechtfertigung steht die Vergebung und Rechtfertigung, die Christus uns gebracht hat. So kam der Glaube, als der Christus kam. Bis er aber kam, war im Gesetz ein Wächter über uns gesetzt, der uns in einer Gefangenschaft verschlossen hielt. Nicht das macht das Gesetz einem Gefängnis ähnlich, daß es uns das Böse verwehrt und vor der Sünde warnt. Vom Bösen scheidet uns Christus genau ebenso vollständig. Bewacht wurden wir unter dem Gesetz, weil es uns von Gott fernhielt. Es ließ uns nicht zu seiner Liebe zu. Die Pforten des Heiligtums blieben verschlossen; wir mußten warten. Es war noch Nacht in uns und um uns her. Wir hörten von Gott her nur das eine: sein Gebot und seine Drohung; das war noch nicht die Sonne seiner Erkenntnis, die ewiges Leben ist. Aber diese Schranke soll nicht für immer bleiben und uns von Gott scheiden. Sie wird dann beseitigt, wenn der Glaube geoffenbart wird. Er war eine Offenbarung für die Welt. Man kann ihn sich nicht vorstellen, ehe er da ist, nicht selbst erfinden, ehe er uns gegeben wird. Er leuchtet in uns auf als Strahl von oben. Die Decken fallen, das Auge findet Christus, erfaßt seine

Herrlichkeit, schaut in ihm Gottes Angesicht, und nun ruht die Seele in ihm als ihrem festen Grund. Erst vom Christus her entsteht die Offenbarung des Glaubens; aber die Haft, mit der das Gesetz uns umschließt, ist die stille Zubereitung zu ihr. Wer darum noch nicht weiß, was Glaube ist, der weiß doch, was Gottes Gesetz ist; er bleibe deshalb in seiner Hut und Haft! Den Riegel des Gesetzes brechen, um ihm zu entrinnen, ist die größte Torheit unseres Lebens. Wir haben uns still und gehorsam von ihm einschließen zu lassen, bis Gott selbst uns zur Freiheit führt.

Jetzt erst, nachdem wir Christus erkannt und Glauben erlangt haben, verstehen wir das Amt und den Zweck des Gesetzes recht. Am Ziel des Weges vermögen wir zu erkennen, warum er diese Richtung eingeschlagen hat, nicht schon unterwegs. 3,24.25: *Also ist das Gesetz ein Zuchtmeister für uns geworden zu Christus hin, damit wir aus Glauben gerechtgesprochen werden. Nachdem aber der Glaube gekommen ist, sind wir nicht mehr unter dem Zuchtmeister.* Paulus denkt an die Gewohnheit der vornehmen Leute, die sich nicht selbst um die Erziehung ihrer Knaben bemühten. Der Vater setzte einen Diener als seinen Stellvertreter über sie und übertrug ihm seine Zuchtgewalt. Er hatte wohl die Strafgewalt, aber nicht die Liebe des Vaters; er war dessen Vertreter, aber nicht der Vater selbst. Auch mit diesem Wort will Paulus das Gesetz nicht schelten; er vergleicht es mit dem Zuchtmeister nicht deshalb, weil er über die Strenge und Härte des Gesetzes murrte. Auch hier hebt er ja ausdrücklich die Herkunft des Gesetzes von Gott hervor. Der Vater setzt den Zuchtmeister ein, der nur im Auftrag des Vaters sein Amt verwaltet. Gott ist es, der uns dem Gesetz untergeben hat. Aber dadurch hält er uns vorerst von sich entfernt. Wir sind einem Stellvertreter überlassen, der den Namen und Willen Gottes in unserer Erinnerung erhält, aber doch nur einen kümmerlichen Ersatz für den offenen Zugang zu Gott, für den Genuß seiner Liebe, für das Bürgerrecht in seinem Reich gewährt. Das alles ist uns vorerst entzogen, und wir sind auf das Gesetz verwiesen und unter ihm auf uns selbst gestellt. Am Gebot des Gesetzes haben wir Gott zu ehren, darin Gott zu gehorchen. Das bildet unseren Gottesdienst. So wird aus ihm ein harter Dienst, und die Rute und das Strafamt fehlen unserem Wächter nicht. Er vergibt nicht und tröstet nicht; in ihm erscheint nicht die Liebe des Vaters, sondern sein strenger Ernst. Wir haben nicht zu fragen, ob uns das Bild vom Zuchtmeister das beschuldigende, richtende Amt des Gesetzes vorführe oder die Hilfe und den Schutz, den es uns gegen unsere Bosheit gewährt, indem es uns vor schlimmerem Fall bewahrt. Denn das Strafamt und das Schutzamt des Gesetzes sind nicht zweierlei. Eben die Buße, in die uns das Gesetz mit seinem richtenden Spruch treibt, ist der Schutz, den es uns gewährt. Es bewahrt uns vor tieferem Fallen, weil es uns die Bitterkeit des Falles zu kosten gibt und uns zeigt, was die Übertretung bedeutet und nach sich zieht. So übt das Gesetz sein Strafamt uns zum Schutz auf Christus hin.

Der Knabe entwächst dem Zuchtmeister, und dieser gibt sein Amt in die Hand des Vaters zurück. Er war von Anfang an nicht dazu bestellt, um bleibend den Knaben zu leiten, und gerade dadurch, daß er scharf seines Amtes waltete, bereitete er die Stunde vor, in der er es niederlegen kann. Der Nachfolger des Gesetzes ist Christus. In seine Hände sind wir jetzt übergegangen; ihm sind wir untergeben, an ihn im Glauben gebunden und dadurch zu Gott gebracht.

Dem Gesetz sind wir unterstellt, bis Christus kommt, damit uns die Gerechtigkeit dadurch zuerkannt werde, daß wir glauben. In unserer Unterwerfung unter das Gesetz gibt Gott uns zu erkennen, daß er wohl weiß, was in unseren Herzen ist, und unser böses Dichten und Trachten kennt. Das Gesetz ist der laut redende Zeuge unserer Sündhaftigkeit. Allein die Absicht Gottes hierbei ist, die Anklage durch das Gesetz abzutun, indem er dem Glauben an Christus Rechtfertigung gewährt. Jetzt, da mit unserem Glauben an Christus das Zeugnis Gottes für uns lautet: „Du bist gerecht“, ist die Stunde da, in der der Zuchtmeister entlassen wird. Jetzt ist sein Amt und seine Zeit vorbei.

3,26: *Denn ihr alle seid Söhne Gottes durch den Glauben im Christus Jesus.* Der Reichtum der Gabe Jesu stellt uns über das Gesetz empor und ist der Erweis unserer Rechtfertigung. Der Apostel faßt alles, was Jesus uns gebracht hat, in ein einziges Wort zusammen, indem er sagt: „Wir sind Söhne Gottes in ihm.“ Der Knabe, der den Aufseher über sich hat, ist nach seiner Herkunft auch schon Sohn. Aber er genießt es noch nicht und hat noch nicht den Platz des Sohnes. Er wird noch nicht vom Vater geleitet, sondern zwischen ihm und dem Vater steht ein Mittelsmann, an den er gebunden ist. Das ist im Christus für uns anders geworden, weil er selbst der Sohn ist, der mit dem Vater in der innigen und völligen Einheit steht. Er stellt uns neben sich vor Gott. Indem wir mit ihm durch Glauben verbunden sind, haben wir auch teil an der Weise, wie Gott sich väterlich zu ihm verhält. Sein Gott wird unser Gott, sein Vater unser Vater. So werden wir ihm gleich gehalten und treten in die Ähnlichkeit mit ihm. Das ist die Vollendung der freigebigen Gnade Jesu, daß er auch den Sohnesnamen und die Kindschaft mit uns teilt.

Kindschaft zu Gott ist kein Recht, das wir fordern könnten, auch nicht ein Gewinn, den ein Mensch sich selbst erwerben kann. Kindschaft kann nur von Gott selbst empfangen werden. Wäre es anders, so wäre es keine Kindschaft. Vom Vater kommen die Kinder. Kindschaft zu Gott ist dann unser Eigentum, wenn Gott uns bei sich an- und aufgenommen hat, wenn er uns inwendig formt und lenkt, sein Leben in uns legt und uns sich zuwendet, so daß wir erkennend und liebend bei ihm sind und bei ihm wohnen und er bei uns. Darum sind wir im Christus Gottes Kinder. Im Christus liegt der Grund, die Wahrheit und Fülle unserer Kindschaft zu Gott. Was Christus uns gibt, das ist das Göttliche in uns; daß wir bei Christus bleiben, das ist unser Sein und Bleiben bei Gott.

„Das seid ihr alle", hält Paulus den Galatern vor. Christus macht keinen bösen Unterschied. Er ist bei allen, die im Glauben an ihn stehen, mit seiner ganzen Gnade und Gabe. Wer ihn gläubig sucht, empfängt von ihm das Kindesrecht. 3,27: *Denn ihr alle, die ihr auf Christus getauft seid, habt Christus angezogen.* Paulus heißt hier, wie Röm. 13,14, Christus das Gewand, in das wir gekleidet sind, um uns zu zeigen, wie reich und völlig Christus uns an allem, was er hat, Anteil gibt, wie er seine eigene Art auf uns überträgt und uns zu seinem Abbild macht. Wie er der Sohn Gottes ist, so führt er auch uns zur Kindschaft Gottes. Seine Gerechtigkeit, seine Heiligkeit, sein ewiges Leben umfassen auch uns. Wie er im Geiste lebt, so durch ihn auch wir. So stehen wir nicht mehr da in unserer eigenen Gestalt, sondern haben ein Kleid erhalten, das unser natürliches Wesen verschwinden läßt. Weil wir so gekleidet in unserer Verbundenheit mit Christus vor Gott stehen, wird uns Rechtfertigung zuteil und erhalten wir das Kindesrecht.

Dieses Kindesrecht haben alle, die auf Christus getauft sind. Weil Paulus an die Taufe denkt, heißt er Christus das Gewand, das die Glaubenden anzogen. Als sie ins Wasser niederstiegen, hatten sie ihr Gewand abgelegt, und als sie getauft wieder emporstiegen, bekleideten sie sich neu. Was ist ihr rechtes, neues Taufgewand? Christus haben sie angezogen. Er hat ihnen seinen Namen, seine Gnade, seine Gemeinschaft durch die Taufe dargeboten. Sein ganzes Evangelium, das Buß- und das Glaubenswort, hat Jesus in die Taufe gefaßt. Sie zeigt uns, was an uns verschwinden muß und was uns statt dessen als seine Gabe dargereicht wird. Darum hat Paulus auch das Letzte und Herrlichste, was Christus aus uns macht, mit der Taufe verbunden. Wie er im Römerbrief sagt: „Durch die Taufe seid ihr der Sünde gestorben und von allem Bösen ganz erlöst" (6,2), so sagt er hier: „Durch die Taufe seid ihr mit Jesus vereint." Paulus kennt keinen halben, verkümmerten Anteil an Christus; was uns zu ihm bringt, versetzt uns in seine ganze Gnade. Das bringt die Taufe genau in derselben Weise zustande wie das Kreuz Jesu dadurch, daß sie in uns den Glauben schafft.

3,28: *Da gibt es keinen Juden und keinen Griechen, keinen Knecht und keinen Freien, keinen Mann und keine Frau. Denn ihr alle seid einer im Christus Jesus* (1. Kor. 12,13; Kol. 3,11). Nun sind die Risse geheilt, die uns Menschen gegeneinander erbittern. Die Gemeinden litten unter der religiösen und zugleich nationalen Spaltung, die den Juden von dem Griechen schied. Da war weiter der große Gegensatz in der äußeren Lebenslage zwischen Sklaven und Freien und der naturhafte Unterschied der Geschlechter zwischen Mann und Frau. Diese Verschiedenheiten bringen viele Schwierigkeiten mit sich. Paulus sagt nicht, daß sie aufhören. Christen sind aber durch Christus mehr geworden als nur Glieder dieser oder jener Gruppe. Früher waren sie nur dies; da bewegte sich ihr ganzes Sinnen und Trachten um jene äußeren Lebensbegrenzungen. Ein Jude sein oder ein Grieche sein, das war für beide das höchste Anliegen. Zur Sklaverei verurteilt zu sein oder die Rechte des Freien zu genießen, das erschien beiden als eine Sache von allerhöchster Wichtigkeit. Im Beruf des Mannes oder der Frau zu stehen, das füllte das ganze Leben aus. Nun ist all das nicht mehr das Wichtigste und bestimmt nicht mehr das ganze Leben. Das jüdische oder griechische

Gewand, das Kleid des Sklaven oder Freien, des Mannes oder der Frau ist bedeckt durch das neue Gewand, das ihnen durch Christus verschafft worden ist. Aus Christus schöpft das Herz nun seine Triebe. Er gestaltet alle in sein Bild. So sind sie alle einer im Christus, weil einer sie alle regiert, einer sie alle zu sich zieht und mit derselben Gnadengabe erfüllt. Da wird das Leben aller in dieselbe Bahn gelenkt und nach demselben Urbild geformt. Es entspringt aus demselben Grund und geht zum selben Ziel. Da bleibt nicht Raum zur Eifersucht, zum Neid, zur Erhöhung der eigenen Person und zur Erniedrigung der anderen. Christus ist im Heiden nicht schwächer und ärmer als im Juden, gegen den Juden nicht weniger gütig und mächtig als gegen den Heiden. Seine Herrlichkeit erscheint am Sklaven wie am Freien, und sein Werk ist in der Frau nicht unvollkommener als im Mann. Keiner ist hier bevorzugt, keiner benachteiligt. Sie sind einander gleich geworden, weil allen dasselbe Ziel gewiesen ist: dem Christus zu gehören.

So ist es aufs neue deutlich, wer die Kinder Abrahams sind. 3,29: *Wenn ihr aber dem Christus gehört, so seid ihr folglich Abrahams Geschlecht, gemäß der Verheißung Erben* (Röm. 8,17; Tit. 3,7; Jak. 2,5). Das Eigentum des Christus und das Geschlecht Abrahams im göttlichen und ewigen Sinn ist ein und dasselbe. Wie könnte jemand zum Geschlecht, das den Segen erbt, gehören, ohne mit Christus verbunden zu sein, oder wie könnte jemand Christus zugehören und nicht auch ein Glied der Gemeinde sein, der die Verheißung gegeben ist? Abrahams Geschlecht besteht aus dem Volk des Christus; denn Abraham selbst wurde des Christus wegen der Gesegnete. Die Gemeinden haben also nur auf eines bedacht zu sein, darauf, daß sie Christus angehören. Dann sind sie auch Abraham zugeführt, und die Verheißung steht über ihnen, und das Kindesrecht kommt an ihnen zur Erfüllung, weil ja das Kind auch Erbe ist und, nachdem es den Vater gefunden hat, auch am väterlichen Haus Anteil erlangt (Röm. 8,17).

Kapitel 4,1-7

Wie Gott uns zu seinen Kindern macht

Paulus überschaut den großen Gang Gottes im Aufbau seines Reiches nochmals mit einem einzigen Blick, damit wir den Fortschritt in der Regierung Gottes sehen. Gott hat ein Dreifaches für uns getan. Er hat uns sein Gesetz, seinen Sohn und seinen Geist gegeben. Durch diese drei Mächte sind wir mit der oberen Welt verbunden; durch diese drei Zeugen werden wir zu Gott geführt. Das Gesetz macht den Anfang. Nach ihm kommen mit der Erfüllung der Zeit der Sohn und der Geist. Beide kommen als Träger derselben Gnade Gottes. Doch findet auch zwischen ihnen ein Fortschritt statt. Denn die Sendung des Sohnes kommt in der Sendung des Geistes zu ihrer Frucht.

4,1-3: *Ich sage aber: Solange der Erbe unmündig ist, unterscheidet er sich in nichts von einem Knecht, obwohl er über alles Herr ist; sondern er ist unter Vormündern und Verwaltern bis auf die vom Vater vorherbestimmte Frist. So waren auch wir, als wir unmündig waren, den der Welt gegebenen Elementen untertan gemacht* (4,9; Kol. 2,8.20; Hebr. 5,12). Weil das Gesetz nur den einleitenden Anfang der Regierung Gottes bildet, ist es dem natürlichen Zustand der Menschheit angepaßt, der ihr von den sie regierenden geistigen Mächten, den sie tragenden Elementen bereitet wird. Was aber diese der Menschheit gaben, ist erst ihr erstes, einfachstes Wissen, ihr kleinster, schwächster Besitz. Dies erhebt sie noch nicht über die Welt, sondern ist für die Welt bestimmt; es bildet das Fundament ihrer natürlichen Existenz und bringt ihr noch nicht himmlisches Leben und göttliches Gut. Der Sohn und der Geist sind dagegen nicht mehr nur die Elemente der Welt, nicht die Grundlage des menschlichen Lebens in seiner sündlichen Art; sie sind eins mit Gott und bringen das Vollkommene und Ewige. Sie sind von Gott in die Welt gesandt, in der sie nicht ihren Ursprung und ihre Heimat haben. Sie kommen von oben, vom himmlischen Thron. Darum ist ihre Sendung wie für die Welt im ganzen, so auch für jeden einzelnen Menschen das wichtigste Erlebnis, mit dem der große Wendepunkt der Zeit eintritt.

Um den Unterschied zwischen der Herrschaft des Gesetzes und

der Sendung des Christus deutlich zu machen, formt Paulus eine ähnliche Vergleichung wie in 3,25, wo er das Gesetz mit dem über die Knaben gestellten Aufseher verglich. Den unmündigen Sohn stellt der Vater unter Vormünder und Verwalter. So ist er freilich Sohn und Mitbesitzer des väterlichen Vermögens, und doch vermag er während dieser Zeit nicht mehr als ein Knecht. Er hat nicht seinen eigenen Willen, da ihm der Vormund verordnet, was er tun und lassen soll; ihm hat er zu gehorchen, wie der Knecht gehorcht. Ebensowenig hat er sein Vermögen in seiner Hand; der Verwalter verfügt darüber, und der unmündige Sohn muß sich wie ein Knecht begnügen mit dem, was man ihm gibt. Unser Vormund und Verwalter, dem wir von Gott untergeben sind, ist das Gesetz. Söhne Gottes und Besitzer ewigen Lebens, sind wir das? Wir sind es, wenn wir auf das Ziel blicken, das Gott uns verheißen hat. Aber die natürliche und gegenwärtige Gestalt unseres Lebens ist von diesem Ziel noch weit entfernt. Die Söhne Gottes und Herren aller Dinge sind noch Knechte. Wir stehen unter einem Gesetz, das uns noch nicht Freiheit und Reichtum gibt, sondern die wahrhaftigen Güter verschließt. Es nimmt sie uns nicht, sie bleiben uns vielmehr aufbehalten; aber es händigt sie uns noch nicht ein. Das hängt an der elementaren Art des Gesetzes, an seiner Anpassung an die Welt.

Bei der Unfreiheit unter dem Gesetz dürfen wir ebensowenig wie vorhin, als Paulus von der Wacht sprach, die das Gesetz über uns hält, an die heilige Verpflichtung denken, mit der es uns den guten Willen Gottes in die Seele schreibt. Darin besteht ganz und gar keine Sklaverei, daß das, was gut und rein und recht vor Gott ist, eine bindende Macht über uns besitzt. Aus dieser Bindung gelöst zu werden darf niemand wünschen, und der, der Christus kennt und ein Kind Gottes geworden ist, hat diesen Wunsch ganz verlernt. Wer verpflichtet tiefer und unendlicher als Christus? Das Kind ist mit einem noch ungleich heiligeren Band an den Willen des Vaters gebunden als der Knecht. Unfrei macht das Gesetz aber deshalb, weil es den guten Willen Gottes uns nur von außen her auferlegt, während der Trieb unserer Seele ihm widerstrebt. Es vermag unsere Begehrung Gott nicht untertan zu machen; diese sträubt sich gegen das Gesetz, und aus diesem Zwiespalt entsteht Knechtschaft. Ich muß tun, was ich nicht will, muß gehorchen ohne Lust und Freude.

Aus der Pflicht wird ein Zwang. Und das entspricht unserer ganzen Lebensgestalt. Deshalb bleibt uns das Gesetz ein dunkles Wort, das uns das Auge noch nicht für Gott öffnet, so daß wir seinen Willen erfaßten. Wir sind blind, einer fremden Leitung untertan. Und weil aus unserem Widerstreben die Übertretung kommt, das Gesetz aber keine Versöhnung für sie hat, so läßt es uns in den Ketten unserer Schuld gebunden. Es erschließt uns auch nicht die Kraft Gottes, weshalb unser Werk in Nichtigkeit zergeht. Ein Dienst Gottes, den wir weder kennen noch lieben, ein Streben nach Gerechtigkeit, die wir doch nicht finden, Pflichten, die wir hassen, Werke, die beständig in Ohnmacht scheitern, Schulden, von denen wir uns nicht befreien können, Leiden, die wir nicht zu heilen vermögen – daraus setzt sich unser Leben zusammen; wie soll es Paulus anders heißen als einen Sklavenstand und eine Unmündigkeit? Wie der Unmündige noch nichts versteht, noch nicht für sich reden, noch nicht selbständig wollen oder handeln kann, so stehen wir vor Gott: unverständig, stumm, nur als die kümmerlich Stammelnden, ohne Willen, nur getrieben vom Zuruf des Gebotes, der uns je und je spornt und erschreckt, unfähig zum wahrhaft freien Handeln und ohne Macht. Deshalb ist das Gesetz, das uns in diese Unmündigkeit setzt und der Vormund während derselben ist, nicht die höchste und bleibende Anordnung Gottes. Der Vater hat von vornherein die Zeit bestimmt, in der die Vormundschaft ihr Ende finden wird, und damit dem Kind die Hoffnung gegeben, daß es zur Freiheit kommen und sein Erbe als Eigentum empfangen wird. Aber nicht das Kind entläßt den Vormund. Er tritt erst zu der Zeit ab, die der Vater angeordnet hat.

Für die Menschheit ist diese Hoffnung zur Wahrheit geworden, da die von Gott geordnete Stunde ihrer Befreiung gekommen ist. 4,4.5: *Als aber die Fülle der Zeit kam* (Mark. 1,15), *entsandte Gott seinen Sohn, der aus einer Frau geboren und unter das Gesetz gestellt wurde, damit er die, die unter dem Gesetz sind, loskaufe, damit wir die Einsetzung in die Sohnschaft erhalten.* Die Zeit wurde voll; denn die von Gott bestimmte Frist war da. Nun tat sich der Himmel auf, den das Gesetz verschlossen hielt, und Gottes Sohn wurde zur Menschheit gesandt. Welch eine andere Gabe als das Gesetz! Der ewige Sohn Gottes tritt ein in die Welt. Nun heißt es: Gott ist bei uns. Hat aber seine Erscheinung die Hoffnungen und Verheißungen erfüllt? Er kommt ja in Niedrigkeit, ein geringer Mann, arm und schwach, mit dem Kreuz am Schluß. Wo ist die Freiheit, wo das Erbe? Je größer und gewaltiger die Botschaft ist: „Gott hat seinen Sohn gesandt", um so nötiger ist es, daß wir die Knechtsgestalt Jesu verstehen und erkennen, warum seine Niedrigkeit keine Einrede gegen seine Herkunft vom Vater und seine Verbundenheit mit ihm ergibt. Deshalb zeichnet Paulus sofort mit zwei wuchtigen Sätzen die Niedrigkeit Jesu und deutet uns ihren Grund.

Eine Frau gab Jesus das Leben, und das Gesetz war sein Herr. Gottes Werk schreitet voran, aber nicht in Sprüngen. Der Sohn Gottes fängt sein Werk an der Stelle an, an der das Gesetz das seine beendigt. Die Art seines Kommens ist ihm durch unseren Stand unter dem Gesetz vorgezeichnet. Sein Werk heißt: Befreiung vom Gesetz, und das Mittel dazu ist: er selbst unterwirft sich ihm und fügt sich in die Knechtschaft ein, die es auf uns legt, nach der göttlichen Regel, die Paulus schon 3,13 ausgesprochen hat. Wie fällt der Fluch des Gesetzes dahin? Dadurch, daß Christus ihn trägt. Wie hört die Herrschaft des Gesetzes auf? Dadurch, daß Christus sie trägt. Das Gesetz tritt ab, wenn ihm geworden ist, was ihm gebührt. Sein Nachfolger muß zuerst sein Diener sein, der ihm vollkommen untergeben ist. Hat er gehorcht, dann kann er herrschen. Nachdem er gedient hat, macht er frei. Seine eigene Untertänigkeit ist der Preis, mit dem er uns die Entlassung aus dem Gefängnis des Gesetzes erwirbt. Wir sollen werden wie er. Der göttlich geordnete Weg hierzu ist, daß er wurde wie wir. Dazu nimmt er unsere natürliche Art an; denn er wird von einer Mutter zur Welt gebracht. Mit diesem Anfang seines Lebens ist auch dessen Fortgang und Ende gegeben. Wir wissen von da her, daß er überall und immer in unsere Natur eingeschlossen war und sie mit beständiger Unterordnung unter ihr Gesetz an sich trug. Der Lebenskreis, in dem wir uns bewegen, so eng und arm und leidensreich er ist, wird von ihm nicht durchbrochen. Er wandelt wie wir, mitten im Leben vom Tod umfangen, ein Sterblicher. So und nicht anders hat Gott ihn zu uns gesandt. Seine Gleichheit mit uns erstreckt sich auch in das innerliche Gebiet des geistigen Lebens und in seine Stellung vor Gott. Er hat wie wir das Gesetz über sich. Die Elemente der Welt sind auch für ihn die Regenten seines Lebens. Er fügt sich in die Maße des Gesetzes ein. Was das Gesetz fordert, ehrt er als heilig, gerecht und gut. Was das Gesetz uns vorwirft, anerkennt er als unsere Schuld, die er auf sich nimmt. Womit das Gesetz uns straft, das zu leiden ist er willig. Auch er läßt sich in Haft nehmen von jenem Wächter und regieren von jenem Aufseher.

So ist im irdischen Leben des Christus der Unterschied zwischen seinem Wesen und seiner Lage noch unendlich größer als bei uns. Sohn Gottes ist er und Herr aller Dinge und dennoch Knecht. Er, der sein Leben aus Gott hat, erhält eine Frau zur Mutter. Der mit dem Vater einige Sohn wird unter den Wächter und Vormund getan. Aber er hat die Macht, diesen Zwiespalt aufzuheben, und tritt siegreich aus ihm hervor. Die irdische Schwäche der Natur läßt der Auferstandene dahinten, und die Ketten des Gesetzes, Zorn und Gericht, sind für den zur Rechten Gottes Erhöhten nicht mehr vorhanden. Nun hebt er uns zu sich empor. Er hat uns losgekauft, damit uns die Gemeinschaft mit Gott gegeben werde, die aus uns seine Kinder macht. Was uns von Anbeginn an nach Gottes gnädigem Rat verordnet war, empfangen wir nun. Weil wir Christus gehören, hält sich Gott zu uns wie der Vater zum Kind.

Dazu kommt nun der dritte Zeuge Gottes zu uns. 4,6: *Weil ihr aber Söhne seid, entsandte Gott den Geist seines Sohnes in unsere Herzen, der ruft: Abba, Vater!* (Röm. 8,15; Mark. 14,36.) Auch die Sendung des Geistes ist wie die des Sohnes für alle geschehen, still und verborgen wie auch die Sendung des Sohnes, aber wirksam und vollbracht für die Welt. Geist aus Gott ist uns allen zugänglich geworden als die Gabe, die Christus der Menschheit erworben hat. Wie das Werk des Christus sich an das anschließt, was das Gesetz aus uns macht, so führt das Werk des Geistes das zur Vollendung, was Christus uns gegeben hat. Wir sind durch ihn Söhne Gottes geworden; das muß nun auch innerlich in der Bewegung unseres Herzens wirksam werden. Was wir aus dem Mund Jesu hören, wird unser eigenes Wort; so wird das, was Jesus uns vor Gott erworben hat, auch der Reichtum unseres eigenen Lebens. Das eben ist das Werk des Geistes. Er geht in uns ein und macht den Vaternamen Gottes in uns lebendig und öffnet uns selbst den Mund vor Gott. So gibt er unserer Seele den Trieb und den Sinn, den ein Kind Gottes hat. Es ist der Geist des Sohnes Gottes, der nun auch unser Herz bewegt und uns so auf Gott schauen und so mit ihm reden lehrt, wie der Sohn selbst auf Gott schaut und mit ihm spricht. Darin erweist sich, daß Jesus uns das Kindesrecht verliehen hat. Nur die Kinder empfangen die Gemeinschaft des Geistes mit dem Vater, damit ihre Verbindung mit ihm vollkommen sei. „Vater!" ruft der Geist. Es läßt sich kein höheres Merkmal seiner Wirkung nennen, auch keine größere Gabe, die geistlicher wäre als diese. Ist der Unsichtbare uns so nahe gekommen, daß er als unser Vater vor uns steht, und der Heilige uns so innig verbunden und teuer geworden, daß wir ihn als Vater anrufen: das ist Gottes Geist.

4,7: *Also bist du nicht mehr Knecht, sondern Sohn. Bist du aber Sohn, so bist du auch Erbe durch Gott* (3,29). Nun hat unsere Gewißheit, daß wir Gottes Kinder sind, einen doppelten Grund. Der Sohn Gottes ist zu uns gekommen und hat uns die Kindschaft gebracht, und der Geist Gottes ist zu uns gekommen und hat uns den Vaternamen ins Herz gelegt. Also liegt die Knechtschaft hinter uns. Wir dienen nicht mehr einem unbekannten Gott, nicht mehr dem fordernden Gott mit widerwilligen Herzen, in Furcht und Angst, unter unsere Schuld verhaftet, in das Todeslos gekettet. „Abba Vater!" – das ist ganzes Vertrauen und gewisser Glaube; den Vater verliert man nicht. „Abba Vater!" – so spricht das gehorsame Herz und die völlige Liebe, und diese treibt die Furcht aus (1. Joh. 4,18). „Abba Vater!" – das ist Macht und Sieg; denn mit diesem Namen rufen wir den, der Himmel und Erde in seiner Hand hält. Und diese Freiheit leidet keinen Schaden dadurch, daß unsere äußere Lebensgestalt unverändert bleibt. So wird ihre Ausübung nach außen vor der Welt und den Menschen allerdings hinausgeschoben, aber auch nur hinausgeschoben. Denn der Sohn ist auch Erbe. Das verdankt er aber nicht sich selbst, sondern Gott.

Kapitel 4,8-20

Die schlimme Veränderung in den Gemeinden

Von der weltgeschichtlichen Betrachtung, die die ganze Regierung Gottes überschaut, geht der Blick des Paulus mit einer natürlichen, leichtverständlichen Bewegung zu den Gemeinden in Galatien hinüber. Er schaut auf die Anfänge ihres Christseins zurück, und zwar mit Schmerz. Denn anfangs stand es besser mit ihnen als jetzt. Nach zwei Richtungen hin: Damals traten sie aus der Knechtschaft in die Freiheit; jetzt streben sie in die alte Knechtschaft zurück. Damals nahmen sie den Apostel mit überströmender Liebe auf; jetzt gilt er ihnen als ihr Feind. Paulus hält den Galatern diesen Rückschritt vor, weil sie von Fortschritt und von einer höheren Stufe des Christentums träumen. Nein, das ist ein Rückschritt in ihren vorchristlichen Stand!

4,8-10: *Aber damals, als ihr Gott nicht kanntet, dientet ihr denen, die nach ihrem Wesen nicht Götter sind. Jetzt aber, da ihr Gott erkanntet, vielmehr von Gott erkannt wurdet* (1. Kor. 8,3), *wie wendet ihr euch wieder zu den schwachen und armen Elementen* (4,3; Kol. 2,8.20)? *Ihnen wollt ihr wieder von neuem dienstbar sein? Auf Tage achtet ihr und auf Monate und auf bestimmte Zeiten und Jahre* (Kol. 2,16). Die Wendung, die die Botschaft Jesu dem Leben der Gemeinden gab, ist unendlich wichtig. Religiös waren sie zwar auch als Heiden, und dies mit Eifer, freigebig in Opfern und Festen und bekümmert um die Gunst und Ungunst der Götter. Aber dieser Gottesdienst war nichtig; denn sie kannten Gott nicht. Damit ist eine große Leere und Finsternis von ihrem Geist und Herzen ausgesagt. Nun aber haben sie Gott erkannt. Diese Veränderung scheidet ihren Lebenslauf in zwei Hälften wie Tag und Nacht. Der Apostel sagt jedem, der Christus kennt: „Du hast Gott wahrgenommen." Und er macht uns die Größe dieser Gabe deutlich; denn daß wir Gott erkennen, beruht darauf, daß wir von ihm erkannt worden sind. Wie spürt ein Mensch Gott, so daß er seiner gewiß wird? Das Auge Gottes sieht ihn an. Das macht, daß er sich nach ihm umsieht und zu ihm aufschaut. „Gott hat acht auf dich, darum gibst du acht auf ihn. Gott hat an dich gedacht, darum denkst du an ihn. Gott hat dich erkannt mit der innigen Erkenntnis, die eine verbindende Macht ist, weil sie eins mit der Liebe ist; darum erkennst du ihn." Gott ist der Anfänger und Urheber unserer Erkenntnis. Er zieht unseren Geist sich nach. Nicht wir lenken das Auge Gottes auf uns. Er lenkt unser Auge auf sich mit seinem Auge; er selbst bringt sich uns in Erinnerung und weckt unser Herz, daß wir ihn finden. Alle Erkenntnis und Gewißheit Gottes ist seine Gabe. Darum ist sie unschätzbar. Sage ich mit tiefer Dankbarkeit: „Ich habe ihn kennengelernt", so soll sich mein Dank noch mächtiger daran entzünden, daß ich fortfahren darf: „Ich stehe vor seinem Blick und bin von ihm gekannt."

Als die Galater Gott nicht kannten, erfuhren sie in der schlimmsten Weise, was Knechtschaft heißt. Denn die Herren, denen sie damals dienten, tragen ihren göttlichen Namen nicht mit Recht; sie sind nach ihrem Wesen etwas ganz anderes als gottheitliche Mächte. Paulus wird auch hier, wie 1. Kor. 10,20, daran denken, daß sich der heidnische Gottesdienst vielfach mit den Geistern beschäftigte. Das ist schlimme Knechtschaft, wenn die Menschen nur den Mächten, die sie verderben, göttliche Namen und Ehren zu geben wissen. Die Galater wußten als Heiden nicht, wem sie dienten, wie sie ja auch Gott nicht kannten. Sie sahen weder in die Höhe noch in die Tiefe und erkannten weder den wahrhaftigen Gott noch die wahre Art der Mächte, denen sie göttliche Verehrung erzeigten. Das ist das Los des Sklaven, daß er blind auf seinem unseligen Weg weitergetrieben wird.

Nun sind die Galater aber aus ihrer Knechtschaft befreit und haben Gott erkannt. Sollten sie jetzt nicht ihm dienen? Das wäre das rechte Ende, zu dem die Erkenntnis Gottes und die Dankbarkeit für ihre Befreiung die Gemeinden führen sollten. Aber Paulus kann seinen Satz nicht so beschließen; denn sie wenden sich wieder an die armen und schwachen Elemente, die den menschlichen Gottesdienst bestimmen, wenn er unter der Herrschaft des Gesetzes bleibt. Wir wissen bereits, daß sie sich von Gott, der sie berufen hat, abwenden, da man für Gott nur dann lebt, wenn man dem Gesetz gestorben ist (1,6; 2,19). Sie haben Gott erkannt und geben seinen Dienst wieder auf; sie haben an sich selbst erfahren, was Knecht sein heißt, und streben dennoch aufs neue mit eigenem Willen der Knechtschaft zu. Das ist also ihr Fortschritt und ihre neue Vollkommenheit: ein Rückfall in das, was sie früher waren, eine Rückkehr in ihre heidnische Art und in dasselbe Elend, das ihnen schon als Heiden beschieden war. Sie wollen zwar nicht Heiden werden, vielmehr Juden, sogar christliche Juden. Der Apostel schätzt aber den Unterschied zwischen den verschiedenen Formen menschlicher Religiosität gering. Was am Heiden fromm war, das war Dienst des Gesetzes, soweit es ihm faßlich war. Er bekam seine Sittlichkeit und Frömmigkeit von jenen geistigen Mächten, von denen die Menschheit ihr Wissen erhält. Wiederum, was Gott am Juden verwarf, das war von derselben Art wie das Heidentum: hoffärtige Erhebung gegen Gott, die sich vor ihm nicht beugen und ihn nicht ehren will, Undankbarkeit, die die Gnade und Gabe Gottes mißbraucht, Verdunklung der Herrlichkeit Gottes durch irdische, menschliche Gedanken, die den Segen Gottes ins Fleischliche verkehren und an die Kraft und Kunst der Menschen binden. Da macht die Verschiedenheit der Formen, Namen und Gebräuche nur einen kleinen Unterschied. Sie haben in Galatien wieder einen Festkalender eingeführt und zeichnen sich heilige Tage an. Das hatten sie im Heidentum auch getan. So Gott dienen konnten sie ohne Evangelium, ohne den Sohn Gottes, ohne die Erlösung, die er mit seinem Tod der Menschheit erworben hat. Früher waren es freilich andere Festtage; jetzt ist es der Sabbat, Pascha, Pfingsten und Laubhüttenfest. Doch das macht keinen wesentlichen Unterschied. „Hier und dort", sagt Paulus, „ziert ihr euer Fleisch; hier und dort weicht ihr der Anbetung Gottes aus, der in Geist und Wahrheit verehrt sein will; hier und dort führt euch dasselbe göttliche Gesetz wegen der Sünde in die Verlorenheit."

Der Sabbat war dasjenige Stück des Gesetzes, das die Gemeinden zuerst anlockte. Während sie sich erst noch besannen, ob sie die Beschneidung annehmen sollten (5,2), hatten sie den Sabbat zum Teil schon bei sich eingeführt. Er ließ sich auch mit besonders lockenden Gründen empfehlen. Wie sollten sie denn eines der zehn Gebote aufheben! Wie schön war es, einen heiligen Tag zu haben! Paulus hatte keine „heiligen Tage" mit seinen Gemeinden gefeiert, weil er keine „unheiligen Tage" gelten ließ. Ein verständiger Wechsel von Arbeit und Ruhe ist natürlich unerläßlich, und die Gemeinde bedarf der Stunden, in denen alle ihre Glieder frei sind, zu ihrer Vereinigung. Paulus sparte nicht mit der Zeit weder für seinen eigenen persönlichen Verkehr mit Gott noch für die Versammlungen der Brüder. Allein er wußte hierbei von keinem Gebot. Sein Gottesdienst bestand nicht darin, daß er diesen oder jenen Tag aussonderte und für Gott reservierte; er bekämpfte es deshalb als eine bösartige Verirrung, als in den Gemeinden der Sabbat wieder auftauchte. Die Grundlinien eines Gottesdienstes, der Dienst des lebendigen Gottes in Christus ist, wurden dadurch verkehrt. Das ergab wieder die

Frömmigkeit, die Christus an Israel so ernst verworfen hat: Sie findet Gott mit dem siebten Tag ab, prunkt mit der Sabbatfeier und breitet sie als Decke über alle übrige Gottlosigkeit. So wird der Sabbat der Tod der lebendigen Buße und des echten Glaubens an Gott. Deshalb fährt Paulus fort 4,11: *Ich fürchte für euch, daß ich umsonst an euch gearbeitet habe.*

Der Apostel hatte den Gemeinden eine anstrengende Arbeit gewidmet. Man kann nicht mit leeren Worten und in Bequemlichkeit christliche Gemeinden schaffen. Die Arbeit des Apostels bestand im Mitleben mit den einzelnen, im Mittragen ihrer Sünden und Schwachheiten, in der Darreichung dessen, was jedem in seiner Lage an Licht und Kraft nötig war. Sie hat ihn mit den Gemeinden nicht nur durch den Amtstitel, sondern mit einem lebensvollen, wahren Band verbunden. Darum ist ihm ihr Schicksal nicht gleichgültig. Seine Mühe um sie gibt ihm ein heiliges Recht zur Warnung, Bestrafung und Bitte. Nicht nur die Gemeinden, auch Paulus wird von den Vorgängen bei ihnen betroffen; die Frucht seiner eigenen Anstrengung steht in Gefahr.

Wie war es früher so ganz anders! Noch in einem anderen Stück stellt der gegenwärtige Zustand der Gemeinden einen großen Rückschritt gegenüber dem Anfang ihres Christenlaufs dar. Sie begannen mit der größten Dankbarkeit und der innigsten Liebe zu dem Apostel. Aber sie hielt nicht stand. 4,12a: *Werdet wie ich! Denn auch ich bin wie ihr, Brüder; ich bitte euch.* Was können die Christen in Galatien sich Höheres wünschen als einen Christenstand, wie Paulus ihn hat? Er hat den heiligen Mut, allen seinen Gemeinden zu sagen: „Werdet meine Nachahmer!" (1. Kor. 4,16; 1. Thess. 1,6; Phil. 3.) Sie sehen an ihm, was die reine, freie Glaubensstellung im Christus ist, wie das Leben wird, wenn es ohne Gesetz im Glauben geführt wird. Was die Gemeinden an Paulus sehen, soll sie locken. Sie haben keinen Grund zum Zweifel, sie könnten das Reich Gottes verlieren, wenn sie ihr Leben so führen, wie Paulus es führt. Oder scheint ihnen eine heiligere und innigere Einigung mit Christus denkbar als die, die sie an ihm sehen? Nein, sie können sich nichts anderes wünschen als denselben Glaubensstand, den Paulus hat! Er darf sie ohne Scheu bitten: „Werdet wie ich!"

Auch er ist wie sie; das ist der kräftige Grund, auf den Paulus seine Bitten stellen kann. Er hat sich den Galatern gleich gemacht; darum darf er fortfahren: „Tretet auch ihr zu mir!" Er fordert nicht nur Nachfolge von ihnen; er hat ihnen, ehe er fordert, gegeben, was ihnen die Erfüllung seines Wunsches möglich macht: ein Beispiel, das wirklich für sie brauchbar ist. Denn er ist in ihre Lebensverhältnisse eingegangen und hat sich nicht von ihnen abgesondert und abseits auf eine besondere Höhe gestellt. Er hat es an seinem Teil gehalten wie Christus: Auch er ist geworden wie wir, damit wir werden wie er; auch er ist herabgestiegen zu uns, damit wir hinaufsteigen mit ihm. So hat auch Paulus alles, was ihm Gewinn war, für Schaden geachtet und vergessen, was dahinten war: Er hat den Glanz seiner jüdischen Frömmigkeit drangegeben, seine schönen, geweihten Sabbate hinweggetan, seine Reinheit, die ihn von der Unreinheit der Menschen unterschied, begraben und sich den Heiden gleichgemacht. Er ist an ihrem Tisch, in ihrem Haus, in ihrer Werkstatt gewesen wie sie. Er hat nichts für seine Frömmigkeit geachtet, als Christus zu kennen, und keine besondere, eigene Gerechtigkeit hervorgekehrt, sondern aus Glauben gelebt und ihnen dadurch gezeigt, wie auch sie mit Christus verbunden bleiben und seiner Berufung folgen. So ist er geworden wie sie. Warum wollen sie Juden werden und auf die Beschneidung sich stützen, während er dies alles um ihretwillen begraben hat?

4,12b: *Ihr habt mir mit nichts unrecht getan.* „Werdet wie ich!" Dieser Zuruf setzt ungetrübte Liebe zwischen den Gemeinden und Paulus voraus; er setzt voraus, daß das Herz der Gemeinden sich dem Apostel zuwendet, daß sein Bild hell vor ihnen leuchtet und ein mächtiger Eindruck von der Erhabenheit seines Christenstandes in ihnen lebendig ist. Darum treibt er die trüben Schatten hinweg, die sich zwischen sie drängen möchten. Es ist in den Gemeinden ohne Zweifel manches zum Nachteil des Paulus gesagt und getan worden. Wozu müßte er ihnen sonst seine apostolische Vollmacht neu beweisen? Manche feine Verleumdung, manche giftige Verdächtigung, manches in blindem Eifer scheltende Wort mag gefallen sein. Wie ein Keil drängen sich solche Versündigungen zwischen uns und trennen uns voneinander. Das Herz schließt sich zu im Bewußtsein des Unrechts, das am anderen begangen ist. Wir scheuen die, denen wir Böses taten. Paulus will diese Wand durchbrechen, die die Gemeinden von ihm scheiden könnte. Kein Unrecht steht trennend zwischen ihnen. Er sagt das im Rückblick auf die Liebe, mit der sie ihn früher aufnahmen, und kann es sagen, was immer seither in den Gemeinden geredet worden sein mag. Er kann ja vergeben, und er hat vergeben. Sie sollen seiner ungeschwächten Liebe sicher sein. So allein findet sein Wort bei ihnen eine offene Statt.

Darum erinnert er sie an seinen ersten Besuch bei ihnen, als er ihnen das Wort Jesu brachte. 4,13-15: *Ihr wißt aber, daß ich euch das erste Mal die Heilsbotschaft aus Schwachheit des Fleisches sagte, und die Versuchung, die euch durch mein Fleisch bereitet wurde, habt ihr nicht verachtet und nicht mit Abscheu abgewiesen, sondern wie einen Engel Gottes nahmt ihr mich auf, wie Christus Jesus. Wo ist denn eure Seligpreisung? Denn ich bin für euch Zeuge, daß ihr, wäre es möglich, eure Augen ausgegraben und mir gegeben hättet.* Damals erwiesen die Galater Paulus eine tiefe Dankbarkeit und warme Liebe, nahmen ihn mit höchster Ehrerbietung auf und waren zu jedem Opfer für ihn willig. Und doch fanden sich in seiner Person starke Hindernisse, die sie leicht hätten von ihm wegtreiben können. Schwachheit des Fleisches führte ihn zu ihnen. Er hatte in seiner äußeren Erscheinung nichts Anziehendes, da manches an ihm Widerwillen und Abscheu erwecken konnte. Schwerlich will Paulus sagen, daß er in Galatien krank geworden sei. Er wird vielmehr an seine Bedrängnisse durch den Widerstand der Menschen denken. Vertrieben von Ort zu Ort kam er auch zu ihnen. Als Flüchtling zog er in ihre Städte ein. Spott und Schande lagen auf ihm, Narben und Wunden entstellten ihn. Vergebliche Versuche, in den Synagogen und unter der heidnischen Bevölkerung mit dem Evangelium durchzudringen, und mancherlei Niederlagen im Kampf mit den Menschen kennzeichneten seinen Weg.

Das war eine Versuchung für die Gemeinden. Sie wurden auf die Probe gestellt: Werden sie das Wort Gottes auch aus seinem Mund hören und hinter der äußeren Schwachheit die Kraft heiligen Geistes wahrnehmen? Oder werden sie nur das irdische Gefäß sehen und darüber den kostbaren Schatz, der in ihm eingeschlossen war, verachten? Die Galater haben diese Probe bestanden. Sie haben in Paulus den Boten Gottes erkannt, den sie mit warmem Herzen und vollem Gehorsam ehrten, und den unschätzbaren Wert der Botschaft

Jesu empfunden, so daß sie willig das Teuerste, auch ihre eigenen Augen, dafür hingegeben hätten. Solche Erlebnisse und Erinnerungen waren die helle Kehrseite zu der „Schwachheit des Fleisches", die Paulus mit schmerzensreicher Bitterkeit in seiner Apostelarbeit täglich erfuhr. Die ganze Stelle hat, so ernst sie mahnt, eine wunderbare Zartheit der Selbsterniedrigung. „Ich fürchte für euch": Nicht daß ihr euch verderbt und Gottes Werk zerstört, sondern „daß ich umsonst mich um euch gemüht habe". „Werdet wie ich!", nicht: Denn ich, der reife Christ und Apostel, stehe hoch über euch Schwachen, sondern: „Denn ich bin wie ihr." Nicht: Warum denkt ihr so viel Arges von mir: sondern: „Ihr habt mich nicht gekränkt." „Ihr habt mich aufgenommen", nicht: So war es recht und billig, sondern: „Meine Schwachheit habt ihr übersehen, die Versuchung, die ohne meinen Willen in meiner Erscheinung für euch lag, habt ihr überwunden." Paulus verwundert sich über die Liebe der Galater und dankt für sie. Für diese Zartheit in der Fassung des Ausdrucks soll uns das Auge nicht fehlen. Das ist die apostolische Bescheidenheit.

Paulus erinnert die Gemeinden an die schönen Tage, die er unter ihnen erlebt hat nicht nur dazu, um sie mit warmem Gefühl nochmals zu genießen; auch schließt er nicht nur eine wehmütige Klage daran, daß jetzt ihr Dank, mit dem sie sich des Evangeliums wegen seligpriesen, verstummt ist. Er benützt jene Erinnerungen, um klar und scharf zu beleuchten, was jetzt unter ihnen vor sich geht. 4,16: *Also bin ich euer Feind geworden, weil ich wahr gegen euch bin.* Paulus ruft die Galater selbst zu Zeugen wider ihr gegenwärtiges Verhalten auf. Sie selbst haben ihm das Zeugnis gegeben, daß er ein echter Bote des Christus an sie und sein Wort eine seligmachende Gotteskraft war. Sie selbst sind somit Zeugen, daß er ihnen keinen Anlaß zu ihrer Entfremdung von ihm gab, daß nichts sie von ihm wegtreiben konnte als das einzige, was er ihnen brachte: die Wahrheit allein. Jetzt gilt er ihnen als ihr Feind. Denn er widerstrebt ihren Plänen. Er ist das Hindernis auf ihrem neuen Weg. Sie wären schon längst Juden, wenn nur Paulus nicht wäre. Ihn fürchten sie, weil sie wissen, daß er verbietet, was sie jetzt begehren. Seit sie den jüdischen Männern folgen, können sie nichts anderes in ihm sehen als ihren Widersacher. Aber das rührt doch nur daher, daß er wahr gegen sie ist, und sie selber wissen das.

4,17: *Sie eifern für euch nicht in guter Art, sondern wollen euch hinaussperren, damit ihr für sie eifert.* Die Glaubenspredigt in ihrer Reinheit macht unseren Verkehr mit den Menschen durch und durch nüchtern. Sie schließt alles Schöntun mit der menschlichen Art und Leistung aus; denn sie macht damit Ernst, daß wir Sünder sind, und gibt nicht uns, sondern Gott die Ehre. Der Mensch wird klein, und Gott wird groß. Mit dem Gesetzesdienst kehrt es sich um. Und die galatischen Gemeinden ließen es sich wohl gefallen, daß die jüdischen Männer sich um sie bewarben. Gingen deren Zumutungen weit, so lag gerade darin etwas Schmeichelhaftes, was die Eitelkeit nährte. Sie wurden für reif und stark gehalten, Gottes wegen einen mutigen Schritt zu tun. Das mundete den Gemeinden besser als die Wahrheit des Paulus mit ihrem Bußernst und dem Preis Gottes allein. Der Apostel hebt das Selbstsüchtige am Treiben derer hervor, die die Gemeinden umwarben. „Auch sie", mochten die Gemeinden sagen, „geben sich viele Mühe um uns; wir liegen ihnen offenbar am Herzen." „In der Tat", antwortete Paulus, „eifern sie um euch; aber das Eifern für sich allein ist noch keine Empfehlung. Es fragt sich, von welchen Absichten solcher Eifer geleitet ist, ob sie rein und lauter sind. Ihr Zweck ist selbstsüchtig und eben darum verderblich für euch. Sie binden euch an ihre eigene Person. Dazu müßt ihr abgesperrt werden von mir, aber mehr noch von Christus, von der Gemeinschaft der an ihn Glaubenden, von Gottes ewiger Gemeinde. Das ist der Schaden, den sie euch antun. Der Gewinn aber, den sie suchen, ist der: Ihr sollt sie bewundern und als eure Führer verehren, die euch die Türe zu einem echten, ganzen Christentum geöffnet haben. Sie stellen sich euch als die großen Heiligen vor, und der Lohn ihrer Mühe soll sein, daß ihr euch vor ihrer Größe verneigt."

4,18.19: *Es ist aber gut, beständig im Guten eifrig zu sein und nicht nur, wenn ich bei euch gegenwärtig bin* (Phil. 2,12), *meine Kinder, für die ich wieder den Geburtsschmerz leide, bis Christus in euch Gestalt erhalte* (1. Kor. 4,15). Auch die Gemeinden sind durch den Eifer der Judenchristen in Eifer geraten und reden sich ein, ihr Eifer könne doch kein Fehler sein. Sie eifern ja für Gott, für sein Gesetz und Reich. Aber auch für sie gilt: Nicht jeder Eifer ist recht. Er muß in seinem Ziel und Grund gut sein, und er muß beharrlich sein. Kraft und Glut rechtfertigen das Streben noch nicht und entbinden uns nicht von der Pflicht, nüchtern zu prüfen, ob es auf der Wahrheit steht und in der Bahn Jesu bleibt; nur dann ist der Eifer löblich. Ferner muß dazu kommen, daß er kein Strohfeuer ist, rasch aufflammt und rasch wieder dahinsinkt. Schmerzlich erinnert Paulus die Galater an die Wandlung ihres Eifers: Einst erwiesen sie ihn ihm und seinem Wort, und er hielt an, solange er bei ihnen war. Dieser Eifer hätte aber standhalten sollen auch in seiner Abwesenheit, auch gegenüber den widerwärtigen Einflüssen der jüdischen Werber. So hat der Apostel aufs neue die Arbeit der Mutter an den Galatern zu tun, die das Kindlein mit Schmerz und Angst zur Welt gebiert. Das Ziel dieser Geburtsarbeit ist, daß das Bild Jesu an ihnen erscheine, so daß man Jesus an ihnen erkennen kann. Das geschieht in dem Maß, als sie das Werk Jesu sind. Immer ist das Werk ein Abbild dessen, der es schafft, um so mehr, je mehr es durch den Geist hervorgebracht ist. Gestaltet uns der Geist Jesu, so wird unser Wille durch seinen Willen bestimmt, und das gibt uns die Ähnlichkeit mit ihm. Paulus kann aber in den Galatern Christus nicht mehr wahrnehmen, wenn sie dem Gesetz dienen, von der Gnade Gottes weichen und so „das Fleisch" in sich regieren lassen. Damit ist Christus in ihnen verdeckt. Dieses Verschwinden des Christus aus dem geistigen Antlitz der Gemeinden ängstigt Paulus und führt ihn in die Arbeit hinein, die er ein Gebären heißt. Dann, wenn Christus wieder an ihnen erkennbar wird, ist sein Werk gelungen und seine mütterliche Arbeit getan.

Aber wie soll ein Brief für solch ein Ziel genügen? 4,20: *Ich möchte aber jetzt bei euch sein und meine Stimme wandeln; denn ich bin unsicher über euch.* Paulus empfindet tief, welch unvollkommene Art der Mitteilung das Schreiben ist. Er denkt nicht hoch und kühn vom Erfolg seines Briefes, sondern schreibt in Furcht und Zittern. Wäre er bei den Galatern, so wüßte er, wie es mit ihnen steht, was ihnen nötig ist, wo das Hindernis liegt, das sie irremacht, und wo das Heilmittel, das sie aufrichtet. Da könnte er auch jedem einzelnen geben, was ihm heilsam ist. Aber jetzt in der Ferne, getrennt von ihnen, bleiben sie ihm ein beunruhigendes Geheimnis, wie er ja seine Verwunderung schon mehrfach ausgesprochen hat. Wer weiß, ob sein Brief den rechten Eingang in ihr Inneres trifft? Paulus greift darum noch nach einem neuen Mittel, um ihnen den Kern der ganzen Frage klarzumachen. Er tut es mit einem großen Gleichnis aus der Geschichte Abrahams.

Kapitel 4,21-31

Zweierlei Söhne Abrahams

4,21: *Sagt mir, ihr, die ihr wünscht, unter dem Gesetz zu sein: Hört ihr das Gesetz nicht?* Wer unter dem Gesetz sein will, muß vor allem das Gesetz hören. Ihn muß die Schrift regieren. Sonst ist sein Gesetzesdienst nur Heuchelei. Aber Paulus weiß recht gut, wie man die Schrift rühmen kann und sie doch nicht kennt, ja, sie nicht verstehen will. Mehr noch: Paulus ist sicher, daß der, der vom Glauben weg sich zum Gesetz wendet, die Schrift nicht hört. Noch weniger tut er das Gesetz; aber er leiht ihm nicht einmal das Ohr. Denn das Gesetz weist über sich selbst empor; es handelt ja an uns als unser Aufseher zu Christus hin.

4,22.23: *Denn es ist geschrieben, daß Abraham zwei Söhne erhielt, einen von der Magd und einen von der Freien* (1. Mose 16,15; 21,2). *Aber der, der von der Magd stammt, ist nach der Weise des Fleisches erzeugt, der aber, der von der Freien stammt, durch die Verheißung.* Die beiden Söhne Abrahams, von denen die Schrift erzählt, Ismael und Isaak, sind verschiedener Art. Ihre Mütter sind verschieden: Die eine ist Magd, die andere frei, und die Weise ihrer Geburt ist verschieden. Bei Ismael fand der natürliche Wunsch, ein Kind zu haben, auf dem natürlichen Weg die Befriedigung. Isaak dagegen erhielt Abraham als den Sohn, den Gott ihm verheißen hatte. Das göttliche Versprechen war die schaffende Macht, durch die der zum Greis gewordene Abraham der Vater Isaaks wurde. „Habt ihr Gesetzesleute", fragt Paulus, „das je wirklich gehört, so nämlich, daß ihr es bedachtet? Nein! Das steht für euch umsonst in der Schrift. Wie könntet ihr sonst so blindlings von Abrahams Kindern reden und mit eurer Abrahamskindschaft prunken, während es doch zweierlei Söhne Abrahams gibt! Ihr habt euch noch nie gefragt, wem ihr gleicht, ob ihr zu Ismael oder zu Isaak gehört, und euch noch nie sagen lassen, daß die wahren Abrahamskinder durch die Verheißung geboren werden und nicht Söhne einer Sklavin, sondern einer Freien sind. Nehmt ihr das Zeugnis des Gesetzes an, so wißt ihr, daß die rechten Kinder Abrahams so geboren werden, daß Gott nach seiner allmächtigen Gnade sie ins Leben ruft. Dann wäret ihr gläubig, und es wäre aus mit eurer eigenen Gerechtigkeit; dafür wäre die Verheißung des Christus der Eckstein eures Lebens, und ihr wäret frei. Ihr Gesetzesleute wollt auf andere Weise Abrahams Kinder sein, als Isaak es war, auf dem natürlichen Weg des Fleisches, weil ihr aus Abrahams Fleisch und Blut hervorgegangen seid, und als Knechte, also in der Weise Ismaels. Und doch sagt euch das Gesetz bündig, was solche Abrahamskinder vor Gott gelten. Doch ihr hört das nicht."

Bis hierher läßt Paulus direkt die Geschichte selbst reden. Isaak war eine Schöpfung der allmächtigen Gnade Gottes; das ist die Tatsache, die er den Verehrern des Gesetzes vorhält. Er legt bis hierher die Schrift nicht anders aus, als wie er zum Beispiel auch die Rechtfertigung Abrahams aus Glauben geltend macht, nämlich so, daß er aus der Geschichte die Lehre zieht, die in ihr enthalten ist. Die Tat Gottes zeigt, nach welcher Regel er verfährt. Daß nicht die Macht der Natur, nicht die Kraft des Fleisches, sondern die Verheißung Gottes und das Wort seiner Gnade Isaak gemacht hat, das ist ein Zeichen, das mit hellem Licht unser aller Stellung vor Gott beleuchtet und uns in die Bahn des Glaubens weist.

4,24: *Dies ist mit einem verborgenen Sinn gesagt. Denn sie sind zwei Bünde, der eine vom Berg Sinai her, der in den Knechtsstand gebiert; das ist Hagar.* Nun geht Paulus über die Geschichte Abrahams hinaus und verbindet sie mit dem, was nachher geschehen ist, so daß jene ein Spiegel wird, in dem der spätere Gang der Dinge sich bereits abzeichnet. Jene Geschichte und das spätere Walten Gottes stehen miteinander in Zusammenhang, so daß das, was hernach kam, dort bereits vorgebildet ist; das gibt der Geschichte Abrahams einen zweiten, tieferen Sinn. Wie kommt Paulus aber von den beiden Müttern im Haus Abrahams zu den beiden göttlichen Bünden, dem Alten und dem Neuen, durch die Gott der Menschheit kundtut, wie er sich zu ihr stellt und was er ihr gibt? Zweierlei Kinder Abrahams gab es nicht nur, als Abraham lebte. Auch jetzt stehen die beiden so gänzlich verschiedenen Arten von Kindern Abrahams nebeneinander. Immer wieder, zum Beispiel eben jetzt in Galatien, gibt es unter seinen Kindern Knechte und Freie, aus dem Fleisch und aus der Verheißung Geborene. Woher kommen diese zweierlei Kinder Abrahams? Daher, daß der Alte und der Neue Bund nebeneinanderstehen. Weil der Bund Gottes uns an den Ort stellt, an dem wir vor ihm stehen, darum vergleicht ihn Paulus mit der Mutter. Wie von der Mutter her das Kind seine Art und Stellung empfängt, so erhalten wir sie durch den Bund, in dem wir uns befinden. Ob ich ein Knecht oder ein Freier bin, ob ich auf die Weise des Fleisches oder durch die Verheißung mit Abraham verbunden bin, das hängt davon ab, ob der Alte oder der Neue Bund für mich gültig ist. Wie es einst zwei verschiedene Söhne Abrahams gab, weil es in seinem Haus zwei verschiedene Mütter gab, so gibt es jetzt zwei verschiedene Klassen von Kindern Abrahams, weil Gott zum Alten den Neuen Bund hinzugetan hat. Daran strauchelten die jüdischen Christen. Sie blieben beim Alten Bund Gottes, rühmten sich seiner und verachteten seinetwegen Gottes Neuen Bund. „Seht", sagt Paulus, „was in Abrahams Haus geschah! Hagar hat Abraham freilich einen Sohn geboren; aber dabei läßt es Gott nicht bewenden. Jetzt kommt erst noch die Stunde, in der auch Sara einen Sohn empfängt, und erst dieser ist das rechte Kind Abrahams vor Gott. Die beiden Frauen Abrahams bereiten euch darauf vor, daß auf den Alten Bund noch ein Neuer folgt und zu den Kindern, die im Alten Bund erzeugt werden, noch andere kommen, die die rechten Kinder sind."

Wie kommt es, daß es in Israel Knechte gab, die an der Freiheit keinen Anteil hatten? Das macht derjenige Bund, den Gott am Sinai gegeben hat. Das Gesetz kann keine freien Kinder gebären; es gleicht der Magd, die nur Unfreie gebären kann. Wer das Gesetz zur Mutter hat, wer also nichts anderes hat, als was das Gesetz ihm gibt, der bleibt ewig ein Sklave. Wir wissen schon aus manchem Wort des Briefs, in welchem Sinn und wie unentrinnbar das Gesetz in die Knechtschaft führt, und dies darum, weil es an die Fleischesart gebunden ist. Das Gesetz hob zwar eine heilige Gemeinde aus den übrigen Völkern heraus; aber sie war noch ein natürliches Gebilde, durch Blutsverwandtschaft mit Abraham verbunden, noch kein geistliches Gewächs, noch nicht das Werk der Gnade, die über der Natur und von ihr frei sich Kinder schafft. Darum ist das Gesetz vom Sinai die Hagar, eine Mutter von Knechten in der Kraft des Fleisches, und diese Hagar ist die Mutter vieler Kinder; sie stirbt nicht, und ihre Kinder sind ohne Zahl.

Auch die Lage des Sinai hebt der Apostel hervor, um aus Hagar das Abbild des Gesetzes zu machen. 4,25: *Hagar aber ist der Berg Sinai in Arabien.*[1] *Er steht aber neben dem jetzt bestehenden Jerusalem; denn es ist samt seinen Kindern Knecht.* Ismael wuchs in Arabien zum großen Volk heran; aber diese arabischen Kinder Abrahams schloß kein Jude in die Verheißung ein; sie standen ja gänzlich neben der heiligen Geschichte draußen. Nun hat aber Gott in Arabien, eben dort, wo der knechtische Sohn der Hagar wohnt, das Alte Testament verordnet. Israel empfing das Gesetz in der Heimat Ismaels. Vielleicht hat Paulus auch ein arabisches Wort „Hagar" im Sinn, welches Fels und Berggipfel bedeutet. „Hört nur", sagt er, „wie die Araber ihren Berg benennen." Was ihr vom Sinai bekommt, das habt ihr buchstäblich von der Hagar. So heißt ja der Sinai dort. Doch ist weder die Lage noch der Name des Berges der wesentliche Grund, weshalb das Gesetz eine neue Hagar ist; der wesentliche Grund liegt darin, daß das Gesetz so wenig als die Hagar ein freies Kind gebären kann. Zum Berg der Gesetzgebung fügt Paulus das jetzige Jerusalem hinzu, die Stadt, in der das Gesetz regiert. Der Sinai steht neben dem jetzigen Jerusalem, natürlich nicht auf der Landkarte, sondern in der inneren Verknüpfung der Geschichte nach der göttlichen Haushaltung. Am Sinai hat Gott geordnet, was das jetzige Jerusalem werden kann. Es war bestimmt, die Stadt zu sein, in der man Gott nach dem Gesetz dient, und empfängt deshalb nicht mehr, als was ihm das Gesetz verschaffen kann. Der Gesetzesbund, der Gesetzesberg und die Gesetzesstadt, dies alles steht auf derselben Lebensstufe. Dieselbe göttliche Ordnung gestaltet alle drei, und all dies hat in Hagar sein Ebenbild.

Auch Jerusalem ist eine Mutter. Diesen Fortgang des Bildes verstand jeder mit der Schrift Vertraute leicht. Die prophetischen Schriften vergleichen ja Jerusalem beständig mit einer Mutter, deren Kinder ihre Bürger sind. Jerusalem war das Herz und Zentrum Israels;

[1] Die alten Handschriften geben diese Worte verschieden. Entweder schrieb Paulus: Der Berg Sinai ist in Arabien; dann hat er nur auf die Lage des Berges hingewiesen, darauf, daß Israel das Gesetz nicht im Lande der Verheißung empfing. Oder Paulus schrieb: Hagar ist der Berg Sinai in Arabien. Dann denkt er an ein arabisches Wort Hagar.

dort besaß die alttestamentliche Gemeinde ihren Mittelpunkt, um den sie sich zusammenschloß. Die Gemeinde ist aber die Mutter ihrer Glieder; sie erzeugt sie in ihrem Schoß. Allein Jerusalem kann seinen Kindern nicht mehr geben, als es selbst hat; es überträgt den Knechtsstand auf alle, die von ihm herstammen. Es hat so wenig wie die Hagar je einen Freien geboren, je einem Menschen durch den Geist das Leben gegeben. Die wahrhaftigen Güter hat es nicht, und das ewige Leben blieb ihm fern; es ist nicht die Wohnung der echten Kinder Gottes, die zum Vater herzugerufen sind. Das Leben der alten Gemeinde ist ein Frondienst; sie müht sich mit der Satzung ab; ihr Gottesdienst ist ein Schatten, noch nicht Wahrheit, ihr Reichtum ein Bild, noch nicht Wesen und Kraft. Sie quält sich unter dem Gesetz der Sünde und unter dem Zepter des Todes. Sie dient und wartet, bis das Neue kommt. Wenn der Apostel von einem jetzigen Jerusalem spricht, so denkt er zugleich an ein künftiges, an eine künftige Stadt Gottes, in der die große Gemeinde Gottes versammelt ist. Diese wird im Frieden Gottes stehen, den Reichtum der göttlichen Gnade besitzen, Gott schauen und in der Fülle des ewigen Geistes leben. Diese ist frei. Doch der Blick in die Zukunft wird nur angedeutet. Der Apostel lenkt unseren Blick nicht von der Gegenwart ab. Es steht nicht so, daß es jetzt nur Kinder der Sklavin gäbe und erst künftig Kinder der Freien, als ob jetzt erst die Hagar vorhanden wäre und Sara noch nicht geboren hätte. Nein! Schon jetzt hat nicht nur Hagar Kinder, sondern auch Sara gebiert ein großes Geschlecht.

Wer sind Sara und ihre Kinder? Das sollen wir nun verstehen, nachdem uns die Hagar gezeigt worden ist, auch ohne daß alle Punkte der Vergleichung von Paulus aufgezählt werden. Sara ist der neue Bund Gottes, den uns Christus bringt, die Erfüllung der Verheißung in der Gnade des Christus. Dieser Bund erzeugt wie Sara durch göttliche Gnade und Gabe freie Kinder. Die Gnade des Christus macht frei; sie gibt das Leben durch den Geist, und das allein sind die echten Kinder Abrahams. Wo ist aber die Stadt, in der diese freie Gemeinde ihre Heimat und Vereinigung hätte? Das alte Israel hatte Jerusalem, und sein Herz hing an ihm. Nach Jerusalem schaute sein Auge bei jedem Gebet. Nach Jerusalem zu pilgern war sein Ruhm, und es wurde nicht müde, auf die Erhöhung Jerusalems zu hoffen. Die neue Gemeinde hat ihr Auge vom jetzigen Jerusalem abgewandt. Sie hat es fahrenlassen als eine Stadt, von der kein Stein auf dem anderen gelassen wird. Darum hat sie keine Stadt auf Erden mehr, sondern ist in der Welt zerstreut und verborgen. Ist sie nicht ärmer geworden als das alte Israel? Weil in diesem Stück die Kinder der Sara denen der Hagar nachzustehen scheinen, erläutert Paulus in seiner Vergleichung ausdrücklich diesen einen Punkt und zeigt auf die Stadt Gottes, die der Sara und dem Neuen Bund entspricht. 4,26: *Das Jerusalem aber, das droben ist, ist frei; das ist unsere Mutter* (Hebr. 11,10; 12,22; 13,14; Offenb. 21,2; Phil. 3,20). Vom jetzigen Jerusalem ging der Blick zunächst hinaus auf das Jerusalem, das künftig ist. Aber das künftige ist bei Gott schon gegenwärtig. Es ist droben, das jetzige ist drunten. Das künftige ist das himmlische. Für uns ist es deshalb erst zukünftig, weil wir noch von ihm geschieden sind durch den festen Verschluß, der uns in unserer irdischen Natur festhält und alles Himmlische uns unsichtbar macht. Aber über unserer niederen Region ist nicht Leere und Öde; denn Gottes Nähe ist nicht leer. Er wohnt in einer großen Stadt, die lauter Leben ist, inmitten unendlicher Werke, die ihm, dem ewigen Gott, entstammen, unter unzählbaren Kindern, für die er viele Wohnungen hat. Dort ist das wahrhaft königliche Haus seines Gesalbten und derer, die ihm untergeben sind; dort ist der rechte Tempel, in dem seine echten Priester ihm dienen. „Was ihr verlassen habt", sagt Paulus, „als ihr Jerusalem fahrenließt, das ist nur das niedere, auf die Erde verpflanzte Bild der himmlischen Stadt." In dieser Stadt Gottes ist die Freiheit daheim; sie ist unsere Mutter. Von ihr stammt unser Leben. Denn Christus kommt von oben und bringt uns das himmlische Gut. Von oben herab wird der Glaube in uns geboren und der Geist uns geschenkt.

So hat Gott gehandelt nach dem prophetischen Wort. 4,27.28: *Denn es ist geschrieben: Freue dich, Unfruchtbare, die du nicht gebarst; hebe an und rufe, die du keine Wehen hattest! Denn zahlreicher sind die Kinder der Einsamen als die jener, die den Mann hat* (Jes. 54,1). *Ihr aber, Brüder, seid nach Isaaks Weise Kinder der Verheißung.* Der Prophet beschreibt zwei Frauen, die eine unfruchtbar, kinderlos und ohne Mann, die andere mit Mann und Kindern beschenkt. Aber nicht diese ist die glückliche und kinderreiche, sondern der selige Jubel und die große Kinderschar fällt der zu, die unfruchtbar und einsam war. So ging es im Haus Abrahams: Hagar gebar, als Sara noch ohne Hoffnung war. So ging es mit den beiden Bünden Gottes: Das Gesetz kam, ehe der Herr der Verheißung erschien. So ging es zur Zeit des Propheten: Das alte, reiche, blühende Jerusalem ging unter, und die kleine, arme, gefangene Schar in Babylonien wurde Gottes Volk. So ging es zu Jesu Zeit: Das große, stolze Israel der Hohenpriester und Schriftgelehrten sank dahin, und aus der kleinen, verachteten Jüngerschar wurde das ewige Reich und große Volk Jesu. Überall geht das Irdische dem Himmlischen zunächst voran und überdeckt es mit seinem Schatten. Es scheint groß und stark, und das, was von oben kommt, scheint arm und klein, eben weil es seine Kraft und seinen Reichtum noch droben hat. Allein hier gilt im höchsten Sinn, daß man den Tag nicht vor dem Abend loben soll. Der Ausgang macht offenbar, was von unten und was von oben ist. Groß und stolz stand damals noch Jerusalem auf Erden; es rühmte sich, die Stadt Gottes zu sein, und verachtete die, die Jesus dienten. Die jüdischen Christen in Galatien urteilten ebenso. Auch ihnen erschien die Gemeinde, die sich auf Geist und Glauben gründete, als eine arme, unfruchtbare und verlassene Frau. Darum beredeten sie die Heidenchristen, sich nach der irdischen Stadt umzusehen als nach ihrer Heimat und Burg. Es gilt aber, nach dem Wort der Schrift die verlassene Mutter für seliger zu halten als die stolze und den Glauben an Christus festzuhalten; denn, was durch ihn von oben kommt, ist größer als das, was von unten ist, und Gott wird denen die Herrlichkeit und Freude geben, die durch den Geist im Glauben wandelten.

Den Spott und Trotz derer, die suchen, was auf Erden ist, zeigt uns die Schrift schon in Abrahams Haus. 4,29: *Aber wie damals der, der nach der Weise des Fleisches geboren wurde, den verfolgte, der es nach der Weise des Geistes war* (1. Mose 21,9), *so geschieht es auch jetzt.* Gleich als die Nachkommenschaft Abrahams sich zu spalten begann, entstand zwischen beiden Teilen Streit. Ismael merkte nichts von der Würde und Größe, die Isaak dadurch zuteil wurde, daß er nicht auf dem Wege des Fleisches, sondern des Geistes geboren war. Durch den Geist entstand sein Leben; denn der Grund seiner Geburt war die Verheißung Gottes, die durch Geist in das

Herz seiner Eltern geschrieben wurde, so daß sie Glauben fand, und die durch die belebende Macht des göttlichen Geistes auch zur Erfüllung kam. Aber Ismael beugte sich nicht vor der Hoheit des göttlichen Waltens, für das er kein Auge besaß. Wie Geist und Fleisch allezeit widereinander sind, so auch damals. Das wiederholt sich jetzt wieder in den Gemeinden. Die, die doch nur fleischliche Kinder Abrahams sind, schelten die im Glauben und Geist Lebenden: „Ihr seid ja bloß gläubig; ihr seid nicht beschnitten; beschneidet euch!" Aber die Schrift zeigt schon an Ismael den Ausgang dieses Kampfes. 4,30: *Aber was sagt der Spruch? Vertreibe die Magd und ihren Sohn! Denn der Sohn der Magd soll nicht mit dem Sohn der Freien erben* (1. Mose 21,10). Ohne Erbe werden die Magd und ihr Sohn weggetrieben. Das wird allen Abrahamskindern begegnen, die sich auf ihr Fleisch verlassen. Denn die Herrschaft Gottes erlangen nur die, die durch den Geist für Gott geboren sind.

Wo haben wir nun unseren Platz? 4,31: *Deshalb sind wir, Brüder, nicht Kinder der Magd, sondern der Freien.* Das gnadenreiche Wort Gottes hat uns zu Kindern gemacht, und darauf allein stützen wir uns. Um seiner Verheißung willen werden wir nicht mit der Sklavin hinausgestoßen, sondern Gott hat uns herzugerufen, damit wir seine himmlische Gabe empfangen. Deshalb sind wir nicht mehr mit der Magd, dem Gesetz, dem irdischen Jerusalem verbunden; wir gehören der Freien, dem Bund des Christus und der wahrhaftigen, im Himmel gegründeten Gemeinde an. Das ist der Platz, den Jesus uns verliehen hat.

Das ganze Gemälde hatte mit jedem Zug für die galatischen Gemeinden ergreifende Wahrheit. „Ihr strebt danach, Abrahams Kinder zu sein. Gut! Aber besinnt euch doch: Was wollt ihr werden, ein Ismael oder ein Isaak? Ihr wendet euch zum Sinai; das ist Ismaels Land. Ihr heißt das Gesetz die Verfügung Gottes; ja, die, die in die Knechtschaft führt. Ihr erkauft euch um einen schweren Preis das Bürgerrecht im jetzigen Jerusalem; das ist die dienende Magd. Ihr habt nicht genug an der Verheißung Gottes; sie hat Isaak geschaffen und schafft alle freien Kinder Gottes. Ihr verachtet den Bund der Gnade; es ist der Bund, der Freiheit gibt. Ihr verleugnet den Geist, der Glauben wirkt; in der Macht des Geistes wurde Isaak geboren. Ihr stört die Glaubenden auf ihrem Weg und sprecht ihnen das Erbe ab; eben dies tat Ismael, aber es gelang ihm nicht. Denn das Fleisch verwelkt, und was von unten ist, vergeht; was aber von oben ist, bleibt." Diese Auslegung der Patriarchengeschichte war keine Spielerei, sondern voll durchdringender Wahrheit, ein erlösendes Wort gegenüber allen Zweifeln und Verwirrungen, die die Gemeinden aus dem Glaubensweg hinauslockten.

Kapitel 5,1-12

Das Urteil über das falsche Evangelium

Paulus faßt nun die Ergebnisse aus der bisherigen Ausführung zusammen. Er hat uns das Amt Jesu dargestellt, ebenso die Aufgabe des Gesetzes in der Haushaltung Gottes. Jetzt können wir den Weg deutlich erkennen, auf dem wir uns zu bewegen haben. 5,1: *Zur Freiheit hat uns Christus befreit. Darum steht fest, und tragt kein Joch der Knechtschaft mehr!* Unsere Befreiung ist das Werk Jesu und soll von uns als seine Gabe geschätzt werden. Er hat uns die Freiheit dazu verschafft, damit wir sie besitzen und gebrauchen, nicht aber verachten und preisgeben. Nun haben wir aufrecht zu stehen und auf Jesu Gabe niemals zu verzichten. Es steht nicht mehr in unserer Willkür, ob wir unsere Freiheit schirmen und lieber knechtisch uns beugen wollen. Diese Frage ist für alle Fälle dadurch entschieden, daß Christus uns frei gemacht hat. Nun darf ich nichts und niemand mehr über mich Herr werden lassen und mich vor keiner Satzung beugen, als wäre sie ein unwandelbares Heiligtum und eins mit Gerechtigkeit; ich darf mich keinem Menschen unterstellen, als hinge an ihm mein ewiges Leben, und darf mich durch keine Furcht und durch keine Lust fesseln lassen; ich habe den festen Stand zu behaupten, in dem ich, meiner selbst mächtig, beruhigt und fest, keines anderen bedarf als des Christus, der mich zur Freiheit erhoben hat.

5,2: *Seht, ich, Paulus, sage euch, daß Christus, wenn ihr beschnitten werdet, euch nichts helfen wird.* Weil dies ein kühnes Wort ist, setzt Paulus seinen Namen davor: Ich stehe dazu; daran setze ich meine Person. Das Wort ist kühn; denn es verwirft alle trüben und gemischten Formen der Frömmigkeit, die das Gesetz und Christus vermengen, ganz und gar. Es stellt die Gemeinden vor eine Wahl. Hier gilt nicht: Viel hilft viel, je mehr Arznei, desto mehr Heilung, ein wenig Gesetz und ein wenig Glaube, ein Stück Gnade und ein Stück eigenes Werk, ein wenig Rechtfertigung durch Gott und ein wenig eigene Heiligung. Denn unsere Heilung besteht darin, daß wir aus unserer Zwiespältigkeit zu einem einheitlichen, geschlossenen Verlangen gebracht werden; dazu kommt es aber nur dann, wenn uns Christus der Eckstein geworden ist, dem wir uns und unser Geschick für jetzt und für immer anvertrauen. Paulus macht die Regel geltend, die Jesus mehrfach ausgesprochen hat: Du wirst Gott und Christus so finden, wie du ihn behandelst. Die Erwartung, die du auf ihn gründest, wird das Maß seiner Gabe. Du tust, als sei Christus nicht da – so ist er für dich nicht da. Du meinst, du müssest dir selbst helfen, weil Christus dir doch nicht helfe – so wird er dir nichts helfen. Du hältst sein Kreuz nicht für genugsam zur Vergebung der Sünden – so ist es dir nicht genug, und deine Sünde bleibt. Umgekehrt, du achtest ihn für deine Hilfe und Errettung und Gerechtigkeit – so wird er dir werden, was du bei ihm suchst. Du kannst ihn haben, wie du willst, hart oder barmherzig, nah oder fern, reich an Hilfe und Gabe oder verschlossen und unerbittlich. Denn er hat unserem Verlangen und Bitten die Macht gegeben, seine Gabe zu uns heranzuziehen oder von uns wegzustoßen. Darin besteht die Kraft des Glaubens, uns zu erretten, darin zugleich die Kraft unseres Unglaubens, uns zu verderben. Hätte Paulus nicht scharf vom Unglauben geredet, so hätte er auch nicht herrlich vom Glauben sprechen können. Er durfte den Gemeinden nicht sagen: „Laßt ihr euch beschneiden, so schadet es nicht viel." Er hätte dadurch die Kraft und Wahrheit des Glaubens verleugnet. Nicht die äußere Handlung, der Schnitt in den Leib, macht Christus unnütz. Das Äußere ist hier gleichgültig. Die Galater hätten die Beschneidung in der Unterwerfung unter das Gesetz an sich vollziehen lassen, in der Meinung, damit Gott zu dienen und sich durch eigene Gerechtigkeit das Himmelreich zu verdienen. Darum war eine solche Beschneidung eine wichtige Sache und, weil sie mit der Geringschätzung Jesu verbunden war, verderblich. Lag keine Verachtung Jesu darin, stand es auch bei der Beschneidung fest, daß Christus der allgenugsame Weg zum Vater und eines ganzen Glaubens wert ist, dann war es auch Paulus möglich, jemand zu beschneiden. So hatte er mit Timotheus getan (Apg. 16,3), um ihm den Verkehr mit den Juden zu erleichtern. In diesen Dingen gibt das Innere dem Äußeren seine Wichtigkeit.

5,3: *Ich bezeuge nochmals jedem Menschen, der beschnitten wird, daß er schuldig ist, das ganze Gesetz zu tun.* Mit leichtem Herzen faßt der Mensch das Gesetz an, ohne Sorge, ob er es auch halten wird. Das hat er gar nicht im Sinn; er will sich nicht ernstlich verpflichten lassen. Er gelobt ohne Bedenken, weil er nicht daran denkt, sein Gelübde zu erfüllen. Aber dabei täuschen wir uns. Wir sind nun Schuldner, verpflichtet, das Gesetz zu tun. Es ist uns nun wirklich ein Gesetz. Wir haben es zu unserem Herrn geheiligt und können es nicht mehr abschütteln. Wir können mit den göttlichen Ordnungen nicht spielen, so daß wir das Gesetz auch wieder auf die Seite schieben könnten, wie wir Christus auf die Seite schoben; wir werden hier behaftet. Das Gesetz wird seine Mißachtung an uns ahnden. Und zwar sind wir dem ganzen Gesetz gegenüber Schuldner geworden. Wir zwar denken nur an ein Stück des Gesetzes; Gott denkt an das ganze. Wir wählen uns einiges aus, was uns groß und rühmlich scheint; wir haben aber hier nichts auszuwählen, sondern ganz zu gehorchen und werden nach dem Gesetz Gottes gerichtet werden, nicht nach unserem eigenen Gesetz, das wir uns selbst erfunden haben. Und auch das letzte Wort hat sein ernstes Gewicht: „Ihr seid Schuldner, das Gesetz zu tun." Ja, tun! Hier beginnt die Schwierigkeit; das Widerstreben unserer Seele gegen Gottes Gesetz bricht hervor, und unsere Ohnmacht kommt ans Licht.

5,4: *Ihr seid von Christus geschieden und abgetan, die ihr durch das Gesetz gerechtgesprochen werdet. Aus der Gnade seid ihr herausgefallen.* Das ist das Ergebnis, zu dem der gesetzliche Übermut gelangt. Er fährt hoch einher, fühlt sich voll von Kraft und zu jedem Werk geschickt. Er meint, er werde gerechtfertigt werden, ohne daß er etwas anderes braucht als das Gesetz. Aber damit ist der Mensch von Christus getrennt, in dem er doch allein bestehen kann und Kraft zu allem Guten hat. Ohne Christus wird er arm. Er meint emporzusteigen; aber er hat sich der Gnade Gottes entschlagen; so hält sie ihn nicht mehr, und er fällt aus ihr heraus. Diese Worte wollen die Gemeinden mit gewaltigem Griff aus ihrer Verblendung herausreißen. Sie wünschen, auch nach der Annahme der Beschneidung die Hilfe Jesu zu genießen. „Nein, er hilft euch nichts! Ihr laßt ihn fahren.“ Sie wünschen nicht, das Gesetz ganz und für immer zu halten. „Doch, ihr müßt es halten! Wollt ihr Christus nicht fahrenlassen, dann faßt ihn ganz! Wollt ihr das Gesetz nicht halten, so laßt es ganz!“

Der Christenweg ist von anderer Art, und eben, weil er anders beschaffen ist, gelten die vorangehenden Warnungen. 5,5: *Denn wir warten durch den Geist aus Glauben auf die Hoffnung der Gerechtigkeit.* Um Gerechtigkeit zu gewinnen, eilen die jüdischen Christen zum Gesetz. „Wir“, antwortet Paulus, „sind nicht in Unsicherheit über sie. Wir wissen, wie wir zu ihr stehen. Sie ist unsere Hoffnung, auf die wir warten.“ Das ist der klare Gegensatz sowohl zum Übermut als zur Angst der jüdischen Christen. Sie sind unruhig, häufen Gebot auf Gebot, Werk auf Werk, damit sie die Gerechtigkeit erjagen. Wer weiß, ob sie ihnen nicht entrinnt? „Nein“, sagt Paulus, „so halten es die nicht, die Christus kennen.“ Ihnen ist die Gerechtigkeit zur gewissen Hoffnung geworden, und sie warten auf sie. Aber ebenso steht solches Hoffen der Zuversicht entgegen, mit der die jüdischen Christen – im Wechsel mit ihrer Unruhe und Angst – die Gerechtigkeit in ihren eigenen Werken suchen. „Wir“, sagt Paulus, „erwarten sie aus Gottes Hand. Wir sehen auf zu dem, der allein durch seinen Spruch uns Gerechtigkeit verleihen kann, wenn wir vor seinem Thron stehen, und sie uns verleihen wird, weil er uns nach seiner Gnade mit sich verbunden hat“. Statt des Wechsels zwischen Angst und Übermut durchdringt sich im Christenwandel beides: die Demut, die das Auge nicht auf der eigenen Person ruhen läßt, und die freudige Ruhe, die unsere Gerechtigkeit als unser Erbe in der Hand Jesu geborgen weiß. Warum ist dieses Hoffen so verschieden von dem jener jüdischen Männer? Es steht auf einem anderen Grund: auf Geist und Glauben, nicht auf dem Gesetz und dem eigenen Werk. Unsere Hoffnung hat Bestand, weil der Geist sie in uns entzündet hat. Er hat uns zum Glauben an Jesus gebracht und hat uns getrieben, daß wir das Werk Jesu als für uns getan ergreifen, sein Kreuz und seine Auferstehung als für uns geschehen umfassen. Darum warten wir auf seine Erscheinung und sind gewiß, daß sie uns die Krone der Gerechtigkeit bringen wird.

Wer durch den Geist Gottes aus Glauben hoffen gelernt hat, dessen Hoffnung auf die Gerechtigkeit ist lebendig und sucht nicht mehr nach Krücken im Gesetz und Werk.

Alle diese äußerlichen Stützen taugen nichts. 5,6: *Denn im Christus Jesus hat weder die Beschneidung noch die Vorhaut irgendwelche Kraft, sondern Glaube, der durch Liebe wirksam wird* (6,15; 1. Kor. 7,19). Für die Verbundenheit mit Christus trägt weder die jüdische noch die heidnische Art und Sitte etwas aus. Alle diese Dinge werden deshalb für uns bedeutungslos. Sie verbinden uns nicht mit ihm und trennen uns nicht von ihm. Durch Christus ist uns einzig der Glaube zur Kraft und zum Lebensquell, zum Bund mit Gott und zum Anteil an seinem Reich gemacht. Weil er uns mit Christus verbindet, wird er zum Grundakt unserer ganzen Existenz. An ihm hängt unser Wachstum und Fortschritt; aus ihm fließen uns alle neuen Gaben; er erhält unsere Gemeinschaft mit Christus und mit Gott lebendig; er bringt einst auch unsere Hoffnung auf die Gerechtigkeit zur Erfüllung vor Jesu Thron. Damit wir die Allgenugsamkeit des Glaubens sehen und nicht meinen, wir müßten ihn mit Gesetz und Gesetzeswerk ergänzen, schaut der Apostel auf die Wirkung hin, die der Glaube in uns schafft. Er könnte nicht das einzige sein, was uns not tut, wenn er uns untätig ließe, unfähig, die Aufgabe auszurichten, die uns unter den Menschen gegeben ist. Aber der Glaube hat eine Kraft bei sich, durch die er tätig wird; das ist die Liebe. Sie ist mit dem Glauben verbunden, weil er aus der Gewißheit der göttlichen Liebe entsteht und aus der Liebe Gottes auch in uns die Liebe geboren und genährt wird. Die Liebe aber ist ein tätiger Wille. Sie findet stets Ziele und Mittel zum Werk. Durch sie macht uns der Glaube tüchtig, den gütigen Willen Gottes in unserem Leben redlich auszurichten. Solcher Glaube hat Kraft im Christus vor Gott. Wer ihn erkannt hat, schätzt ihn über alles; er begehrt nichts anderes zu haben als Glauben und wünscht, nichts mehr zu sein als gläubig und im Glauben die nie verwelkende Wurzel der Liebe zu haben und in der Liebe die unermüdliche Kraft zu jedem guten Werk.

So sind die verschiedenen Wege, zwischen denen die Gemeinden schwanken, deutlich gekennzeichnet; dort der jüdische Irrweg mit seinem Ruin, hier der Christenweg des Glaubens an Christus, durch den wir die Hoffnung und die Liebe empfangen. Daß die Gemeinden sich verwirren ließen, macht ein Strafwort nötig sowohl an sie als besonders an ihre Verführer. 5,7: *Ihr liefet gut. Wer hat euch gehindert, daß ihr der Wahrheit nicht gehorcht?* Immer denkt sich Paulus den Christenstand als ein lebendiges Streben, das alle Kräfte in Bewegung setzt dem Ziel entgegen, das als leuchtende Hoffnung vor den Glaubenden steht. Darum liegt ihm das Bild vom Wettlauf nahe, das ja den zielstrebigen Eifer anschaulich beschreibt. Den Galatern ist es gegangen wie einem Wettläufer, der seinen Lauf zwar vortrefflich begann, dann aber sich aufhalten ließ und nicht mehr vorwärts kommt. So verscherzt er den Siegespreis. Die Galater wurden aufgehalten; denn sie gehorchen der Wahrheit nicht. Sie kennen sie, lassen sich aber nicht mehr von ihr leiten, und doch ist es die Majestät der Wahrheit, daß sie nicht nur unsere Gedanken, sondern uns ganz regieren will. Daß wir die Wahrheit, die uns gegeben ist, nicht zu ihrem Ziel kommen lassen, ist unsere Bosheit und Schuld. Es läßt sich wohl zur Entschuldigung der Galater sagen, daß sie überredet und bearbeitet worden sind. Aber wirklich entschuldigt sind sie damit nicht. Denn dieser betörenden Bestürmung steht der Ruf entgegen, der von Gott an sie ergeht. 5,8: *Die Überredung ist nicht aus dem, der euch ruft.* Die Gemeinden hätten geübte Sinne haben sollen, um den göttlichen Ruf von diesem betörenden Geschwätz zu unterscheiden. Gott rief sie ja nicht nur früher einmal; er ruft sie auch jetzt. Sein Ruf erreicht sie durch Jesu Wort; solange dieses zu ihrer Seele spricht, solange hören sie den Ruf Gottes, der ihnen die Wahrheit bringt, der sie willfahren sollten. Von diesem Ruf sich abbringen lassen heißt, sich aus der Rennbahn weglocken lassen und auf den Siegespreis verzichten.

5.9: *Ein wenig Sauerteig durchsäuert den ganzen Teig* (1. Kor. 5,6; Matth. 16,6; Luk. 12,1). Der Zahl nach waren die Vertreter der jüdischen Gedanken noch in der Minderheit. Hielten die Gemeinden aber deshalb die Vorgänge bei ihnen für ungefährlich, so wäre dies ein schädlicher Leichtsinn; sie vergäßen, daß auch der Sauerteig nur eine kleine Masse ist und doch seinen Geschmack auf den ganzen Teig überträgt. Mit unwiderstehlicher Macht erfaßt die Gemeinschaft alle ihre Glieder, gibt ihnen ihre Gedanken und lenkt ihren Willen, allen zur starken Hilfe, wenn die Gemeinschaft der

Wahrheit gehorcht, allen zur schweren Versuchung, wenn sie die natürliche Begehrung über sich regieren läßt. Das verleiht der Zucht, unter die wir unser gemeinsames Leben zu stellen haben, den tiefen Ernst; denn wenn der Gemeinschaft das klare Urteil und die tapfere Entschlossenheit fehlt, die dem Bösen widersteht, so bereitet sie allen ihren Gliedern die ernsteste Gefahr. Da sich aber in den galatischen Gemeinden erst wenige von Jesus schieden, fürchtet Paulus für sie noch nicht das Schlimmste. 5,10: *Ich habe zu euch im Herrn die Zuversicht, daß ihr auf nichts anderes bedacht sein werdet. Der aber, der euch verwirrt, wird das Urteil tragen, wer er sei.* Paulus schöpft aus Christus für die Mehrzahl der Gemeinde die Zuversicht, daß sie sich von ihm weisen lassen wird. Anders verhält es sich mit dem oder denen, die in der Gemeinde die Verwirrung anrichten. Das sind Versündigungen, die nicht vergeben werden.

Dem, der die Gemeinde verwirrte, hält Paulus noch eine seiner Verleumdungen vor, die nicht unwiderlegt bleiben soll. 5,11: *Ich aber, Brüder, wenn ich noch die Beschneidung verkünde, warum werde ich noch verfolgt? Also ist das Ärgernis des Kreuzes abgetan.* In der Christenheit ließ Paulus nirgends zu, daß ein Jude seine Kinder nicht beschneide, sondern verlangte von allen gläubigen Juden, daß sie die Gemeinschaft mit ihrem Volk bewahren. Mit einer leichten Verschiebung ließ sich daraus der Satz ableiten, daß auch er noch die „Beschneidung predige" und daß es auch nach seinem Urteil ganz unbedenklich sei, wenn sich die Christenheit mit der Judenschaft verschmelze. Jedermann sah den großen Gewinn, den eine solche Politik der Kirche sofort eintrug; denn damit hörte mit einem Schlag die Verfolgung der Kirche durch die Judenschaft auf, die ihrer Ausbreitung überall die schwersten Hemmungen bereitete. Freilich, antwortet Paulus, könnte er jeden Augenblick der Verfolgung, die er leidet, ein Ende machen, sowie er auch seinerseits als Herold der Beschneidung aufträte. Dann wäre er allen Juden lieb, und sie würden auch seinen Glauben an Christus stillschweigend dulden, wenn er nur nicht am Gesetz rüttelte, weil ihnen dann sein Glaube ungefährlich schiene. Aber er ließ keines der jüdischen Heiligtümer neben Christus gelten und zerstörte den Vorzug, den die Juden sich aus dem Gesetz bereiten wollten; er stellte den Juden ganz so wie jeden Heiden vor das Kreuz Jesu, damit er hier Erlösung und Gerechtigkeit empfange. Darum wurde er mit unermüdlichem Haß von Ort zu Ort verfolgt. Damit ist aber auch der Beweis geführt, daß Paulus mit nie schwankender Klarheit und Entschlossenheit einzig die Botschaft Jesu verkündigt und seiner Gnade nicht auch noch die Beschneidung zugesellt hat. Denn das Ärgernis des Kreuzes führte ihn in diesen Kampf. Der Jude eiferte nicht nur deshalb gegen das Kreuz Jesu, weil es das Gegenteil zur Herrlichkeit und Herrschaft des Gesalbten ist. Das Anstößigste und Bitterste war ihm der Vorwurf, den das Kreuz gegen Israel erhebt. „Wir, Gottes heiliges Volk, sollen unseren König gekreuzigt haben! Wo bleibt da unsere Gerechtigkeit? Wo unser Dienst am Gesetz?" „Gewiß", sagt Paulus, „aller Ruhm Israels ist dahin und alle eure Gerechtigkeit begraben mit Jesu Kreuz! Das Gesetz ist als der Weg zu Gottes Zorn und Fluch erwiesen, und erwiesen ist es, daß, wer unter dem Gesetz steht, einer Erlösung bedarf." Diesen Stein des Anstoßes konnte niemand wegheben. Gott selbst hatte dieses Ärgernis in der Welt aufgerichtet, damit alle dagegen anlaufen, die sich nicht vor dem Kreuz beugen wollten. Das würde freilich alles anders, wenn Paulus noch Gesetz und Beschneidung predigte. Dann bliebe der Mensch, der zum Glauben an Jesus hinzu sich beschneiden läßt, trotz des Kreuzes ein großes und ruhmwürdiges Wesen, und die Glieder Israels behielten ihren Ehrenplatz; sie könnten sich noch immer im Glanz der göttlichen Gunst sonnen und sich an ihrer Anwartschaft auf das Reich Gottes ergötzen; und wären nicht von seiner Beschneidung weg zum Kreuz Jesu gewiesen, damit sie sich aus der Knechtschaft unter dem Gesetz loskaufen lassen. So bestände kein Grund mehr, den Apostel wegen der Verkündigung des Todes Jesu zu verfolgen. Aber das Kreuz Jesu zu verschweigen geht nicht an. Es muß vor aller Welt Augen hoch aufgerichtet sein, mag daran fallen, was fallen will. Deshalb gehört es zum Beruf des Paulus, beständig Verfolgung zu leiden. Das Kreuz Jesu ist das Zeichen Gottes voller Gnade und Wahrheit; es muß bleiben, wie es ist.

Paulus ist gebunden; er kann nicht anders lehren. Dafür sind seine Leiden der Beweis. Warum sagt er das hier? Weil er soeben die Verführer der Gemeinde mit dem Gericht Gottes getroffen hat. Als er den Fluch über jeden, der sein Evangelium verkehrt, an den Anfang des Briefes stellte, fuhr er fort: „Ich kann nicht den Menschen gefällig sein, ich bin ein Knecht des Christus" (1,10). Hier, wo er das Urteil über die spricht, die die Schwankung in die Gemeinden tragen, spricht er wieder aus: „Ich kann nicht anders." Sie fallen am Ärgernis des Kreuzes. Das kann kein Mensch ändern. So wenig Paulus selbst der Verfolgung weichlich aus dem Wege gehen darf, so wenig kann er mit den Verführern der Gemeinde zärtlich reden. Seine Leiden sind der Beweis, daß er nicht für sich selbst eifert. Er ist gebunden an die Wahrheit Gottes und darf Christus nicht anders predigen, als er ist. Sein Kreuz muß als das Ende des Gesetzes und alles Eigenruhms offenbar bleiben.

5,12: *Würden doch die, die euch unruhig machen, auch abgeschnitten werden.* Weil der Apostel denen, die sich am Ärgernis des Kreuzes stoßen, nicht mehr helfen kann, bleibt ihm nur der Wunsch übrig, daß das Gericht Gottes bald und offenkundig über sie komme, den Gemeinden zum Schutz.

Kapitel 5,13-25

Wie die Glaubenden handeln

Was Paulus uns bisher über den Glauben gesagt hat, bedarf noch in einem wichtigen Punkt der Ergänzung. Er hat uns gesagt: „Ihr habt euch durch das Gesetz im Glauben an Christus nicht stören zu lassen, sondern auf ihn euer Vertrauen zu setzen; in ihm seid ihr Gottes Kinder." So führt er unser Streben in die Ruhe und den Frieden. Das ist die eine, wesentliche Seite am Christenstand, aber nicht die einzige. Wir haben unser Werk in der Welt auszurichten, und wie das geschieht, ist eine Lebensfrage im vollen Sinn des Worts. Darum erinnert Paulus die Gemeinden daran, wie das Christenleben sich im Verkehr mit den Menschen und der Welt gestaltet. Am inneren Frieden des Glaubens und der Einigung mit Gott wird dadurch nichts abgebrochen. Vielmehr findet der Glaube darin, daß wir mit Gott nun auch in der Welt den rechten Stand gewinnen, seine Bewährung. Wir dürfen in diesen Schlußworten nicht nur einen Anhang und Nachtrag zum übrigen Brief sehen; sie sprechen vielmehr das Ziel aus, dem alles Frühere dient, und zeigen die Frucht, die durch die Gabe Gottes in unserem Werk reifen soll.

5,13: *Denn ihr wurdet um der Freiheit willen berufen, Brüder; nur macht die Freiheit nicht zum Antrieb für das Fleisch, sondern seid durch die Liebe einander dienstbar* (1. Petr. 2,16). Auch die Freiheit hat ihre Gefahr. Nichts entbindet uns von der Wachsamkeit. Wie wir unter dem Gesetz der Macht der fleischlichen Triebe verfallen, so besteht auch die Gefahr der Freiheit darin, daß ich sie als Anlaß benütze, um den fleischlichen Willen zu entbinden und zur Erfüllung zu bringen. Ich kann mich am Gesetz überheben, daß ich mir groß, stark und reich vor Gott erscheine. Aber ich kann auch an der Freiheit meine Hoffart nähren, daß ich emporsteige, entladen von meinen Bürden, hinauf in die verwegene Sicherheit, und aus meinem Glauben einen Übermut mache, der trotzig spricht: „Wo sind meine Sünden? Wo ist das Gericht Gottes und die Furcht? Was fehlt mir noch? Ich bin ja frei!" Ich kann mich mit dem Gesetz in meiner selbstischen Art versteifen: „Ich selbst will, ich selbst wirke, ich selbst bin gerecht." Aber auch an der Freiheit kann ich dadurch fallen, daß mein Blick sich eitel in mir selbst verfängt und ich spreche: „Meine Meinung, mein Wille, mein Werk muß gelten; ich bin ja frei!" Ich erlebe am Gesetz, wie das sinnliche Begehren sich an ihm entzünden kann. Ich kann auch an der Freiheit erleben, daß in ihr die niedrige Lust entbrennt, daß ich sie gewähren lasse, als wäre sie ein unschuldiges Spiel, und spreche: „Ich bin ja frei", bis sie mit umstrickender Gewalt über mein Haupt hinausgewachsen ist.

Soll uns die Freiheit nicht schädlich sein, so müssen wir sie dazu gebrauchen, daß wir zwischen uns die Verbundenheit herstellen, die aus der Liebe erwächst. Es gibt eine dienstbereite Untertänigkeit, die der aus dem Geist stammenden Freiheit nicht widerspricht und ihr nicht hinderlich, vielmehr mit ihr eins und ihre Verwirklichung ist. Wenn wir in der Liebe unsere Arbeit den anderen widmen, so machen wir uns ihnen zu Knechten. Wir stellen ihr Wohl über unser Wohl und machen ihr Bedürfnis zur Richtschnur unseres Handelns. Das ist nicht möglich ohne den Verzicht auf unsere eigenen Meinungen und Neigungen. Allein diese Dienstbarkeit ist weder erzwungen noch unfroh. Vielmehr ist es das Wesen der Liebe, daß unser eigener Wille und die Lust unserer Seele sich auf das richten, was die anderen stärkt. Ebensowenig ist diese Liebe eine Fesselung unserer

Kraft in Armut und Ohnmacht. Vielmehr entfaltet solches Dienen die uns verliehenen Kräfte und bringt sie zu unvergänglicher Frucht. Die im Geist begründete Freiheit macht uns los von allem, was uns hemmt. Aber sie führt uns nicht aus der Gemeinschaft miteinander hinaus. Sie isoliert uns nicht, sondern hält uns verbunden. Jedes Glied wird mit eigener selbständiger Lebensfrische begabt, nicht damit das Ganze in Trümmer zerfalle, sondern damit das Ganze ganz lebendig und kräftig sei. Dazu bin ich selbst in die großen Rechte eines Freigewordenen eingesetzt, damit ich als ein starker und tüchtiger Diener allen untergeben sei. Nur dann ist solch eine Untertänigkeit schwer und schmerzlich, wenn sie nicht nach der Regel „Seid einander dienstbar" geordnet werden kann, wenn ich dem in der Liebe dienen muß, der mir zu dienen seinerseits nicht willig ist, ja nicht einmal von mir sich dienen lassen will, weil er selbst nicht in der Freiheit des Geistes steht, sondern ein Sklave seines Fleisches ist. Liebe zu erweisen, ohne Liebe zu empfangen, und dem zu dienen, der sich nicht dienen lassen will, das ist freilich ein schmerzliches Geschäft. Dann quält die Sünde der anderen auch uns. Wenn aber die Sünde die Gemeinschaft nicht zerreißt, in der wir nach Gottes Ordnung verbunden sind, wenn wir alle im selben Geist zur Freiheit und so auch zum Dienen geführt sind, dann ist der Dienst leicht. Denn wir empfangen ihn ebensogut, als wir ihn geben, und werden selbst getragen, gefördert und gehoben, wie wir mit unserer Gabe die anderen tragen und erheben. All die scheinbare Befriedigung, die wir unserer Eitelkeit und Trägheit versagen müssen, wird so im Dienst der Liebe überreich ersetzt. Solcher Dienst ist unser Schutz gegen die Gefahr, die in der Freiheit liegt. Bleiben wir einander in der Liebe untergeben, so wird durch die Freiheit das Fleisch nicht in seiner krankhaften Begierde und in seinem Übermut entbunden, sondern im Zaum gehalten.

Damit stehen wir richtig zum Gesetz. 5,14: *Denn das ganze Gesetz ist mit einem einzigen Wort erfüllt, mit dem: Du sollst deinen Nächsten lieben wie dich selbst.* Alle übrigen Vorschriften des Gesetzes sind in diesem Gebot eingeschlossen. Das Gesetz verbietet uns die Bosheiten, die wir gegeneinander begehen; aber wo die Liebe ist, entstehen keine Bosheiten. Das Gesetz ordnet, was zwischen uns Menschen recht ist; aber wo die Liebe ist, kommt jeder zu seinem ganzen Recht. Auch unser Gottesdienst, den das Gesetz vorschreibt, hat darin sein Ziel, daß wir einander lieben wie uns selbst, weil wir die Gabe Gottes nur für uns allein weder suchen noch empfangen können. Gott erzeigt uns seine Liebe, damit wir mit seiner Gabe den anderen dienen. So führt die Freiheit, die der Geist uns gibt, in dieselbe Bahn, die uns die Regel des Gesetzes zeigt, nur daß auf dem Weg des Geistes und der Freiheit das zu Stand und Wesen kommt, was das Gesetz, solange es nur als Gesetz zu uns spricht, umsonst von uns verlangt (Röm. 13,8-10).

Die Gemeinden in Galatien haben es deutlich erfahren, wann der Wille des Gesetzes wirklich zur Erfüllung kommt. 5,15: *Wenn ihr aber einander beißt und freßt, so gebt acht, daß ihr nicht einer vom anderen verzehrt werdet.* Der Streit um das Gesetz hat die Gemeinden zerrüttet; sie sind durch bittere Erörterungen und Parteiungen gegeneinander aufgebracht. Der Judenchrist verachtet den Heidenchristen, der Heidenchrist den Judenchristen, und die für das Gesetz Eifernden verleumden und verletzen die im Glauben Freigewordenen. Somit haben die Galater gerade jetzt, da sie für das Gesetz eifern, sein Hauptgebot zerbrochen. Das ist aber ein gefährlicher Zustand. Jeder will dem anderen schaden und schadet sich selbst. Die Bisse, die den anderen verletzen sollen, verwunden den, der beißt, selbst. Beide Gegner gehen in diesem Zank zugrunde, nicht nur die Unterliegenden, sondern auch die Sieger. Die Gemeinde kränkelt und dorrt ab und mit ihr auch ihre einzelnen Glieder. Das ist der Selbstbetrug, der in der Lieblosigkeit immer liegt: Sie bezahlt mit dem eigenen Frieden und Leben die Rechnung, die sie von den anderen einzutreiben meint.

Was braucht es denn zum richtigen Christenstand? 5,16: *Ich sage aber: Durch den Geist wandelt, und ihr werdet die Begierde des Fleisches nicht vollbringen.* Im Glauben an Jesus ist der Geist in uns lebendig geworden. Der Geist Gottes erfaßt unser inneres Leben; er erleuchtet unser Denken und erweckt unseren Willen. „Geh nun! Geh dahin“, sagt Paulus, „wohin der Geist dich leitet! Bleibe nicht unbeweglich liegen, wenn du doch im Licht des Geistes in deinem Inneren siehst, was recht und gut ist, wenn doch, vom Geist bewegt, der Trieb des Herzens sich danach streckt! Bewege dich nun, wie der Geist dich bewegt; wolle nun, weil und wie der Geist in dir das

Wollen schafft!" Den Geist haben macht es noch nicht, sondern der Leitung des Geistes folgen und den reinen Trieben des Glaubens und der Liebe gehorchen, das ist die Lösung unserer Aufgabe als Christen. Das ist das Große am apostolischen Evangelium und sein Unterschied von der Gesetzespredigt, daß der Apostel uns ein Heiliges und Göttliches zeigen kann, das uns innerlich wirksam nahe ist, von dem wir uns leiten lassen dürfen in der gewissen Zuversicht, daß es uns sicher auf den Weg Gottes führt.

Sobald wir gehen, weil der Geist uns lenkt, sind wir vor uns selbst gesichert. Unsere natürliche Art bleibt dieselbe, wie sie von unserer Geburt her uns eigen ist, und aus ihr entstehen mancherlei Begehrungen. Wir können ihre Wurzel nicht abschneiden; denn sie hängen unlöslich mit unserer Naturgestalt zusammen. Wir können nicht geehrt werden, ohne daß uns die Überhebung nahetritt, nicht Unrecht leiden, ohne daß der bittere Zorn sich regt, usw. Und dennoch sind wir gegen unsere eigene Begierde geschützt und von ihr frei gemacht. Denn der Geist führt unser Trachten auf eine andere Bahn als das Fleisch. Da findet dessen Begierde bei uns keine Aufnahme mehr, so daß wir in ihren Dienst träten und ihr zur Vollendung hülfen. Sie fällt unfertig dahin, beiseite geschoben durch den Trieb des Geistes.

5,17: *Denn das Fleisch begehrt gegen den Geist, aber der Geist gegen das Fleisch* (Röm. 7,14; 8,13). *Denn diese widerstehen einander, damit ihr nicht das tut, was ihr wollt.* Nie können wir, solange wir dem Trieb des Geistes folgen, unter die Macht des fleischlichen Triebes fallen, sowenig als der fleischliche Trieb uns zum Gehorsam gegen die Weisung des Geistes bewegt. Beide widerstehen einander in einem deutlichen, scharf erkennbaren Gegensatz und werden niemals eins. Während das Begehren des Geistes Liebe ist, die sucht, was den anderen hilft, treibt uns unser Fleisch, an uns selbst zu denken. Lehrt uns der Geist auf das schauen, was droben ist, so läßt uns das Fleisch begehrlich nach dem greifen, was vor Augen liegt. Unter der Leitung des Geistes stellen wir Gott über die Menschen und über die Welt, während das Fleisch nichts als die Menschen und die Welt sieht und weder Augen noch Geschmack für Gott besitzt. Gerade weil beide deutlich und bestimmt gegeneinanderstehen, dürfen wir uns zuversichtlich der Leitung des Geistes übergeben. Damit entrinnen wir dem Trieb des Fleisches ebenso gewiß, wie wir den Willen des Geistes brechen, wenn wir dem Begehren des Fleisches folgen. Nun entsteht freilich aus diesem Widerstreit die Ohnmacht unseres Wesens. Was wir wollen, das tun wir nicht. Der niedere Wille, der aus dem naturhaften Grund unseres Wesens entsteht, ist durch den Trieb des Geistes gelähmt; er bringt es nicht mehr zum Vollbringen. Und der höhere Wille, der aus der heiligen, geistlichen Quelle des neuen Lebens stammt, ist wiederum durch unsere naturhafte, irdische Art gehemmt. Hier hält eins das andere auf. Wir sind im Guten wie im Schlimmen halbe Menschen und stehen in einer unfertigen Zwiespältigkeit. Das ist nun freilich unser jetziges Elend und doch von Gott gewollt. Geist und Fleisch, sagt Paulus, sollen sich widersprechen, „damit ihr das, was ihr wollt, nicht auch tut". Wir haben ja schon vielfach von Paulus gelernt, wie gerade unsere Armut und Ohnmacht zum Anfang unserer Aufrichtung wird, wie wir im Anblick unserer Hilflosigkeit gebeugt und dadurch für den Helfer bereitet werden. Blicken wir hinein in diesen Zwiespalt, der unser Wollen immer wieder zum bloßen Wünschen macht, so lehrt uns diese Einsicht, auf den Trieb und die Bewegung des Geistes zu achten und ihm die Führung einzuräumen.

5,18: *Wenn ihr aber vom Geist geführt werdet, so seid ihr nicht unter dem Gesetz* (Röm. 8,14). Wenn wir vom Geist nicht nur gemahnt und gelockt, sondern geleitet werden, dann gibt es je und je auch eine Tat, die den Erweis des Geistes in sich hat, und damit ist auch unser Verhältnis zum Gesetz normal. Das Gesetz tritt nur da in Kraft, wo das Trachten vom Fleisch her geformt ist und darum gegen Gott anläuft. Wo aber der Sinn des Geistes herrscht, da hat das Gesetz nichts zu tadeln. Der Sinn des Gesetzes ist eins mit dem Sinn des Geistes, und wo dieser die Führung hat, ist das Amt des Gesetzes erloschen. Es gilt hier: entweder der Geist oder das Gesetz. Entweder ist der Geist die regierende Macht, die den Thron in unseren Herzen einnimmt, oder das Gesetz hält uns von außen seinen Befehl entgegen und unterwirft uns seinem Gericht.

Es wäre uns mit der Regel des Apostels nichts geholfen, wenn wir die beiden Triebe nicht voneinander unterscheiden könnten. Allein, obgleich beide Triebe in uns selbst sind, können wir sie dennoch nicht verwechseln. Ob unser Wille aus dem Geist oder aus dem

Fleisch stammt, können wir wissen. 5,19-21: *Die Werke des Fleisches sind aber offenbar. Diese sind: Unzucht, Unreinheit, Ausschweifung, Götzendienst* (Eph. 5,5), *Giftmischerei, Feindschaften, Zank, Eifersucht, Groll, Umtriebe, Entzweiungen, Parteiungen* (1. Kor. 3,3), *Morde, Trunkenheit, Gelage, und was dem ähnlich ist. Davon sage ich euch vorher, wie ich es euch vorhersagte, daß die, die solches treiben, Gottes Herrschaft nicht erlangen werden.* Nicht das will Paulus sagen, daß diese Dinge jedesmal an dem, der sie vollbringt, zum Vorschein kommen. Vieles kann Geheimnis bleiben. Aber offenbar sind diese Werke ihrer inneren Art und ihrem Ursprung nach. Wir können nicht zweifeln, woher sie stammen, ob in diesen Werken das Verlangen des Geistes oder des Fleisches erfüllt ist. Sehen wir die Werke des Fleisches an, wie Paulus sie aufzählt, so wissen wir sofort: Das gibt uns nicht der Geist Gottes ein; dergleichen wirkt das Fleisch. Nun gut! Wir sind also unterwiesen und sehen, welcher Art unser Weg ist, wo das Leben ist und wo der Tod.

Wer aus dem bösen Grund seines Wesens seine Werke schöpft, geht nicht in die ewige Gemeinde Gottes ein. Hierüber hat Paulus die Gemeinden schon früher völlig ins klare gesetzt. Er hat ihnen von Anfang an den Dienst getan, ihnen bestimmt zu sagen, daß, wer nach Gottes ewiger und vollkommener Gabe begehrt, aus dem dunklen Ort emporsteigen muß, wo er, ins Fleisch versunken, Fleischeswerke treibt; es gilt, der neuen Kraft des Geistes zu folgen, so daß sie den Wandel regiert.

5,22.23: *Aber die Frucht des Geistes ist Liebe, Freude, Friede, Langmut, Freundlichkeit, Güte, Vertrauen, Sanftmut, Enthaltsamkeit. Gegen solche ist das Gesetz nicht.* Es gibt Bewegungen in uns, die nicht der finsteren, fleischlichen Seite unseres Wesens entspringen, sondern die ebenso offenkundig aus dem Geiste Gottes stammen. Da stellt Paulus die Liebe voran mit ihren Begleiterinnen, der Freude und dem Frieden, und den anderen Lebensäußerungen, mit denen wir dienend und helfend miteinander in Gemeinschaft stehen, nebst der Enthaltsamkeit, der Macht über unsere sinnlichen Triebe, mit der wir dem Leib geben, was ihm gebührt, nicht mehr. Diese Bewegungen heißt Paulus die Frucht des Geistes, weil sie alle einheitlich ineinandergreifen und als die Wirkung des Geistes ohne Zwang und Kunst in uns erwachsen. Gegen sie führt das Gesetz keinen Kampf. Wer die Frucht des Geistes in sich trägt, hat vielmehr nach dem Spruch des Gesetzes selbst im Reich Gottes Erbe und Raum.

So stehen wir zwischen zwei Trieben, die uns auf entgegengesetzte Wege führen. Für alle aber, die dem Christus gehören, gibt es hier keine Unentschiedenheit. Ihre Wahl ist nicht mehr offen; vielmehr haben sie durch sein Kreuz ihren Platz gefunden. 5,24: *Aber die, die dem Christus Jesus gehören, kreuzigten das Fleisch samt den Leidenschaften und den Begierden* (2,19; Röm. 6,6). Wenn wir an Jesus, den für uns Gekreuzigten, glauben und sein Sterben für unser eigenes sündiges Wesen gelten lassen, dann liegt darin eine innere Entscheidung und die Geburt eines Willens, der den Trieben des Fleisches abgesagt hat. Je lebendiger wir den Tod Jesu in seiner Bedeutung für uns erkennen, so daß er unser eigenes Sterben wird, um so kräftiger, fester, entschiedener ist diese Absage. Sie trifft auch nicht nur unser natürliches und sündliches Wesen im allgemeinen, sondern auch dessen besondere Regungen, die Reizungen, die wir im einzelnen von ihm erleiden, und die Begehrungen, die es uns zur Lust machen will. Das sind dann für uns alles Dinge, die am Kreuz hängen. Wir selbst haben sie dorthin gehängt, als wir in dem Gekreuzigten den für uns Gestorbenen erkannten. Damit ist das Schwanken zwischen Fleisch und Geist entschieden. Dieser Streit ist durch das Kreuz Jesu entschieden.

5,25: *Wenn wir durch den Geist leben, wollen wir durch den Geist auch wandeln.* Unser Anteil am Tod Jesu ist, wie uns Paulus schon oben sagte, der Anfang des Lebens. Wir, die wir über unser natürliches Wesen unter seinem Kreuz das Urteil sprachen, leben, wie auch er lebt, durch den Geist. Nun denn, wer lebt, kann wandeln. Wer durch den Geist lebendig ist, der kann auch durch den Geist wandeln, und wer es kann, der soll es auch. Er hat damit alles empfangen, was er zu seinem Christenberuf bedarf.

Kapitel 5,26–6,10

Der Verkehr der Brüder miteinander

Paulus hält den Gemeinden mit einigen bestimmten, deutlichen Weisungen vor, was durch den Geist wandeln heißt; er denkt dabei an die Aufgaben, die uns die christliche Gemeinschaft bringt.

5,26: *Wir wollen nicht nach eitler Ehre haschen, einander nicht herausfordern, einander nicht beneiden.* Die Glieder der Gemeinde sind nach Begabung und Stellung verschieden. Da gilt es, sich in der Verschiedenheit der Gaben und Kräfte gegenseitig zu achten und zu ehren. Aber die Bevorzugten können sich durch ihre Kraft und Größe blenden lassen, so daß sie übermütig die anderen aufrufen, es ihnen gleichzutun, ihnen ihre Schwäche vorhalten und sie mit Zwang und Drang in eine Bahn hineintreiben, die nicht für sie taugt. Und die, die sich schwach und benachteiligt vorkommen, sind neidisch gegen sie. Mißmutig und mit ihrer eigenen Gabe unzufrieden, gönnen sie den anderen ihre Größe nicht. So war die ganze Verwirrung in Galatien entstanden. Der Judenchrist blähte sich mit seinen Vorzügen auf, und der Heidenchrist, dem dies in die Augen stach, wollte diesen Ruhm auch an sich ziehen. Das heißt nach eitler Ehre trachten. Der Ruhm, der so gewonnen wird, ist kein Lob, das bleibt.

Eine andere, noch größere Aufgabe entsteht in der christlichen Gemeinde daraus, daß Fehlende aus ihrem Falle aufzurichten sind. 6,1: *Brüder, auch wenn ein Mensch schon von einem Fall ergriffen wurde, bringt ihr, die ihr vom Geist geleitet seid, ihn durch den Geist der Sanftmut zurecht, indem du auf dich selbst achtest, damit nicht auch du versucht werdest.* Eine Bewegung wie die in Galatien ging ohne schwere Fehltritte nicht ab. Da gab es manches böse Wort, manchen unbedachten Schritt von großer Tragweite, allerlei Verkrümmungen des inneren Menschen. Vielleicht hatte sich ja dieser oder jener schon beschneiden lassen, ehe der Brief des Apostels kam, um es nachher bitter zu bereuen. Aber auch wenn keine besondere Gärung die Gemeinden aufregte, solche, die der Gewalt sündlicher Begehrungen anheimfallen, gibt es stets. Wie wandelt man dann durch den Geist? Wer der Leitung des Geistes folgt, richtet einen zu Fall Gekommenen wieder auf. Nicht wer klagt und schilt, sondern wer hilft, den Schaden heilt, den Fehlenden zu neuem Stand im Christus aufrichtet, hat den Sinn des Geistes verstanden und die Kraft des Geistes erwiesen. Dazu braucht es Sanftmut; aber diese gehört ja zur Frucht des Geistes, die dem Fehlenden zugute kommen soll. Weiter gehört zu solchen Hilfeleistungen die Achtsamkeit auf sich selbst. Der Apostel heißt uns auf die Fehltritte der anderen aufmerken, damit wir ihnen zur rechten Zeit aufhelfen mögen. Aber wir dürfen nicht so auf die anderen achten, daß wir gegen uns selbst unachtsam werden. Wir sollen über uns selbst wachen; sonst kann die gerechte Herrschaft Gottes uns leicht an uns selbst erfahren lassen, wie blind und schwach unser Wille in der eigenen Versuchung ist. Eben dann, wenn wir andere zurechtzubringen versuchen, dürfen wir nicht vergessen, daß wir in gleicher Lage wie die Fehlenden sind. Sonst wird aus unserer Hilfe eine hochmütige Erniedrigung der anderen und unser eigener Fall.

6,2: *Tragt jeder des anderen Last; so werdet ihr das Gesetz des Christus erfüllen* (1. Kor. 9,21). Helfen kann nur der, der mitleiden und mittragen will. Wir müssen die Last der anderen als unsere eigene Last anfassen. Aber da wir auch unsererseits in der Furcht zu wandeln haben und selbst auch in der Versuchung stehen, nimmt keiner unter uns nur fremde Last auf sich, sondern jeder gibt dem anderen auch die seinige zu tragen. Hier hat gegenseitige Hilfe statt. Die Sünde des einen fällt schwer auf den anderen und bringt ihn in Arbeit und Kampf; es ist ein gegenseitiges Leiden des einen durch den anderen. In diesem wechselseitigen Austausch unserer Lasten haben wir das Gesetz zu erfüllen, das Christus als den heiligen Willen Gottes auf uns legt und in seiner Gemeinschaft mit uns vertritt. Wie er selbst unsere Sünden getragen hat, so hat er uns dazu zu einer Gemeinde vereinigt, daß wir miteinander unter der Sünde leiden, miteinander sie niederkämpfen, miteinander uns aufrichten in gemeinsamer Reue und gemeinsamem Glauben in der Kraft des Geistes. Das ist der von uns geforderte Gehorsam gegen Christus, das ist das Wesen seiner Kirche; sie besteht nicht anders als so, daß ihre Glieder gemeinsam die Last der Versuchlichkeit und Sünde tragen.

6,3: *Denn wenn einer meint, er sei etwas, während er doch nichts ist, so betrügt er sich selbst* (1. Kor. 3,7; 2. Kor. 12,11). Entziehen wir uns der Last der anderen, verachten und richten wir sie, so hat dies seinen Grund in unserer hochmütigen Eitelkeit. Wir dünken uns selbst groß und sind eben deshalb nichts. Diese Selbstbespiegelung ist eine Lüge, und zwar eine gefährliche. Wir sollen die verblendende Macht unseres Hochmuts fürchten. Er verfinstert mit seinen Lügen unseren Blick. Was sind wir dann noch? Hilflos jedem Fall preisgegeben, blindlings dahinschwankend, während wir doch des klaren Auges und des wachen Geistes so sehr bedürfen; denn es gilt vorsichtig zu wandeln.

Dieser hochmütigen Verblendung stellt der Apostel die Sorge für das eigene Handeln entgegen. 6,4: *Jeder mache aber sein eigenes Werk bewährt, und dann wird er allein bei sich selbst den Grund zum Ruhm haben und nicht beim anderen.* Der Aufgeblähte findet bei sich selbst nichts zu bessern und zu richten; dagegen wägt er eifrig die Werke der anderen um ihn her. Das christliche Verfahren geht dagegen den umgekehrten Weg. Der Christ richtet auf das eigene Werk die Aufmerksamkeit, wägt es mit genauer Waage, mißt es am Gesetz des Christus und am Verlangen des Geistes und ruht nicht, bis es richtig und gut geworden ist. Dann brauchen wir uns nicht bei anderen um Ruhm zu bemühen, sondern haben ihn in der Gewißheit, daß wir richtig handeln, bei uns. Paulus sagt nicht, daß uns der Ruhm bei einer Selbstprüfung genommen werde. Er hofft, Ruhm bleibe uns, sicherlich nicht der Selbstruhm, der Gott erniedrigt, sondern ein Ruhm im Herrn, doch ein Ruhm der Gabe, Kraft und Wahrheit, die uns verliehen sind. Ein Ende hat aber nun das Bestreben, unseren Ruhm vor den anderen auszubreiten, um sie zu beschämen; wir behalten ihn für uns und freuen uns, daß wir selbst bei unserem Werk ein gutes Gewissen haben. Weil das, was an unserem Handeln gut ist, Gottes Gabe ist, und was übel daran ist, unsere Verfehlung, Blindheit und Schuld, kann unser Werk niemals das Mittel sein, um die anderen vor unserer Größe auf die Knie zu bringen. Wohl aber dürfen wir uns nicht zufriedengeben, bis wir guten Gewissens mit Dank und Bitte vor Gott treten können.

6,5: *Denn jeder wird die eigene Bürde tragen* (Röm. 14,12). Paulus heißt uns für uns selbst besorgt sein und auf uns selbst achten; denn wir werden nicht für die anderen, sondern für uns selbst Rechenschaft geben. Wie merkwürdig und fein steht es nebeneinander: „Einer trage des anderen Last" und: „Jeder wird die eigene

Bürde tragen"! Jenes Wort verflicht unser Leben mit dem des anderen; dieses stellt uns auf uns selbst. Jenes legt uns die Sorge für die anderen auf; dieses heißt uns unsere eigene Seligkeit schaffen und nicht tun, als wären wir für die anderen Richter, Heilande und Herren. Und beides ist eine einträchtige Wahrheit. Jedem gibt Gott Selbständigkeit. Meine Bürde hat auf keiner fremden Schulter Raum. Ich muß selbst sorgen, daß ich sie bis zum Ziel trage. Wiederum sind wir miteinander verbunden zu einem einzigen Ganzen, dessen Regel und Kraft die Liebe ist. Darum gibt es hier zwei Abwege. Der eine ist die Gleichgültigkeit und Verachtung dem anderen gegenüber: „Soll ich meines Bruders Hüter sein?" Dagegen steht das Wort: „Tragt einer des anderen Last!" Der andere Abweg ist der der herrischen Vielgeschäftigkeit, die den anderen zur Unselbständigkeit erniedrigt und die Bewährung durch das eigene Werk vergißt. Dagegen steht das zweite Wort: „Jeder trägt seine Last, steht und fällt für sich selbst." Beides läßt sich vortrefflich zusammen üben. Auch die beiden Irrwege sind immer beieinander. Die Vielgeschäftigkeit trägt an den Lasten des anderen niemals mit. Sie überläßt sie ihm allein. Ebenso können wir einander je in der selbständigen Verantwortlichkeit und dem eigenen Beruf, den jeder hat, ehren und doch an den Lasten des anderen mittragen. Wir tragen mit, nicht um dem anderen seine Würde und Freiheit zu nehmen, sondern um sie ihm zu erhalten. Wir tragen mit, damit er seine Bürde tragen kann und wir die unsrige. Trügen wir nicht mit, so fiele die Schuld des anderen als Anklage auch auf uns. Nur in ihrer Verbindung geben uns die beiden Worte des Apostels die Regel für jeden heilsamen Verkehr und alle christliche Gemeinschaft unter uns.

In einer Gemeinde gibt es nicht nur Schwache und Starke, Fehlende und vom Geist Geleitete, sondern es gibt auch Lehrende und Lernende, solche, die zur Unterweisung für die anderen das Wort verwalten, und solche, denen der Unterricht zugute kommt. Zeigen uns die vorangehenden Verse, was Kirchenzucht im reinen, apostolischen Sinn des Wortes ist, so zeigt uns das neue Wort die Aufgabe, die die Kirche ihren Lehrern gegenüber hat. Sie muß sie erhalten, und zwar willig und ohne Geiz. 6,6: *Wer aber im Wort unterrichtet wird, halte mit dem, der ihn unterrichtet, in allen Gütern Gemeinschaft.* In der ersten Gemeinde war der Lehrstand nicht durch ein gesetzliches Statut besoldet. Er lebte von der freien Opferwilligkeit der Gemeinden. Darum erinnert Paulus daran, daß hier nichts versäumt werden darf. Jede Störung in den Gemeinden schädigt sofort auch ihre Opferwilligkeit. Die Lehrenden bekamen die Schwierigkeiten der Lage auch in der Art zu spüren, wie die Gemeinden für sie sorgten. Paulus erinnert ernst an die Dankespflicht, die wir gegen die haben, die uns das Wort darreichen. Er hat sie absichtlich weit bemessen: „Er lasse ihn mitgenießen an allem Guten." Hier soll kein Geizen statthaben, nicht auf Seite der Lehrenden, aber auch nicht bei den Unterwiesenen. Vor der Undankbarkeit, die sich hier zeigen kann, warnt Paulus mit dem ernsten Hinweis: 6,7a: *Irret euch nicht; Gott wird nicht verlacht.* Es ist spöttisches Verachten Gottes, wenn wir sein Wort mit geizigem Undank lohnen; aber solcher Spott geht nicht gut aus. Gottes Antwort wird ernst sein. So greifen wir hinein in das Feuer seines Zorns und verbrennen uns daran die Hand. Paulus erinnert an die heilige Gottesordnung, die immer der Saat ihre Ernte beigesellt. 6,7b.8: *Denn was ein Mensch sät, das wird er auch ernten; denn wer in sein Fleisch sät, wird aus dem Fleisch Verderben ernten. Wer aber in den Geist sät, der wird aus dem Geist ewiges Leben ernten.* Zwei Saatfelder bieten sich uns zur Bestellung dar, weil sowohl das Fleisch als auch der Geist unser Begehren bewegt. Wir säen in das eine oder das andere, wenn wir uns ihrem Zug ergeben, mit ihrem Verlangen uns einigen und es zum Werk ausgestalten. Auf das Fleisch säen heißt dem Fleisch gehorchen, wenn es zum Geiz, zum eigenen Genießen dessen, was Gott uns gegeben hat, und zur Geringschätzung des göttlichen Wortes rät. Auf den Geist säen heißt dem Geist gehorchen, wenn er uns Gott und sein Wort höher schätzen heißt als alles andere Gut. Die Ernte wird hier und dort nicht ausbleiben. Unser Handeln kommt wieder zu uns zurück. Haben wir das Fleisch als das Saatfeld betrachtet, auf dem uns unsere Frucht erwachsen soll, so werden wir auch bekommen, was dort allein wachsen kann, nämlich Verderben. Das Fleisch hat kein ewiges Leben in sich und kann es uns nicht verschaffen, mögen wir es hegen und pflegen, wie wir wollen. Je mehr wir es nähren und schmücken, um so sicherer zieht es uns in seinen Tod hinein. Ewiges Leben gibt der Geist dem, der ihm seine Aussaat anvertraut.

6,9.10: *Tun wir aber das Gute, so wollen wir nicht matt werden* (2. Thess. 3,13). *Denn wir werden zur rechten Zeit ernten, wenn wir nicht erlahmen. Also wollen wir, wie wir Gelegenheit haben, das Gute bei allen wirken, besonders aber bei den Genossen des Glaubens.* Allem guten Handeln droht ein Feind: man wird seiner müde. Immer neu tritt das Bedürfnis an uns heran, dem wir abhelfen sollen. Man wird nicht fertig mit Geben und Sorgen und Dienen. Gegen solche Ermattung stärkt uns der Apostel durch den Vorblick auf die Ernte. Unser Tun ist ja nicht vergeblich; wir machen es nur vergeblich, wenn wir schlaff werden. Die Ernte tritt ein, wenn für sie die Zeit gekommen ist. Damit reicht sie über die Gegenwart hinaus; wir sind gewiesen, unseren Lohn nicht bei den Menschen zu suchen, sondern bei Gott, und den Ertrag unserer Arbeit nicht hier unten genießen zu wollen, sondern im himmlischen Reich. Aber im Blick auf die Ernte wird uns auch die Arbeitszeit als ein göttliches Geschenk erscheinen, das wir mit Freuden ausnützen. Der Verkehr mit allen Menschen gibt uns dazu die Gelegenheit. Denn wir sind als Glieder derselben Schöpfung Gottes mit allen verbunden, zusammengefügt zu einem natürlichen Reich, in dem einer für den anderen Gutes zu erarbeiten hat. Wir sind aber noch in eine andere, höhere Gemeinschaft eingefügt, die im Christus entspringt und sich durch die Gemeinsamkeit des Glaubens erhält. Das ist der höhere und engere Verband, die vollkommenere Vereinigung und Gemeinsamkeit. Sie reicht ins Innerste hinein und umfaßt nicht nur das natürliche, sondern auch das geistliche Leben. Sie stellt darum ganz besondere Ansprüche an unser gutes Werk. Wir haben uns in beiden Kreisen zu bewegen, nach der Ordnung Gottes, der beide aufgebaut hat und die Genossenschaft des Glaubens aus der natürlichen Gemeinschaft der Menschen erwachsen läßt, und wir haben jedem Kreise alles Gute zu gewähren, das in unserem Vermögen liegt.

Kapitel 6,11-18

Was Paulus von den Dienern des Gesetzes trennt

Paulus fügt zum Schluß noch ein persönliches Wort hinzu. 6,11: *Seht, mit wie großen Buchstaben schreibe ich euch mit eigener Hand!*

(2. Thess. 3,17.) Er scheint anzudeuten, daß er das Vorangehende von einer fremden Hand schreiben ließ, nun aber selbst die Feder nimmt, um eigenhändig, mit großen Buchstaben, den Empfängern des Briefes dieses Schlußwort gewichtig und eindrücklich zu machen. 6,12: *Die, die sich am Fleisch ein hübsches Aussehen geben wollen, die nötigen euch, daß ihr euch beschneiden lasset, nur damit sie nicht mit dem Kreuz des Christus verfolgt werden* (2. Kor. 5,12). Paulus spricht aus, wie vollständig er von den Männern geschieden ist, die die galatischen Gemeinden verwirren. Nach allem, was er ihnen über das Gesetz und das Evangelium, deren Verschiedenheit und Einheit, gesagt hat, vermögen sie nun zu begreifen, warum er diese Dinge so ernst behandelt und die jüdischen Männer aus den Gemeinden mit aller Kraft vertreiben möchte. Wenn jemand ihnen die Beschneidung aufnötigt, können sie sicher sein, daß er sich durch Äußerlichkeiten zieren will. Darauf läuft dieses Rühmen des Gesetzes hinaus. Der Mensch nach seiner natürlichen Art und mit all seiner Sündigkeit soll schön, groß und heilig dastehen und recht behalten, und das große Anliegen, das diese Gesetzeslehrer in ihren glühenden Eifer bringt, besteht einzig darin, daß sie die bitteren Folgen von sich abwenden wollen, die das Kreuz Jesu für sie hat. Um sich die Verfolgung zu ersparen, kehren sie ihr Judentum hervor; sie wollen nicht den Schein haben, als seien sie wider das Gesetz. Zu diesem Zweck soll auch die Gemeinde Jesu den Formen des Gesetzes unterworfen sein. Die Eitelkeit, die mit sich selbst prunkt, den Bußernst des Evangeliums nicht kennt und das Urteil nicht unterschreibt, das im Wort Fleisch, so wie Paulus es braucht, enthalten ist, und die Leidensscheu, die ängstlich mit den Folgen rechnet und es zur obersten Regel macht, daß kein Sturm entstehe und die Juden nicht erzürnt werden, sind Zweige aus derselben Wurzel. Beides stammt aus der glaubenslosen Befangenheit des Herzens in sich selbst. Die Verfolgung, der die Eiferer um das Gesetz auszuweichen wünschen, ist ja nur die Folge und die Fortsetzung des Kreuzes Jesu. Gegen den gekreuzigten Christus, mit dem alle äußere und eigene Gerechtigkeit „des Fleisches" begraben ist, erbitterte sich der Jude. Er fürchtet sich vor dem Kreuz Jesu und begehrt keine Ähnlichkeit mit ihm. Am Gesetz liegt ihm nichts. 6,13: *Denn auch die, die beschnitten werden, halten selbst das Gesetz nicht, sondern*

sie wollen, daß ihr euch beschneiden lasset, damit sie sich eures Fleisches rühmen. Würden die Eiferer um das Gesetz das Gesetz ernstlich halten, so wären sie in Demut gebeugt vor Gott, und ihre Eitelkeit wäre dahin. Es liegt ihnen nur an denen, die sie an sich ziehen wollen. Aus diesen wollen sie sich Ruhm bereiten; diese sollen ihnen zum Schemel dienen, der sie erhöht. Und wie widerwärtig ist dieser Ruhm! „An eurem Fleisch suchen sie ihn. Daß ihr diesen oder jenen frommen Brauch annehmt und euch ins Fleisch das Zeichen Israels schneiden laßt, zählen sie zu ihren großen Taten und tragen es in das Register ihrer herrlichen Erfolge ein. Euch für dergleichen Zwecke gebrauchen zu lassen, dazu seid ihr viel zu gut."

Paulus hält es anders. 6,14: *Mir aber soll es nicht widerfahren, daß ich mich rühme, es sei denn wegen des Kreuzes unseres Herrn Jesus Christus* (Röm. 3,27; 1. Kor. 1,29; Eph. 2,9), *durch das die Welt für mich gekreuzigt ist und ich für die Welt* (2,19; Röm. 6,6). Paulus verschmäht jeden anderen Ruhm als den einen, den er aus dem Kreuz schöpft, aus demselben Kreuz, das den anderen ein widerwärtiges Rätsel ist. Hier ist er angewachsen mit seiner ganzen Seele. Hier ist seine Übertretung untergegangen, hier ist ihm die Gerechtigkeit aufgegangen, hier sind die Gnade und die Freiheit erschienen, hier ist Gott für ihn. Wie sollte er nicht Christus danken für sein Kreuz? Wie etwas anderes loben als seinen Tod? Nicht das Fleisch, nicht die Menschen, nein, umgekehrt: was alle Menschen erniedrigt und zur Buße nötigt, aber Gottes Liebe und Gerechtigkeit erstrahlen läßt, das ist sein Ruhm. Das Verhältnis des Apostels zur Menschheit ist völlig durch das Kreuz Jesu bestimmt. Indem er sagt, die Menschheit sei an das Kreuz gehängt, sagt er freilich, sie sei in den Tod gegeben und gerichtet; indem dies aber durch das Kreuz Jesu geschieht, geschieht es so, daß durch die Verurteilung für sie die Gnade erscheint, die ihr in neuer, höherer Weise das Leben gibt. Glanz und Größe hat die Welt für Paulus nicht mehr; denn durch das Kreuz Jesu ist ihre Sündhaftigkeit und Verwerflichkeit aufgedeckt und das Gericht Gottes an ihr sichtbar geworden. Was gibt es noch an den Menschen zu bewundern? Oder was sollte der Apostel von ihnen fürchten? Er beurteilt sie alle, ob sie beschnitten seien oder nicht und was immer sie sonst haben mögen, als tot und schaut sich weder nach ihrem Lob noch nach ihrem Widerspruch um.

Er sieht sie aber auch alle gesucht von der Gnade, die am Kreuz sich offenbart, umfaßt von der Vergebung, die die Sünden der Welt nicht in Rechnung bringt, sondern die Welt zur Versöhnung mit Gott und zur Freiheit beruft.

Wie Paulus die Welt in das Kreuz Jesu hineingenommen sieht, so ist auch er für sie ein Gekreuzigter geworden. Er kann und will ihr nichts anderes zeigen als den Gekreuzigten. Daher begehrt sie sein Evangelium nicht; daher kommt der Haß und die Verfolgung, und er selbst muß ihr ein Gekreuzigter sein. Er ist es gern. Denn indem er vor die Welt tritt als in das Kreuz Jesu hineingenommen, wird er ihr der Bote der Gnade. So bietet er ihr die Versöhnung an, und sie empfängt durch seinen Dienst, was allein vor Gott Bestand hat. 6,15: *Denn weder die Beschneidung noch die Vorhaut ist etwas, sondern eine neue Schöpfung* (5,6; 1. Kor. 7,19; 2. Kor. 5,17). Was uns die Gnade Gottes gibt, entwickelt sich nicht aus dem, was wir selbst haben, als wäre es schon darin enthalten und nur eine Umwandlung mit neuem Namen für den alten Stand; vielmehr beginnt in uns ein göttliches Schaffen und stellt ein göttliches Werk in uns her, noch bedeckt von der Naturgestalt unseres Wesens und doch der Anfang einer vollkommenen Schöpfung, die unser ganzes Wesen umfassen und auch unsere Gemeinschaft miteinander verklären wird im Reich Gottes. Darum kann der Apostel die ganze Welt mit dem Kreuz Jesu versinken lassen. Es entsteht an ihrer Statt durch ihn etwas Neues, Herrlicheres: die neue Schöpfung Gottes. Dieser zu dienen ist der Beruf des Apostels. Damit ist uns die Richtschnur gegeben, nach der wir alle uns auszurichten haben. Unser Verlangen und unsere Liebe kann nicht mehr dem gelten, was der Mensch aus sich selbst mit seiner natürlichen Kraft hervorbringt, sondern dem, was Gott als sein eigenes, neues Schöpfungswerk durch Christus in uns wirkt (2. Kor. 5,17).

6,16: *Und über alle, die nach dieser Richtschnur wandeln werden, kommt Friede und Barmherzigkeit und über das Israel Gottes.* Über denen, die ihr Leben unter diese Regel stellen, steht der Friede, der das von Gott Geschaffene schützt, und die Barmherzigkeit, die ihnen hilft und sie begabt. Zu diesen Gesegneten, die Gottes Friede und Barmherzigkeit umfängt, gehört auch das Israel Gottes. Es gibt in Israel ein Israel, das sich nicht an seine Beschneidung hängt, sondern eine neue Schöpfung im Christus ist. „Ich bin auch ein Israelit", hat Paulus stets gesagt (Röm. 11,1; Phil. 3,5). Dieses Israel schließt er eben jetzt ausdrücklich in seinen Segen ein, da er das falsche Israel völlig weggewiesen hat. Er vergißt darüber seine echten Brüder nicht. Am äußeren Bau ihres jetzigen blutmäßigen Volkstums und an ihrer irdischen Stadt liegt ihm nichts. Aber inmitten dieses vergänglichen Gebildes hat Gott sich ein Volk bereitet, das ihm wahrhaftig eigen und geheiligt ist. Ihm wird Paulus durch nichts entfremdet; denn es wandelt mit ihm nach derselben Regel und genießt denselben Frieden und dieselbe Barmherzigkeit.

6,17.18: *Weiter bereite mir niemand Mühe; denn ich trage die Zeichen Jesu an meinem Leib. Die Gnade unseres Herrn Jesus Christus ist mit eurem Geist, Brüder. Amen.* Die Gemeinden haben Paulus durch ihre Torheit und ihr Schwanken eine Last aufgelegt. Er bittet, daß dies künftig von niemand mehr geschehen möge. Wozu immer wieder diese Angriffe auf sein Evangelium, dieser nutzlose Streit um das Gesetz, diese unermüdlichen Verdächtigungen seines Apostelamts? Warum muß er sich immer wieder verteidigen, Schutzbriefe schreiben, damit die Gemeinden bei dem bleiben, was sie von ihm empfangen haben? Er hat das Recht, von ihnen zu erwarten, daß sie selbst solche Einflüsse kräftig abwehren und sich nicht immer wieder ins Schwanken bringen lassen, so daß er immer neue, endlose Mühe hat. Denn er trägt die Zeichen Jesu an seinem Leib. Der Apostel wird an die Narben denken, mit denen Jesus ihn gezeichnet hat, wie man damals etwa einen Knecht an seinem Leib oder einen Rekruten an seinem Arm mit einem Zeichen versah. Die Wundmale, die Paulus im Dienst Jesu in der Nachfolge seines Leidens empfangen hat, sollen jedem, der ihm widersprechen möchte, den Mund schließen; denn sie besiegeln, daß er sein Wort aus der Offenbarung Jesu empfangen und in der Lauterkeit des Heiligen Geistes verkündigt hat.

Der Brief an die Epheser

1,1.2: *Paulus, ein Bote des Christus Jesus durch Gottes Willen, an die Heiligen und Gläubigen in Christus Jesus (die in Ephesus sind). Gnade sei euch und Friede von Gott, unserem Vater, und vom Herrn Jesus Christus.* Die Worte, mit denen Paulus sagte, für wen er diesen Brief bestimmt, sind uns nicht mehr so erhalten, wie sie Paulus schrieb. Da der Brief in der Sammlung der Paulus-Briefe immer den Titel „An die Epheser" hatte, ist auch in die Adresse die Angabe aufgenommen worden: Paulus schreibe an die „Heiligen, die in Ephesus sind". Den alten Abschriften dieses Briefes fehlte aber hier jeder Ortsname; wenn der Satz, den sie geben, nicht beschädigt wäre, würde er heißen: „den Heiligen, die auch gläubig sind im Christus." Damit hätte Paulus die Christenheit daran erinnert, daß sie ihre Heiligkeit, die ihr ihre Berufung zu Gott verliehen hat, nur dann bewahrt, wenn sie auch im Glauben bleibt und die ausharrende Zuverlässigkeit und gehorsame Treue erlangt. Es ist aber nicht anzunehmen, daß Paulus die, die er anredet, nicht nach ihrem Wohnort bezeichnet habe; wie er es tat, ist uns nicht mehr aufbehalten. Nur das ist durch den Schluß des Briefs, 6,21 (vgl. Kol. 4,7.8), gesichert, daß Paulus ihn seinem Gefährten Tychikus übergab, als er ihn zu den Gemeinden an der Westküste Kleinasiens sandte, um ihnen mitzuteilen, wie es mit seinem Prozeß und seiner Gefangenschaft stand. Das Wort des Paulus, das wir hier hören, war somit jedenfalls an diejenige Christenheit gerichtet, deren Hauptort und Muttergemeinde Ephesus war.

Zu der Unsicherheit in der Adresse des Briefes fügt sich gut, daß der Brief nichts enthält, was an den langen Aufenthalt des Paulus in Ephesus erinnerte. Dieser Gemeinde stand er besonders nahe; er hatte sie gesammelt und länger als anderswo eine fruchtbare Arbeit in ihr ausgerichtet. Von den persönlichen Beziehungen, die ihn mit vielen ihrer Glieder in reicher Liebe verbanden, wird aber in diesem Brief nichts sichtbar. Er ist nur dadurch mit der Geschichte des Paulus verknüpft, daß er in seiner Gefangenschaft den Anlaß hat und deshalb zu einem mächtigen Trostschreiben wird, das die Gemeinde vor der Erschütterung schützte, die das Los des Apostels ihr bereiten konnte. Er hält ihr darum die Größe der göttlichen Gnade vor, die dadurch nicht geschmälert wird, daß er von den Gemeinden durch die Gefangenschaft getrennt ist. Was er aber in diesem Brief über den Christenstand sagt, hätte er auch jeder anderen Gemeinde sagen können, die durch sein schweres Geschick schmerzlich bewegt war.

Jetzt, aus der Ferne, können wir nicht mehr feststellen, was Paulus bewog, seinen Brief so allgemein zu halten und ihn einzig für die alle bewegenden Grundfragen des Glaubens und der Lebensführung zu verwenden. Man kann daran denken, daß er Tychikus nicht einzig nach Ephesus sandte, sondern ihm den Auftrag gab, alle Gemeinden jener Gegend zu besuchen; dann hätte er den Brief so gestaltet, weil er allen vorgelesen werden sollte. Doch tragen solche Vermutungen zur Auslegung wenig bei. Durch die Angaben des Briefes steht nur dies fest, daß die Christenheit Kleinasiens wußte, daß Paulus gefangen war, und darin ein großes Unglück sah. Darum bezeugt er ihr die Herrlichkeit des Werkes Jesu, aus dem sich auch ihre Christenpflicht ergibt.

Kapitel 1,3–3,21

Der Reichtum der Gabe Gottes

Mit der Erkenntnis, wieviel die Gemeinde durch ihre Berufung zu Jesus empfangen hat, gewinnt sie die Kraft, alles Schwere zu tragen, das auf den Apostel und die Christenheit fällt; sie empfängt damit auch den Schutz gegen alle Lockungen, die ihr anderes als wertvoller und herrlicher anbieten, und zugleich den freudigen Willen, in der Führung ihres Lebens Christus gehorsam zu sein.

Die Anleitung zum Dank für die empfangene Gabe

(1,3-14)

1,3: *Gepriesen ist der Gott und Vater unseres Herrn Jesus Christus, der uns mit jedem geistlichen Segen mit Himmlischem in Christus gesegnet hat.* Zuerst leitet Paulus die Gemeinde zur dankbaren Anbetung Gottes an, die sich auf den Reichtum seiner Gabe gründet. Der Segen, mit dem sie Gott preist, ist in demjenigen Segen begründet, den Gott ihr gewährt hat. Wenn wir Gott „segnen", so verkündigen wir dankbar seine Gnade und Gabe; wenn er uns „segnet", so spricht er aus, was uns seine Güte verleiht, mit welchen Gaben er uns beschenkt und ausrüstet. Ein solcher Segen Gottes trägt die schaffende Macht in sich; er ist nicht nur ein Wunsch oder eine Verheißung, sondern bringt uns, was er uns zuspricht. Wenn der Fluch Gottes gegen einen Menschen ergeht, so scheidet er ihn von Gott und entzieht ihm seine Gaben, durch die wir das Leben haben; wenn der Segen Gottes zu einem Menschen kommt, so zieht er ihn in die Liebe und Gemeinschaft Gottes hinein und gibt ihm seine Gaben (Gal. 3,8-10). Darum entsteht unser Preis Gottes, mit dem wir ihn segnen, daraus, daß er uns gesegnet hat.

Jeden Segen haben wir empfangen, den der Geist Gottes an uns erfüllt; denn er teilt uns diejenigen Gaben zu, die der Geist uns zuträgt. Damit bezeichnet Paulus den Wert der Gabe, die der Segen Gottes uns verleiht: Es ist eine unvergleichliche Wohltat, daß uns Gott das gewährt, was durch seinen Geist in uns entsteht. Zugleich bezeichnet er damit auch die Grenze, über die der Christenstand noch nicht hinausgelangt. Denjenigen Segen haben wir ganz, der uns durch den Geist zu eigen wird; aber in unserem leiblichen Stand und äußeren Geschick ist der Reichtum der göttlichen Gabe noch nicht sichtbar. Hier stehen wir noch unter dem Gesetz des Todes und haben es vielfach nicht nur am Weltlauf, sondern auch in unserer eigenen Lebensgeschichte vor Augen, wie das scharfe Recht Gottes sich gegen uns Menschen kehrt und uns in das Elend und in das Sterben führt. Sehen wir aber auf das, was Gott uns inwendig gewährt und durch seinen Geist in unseren Geist hineinlegt, so haben wir lauter Segen vor uns und lauter Grund zu voller Dankbarkeit.

Denn das, was himmlisch ist, gab uns Gott; deshalb hat sein Segen die geistliche Art an sich. Denn der Geist stiftet Verbundenheit mit Gott und verschafft uns damit den Besitz dessen, was himmlisch ist. Das Leben und die Herrlichkeit der Himmlischen stammen daher, daß Gott in offenbarer Herrlichkeit bei ihnen ist. Gott haben heißt daher: empfangen, was nicht auf der Erde entsteht und die irdische Art an sich hat, sondern was himmlisch ist. Nicht jede irdische Hilfe, nicht jeden leiblichen Gewinn versprach Paulus der Gemeinde, wohl aber, was mehr ist, nämlich das, was das Wesen und die Seligkeit der Himmlischen ausmacht und somit das Beste, Innerlichste und Bleibende von allem ist, womit Gott seine Liebe an uns offenbart. Dieser Segen, der in der Verborgenheit, aber auch in der Macht des Geistes das, was den Himmel erfüllt, in uns hineinlegt, ist uns im Christus gegeben, der selbst im vollkommenen Sinn im Geist sein Leben hat und das Himmlische besitzt. Darum verschafft die Berufung zu Christus der Gemeinde, daß sie jeden göttlichen Segen hat und das Himmlische erlangt.

Weil dieses Wort des Dankes einen unermeßlichen Inhalt umspannt, legt Paulus es auseinander, in einer Übersicht über die Wohltaten, die Gott uns durch Christus erwiesen hat. Erstens hat er uns in Christus erwählt mit der Bestimmung, daß wir seine Kinder werden; sodann hat er uns in Christus unsere Sünden vergeben und uns aus der Not befreit, in die wir durch sie gebunden waren; weiter hat er uns das Verständnis für seinen Willen gegeben, so daß wir das Ziel seiner Regierung über uns und über die Welt wahrnehmen, wie es in der Erneuerung aller Dinge im Christus besteht; und endlich hat er uns zu seinem Eigentum gemacht und uns durch sein Wort seinen Geist gewährt, der uns die vollkommene Erlösung verbürgt.

Dabei geht die Absicht des Apostels darauf, daß wir Gott als den Urheber und das Ziel aller dieser Gaben vor Augen haben und die Einsicht in uns befestigen, daß hier nicht wir oder sonst ein Mensch, sondern einzig Gott, er aber auch in der Herrlichkeit seiner Gottheit wirksam ist. Daher wiederholt Paulus in dieser Aufzählung den Satz, daß all dies seinen Grund allein im Wohlgefallen, das heißt in der freien Gnade Gottes und sein Ziel in Gottes Verherrlichung hat.

Wenn die Gemeinde erfaßt, daß Gott es ist, der in der Hoheit seines eigenen Willens und zum Preis seiner Herrlichkeit an ihr handelt, dann kann nichts sie von Jesus trennen; denn sie kann sein Wort mit nichts mehr vertauschen oder vergleichen. Worin Gottes Wille und Gottes Verherrlichung an uns geschieht, das hat für uns größte Wichtigkeit. Darum kann und soll die Gefangenschaft des Apostels die Gemeinde in ihrem Christenstand nicht stören; denn dieser beruht nicht auf dem Willen oder Werk des Apostels, sondern auf der eigenen, freien Gnade Gottes, die ihr durch Gottes Wirken widerfahren ist. Wird Paulus durch die Gewalt der Menschen weggerafft: keine menschliche Gewalt zerbricht Gottes Willen und Werk.

Die Größe dessen, was wir im Christus empfangen, spricht Paulus zuerst dadurch aus, daß er über die menschliche Geschichte zu dem Willen Gottes aufwärts schaut, wie er allen Anfang setzt. Weil sich uns im Christus wirklich die Gnade Gottes schenkt, beginnt diese Zuwendung Gottes zur Welt nicht erst in einem Augenblick des irdischen Zeitablaufs und wird sie noch weniger durch menschliches Wirken herbeigeführt; sie besteht vielmehr vor der Gründung der Welt. Denn was Gottes ist, ist älter als die Welt. Deshalb beschreibt Paulus den uns geschenkten Segen zuerst als die uns erwählende Gnade Gottes.

1,4-6: *da er uns vor der Aussaat der Menschheit in ihm erwählt hat* (Apg. 13,48; Röm. 8,29.30; 1. Petr. 1,2), *heilig und ohne Makel vor ihm durch die Liebe zu sein* (Kol. 1,22). *Denn er hat uns durch Jesus Christus zur Sohnschaft für sich vorbestimmt nach dem Wohlgefallen seines Willens zum Preis der Herrlichkeit seiner Gnade, mit der er uns im Geliebten begnadet hat.* Wir sollen uns bei unserer Berufung zu Christus nicht vorstellen, daß damit etwas völlig Neues entstehe, woran Gott früher nicht dachte; sie enthüllt uns vielmehr das, was in der ewigen Gemeinschaft des Christus mit dem Vater seinen Grund von jeher besaß. Ewig ist die Liebe Gottes auf uns gerichtet; der Schöpfungsrat Gottes ist mit seinem Gnadenrat vereinigt. Denn die Liebe Gottes, die uns zur Gemeinschaft mit Gott erwählt, hat in seinem ewigen Sohn, der durch seine Gottheit bei Gott ist, nicht nur das sie vollführende Organ, sondern auch den sie tragenden Grund.

Die Voraussetzung dieser Gewißheit bildet die Überzeugung, daß Christus nicht erst durch seine menschliche Geburt entstanden ist, sondern in einer vollständigen, über alle irdischen Grenzen erhabenen Gemeinschaft mit dem Vater lebt. Diese Überzeugung, die für Paulus völlige Gewißheit besaß, bestimmt sein ganzes Verhältnis zu Jesus und alle seine Aussagen über Gottes Werk. Weil aber Christus von Ewigkeit her der Geliebte ist, gibt ihm die Liebe Gottes auch sein Amt und Werk; sie umfaßt auch seine Gemeinde, die er im Verlauf der irdischen Geschichte schaffen wird, auch die Brüder, die er durch sein Sterben und Auferstehen für sich gewinnt und mit sich vereint. Deshalb gelangt Paulus durch Jesus zu der Gewißheit einer Liebe Gottes, die uns schon, bevor die Menschheit entstand, erkoren hat.

Wie stehen wir vor Gottes ewigem Blick? Was macht er zum Merkmal für unseren Lebensstand? Als die Heiligen, die von jedem Makel befreit sind, stehen wir vor seinem Auge. Das spricht Paulus mit der tiefsten Dankbarkeit aus. Wer darin eine Last sähe, vor der er erschrickt, dem würde der Apostel sagen, daß er sich noch unbußfertig dem Evangelium widersetzt. Die Christenheit hat ihre Lust nicht am Bösen, sondern daran, daß die heilige Art Gottes an ihr sichtbar wird, weil er sie mit sich verbunden hat. Sie hegt und schützt ihre Flecken nicht, sieht vielmehr in ihnen ihre Schande und Not. Darum wird der Segen Gottes, der uns zur Anbetung Gottes führt, darin offenbar, daß Gott uns von Anbeginn an als die Heiligen kennt; denn aus dieser Absicht der göttlichen Erwählung folgt mit Sicherheit, daß sie sich an uns erfüllen wird. Es ist kein leeres Wort, keine täuschende Hoffnung, daß unser Streit gegen den Willen Gottes endet und wir zu jener Lebensgestalt gelangen, die der hat, der durch Gott lebt. Denn dazu hat Gott uns erwählt, und wir werden das sein, wozu wir von Gott erwählt worden sind. Diese Heiligkeit und Reinheit hat ihr Merkmal daran, daß sie uns vor Gott zukommt, nicht durch menschliches Lob und Urteil, die hier nichts gelten, sondern nach dem Urteil Gottes, das allein für unser Verhältnis zu ihm und für unser ewiges Leben Geltung hat. Sie hat weiter ihr Merkmal daran, daß sie uns durch die Liebe zuteil wird. Die Erwählung Gottes führt uns nicht in einen Zustand, in dem wir von ihm geschieden und voneinander getrennt und in uns selbst verschlossen nichts anderes begehrten als unser eigenes Glück; sie schafft vielmehr die Gemeinde, deren Glieder mit Gott und miteinander verbunden sind. Deshalb wird die Erwählung uns im Christus verliehen, der die durch die Liebe vereinte Gemeinde schafft. So ist die Liebe, die uns mit Gott und mit den Brüdern vereint, unsere Heiligkeit; sie ist das, was vor Gott rein ist und keinen Makel hat.

Wie Paulus Röm. 8,29 das auf uns gerichtete Erkennen Gottes durch die Bestimmung deutlich macht, die er uns gab, so zeigt er uns auch hier an unserer Bestimmung, was die Erwählung Gottes uns verleiht. Seine erwählende Gnade offenbart sich in dem Ziel, das sie uns setzt. Durch die Annahme an Kindes Statt treten wir in die Stellung ein, die Gott uns im Verhältnis zu sich und zur übrigen Schöpfung verordnet hat. Damit, daß er zu unserer Bestimmung machte, als seine Kinder vor ihm zu leben, gab er uns seine erwählende Gnade. Mit ihm selbst werden wir durch unsere Kindschaft vereint. Als Kind von Gott aufgenommen sein bedeutet, daß er sich selbst uns zugänglich, bekannt und verbunden gemacht hat, so daß wir, wie Kinder beim Vater, bei ihm und für ihn leben. Darum ist uns unsere Vorbestimmung im Christus gegeben; denn wie Christus selbst der Sohn ist, so besteht auch sein Amt und Werk an uns darin, daß er aus uns Kinder Gottes macht.

Dafür läßt sich in nichts anderem die Ursache suchen als allein in dem gnädigen Willen Gottes, allein in seinem königlichen, freien Entschluß, der uns dieses höchste Gut nach seiner eigenen Güte zugeteilt hat. Ebenso kann das Ziel unserer Bestimmung nur darin bestehen, daß die Herrlichkeit der göttlichen Gnade offenbar und gepriesen wird. Damit der strahlende Reichtum seiner Größe an uns sichtbar werde, hat er uns durch seinen Willen dazu verordnet, seine Kinder zu sein.

Das ist nicht nur der in seiner Ewigkeit verborgene Wille Gottes, von dem wir nur durch eine Verheißung Kunde hätten; seine Erwählung ist vollendete, von uns erlebte Tat geworden. Christus ist nicht mehr nur in seinem ewigen Leben im Vater der Grund und Träger einer uns geltenden göttlichen Liebe, sondern er ist zu uns gekommen und hat uns die Liebe Gottes gebracht, sie mit der Tat erwiesen und zu unserem Besitz gemacht. Im Geliebten Gottes, in dem ersten, ewigen und herrlichen Empfänger der göttlichen Liebe, hat sie auch uns erfaßt, und wie groß die in ihm uns geschenkte Gnade ist, erkennen wir daran, daß er uns in die Kindesstellung führt, in der wir vor Gott heilig sind.

Ist uns nicht schon damit das volle Evangelium gesagt? Kann Paulus noch mehr sagen, um die göttliche Gnade noch höher zu führen und sie noch reicher vor uns zu entfalten? Ja; denn damit, daß Jesus die göttliche Gnade uns so bringt, daß wir sie empfangen und erleben, begegnet sie unserer Sünde. So muß noch ein neuer, wichtiger Punkt zur Sprache kommen, der uns die Größe der göttlichen Gnade nach einer neuen Seite erkennen läßt. Es wird darin deutlich, was uns die irdische Arbeit Jesu erworben hat. Weil uns schon unsere Erwählung im Christus gegeben ist, wird uns auch alles weitere, was sich auf die ewige Gnade Gottes aufbaut, in ihm zuteil, so daß der Preis der Gnade Gottes fortwährend zum Preis Jesu und zur Verkündigung seiner Wohltat wird.

1,7: *in dem wir die Erlösung durch sein Blut haben, die Vergebung für die Fehltritte, nach dem Reichtum seiner Gnade* (Kol. 1,13.14). Aus dem Bösen entsteht für uns Knechtung und Gebundenheit; denn aus der Sünde wird Schuld, die die Strafe auf uns legt. Es gibt kein Wohlgefallen Gottes am Bösen; darum bringt uns die Sünde die Geschiedenheit von Gott, seinen Unwillen und Widerstand gegen uns, Ohnmacht und Tod. Aus dieser Haft, in die uns das Böse bringt, führt Christus uns heraus; an ihm haben wir den Retter, der uns von Schuld, Zorn und Gericht frei zu machen vermag. Diese unsere Freisprechung hat er durch sein Blut bewirkt. Am irdischen Werk Jesu hebt Paulus sein Sterben als das Wirksamste und Kostbarste heraus, weil uns Jesus mit der Preisgabe seines Blutes und der Übernahme des Todes die Vergebung erworben hat. Gottes Verzeihen deckt unsere Verfehlungen zu, läßt ihretwegen die Liebe und Gemeinschaft nicht fallen, sondern stiftet sie über sie hinweg neu. Nicht anders können wir Kinder Gottes werden, nicht anders vor Gott als die Heiligen und Makellosen stehen als so, daß uns Verzeihung zuteil wird. Diese ist uns aber als die Frucht des Todes Jesu gewährt.

Das ist wieder nicht ein Erfolg der menschlichen Frömmigkeit oder der Arbeit der Christenheit, sondern ein Erweis der vollkommenen Gnade Gottes. Nicht ihre Schwäche hat bewirkt, daß Jesus den Kreuzesweg ging, als bedürfte Gott des Blutes Jesu, damit die Gnade in ihm erwache, sondern ihr Reichtum hat sich darin erwiesen, daß er durch den Tod seines Sohnes uns die Erlösung bereitet hat. Seine Gnade, die sich nie mit Bösem befreundet und es nie an uns hegt und schützt, bietet uns eine solche Vergebung an, die die Sünde nicht übersieht und begünstigt, sondern in ihrer ganzen Fluchwürdigkeit offenbart und richtet und dennoch alle ihre Folgen tilgt und uns die Liebe Gottes in neuer Vollkommenheit zuwendet.

Mit der Darbietung der Erlösung hat Gott uns sofort noch eine weitere Gabe gereicht, nämlich die Erkenntnis, die seinen Willen sieht. Daß uns das Blut des Christus die Verzeihung erworben hat, würden wir nie entdecken und darum auch nie zu eigen empfangen, wenn uns die Gnade nicht zugleich das Wort gäbe, das uns das Werk Gottes deutet und die Weisheit schenkt, die es versteht. Das ergibt den dritten Hinweis, mit dem Paulus die göttliche Gnade beschreibt. 1,8-10: *Diese hat er für uns durch jede Weisheit und Einsicht groß gemacht, da er uns das Geheimnis seines Willens kundtat nach seinem Wohlgefallen, das er bei sich für die Verwaltung der Fülle der Zeiten festgesetzt hat, alles im Christus zu seinem Bestand zu bringen, sowohl das, was in den Himmeln, als das, was auf der Erde ist.* Wie uns die Schuld in eine Trennung von Gott versetzt, die das Gegenteil der Kindschaft ist, so scheidet uns auch die Unwissenheit und Blindheit von ihm, während es das Merkmal des Sohnes ist, daß er den Vater kennt und seinen Willen versteht. Bliebe uns dieser unbekannt, so könnten wir Gott nicht lieben, ihm auch nicht dienen und gehorchen. Darum gehört es zu der in der Erwählung gegründeten überreichen Gnade, daß sie uns weise und verständig macht.

Wie kann Paulus sagen, daß „jede Weisheit" von Gott uns dargereicht ist? Er denkt an die vereinigte Gemeinde, nicht nur an diesen oder jenen Christen, der freilich oft nur eine geringe Erkenntnis hat; und doch braucht deshalb keiner die Weisheit zu entbehren, die ihm für seine Lebensarbeit nötig ist; denn was ihm fehlt, ist anderen gegeben; er kann von ihnen lernen und sich von ihnen führen lassen. Die Epheser haben auch nicht in eigener Erkenntnis ihr Verständnis des Christus und seines Rates gewonnen; sie verdanken es der Weisheit des Apostels, der sich samt den anderen Boten in dieses „Wir" mit einrechnet, denen das Geheimnis des göttlichen Willens enthüllt worden ist (vgl. 3,3). Die Gabe Gottes besteht in der Gegenwart seines Wortes bei der Gemeinde, das ihr die Regierung Gottes und das Ziel seines Werkes zeigt und sie seinen Willen finden lehrt. Was für eine Gnadengabe ihr auch damit verliehen ist, macht ein Rückblick auf den früheren Stand der Menschheit deutlich. Sie hat bisher den Willen Gottes nicht gekannt; er blieb ihr ein Geheimnis, das auch im prophetischen Wort noch nicht so ausgesprochen war, daß es zur Erkenntnis gekommen wäre. Auch hier hat nicht der Mensch das Verdienst, den Fortschritt bewirkt zu haben, als könnte er sich in das Verständnis des göttlichen Geheimnisses hinaufschwingen und es Gott nehmen, ohne daß dieser von sich aus seinen Willen zu erkennen gäbe. Gott allein hat als die Gabe seiner Gnade sein Geheimnis geoffenbart. Und auch nachdem seine Regierung es vor uns enthüllt hat, behält es die undurchdringliche Art einer göttlichen Festsetzung: Wir sehen sie, weil sie ausgeführt ist; wir wissen um sie, weil sie offenkundig in der Geschichte vor uns steht; wir können sie aber nicht anders erklären als so, daß wir darin den Vorsatz erkennen, den Gott in Kraft seiner eigenen göttlichen Vollmacht bei sich selbst festgestellt hat.

Dieser Vorsatz Gottes hat angeordnet, was in der Erfüllung der Zeiten geschehen soll; diese sind voll geworden, wenn sie das ihnen geordnete Maß erreicht haben und keine längere Frist und Dehnung mehr einzutreten hat. Über dem Geschichtsverlauf steht das ihn überschauende und ordnende Auge Gottes, das ihm Maß und Ziel gegeben hat. Weil uns die Vorbestimmung im Christus gegeben ist und durch ihn zur Wirklichkeit werden wird, ist dieses Vollsein der Zeiten mit seiner Offenbarung und Herrschaft gegeben. Es gilt daher in gewissem Sinn, daß die Fülle der Zeiten eingetreten ist, weil Christus gekommen und gegenwärtig ist (vgl. Gal. 4,4), und zugleich, daß die Zeiten noch nicht voll geworden sind, sondern sich noch weiter dehnen und weiter wachsen müssen, da sie ihre Vollendung erst mit der neuen Offenbarung Jesu erhalten. Aber in beiden Beziehungen gibt dasselbe Geschehen der Zeit die Vollendung, weil in beiden Beziehungen Christus den Lauf der Zeit und Geschichte zu ihrem Ziel bringt. Der Ausdruck „Verwaltung" ist vom

Hauswesen entlehnt, das durch eine geordnete Verwaltung im Gang erhalten und für seinen Zweck fruchtbar gemacht wird. So hat Gott auch für den Moment, in dem die Zeiten des Hoffens und langsamen Wachsens abgeschlossen sind, seine Einrichtungen getroffen, durch die nun sein Wille an der Menschheit vollendet und alles in der Welt zu seinem Ziel gebracht wird. Zu wissen, wohin die Wege Gottes gehen, was seine Verwaltung aus der Menschheit machen und wohin er sie führen wird, das ist Weisheit. Durch diese Weisheit werden wir zu seinem Dienst geschickt und lernen als seine Kinder seiner Leitung folgen. Ehe es bekannt war, wie Gott die Vollendung der Zeiten herbeiführen und was er dann tun wird, blieb sein Wille für alle ein unerforschliches Geheimnis; jetzt dagegen schauen wir, was seine Regierung schafft.

Gott hat uns seinen Willen für die Vollendung der Zeit geoffenbart: im Christus soll alles seine wesentliche Endgestalt erhalten. Das Gleichnis, das Paulus verwendet, ist von dem Redner oder Schriftsteller hergenommen, der eine längere Rede oder eine umfassende Darstellung dadurch zusammenfaßt und vollendet, daß er den entscheidenden Hauptpunkt heraushebt und das Wesentliche zusammenfassend deutlich macht. Wenn die Vollendung der Zeiten eintritt, kommt die Hauptsache und der wesentliche Kern von allem ans Licht. Was nur vorbereitende Dienste tat, ist dann erledigt und abgetan. Nun bedarf es keines Gerüstes mehr, der Bau ist da; die Blätter können welken, denn die Frucht ist reif. Das nun offenbar gewordene Geheimnis besteht aber darin, daß alles im Christus zu seinem von Gott gewollten Sinn und Ziel und bleibenden Bestand gelangt. Für alles ist das Verhältnis zu Christus das Entscheidende und das Ziel nur durch die Verbundenheit mit ihm zu gewinnen. Alles andere erweist sich als nebensächlich, vergänglich und bedeutungslos. Was die Welt ist, was Gott mit der Pflanzung der Menschheit wollte, wozu er die alttestamentliche Gemeinde schuf, was die irdische Arbeit Jesu bedeutet, wozu er die Christenheit ins Leben rief, ja sogar was die himmlischen Geister sind und wozu sie bei dem Thron Gottes stehen und bei seiner Regierung mitwirken – dies alles erhält seine bleibende Gestalt und seinen deutlichen Sinn dadurch, daß es seinen Platz durch die Herrschaft des Christus bekommt und ihm als Werkzeug dient. Dies zu wissen macht weise und verständig. Wir kennen jetzt für unsere eigene Lebensführung und für jede Arbeit, die wir an anderen tun, das Ziel, auf das sie ausgerichtet sein müssen, damit sie fruchtbar seien und Bleibendes schaffen, das von der Regierung Gottes aufgenommen und von ihr erhalten werden wird. Was leerer Schein ist und was echte Wirklichkeit hat, was vergehen muß und was bleibt, was ein Irrweg menschlicher Torheit und vergebliche Mühsal ist und was unvergängliche Frucht schafft, das lernen wir an uns und anderen dadurch unterscheiden, daß wir im Christus den Herrn kennen, der allem die fruchtbare Lebendigkeit und ewige Vollendung gibt.

So hat uns Paulus den göttlichen Segen schon reichlich ausgelegt und ist doch noch nicht am Ende. Daß es durch Jesu Kreuz für uns Vergebung der Sünden gibt und daß wir durch seine Erkenntnis über Wahn, Blindheit und närrisches Tun hinausgehoben sind und Gottes Willen sehen, ist noch nicht alles, was uns die göttliche Gnade gewährt. Denn sie zieht uns selbst mit unserem ganzen Lebensstand zu Gott. Mit der Vergebung der Sünden ist weggeräumt, was uns verdarb und von Gott schied; was legt er nun in unser neues Verhältnis zu sich hinein? Er hat uns Weisheit dargereicht; aber gibt er uns nur Erkenntnis, nicht noch mehr, nicht auch eine Gabe, die uns selbst mit unserem Sein, Wollen und Wirken mit ihm vereint? Gewiß! Paulus hat uns schon gesagt, daß alles, auch wir, im Christus die Erneuerung und Vollendung findet; das hörten wir nicht nur als eine Lehre, die ein bloßer Gedanke bliebe, sondern haben es erlebt und an unserer eigenen Geschichte vor Augen.

1,11: *In ihm wurde uns auch das Los zuteil, sein Eigentum zu sein, da wir vorbestimmt waren nach dem Vorsatz dessen, der alles nach dem Rat seines Willens wirkt.* Die Berufung kam zu uns, die der Vorherbestimmung entsprach, die uns die Kindschaft zuteilte. Dafür haben wir aber wieder nicht uns zu rühmen oder an unser richtiges Verhalten zu denken, als hätten wir selbst uns in die göttliche Gnade eingeführt. Gerade jetzt, da Paulus ihren Übergang in unseren persönlichen Besitz beschreibt, sorgt er mit besonderem Ernst dafür, daß jeder eigene Ruhm ausgeschlossen sei und die Gemeinde Christus von Herzen danke, durch den sie ihren ganzen Anteil an Gott erhalten hat. Darum braucht er als Bild das Los, das der nicht lenken und vorausbestimmen kann, den es trifft; er kann es nur hinnehmen, so wie es fällt. So kam die Berufung an uns; das Los war uns beschieden, daß wir die Gnade Gottes empfangen und zum Glauben an Jesus gelangen. Darum erinnert Paulus wieder an die Vorherbestimmung, in der das Walten Gottes über uns und das ganze Heilandsamt Jesu begründet ist, und er schärft uns ein, daß hiebei der eigene, freie Vorsatz Gottes das Entscheidende ist und dieser Vorsatz Gottes nicht ein leerer Gedanke, sondern mit seiner göttlichen Kraft erfüllt ist und vollführt wird. Daraus erwächst die große Zuversicht und der gewisse Trost der Christenheit: Ihre Frömmigkeit ist nicht ihre eigene Sache, nicht das Produkt ihrer Willensmacht oder die Folge ihres Rechtes; sondern ihre Verbundenheit mit Gott entsteht aus Gott und ist durch seinen Vorsatz und sein Wirken geschaffen. Dieses aber schafft nicht ein Stückwerk oder nur einen Anfang, sondern ein Ganzes. Was Gott begann, vollendet er. Nur so können wir Gottes Eigentum werden, nie so, daß wir uns auf den Flügeln unserer religiösen Kraft zu ihm erhöben; nur so entsteht eine Gemeinde, die ihm gehört, daß er selbst sie bereitet. Darum hat sie auch eine neue, unermeßlich reiche Zukunft vor sich.

1,12: *Damit wir zum Preis seiner Herrlichkeit seien, wir, die wir im Christus zuvor die Hoffnung erlangt haben.* Was Gott an uns getan hat, hat darin sein Ziel, daß seine Herrlichkeit sich an uns offenbaren soll. Nicht nur dies will Paulus mit diesen Worten erreichen, daß wir uns von Gott abhängig, ganz von ihm abhängig fühlen als Leute, über deren Lebensstand der Wille und das Wirken Gottes völlig und ausschließlich entscheiden. Freilich schärft er uns ein, daß wir den Grund unseres Christenstandes nicht in uns selbst suchen, sondern uns deutlich machen sollen, daß einzig Gott ihn uns geben konnte und gegeben hat. Damit ist aber erst ein Anfang erreicht, woraus leicht eine Verirrung werden kann, wenn wir dabei stehenbleiben. Unsere Gewißheit, daß wir von Gott abhängen, wird dadurch wahr und ernst, daß wir unseren Christenstand nicht nur aus Gott herleiten, sondern auch auf ihn hin mit ganzem Verlangen ausrichten und für ihn fruchtbar machen. Aus Gott zu Gott, das ist der Weg, den Paulus der Gemeinde zeigt. Aus dem Vorsatz Gottes, der ihr ihren Ort vor Gott bestimmt, ergibt sich für sie die unermeßlich reiche Hoffnung, die in die Herrlichkeit Gottes hinüberschaut. Ihr Hoffen ist ihr wie alles, was sie hat, durch ihre Gemeinschaft mit

Christus verliehen. Daß sie diese bewahre, ist für sie der Weg zur Herrlichkeit. Da diese noch nicht an ihr erschienen ist, so hat sie die Hoffnung als Vorausgabe, ehe der Preis der göttlichen Herrlichkeit durch sie entsteht, ehe an ihr sichtbar wird, wie herrlich Gott zuletzt seine Kinder macht und wie Großes er ihnen verleiht. Dadurch aber, daß sie sich schon jetzt, ehe das Ziel erreicht ist, vom Christus zur Hoffnung erwecken läßt und diese nicht anderswohin wendet, sondern auf ihn gerichtet hält, erreicht sie den Stand, durch den die Herrlichkeit Gottes an ihr sichtbar und gepriesen werden wird.

Es läßt sich aber noch genauer sagen, was das Los in sich schließt, das der Gemeinde zuteil geworden ist; Paulus setzt jetzt absichtlich die Anrede ein, das „ihr", damit jeder Leser daran erinnert sei, daß er an seiner eigenen Person den vollen Segen Gottes erlebt hat. Erst jetzt gibt der Apostel seinen Worten diese auf die Epheser persönlich zielende Form; denn ihr Christenstand als solcher ist nichts Sonderliches; sie haben ihn in der großen Gemeinschaft aller, zu denen das Evangelium gekommen ist. Ihre Erwählung ist keine andere als die, die allen Kindern Gottes gilt; sie haben die Vergebung der Sünden wie alle, und ihr Einblick in das Geheimnis Gottes und ihre Berufung zu ihm sind nicht von anderer Art, als wie sie im Christus allen gegeben sind. Darin besteht die Segnung, die Gott ihnen gegeben hat, daß sie sich in das große „Wir" einschließen dürfen, das die ganze Gemeinde Gottes umfaßt. Aber in dieses „Wir" gehören auch sie hinein, und sie sollen sich deutlich machen, was sie damit empfangen haben, daß Paulus ihnen die Gabe Gottes als ihr persönliches Eigentum zusprechen darf.

1,13: *In ihm seid auch ihr, als ihr das Wort der Wahrheit, die Heilsbotschaft von eurer Errettung, hörtet* (Kol. 1,5), *da ihr gläubig wurdet, mit dem Heiligen Geist der Verheißung versiegelt worden* (2. Kor. 1,22; 5,5; Eph. 4,30). Daß die Empfänger des Briefes das Wort hörten, und zwar so, daß es ihnen den Glauben gab und nun in ihnen steht als tragende Gewißheit, auch das gehört zur geistlichen Segnung Gottes mit dem himmlischen Gut. Der Wert und die Macht dieses Wortes beruhen darauf, daß es „das Wort der Wahrheit" ist; es täuscht nicht, es hat nicht in Meinungen oder Wünschen seinen Inhalt, sondern es sagt ihnen Gottes wirkliche Gnade, seine vollbrachte Tat und sein geschehenes Werk an. Daß die Vorankündigung, die die

Gemeinde hörte, Wahrheit ist, hat wegen des Inhalts der Botschaft die allergrößte Wichtigkeit; denn sie tut ihnen kund, daß ihnen die Rettung von allem, was sie zu verderben vermag, von Wahn, Schuld, Elend, Tod und Gericht nicht nur winkt, nicht nur möglich und vielleicht erreichbar ist, sondern ihnen von Gott bereitet ist.

Dadurch, daß nach Gottes gnädiger Regierung das Wort zu ihnen kam, ohne daß sie es suchten, traf sie das Los, durch das sich der Vorsatz Gottes an ihnen erfüllt. Was taten sie? Nichts, als daß sie das Wort hörten und es so hören konnten, daß sie glaubten. Weil ihnen die Segnung Gottes das Glauben beschert hat, wurde ihnen auch im Christus das Siegel verliehen, das sie als das Eigentum Gottes kennzeichnet, heiligt und beschirmt: der Heilige Geist, von dem die Verheißung sprach und mit dessen Gegenwart sie sich erfüllt. Daß Gottes Segnung geistlich ist, damit begann das Dankgebet; daß die Gemeinde im Geiste das Siegel hat, durch das sie zu Gottes Eigentum gemacht ist, damit schließt dessen Auslegung.

Allerdings haben wir damit noch nicht das Ganze empfangen, was uns das Wohlgefallen Gottes bestimmt hat. Zwar ist die Erwählung, die es uns beschert, vor Gott heilig und ohne Flecken zu sein, damit für uns zum Erlebnis geworden; aber sie ist noch nicht zur Vollendung gekommen, und die Vorherbestimmung, die uns zu Gottes Kindern gemacht hat, bleibt noch das Ziel unseres Hoffens. Doch kann sich daran, daß wir die Gnade noch nicht in der Erneuerung unseres ganzen Wesens, sondern erst im Geist erleben, kein Zweifel oder Undank heften; denn mit der Gegenwart des Geistes ist uns auch die ewige Vollendung verbürgt. 1,14: *der das Angeld für unser Erbe ist auf jene Erlösung hin, durch die wir Gottes Eigentum werden, zum Preis seiner Herrlichkeit.* In der Bestimmung zur Kindschaft liegt die Anwartschaft auf das Erbe, das für uns noch in Gottes Händen liegt und mit dem ewigen Leben in unseren Besitz übergeht. Von diesem ewigen Gut ist uns jetzt erst ein Teil, aber schon ein Teil gewährt, ähnlich wie der Käufer, der dem Verkäufer das Angeld gibt, damit den Kauf abschließt und dem Verkäufer die Entrichtung der vollen Summe verbürgt (vgl. 2. Kor. 1,22). Das Angeld unseres künftigen Besitzes ist der Geist; er wird nicht mehr genommen werden, sondern auch in der ewigen Herrlichkeit die uns belebende Macht bleiben, die uns mit Gott vereint und mit Christus verbunden hält. Er macht es uns gewiß, daß wir auf das ganze Erbe warten dürfen.

Die göttliche Tat, durch die wir das Erbe erhalten werden, heißt Paulus wieder Erlösung, doch nun in anderer Beziehung als in Vers 7. Dort sah er auf die Frucht des Todes Jesu, durch den uns Schuld, Fluch und Gericht abgenommen sind; hier schaut der Apostel vom gegenwärtigen Christenstand hinaus auf die neue Befreiung, die uns einst widerfahren wird, ähnlich wie in Röm. 8,23, wo er von der Erlösung des Leibes spricht, auf die wir warten. Er meint die Beseitigung der Ketten, die uns unser natürliches Wesen, die Welt und der Tod jetzt anlegen; sie wird erst dann erfolgen, wenn das Sterbliche an uns durch das Unsterbliche ersetzt sein wird. Werden wir aus dieser Knechtschaft, die wir jetzt in Geduld und Gehorsam zu tragen haben, herausgeführt, so ergibt dies eine „Aneignung" oder „Erwerbung", das heißt: wir werden dadurch zur Gemeinde und Kinderschar Gottes, zu seinem Haus und Tempel, und dies in einem noch höheren Sinn, als es jetzt von der Gemeinde Jesu gilt, daß sie der Besitz Gottes ist. Von dem, was uns bedrückt, werden wir dazu befreit, um dann in der Weise der ewigen Vollendung Gott ganz anzugehören. Darum ist die höchste und beste Frucht, die daraus entstehen wird, der Preis seiner Herrlichkeit.

Die Anleitung zur Bitte um die volle Erkenntnis
(1,15-23)

Durch die Betrachtung der empfangenen Gnade wird Paulus niemals in der Weise satt und beruhigt, daß er nur noch für das Empfangene zu danken wüßte und nur noch die Gabe, die er erhielt, bewahren und genießen wollte. Daraus erwacht in ihm stets die mächtige Spannung eines starken Verlangens, das ihn vom Danken zum Bitten führt. Dieses zielt aber, weil die Gnade Gottes so reich ist, nicht auf neue, der Gemeinde noch unbekannte Gaben Gottes, sondern darauf, daß sie die empfangene Gnade ganz erkenne. Wenn diese Bitte auch in den Ephesern kräftig erwacht, kann nichts sie in ihrem Glaubensstand erschüttern, auch nicht die Gefangenschaft des Paulus; denn ein solches Bitten hat die volle Gewißheit in sich, die die Wahrheit und Kraft der erlebten Gnade erfaßt; es ist daher von ungläubiger Unruhe und unbestimmter Sehnsucht geschieden und erweckt zugleich immer neu die tiefe Dankbarkeit.

1,15.16: *Deshalb höre auch ich nicht auf, da ich von eurem Glauben im Herrn Jesus und von eurer Liebe zu allen Heiligen hörte* (Kol. 1,9; Philem. 5), *für euch zu danken und Erinnerung an euch zu wirken bei meinen Gebeten* (Kol. 1,3.4). Weil die Gemeinde tat, was Paulus V. 13 und 14 von ihr sagt, und das Wort der Wahrheit so hörte, daß sie daran Glauben gewann, macht auch er es so, wie er es ihr jetzt sagt, und wird für sie zum treuen, beharrlichen Beter. Denn der Apostel hat nicht einzig die Verkündigung des Worts, sondern auch die Übung der Fürbitte zu seinem Botenamt gezählt. Wie die Gemeinde zerfiele, wenn ihr Gebet verstummte, so kann auch Paulus nur dadurch Apostel sein, daß er den priesterlichen Dienst der Fürbitte für die vollzieht, denen er das Wort gegeben hat. Darum hat er sich auch während seiner Gefangenschaft einen Bericht darüber verschafft, wie es mit dem Glauben und mit der Liebe der Gemeinde steht. Er hat nach beiden gefragt, weil ihr Glaube widerlegt und als unfruchtbar erwiesen wäre, wenn die Liebe sich nicht bei ihm fände, und ihre Liebe abstürbe, wenn sie nicht neben sich die Zuversicht zu Gott hätte, die uns Jesus verschafft. Dabei rühmt er es an den Empfängern des Briefes, daß sie ihre Liebe nicht auf ihnen nahestehende Einzelne beschränken oder auf besondere Gruppen in der Gemeinde, denen Liebe zu beweisen ihnen leichtfiele und Vergnügen machte; sie geben sie vielmehr allen Heiligen, allen, die mit ihnen ihren Glauben auf Jesus gründen und durch ihn mit Gott verbunden sind. Damit beweisen sie, daß ihre Liebe nicht eigensüchtig verdorben ist, sondern unter dem Willen Jesu steht, der alle seine Heiligen mit derselben Liebe umfaßt. Durch diese Richtung auf alle bekommt die Liebe ihre reine, geheiligte Art. Das gibt Paulus Anlaß zum Dank; denn er denkt beim Glauben und bei der Liebe nicht nur an den guten Willen des Menschen, sondern erkennt in beiden den göttlichen Segen, von dem er in dem vorangehenden großen Lobpreis Gottes gesprochen hat. Mit seinem Dank verbindet der Apostel die Fürbitte für die Gemeinde, mit der er, sooft er betet, das Gedenken an sie vor Gott bringt; und weil er die Gemeinschaft des Gebets zwischen sich und ihnen herstellen will, sagt er ihnen, was seine Fürbitte für sie bei Gott sucht.

1,17.18a: *daß der Gott unseres Herrn Jesus Christus, der Vater der Herrlichkeit, euch Geist der Weisheit und Offenbarung durch seine Erkenntnis gebe* (Kol. 1,9) *und die Augen eures Herzens beleuchtet mache.* Beim Gebet sagen die Namen, mit denen Gott angerufen wird, jedesmal, worauf der Beter seine Zuversicht stützt und woher er die Gewißheit nimmt, von Gott das Erbetene zu empfangen. Der, an dem Jesus, der Herr der Gemeinde, seinen Gott hat, nicht nur einst in seiner irdischen Arbeit, sondern auch jetzt in der Throngemeinschaft mit Gott, dem er in vollkommenem Dienst und in einer nach Gottes Weise vollendeten Liebe hingegeben ist, der ist es, an den sich die einträchtige Bitte des Apostels und der Gemeinde mit der Gewißheit der Erhörung wenden darf. Der Gott Jesu ist durch Jesus auch unser Gott. Wir wissen, was wir von ihm zu erwarten haben; er wird als der Gott unseres Herrn, der sich in ihm an uns offenbart. an uns handeln. Sodann entsteht die Größe und Zuversicht der Bitte daraus, daß Gott der Vater der Herrlichkeit ist; alle Herrlichkeit stammt aus ihm, ist sein göttliches Eigentum und wird denen verliehen, denen er seine Liebe und Gemeinschaft gibt.

Paulus bittet, daß die Gemeinde Gott kennen und verstehen lerne. Dabei denkt er nicht an Theorien und leere Gedanken, die wir mit spielender Willkür in unserer Phantasie erzeugen, sondern an eine Kenntnis und Gewißheit, die Gott selbst durch sein Erleuchten in uns schafft. Daher wird sie nicht durch unseren Scharfsinn oder unsere Anstrengungen erworben, sondern uns wie all unser inwendiges Eigentum durch den Geist zuteil, der sich dadurch an uns als Geist der Weisheit oder auch der Offenbarung erweist. Durch die Weisheit erkennen wir, welchen Zielen die göttliche Regierung dient; so empfangen wir durch die Weisheit die innere Ausrüstung zu seinem Dienst. Der Weise nimmt wahr, wohin unter der Leitung Gottes der Lauf der Dinge strebt; er hat ein klares Urteil, das ihm ein richtiges Handeln ermöglicht. Davon unterscheidet sich die Offenbarung als die Gewährung besonderer Einsicht in die Reichsverwaltung Gottes, sei es in die Führung der gesamten Menschheit, sei es in die der Einzelnen. Das Entscheidende bei aller Klärung unserer Gedanken und Erweiterung unserer Einsicht bleibt aber, daß Gott selbst uns nicht verborgen bleibt, daß wir auf ihn achten lernen, sein Werk wahrnehmen und seinen Willen verstehen. Ist es uns nicht um die Kenntnis Gottes zu tun, so wird der Geist der Weisheit oder der Offenbarung uns nie zuteil. Gott gibt seine guten Gaben nicht dazu, damit wir uns selbst mit ihnen erhöhen oder sie in leerem Spiel vergeuden.

Die Erkenntnis Gottes gewinnen wir nicht durch das leibliche Auge, sondern sie geht uns durch die Augen des Herzens auf, durch dasjenige Sehvermögen, das dem inneren Menschen gegeben ist. Aber wie unser leibliches Auge das Licht nötig hat, damit es sehen kann, so trägt auch das Auge des Herzens sein Licht nicht in sich selbst, sondern sieht nur dann, wenn es durch Gottes Licht bestrahlt und von ihm erfüllt ist. Darum bittet Paulus, daß Gott den Gliedern der Gemeinde sein Licht in ihre inwendigen Augen sende und sie mit seinem klaren Glanz bestrahle; dann werden sie weise und verstehen, was Gott tut.

1,18b: *damit ihr wißt, was die durch seine Berufung verliehene Hoffnung und was der Reichtum von Herrlichkeit in seinem Erbe bei den Heiligen ist* (4,4; Phil. 3,14). Weil der Ruf Gottes an uns ergangen ist, ist uns die Hoffnung gegeben. Was sie bedeutet und was uns Gottes Ruf gewährt, sieht freilich das irdische Auge nicht. Um dies zu sehen, braucht es das bestrahlte Auge, das von Gott in sein helles Licht hineinversetzt ist. Dazu kommt zum Glauben und zur Liebe die Hoffnung als die dritte Bewegung unseres Willens hinzu, mit der unser inwendiges Leben seinen vollen Bestand erlangt. Denn einem Auge, das im Licht Gottes sehen lernt, bleibt die Verheißung nicht leer und gleichgültig; es fühlt und erfaßt, wie Großes sie uns gewährt. Gott hat für seine Heiligen ein Erbe, einen Besitz und Schatz bereit, der aus einem Reichtum von Herrlichkeit besteht. Wenn dieser ihnen so deutlich wird, wie sie ihn mit der Hoffnung zu erfassen vermögen, dann begreifen sie, daß keine Ehre und kein anderer Reichtum das überragt, was Gottes Kindern als ihr Erbe gegeben wird. Dies ist für sie eine unerschöpfliche Quelle der Freude, der Kraft, der Geduld und der Heiligung.

Weil uns aber der Weg zum Herrlichkeitserbe noch weit erscheint, sollen wir noch etwas anderes wissen. 1,19.20a: *und was die überreiche Größe seiner Kraft an uns ist, die wir glauben infolge der Wirkung der Macht seiner Stärke, die er am Christus wirksam ge-*

macht hat (Kol. 1,11). Leicht verbirgt sich uns die Macht Gottes, so daß er uns als schwach und abwesend erscheint, und wir klagen, wir spürten nichts von seiner Macht. Diese ist freilich nicht so am Werke, daß sie uns das Glauben ersparte und uns so an Gott kettete, daß wir ihm kein Vertrauen mehr erweisen müßten. Die Kraft Gottes will uns nicht über den Glauben hinauf, sondern in ihn hinein helfen und steht nicht dem Glaubenslosen, sondern dem Glaubenden zur Seite. Für ihn tritt Gott aber mit seiner ganzen Macht ein, und wenn wir dies mit erleuchteten Augen sehen, ist uns damit zur richtigen Führung des Lebens eine mächtige Hilfe verschafft.

Daß und wie wir unseren Glauben auf Gott stellen dürfen, wie er mit seiner Macht unserem Glauben antwortet und ihn erhört, das sehen wir an dem, was er an Jesus getan hat. An ihm hat uns Gott die Größe seiner Macht geoffenbart. Absichtlich häuft Paulus hier die Worte: die Stärke Gottes tritt hervor, weil an ihm die inwendige Kraftfülle sichtbar wird, die Gott in sich trägt, und dadurch kam die sieghafte Obmacht und Unüberwindlichkeit seiner Stärke zum Vorschein, die durch alle Widerstände bricht und seinen Willen zum Ziele führt. Daran hat unser Glaube seinen Grund und sein Maß und ist ihm jeder Argwohn gegen Gott verboten. Denn er hat in Gott nicht ein geringeres Maß von Kraft, sondern dieselbe Stärke für sich, die an Jesus wirksam geworden ist.

Wieso hat Gott an Christus seine starke Herrschermacht kundgetan? 1,20b.21: *dadurch, daß er ihn aus den Toten erweckte* (Kol. 2,12) *und zu seiner Rechten in das Himmlische setzte, höher als jede Regierung und Gewalt und Macht und Herrschaft und jeden Namen, der genannt wird, nicht bloß in dieser Zeit, sondern auch in der künftigen* (Kol. 1,16; Phil. 2,9). Daß Gott Jesus aus dem Tod in das Leben führte, das ist eine Offenbarung seiner sieghaften Macht; daß er ihn zu sich in den Lebensstand der Himmlischen erhöhte, ist es ebenso. Wie kommt der, der als Mensch auf Erden wandelte und am Kreuz gestorben ist, hinauf in das himmlische Wesen und zu Gottes Thron? Nur das eine läßt sich hier sagen: die Macht Gottes trug ihn empor und wurde in seiner Erhöhung offenbar. Er waltet dort als der mit Gott Regierende nicht neben oder unter anderen himmlischen Gewalten, sondern in dem vollen Anteil an der Herrschaft Gottes, wie er dem einzigen Sohn gegeben ist; so steht er über allen himmlischen und heiligen Mächten, durch die sich Gottes Regierung innerhalb der Schöpfung vollzieht.

Auf die Hoheit Jesu richtet der Apostel den Blick der Epheser, weil an Jesus alles hängt, was der Christenstand in sich hat. Die Macht und Hoheit Jesu gibt dem auf ihn gerichteten Glauben den Grund und den Inhalt. Steht er als der Herr über allem, dann ist der an ihn geheftete Glaube unsere Gerechtigkeit, unsere Vollendung, unser ewiges Leben und bringt er uns den Sieg über alles, was uns bedroht. Nicht als Engel, die als „Boten" dem göttlichen Willen dienen, sind hier die himmlischen Geister beschrieben, auch nicht nach ihrem eigenen Anteil an der Liebe und Herrlichkeit Gottes, wie sie bei seinem Thron stehen und sein Antlitz sehen, sondern als Regenten über die irdischen Verhältnisse und Ereignisse, mit der Macht, auf den Verlauf der menschlichen Geschichte einzuwirken. Für diejenigen, die aus der heidnischen und jüdischen Frömmigkeit in die Gemeinde eintraten, konnte die Frage leicht Bedeutung gewinnen, ob nicht viele unsichtbare Mächte über der Menschheit walten und ob es nicht richtig wäre, ihnen eine gewisse Verehrung zu erzeigen und ihre Freundschaft und Hilfe zu gewinnen. Allen diesen Neigungen tritt Paulus dadurch entgegen, daß er auf Jesus zeigt, den Gott uns als seinen Sohn geoffenbart und an dem er seine ganze Kraft kundgetan hat, als er ihn über alle Gewalten erhöhte.

Da der Anteil Jesu an der Herrschermacht Gottes sein vom Vater ihm verliehenes Eigentum ist, wird uns auch die neue Welt mit ihrer neuen Offenbarung Gottes keinen Namen bringen, der höher als der seine wäre. Allerdings werden uns dann noch andere Namen und Mächte bekannt werden als die, die jetzt die Geschichte beherrschen, doch nicht so, daß der Name des Christus bedeckt würde. Vielmehr wird die Vollendung der Menschheit erst recht offenbaren, was es heißt, daß alle Gewalt im Himmel und auf Erden Jesus übergeben ist.

1,22: *Und er hat ihm alles unterworfen, daß es unter seinen Füßen sei, und ihn als Haupt über allem der Gemeinde gegeben* (1. Kor. 15,27; Hebr. 2,8; Kol. 1,18). Wie die Macht Gottes sich mit Christus geeint hat und an ihm offenbar wird, sehen wir weiter an der Ausdehnung seiner Herrschaft. Mit der weitausschauenden Verheißung Ps. 8,7 nimmt Paulus von dem Machtgebiet des Christus alle

Grenzen weg und dehnt es so weit aus, als die Schöpfung reicht. Innerhalb dieser weiten Herrschaft ist Jesus ein engerer Kreis in besonderer Weise untergeben. Dieser engere Kreis muß Jesus nicht – wie die Natur und das ganze Reich der Geister – ohne oder wider Willen dienen; vielmehr besteht hier eine lebendige Verbundenheit, weil seine Herrschaft zur Fürsorge wird und die Gemeinschaft herstellt. Paulus gibt ihr das Gleichnis am Verhältnis des Hauptes zu seinem Leib. So hat Gott der Gemeinde Jesus geschenkt, daß er das Haupt über allem sei, größer und reicher als alles, was in ihr durch seine Gnade ins Leben tritt. Er soll alles bestimmen, was ihr widerfährt, und alles richten, was in ihr geschieht. In allen ihren Gliedern und in ihrem ganzen Werk hängt sie von seinem Willen ab und lebt sie von seinem Reichtum. Daran aber, daß Gott den Christus der Gemeinde zum Haupt gegeben hat, erkennen wir wieder, was für eine Hoffnung sich mit der Berufung zu ihm verbindet und mit welcher Macht Gott sich an den Glaubenden offenbart.

Das Verhältnis Jesu zur Gemeinde macht sichtbar, wie reich sie gesegnet ist und wie Großes der Christenstand umfaßt. Deshalb stellt Paulus nun die Innigkeit und Tiefe dieses Verhältnisses dadurch dar, daß er das mit dem Wort „Haupt" verwendete Gleichnis entwickelt. 1,23: *da sie ja sein Leib ist, die Fülle für den, der mit allem in allen erfüllt wird.* Wie der Leib des Hauptes bedarf, da er von ihm das Leben, die Einheit und die Leitung empfängt, so braucht wieder das Haupt den Leib, weil es an ihm das Werkzeug hat, durch das sein Wille geschieht. Das ist die hohe Ehre und Wichtigkeit der Gemeinde: als Eigentum des Christus hat sie nicht nur für sich davon einen Segen und Gewinn und wird selbst aus Gott stark, selig und lebendig, sondern darf sie ihm den Dienst leisten, der auf andere Weise nicht geschehen kann; denn Christus hat in ihr die Brüder, an denen er seine Liebe offenbar macht, die Werkzeuge, durch die er den Willen Gottes tut, das Eigentum, an dem er die Herrlichkeit der göttlichen Gnade sichtbar macht. Wie es undenkbar ist, daß das Haupt ohne den Leib besteht, so kann auch Christus nicht ohne die Gemeinde sein; denn er wäre nicht der Christus, wenn er sie nicht schüfe, und dies so, daß sie durch ihn lebt, für ihn handelt und ihn offenbart. Darum heißt Paulus die Gemeinde die „Fülle" des Christus, das, was ihn voll macht, so daß er keinen

Mangel hat, das, wodurch er den fertigen, vollendeten Bestand seines Lebens besitzt, gleichsam die „Fracht", die er als kostbares Gut an sich nimmt und in sich trägt.[1] Das meint der Apostel nicht so, als wäre Jesu Gemeinschaft mit dem Vater unvollkommen und unzureichend, so daß ihm die Christenheit mit ihrem Dasein und ihrer Arbeit erst geben müßte, was er vom Vater nicht hätte; so finstere Gedanken haben den Sinn des Paulus nie berührt. Für ihn steht die Gewißheit fest, daß Jesus in der ganzen und ewigen Einheit mit dem Vater steht. Er hat aber ein Amt von dem Vater erhalten und ein Werk für ihn übernommen, und aus diesem entsteht die unzerreißbare Verbindung, in die er sich mit der Gemeinde setzt, indem er sie so mit sich vereint, wie der Leib mit dem Haupt zu gemeinsamem Leben verbunden ist. Christus kann sein Amt nur dadurch ausrichten, daß er die Gemeinde schafft und vollendet; darum ist sie das, woran er die Erfüllung seines Ziels und die Vollendung seiner Arbeit hat.

Die hohe Stellung, die der Gemeinde Christi damit erteilt ist, wird daran deutlich, daß nicht nur sie, sondern alles in allem sein Eigentum ist, ist er doch über alles zum Herrn gesetzt. Darum gibt es keine wirksame Kraft, die nicht ihm dient, kein gutes Werk, das nicht seinen Willen vollführt, keine Erkenntnis, die nicht seine Weisheit offenbart, keine Liebe, die nicht aus ihm stammt und für ihn geschieht, keinen Dank, der nicht ihn verherrlicht. Alles, was in der Menschheit, ja in der gesamten Welt aus Gott stammt und darum ein wertvoller und wesenhafter Besitz ist, wächst für ihn und bringt ihm Frucht. Er zieht es als sein eigen an sich, er nimmt es in sich auf und wird damit „gefüllt", weil es für ihn geschehen ist. Oben, 1,10, hat Paulus gesagt, das Geheimnis des göttlichen Willens sei, daß alles in Christus zu seinem endgültigen Bestand gelangen soll. Dazu ist das, was er hier sagt, das dazu gehörende Gegenstück und die Erläuterung. Alles geht so in den Christus ein und wird so zu seinem Eigentum, daß er an allem seine Offenbarung und Verherrlichung erhält. Die Hoheit Jesu zeigt aber auch seiner Gemeinde, wie hoch sie erhoben ist sowohl durch das, was sie hat, als durch das, was sie soll; denn sie hat dem zu dienen, dem alles in allen gehört,

[1] Das Wort „Fülle" war der übliche Name für Fracht, die ein Schiff füllt, und für die Last, die auf ein Lasttier zur Beförderung gebunden wird.

der ein Recht an jede Menschenseele hat, daß sie ihm lebe, und ein Recht an jede Kraft, daß sie für ihn wirke. Aus der alles umspannenden Weite der Herrschaft Jesu ergibt sich sowohl der Reichtum der Christenheit als auch die Größe der Arbeit, die ihr übertragen ist.

Wenn die Gemeinde auf ihren früheren Zustand zurücksieht, erkennt sie noch deutlicher, wie Großes sie empfangen hat. Paulus begann die Beschreibung des Werks Jesu oben mit dem Hinweis auf die ewige Liebe Gottes, die uns unsere Bestimmung gibt, und auf die Gnade Jesu, die uns die Erlösung verschafft, und auf die Herrschaft, die er dadurch über uns erworben hat. Die Gnade Gottes tritt aber an uns Menschen so heran, daß sie uns in unsrer Not und Schuld die Hilfe bringt, und wenn wir sie so erkennen, wie sie sich in den menschlichen Zustand hinabbegibt, wird uns ihre Größe vollends bewußt. Bei dem Rückblick auf den früheren Stand der Gemeinde kam zweierlei in Betracht, daß die Epheser vorher Sünder und daß sie Heiden waren. Aus dieser doppelten Not sind sie nun in die Gemeinde des Christus hinüber versetzt. Beides ist für sie nur dadurch erreicht worden, daß Christus mit ihnen in jene vollständige und wirksame Gemeinschaft getreten ist, wie sie das Haupt mit dem Leib vereint. Daß er ihre Sünden und deren Folgen überwunden hat, bildet die Voraussetzung für die zweite Wohltat, daß ihnen aus dem Heidentum herausgeholfen ist. Die Berufung zu Gott hätte den Heiden nicht erteilt werden können, hätte Gott ihnen nicht für ihre Sünde die Hilfe gebracht. Daraus ergab sich auch ihre Befreiung vom Heidentum. Damit steht Paulus bei seiner eigenen Arbeit; er kann nun die Gemeinde daran erinnern, daß sie an dieser den starken Grund zu reicher Dankbarkeit hat, ohne daß sein Gefangensein sie erschüttern darf.

Aus Sündern schafft Christus seine Gemeinde

(2,1-10)

Durch die Hoheit Jesu, weil Gott ihn auferweckt, in das Himmlische versetzt und mit der Gemeinde als ihr Haupt verbunden hat, wurde es möglich, auch den Ephesern die göttliche Gnade zu bringen, so wenig dies von ihrem früheren Leben her zu erwarten war.

2,1.2: *Und euch, die ihr durch eure Fehltritte und Sünden tot waret* (Kol. 2,13), *in denen ihr einst wandeltet, abhängig von der Zeit dieser Welt, von dem Beherrscher der Macht über die Luft, des Geistes, der jetzt in den Söhnen des Ungehorsams wirksam ist.* Verfehlt sich der Mensch und tut er, was sündlich ist, so hat er damit das Leben weggeworfen; er ist ein Toter geworden. Es gibt für uns nur eine Möglichkeit, uns davor zu schützen: die, daß wir uns Gott nicht widersetzen, sondern uns ihm im Gehorsam untergeben. Ehe aber Jesu Wort zu den Ephesern kam, setzten ihre Sünden sie in Bewegung und bestimmten ihr Handeln. Daß sie ihr Leben so und nicht anders einrichteten, hatte darin seinen Grund, daß sie den Willen Gottes verließen und ihrem verkehrten Willen dienten. Die Auflehnung gegen Gott bedeutete nicht eine geringfügige Nebensache, die ihre übrige Lebensführung nicht beeinflußte, sondern bestimmte die ganze Weise, wie sie sich benahmen, und gab ihnen die Ziele, nach denen sie strebten. Zum Bösen hin waren die Epheser durch die Macht getrieben, mit der die Sitte, die Überlieferung, die Vererbung und die Gewohnheit, kurz all das auf uns wirkt, was wir die menschliche Geschichte nennen. Zu ihrer Beschreibung verwendet Paulus den Ausdruck „Zeit dieser Welt". Hinter diesem Zeitraum, der der jetzigen Menschheit angehört, steht der andere Zeitraum, in dem alles in allen dem Christus gehört und alles zu seinem ewigen Bestand in ihm gelangt sein wird. Vorerst aber reißt der gegenwärtige Zustand des menschlichen Lebens alle mit sich fort und schreibt ihnen ihren Weg vor, auf dem sie in den Fall und in die Sünde geraten. Mit diesem Hinweis will Paulus den Menschen nicht von seiner Verantwortlichkeit entlasten, sondern ihm seine hilflose Lage und die Größe der ihm von Gott in Christus gewährten Hilfe zeigen. Wie konnte es innerhalb der gegenwärtigen Menschheit anders sein, als daß die Epheser sündigten? Sie sind in ein Zeitalter hineingeboren, das ein einheitlich sündliches Gepräge hat, und sie sind Glieder einer Welt, die ein gemeinsames, verdorbenes Leben lebt, womit auch über ihr Verhalten die Entscheidung gefällt war.

Dieser Zustand der Menschheit, der allen ihren Gliedern gleichmäßig und einheitlich die verdorbene Art gibt, rührt nach der Überzeugung des Paulus daher, daß über dem Verlauf der Geschichte, der alle in die Sünde führt, ein Herrscher steht, nach dessen Sinn sie handeln, obwohl sie es nicht wissen. Die „Welt", sofern sie den zerrütteten Zustand des menschlichen Lebens in eine Einheit zusammenfaßt, und der Satan gehören zusammen. Um sich das deutlich zu machen, brauchten die Epheser nur an den Einfluß zu denken, den ihre Religion auf ihre Sünde gehabt hatte. In der Religion hatten sie es nicht mit natürlichen, sondern mit geistigen Mächten zu tun, die nicht auf der Erde ihren Ort haben, sondern unsichtbar in der Luft wohnen. Sie hatten aber nicht hilfreiche, erleuchtende und heiligende Geister als Götter gepriesen und mit ihrer Anbetung geehrt; denn aus ihrer Religion entstand ihre Sünde, und durch ihren Gottesdienst haben sie ihre Bosheit nicht verloren, sondern gerade gelernt. Diese Geister erfüllten an ihnen den Willen des bösen Herrschers, der das Werk Gottes am Menschen zu zerstören sucht. Da sie hilflos in dieser Welt standen, fortgetrieben zur Sünde, weil jedermann sündigte, waren sie auch dem Satan unterworfen und nahmen an seinem Dienst teil. Sie hatten nichts, was sie von ihm befreien konnte, da sie nicht einmal wußten, wem sie dienten.

Jene Gewalten, die zwar überirdisch und doch nicht himmlisch und heilig sind, werden auf geistige Weise wirksam. Sie haben einen inwendigen Zugang zum Menschen und beherrschen von innen her sein Denken und Wollen. Weil hier ein einziger Herrscher die Herrschaft führt, redet Paulus auch nicht von einer Mehrheit von Geistern, die sich im inneren Leben der sündigen Menschheit regen, sondern von einem einheitlichen Geist, der sich überall in gleichartigen Gedanken und ähnlicher Zerrüttung des Willens offenbart. Ihn kann die Gemeinde besonders deutlich da beobachten, wo das Evangelium verkündigt wird. An den Söhnen des Ungehorsams, denen das ungehorsame Widerstreben gegen Gott ihre innere Art gibt, hat sie diesen Geist vor Augen und sieht, wie mächtig er sich zeigt, wie fest er sich mit der Persönlichkeit verschmelzen kann, wie tief gewurzelt und wie unüberwindlich seine Macht sich erweist. Wie kommt es, daß das göttliche Wort für diese Menschen fruchtlos bleibt? Daher, daß ihm hier mit allen Mitteln des Denkens und der Willenskraft ein inwendiges Widerstreben entgegentritt. Warum beugt das Heilige die Ungläubigen nicht? Weil der Geist, der sie inwendig erfüllt, den Widerspruch gegen das Heilige in ihnen erregt. Darin wird nicht nur die Trägheit des Fleisches oder geistloser Unverstand offenbar, sondern hier widersetzt sich Geist, vielleicht sogar ein reicher, blendender, durch seine Begabung imponierender Geist dem göttlichen Wort und beweist, mag er noch so geistesmächtig sein, doch nur, daß er nicht aus Gott stammt und nicht heilig ist; denn er erzeugt im Menschen den Ungehorsam gegen die Berufung Gottes.

2,3: *unter denen auch wir alle uns einst bewegten nach den Begierden des Fleisches, da wir taten, was das Fleisch und unsere Anschläge wollten, und wir waren unserer Art nach Kinder des Zorns wie die anderen.* Mit denen, die dem Evangelium jetzt widerstreben, stellt Paulus alle, auch sich selbst, als innerlich gleichartig zusammen. Nicht von Anfang an bestand hier ein trennender Unterschied; vielmehr waren wir einst dieselben Menschen wie die Ungläubigen und bewegten uns unter ihnen als ihre Genossen; wir waren von denselben Trieben beherrscht wie sie. Paulus hat sorgfältig darauf geachtet, daß die Christenheit sich nicht über die erhebe, die das Evangelium nicht finden, und sich nicht in ihrer Art für besser halte. Er verlangt von ihr, daß sie ihre Gleichheit mit denen, die ihr widersprechen, nie verleugne, und hilft ihr dazu kräftig, weil er sich selbst mit allen, die jetzt zur Gemeinde gehören, zu der Zahl derer rechnet, die einst denselben Sinn und Willen hatten, den die ungläubige Welt jetzt noch hat. Nur so kann die Christenheit ihre Unterscheidung von der Welt und ihre Erhebung über sie mit reinem Herzen ohne hoffärtige Selbstbespiegelung und ungerechte Verachtung der anderen bezeugen.

Die Gemeinschaft der Epheser mit dem herkömmlichen Treiben der Menschen beruhte darauf, daß die Kraft, die sie bewegte, nichts anderes als das Gelüsten des Fleisches war. Die Triebe des Leibes, die nach Speise und Trank, nach der Frau und nach Kindern, nach Wohlsein und Ehre und Kunst verlangen, gaben ihrem Leben den Inhalt. Daran dachten sie und dafür arbeiteten sie, damit das Fleisch erhalte, was es braucht und begehrt. Neben ihm ist im Menschen noch eine zweite Kraft wirksam, die seinen Willen und sein Handeln bestimmt: Er hat „Vernunft", die Fähigkeit, Gedanken in sich zu erzeugen, Pläne zu entwerfen und sich mancherlei auszudenken, was ihn anzieht und woran er gern seine Arbeit setzt. Auch aus diesem Gedankenspiel entstehen Neigungen und Willensregungen, die zwar nicht so gewaltsam jagen wie die Triebe des Fleisches, jedoch auch einen breiten Raum im menschlichen Leben einnehmen. Sie geben ihm aber keinen höheren Wert als das, was unmittelbar mit der Lust und dem Schmerz des Leibes zusammenhängt. Paulus hat das Verlangen des Fleisches und die Anschläge und Überlegungen unseres Denkvermögens unter dasselbe Urteil gestellt. Mit all diesem Denken und Sorgen und Arbeiten bleiben wir die Glieder jener großen Gemeinschaft, die nach dem Lauf dieser Welt und nach dem Sinn ihres schlimmen Herrschers ihr Leben führt. Daran, daß wir nichts anderes hatten und kannten als die Bedürfnisse und Wünsche unseres Leibes und die Pläne, die wir uns in unseren Gedanken entwerfen, wurde sichtbar, in welch weiter Entfernung von Gott wir standen, daß wir durch die Sünde zu Toten geworden waren.

Damit fielen wir aber nicht aus jeder Beziehung zu Gott heraus. Hatten wir ihn nicht für uns, so hatten wir ihn gegen uns. Kann uns seine Gnade nicht mehr gelten, so trifft uns sein Zorn, sein Widerwille und Widerstand. So, wie wir waren und lebten, konnten wir nicht daran zweifeln, welcher Art unser Verhältnis zu Gott war: nicht Freundschaft und Gemeinschaft, sondern Streit und Zorn. Damit nennt Paulus die letzte, wichtigste Ursache, durch die die Macht und das Elend der Sünde in der Menschheit entsteht. Er sah zuerst auf die Verführung von außen, auf den Weltlauf und seinen Herrscher, dann auf die Ursachen der Unordnung im Menschenherzen, wie wehrlos wir den fleischlichen Begehrungen und den Erzeugnissen unseres Denkens überantwortet sind; nun sieht er zu Gott hinauf, in dessen Hand stets die Entscheidung über den Zustand des Menschen liegt, und nach dieser Seite hin besteht das Elend des Menschen darin, daß der Zorn Gottes sich an ihm sichtbar macht (Röm, 1,18).

Kinder des Zorns heißt uns Paulus, weil unser ganzes Wesen und unsere Geschichte durch den Unwillen Gottes, der sich uns widersetzt, so sind, wie sie sind. In diese inwendige Ohnmacht, in diese Gebundenheit an den Weltlauf und das Fleisch, kurz in das ganze bittere Sterben und Totsein infolge unserer Sünde hat uns der Zorn Gottes hineingegeben. Kinder des Zorns sind wir von Natur, durch unsere eigene Art, wenn wir ohne Jesus und seine Hilfe uns selbst überlassen bleiben. Wie niemand seine eigene Natur umkehren kann, ebensowenig konnten wir gegen den Zorn Gottes aufkommen, in dessen Hand wir liegen, wie der Ton in der Hand des Töpfers liegt.

Wie kam es anders? Durch die Tat Gottes, und dies war der einzige Weg, wie es anders werden konnte. 2,4.5: *Gott aber, der an Erbarmen reich ist, hat uns wegen seiner großen Liebe, mit der er uns geliebt hat, als wir durch unsere Fehltritte tot waren, mit dem Christus lebendig gemacht* (Kol. 2,13); *durch Gnade seid ihr gerettet.* Gott machte nicht nur seinen Zorn an uns wirksam, der uns zeigt, daß er allem Bösen feind ist und es mit ganzer, heiliger Entschiedenheit von sich stößt; eben deshalb, weil er seinen Zorn gegen unsere Bosheit kehrt, hat er gleichzeitig Erbarmen mit uns, und dieses Erbarmen Gottes, von dem er einen reichen Schatz besitzt, und seine Liebe, die er uns gibt, haben die Wandlung herbeigeführt, durch die wir aus Toten Lebendige geworden sind. Dies geschah dadurch, daß er durch den lebendigen Christus auch uns das Leben gab. Denn Christus, der Lebendige, trat zu uns und zog uns in seine Gemeinschaft. In ihr wurde, was er hat, für uns zur Gabe; er aber ist der Lebendige, und deshalb sind es auch wir. Darum ist das, was uns die Hilfe brachte und das Heil verschaffte, Gnade, die freie Güte Gottes, der uns von sich aus die Schuld und den Tod abnahm und gewährte, was Christus hat. Zu diesem Ausgang brachte uns nicht unsere Güte, unser Gehorsam, unser Recht.

2,6: *Und er hat uns mit auferweckt und mit in das Himmlische gesetzt im Christus Jesus.* Darin zeigt sich, von welcher Art das Leben ist, das uns Jesus verschafft; es ist ein solches Leben, das zur Auferstehung und zur himmlischen Art gelangt. Weil Jesus auferstanden ist, ist uns ein solches Leben verliehen, das der Tod nicht zerstört, sondern das zur Auferstehung kommt. Das ist die uns schon jetzt zugeteilte Gabe; denn Christus ist auferstanden und vollendet seine Gemeinschaft mit uns dadurch, daß er auch uns in den Stand der Auferstehung führt, in dem wir sein Bild empfangen und bei ihm sind (Röm. 8,29). Ebenso ist uns im Christus der Zugang zum Himmel schon jetzt gegeben und unser Platz unter den Himmlischen angewiesen; denn da, wo Christus wohnt, haben auch wir unsere Wohnung erhalten. Deshalb sind wir nicht im ungewissen darüber, was aus uns wird, wenn das irdische Leben zu Ende geht. Denn der Tod trennt uns zwar von der Welt, aber nicht von Christus; weil er mit uns verbunden bleibt, bringt er uns dahin, wo er ist, und bereitet uns bei den Himmlischen ein neues Haus (2. Kor. 5,1).

2,7: *damit er in den kommenden Zeiten den übergroßen Reichtum seiner Gnade in Gütigkeit an uns im Christus Jesus erweise.* Die frühere, mit Sünden beladene Geschichte der Epheser entsprach dem jetzigen Weltlauf; die ihnen von Gott gegebene Gnade entspricht dagegen demjenigen Willen Gottes, den er in der künftigen Welt vollenden wird. Es sollen, wenn die Zeit dieser Welt abgelaufen ist, die Zeiten kommen, in denen der Reichtum seiner Gnade darin sichtbar wird, daß er nicht hart in seiner Zornesmacht, sondern gütig und freundlich mit uns verfährt. Paulus denkt an die königliche Offenbarung des Christus, in der er seine Herrschaft in Herrlichkeit an uns wirksam machen wird.

Aus der Weise, wie Christus der Gemeinde die Gnade Gottes bringt, ergibt sich die Regel, die ihr das richtige Verhalten gegen Gott anzeigt. Weil ihr Leben auf der Gnade Gottes beruht, weiß die Gemeinde, daß es ihr Glaube ist, der sie zu Gott und zu Christus bringt. Nur dann verhält sie sich richtig, wenn sie sich nicht auf ihr eigenes Werk stützt und nicht sich selbst rühmt, sondern Gott rühmt und ihr Werk von ihm empfängt. 2,8-10: *Denn durch die Gnade seid ihr gerettet durch Glauben, und dies nicht aus euch; es ist Gottes Gabe* (Röm. 3,24)*; nicht aus Werken, damit sich niemand rühme* (Röm. 3,27). *Denn sein Werk sind wir, die wir im Christus Jesus zu guten Werken geschaffen sind, die Gott vorbereitet hat, damit wir in ihnen wandeln.* Wo Gottes eigene Gnade eingreift, verzeiht und schenkt, da ist für uns die richtige Haltung der Glaube, durch den seine Gnade uns inwendig bewegt, uns zu ihm hinwendet und uns ihrer gewiß macht. Darum ist, wo Glaube ist, die Rettung da, eben weil die Gnade sie gibt. Jetzt ist nicht mehr der Mensch der Wirker seiner Seligkeit, so daß wir in uns die Ursache trügen, die uns die Gnade Gottes verschafft, sondern im Geben Gottes besteht unser ganzer Anteil an Gott. Stammte unser Heil aus uns selbst, so müßten wir es uns durch unsere Werke erworben haben. Weil es aber Gottes Gabe ist, entsteht es nicht durch das Gute, das wir für Gott taten, sondern durch das Gute, das Gott an uns tut. Daher ist hier der Ruhm, mit dem wir uns selber preisen, abgetan. Alles ist uns im Christus gegeben, damit wir nicht aus der Gnade Gottes zur Versündigung und zu vertieftem Fall uns einen eigenen Ruhm bereiten und davor gänzlich behütet werden, das, was Gottes ist, für uns zu beanspruchen und mit seinen Gaben uns selbst zu verherrlichen.

So wird unser Leben fruchtbar; denn dadurch, daß wir selbst Gottes Werk sind, erlangen wir die gütigen, heilsamen Werke, mit denen wir der göttlichen Gnade an den anderen dienen. Wir sind nicht dazu im Christus in das neue Leben versetzt, damit wir nichts tun, noch weniger dazu, damit wir Böses tun; vielmehr sollen jetzt die guten Werke durch uns geschehen, die die Gemeinschaft der Menschen miteinander für sie zum Segen werden lassen. Alles aber, was uns als ein fruchtbares Werk gelingt, erweist sich als das Geschenk der göttlichen Güte. Gott selbst bereitet uns dazu von innen und außen die Bahn. Von innen her rüstet er uns mit seinem Geist, von außen durch die Leitung unserer Lebensgeschichte dazu aus, daß die guten Werke unsere Zeit füllen, unsere Kraft beschäftigen und unserem Leben seinen Inhalt geben. So wird die Wandlung, die Christus uns bereitet und mit der er unseren früheren Zustand von uns nimmt, vollständig und wirksam. Früher wandelten wir in Sünden, jetzt in guten Werken. Jenes geschah, weil wir nach der Art der Welt und nach dem Willen ihres Herrschers handelten; dieses geschieht, weil wir jetzt vom Geist Gottes geleitet sind, der uns so führt, daß uns das gute Werk beschieden wird.

Heiden macht Christus zu seiner Gemeinde
(2,11-22)

2,11.12: *Deshalb behaltet im Gedächtnis, daß vordem ihr, die ihr durch das Fleisch zu den Heiden gehört und Vorhaut von denen genannt werdet, die die Beschneidung heißen, die am Fleisch mit der Hand vollzogen wird, daß ihr zu jener Zeit ohne Christus von Israels Bürgerrecht geschieden und den Bünden, die die Verheißung haben, fremd* (Kol. 1,21) *und ohne Hoffnung* (1. Thess. 4,13) *und ohne Gott in der Welt gewesen seid.* Weil die Epheser nicht durch ihre Werke und nicht zu ihrem eignen Ruhm, sondern durch die

Gnade Gottes in die Gemeinde Jesu gekommen sind, läßt ihnen Paulus nicht zu, daß sie ihren früheren Zustand vergessen und sich nur daran freuen, daß es jetzt mit ihnen völlig anders geworden ist; vielmehr soll der mächtige Gegensatz zwischen dem, was sie waren, und dem, was sie jetzt sind, ihnen immer deutlich bleiben, damit ihnen die Größe der Wohltat Jesu vor Augen stehe und ihr Dank stets seine lebendige Kraft behalte. Aus demselben Grund hat der Apostel ihnen im Vorangehenden die dunklen Dinge vorgehalten, die ihre frühere Lebenszeit erfüllten; er wollte damit nicht ihre Zuversicht schwächen, sie vielmehr dazu führen, daß sie ihren Glauben mit Gewißheit auf Christus richten und ihm für seine Gnade dankbar bleiben. Darum bringt Paulus jetzt auch den Gegensatz, der sie, die früher Heiden waren, von den Juden trennte, nach seiner ganzen Schärfe zur Darstellung.

„Vorhaut" war der Name, mit dem Israel, das vor der Erscheinung des Christus allein die Offenbarung und Verheißung Gottes besaß, die Heiden belegte; mit diesem Namen war ihnen die Gemeinschaft verweigert. Zwar war damit nur auf einen Unterschied am Leib hingewiesen, und die, die sich die Beschneidung hießen, machten damit noch nichts für sich geltend, was wirklich groß und wertvoll gewesen wäre; denn ihre Beschneidung war nur von außen und künstlich durch die Operation an einem Glied des Leibes hergestellt. Aber auch dieser zunächst nur äußerliche Unterschied hatte tiefe Bedeutung und durchgreifende Folgen. Er stellte fest, daß für diese Heiden, ehe sie die Berufung zu Christus empfingen, in der durch Gottes Offenbarung gewordenen Gemeinde kein Raum vorhanden war. Der Eintritt in sie war ihnen versagt. Deshalb hatten sie auch keinen Anteil an den Bundesschlüssen, die mit göttlicher Geltung das Fundament der alten Gemeinde bildeten; mit ihnen waren die göttlichen Verheißungen so verbunden, daß sie nur denen galten, die unter jenen Verordnungen standen. So waren auch die Epheser auf das beschränkt, was die Menschheit sich durch ihre natürliche Regsamkeit zu verschaffen vermag; sie waren nichts als Glieder der Welt, so arm wie diese, ratlos vor dem Tod und vor der Schuld, stumm vor der Frage, wohin ihr Weg sie führe, ohne Ausblick auf ein Ziel, das in einer göttlichen Verheißung seine Verbürgung hatte. Die tiefste Not, die daraus für sie entstand, war dies: sie hatten Gott nicht. Viele Götter hatten sie, eben darum hatten sie Gott nicht. Sie bekamen zwar jetzt von den Heiden oft den Vorwurf zu hören, sie hätten keinen Gott, weil in ihren Häusern kein Götterbild mehr stand und es bei ihnen keine Tempel gab. Aber nicht jetzt, sondern damals, als sie Heiden waren, hatten sie keinen Gott. Diesem ihrem früheren Stand, aus dem es für sie ohne Christus keinen Ausweg gab, stellt Paulus nun gegenüber, was Jesus ihnen erworben hat.

2,13: *Nun aber im Christus Jesus seid ihr, die ihr einst in der Ferne wart, in die Nähe gebracht worden durch das Blut des Christus.* Paulus denkt an Jes. 57,19, an die Verheißung, daß einst den Fernen und den Nahen das Heilswort gebracht wird. Nun ist sie erfüllt. Dies ist dadurch zustande gekommen, daß Christus dafür sein Leben gegeben hat. Die Beseitigung der Schranke, die die Gemeinde früher umschloß, ist durch den Tod Jesu geschehen; durch ihn hat Jesus sich das Recht zur Berufung der Heiden erworben.

2,14: *Denn er selbst ist unser Friede, der aus den Zweien eins machte und die als Zaun dazwischenstehende Wand, die Feindschaft, mit seinem Fleische abgebrochen hat.* Nicht der Jude hat sich mit dem Heiden versöhnt, auch nicht der Heide mit dem Juden. Sie konnten es auch nicht; denn sie waren nicht nur durch ihre Laune oder Hoffart geschieden, sondern durch die Weise, wie Gott ihre Geschichte geordnet und jedem seinen Platz bestimmt hatte. Daher stand zwischen ihnen eine Wand, die als Zaun die alte Gemeinde einhegte und den Heiden den Zutritt zu ihr verschloß. Was aber den Menschen unmöglich war, hat Christus getan. Mit ihm kam der Friede, der die beiden entzweiten Teile der Menschheit vereinigte. An ihm haftet er, an seinem Kommen, an seinem Werk und an seiner Herrschaft. Er hat die Vollmacht, den Zaun abzutun; denn er hat sein Fleisch und damit sein irdisches Leben in den Tod dahingegeben. Solange auch er im Fleisch lebte, war er als Jude selbst unter das Gesetz gestellt, für Israel gesendet und von den Heiden geschieden; weil er aber sein Fleisch, sein Leben an das Kreuz gab, wurde er frei für alle, von der Bindung an Israel los, fähig, Heiden und Juden zu berufen, für beide der Spender einer neuen Gnade und der Schöpfer einer neuen Menschengestalt. Der Auferstandene ist nicht mehr Jude, darum auch nicht mehr ein Widersacher der Heiden, nicht mehr ein Prediger der Beschneidung, die am Leib geschieht. Er hat den Vorzug des Juden in den Tod gegeben, als er das Sterben litt, und hat damit der Welt den Gewinn erworben, daß er nun für alle als aller Heiland lebt.

Es bedarf aber einer noch tieferen Erwägung, um ganz zu verstehen, warum erst mit dem Sterben Jesu die Scheidewand fiel, die vorher den Heiden von der geheiligten Gemeinde geschieden hat. Die Feindschaft hat er mit seinem Tod beseitigt, 2,15a: *da er das Gesetz der Gebote mit den Satzungen abgetan hat* (Kol. 2,14). Durch das Gesetz war der Zwiespalt zwischen den Juden und den Heiden entstanden. Es verbot dem Juden, dem Heiden die Hand zu reichen, und verschloß dem Heiden die Tür, wenn er zu dem Bund und zur Verheißung Gottes herzutreten wollte. Die Trennung zwischen beiden konnte nicht überwunden werden, wenn nicht vorher das Gesetz unwirksam gemacht und zu seinem Ende gebracht war. Dazu hat aber Christus das Kreuz getragen, damit dem Gesetz gegeben sei, was ihm gebührt: der ganze Gehorsam und die vollständige Erfüllung, und erst jetzt, als Lohn für sein Sterben, hat er am Gesetz nicht mehr die Schranke seines Heilandsamtes. Nun ist er der Heiland der Juden, die das Gesetz verklagt, und der Heiden, die das Gesetz ausschloß.

Das Gesetz war für den Heiden ein Hindernis, weil es aus bestimmten Geboten, die die Geltung von festen Satzungen hatten, bestand. Diese Gebote setzten fest, was nur Israel als seinen Dienst Gott darzubringen hatte. Der Jude durfte diese Gebote nicht brechen, weil das Auflehnung gegen Gott gewesen wäre, und der Heide konnte sie nicht annehmen; denn der Plan Gottes war nicht, daß alle Völker Juden werden sollten. Daher schufen diese Satzungen eine unaufhebbare Kluft zwischen beiden, und es mußte zuerst der kommen, der das Recht hatte, nicht im Streit mit Gott, sondern im Gehorsam gegen ihn, nicht nach eigener Willkür, sondern zur Verherrlichung Gottes das Gesetz abzutun. Das vermochte nur der Christus, und er nur als der Gekreuzigte – dadurch, daß er die Satzung und das Gericht des Gesetzes auf sich nahm in dem vollkommenen Gehorsam, den er in der Dahingabe seines Blutes vollzog.

Nun stand Christus über dem Gesetz mit dem Vermögen, etwas Neues zu beginnen. Denn wozu hat er das Gesetz abgetan? 2,15b.16:

damit er durch sich selbst aus den beiden einen einzigen neuen Menschen schaffe als der, der Frieden wirkt, und die beiden im selben Leib mit Gott durch das Kreuz versöhne als der, der die Feindschaft an sich selbst getötet hat (Kol. 1,20.22). Der Beruf des Christus ist, aus dem Juden einen Menschen zu machen, der aus ihm Leben, Geist und Liebe schöpft, und aus dem Heiden einen Menschen zu machen, den er in gleicher Weise begabt und regiert. So entsteht hier ein neuer Mensch, und zwar ein einziger, nicht hier ein anderer als dort; denn es ist hier und dort derselbe Christus, der beide erfaßt, zu sich zieht und auf seinen Weg leitet. Weil beide im Christus leben, gilt, daß hier weder Jude noch Heide ist, so daß sie miteinander zum Frieden kommen. Die natürliche und völkische Mannigfaltigkeit, mit der Gott alle Zweige am Baum der Menschheit ausstattet, ist damit nicht zerstört; nur sind das jetzt nicht mehr Unterschiede, die in das Verhältnis zu Gott hinaufreichen und darum im Gewissen eine unaufhebbare Scheidung voneinander schaffen. Diese Unterschiede stehen tief unter der Berufung Jesu, die sich an alle wendet, und durch sie breitet sich der Friede über alle aus.

Das wäre freilich nicht möglich, wenn nicht beide mit Gott in den Frieden gebracht würden. Die Einigkeit zwischen den beiden Hälften der Gemeinde ist durch ihre Versöhnung mit Gott bewirkt. Am Kreuz des Christus wird offenbar, daß alle im Streit mit Gott stehen, sowohl der Jude als der Heide, und alle die Versöhnung empfangen, in der die Liebe Gottes sich ihnen schenkt. Eben dazu ist der Christus gestorben und hat er das Gesetz abgetan, damit diejenige Feindschaft gestillt sei, die die Wurzel aller Zerwürfnisse und Zwietracht ist, die Feindschaft, die den Menschen mit Gott und Gott mit dem Menschen entzweit. Jetzt kann sich der Jude nicht mehr im Streit gegen Gott erheben, um ihm seine eigene Gerechtigkeit aufzudrängen, ihm durch seinen Gottesdienst seine Sünde lieb zu machen und die göttlichen Wohltaten als ihm allein gehörig nur für sich und sein Volk zu fordern; er muß darauf verzichten, mit Gott zu hadern, und erkennt dafür, daß ihm Gott eine Gnade erwiesen hat, die ihn, den in der Sünde Toten, mit Christus in das Leben versetzt. Darum ist er jetzt auch imstande, dem Heiden die Bruderhand zu geben, nicht mit hohler Gebärde und unwahren Worten, sondern in einem echten Frieden, der aus dem Frieden fließt, den Gott ihm mit sich selbst bereitet hat. Ebenso verlernt nun der Heide all den Spott und Groll und die Bitterkeit gegen den Juden, weil ihm die Feindseligkeit gegen Gott aus dem Herzen genommen ist und er in Christus den Versöhner erkennt, der ihn aus dem Hader mit Gott heraus in seine Gnade hinüberhebt. Damit ist allen dargereicht, was ihnen zum Frieden miteinander hilft. Im Blick auf das Kreuz Jesu reichen die Menschen sich die Hände, weil sie dort Gottes Hand erfassen, die ihre Schuld abtut und ihnen die Gnade schenkt. Jeder sieht hier sein altes Wesen gerichtet und abgetan; jeder hat aber auch eine neue Zukunft vor sich, in die er unter der Leitung Jesu hineinschreitet. So hat Christus, als er sich selbst in den Tod gab, mit seinem eigenen Leib der Feindschaft für uns alle den Tod gebracht.

2,17.18: *Und er kam und hat Frieden verkündet euch, die ihr fern wart, und denen, die nahe waren, weil wir durch ihn beide im selben Geist zum Vater die Hinzuführung haben* (3,12; Röm. 5,2). Als Christus seinen Leib in den Tod gab, ging er weg von uns; aber er kam nicht nur in den Ostertagen wieder zu seinen Jüngern, sondern kommt seither als der unsichtbare Begleiter seiner Apostel und als der Erfüller seines Wortes zur ganzen Christenheit. Er kommt zu ihr nach dem prophetischen Wort als der Friedensbote; denn er führt alle, Juden und Heiden, zu dem einen Vater hinzu, so daß sie sich im Glauben und Gebet an ihn halten dürfen; nichts scheidet sie mehr von ihm, kein Gesetz, keine Verurteilung, kein Zorn und Unwille Gottes, der ihnen den Zugang zu ihm verwehrte. Daß wir Gott in gläubiger Gewißheit kennen und haben, das gibt uns Christus durch den Geist. Dieser ist aber wieder nicht ein zwiespältiger oder vielfacher Geist, sondern der eine, eben der seine, der durch die Gegenwart und Gnade Jesu in uns ist. Wie Jesus mit dem einen Leibe, den er in den Tod gegeben hat, für alle die Versöhnung hergestellt hat, so beruft er auch alle durch den einen Geist, durch den er ewig lebt und herrscht, zu Gott. Damit ist allen gegeben, was ihnen nötig ist, um miteinander im Frieden zu stehen.

So kann nun Paulus in einem mächtigen Schlußsatz aussprechen, was die Epheser daran haben, daß sie zu der Gemeinde gehören, die durch das Kreuz Jesu entstanden ist. 2,19-22: *Also seid ihr nicht mehr Fremdlinge und Beisassen, sondern Mitbürger der Heiligen und Angehörige Gottes, da ihr auf die Grundmauer der Apostel und Propheten aufgebaut seid, wobei Christus Jesus ihr Eckstein ist. In ihm wächst jeder Bau ineinandergefügt zu einem heiligen Tempel im Herrn. In ihm werdet auch ihr mit zum Bau verwendet für die Wohnstätte Gottes im Geist* (1. Kor. 3,16; 2. Kor. 6,16; 1. Petr. 2,5). Nun haben die Epheser mit denen, die durch die Berufung zu Gott geheiligt sind, dasselbe Recht und denselben Platz und werden Gott nicht anders finden, als wie er sich zu allen seinen Heiligen von jeher hielt und immer halten wird. Nun gehören sie zu denen, die als Kinder Gottes sein Haus bilden und mit ihm verbunden sind. Wie es sich mit dem Haus verhält, das aus den Angehörigen besteht, zeigt nun Paulus dadurch, daß er die andere Bedeutung von „Haus", bei der an die Wohnung gedacht wird, als Gleichnis benützt.

Die unterste, den Oberbau tragende Mauer sind die Apostel Jesu, durch die die Gemeinden entstanden sind, die im Glauben an Christus vereint sind; durch sie sind auch die Epheser als lebendige Steine in diesen Bau eingefügt worden. Neben ihnen sind die Propheten der Christenheit genannt, weil durch sie der Gemeinde der Wille Gottes bezeugt wurde, daß sein Wort auch zu den Heiden gebracht werde.[1] Darum haben sie wirksam dazu mitgeholfen, daß die alle vereinende Kirche entstanden ist. Von denen, die das Wort Jesu zuerst erhielten und sagten, unterscheidet Paulus sodann die, die es von ihnen im Glauben übernommen haben; dies sind in seinem Gleichnis die Bausteine, die auf die Grundmauern gelegt sind. Jesu Platz und Amt in diesem Bau beschreibt der Apostel mit dem Wort aus Jes. 28,16: Er ist der Eckstein, von dem die Festigkeit des Hauses abhängt, weil er das Gefüge der Mauer herstellt. Er gibt den vielen Boten, die sein Wort sagen, die Einheit und die unverlierbare Autorität und der ganzen Gemeinde ihren sicheren Bestand und ihre Verbundenheit miteinander. Wo immer darum so gebaut wird, daß das Haus Gottes entsteht, da ist der Bau von Christus gehalten und mit der übrigen Christenheit innerlich vereint in Kraft des großen Friedenswerkes, das aus seinem Versöhneramt fließt. Weil aber jeder Bau oder, ohne Bild, jede Gemeinschaft von Christen in allen ihren einzelnen Vereinigungen von Ort zu Ort und

[1] Die andere Deutung, daß Paulus hier an die alttestamentlichen Propheten denke, weil er die alt- und neutestamentliche Gemeinde als einheitliches Werk Gottes vor Augen habe, hat 3,5 gegen sich.

von Volk zu Volk mit ihm verbunden ist, darum können sie alle auch zu einem heiligen Tempel heranwachsen, der das in Wahrheit ist, was der Tempel Israels figürlich war. In ihnen hat Gott seine Gegenwart und Offenbarung; durch sie entsteht seine Anbetung. Dabei sollen die Epheser nicht nur an das große Werk Gottes in der gesamten Menschheit denken, sondern sich mit dankbarem Herzen sagen, daß hier von ihnen selbst die Rede ist, nicht nur davon, was Christus anderswo für andere tut, sondern davon, was sie selbst von ihm empfangen haben. Darum richtet Paulus den letzten Satz an die Epheser. Sie selbst sind im Christus mit in diesen Bau eingefügt, dessen Wesen und Zweck darin besteht, daß Gott hier wohnt und gegenwärtig ist, dadurch nämlich, daß sein Geist hier wohnt und waltet.

Dies bildet den Besitz der Gemeinde, auch wenn Paulus gefangen ist und stirbt. Sie ist nicht für den Apostel gegründet, sondern für Gott, nicht zur Verherrlichung des Paulus, sondern zur Wohnstätte Gottes. Darum hat sie an dem, was sie empfangen hat, den mächtigen Grund zur vollen Freudigkeit und Dankbarkeit, auch jetzt, da sie über das Geschick des Apostels betrübt sind. Damit hat sich Paulus den Weg für ein Wort bereitet, das der Gemeinde den Anstoß an seiner Lage nehmen will.

Das Geheimnis Gottes wurde Paulus geoffenbart

(3,1-13)

3,1: *Deshalb ich, Paulus, der Gebundene des Christus Jesus für euch, die Heiden.* Paulus bricht ab, weil er die Epheser, ehe er ausspricht, was er von ihnen erbittet, zuerst an die von ihm vollbrachte Arbeit erinnern will. Diese gibt der Bitte, die er an sie richten will, die Kraft. Er spricht sie erst in V. 13 aus, nachdem er Gott einen vollen Dank für das Werk dargebracht hat, das er ihm zuwies, an dem die griechischen Gemeinden alle ebenso beteiligt sind wie er selbst. Nun faßt er seine Bitte in einen einzigen Satz. Deshalb darf seine Gefangenschaft, die sich immer wieder in die Länge zieht, die Epheser nicht matt machen oder Zweifel in ihnen erwecken; sie sollen nicht irre an ihm werden, als wäre er nicht ein echter Apostel Jesu, durch den ihnen Gott seine ewige, reiche Gnade erwies. Nur das macht ihm im Blick auf seine Lage Sorge; er will verhüten, daß die Gemeinde an ihm zu Fall kommt. Diese Gefahr, daß ihr die Verfolgung, die er litt, zur Versuchung werde, ist ihm das Schwerste an seinem Geschick; er überwindet sie dadurch, daß er den Ephesern die Größe seines Amtes vorhält. Er ruft sie schon durch den Namen, den er sich gibt, kräftig auf, ihm die Treue zu halten, die sich seiner nicht schämen kann. Nicht Menschen haben ihm die Bande angelegt, so daß er der Gefangene der Juden oder des Kaisers wäre; er hat seine Kette von Christus bekommen und ist von ihm zum Gebundenen gemacht. Wie er seine Arbeit im Gehorsam gegen Jesus tat in der klaren Gewißheit, daß er ihn sendet und leitet, so stand er auch in seinem Leiden mit der Überzeugung, daß Christus ihn auf diesen Weg gestellt hat und er die Kette nach seinem Willen trägt. Daran erstirbt nicht nur in Paulus, sondern auch in der ganzen Kirche jeder Vorwurf und jedes Verzagen. Den Heiden zugut erleidet er die Gefangenschaft; für sie entsteht aus ihr die heilsame Frucht. Denn als der Bote des Evangeliums für die Heiden ist er nach Jerusalem gegangen und hat er der dortigen Christenheit und Judenschaft bezeugt, daß das Wort Jesu durch ihn den Heiden gegeben ist nicht nach seiner eigenen Meinung, sondern nach dem klaren Befehl Gottes unter seiner sichtbaren Mitwirkung. Und wenn Christus ihn nun bis zum Kaiser führt und er denen, die das Geschick der Völker bestimmen, das Amt Jesu bezeugen soll, so geschieht dies den Heiden zugut; Christus muß als der Erretter und Herr aller Völker erkannt werden. Paulus weiß, daß alles, was er erlebt, seinem Beruf dient, den Gott ihm für die Heiden gab. Das gilt nicht nur von den Jahren, die er zur freien Arbeit gebrauchen konnte, sondern auch von seiner Gefangenschaft. Er spricht aber jetzt noch nicht aus, was er der Gemeinde als ihre Pflicht ihm gegenüber vorhalten will. Zuerst soll sie bedenken, was er im Auftrag Gottes ausgerichtet und für sie geleistet hat.

3,2-4: *wofern ihr von der Verwaltung der Gnade Gottes, die mir für euch gegeben ist, gehört habt, daß mir das Geheimnis durch Offenbarung bekanntgemacht wurde, wie ich oben schon in Kürze schrieb, woran ihr beim Lesen meine Einsicht in das Geheimnis des Christus erkennen könnt* (Kol. 1,25-27). Das Werk des Paulus entstand aus der Art, wie Gott seine Gnade verwaltet. Er hat verfügt, daß sie Paulus für die Heiden gegeben werden soll. Darauf, daß die Epheser dies gehört haben, kommt es Paulus bei der Bitte, die er an sie richtet, an. Wenn sie die Veranstaltung der göttlichen Gnade vor Augen haben, die ihm seine Arbeit übertragen hat, bekommt ihr Verhältnis zu ihm die richtige Gestalt.

Paulus nimmt an, sie haben davon gehört. Hier könnte man besonders erwarten, daß er sie an die Zeit erinnere, während der er selbst bei ihnen war und ihnen sein Apostelamt nach seinem Ursprung und seiner Absicht erklärte. Die Zurückhaltung, mit der er alle persönlichen Beziehungen auf die Seite stellt, ist hier besonders auffallend. Vielleicht tut er es, weil er bei seinem Brief an eine größere Zahl von Gemeinden dachte, zu denen dieser kommen soll. Vielleicht hatte sich auch in den vier Jahren, die vergangen sein mögen, seit er seine Arbeit in Ephesus abschloß, der Bestand der Gemeinde bereits verändert und waren neue Mitglieder zu ihr gekommen, ohne daß er in der Gemeinde zwischen solchen, die ihn persönlich kannten, und solchen, die nur von ihm gehört hatten, unterscheiden wollte. Nicht darauf kommt es Paulus an, daß die Epheser aus seinem eigenen Mund seine Lebensgeschichte gehört haben, sondern nur darauf, daß ihnen gesagt worden ist, welchen Weg die göttliche Gnade mit ihm eingeschlagen hat. Ihm hat sie ihr Geheimnis enthüllt, das den Willen Gottes, alle Völker in sein Reich zu berufen, zunächst verbarg. Nicht einen anderen, sondern ihn hat Gott dazu gebraucht, dieses Geheimnis jetzt für alle in helles Licht zu stellen. Paulus erfuhr es durch Offenbarung, die er darüber erhielt, nicht nur durch die wunderbare Weise seiner Bekehrung, sondern auch im Fortgang seiner Arbeit durch die göttlichen Weisungen, die er für den Aufbau der Kirche und den Gang seines Werkes empfing. Er hat dieses Geheimnis schon oben ausgesprochen, als er von der Enthüllung des göttlichen Geheimnisses sprach, durch die der Christenheit die Weisheit geschenkt wurde, und als er auf die Vereinigung der Heiden mit der Judenschaft zum selben Tempel Gottes hinwies (Kap. 2 und 1,8-10). Wenn die Gemeinde das dort Gesagte überdenkt, wird sie erkennen, daß für Paulus das Ziel und Werk Gottes in hellem Licht offenbar ist.

Zunächst spricht der Apostel aus, weshalb die Offenbarung des göttlichen Willens, die ihm gegeben war, in der menschlichen Geschichte die mächtige Wendung herbeigeführt hat. 3,5.6: *Dieses wurde in anderen Geschlechtern den Menschensöhnen nicht bekanntgemacht, wie es jetzt seinen heiligen Aposteln und Propheten im Geist enthüllt wurde: daß die Heiden Miterben und einverleibt und der Verheißung teilhaft seien im Christus Jesus durch die Heilsbotschaft* (Röm. 16,25.26). Den früheren Geschlechtern war die Berufung der Heiden nicht gänzlich verborgen; denn Paulus las sie auch in zahlreichen Worten des Alten Testaments. Aber so, wie jetzt die Träger des göttlichen Wortes das Geheimnis Gottes kennen, war es den früheren Geschlechtern nicht gezeigt; sie sahen die Mittel und die Wege nicht, wie Gott die Völker beruft und aus der ganzen Menschheit die große Gemeinde sammelt. Der Wille Gottes wird erst durch die Tat Gottes offenbar, und diese ist erst in diesem Geschlecht geschehen. Dazu hat Gott sich neue Boten seines Wortes geschaffen, die heilig sind, weil er sie für seinen Willen braucht, mit seinem Wort versieht und sein Werk durch sie tut. Auch hier sind die zur Christenheit gehörenden Propheten den Aposteln beigeordnet, weil die Gewißheit der Gemeinde über den Rat Gottes mit auf das Wort des Propheten begründet war.

Unmöglich konnte hier Paulus nur von sich selbst reden, obgleich er zunächst seine besondere Stellung in der Gemeinde daraus ableitete, daß Gott ihm sein Geheimnis gesagt hatte. Wäre es aber nur ihm bekannt geworden, wo wäre da die Gemeinschaft der Kirche geblieben? Das große Erlebnis, das ihm und mit ihm allen widerfuhr, bestand nicht darin, daß er einsam oder gar im Streit mit allen anderen Boten Jesu und allen anderen Trägern des Geistes das Wort Jesu zu den Heiden brachte; vielmehr entstand die neue Zeit so, daß die große Wende die gemeinsame Überzeugung aller geworden war, die als Apostel und Propheten die Gemeinde des Christus begründeten und leiteten. Nur so entstand durch die Arbeit des Paulus die Kirche, in der der Zaun zwischen den Juden und den Heiden abgebrochen und der von Christus geschaffene neue Mensch Wirklichkeit war (Kap. 2).

Zunächst war Israel der Erbe und der Leib des Christus und der Verheißung teilhaftig. Gott nimmt ihm nichts; aber er gibt, was er Israel gab, auch den Heiden. Sie empfangen mit Israel dasselbe Erbe, gehören mit ihm zum Leib, dessen Haupt und Herr der Christus ist, und die Verheißung Gottes gilt auch ihnen. Diese Wandlung ist jetzt als der klare Wille Gottes allen deutlich, ebenso das Mittel, wodurch sie herbeigeführt wurde; es ist die Botschaft, die allen sagt, was Gott durch Jesus für sie getan hat. 3,7: *deren Diener ich geworden bin nach der Gabe der Gnade Gottes, die mir nach der Wirkung seiner Kraft gegeben wurde.* In der Verkündigung der göttlichen Botschaft, die er allen sagt, zu denen Gott ihn führt, bestand die Sendung und die Arbeit des Paulus. Er hat sie nicht sich selbst genommen, konnte es auch nicht. Sie ist die von der Gnade Gottes ihm gegebene Gabe, und zur Gnade kam die Betätigung der Kraft Gottes hinzu, die für den Apostel eintrat und seiner Arbeit zum Erfolg, seinem Dienst zur Frucht verhalf.

3,8: *Mir, der ich geringer als alle Heiligen bin, wurde diese Gnade gegeben, den Heiden den unausforschlichen Reichtum des Christus zu verkünden* (Röm. 10,12). Auch jetzt erweckt Paulus wieder die Erinnerung an seinen früheren Irrweg, ähnlich wie 1. Kor. 15,9.10, um sich und allen die Größe der göttlichen Gnade deutlich zu machen, die ihm gewährt worden ist, und um von der Bezeugung seiner besonderen Stellung alles fernzuhalten, was zur Verehrung seiner Person und zur Gebundenheit an sie führen könnte. Wenn er sich hier nicht nur hinter die anderen Apostel, sondern hinter alle Christen stellt, so redet er damit ähnlich wie 1. Tim. 1,15. Um so höher erhebt sich dadurch vor seinem Blick die Herrlichkeit des ihm gegebenen Amtes.

3,9: *und an das Licht zu bringen, wie die Verwaltung des Geheimnisses geschehe, das von jeher in Gott, dem Schöpfer aller Dinge, verborgen war.* An das Schöpferwerk Gottes wird hier erinnert, um auszusprechen, daß auch das neue Werk Gottes, das bisher ein Geheimnis war, von jeher in seinem Plan stand. Der Schöpfer aller Dinge weiß, was er tun wird. Darum war das, was jetzt geschehen ist, nicht ein neuer Entschluß Gottes, sondern das von jeher bei ihm verborgene Geheimnis. Wozu wurde es aber jetzt durch den Dienst des Paulus geoffenbart? 3,10: *damit jetzt den Herrschern und Machthabern unter den Himmlischen durch die Gemeinde die vielfältige Weisheit Gottes kundwerde.* Nicht nur um der Christenheit willen hat Gott sein Werk so geordnet, nicht nur dazu, damit er von ihr erkannt und mit Glauben und Anbetung gepriesen werde; das Ziel Gottes reicht dabei bis zu den höchsten Gliedern der Kreatur hinauf, bis zu den hohen Geistern, die näher als wir bei der Herrlichkeit Gottes stehen. Auch ihnen wird nun durch das, was die Gemeinde durch Gottes neue Offenbarung wird und unter seiner Leitung tut, der überraschende Reichtum seiner Weisheit kund. Denn nun steht im Licht, wie unendlich größer Gottes Ziele sind, als der Lauf der Dinge zunächst erkennen läßt, und wie er Mittel und Wege schafft in einer Weise, die niemand ahnte; seine Gnade zeigt sich viel größer und wunderbarer, als es sich auch die Himmlischen, die mit einem machtvollen Amt an Gottes Regierung mitwirken, zum voraus denken konnten. Jetzt und in dieser Weise wurde Gottes reiche Weisheit offenbar. 3,11.12: *gemäß der Vorbestimmung der Zeiten, die er im Christus Jesus unserem Herrn feststellte. In ihm haben wir die Freudigkeit und Hinzuführung mit Zuversicht durch den Glauben an ihn.* Auf die Frage, warum Gott es so ordnete, daß zuerst Israel entstand und sein Bund und seine Verheißung ihm allein galt und jetzt erst die Heiden berufen wurden, antwortet Paulus mit dem Hinweis auf die Vorherbestimmung Gottes. Weil der Wille Gottes die menschliche Geschichte hervorbringt, darum zeigt sie auch den himmlischen Geistern eine Weisheit, die sie nicht vorher berechnen oder aus sich selbst erfinden können, sondern erst dann erfassen, wenn sie sich offenbart. Noch viel mehr gewinnt Paulus für sich selbst und für die Gemeinde am Blick auf den regierenden Willen Gottes das Vermögen, alle Fragen zu stillen, die von Gott Rechenschaft fordern wollen; er hat seine Freude daran, daß er den Willen Gottes so weit erkennt, als er in der Lenkung der Geschichte offenbar geworden ist. Dazu kommt weiter die Gewißheit, daß die Verfügung Gottes über das Geschick der Menschheit und den Ablauf der Zeiten in Gemeinschaft mit dem Christus geschehen ist, um dessen gnädige Herrschaft herzustellen. Darum ist jetzt auch den Heiden der Weg zum freien Verkehr mit Gott erschlossen. Im Christus empfangen auch sie die Freudigkeit, die sich Gottes rühmen kann, und die Einführung in die Gnade Gottes, die die Trennung von ihm aufhebt. Zu dem allem verhilft ihnen der Glaube an Jesus. Daß sie ihr Vertrauen auf ihn richten, macht, daß sie den klaren, frohen Blick auf Gott haben und von der Angst und Ungewißheit erlöst sind. Durch den auf Christus gerichteten Glauben gehören auch die Heiden ihm so, daß er für sie lebt und sie durch ihn in das Leben versetzt sind. Darum wird im Glaubensstand, den Jesus den Heiden gewährt, der große Umschwung der Zeiten sichtbar: Die, die bisher fern waren, haben nun einen freien Zugang zu Gott, und die, die in der Feindschaft gegen ihn standen, stehen nun mit Freudigkeit vor ihm.

Weil der Gemeinde so Großes durch Paulus zuteil geworden ist, ist er selbst zum Leiden willig und hat er auch das Recht, von der Gemeinde zu erwarten, daß sie es mit ihm trägt. 3,13: *Deshalb bitte ich, daß ihr bei meinen Bedrängnissen euch zugut nicht matt werdet, die eine Ehre für euch sind.* Das ihm aufgetragene und von ihm vollbrachte Werk muß den Apostel den Gemeinden so teuer machen und beglaubigt ihn so kraftvoll, daß ihn die Verfolgung, die er zu tragen hat, in ihren Augen nicht herabsetzen darf. Wie er gesagt hat, daß er zum Gewinn und Segen für die Heiden der Gebundene des Christus ist, so sagt er hier, daß sein Leiden für sie geschieht und für sie eine Ehre ist. Denn es gibt für Paulus keine Drangsal, an der er nicht Ruhm gewänne, weil in seiner Schwachheit die Kraft des Christus offenbar wird (2. Kor. 12,9). An diesem Ruhm haben aber die Gemeinden teil, weil er ihr Apostel ist, ihretwegen leidet und mit seinem Leiden die Wahrheit seines an die Heiden gerichteten Botenamtes bewährt. Alles, was ihn treffen mag, wird nur immer deutlicher machen, daß er wirklich der Apostel Jesu an die Heiden ist, und wird die Macht Jesu nur immer sichtbarer offenbaren, die ihm bei seiner Arbeit unter den Heiden zur Seite steht. Darum ist seine Gefangenschaft keine dunkle Sache, an die die Gemeinden mit Entsetzen oder mit Scham denken müßten. Denn mit der Verfolgung, die Paulus leidet und wie er sie leidet, erweist er mit dem Recht seines Apostolats zugleich das seiner Gemeinden, die er aus den Heiden gesammelt hat.

Die Bitte um die volle Gnade Gottes

(3,14-21)

Paulus wendet lieber seine Bitte zum Vater hinauf, als daß er weiter über seine eigenen Erlebnisse mit der Gemeinde spräche. Wenn er auch in ihr die Bitte erweckt, die nach dem Empfang der ganzen, ihr zugänglich gemachten göttlichen Gnade trachtet, dann bleibt auch ihre Gemeinschaft mit ihm unerschüttert. Weil sie mit allen, die Gott berufen hat, den Zugang zu Gottes herrlicher Gabe hat, darum betet er für sie. 3,14.15: *Deshalb beuge ich meine Knie vor dem Vater, von dem jede Vaterschaft im Himmel und auf Erden ihren Namen hat.* Gott ist im ursprünglichen und schöpferischen Sinn der Vater. Nur dadurch wird es möglich, daß auch im Bereich des Geschaffenen, sei es auf Erden, sei es im Reich der himmlischen Geister, von Vaterschaft gesprochen werden kann. Den Namen „Vaterschaft" brauchten die Griechen für kleinere oder größere Gemeinschaften oder Geschlechtsverbände, die sich von einem gemeinsamen Stammvater herleiteten. Uns, die wir das väterliche Vermögen und Amt nur in dem begrenzten Maß der Kreatur besitzen, kommt dieser Name nur deshalb zu, weil er zuerst vor allem Gottes Werk bezeichnet und ausdrückt, was Gott als der Geber des Lebens in seiner heiligen Liebe an seiner Schöpfung tut. Darum soll die menschliche Vaterschaft und Gemeinschaft unseren Blick zu Gott emporrichten, der allein in Wahrheit väterlich zu handeln und von ihm geschaffenes Leben in bleibenden Gemeinschaften herzustellen vermag. Vor diesem rechten Vater kniet Paulus mit großer Zuversicht und hat die Freudigkeit, die höchsten Gaben seiner Gnade für die Gemeinden zu erbitten.

3,16: *Er möge euch nach dem Reichtum seiner Herrlichkeit geben, daß ihr durch seinen Geist am inwendigen Menschen mit Kraft gestärkt werdet.* Gott schenkt freigebig; sein Geben macht den Reichtum sichtbar, an dem er seine alles überragende Größe und leuchtende Herrlichkeit hat. Das befreit das Bitten von ängstlichem Zagen und gestattet ihm, sich hoch zu erheben. Das erste, was Paulus für die Christenheit erbittet, ist die Ausrüstung mit Stärke. Dann wird sie durch seine Gefangenschaft nicht erschüttert und besteht auch jeden ihr selbst auferlegten Kampf mit dem Mut, der überwinden kann. Nicht um die Erhaltung und Beschirmung des äußeren, sondern um Kraft für den inneren Menschen bittet der Apostel. Was der Gemeinde für ihr inwendiges Leben an Kraft gewährt wird, wird ihr durch den Geist zuteil. Wo aber der Geist ist, da ist auch der Herr. Daher fährt Paulus fort, 3,17: *daß Christus durch den Glauben in euren Herzen wohne.* Zu einer Wohnstätte Gottes im

Geist wird die Gemeinde zubereitet (2,22); darum ist auch Christus im Menschen gegenwärtig; er wird bei ihm heimisch, bleibt ihm nicht fern und fremd, sondern wohnt da, wo das innere Leben seinen Quell und Ort hat, im Herzen, und wenn er da ist, so ist auch die Kraft vorhanden, die den inneren Menschen zum Werk Gottes tüchtig macht. Wir haben dadurch die Gegenwart Jesu bei uns, daß wir an ihn glauben. Denn der Glaube schließt mit ihm zusammen; in dem, der an ihn glaubt, wirkt er in der Macht seines Geistes; für ihn tritt seine Regierung ein.

3,18: *daß ihr in der Liebe gewurzelt und gegründet seid, damit ihr zusammen mit allen Heiligen zu erfassen vermöget, was die Breite und Länge und Höhe und Tiefe sei.* Wenn die Epheser durch den Glauben mit Christus verbunden sind, so ist auch die Liebe da, die ihnen verschafft, was die Wurzel dem Baum oder das Fundament dem Hause gewährt. Ist die Liebe in ihnen kräftig und rein, bewegt sie ihr Denken und Handeln, so fallen und schwanken sie nicht. Die Liebe erhält sie bei Christus und stellt sie unter seine Gnade und Hilfe, wie der Baum nicht stürzt, dessen Wurzeln sich tief in den Boden senken, oder das Haus nicht fällt, das ein festes Fundament besitzt. Aus der Liebe, nur aus ihr, entsteht sodann das Vermögen, nach allen Richtungen zu erfassen, was die göttliche Gnade und darum das Heilswerk des Christus und darum die ihnen verliehene Gabe in sich schließt. Nicht nur ein kleines Stück, sondern der ganze Inhalt dieser Gabe soll vor ihren Blick und in ihre Erfahrung treten. Darum macht Paulus die zuversichtlich nach dem Ganzen greifende Bitte in den Ephesern wach. Er will ihnen aber damit nicht ein Ziel zeigen, das nur ihnen gezeigt wäre. Wenn wir in unseren Bitten eine besondere Gunst von Gott für uns begehren, so haben wir, mehr oder weniger klar, das Bewußtsein, daß sie mit Überhebung vermengt sind; wir können sie deshalb nicht mit gewissem Glauben vor Gott bringen. Paulus leitet die Gemeinde nicht zu dem Verlangen an, auf eine besondere Höhe erhoben zu werden; sie soll vielmehr zusammen mit allen Heiligen den Einblick in das Ganze der göttlichen Liebe gewinnen und diesen so erlangen, wie Gott ihn allen gönnt und gewährt.

3,19a: *und daß ihr die Liebe des Christus erkennet, die die Erkenntnis übersteigt.* Gerade deshalb, weil die Liebe des Christus immer wieder alles, was wir von ihr wahrnehmen, überragt, darf es für uns ein herrliches Ziel und ein lebendiges Verlangen sein, sie so zu erkennen, wie sie sich uns erweist und in ihrem Werk sich an uns offenbart. Eine Liebe zu erkennen, auf deren Ende und Grenzen wir stießen, so daß wir sie vollständig überschauten, wäre eine bittere Sache. Aber eine Liebe, die immer größer als unser Erkennen bleibt, anzuschauen und zu erleben, das ist das Herrlichste, was uns zuteil werden kann.

3,19b: *damit ihr zu Gottes ganzer Fülle erfüllt werdet.* Nicht leer und arm, teilweise wenigstens mit Schwächen und Mängeln behaftet, soll die Gemeinde bleiben wollen. Wenn sie empfängt, um was Paulus sie bitten heißt, ist sie von der Gabe Gottes angefüllt, ist sie vollendet. Empor zum vollen Lebensmaß, das Gott uns verleiht, erhebt sich das letzte Verlangen dieses Gebets. Diese Vollkommenheit, zu der wir vollendet werden, nennt Paulus die Fülle Gottes, ähnlich wie er von der Gerechtigkeit Gottes sagt, daß sie uns gegeben ist, von der Liebe Gottes, daß sie in uns ausgegossen ist, von der Herrlichkeit Gottes, daß sie uns verklärt, von dem Frieden Gottes, daß er in unseren Herzen wohnt. Seine Meinung ist dabei nie, daß Gleichheit zwischen uns und Gott entstände. In dem Apostel war die Gewißheit Gottes so felsenfest begründet, daß solche Torheiten nie an ihn herantraten. Diese kurzen mächtigen Formeln wollen vielmehr sagen, daß Gott mit dem, was er uns gibt, selbst an uns handelt und in unserem Maß innerhalb der Grenzen unseres Wesens seine Art und seinen Reichtum an uns zeigt. Darum nennt Paulus auch den vollen Anteil an der Gnade Gottes, zu dem die unerschöpfliche Liebe Jesu uns führt, die Fülle Gottes, weil sie das volle Maß seiner Liebe und seines Vermögens offenbart und uns dadurch, daß sie uns vollendet, zum Abbild seiner Vollkommenheit macht.

Mit dieser zum letzten Ziel aufwärts schauenden Bitte schließt der Apostel sein Gebet noch nicht, sondern mit einem anbetenden Wort. 3,20.21: *Dem aber, der überreichlich vermag, mehr zu tun als alles, was wir bitten oder erdenken, nach der Kraft, die sich in uns wirksam macht, ihm gehört die Ehre in der Gemeinde und im Christus Jesus bis hinaus auf alle Geschlechter aller Zeiten. Amen.* Mehr kann der Apostel nicht bitten, als er erbeten hat, aber für das Vermögen Gottes ist damit das Ende noch nicht erreicht. Daß es unermeßlich emporragt über alles, was in unsere Gedanken eingeht und darum zum Gegenstand unseres Verlangens werden kann, erweckt in Paulus die Gott preisende Anbetung. Sie gründet sich aber nicht einzig auf einen Schluß, den er aus seinen Gedanken über Gott zöge, sondern hat ihre Grundlage in dem, was Gott tut. Denn wir haben von diesem unerschöpflichen Schatz von Macht, der alles Bitten und Denken überragt, eine teilweise Erfahrung und Probe an derjenigen Kraft, mit der Gott seine Gnade an uns betätigt. Auch hier stellt Paulus die Gemeinde und den Christus zusammen zum einträchtigen, innig verbundenen Lob Gottes. Wie in der Gemeinde die Ehre allein Gott dargebracht wird, so ist es auch Jesu Wille und Werk, daß Gott die Ehre dargebracht wird. Jesus bereitet dem Vater die Verherrlichung in einer nie endenden Anbetung.

Kapitel 4,1–6,24

Wie die Christenheit richtig handelt

Noch ein zweites Anliegen beschäftigt Paulus. Nachdem er der Gemeinde zuerst den Reichtum der ihr verliehenen Gnade vorgehalten und sie damit im Glauben gestärkt und gegen alles Schwanken geschützt hat, redet er mit ihr vom richtigen, reinen Handeln der Christenheit. Dieses Anliegen bewegte ihn immer, sowie er zu Gemeinden sprach; denn ihre Glieder waren ja dazu vereinigt, um einander zu helfen, das Leben nach dem Willen Gottes zu führen und sich gemeinsam gegen das Böse zu wehren. Wie sie sich dabei verhielten, hatte unmittelbare Bedeutung für die Kraft und Gesundheit der Gemeinden. Auch hier stellt Paulus alle besonderen, einzelnen Aufgaben zurück und hält der Gemeinde die immer gültigen, entscheidenden Regeln vor, die ihr den Willen Gottes zeigen.

Die Bewahrung der Einheit in der Gemeinde

(4,1-16)

4,1: *Daher ermahne ich euch, ich, der Gebundene im Herrn, der Berufung würdig zu wandeln, mit der ihr berufen seid.* Paulus benützt seine Gefangenschaft dazu, um seiner Mahnung Nachdruck zu geben. Weil er Gottes wegen leidet, wäre es eine Steigerung des sündlichen Willens, wenn die Epheser trotzdem seine Mahnung mißachteten. Der Ruf Gottes, der ihnen seine Gnade erschlossen hat, gewährt ihnen nicht nur die herrliche Hoffnung (1,18), sondern legt ihnen auch die Pflicht auf, ihn nicht zu vergessen und zu entehren durch die Art, wie sie miteinander umgehen und den Menschen in ihrem Verhalten begegnen. Alles muß nun mit der Herrlichkeit und Heiligkeit der göttlichen Einladung, die sie empfingen, in Übereinstimmung stehen.

4,2a: *mit aller Demut und Sanftmut.* Die höchste Würde, die den Blick bis zur Fülle Gottes erhebt, ist den Christen in Ephesus durch ihre Berufung verliehen; denn sie sind von Ewigkeit her erwählt und unter die Himmlischen versetzt. Dennoch entspricht nicht der hochgemute Stolz, nicht die kühne Selbstbehauptung, mit der wir unsere Größe durchsetzen und verteidigen, unserer Berufung; vielmehr schänden wie sie durch die Überhebung und geben sie preis. Die Hoffart, mit der wir uns in die Höhe strecken, entsteht aus dem Bewußtsein der inneren Leere und des Mangels an echtem Besitz. Daraus entsteht das Bemühen, durch eine künstliche, gesteigerte Größe die Armut zu verdecken und eine falsche Ehre über die wirkliche Schande zu breiten. Von diesen törichten und sündlichen Versuchen sind wir durch die Berufung Gottes erlöst; denn sie erteilt uns eine echte, göttliche Hoheit und Würde. Daß wir diese in ihrem Wert erkennen und schätzen, bewähren wir dadurch, daß wir das Kleine nicht für verächtlich, das Geringe nicht für beschwerlich halten, sondern den Mut und die Kraft der Liebe haben, die mit Dienst und Hilfe für alles bereit ist, auch für das, was nach menschlichem Urteil keine Ehre einbringt und keine Größe hat. An unserer Sucht, die nach Großem begehrt, ist immer der geheime Streit mit Gott beteiligt, der ungläubige Wahn, wir müßten selbst für uns sorgen, damit wir zu Ehren kommen, ein unzufriedener Hader mit ihm, weil die Stellung, die er uns gibt, zu gering sei und sein Weg schwer und die uns überwiesene Pflicht hart. Vom Hader mit Gott, von dem Bemühen, uns gegen ihn und über ihn zu erheben, macht die Berufung zu ihm frei. Sie läßt uns den allein und wahrhaft Hohen erkennen und führt uns in die Demut vor ihm und schenkt uns die Verbundenheit mit ihm. Nun haben wir das Vermögen, aber auch die Pflicht, von jeder Überhebung frei jede Demut zu beweisen; denn wir haben, wie immer unsere Lage sein mag, das Größte, die Berufung zu ihm.

Es hat für die Führung des Lebens Bedeutung, daß Paulus die Demut nicht mit dem Hinweis auf unsere Verwerflichkeit und Bosheit begründet, nicht mit der Größe unserer Schuld oder mit der natürlichen Gebundenheit unseres Willens, sondern mit der Berufung Gottes und mit der durch sie uns gegebenen Gnade, von deren Größe alles Vorangehende gehandelt hat. Jene Demut, die an der Betrachtung unserer Sünde entsteht, bleibt etwas Erzwungenes, Saures, eine Last, die wir tragen, weil wir müssen, eine Pflicht, von der wir denken, sie sei uns als eine verdiente Pein auferlegt. Paulus hat eine andere Demut im Sinn: sie schätzt mit Lust und freudigem Willen das Geringe und Schwache, und wir finden sie, weil uns die herrliche Größe Gottes enthüllt und die Würde deutlich ist, die er uns verleiht. Weil wir die Ehre bei Gott haben, können wir auf die Ehre bei den Menschen verzichten. Weil er uns unser Ziel in seiner Herrlichkeit bestimmt, tun wir gern auch den geringen Dienst. Als die, die hochgehoben sind, können wir von Herzen niedrig sein.

Daran, daß Paulus die Sanftmut neben die Demut stellt, wird deutlich, warum er der Demut bei der Anleitung zum richtigen Wandel die erste Stelle gibt. Wie die Sanftmut, die dem Zorn wehrt und die anderen still tragen kann, unerläßlich ist, damit die Gemeinde im Frieden beisammen lebe und die Gemeinschaft nicht zerbreche, genauso unentbehrlich ist auch die Demut zur Erhaltung einer vollen, festen Gemeinschaft. An der Hoffart entsteht der Kampf. Wenn niemand sich der Schwachen annehmen mag und diejenigen Dienste tun will, für die man keinen Dank und Ruhm erntet, muß die Gemeinde zerfallen. Nicht ein Verhalten, das die Gemeinde zersprengt, sondern jenes, das ihre Verbundenheit erhält und stärkt, ist unserer Berufung würdig, da wir dazu von Christus berufen sind, damit wir an seiner Gemeinde Anteil haben.

4,2b: *mit Langmut als solche, die einander durch die Liebe ertragen* (Kol. 3,13). Die Erlösung vom Bösen hat Paulus als vollkommen beschrieben; das Leben und die Auferstehung ist im Christus geschenkt, der Friede geschaffen, die Feindschaft getötet, und Gott ist im Geist in seinem lebendigen Tempel gegenwärtig. Deshalb erwartet aber Paulus nicht, daß Unart, Bosheit, bittere Worte und eigensüchtige Handlungen völlig aus der Gemeinde verschwänden. Ohne die Langmut, die den Zorn und die Vergeltung zurückhält, würde vielmehr die Gemeinschaft zwischen den Glaubenden unmöglich. Der Anlaß zum Zorn kommt immer wieder; immer wieder entsteht der Eindruck, Unleidliches geschehe, das mit Schärfe unterdrückt werden müsse. Denn in der Gemeinde wird nie nur die Gegenwart und Wirksamkeit Jesu offenbar, sondern immer auch die menschliche Art mit ihren sündlichen Ausbrüchen. Darum kann jede menschliche Gemeinschaft, auch die, die im Christus verbunden ist, nur durch die beständige Übung des Vergebens bestehen.

Wir sind nicht so miteinander verbunden, daß wir gleichsam ganz von selbst in der alles überwältigenden Macht der Liebe aneinander hingen, ohne daß Schwierigkeiten und Trennungen eintreten könnten; wir müssen vielmehr einander ertragen und mit wachem Willen an der Gemeinschaft festhalten über alles hinüber, was schwer ist und schmerzt. Wir sind füreinander nie nur Hilfe, Förderung und Genuß, sondern immer auch Last, Hinderung und Versuchung. Darum ist an die Bewahrung der Gemeinschaft eine stetige Arbeit zu wenden, die das Böse mit der Kraft des Duldens und Vergebens überwindet.

Zu dieser Arbeit sind wir aber befähigt, weil uns die Liebe gegeben ist; wir müssen nicht mehr an uns selbst gefesselt sein, sondern können in echter Fürsorge an das Wohl der anderen denken und für sie handeln. Mit der Liebe ist uns das Vermögen gegeben, an den anderen auch Peinliches und Dunkles zu ertragen; wir müssen die Gemeinschaft mit ihnen nicht deshalb zerbrechen lassen, weil sie uns von ihnen schwer gemacht wird.

4,3: *und die sich bemühen, die Einheit des Geistes durch das Band des Friedens zu erhalten* (Kol. 3,14). Daran, daß der eine und selbe göttliche Geist alle von innen her erfaßt und leitet, haben die Gemeinschaft und der Wandel der Christenheit ihren realen Grund. Daher rührt es auch, daß die Liebe in uns vorhanden ist. Sie stammt nicht aus dem natürlichen Wesen, sondern ist die Gabe des Geistes. Und weil es der eine Geist ist, durch den wir mit Gott im Christus verbunden sind, ist die Liebe in allen, die durch die Berufung zu Gott geführt worden sind. Ohne den Geist gäbe es niemals eine

Christenheit, die eine Gemeinde wäre. Aber unsere Einigung, die uns von Gott gegeben ist und die der Geist mit seiner Macht wirkt, nimmt unser eigenes Verhalten in Anspruch; wir haben uns mit Absicht und Anstrengung um sie zu bemühen. Wir können auch einem fremden Geist in uns Raum gewähren und uns der Leitung des Geistes Gottes entziehen; dann zerbricht die Gemeinschaft, und statt derselben entsteht unter uns der Kampf. Das Band, das uns zusammenhält und auf dessen Erhaltung wir unsere Bemühung zu richten haben, ist der Friede. Wir haben ihn im Christus, der unser Friede mit Gott ist und uns verleiht, miteinander im Frieden zu leben. Dadurch, daß wir im Frieden bleiben und als die handeln, die selbst vom Hader erlöst sind und ihn auch den anderen ersparen, dadurch, daß wir selbst den Frieden haben und ihn auch den anderen geben, bleiben wir unter der Leitung des Geistes, der uns miteinander zur gemeinsamen Führung des Lebens vereint. Deshalb erinnert nun Paulus an das feste Fundament, auf das die Einheit der Gemeinde von Gott gegründet ist.

4,4: *Es ist ein einziger Leib und ein einziger Geist, wie ihr auch mit derselben Hoffnung, die eure Berufung euch gab, berufen seid* (1,18; Phil. 3,14). Die Gemeinde hat ihr Gleichnis am Leib; denn sie ist ein lebendiges Gebilde, das zur Einheit gebracht ist und ein gemeinsames Leben hat. Jedes Glied wird in seinem Sein und Wirken durch das bestimmt, was ihm an seinem Platz aus dem allen gegebenen Besitz zugeleitet wird. An der Überzeugung der anderen entsteht die unsrige; durch die Arbeit der anderen wird uns die unsere gegeben. Hier entsteht Glaube aus Glauben, Liebe aus Liebe, wie auch Sünde aus Sünde. Die uns alle aneinander bindende Gemeinsamkeit hat ihren Grund darin, daß ein und derselbe Geist uns zu Gott bringt und alles, was in jedem aus Gott ist, schafft. Nicht verschiedene Kräfte, nicht gegeneinanderstehende Geister ziehen und gestalten uns, sondern der eine Geist, durch den Christus an uns handelt und Gott bei uns gegenwärtig ist. Darum treten wir alle auf dieselbe Weise in die Gemeinde und haben alle dasselbe Ziel; denn wir sind durch denselben göttlichen Ruf zu Gott gebracht, der dieselbe Hoffnung in uns pflanzt. Wir fänden die Gemeinschaft nicht, wenn wir sie durch unsere eigene Leistung und Frömmigkeit schaffen müßten; dann gäbe es so viele Trennungen zwischen uns, als es Verschiedenheiten im menschlichen Wollen und Wirken gibt. Wir sind aber nicht durch unser Werk oder unseren Willen in die Gemeinde Jesu hineingekommen, sondern dadurch, daß Gott uns seine Gnade, die über allen steht, durch seinen Ruf erkennbar machte. Darum kann uns auch dasselbe Verlangen bewegen, das nach demselben Ziel strebt; wir begehren alle nach der Vollendung, die der Gemeinde durch die Offenbarung Jesu gegeben werden wird. Es ist ein starkes Band der Gemeinschaft, wenn eine und dieselbe Hoffnung den Willen aller bewegt und aller Verhalten regiert. Paulus hebt aber unseren Blick noch höher; er hat damit noch nicht alles genannt, was der Gemeinde mit göttlicher Kraft die Einheit verschafft.

4,5: *Es ist ein einziger Herr, ein einziger Glaube, eine einzige Taufe.* Daß derselbe Geist unser aller Leben gestaltet, hat seinen Grund darin, daß es nur einen Herrn für uns alle gibt, der uns alle mit derselben königlichen Macht unter seinen Willen stellt. Denselben Herrn zu haben, das ergibt ein festes Band der Einheit, das uns wohl zusammenzuhalten vermag. Wären wir ohne Herrn, uns selbst überlassen und darum eigenmächtig nach unserem Willen handelnd, oder gäbe es viele Herren, denen Gott die Menschheit unterworfen hätte, so wäre es auch unmöglich, daß aus uns eine einträchtige Gemeinde entstünde. Nun aber kommt die Gnade Gottes zu uns allen durch den Einen; das gibt unserer Verbundenheit zu einem Leib die feste Bürgschaft und die Unzerstörbarkeit.

Derselbe Vorgang verbindet uns alle mit dem Herrn; denn für alle ruht die Gemeinschaft mit Christus darin, daß sie an ihn glauben. Keiner kann sich einen anderen Zugang zu Christus verschaffen und den Glauben umgehen; für jeden ist er aber in derselben Weise erlösend und heilbringend, weil Christus keinen Glauben zerstört, sondern jedem auf ihn gerichteten Vertrauen seine Gnade zuwendet. Darum ist der Glaube der eine und selbe für alle; er ist in allen auf denselben Herrn gerichtet, erfaßt dessen Sendung, begehrt dessen Gnade und empfängt sie auch. Es ist aber ein starkes Band der Einheit, wenn wir alle von uns selbst los und an denselben Herrn gewiesen sind, dessen Gabe uns darum zufällt, weil wir auf ihn trauen. Damit ist nicht verdunkelt, daß der Glaube im Zusammenhang mit der persönlichen Art und Begrenzung unseres eigenen Lebens für uns alle ein besonderes Maß hat und an der Mannigfaltigkeit der vielen Lebensläufe teilhat. Durch alle Stufen und Formen des Glaubens hindurch bleibt er doch derselbe eine Glaube, weil er im Christus den einen und selben Grund und Inhalt hat.

Zu dem inneren Vorgang, der unsere Verbindung mit dem einen Herrn herstellt, fügt Paulus den äußeren Akt, der sie uns verschafft, die Taufe, mit der die Gnade des Christus uns erfaßt und uns den Zutritt zu ihm und zu seiner Gemeinde schenkt. Auch in diesem Moment kommt die uns verbindende Einheit zur vollen Erscheinung; denn es gibt nicht vielerlei Wege zu Christus, sondern die Taufe ist für uns alle dieselbe. Gleichmäßig bekennen wir alle, daß wir sündig und der Vergebung Gottes bedürftig sind, und gleichmäßig ergreifen wir alle in ihr die Gnade Jesu als unsere Versöhnung und Gerechtigkeit.

Paulus hebt den Blick nochmals höher zum letzten Grund der Einheit der Gemeinde Jesu hinauf. Daß es einen Geist und einen Herrn gibt, hat den letzten Grund in der Einzigkeit Gottes. 4,6: *Es ist ein einziger Gott und Vater aller, der über allen und durch alle und in allen ist.* Über uns allen steht in derselben für uns unerreichbaren Hoheit der eine Gott, der seine Gottheit in der Schöpfung und Regierung der gesamten Kreatur offenbart und der Geber des Lebens für uns alle ist, die wir in das Leben gekommen sind. Wie er über uns allen bleibt in einer Hoheit, die kein Gedanke erfaßt und kein Wille sich untertan macht, so gibt er uns allen das Leben dazu, daß durch uns sein Wille geschehe und sein Werk getan werde. Keiner vermag sich seiner alles durchwaltenden Macht zu entziehen. Über uns allen ist sein Auge offen, und jeder von uns ist ein Werkzeug in seiner Hand; jeden von uns führt er dahin, wohin sein Wille uns stellt, und braucht er dazu, wozu er uns bestimmt. Mit diesen beiden Worten ist aber das Verhältnis Gottes zu uns noch nicht ganz beschrieben. Der über uns Erhabene, dem wir unterworfen sind, ist zugleich in uns, weil er sich uns so gegenwärtig und erkennbar macht, daß ein Verhältnis persönlicher Gemeinschaft zu ihm entsteht. Auch dabei beschränkt er sich nicht nur auf wenige, sondern ist seine Macht und Gnade so reich, daß er sich allen kundtut und in allen gegenwärtig ist. Indem Gott uns allen in Christus den Reichtum seiner Gnade öffnet, so daß wir uns in gemeinsamer Anbetung vor ihm beugen und in gemeinsamem Dienst nach seinem Wink handeln und ihn in gemeinsamer Liebe bei uns haben, sind wir zu einer einträchtigen Gemeinde vereint.

Diese hat ebenso notwendig einen großen Reichtum verschiedener Lebensstufen in sich, der so wenig die Einheit schwächt und auflöst, daß er vielmehr zur ganzen Festigkeit verhilft. 4,7: *Jedem von uns wurde aber die Gnade nach dem Maß der Gabe des Christus gegeben.* Über allen waltet derselbe Gott und eine Herr und eine Geist. Daraus ergibt sich aber nicht, daß jeder dasselbe ist und kann; vielmehr hat jeder seine besonders bemessene Gabe; darauf beruht die Gleichheit und Verbundenheit der Gemeinde. Daß sie im einen Geist unter dem einen Herrn für den einen Gott lebt, eben dies ist die Gnade. Diese umfaßt aber eine unerschöpfliche Mannigfaltigkeit von Gaben. Doch nicht darauf legt hier Paulus den Nachdruck, da wir ja diese Mannigfaltigkeit unmittelbar vor Augen haben; er betont, daß diese Verschiedenheit durch den Christus gestiftet wird, nicht durch uns, etwa durch das Maß unserer frommen Leistung oder nur durch natürliche Unterschiede; sie entsteht durch die königliche Verfügung des Christus über uns. Wie er uns die Gabe zumißt, in dem Maß wird uns die Gnade gewährt.

Kämen die Unterschiede von uns her, so könnten sie den Frieden der Gemeinde erschüttern; da möchte sich Neid und Eifersucht, Stolz und Groll daran hängen: „Warum kann ich nicht auch, was der andere kann?" „Warum ist mein Maß so bemessen, das des anderen so?" Aber alle solche Fragen verstummen vor der Gewißheit, daß hier Christus entscheidet. Seine Gabe gibt uns, wie immer er sie für uns bemißt, das göttliche Gut und die vollkommene Gnade. Weil er es ist, der uns unsere Gaben zuteilt, darum entsteht an ihnen niemals ein Anlaß zum Unfrieden und zur Zertrennung. Führen sie dazu, so ist es nur Versündigung und glaubenslose Geringschätzung des Christus, die vergißt, daß der Mensch sich nichts nehmen kann, es werde ihm denn von oben gegeben (Joh. 3,27), und daß das, was ihm gegeben ist, nicht seiner Eigensucht dienen soll, sondern dem, von dem die Gabe kommt. Dieses Amt des Christus, Gaben auszuteilen, und dies so, daß sie für jeden ein eigenes Maß haben, belegt nun Paulus mit einem Psalmwort.

4,8: *Deshalb sagt er: Als er in die Höhe fuhr, machte er Gefan-*

gene; Gaben schenkte er den Menschen (Ps. 68,19). Mit diesem Spruch stellt Paulus fest, daß die Macht Jesu, uns Gaben darzureichen, keine Schranken hat und das Weltall umfaßt. Deshalb preist er sie nicht nur mit seinen eigenen Worten, sondern stellt den Psalmvers voran; was er sagt, reicht bis in das himmlische Geheimnis hinauf. Darum gibt er seiner eigenen Mahnung dadurch eine Stütze, daß schon die Schrift das Werk des Christus so groß darstellt. Denn was der Psalm vom Aufsteigen Gottes sagt, ist durch das Aufsteigen des Christus in die Höhe erfüllt. Er wird durch seine Auffahrt zum Sieger und Herrscher, der sich Gefangene als Beute unterwürfig macht, doch nicht so, daß er in seiner eigenen Erhöhung und im Gewinn der Macht für sich selbst sein Ziel hätte, sondern so, daß er in Kraft seiner Erhöhung und seines Sieges zum Spender der Gaben für die Menschen wird. Weil uns Paulus noch näher erläutern will, wie Christus sich als Geber der göttlichen Gaben erweist, verweilt er zuerst bei der Voraussetzung dafür, bei seinem Auffahren zur Höhe. Vor diesem steht sein Herabsteigen in die Tiefe, da es kein Hinauffahren gibt, wenn nicht zuerst ein Herabkommen vorangegangen ist.

4,9.10: *Das Wort: Er fuhr hinauf, was sagt es anderes, als daß er auch in die untersten Teile der Erde herniederstieg? Der, der herabstieg, er ist der, der auch über alle Himmel hinauffuhr, damit er das Ganze erfülle.* Vor der Erhöhung steht die Erniedrigung Jesu, sein Eingang in die Tiefe, die der Himmelshöhe gegenübersteht. Schwerlich denkt Paulus bei der untersten Stufe der Erde nur an den irdischen Wandel Jesu auf dem Boden, der uns alle trägt. Wie er die Auffahrt bis zur höchsten Höhe verfolgt, bis dahin, wo Jesus auch die Himmel unter sich zurückläßt und bei dem ist, der über allen ist, so hat er wahrscheinlich auch das Herabsteigen Jesu bis zum tiefsten Punkt ausgedehnt, bis zur Totenwelt hinab, in die ihn das Sterben führt. Das ist die von Gottes heiligem Willen geordnete Bedingung seiner Erhöhung. In Kraft seines Todes fährt Jesus auf, er, dem kein Ort der Erde zu tief war, daß er sich seiner geschämt oder geweigert hätte. Darum ist aber auch seine Erhöhung dasjenige Ereignis, aus dem der Strom der Gaben für die Menschheit hervorbricht. Das in die Erde gefallene Weizenkorn bleibt nicht allein (Joh. 12,24).

Über alle Himmel empor ging Jesus als der Sohn, der über alle unsichtbaren Mächte gesetzt ist (1,20.21). An die mancherlei Himmel denkt Paulus jetzt deshalb, weil sie den Reichtum der unsichtbaren Geisterwelt umfassen. Aber Christus erhält nicht bei ihnen seinen Ort, als wäre er einer von den vielen himmlischen Herrschern, sondern tritt zum Thron des Vaters empor. Der Zweck seiner Erhöhung ist, daß sein Geben überallhin reiche. Nichts wird von ihm leer gelassen, nichts versäumt und von seiner Regierung ausgeschlossen. Für alle, seien sie auf der Erde oder im Himmel, hat er die Gabe, die ihnen darreicht, was sie bedürfen, das volle Lebensmaß.

Doch Paulus wendet den Blick sofort wieder von dem Geheimnis ab, das uns undurchdringlich bleibt; er berührt es nur, damit wir daran denken, daß unsere irdische Geschichte aus der Tiefe des göttlichen Wirkens und aus dem Reichtum der himmlischen Herrlichkeit heraus entsteht, obschon wir diesen Zusammenhang nicht fassen können. Vor uns steht dagegen die Gemeinde; sie ist der uns zugewiesene Bereich, an dem wir unseren Beruf auszurichten haben und in dem wir an dem Geben des Christus Anteil haben, das von der Höhe herab die göttlichen Gaben bringt.

4,11: *Und er selbst bestellte die einen zu Aposteln, die anderen zu Propheten, die anderen zu Verkündigern der Heilsbotschaft, die anderen zu Hirten und Lehrern* (1. Kor. 12,28). Nicht Geschenke, die in Dingen beständen, kommen von Christus her, als teilte er Wertsachen aus; sondern Menschen sind seine Gaben, Menschen, die er ausrüstet, damit sie für die anderen eine Arbeit tun, die ihnen den geistlichen Segen Gottes bringt. Dabei wird an denen, die ihre Bestellung von ihm erhalten haben, die Mannigfaltigkeit seiner Gaben offenbar; ein bestimmtes Maß ist ihnen immer eigen. Seine Apostel schuf er; das sind die Männer, die Jesus in seine Begleitung zog, mit denen er in seiner irdischen Zeit lebte und denen er auch als der Auferstandene seine Offenbarung gewährte und die Gemeinschaft erneuerte. Sie sind, was sie sind, durch ihn; keiner kann sich selbst nehmen, was nur er geben kann; keiner wird ihr Ersatzmann oder Nachfolger. Sie haben durch ihren Verkehr mit dem Christus eine Gabe erhalten, die sonst niemand hat. Nur ist damit sein Geben nicht erschöpft.

Aus anderen hat er Propheten gemacht, denen in besonderer Erleuchtung Einsicht in die Wege Gottes gewährt wird. Auch dies war eine Gabe des Christus, die jenseits jeder menschlichen Bewirkung oder Beeinflussung stand. Wem das prophetische Erlebnis zuteil wurde, der hatte es. Wer es empfing, konnte sich seiner nicht rühmen, wer es nicht empfing, sich darüber nicht beklagen. Andere erhielten die Befähigung, die Ankunft des Christus zu bezeugen. Sie waren nicht Apostel, da sie nicht zur Jüngerschaft Jesu vor seiner Kreuzigung gehört hatten, auch nicht Propheten, da sie jene Vorgänge, die den Propheten ermächtigten, im Namen Gottes zu sprechen, nicht kannten. Und doch hatten auch sie wieder eine Kraft von besonderer Art und hohem Wert: Sie waren imstande, mit dem Wort Jesu an die Menschen heranzukommen und es ihnen so zu sagen, daß auch in denen, die den Christus noch nicht kannten, der Glaube an ihn entstand. Dazu war nicht bloß eine erlernte Kenntnis von Jesu Wort und Werk, sondern eine innere Ausrüstung von besonderer Art erforderlich: eine starke Liebe, die den Dienst für Jesus allem anderen vorordnete, eine freudige Gewißheit, die ein klares Verhältnis zum Herrn besaß, und große Weisheit, die wahrnahm, mit wem sie es zu tun hatte und was im einzelnen, besonderen Fall die richtige Unterweisung war.

Auch damit hätte die Gemeinde noch nicht gehabt, was sie bedarf. Sie braucht Hirten und Lehrer, Männer, die für die Gemeinde je an einem bestimmten Ort tätig sind. Der Hirte übernimmt die Leitung der Gemeinde und hilft ihren Gliedern mit seiner Fürsorge zum gesunden Christenstand. Der Lehrer unterscheidet sich wieder von ihm, da seine Arbeit und Gabe auf das Verständnis des göttlichen Worts und Werks zielt. Weder den Hirten noch den Lehrer kann menschliche Kunst, Erziehung oder Kirchenverwaltung schaffen. Diese kann nur Ämter formen; aber die Männer, die in das Amt die Wahrheit, den Geist und die Kraft legen, macht nicht die Kirche, sondern Christus allein. Darum hat auch Paulus hier die Amtsnamen absichtlich gemieden und nicht von Bischöfen und Diakonen geredet, sondern von solchen, denen das Verständnis für das Wort Gottes und für die Sendung Jesu in einem Maß gegeben ist, daß sie andere zu lehren fähig sind, und von solchen, in denen Liebe, Tatkraft und Weisheit so vorhanden sind, daß sie Schwankende zu stützen, Sündigende aufzurichten, Gesunde zu ermuntern und die ganze Gemeinde auf den Weg Gottes zu stellen verstehen.

Was uns Jesus durch die Ausrüstung solcher Männer gibt, wird dann recht deutlich, wenn wir bedenken, wozu ihnen alle diese Kräfte gegeben sind und was sie wirken. 4,12: *um die Heiligen tüchtig zu machen für das Werk des Dienstes, für den Aufbau des Leibes des Christus.* Um der Heiligen willen, damit sie erhalten, was ihnen die Gnade Gottes gewährt, hat Christus diese Männer gegeben. Nicht als ob erst sie die Gemeinde heilig machten. So wäre es, wenn die Heiligkeit der Gemeinde von ihren besonders ausgerüsteten Männern und Ämtern abhinge. Sie ist aber heilig in Kraft dessen, was Christus für sie ist, weil seine Gnade sie umfaßt. Deshalb, weil die Glieder der Gemeinde heilig sind, erhalten sie jene kostbaren Gaben des Christus. Darum braucht er seine Erhöhung dazu, um ihnen die Männer zu geben, die sie zu dem Werk fähig und willig machen, das ihnen ihr Herr als ihren Dienst aufgetragen hat.

Nicht darauf zielen die Gaben des Christus, nur den Erkenntnisbesitz der Gemeinde zu vermehren oder nur ihr Zusammensein süßer, bewegter, genußreicher zu machen. Solche Gedanken mußten allen als kindisch erscheinen, die begriffen, worin das Amt des Christus besteht und wozu er sich seine Gemeinde erworben hat. Da fällt alles fort, was zur menschlichen Ehrsucht und genußsüchtigen Spielerei gehört. Gottes Werk wird durch den Christus getan, und die, die er als seine Gabe der Gemeinde schenkt, erweisen sich als solche dadurch, daß sie seine Heiligen zum Werk geschickt machen. Denn dazu sind ihr die besonders begabten Männer eine große Hilfe. Sie zeigen ihr, was jetzt von ihr als das Werk ihres Dienstes anzugreifen ist, räumen die Hindernisse weg und machen den Gehorsam aller munter und die Liebe frisch.

Ein Werk des Dienstes, nichts anderes, kann das sein, wozu die Gemeinde tüchtig werden soll. Denn sie hat nicht zu herrschen, wohl aber dem zu dienen, dem sie ihr Leben verdankt. So dient ihre Arbeit aber einem unendlich großen Ziel. Nicht einzelne Funktionen und Leistungen, nicht die Abhilfe für besondere Bedürfnisse hat Paulus dabei im Auge, sondern das eine umfassende Werk, daß der Leib des Christus zu seinem vollen Bestand und seiner ganzen Wirkung gelange und für Christus als das Organ bereit stehe, über das er als das Haupt verfügen kann. Paulus sagt noch genauer, was dieses Ziel, auf das alle Arbeit der Gemeinde ausgerichtet sein soll, in sich schließt. 4,13a: *bis wir alle zur Einheit des Glaubens und der Erkenntnis des Sohnes Gottes gelangen.* In uns allen ist der Glaube ein und derselbe; denn wir geben ihn dem einen Herrn, der uns allen seine Gnade ungeteilt und ganz gewährt. In ihm ist unser aller Glaube eins, nicht in uns. Durch das, was in uns selbst vorgeht, wird aus der Einheit des Glaubens ein Ziel, das hoch über uns steht. Zum Teil wird die Einheit des Glaubens durch unser Sündigen verhindert; denn am bösen Gewissen erlahmt das Glauben und die Furcht, die nur mit Beben auf das Vergeben Gottes blicken kann, hält es nieder. Ein starkes Vertrauen kann, ohne zum Übermut zu verderben, nur dann in uns lebendig sein, wenn ein aufrichtiger Gehorsam in uns vorhanden ist. Begrenzungen und Verschiedenheiten des Glaubens entstehen aber nicht nur durch unsere Schuld, sondern auch durch Gottes Werk, da sie mit unserer besonderen Führung und Aufgabe zusammenhängen. Auch sie machen deutlich, daß wir als Gemeinde noch nicht am Ziel sind, sondern noch einen weiten Weg vor uns haben, auf dem wir mit tapferem Willen vorwärts schreiten sollen. Denn nicht das ist der endgültige Wille des Christus, daß der eine hinter dem anderen in der Zuversicht zu ihm zurückstehe, der eine nur einen kleinen Glauben habe, der andere dagegen einen großen, der eine mit hellem Auge und freudigem Sinn sein Heilandsamt preise, der andere mit Zagen und Seufzen; sondern das Ende soll sein, daß wir alle mit derselben, ganzen Zuversicht darüber gewiß sind, was wir an ihm haben. Bis wir aber dahin gelangt sind und damit wir dahin gelangen, ist die Gemeinde so geordnet, daß ihre Glieder verschiedene Gaben und Kräfte haben zu dem Zweck, daß alle im Glauben wachsen, der Starke den Schwachen halte, der Schwache am Starken sich aufrichte und einer vom anderen lerne, was die Gnade Jesu uns tut und die Gemeinschaft mit ihm uns verleiht.

Die Vollendung des Glaubens ist aber nicht möglich ohne die der Erkenntnis des Christus, die dem Glauben den Grund und Inhalt gibt. Die Einheit des Glaubens an den Sohn Gottes schließt somit auch die gemeinsame, einheitliche Erkenntnis des Christus ein, weil hier das eine nur mit dem anderen gewonnen wird. Jetzt wird uns die Erkenntnis Jesu in verschiedenem Maße gewährt; die Gleichheit läßt sich auch nicht durch künstliche Mittel erreichen. Nicht davon spricht Paulus, daß wir alle dieselben Worte sagen und eine einheitliche Formel unterschreiben. Davon ist vielmehr die Rede, daß die Hilfe und Gabe Jesu in unsere Wahrnehmung tritt und wir das Auge für seinen Sinn und Willen erhalten, so daß wir verstehen, was er tut und wie er handelt, und erfahren, was sein Heilandsamt in sich schließt. Daß wir hier zur einen und selben Erkenntnis gelangen, schließt das volle Erleben der Gnade Jesu ein und ist darum das hohe Ziel, zu dem wir bei unserer Arbeit an der Gemeinde aus weiter Entfernung emporsehen.

Weil diese Arbeit allen dazu dienen und helfen will, an Christus zu glauben und ihn zu verstehen, ist sie der Aufbau seines Leibes. Denn dadurch, daß wir ihm völlig glauben und ihn ganz kennen, wird sein Leib gebaut. Damit dieses Ziel uns in seiner Hoheit entgegenleuchte und wir begreifen, an wen es hier zu glauben gilt und wer sich hier zu erkennen gibt, nennt Paulus Jesus mit dem Namen, der seine Gemeinschaft mit dem Vater ausspricht, den „Sohn Gottes".

Paulus macht das Ziel, nach dem die Arbeit der Gemeinde zu streben hat, durch ein Gleichnis deutlicher. 4,13b: *zum fertigen Mann, zum Maß des Alters, das die Fülle des Christus uns verschafft.* Die Stufen der natürlichen Entwicklung dienen dem Apostel zum Gleichnis für die innere Bewegung. Vom Kind führt uns das Wachstum hinauf zum reifen, ausgewachsenen Mann, vom kindlichen Alter mit seiner unfertigen Gestalt zum Maß des Erwachsenen. Alle Glieder der Gemeinde sollen dieses Ziel erreichen, und erst dann, wenn in jedem das Wachstum vollendet ist, ist die Arbeit in der Gemeinde ganz getan.

Was bei uns dem Erwachsensein entspricht, bestimmt sich aus der Fülle des Christus. Nicht nur stückweise sollen wir ihn erkennen, nicht nur einzelnes von ihm empfangen. Am vollen Inhalt seiner Gnade, an der unverkürzten Herrlichkeit seines Lebens haben wir unser Glauben und Erkennen zu ermessen, und beides steht dann am Ziel, wenn die Fülle des Christus zum Grund für unser Glauben und zum Inhalt für unser Erkennen geworden ist.

Ein Blick auf das, was wir hinter uns lassen, macht die Herrlichkeit dieses Zieles und die Notwendigkeit der Arbeit, die zu ihm führt, noch deutlicher. 4,14: *damit wir nicht mehr unmündig seien, von der Brandung geschüttelt und von jedem Wind der Lehre umgetrieben durch das trügerische Spiel der Menschen, durch List, um dem Irrweg Bahn zu machen* (Hebr. 12,9). Dem erwachsenen Mann mit seiner befestigten Überzeugung und sicheren Erfahrung steht das unmündige Kind gegenüber mit seiner Abhängigkeit und Leichtgläubigkeit, mit seiner Wehrlosigkeit gegen alles, wozu man es verleitet und mißbraucht. Solche Unmündigkeit ist eine schwere Gefahr, weil das Leben nicht der Fahrt auf ruhiger See im Sonnenschein gleicht. Es fahren allerlei Winde auf uns los, Winde von Lehren, die uns über Göttliches und Menschliches Auskunft anbieten und Theorien vortragen. Solche Stöße erschüttern den Unmündigen; er gibt nach, läßt sich erregen, kommt ins Schwanken und beginnt zu zweifeln: „Jener sagt das, dieser lehrt so", und indem er hinhorcht, läßt er sich von den großen Worten einnehmen und will sie auch selbst erproben. So wird er hin und her gestoßen, wie wenn die See mit starken Wogen brandet und der Wind, was er erfaßt, im Wirbel dreht.

Paulus rechnet damit, daß vielerlei Gedanken sich an die Gemeinde herandrängen, jüdische und griechische, teils im Glanz altheiliger Überlieferung, teils mit dem Reiz neuer Wissenschaft und philosophischer Würde. Vielleicht waren sie schon von früher her das Eigentum derer, die jetzt sich zum Christus gewendet haben; sie konnten aber auch mit frischer Kraft hervortreten und die noch Unmündigen gerade deshalb anziehen, weil diese jetzt über den sinnlichen Taumel hinausgekommen waren und für die großen Rätsel der Welt offene Augen erhalten hatten. Leicht konnte das Evangelium der Apostel neben diesen Lehren unscheinbar und wertlos scheinen. Und doch stand hinter jenen Gedanken, die wie Windstöße in die Gemeinde fuhren, nur der Mensch, nicht der Sohn Gottes, an den der Glaube und die Erkenntnis derer sich hält, die zum vollkommenen Mann heranwachsen.

In diesen Lehrbetrieb mengt sich die menschliche Sünde mit ihrer Häßlichkeit ein. Paulus vergleicht ihn mit dem Betrug beim Würfelspiel, wenn einer den anderen zu übervorteilen sucht. Auch bei dieser angeblichen Erkenntnis wird Falschspielerei getrieben. Den Worten nach ist nur die Wahrheit das Anliegen jener Lehrer; aber ihr wichtigstes Interesse bleibt die eigene Ehre; den Worten nach soll der Hörer zum Heil geführt werden; in Wahrheit liegt im Vorteil des Meisters der Zweck, dem die ganze religiöse Unternehmung dient. List, die ihre echten Absichten verbirgt und mit kecker Lüge zu jedem Mittel greift, das Erfolg verspricht, schafft hier eine bewußte, planvolle Verführung. Darum ist es wichtig, daß die Gemeinde nicht unmündig bleibt, sondern jenes Werk geschieht, das die Heiligen tüchtig macht. So wird auch vollends deutlich, welch große Gabe die vom Christus gegebenen Apostel, Propheten, Hirten und Lehrer sind; sie schützen die Gemeinde gegen solche Verführung und leiten sie über das Gewoge hinauf zum festen Stand eines gewissen Glaubens, der ohne Abzug und Verkürzung die Fülle des Christus, den ganzen Christus erfaßt.

Doch ist der Kampf gegen den Wahn menschlicher Lehre für die Herrschaft des Christus und für die Arbeit seiner Zeugen nie der Hauptzweck; er dient nur dem heilsamen Endziel, dem Gott die Gemeinde zuführt. Deshalb spricht Paulus nochmals das positive Ziel aus, dem die Ausstattung der Gemeinde mit Jesu Gaben dient. 4,15: *sondern damit wir durch die Liebe wahrhaftig seien und so in allem in ihn hineinwachsen, der das Haupt ist, Christus* (Kol. 2,19). Nicht stehenbleiben, nicht in Unmündigkeit verharren, sondern wachsen soll die Gemeinde, in jeder Hinsicht: nicht nur ihrem Umfang nach, sondern auch in ihrem Erkennen wie in ihrer Kraft, in ihrer Verbundenheit miteinander wie in ihrer Gemeinschaft mit Gott und in ihrer Erfüllung mit Heiligem Geist. Zu Christus hin und in ihn hinein soll sie wachsen, nicht an andere Meister sich hängen. Und dazu ist die Bedingung, daß sie wahr bleibt. Das steht im Gegensatz zum falschen Spiel der eitlen Lehrmeister, zur berechneten Pfiffigkeit derer, die die Leute für sich einfangen. Im reinlichen, fest zu verteidigenden Gegensatz gegen alle diese Methoden ist die Arbeit der Lehrer in der Gemeinde und ihr Wachstum auf die keusche, treue Wahrhaftigkeit gegründet, die nichts als Werkzeug und Baumittel verwendet als die Wahrheit allein.

Mit der Wahrheit ist untrennbar verbunden die Liebe, ohne die die Gemeinde nicht wachsen und die Wahrheit in ihrem Verkehr miteinander nicht festhalten kann. Der trügende Lehrer arbeitet für sich selbst; bei seinem falschen Spiel sucht er das Seine. In der Christenheit darf nur solche Arbeit geschehen, die in treuer Meinung zum Heil der anderen getan wird. Wo die Wahrheit preisgegeben wird, ist auch die Liebe verletzt; wo die Liebe fehlt, wird auch die Wahrheit weggeworfen. Nur vereint bleiben sie bei uns, und in ihrer Verbundenheit sind sie die Kraft, die uns das Wachstum in den Christus hinein verschafft.

Nicht anderswohin, sondern zum Christus wendet sich das Streben der Christenheit; denn er ist das Haupt. Darum ist die vollständige, kraftvolle Verbindung mit ihm das einzige, was sie suchen kann, womit sie für sich die gesunde Entwicklung und die stark machende Organisation erreicht. 4,16: *aus dem der ganze Leib, durch jedes hilfreiche Gelenk zusammengeheftet und vereint, kräftig nach dem Maß eines jeden Teiles das Wachstum des Leibes zu seinem Aufbau durch die Liebe bewirkt.* Beides spricht Paulus aus, daß alles Leben und Wachstum der Kirche am Christus hängt und daß die Arbeit und Tätigkeit aller und besonders derer, die mit besonderer Begabung ausgerüstet sind, für das Bestehen und Gedeihen der Kirche unerläßlich ist. Nur vom Haupt aus, nicht in der Abwendung von ihm, nicht in eigener Kraft, sondern durch die vom Christus ihm zuströmende Kraft kann der Leib wachsen. Christus bereitet ihm sein Wachstum aber dadurch, daß der Leib ineinandergefügt und zu gemeinsamem Leben verbunden wird; keiner darf einsam und abgeschlossen für sich bleiben; eines jeden Lebenslauf muß mit dem des anderen verschlungen und verflochten sein, so daß jeder als Glied des Ganzen vor dem Auge Jesu steht und als solches von ihm behandelt wird. Die Gabe, die jedem gereicht wird, erhält er als Glied des Ganzen, nicht für sich allein.

Diese Verknüpfung und Vereinigung gewinnt der Leib durch jedes zur Hilfeleistung und Kraftspendung befähigte Gelenk. Mit diesem Bild ist gesagt, daß Christus in die Gemeinde Menschen gibt, die ihr zur Einigkeit miteinander und mit Christus helfen, ihre geschlossene Verbindung stärken und ihr den Zufluß des Lichtes und der Kraft von oben vermitteln. Nicht als Ersatz für das Haupt dienen diese Gelenke, sondern zur Herstellung des lebendigen Zusammenhangs, der Glied mit Glied und alle mit dem Haupt vereint.

So bewirkt der Leib sein Wachstum in wirksamer Kraft. Jedes einzelne Glied ist daran mitbeteiligt, natürlich in verschiedener

Abstufung entsprechend dem Maß, das jedem zugeteilt ist. Es gibt aber kein Glied, das für den Leib bedeutungslos wäre oder sich nur träg und passiv aus dem Leben und den Kräften des Leibes nähren dürfte. Vielmehr hat jedes seine Aufgabe und ist zur fruchtbaren Mitarbeit an seinem Platz berufen.

In der engen Verbundenheit aller mit allen und in ihrer gemeinsamen Arbeit, die alle wechselseitig zu Empfängern und zu Gebern macht, wird an der Gemeinde sichtbar, welche Kraft sie innerlich bestimmt: es ist die Liebe. Sie wäre zerstört, wenn der eine regierte und der andere nur gehorchte, der eine in der Arbeit stände und der andere in der Ruhe verharrte, wenn Risse mit unüberwindlichen Trennungen durch das Ganze gingen. Christus aber zieht niemals einsame Eremiten an sich; er nimmt jeden nur als Glied der Gemeinde in seine Gnade auf. Er führt jeden so und begabt ihn dazu, damit alle durch ihn gesegnet sind, und gibt allen ihre Arbeit, die dem Ganzen hilft. Durch all das wird die Gemeinde wirklich zur Heimat der Liebe; nun hat diese Raum und Gelegenheit, zur Herrschaft zu kommen und sichtbar zu machen, was sie ist und was sie aus uns macht.

So greift der Schlußsatz auf den Anfang 4,1-3 zurück und erläutert, warum die Arbeit aller auf Demut, Sanftmut, Langmut und Frieden gerichtet sein muß. Denn dadurch bleiben die Glieder beieinander und beim Haupt, und dadurch wächst der Leib.

Das Ende des heidnischen Handelns

(4,17-24)

Weil die Gemeinde ein geeinigtes Ganzes ist, ein Leib, der sein eigenes Haupt hat, ist sie auch durch eine nicht verrückbare Grenze vom heidnischen Treiben geschieden. Sie kann ihre Einheit nur dadurch bewahren, daß sie diese Trennung erfolgreich durchführt. Wird sie an dieser Stelle matt, so ist auch das Wachstum des Leibes dahin.

4,17: *Dies sage und bezeuge ich darum im Herrn, daß ihr nicht mehr so wandeln dürft, wie die Heiden durch die Leere ihres Verstandes wandeln.* Es genügt Paulus nicht, die klare Abtrennung des christlichen Handelns vom alten heidnischen Verhalten nur als seine

Ermahnung zu bezeichnen, sondern er spricht sie als sein Zeugnis in Kraft seiner Gemeinschaft mit Gott vor der Gemeinde aus. Am Zeugnis hängt stets eine besondere Verantwortung; denn an ihm hängt das Wohl und Wehe dessen, der es ablegt, und dessen, den es betrifft. Paulus macht den Ephesern deutlich, daß hier von der allerwichtigsten Sache die Rede ist, und das heftet auch an ihr Verhalten eine ernste Verantwortung. Weisen sie dieses Wort ab, so fällt die Schuld auf sie. Paulus hat ihnen sein Zeugnis in treuer Wahrhaftigkeit vorgelegt.

Paulus lehnt jede Ausrichtung des Lebens nach der Sitte der heidnischen Umwelt ab, weil sie sich von nichtigen und leeren Gedanken leiten läßt. Der Verstand oder die Vernunft, wie wir es heißen mögen, gibt dem Wandel das Ziel und die Regel. Aus unseren Gedanken nehmen wir, was wir tun wollen, wie wir miteinander umgehen und wie wir unsere Tage füllen. Da aber nach der Überzeugung des Paulus den Heiden wertlose Nichtigkeiten wertvoll scheinen und Gedanken ohne Wahrheit die Grundlage ihrer Urteile sind, muß der Apostel davor warnen, ihrem Verständnis des Lebens zu folgen und ihren Wandel nachzuahmen. Wie kam es, daß im Heidentum die Gedanken so verkehrt und nichtig wurden?

4,18: *da sie in ihrem Denken verfinstert sind, geschieden vom Leben Gottes, wegen der Unwissenheit, die in ihnen ist, wegen der Verhärtung ihres Herzens* (Röm. 1,21-23). Während Paulus für die Christenheit bestrahlte und erleuchtete Augen erbittet, sieht er in der heidnischen Welt über dem geistigen Leben Dunkelheit liegen. Den Heiden ist das Licht Gottes entzogen, so daß sie, wie er es Röm. 1,18 ff. näher beschreibt, in Wahn und Torheit versanken. Zur Geschiedenheit vom Licht kommt die Trennung vom Leben, das Gott hat und gibt. Wo sein Licht weicht, fehlt auch sein Leben. Gott gibt seine ganze Liebe und Gabe ungeteilt; so verlieren wir auch alles zusammen mit demselben Verlust. Wenn durch die Sünde die Erstorbenheit unser Los geworden und das Leben, das Gott gibt, für uns unerreichbar ist, dann kommt auch Dunkelheit über uns, und jene Gnade, die uns Licht und Wahrheit schenkt, leuchtet uns nicht mehr. Dann scheinen uns Nichtigkeiten wichtig und ist der Verstand nicht mehr fähig, eine tüchtige Lebensführung zu begründen. Weil Paulus mit den Worten „verfinstert“ und „vom Leben geschieden“

das Gericht Gottes beschreibt, unter dem das Heidentum steht, spricht er noch aus, worin dieses Urteil begründet ist, welche Schuld dazu führte, daß sie nicht im Licht sind, sondern in der Dunkelheit. Es war Unwissenheit in ihnen; ihr Auge schaute nicht auf Gott; sie verfielen dem Wahn des Götzendienstes und mancherlei verkehrten Vorstellungen, die das Bild des menschlichen Lebens und der Natur entstellten. Solche Unwissenheit ist aber nicht nur ein Unglück, sondern eine Schuld; denn sie entsteht durch die Verhärtung des Herzens, dadurch, daß dieses unempfindlich wird, nichts mehr deutlich erfaßt und kräftig wahrnimmt. Gott ist ja nicht fern von uns; wir können ihn suchen und greifen (Apg. 17,27) und an seinen Werken seine Gottheit sehen (Röm. 1,20). Spürt das Herz davon nichts, dann ist es hart geworden und hat seine Sehkraft eingebüßt.

4,19: *sie, die stumpf geworden sind und sich selber der Ausschweifung überliefert haben zur Ausführung jeder Unreinigkeit der Habgier wegen.* Die Weise, wie die Heiden sich selber und einander mißbrauchen und schänden, wird hier von Paulus ähnlich wie in Röm. 1,24 als Beweis dafür bezeichnet, daß Nacht und Wahn über sie regieren. Mit der Unempfänglichkeit für die Wahrheit Gottes ist die Abstumpfung des Gefühls für Schande und Schmerz verbunden. Lust heißen sie, was in Wahrheit schweres Elend ist, und suchen ihr Vergnügen im Schimpflichen. So werden freilich die ausschweifenden, wilden Triebe über sie Herr; aber sie haben sich selbst ihnen übergeben, und daß sie dies taten, ist ihre Schuld. Sie haben ja vor Augen, daß so nur Unreinheit entsteht; dennoch geben sie sich immer wieder damit ab, sogar des Gewinnes wegen, in der Gier, die nach dem Geld verlangt.

So wandelt man nicht mehr, wenn man Christus kennt. 4,20: *Ihr aber habt den Christus nicht so gelernt,* so nämlich, daß er euch gestattete, in Ausschweifung zu leben und auf nichts zu achten als auf eure wilden, finsteren Gedanken. 4,21: *Wofern ihr wirklich ihn gehört habt und in ihm unterwiesen seid, wie er in Jesus Wahrheit ist.* Paulus will und kann nicht in Abrede stellen, daß es auch eine Sorte von Christentum geben kann, das sich mit dem heidnischen Schmutz weiter befleckt. Eine solche Vermengung christlicher Worte mit heidnischer Sünde war vom ersten Tag an möglich, seit Christentum in heidnischen Städten entstand. Das ist aber nicht das von Christus herkommende Christentum. In solchen Fällen hat nicht Christus und sein Wort den Menschen berührt und geleitet. Wer so unterwiesen wird, daß ihm die Lehre wirklich den Christus zeigt und ihn mit Christus vereint, der sieht die böse und verderbliche Art der Unreinheit; er ist aus der Verfinsterung zum Licht, aus dem Tod zum Leben gebracht und damit zum Kampf gegen die Ausschweifung gerufen und tüchtig gemacht. Wer das nicht erlebt hat, obwohl er von Christus spricht und an ihn zu glauben erklärt, hat nicht den echten Christus kennengelernt. Der echte Christus ist Wahrheit in Jesus, dem allein das Merkmal der Wirklichkeit und Geschichtlichkeit zukommt; denn er ist in der vollen Wahrheit eines wirklichen Menschenlebens auf Erden gestanden und lebt darum in derselben Wahrheit jetzt bei Gott. Lehren über Christus gibt es freilich, die uns nicht mit Jesus verbinden, weil sie nur aus unseren eigenen Gedanken und Wünschen bestehen. Diese haben nicht die Kraft, innerlich neue Menschen zu schaffen. Aber von der echten Verkündigung des Christus, die von Jesus stammt und auf ihn weist, ist Paulus überzeugt, daß sie den Menschen vom Bösen scheidet und den Gegensatz gegen den heidnischen Wandel in allen siegreich zur Geltung bringt. Was man beim echten Christus, welcher Jesus ist, hört und lernt, das sagt uns der folgende Satz.

4,22: *daß ihr wegen eures früheren Verhaltens den alten Menschen ablegt, der an den trügenden Begierden zugrunde geht* (Kol. 3,9.10; Röm. 6,6). Wer den echten Christus kennt, weiß, daß der Mensch, den er an sich selbst und an allen anderen sieht, veraltet und nicht die einzig mögliche und bleibende Menschengestalt ist, so daß wir Menschen bleiben dürften und müßten, was wir sind. Dieses alt gewordene Leben ist die Folge davon, daß der Mensch ohne Gott lebt und das Licht und das Leben verloren hat, wie es Paulus als die Not des Heiden beschrieb. Wir erkennen aber bei Jesus nicht nur, daß unser ursprüngliches Leben von ihm abgetan und alt gemacht ist, sondern wir erkennen weiter, daß auch wir durch seine Gnade diesen alten Menschen abtun dürfen und können. Er verschwindet nicht ohne unseren Willen. Wir haben ihn durch unsere eigene, klare Entscheidung für Gott gegen uns selbst, für Christus gegen unseren sündlichen Trieb abzulegen. Was uns zunächst als unmöglich erscheint, wird uns durch Jesus möglich gemacht; wir können nicht nur dies und das von uns entfernen, an uns säubern und verbessern, sondern uns vom ganzen, veralteten Bestand unseres natürlichen Wesens lösen, ihm absagen und ihn mit einem fröhlichen, tapferen Widerstand von uns entfernen.

Wir sehen auch, warum es so sein muß. Denn es gibt für den alten Menschen keine Heilung und Rettung; er geht unheilbar zugrunde, weil in ihm die bösen Begierden sein Tun und darum auch sein Geschick bestimmen. Begierde, die betrügt, heißt sie Paulus, weil wir meinen, ihre Befriedigung sei süß und schaffe unser Glück, während sie uns ins Verderben bringt. Darum schenkt uns Christus die Gnade, daß wir diesen zerrütteten und vergifteten Menschen, an dem nichts zu bessern und zu heilen ist, abtun und uns von ihm scheiden, statt ihn zu behalten, zu schützen und zu pflegen. Diese Gnade hat uns Jesus dadurch erwiesen, daß er unsere menschliche Art am Kreuz unter das Gericht Gottes gestellt und in den Tod gegeben hat.

Damit wäre uns freilich ein völlig unausführbares Wort gesagt, wenn wir nicht neue Menschen werden könnten. Hörte Paulus mit Vers 22 auf, so wäre uns nicht geholfen. Los vom alten Menschen wird man nur dadurch, daß man ein neuer Mensch wird. Aber eben dies haben wir von Christus gelernt; denn wir kennen ihn als den, der auferstanden ist. 4,23.24: *daß ihr euch aber erneuert durch den in euren Verstand gegebenen Geist und den neuen Menschen anzieht, der nach Gottes Sinn in Gerechtigkeit und Heiligkeit geschaffen ist, die aus der Wahrheit ist* (Röm. 12,2). Wir können zu einer neuen menschlichen Art gelangen, weil unser innerer Besitz jetzt ein anderer ist als früher, als wir den nichtigen und träumerischen Unrat in unserem Geist bei uns trugen. Jetzt hat das innere Vermögen, mit dem wir unsere Gedanken bilden, unsere Absichten fassen und die Ziele unserer Lebensführung entwerfen, den Geist Gottes in sich. Dieser Geist ist von Gott in Christus in uns eingegangen und macht seine Gegenwart bei uns für uns wirksam. Durch den Willen, den dieser Geist in uns erweckt, werden wir neu und können den alten Menschen abtun, der uns mit sich verdirbt. Davon, daß der Geist Gottes den Verstand bewegt, spricht hier Paulus deshalb, weil er seine uns erneuernde Kraft nicht ohne unsere eigene Überlegung und Entschließung durchsetzt, etwa so, daß wir inwendig plötzlich

Stöße spürten und durch Ahnungen oder rätselhafte Empfindungen Zeichen bekämen, die uns auf den Willen Gottes hinwiesen. Dadurch entstände nicht ein neuer Mensch mit allen Verrichtungen, die wir als bewußte Menschen vollziehen. Dazu gehört, daß auch jetzt unsere Lebensführung ihre Regel durch unseren Verstand bekommt. Dieser sieht und besitzt jetzt aber etwas anderes als früher. Früher war nichts in ihm als Spreu und Torheit; jetzt steht unser verständiges Denken unter der wirksamen Leitung des Geistes; es wird von Gott bewegt und zu Gott gezogen, und damit sind wir in allen Dingen auf einen neuen Weg geführt.

So ziehen wir den neuen Menschen an. Dem Gewand, mit dem wir uns bekleiden, vergleicht ihn Paulus; denn wir nehmen und tragen die neue Menschenart, die von Jesus stammt, so an uns, daß unser Verhältnis zu Gott und unser Verkehr miteinander auf dem beruht, was der neue Mensch ist und tut. Bei dem alten Menschen sah Paulus auf seinen Ausgang: er geht zugrunde; bei dem neuen schaut er auf seine Herkunft, woher er entsteht; denn damit wissen wir zugleich, was aus ihm wird. Er ist nach Gottes Willen und Art geschaffen, so, wie Gott ihn haben will, damit er sein Bild sei. Jesus zeigt uns an sich selbst, was der Mensch nach Gottes Absicht ist. Darum geht dieser neue Mensch nicht zugrunde, sondern wird bleiben und leben wie alles, was aus Gott und nach Gott gestaltet ist. Weil er dem Willen Gottes untergeben ist, hat er Gerechtigkeit; denn er verhält sich so, wie Gott es haben will; und weil er unter der Leitung Gottes und in der Gemeinschaft mit ihm bleibt, hat er Heiligkeit; denn dadurch ist er von allem geschieden, was befleckt und entweiht. Mit Schein und leeren Worten hat er nichts gemein; über ihn hat die Wahrheit die Herrschaft. Die Gerechtigkeit und Heiligkeit des neuen Menschen hat in der Wahrheit ihren Grund und wird von ihr als gültig und echt bestätigt.

Der Kampf gegen die einzelnen Sünden

(4,25–5,20)

Der gute Wille der an Christus Glaubenden entsteht nicht aus einzelnen Besserungen, die wir an uns vornehmen, sondern aus der alles ergreifenden Wendung, die zwischen dem, was wir einst waren, und dem, was wir jetzt sind, einen gründlichen Gegensatz schafft. Zwei verschiedene Menschen sind in uns, die einander widerstreben, und wir wenden uns von dem einen weg zu dem anderen hin. Dadurch werden aber die besonderen Aufgaben, die den Inhalt des täglichen Lebens bilden, nicht bedeutungslos, vielmehr wichtig; denn in ihnen hat sich der neue Mensch zu bewähren. Paulus zeigt darum der Gemeinde, wie sie in ihrem beständigen Verhalten die Gerechtigkeit und die Heiligkeit des neuen Menschen offenbart, nicht als wollte er ihr ein Gesetzbuch geben, in dem formuliert wäre, dies und jenes sei Sünde, sonst nichts als das; dies und jenes sei Christenpflicht, sonst nichts als das. Die Erneuerung geschieht durch den Geist Gottes, der Verständigkeit gibt; diese kann uns kein Unterricht ersetzen. Jeder hat dem zu gehorchen, was sich ihm selbst als der Wille Gottes zeigt; keiner hat nur eine fremde Regel nachzuahmen. Aus der Ordnung des Lebens, die alle zu bewahren haben, um als neue Menschen nach Gottes Sinn zu handeln, ergeben sich aber durchgreifende Regeln, die für alle wichtig sind; denn sie wehren dasjenige Böse ab, das alle anficht, und zeigen dasjenige Gute, zu dem alle das Vermögen und die Pflicht haben. Indem Paulus der Gemeinde diese alle angehenden Aufgaben zeigt, hilft er ihr zum Wandel in der Einheit des Geistes.

4,25: *Deshalb legt die Lüge ab, und redet jeder mit seinem Nächsten Wahrheit, weil wir füreinander Glieder sind* (Kol. 3,8.9). Zum Verhalten des alten Menschen gehört die Lüge. Tun wir ihn ab, so haben wir uns damit tapfer und gänzlich von der Lüge getrennt. Jede echte Christenheit hat darin ihren Ruhm, daß sie eine Vereinigung von Menschen sei, in der man einander nicht belügt. Von den Notfällen, die es uns schwer machen, ganz bei der Wahrheit zu bleiben, spricht Paulus nicht. Wichtiger als die Frage, wie wir in solchen Fällen durchkommen, ist es, daß wir im brüderlichen Verkehr und gemeinsamen Leben sauber und gründlich das Lügen aufgegeben und ehrlich reden gelernt haben. Ein kurzes, aber tiefes Wort zeigt uns den Zusammenhang zwischen der Wahrhaftigkeit und dem Hauptpunkt des Christenstandes. Wenn wir die Lüge verwenden, heben wir zwischen uns die Gemeinschaft auf. Der Lügner versteckt sich vor dem anderen, kleidet sich in einen falschen Schein und stiftet zwischen sich und dem Nächsten die Trennung. Und wenn die Lüge erkannt wird, stirbt an ihr das Vertrauen, und die Gemeinschaft ist zerbrochen. Wir sind aber füreinander Glieder und so verbunden, daß wir nicht für uns, sondern füreinander leben können. Diese Gemeinschaft verleugnen und zerstören wir, so oft wir zur Lüge greifen.

4,26.27: *Zürnet, aber sündiget nicht* (Ps. 4,5). *Die Sonne gehe über eurer Erbitterung nicht unter, und gebt dem Verkläger nicht Raum* (Jak. 1,19.20). Schon bei dem Wort über die Wahrheit hat Paulus einen Spruch der Schrift zwar nicht zitiert, aber im Sinn gehabt, Sach. 8,16; ähnlich liegt ihm jetzt Ps. 4,5 im Sinn. Er spricht seine Regeln gern durch die wohlbekannten Worte der Schrift aus. Durch das verkehrte Tun der anderen erhalten wir oft Grund und Recht zum Zorn; dann haben wir aber sorgsam darauf zu achten, daß wir uns dabei nicht versündigen. Es ist immer ein gefährlicher Vorgang, wenn der Zorn in uns aufwallt; dann ist uns das Sündigen nahe; dann haben wir darüber zu wachen, daß wir nicht nur auf die Bosheit der anderen schauen, sondern auch darauf achten, wo uns selbst die Versündigung naht. Paulus verlangt, daß wir den Bruch der Gemeinschaft unverzüglich aufheben. Alt gewordener Groll ist schwer zu tilgen. Bedarf es zur Wiederherstellung der Gemeinschaft einer Verhandlung mit dem Bruder, so sollen wir das rasch tun; können wir ohne eine solche über die Sache Meister werden, so sollen wir sofort verzeihen. Der Groll wird nur gefährlicher, wenn er vom einen Tag in den anderen hinübergenommen wird. Auch dieser Satz zeigt wie der über die Ausrottung der Lüge, daß Paulus die einträchtige Gemeinschaft mit den Brüdern zu unserem Hauptanliegen macht, dem jedes andere Interesse nachgesetzt wird. Bei dem Verkläger, dem wir nicht verstatten sollen, seinen Willen zu tun, denkt Paulus nicht an die Menschen, die auf Verleumdung und Feindschaft ausgehen und deshalb unseren Zorn benützen, um den, den er trifft, oder uns selbst zu beschimpfen. Er denkt vielmehr an den unsichtbaren Verkläger, dem wir über den Bruder, dem wir zürnen, und über uns selbst Macht einräumen. Im Zorn tun wir selbst vor Gott gegen den Bruder, was der Verkläger tut; wir halten Gott des Bruders Unrecht vor, damit es seinen Lohn bekomme. Wir bringen aber auch uns selbst in Gefahr, wenn wir nicht in Gottes Gnade und Barmherzigkeit bleiben, weil die Barmherzigkeit Gottes nicht den Unbarmherzigen, sondern den Barmherzigen gehört (Matth. 6,11.14.15; 18,21-35). Es ist bei uns selbst Schuld genug vorhanden, die aufwachen kann, wenn wir den anderen die Vergebung versagen.

4,28: *Wer stahl, stehle nicht mehr, strenge sich vielmehr an und schaffe mit den eigenen Händen das Gute, damit er dem Bedürftigen mitzuteilen vermöge.* Daß nun den anderen ihr Eigentum unverletzt bleibt, genügt Paulus noch nicht. Der christliche Sinn schließt mehr in sich: die Freude am Helfen. Darum mutet Paulus dem, der früher vom Diebstahl lebte, jetzt die tapfere Arbeitsamkeit zu; das heißt für ihn den alten Menschen abtun und den neuen anziehen. Statt daß er früher fremde Arbeit ohne Recht für sich benützte, arbeitet er jetzt mit der eigenen Hand, nicht nur für sich, sondern um geben zu können. So kommt in die Anstrengung seiner Arbeit ein innerer Adel hinein. Er tut sie nicht mehr nur, weil er muß, um für sich selbst die Lebensmittel zu haben, sondern verschafft so der Liebe die Mittel, um ihr Werk zu vollführen.

4,29: *Kein fauliges Wort komme aus eurem Mund heraus, sondern wenn ein solches heilsam ist zum Aufbau für das, was not tut, damit es denen, die es hören, Anmut biete* (Kol. 3,8; 4,6). Wie wir das Wort den anderen reichen und was sie an ihm haben, ist wieder ein Hauptpunkt in unserer Lebensführung. Für das Wort, das er aus dem Verkehr der Christenheit ausschließt, nimmt Paulus das Bild vom bitteren, widerlichen Geschmack und der schädlichen Wirkung faulender Früchte her. Was wir mit dem Wort aus unserem inwendigen Besitz in die anderen hineinlegen, soll nicht häßlich schmecken und schädlich wirken. Jedes unkeusche Wort ist damit abgetan, nicht nur im Verkehr der Geschlechter, der rein sein soll; auch jede unkeusche, rohe, verletzende Bloßstellung der anderen oder gar jede solche Darstellung der göttlichen Dinge ist damit verwehrt. Laßt das Wort aus eurem Munde gehen, sagt Paulus, wenn es wohltätig und heilsam ist, wenn es irgendein Bedürfnis zu stillen, einem Mangel abzuhelfen, einen Dienst zu leisten gilt. Die Verbundenheit der Gemeinde zum einheitlichen Leib, der sich im Zusammenwirken der Glieder stärkt, vollzieht sich im persönlichen Verkehr so, daß das Wort wohltätig ist und aufbauende Kraft besitzt.

Das Wort soll im Hörer nicht Widerwillen und Ekel erwecken,

sondern Anmut bieten. Obwohl Paulus hier das Wort gebraucht, mit dem er sonst die göttliche Liebe in ihrer Freiheit, Zartheit und Völligkeit beschreibt, verwendet er es hier schwerlich in diesem höchsten Sinn. Dann würde er sagen: „Ihr sollt durch das Wort einander Gottes Gnade spenden." Das würde nicht bedeuten, daß das Wort sich auf die geistlichen Anliegen beschränken müßte und einzig vom Christus reden dürfte. Denn die Gnade Gottes sorgt für alle unsere Bedürfnisse und umfaßt Leib und Seele; darum dient auch dasjenige Wort seiner Gnade, das uns in den irdischen Dingen Anleitung, Hilfe und Gewinn verschafft mit Einschluß des frohen, wohlgemuten Sinnes, den ein feines und reines Wort in uns erwecken kann, wie bittere und unreine Reden ihn uns rauben. Doch blieb Paulus hier wahrscheinlich näher bei dem alltäglichen Sprachgebrauch, indem er auf den nächsten Eindruck hinwies, den unser Wort auf die anderen macht. Vor den stechenden, sauren Worten, die hart klingen und weh tun, warnt er die Gemeinde und taucht ihr ganzes Sprechen in die wohltuende Anmut ein. So ist ihr Wort nicht faulig und erzeugt keinen bitteren Geschmack. Paulus berührt damit einen nicht unwichtigen Punkt. Für die Wahrheit und Tiefe unserer Gemeinschaft miteinander und für ihre Fruchtbarkeit ist es nicht nebensächlich, ob ein wohltuender oder verletzender Geschmack sich an unsere Worte hängt. Man kann die kostbarste Wahrheit durch eine widerwärtige Form verderben und mit gewinnender Freundlichkeit auch das Ernsteste sagen.

4,30: *Und betrübt den Heiligen Geist Gottes nicht, mit dem ihr auf den Tag der Erlösung versiegelt seid* (1,13; Jes. 63,10). Da Paulus vorher das Wort der Christenheit reinigt und nachher vor der Verbitterung warnt, denkt er auch bei diesem Wort deutlich an unseren Umgang miteinander, nicht mit denen, die der Gemeinde fremd blieben, sondern mit denen, die den Bruderkreis bilden. Der Heilige Geist wird betrübt, wenn der, dem er wie uns gegeben ist, von uns verletzt, versucht und zum Sündigen getrieben wird. Wir sollen aufbauen; so handeln wir nach dem Sinn des Geistes. Reißen wir nieder, so betrüben wir ihn. Paulus hält der Gemeinde mit einem wuchtigen Wort vor, daß keiner sich nur für sich selbst auf die Gegenwart des Geistes stützen kann, um für sein Handeln daraus die Vollmacht und das Recht herzuleiten; vielmehr hat jeder den

Besitz des Geistes, wie sich selbst, so auch den anderen zuzugestehen. Das muß die Christen in Ephesus vor jeder Mißhandlung der anderen schützen. Der Glaube an die Gegenwart des Geistes Gottes wird Heuchelei, wenn wir zwar uns selbst mit ihm decken und bestärken, dagegen den Geist vergessen, als wäre er nicht da, wenn der Bruder in Frage kommt. Dieser ist dem Geiste ebenso teuer wie wir selbst, und der Wille des Geistes geht auf seine Errettung wie auf die unsrige. Wie 1,13 und 14 beschreibt Paulus auch hier die Gnade, die uns mit dem Geist gegeben ist, dadurch, daß er ihn das Siegel nennt, das uns als Menschen kennzeichnet, die Gott gehören und darum zur vollkommenen Erlösung bestimmt sind und für sie beschirmt werden. Wir sollen uns hüten, dieses Siegel an uns dadurch zu zerbrechen und zu verlieren, daß wir den Bruder verletzen.

4,31.32: *Jede Bitterkeit und Grimm und Zorn und Geschrei und Lästerung sei von euch weggetan samt aller Schlechtigkeit* (Kol. 3,8). *Werdet aber gegeneinander gütig, herzlich und verzeiht einander, da auch Gott im Christus euch verzieh* (Kol. 3,13). Alles, was der Bosheit als Mittel dient, um ihren Willen zu vollführen, alles, womit wir die anderen antasten und entehren, falle weg! Statt dessen sollen der hilfsbereite Sinn und die herzliche Teilnahme an den Erlebnissen der anderen unserem Verkehr mit ihnen seine Art geben und die Störungen, die die Gemeinschaft aufheben, durch Vergeben überwunden werden. Dazu empfangen wir die Pflicht und die Kraft im göttlichen Vergeben; denn Gott hat dadurch, daß er uns Christus gab und mit ihm verband, unsere Schuld beseitigt.

5,1.2: *Darum werdet Gottes Nachahmer als geliebte Kinder* (Gal. 2,20) *und wandelt in der Liebe, da auch der Christus euch geliebt und sich für euch dahingegeben hat als Darbringung und Opfer für Gott zum Wohlgeruch.* Am Verhalten Gottes bekommen wir die Regel, nach der wir aneinander handeln sollen. Dadurch wird die einzigartige und für uns undenkbare Hoheit Gottes in keiner Weise verdunkelt. Paulus mutet uns nicht zu, daß wir uns wie kleine Götter benehmen; er richtet unseren Blick einzig darauf, wie Gott am Menschen und an uns selbst handelt. Darin haben wir die Regel zu erkennen, die für unser Urteil über die anderen und für unser Benehmen gegen sie ohne Widerrede gilt. Wir kommen mit jedem boshaften und rachsüchtigen Gedanken mit Gott in Streit und bleiben bei seiner Weise nur, wenn wir gütig sind und vergeben. Kinder haben an der Weise des Vaters ihr Vorbild, und geliebte Kinder sind, je mehr Liebe sie empfangen haben, um so mehr verpflichtet, nicht Streit mit dem Vater zu beginnen, sondern in seinem Sinn zu denken und zu handeln. Wir tun dies nur, wenn wir gegeneinander gütig sind.

So wird die Liebe zu derjenigen Kraft, die uns auf den Weg führt, den wir zu gehen haben, und unser Verhalten von innen her ordnet. Denn sie soll nicht erst unser Benehmen, sondern schon den Lauf unserer Gedanken und unseres Willens bestimmen. Nur so bleiben wir in Übereinstimmung mit Christus, dessen ganzes Verhalten zur Menschheit, zur Gemeinde und zu jedem ihrer Glieder aus der Liebe kommt, die er durch sein Kreuz offenbart. Hier wendet Paulus den Opfergedanken auf das Ende Jesu an, weil er aussprechen will, wie Jesus mit seinem Ende jedem von uns seine Liebe erwiesen hat. Nicht unmittelbar wird er in der Stunde, in der er in die vollkommene Entäußerung trat, für uns zum Spender des Heils, der Gabe seiner Liebe. Er wird es vielmehr für uns so, daß er aus sich das Opfer macht, das er Gott für uns darbringt. Indem er sich Gott hingibt, gibt er an unserer Statt Gott in seinem heiligen Richten und in seiner rettenden Gnade das vorbehaltlose Ja. Darum ist sein Opfer Gott wohlgefällig; denn es geschieht nach seinem Willen im Gehorsam gegen ihn. So bekommt Jesus seines Opfers wegen die Vollmacht, uns zu Gott zu berufen und unsere Schuld zu bedecken, so daß wir in ihm geheiligt sind. Eine Verdunkelung der göttlichen Gnade hätte Paulus durch diese Verkündigung des Kreuzes Jesu nur dann herbeigeführt, wenn er zwischen Jesus und Gott einen Zwiespalt aufgerissen hätte, indem er die Gnade Gottes nicht als den Grund, sondern erst als die Frucht mit dem Tod Jesu verbunden hätte. Paulus hat aber soeben gesagt, daß wir in der Liebe nach Gottes Weise aneinander handeln und darum im Vergeben unseren Beruf haben, weil Gott uns vergeben hat. Den Gottesdienst, den Jesus opfernd geübt hat, denkt Paulus sich als einen echten Gottesdienst, der Gott nicht gegen seinen Willen aufgedrungen, sondern von ihm befohlen, geordnet und mit seiner Kraft erfüllt ist. Darum sieht er im Opfer Jesu die Liebe Gottes zu uns zusammen mit der

Liebe des Christus zu uns; denn Christus macht uns durch seine Opfertat die Liebe Gottes zur Gabe, die für uns erkennbar ist und in uns wirksam wird.

Die Sünden, gegen die Paulus bisher stritt, entstehen durch den Eingriff in das Recht und Wohl des anderen. Es sind diejenigen Verfehlungen, die sich um den Zorn herum sammeln. Eine zweite wichtige Aufgabe, die für die eigene Lebensführung und das Wohl der anderen die größte Bedeutung hat, ist die Regelung des geschlechtlichen Triebs. Bei der Wichtigkeit, die diese Sache für den ganzen Verkehr in der Gemeinde hat, verweilt Paulus hier. 5,3.4: *Unzucht aber und jede Unreinigkeit oder Habgier werde bei euch nicht einmal genannt, wie es sich für Heilige ziemt, auch nicht Schändliches und närrische Reden oder Leichtfertigkeit, was sich nicht gebührt, sondern vielmehr Danksagung.* Alle wilden, eigensüchtigen und befleckenden Befriedigungen des Geschlechtstriebs werden vom christlichen Verhalten geschieden. Davon soll nicht einmal gesprochen werden, viel weniger soll es getan werden. Die Würde, die den „Heiligen Gottes" geschenkt ist, läßt es nicht zu, daß wir Ehebruchsgeschichten und ähnlichen Schmutz erzählen und besprechen. Denn die Lust an diesen Dingen hebt die Verbundenheit mit Gott auf, während die Gemeinschaft mit Gott diese heißen, zerstörenden Triebe zur Ruhe bringt. Mit ihnen stellt Paulus das nie satte Verlangen nach Besitz zusammen, das auch nur durch die Verdunkelung der Gewißheit Gottes in uns entstehen kann; denn wenn unser Blick auf Gott geht, hat der Besitz nicht mehr diese Macht über uns, daß wir mehr und immer mehr begehrten. Mit den wilden, brennenden Trieben entstehen im Benehmen und im Wort die Verletzungen der Würde, sowohl der eigenen wie der der anderen, die unfeinen Scherze und die ganze Zuchtlosigkeit, die sich am Gemeinen ergötzt. Paulus schließt sie aus, und weil bei Zoten und faulen Witzen und aller Pflege des Häßlichen und Schändlichen die Absicht immer auf das Vergnügen geht, setzt er an ihre Stelle die Danksagung. Sie ist der Ausdruck der reinen Freude, die sie stärkt und anderen mitteilt, und vollendet sich dadurch, daß sie gemeinsam geübt wird.

5,5: *Denn dies wißt und erkennt ihr, daß kein Hurer oder Unreiner oder Habgieriger, der ein Götzendiener ist, ein Erbe in der*

Herrschaft des Christus und Gottes hat (1. Kor. 6,9; Gal. 5,21). Der völlige, unversöhnliche Gegensatz, in dem Christus und in ihm Gott gegen das unreine und habsüchtige Handeln steht, ist der Christenheit deutlich. Deshalb weiß sie, daß die Herrschaft des Christus die, die solches tun, von der ewigen Gemeinde trennt; sie werden, wenn er alles königlich nach seinem Willen vollendet, nichts empfangen, sondern als die Verworfenen draußen stehen. Der unersättlichen Sucht nach der Mehrung unseres Vermögens hängt Paulus einen besonderen Makel an; er nennt sie Götzendienst, göttliche Verehrung eines toten Bildes. Aus der Schätzung des Geldes entsteht ja beständig eine Art Religion, eine Verehrung, die uns völlig dem Geld unterwirft, so daß wir nichts neben ihm ehren und schätzen und ihm alles opfern. Und doch ist das Geld ein toter Gott, so tot wie das Götzenbild, vor dem der Heide kniet. Ihm schreibt der Mensch nur in einem irrenden Traum die beglückende Macht und die Würde zu, um derentwillen es sich lohne, sich daran hinzugeben. Er ist in Wahrheit mit diesem Dienst ebenso betrogen, wie wenn er einen steinernen oder hölzernen Gott anruft. In diesem Wort wirkt der Gegensatz nach, der nach dem Wort Jesu zwischen dem Mammon und Gott und zwischen dem Dienst des Mammons und dem Dienst Gottes besteht (Matth. 6,24).

5,6.7: *Niemand betrüge euch mit leeren Worten; denn um dieser Dinge willen kommt der Zorn Gottes über die Söhne des Ungehorsams* (Röm. 1,18; 1. Thess. 4,6; Hebr. 13,5). *Darum werdet nicht ihre Mitgenossen.* In der Gemeinde werden sich Stimmen hören lassen, die das ernste Urteil des Apostels anfechten. Auch von Korinth wissen wir, daß man dort den Verkehr mit der Dirne zu rechtfertigen suchte. Ebenso findet die unreine Erwerbslust leicht Verteidiger. Aber alle Theorien, die dem sinnlichen Begehren Raum verschaffen und es mit der Frömmigkeit verbinden wollen, heißt Paulus leere Worte. Um dieser Dinge willen stehen der Welt die schweren Tage bevor, an denen Gott ihr zeigen wird, daß er ihr widersteht und sie zerbricht. Söhne des Ungehorsams, Menschen, bei denen das Widerstreben gegen Gott zum Merkmal ihres Lebens wird, heißt Paulus hier wie 2,2 die, die das sinnliche Begehren in sich hegen, obwohl ihnen das göttliche Wort gesagt wird; sie zeigen damit, daß sie lieber die Berufung Gottes als die sinnliche Lust preisgeben. Vor allem aber trifft das Wort des Apostels die, die Unreinheit und Habgier mit dem Wort Jesu verbinden wollen. Weil aber Gott seinen Unwillen und Widerstand denen entgegensetzt, die sich so verhalten, darum kann sich die Christenheit ihnen nicht an die Seite stellen. Sie begehrt nicht an ihrem Ausgang teilzuhaben; so muß sie sich auch von ihrem Verhalten scheiden.

5,8-11: *Denn einst wart ihr Finsternis, jetzt aber im Herrn seid ihr Licht. Als Kinder des Lichtes wandelt* (Luk. 16,8; Joh. 12,36; 1. Thess. 5,5). *Denn die Frucht des Lichtes besteht in jeder Güte und Gerechtigkeit und Wahrheit. Stimmt dem zu, was dem Herrn wohlgefällig ist* (Röm. 12,2), *und habt keinen Anteil an den unfruchtbaren Werken der Finsternis. Deckt sie vielmehr auf.* Bei der voranstehenden Mahnung wandte sich der Gedanke des Paulus und seiner Leser unvermeidlich zu ihrem früheren Leben zurück, in dem diese Leidenschaften auch in ihnen brannten. Aber die Vergangenheit darf sie jetzt nicht mehr an sie binden, als müßten sie sie fortsetzen oder doch entschuldigen, weil sie einst von ihnen getrieben waren. Denn die große Wandlung liegt für sie dazwischen, die die Finsternis beendet und das Licht an ihre Stelle gesetzt hat. Weil die falschen Begierden, ob sie nach der geschlechtlichen Lust oder nach dem Geld verlangen, nur in der Dunkelheit möglich sind und das Licht fliehen, lag Paulus der Gegensatz zwischen der Finsternis und dem Licht nahe. Er sagt aber nicht nur: „Während ihr einst in der Finsternis wart, seid ihr jetzt im Licht“, sondern macht aus beiden das Merkmal der Personen. Denn er denkt nicht nur daran, daß diese Leidenschaften ihnen von den anderen her aus der Welt zugetragen wurden, sondern daran, daß sie ihr eigenes Herz erfüllten und sie selbst damit auch auf die anderen einwirkten und deren Verhalten beeinflußten. Früher gaben sie keinen hellen Schein von sich, der das Böse unmöglich machte und das Häßliche vertrieb; sie hatten damals selbst kein Licht und scheuchten es auch von den anderen weg. Wo sie waren, war es dunkel, und alles Böse konnte gedeihen, wie in ihnen, so auch bei denen, mit denen sie zusammenlebten. Jetzt aber wird es, wo sie sind, hell, und den bösen Dingen ist der Raum versperrt. Damit ist ihnen die Regel für ihr Verhalten gegeben: Sie haben sich als solche zu erweisen, die vom Licht ihre Art empfangen und das erzeugen, was durch das Licht entsteht.

Denn das Licht läßt Früchte wachsen und reifen. Es hat zeugende, Leben gebende Kraft in sich. Es bringt die zu jedem Dienst tüchtige Güte und die von allem Bösen geschiedene Gerechtigkeit und die gegen alle Heuchelei verschlossene Wahrheit hervor. Durch das Licht wird das Auge des Glaubenden fähig, den göttlichen Willen zu erkennen und ihm zuzustimmen. Sie vermögen nun dem ein Ja zu geben, was vor Gott wohlgefällig ist. Damit sind sie aber gänzlich von allem getrennt, was nur leben kann, wo das Licht ausgeschlossen bleibt, weil es vom Licht getötet wird. Die im Finstern entstehenden Werke sind unfruchtbar; auch darin zeigt sich der Gegensatz der Finsternis zur fruchtschaffenden Art des Lichtes. Niemand hat von ihnen Gewinn, weder ihre Täter noch die, an denen sie geschehen. Wen aber Christus erfaßt, so daß das Licht in ihm aufstrahlt und aus ihm ein Kind des Lichtes macht, der macht auch die Sündlichkeit der finsteren Dinge offenbar, nicht nur mit Worten, die davor warnen, sondern schon durch sein Verhalten, dadurch, daß er als Kind des Lichtes wandelt. Denn am reinen Wandel wird die Unreinheit der wilden Begierde offenbar. Das ist die rechte Weise, wie die Christenheit sich diesen Dingen gegenüber verhalten soll, daß sie ihre Sündlichkeit erkennbar macht, nicht aber, daß sie sogar selbst an ihnen teilnimmt.

5,12.13: *Denn das, was heimlich von ihnen geschieht, auch nur zu nennen ist schimpflich. Alles aber, was aufgedeckt wird, wird vom Licht sichtbar gemacht. Denn alles, was sichtbar gemacht wird, ist Licht.* Die bösen Dinge können nur heimlich geschehen und bringen Schande, sowie sie nur gesagt und ihren Tätern vorgehalten werden. Darum haben die, die selbst Licht sind, die Macht, zurechtzuweisen und die Sünde erkennbar zu machen. Sowie ihr ihre Heimlichkeit genommen und sie den Sündigenden gezeigt wird, ist ihre Verwerflichkeit und Schädlichkeit deutlich. Das Licht macht sie sichtbar, so daß alle wahrnehmen, was geschehen ist. Es braucht zum Kampf mit der Sünde nicht eine besondere Kunst, die ihre Sündlichkeit mühsam nachweisen müßte; nur Wahrheit ist nötig, nur das Ende der Lüge und der Verheimlichung. Die Sünde gedeiht nur deshalb, weil man sie nicht sieht. Was aber aus der Verborgenheit hervortritt und der Hüllen beraubt wird, das ist Licht. Paulus sagt auch hier nicht nur: „Es erhält Licht und steht im Licht", sondern:

„Es ist Licht“, denn aus der Enthüllung entsteht sofort die Erkenntnis. Auch das Böse kann so nicht mehr täuschen und blenden; im Gegenteil, nun gehen dem Menschen die Augen auf, sein Urteil wird klar, und er sieht, was er getan und wohin sein Werk ihn gebracht hat, daß es ein unfruchtbares Werk der Finsternis gewesen ist und daß niemand ihm helfen kann als Gott allein.

5,14: *Deshalb sagt er: Erwache, du Schlafender, und steh auf von den Toten, und der Christus wird dir leuchten.* Das Licht, das in unsere Augen fällt, wenn die sündliche Art unseres Willens uns vorgehalten wird, ist die Gabe des Christus. Er macht unser Gewissen wach, unser Urteil klar und zeigt uns, was die Sünde und was die Gerechtigkeit ist, und er gibt uns sein Licht so, daß es seine Frucht in uns schafft und uns zu Kindern des Lichtes macht. Er gibt dies allen, die vom Schlaf erwachen, allen, die aus der Zahl derer, die in der Sünde tot sind, heraustreten. Niemand kann erwachen ohne das Licht, das von Christus ausstrahlt, das uns die Sünde zeigt und uns von ihr trennt, das uns den Willen Gottes zeigt und uns mit ihm eint. Darauf beruht es, daß die Gemeinde ihre die Zucht übende Arbeit mit Zuversicht und Erfolg tun kann und immer wieder erlebt, daß ihr Bußwort das Böse überwindet. Sie weckt mit ihm die Schläfer und Toten. Gelingt es aber, den Schläfer zu wecken, und richtet er sich auf, dann ist Christus für ihn das strahlende Licht, das ihm den Weg Gottes zeigt. Dieses merkwürdige Wort führt Paulus als ein Wort Gottes an. Im Alten Testament steht es aber nicht, wenngleich es an Jes. 60,1 anklingt. Es läßt sich nichts darüber sagen, aus welcher Schrift Paulus diesen Spruch genommen hat.

5,15.16: *Gebt darum genau acht, wie ihr wandelt, nicht als solche, denen die Weisheit fehlt, sondern als die Weisen, die die Zeit auskaufen; denn die Tage sind böse* (Kol. 4,5). In den mächtigen Kampf mit dem tief gewurzelten sündlichen Verhalten der Menschen hat Paulus die Gemeinde hineingeführt in der freudigen Überlegenheit, die auf den Sieg des Lichts über die Finsternis vertraut. Aber der Kampf ist ernst. Die Christenheit darf ihr Leben nicht so führen, als hätte Gott ihr die Weisheit versagt; sie ist ihr gegeben, und sie muß sie brauchen und dadurch bewähren, daß sie die Gelegenheit benützt. Sie kauft sie dadurch, daß sie sie nicht ungenützt verstreichen läßt, sondern für ihre Arbeit an den Menschen fruchtbar macht. Wollte sie, ohne daß ihr die Gelegenheit gegeben ist, handeln, so würde sie sich wie die benehmen, die ohne Weisheit sind, ebenso aber auch dann, wenn sie die günstige Zeit nicht völlig benützte und dadurch auskaufte, daß sie sie ganz für ihre Aufgabe in ihren Besitz bringt. In der Not der Zeit ist beides begründet: Die Christenheit ist ohne eine ihr gebotene Gelegenheit ohnmächtig, aber auch: sie muß eine ihr gegebene Gelegenheit mit vollem Eifer und ganzer Treue ausnützen.

5,17.18: *Deshalb werdet nicht Toren, sondern versteht, was der Wille des Herrn ist, und macht euch nicht mit Wein trunken, wodurch Liederlichkeit entsteht, sondern lasset euch mit Geist erfüllen.* Der klare Blick, der den Willen Gottes erfaßt, ist Gabe, aber nicht so, daß sie uns ohne eigene innere Arbeit erreichbar wäre. Darum mahnt Paulus, daß wir unser Auge brauchen, unser Aufmerken spannen und unser Nachdenken üben, damit uns deutlich werde, was der Wille des Herrn ist. Ist Gott der Herr, der mit Macht und Gnade uns regiert, so muß unser ganzer Eifer darauf gerichtet sein, daß wir wahrnehmen, was er von uns will. Ihn den Herrn zu heißen, ohne daß wir uns um seinen Willen kümmern, wäre eine böse Heuchelei. Paulus nennt ein Hindernis jener inneren Arbeit, durch die wir verständig werden. Wenn der Wein über uns mächtig wird, hört die Denkarbeit auf, zuerst und vollständig die, die nach dem Willen Jesu fragt. Wenn der Apostel dem Wein den Geist entgegenstellt, so wird er daran denken, daß der Wein wegen seiner belebenden und ermunternden Wirkung geschätzt wird. Wir haben aber eine andere Quelle der Erquickung und Belebung, einen anderen Spender der Freude und Kraft, der uns nicht betrügt und lähmt, an dem nicht die Gefahr hängt, daß er zuchtlos macht. Die von Gott uns gegebene Quelle der Kraft und der Freude ist der Geist, der uns nicht untüchtig macht, den Willen Jesu zu verstehen, sondern uns das Auge gibt, daß wir ihn erkennen, und der uns über alle Ermattung emporhebt; denn er erweckt die Liebe in uns, die unermüdlich ist und uns froh macht. Voll werden vom Geist heißt, daß alles in uns dem Geist unterworfen ist, weil wir uns entschlossen von dem lösen, was ihm widersteht. Dann genießen wir seine erfreuende und belebende Wirkung nicht nur in vereinzelten Stunden, sondern sie zieht sich durch unsere ganze Lebensführung durch, und damit fällt das Verlangen nach den starken Wirkungen des Weines von uns ab.

5,19.20: *Redet zueinander mit Psalmen und Lobgesängen und Liedern, wie der Geist sie gibt. Singt und spielt mit euren Herzen dem Herrn. Sagt immer Dank für alles im Namen unseres Herrn Jesus Christus dem, der Gott und Vater ist.* Das tiefe und selige Empfinden, das der Gemeinde dadurch beschert ist, daß sie im Geist mit Gott verbunden ist, verlangt einen starken und vollen Ausdruck. Es findet ihn in dem reichen Schatz von Liedern, der der Gemeinde gegeben ist, in den alten Psalmen der Schrift, aber auch in den neuen Hymnen, die ihr der Geist jetzt gibt. Sie kann mit dem Herzen singen, so daß sie von innen her in ihr Lied einstimmt und nicht nur in Tönen ihre Freude kundtut, sondern die Freude in ihr lebt, und sie nicht nur im dichterischen Wort Gott preist, sondern in Wahrheit ihn anbetet. Dem Herrn kann sie singen, nicht sich selbst zum Preis; in ihm hat sie den, dem sie ihr Loblied freudig und beständig darbringen kann. Denn alles vermag sie zum Dank zu führen. Dieser kommt nicht nur hier und da in ihr zustande, weil sich in allem die vollkommene Gnade Gottes an ihr offenbart. Gott darf sie danken, an dem sie ihren Vater hat; damit ist ausgesprochen, warum sie für alles danken kann: Es gibt nichts, worin nicht Gottes Werk und Wille wäre. Und im Namen Jesu darf sie danken; auch damit ist gesagt, was ihr den Dank für alles in jeder Lage gewährt. Denn der Name Jesu spricht aus, daß sie in der Gnade Gottes steht. Mit dem Namen Jesu ist uns die Gewißheit gegeben, daß wir in allem, was uns geschieht, Gott in seiner Gnade für uns haben, so daß wir imstande sind, für alles zu danken.

Das christliche Haus
(5,21–6,9)

5,21: *Seid einander untertan in der Furcht vor Christus.* Diese Mahnung hat Paulus noch eng mit dem Vorangehenden verbunden, mit der Freudigkeit, die Gott mit dem Herzen singt, und mit der stets vorhandenen Bereitschaft zum Dank. Denn er nennt damit das, was die Gemeinde beisammen hält und einträchtig macht. Wollen wir zusammen singen, so singen, daß das Herz singt, wollen wir den

Namen Jesu so brauchen, daß wir immer und für alles die Danksagung auf ihn gründen, dann muß der heimliche oder offene Streit beendet sein, der uns verdrossen macht und kränkt. Im Hader kann man weder singen noch danken. Der Streit entsteht aber dann, wenn einer sich über den anderen erhebt, einer den anderen beherrschen und überbieten will, und er weicht dann, wenn einer sich dem anderen untergibt, so daß jeder auf den anderen hört. „Einander", sagt Paulus, „leistet den Gehorsam, der sich dem Willen des anderen unterwirft." Er will kein einseitiges Regiment, keine einseitige Unterwürfigkeit. Denn hier haben alle im Dienen ihre Aufgabe, auch die, die an Verstand und Willen stark sind. Damit, daß jeder sich und sein Vermögen den anderen zur Verfügung stellt, ist die Eintracht in der Gemeinde da. Paulus macht das stärkste Motiv geltend, das unsere Gemeinschaft miteinander tragen muß: das Richteramt des Christus. Wir wissen, daß Christus aller Herrschsucht widersteht und alle zerbrechen wird, die die anderen erniedrigen. Damit wir den Herrn nicht gegen uns haben, müssen wir uns beugen, den Willen der anderen ehren und so die Eintracht gewinnen, die uns verbunden hält.

Auf diese für alle gültige Regel gründen sich nun die besonderen Pflichten, die uns aus den Grundformen der menschlichen Gemeinschaft zuwachsen. Paulus nennt die drei, die in einem vollständigen Haus beisammen sind, auf die die weiteren Vereinigungen, die uns zu gemeinsamem Leben verbinden, aufgebaut sind: die Ehe, dann die Gemeinschaft der Kinder mit den Eltern, endlich das Dienstverhältnis, in dem der Knecht, damals in den rechtlichen Formen der Sklaverei, mit dem Herrn zusammenlebt. Die christliche Gemeinde hat nach der Meinung des Paulus diese gegebenen Formen der Gemeinschaft nicht zu zerstören, so daß sie etwa den Versuch machte, die brüderliche Gemeinschaft an die Stelle der Familie zu setzen. Vielmehr geht die Sorge des Paulus darauf, die natürliche Gemeinschaft des Hauses zu stärken und jede Störung von ihr abzuwehren; denn die Risse, die hier entstehen, verderben den ganzen Lebenslauf und Christenstand. Für die drei Ordnungen des Zusammenlebens führt Paulus denselben Gedanken durch: Sie verlangen die Unterordnung und kommen nur dadurch zu ihrer segensvollen Wirkung, daß alle in ihnen Lebenden mit ganzem Herzen im Gehorsam ihren Beruf erkennen. Wenn der Eigenwille herrschen und nicht dienen will, wird die Ehe verdorben und die Familie zerstört und bringt sich der Knecht um den Segen, der ihm durch Einordnung in die Gemeinschaft des Hauses erwachsen könnte. Es ist aber unerläßlich, daß wir bei den Regeln, die Paulus für diese besonderen Verhältnisse gibt, die allgemeine Christenregel nicht vergessen. Sie umfaßt alle diese besonderen Verhältnisse. Paulus redet die an Christus Glaubenden an, die ihren alten Menschen ausgezogen und den neuen angezogen haben. Ihnen zeigt er, wie sie in ihrer besonderen Lage den Willen Gottes tun.

5,22-24: *Die Frauen ihren Männern wie dem Herrn* (Kol. 3,18. 19; 1. Petr. 3,1), *weil der Mann das Haupt der Frau ist* (1. Kor. 11,3), *wie auch der Christus das Haupt der Gemeinde und selbst der Retter des Leibes ist. Wie aber die Gemeinde dem Christus untergeben ist, so auch die Frauen den Männern in allem.* Feste, ganze Eintracht entsteht nach der Meinung des Paulus dadurch, daß die Frau ihren Willen unter den des Mannes stellt. Diese Aufgabe steht für sie nicht neben ihrer Christenpflicht, sondern damit vollführt sie ihren christlichen Beruf. Sie übt ihren Gehorsam gegen Christus so, daß sie ihrem Mann gehorcht, ihren Dienst Gottes so, daß sie ihrem Mann dient. Darum soll sie sich ihm so untergeben, wie sie sich Christus unterwirft, so völlig, so frei und willig, so froh, wie sie sich dem Herrn zur Verfügung stellt. Er braucht ihren Gehorsam dazu, um aus ihr die Frau ihres Mannes zu machen, die ihm mit ganzem Herzen dient. Ihre Unterordnung ist, wie Paulus meint, darin begründet, daß der Mann durch die göttliche Ordnung ihr zum Haupt gegeben ist: Er hat damit in seinem kleinen Teil einen Beruf erhalten, der dem des Christus vergleichbar ist; denn dieser ist durch sein königliches Amt zum Haupt der Gemeinde gemacht und erfüllt es dadurch, daß er für sie zum Erretter wird, so daß sie durch ihn ihre Erlösung von Schuld und Tod und ihre Einführung in die ewige Gnade und das ewige Leben empfängt. Dem Dienst, den der Herr in seinem großen Amt an allen tut, die zur Gemeinde Gottes gehören, gleicht, was der Mann mit seinem kleinen Vermögen an seiner Frau zu tun hat, dadurch, daß er für sie sorgt und ihr Leben auf das seine gründet. Daran erkenne die Frau, wie sie das richtige Verhalten findet. Es ist ihr durch das Verhältnis der

Gemeinde zu Christus vorgebildet. Die Gemeinde hat nicht ihren Willen zu tun, sondern den des Christus; sie bleibt dadurch in der Gemeinschaft mit ihm, daß sie ihm gehorcht. Sie kann nicht den Wunsch haben, den Christus zu regieren, nicht versuchen, ihn sich zu unterwerfen. So würde sie preisgeben, was sie bekennt, wenn sie ihn ihren Herrn heißt. Mit ihrem Bekenntnis ergibt sie sich ihm. So hat sich auch die Frau dem, den sie ihren Mann nennt, nach der Aussage des Paulus zu untergeben und soll es mit dem entschlossenen Willen tun, sich ihm nicht gegenüberzustellen, sondern für ihn zu leben. Beschränkungen läßt Paulus nicht zu. Sonst wäre die Gemeinschaft nicht mehr ganz, und das Vertrauen hätte einen Riß. Paulus hat immer den Satz vertreten, daß nur ganzer Gehorsam ohne Vorbehalt und Bedingungen wirklich Gehorsam ist. Freilich ist jede menschliche Gemeinschaft unter Bedingungen gestellt, ohne die sie nicht nützlich und heilsam ist. Diese Beschränkungen entstehen aber nicht aus dem besonderen Verhältnis des Mannes zur Frau, sondern daraus, daß beide ihr Verhältnis zu Gott nach der Regel Jesu ordnen, daraus, daß der Mann im Christus sein Haupt hat und die Frau bei ihrem Dienst auf Christus sieht als auf den Herrn, dem sie dient. Dadurch wird ihr Verhältnis zueinander rein. Sonst kann freilich aus der Macht des Mannes ein Herrentum entstehen, gegen das sich die Frau empören muß, und führt die Lage der Frau zu einer Entehrung, die unerträglich ist. Sind aber beide von ihrer falschen Liebe, die nur sich selber sucht, erlöst und zu Christus hingewandt, so können sie sich wahrhaft einigen, nicht nur durch das natürliche Band, sondern innerlich mit ganzem Willen, so daß sie in Eintracht verbunden sind. Nur dann muß die Frau sie brechen, wenn sie sich dem Willen des Mannes nur dadurch unterwerfen kann, daß sie gegen Christus ungehorsam wird.

5,25-27: *Ihr Männer, liebt die Frauen, wie auch der Christus die Gemeinde geliebt und sich für sie dahingegeben hat, damit er sie heilige und sie durch das Bad im Wasser mit dem Wort reinige, damit er die Gemeinde herrlich vor sich stelle, ohne einen Flecken oder eine Runzel oder etwas Ähnliches, sondern daß sie heilig und ohne Makel sei* (1,4; Kol. 1,22). Am Christus sieht der Mann nicht nur, was sein Recht gegenüber der Frau ist, sondern auch, was Christus von ihm für sie verlangt. Es ist die Liebe. Denn so verwaltet Christus selbst sein königliches Recht, daß er seine Liebe der Gemeinde gibt. Dafür ist sein Kreuz der Beweis; denn sich hinzugeben, das ist die Tat der Liebe, und ihr Ziel besteht darin, die Gemeinde zu Gott zu bringen und mit ihm zu verbinden. Darum beweist Jesus ihr seine Liebe weiter durch die Taufe, an der sie sieht, was er mit ihr vorhat und aus ihr macht. Rein macht er sie; darum empfängt sie von ihm das Bad mit dem Wort Jesu, das ihr die Vergebung ihrer Sünden gibt, sie zu Gott beruft und ihr seine Gnade gewährt. Dieses Wort macht rein, weil es den Willen Gottes ausspricht und der Wille Gottes geschieht. Hier ist die Verkündigung der Vergebung der Empfang der Vergebung und die Zusage der Heiligkeit ihre Gewährung, Denn das Versprechen Gottes erfüllt sich, und seine Liebe ist Kraft.

Durch die Taufe weiß die Gemeinde, wohin Christus sie führt. Zu sich führt er sie, zur Vereinigung mit sich. Er wird sie vor sich stellen, und sie wird herrlich sein, ganz rein. Deshalb beginnt ihr Verhältnis zu Christus mit dem Bad; denn sie soll alle Flecken, alles, was sie entstellt und schändet, verlieren, und in ihrem ganzen Lebensstand soll sichtbar werden, daß sie Gott gehört und ganz sich Gott ergeben hat. Weil er sie heilig macht, wird sie auch makellos. Denn Gott nimmt von dem, was sein ist, alle Flecken weg.

Daran soll der Mann lernen, was Liebe ist und wie er an seiner Frau zu handeln hat. Es ist nicht Liebe, wenn er nur seine eigene Lust und seinen Vorteil sucht; Liebe ist es, wenn er sein Leben für seine Frau einsetzt, wie Christus es für die Gemeinde eingesetzt hat. Es ist nicht Liebe, wenn er die Frau erniedrigt und beschmutzt; Liebe ist es, wenn er dafür sorgt, daß sie heilig und herrlich sei, mit der allein echten Heiligkeit und Herrlichkeit, die uns die Gemeinschaft Gottes mit uns verleiht.

5,28-30: *So sind auch die Männer verpflichtet, ihre Frauen zu lieben wie ihre eigenen Leiber. Wer seine Frau liebt, liebt sich selbst. Denn nie hat jemand sein eigenes Fleisch gehaßt, sondern er ernährt und pflegt es wie auch Christus die Gemeinde, weil wir Glieder seines Leibes sind.* Damit stellt Paulus noch durch eine zweite Vergleichung dar, was er Liebe nennt. Er zeigt es an der Art, wie wir mit unserem Leib umgehen. Das neue Bild wächst aus dem ersten heraus, weil er die Herrschaft des Christus und des Mannes durch das

Haupt darstellte, das den Leib einigt und regiert. So ist der andere dem Haupt untergebene Teil der Leib; damit ist dem Mann gesagt, wie er für seine Frau sorgen soll und was er für sie zu wünschen hat. So hat er sich zu ihr zu stellen, wie er sich zu seinem Leib stellt, dem er unablässig alles verschafft, was er bedarf. Die Frau gehört so zum Mann, daß sie ein Teil von ihm wird, ähnlich wie sein Leib; der Mann geht mit der Liebe zu seiner Frau nicht über sich selbst hinaus, sondern bleibt bei dem, was zu ihm selbst gehört. Darum soll ihm die Liebe leicht werden; sie zu versagen wäre Unnatur, da ja der natürliche Trieb uns alle dazu anhält, für unseren Leib zu sorgen. So hält es auch Christus mit seinem Leib. Er nährt und pflegt ihn, wie es jeder durch die Fürsorge erfährt, mit der Christus ihm zum Glauben und Gehorsam hilft, ihn vom Bösen losmacht und auf dem Weg Gottes erhält. Denn jeder ist ein Glied an seinem Leib, und darum ist die Liebe des Christus über ihm und pflegt ihn.

5,31.32: *Deshalb wird ein Mensch den Vater und die Mutter verlassen und sich mit seiner Frau verbinden, und die zwei werden zu einem Fleisch werden* (1. Mose 2,24; Matth. 19,5.6; 1. Kor. 6,16). *Dieses Geheimnis ist groß; ich spreche aber von Christus und der Gemeinde.* Die Festigkeit des Bandes, das den Mann zur Frau, die Frau zum Mann zieht und beide beieinanderhält, spricht Paulus mit dem Schriftwort aus, das ihre Verbundenheit noch über das Verhältnis zu den Eltern stellt. Da er der Ehe das Urbild im Christus und in seiner Liebe zur Gemeinde gab, erhält für ihn auch dieser Spruch eine weissagende Bedeutung, die auf die Vollendung der Gemeinde hinweist. Diese kommt dadurch zustande, daß Christus vom Vater her wieder zu ihr kommt. Auch er wird gleichsam das Vaterhaus verlassen, um sich mit seiner Braut zu vereinen, die nun als sein Weib mit ihm leben soll, und seine Vereinigung mit ihr wird vollständig und ewig sein. Aber Paulus bricht wie immer ab, wenn er die Weissagung bis zu dem Punkt geführt hat, an dem die neue Vereinigung des Christus mit seiner Gemeinde erreicht ist. Was nun ihr ewiges Leben bei Christus erfüllt, beschreibt Paulus nicht. Er sagt nur, daß das Geheimnis groß ist; denn es hat die Wunderbarkeit der vollkommenen Liebe in sich. Der Apostel kehrt zurück zu dem, was er den christlichen Männern und Frauen sagen will.

5,33: *Doch auch ihr, jeder einzelne soll seine Frau so lieben wie sich selbst; die Frau aber fürchte den Mann.* Durch den Mann soll jede Ungleichheit aus der Ehe entfernt werden. Er soll der Frau keine geringere Liebe gönnen als sich selbst, ihr Wohl und Wehe nicht geringer werten als das seine. Von der Frau aber verlangt Paulus, daß sie stets den Vorrang des Mannes ehre. Er bringt dadurch, daß er die Furcht von ihr verlangt, keinen Mißton in ihr Vertrauen, keine Erkältung in ihre Liebe hinein, so wenig als er, wenn er von der Furcht vor Christus redet, dadurch das Vertrauen und die Liebe zu Christus schwächt. Die Furcht bleibt die Aufgabe der Frau, weil sie deutlich zu machen hat, daß sie durch Widersetzlichkeit gegen den Mann ihr Verhältnis zu ihm zerstört. Paulus benutzt die Furcht zur Befestigung der Ehe aus demselben Grund, weshalb er die gegenseitige Untertänigkeit aller Glieder der Gemeinde auf die Furcht vor Christus begründet hat. Er erwägt, daß der Verzicht auf den eigenen Willen uns allen immer schwer wird und daß wir darin unterstützt sind, wenn es uns klar ist, daß eine absolute Notwendigkeit diesen Verzicht von uns fordert; denn wir setzten den ganzen Wert des Lebens aufs Spiel, wenn wir eigensüchtig und herrisch nur das tun wollten, was uns beliebt.

6,1-3: *Ihr Kinder, gehorcht euren Eltern im Herrn; denn dies ist gerecht. Ehre deinen Vater und deine Mutter; dies hat als erstes Gebot eine Verheißung: Damit es dir wohl ergehe und du auf Erden lange lebest* (5. Mose 5,16; Kol. 3,20). Paulus denkt keineswegs nur an die kleinen Kinder, denen durch ihre ganze Lage der Gehorsam ohne weiteres als das richtige Verhalten zugeteilt ist; er mahnt so, weil das Kind sich gegen die Eltern als Kind verhalten soll, solange sie leben, und seine Gemeinschaft mit ihnen nur dadurch bewahren kann, daß es gehorcht. Die Kinder haben ihren Gehorsam gegen die Eltern als Gehorsam gegen Gott zu leisten; er ist letztlich darin begründet, daß sie Gottes Willen tun und ihm dienen wollen. Damit ist auch angegeben, was diesem Gehorsam die Grenzen setzt. Wo die Gemeinschaft der Kinder mit den Eltern nicht mehr von derjenigen umfaßt ist, in die Gott die Kinder zu sich versetzt hat, da muß jene enden. Kommt es zum Streit zwischen dem Willen der Eltern und dem Willen Gottes, dann gilt das Wort Jesu, daß um seinetwillen jede andere Liebe verleugnet werden muß. Den Satz der zehn Gebote, der für beide Eltern die Ehre verlangt, nennt Paulus das erste

Gebot, das mit einer Verheißung verbunden ist; er wird damit schwerlich sagen wollen, keines der vorangehenden Gebote habe eine Verheißung bei sich, sondern wird darauf hinweisen, wie bedeutsam und wichtig das rechte Verhalten der Kinder gegen die Eltern für die Kinder selbst ist. Dabei ist nicht nur der Zeit nach diese Aufgabe die erste, an der wir uns mit Willen und Treue in die göttliche Ordnung finden oder aber den Kampf gegen sie beginnen; auch nach seiner inneren Bedeutung kommt bleibend dem Verhältnis der Kinder zu den Eltern große Wichtigkeit zu. Hier holen wir uns das gute oder schlechte Gewissen; hier lernen wir die Willigkeit zu jedem Gehorsam oder die Eigenmächtigkeit, die alle göttliche Ordnung mißachtet und vergißt; hier üben wir die Liebe, die unser Denken und Trachten von uns selbst ablöst und zu den anderen hinwendet, oder verfestigen wir uns im Eigenwillen, der uns an uns selber kettet. Dazu fügt dann Paulus nachdrücklich die Verheißung hinzu, die gerade mit der Erfüllung dieses Gebotes die Zusage der göttlichen Fürsorge und Bewahrung verbindet.

6,4: *Und ihr Väter, reizt eure Kinder nicht zum Zorn* (Kol. 3,21), *sondern zieht sie auf mit Zucht und mit der Mahnung des Herrn.* Den Gehorsam, den das Kind zu leisten hat, macht ihm der Vater dann schwer, wenn er ihm Grund zur Auflehnung und Erbitterung gibt. Die unverständige oder vollends lieblose Ausübung des väterlichen Regiments erweckt notwendig im Kind ein inneres Widerstreben. So wird der Vater selbst an dessen Ungehorsam mitschuldig, auch wenn das Kind damit nicht entschuldigt ist. Zur Gehorsamspflicht hat der Vater den Grund dadurch zu legen, daß er dem Kind zuwendet, was es bedarf, zuerst, was es zum Leben und Wachstum braucht. In der griechischen Welt war nicht einmal dies durch die Sitte gesichert, daß Eltern ihre Kinder aufzogen; sie konnten sie aussetzen. Zur äußeren Fürsorge fügt aber Paulus auch die Fürsorge für das innere Leben des Kindes, und hier denkt er vor allem daran, daß der Vater verpflichtet ist, das Böse vom Kind fernzuhalten und ihm Verirrungen zu ersparen. Die Warnung Gottes, die der Menschheit zeigt, wo sie in die Sünde fällt und was aus ihr entsteht, muß durch die Väter zu ihren Kindern kommen. Es gehört zur väterlichen Pflicht, zu verhüten, daß die Kinder unwissend in die Sünde fallen; sie sollen erfahren, was vor Gott recht und unrecht ist.

Der Vater kann diese Pflicht, als Zeuge Gottes dem Gewissen des Kindes den deutlichen Inhalt zu verschaffen, der es vor der Verirrung schützt, nicht an andere abgeben, etwa an die Gemeinde oder an ihre Amtsträger. Paulus zählt dies zum väterlichen Beruf.

6,5-8: *Ihr Knechte, gehorcht denen, die nach dem Fleisch eure Herren sind, mit Furcht und Zittern in Einfalt eures Herzens wie dem Christus, nicht mit einem nur für die Augen bestimmten Dienst als solche, die Menschen zu gefallen suchen, sondern tut als die Knechte des Christus Gottes Willen mit ganzer Seele. Dient mit Wohlwollen als dem Herrn und nicht den Menschen, da ihr wißt, daß jeder, wenn er etwas Gutes tut, das vom Herrn erhalten wird, er sei Knecht oder Freier* (Kol. 3,22-25; 1. Tim. 6,1.2; Tit. 2,9.10; 1. Petr. 2,18-21). Auch bei dem Sklaven geht die Absicht des Paulus darauf, daß er sein Verhältnis zu seinem Eigentümer und Herrn nicht neben sein Verhältnis zu Christus stelle, sondern in dieses einschließe und so aus seinem Dienst den Dienst des Christus mache. Der Knecht habe den von Christus ihm erteilten Beruf darin zu sehen, daß er seinem Herrn gehöre und diene. Dadurch bekomme sein Verhältnis zu seinem menschlichen Herrn die innere Klärung und Festigung; nun werde es nicht mehr nur durch Zwang bestimmt, sondern es erfasse seinen Willen; es entehre ihn nicht mehr, sondern besitze die ganze Würde, die die Erfüllung des göttlichen Willens immer hat. Nun könne der Knecht seine Arbeit freudig tun; sie sei ihm nicht nur Not. Auch hier setzt die besondere Mahnung, die dem Knecht gegeben wird, die allgemeine Christenregel voraus; darum ist nicht von den Dingen die Rede, die sonst bei den Sklaven Grund zu vielen Klagen gaben: von Bosheiten, Diebereien und Untreue aller Art, womit sie sich für den Zwang entschädigten, unter dem sie standen. Paulus redet zu Gliedern der Gemeinde, die sich Christus untergeben haben. Aber der Sklavenstand brachte ihnen noch besondere Versuchungen, gegen die Paulus ihnen helfen will. Auch die Sklaven hatten den Kampf zu bestehen, den uns der Gehorsam stets kostet. Sie verdürben sich aber ihre Stellung, wenn sie nicht mit vollkommener Zuverlässigkeit gehorchten. Darum verlangt Paulus Furcht und Zittern, die ernste aufmerksame Sorgfalt, wirklich den Willen der Herren zu tun, und die Furcht, ihr Gebot zu verletzen. Es soll ihr großes Anliegen sein, daß sie gehorchen.

Doch sollen sie dabei nicht auf die Menschen sehen, die über sie gebieten, sondern auf Christus. Denken sie nur an den menschlichen Herrn, stellt ihre Aufgabe sich ihnen leicht als nebensächlich und gleichgültig dar, und sie täten ihre Arbeit ohne inneren Anteil und Liebe nur so weit, als es nötig ist, um den Herrn zu befriedigen und sich Bitteres zu ersparen. Das ergäbe das zwiespältige Herz, das bei der Arbeit an Nebenzwecke denkt und den Herren zwar die Pflicht leistet, ihnen aber innerlich entfremdet bleibt. Sowie sich die Sklaven aber deutlich machen, daß sie ihren Gehorsam Christus erweisen, gewinnen sie die Einfalt des Herzens und die ungeteilte Hingabe an ihre Pflicht. Nun wird der Dienst der Sklaven nicht nur für das Auge der Herren eingerichtet, so daß er endet, wenn sie nicht gesehen werden; er hat nicht nur im Lob der Herren seinen Zweck und bleibt damit auch gegen die Verderbnisse geschützt, die sich immer ergeben, wenn Menschengunst als das Ziel der Arbeit gesucht wird. An die Erfüllung des Willens Gottes können wir eine ganze Liebe und die ganze Kraft setzen. So wird es dem Sklaven möglich, seinen Dienst aus Wohlwollen zu tun, und er kann sich von den bitteren, düsteren Stimmungen befreien, die sein Los dann in ihm erweckt, wenn er es sich nur von der Gewalt der Menschen auferlegt sieht. Denn er weiß, daß Gott ihm für die widerwillig und mit argen Gedanken getane Arbeit keinen Lohn geben wird, und er weiß weiter, daß ihm alles Gute, das er in seinem Sklavendienst tut, alle Treue und Liebe, die er seinem Herrn erzeigt, vergolten wird; denn Gott ist für alle Güte, wer immer sie tut, der Vergelter.

6,9: *Und ihr Herren, tut dasselbe gegen sie und laßt das Drohen* (Kol. 4,1), *da ihr wißt, daß für sie und für euch der Herr in den Himmeln ist und daß es keine Parteilichkeit bei ihm gibt* (Apg. 10,34; Röm. 2,11; Gal. 2,6). Den Gedanken, daß der Herr in seinem Verhältnis zum Sklaven keine Verpflichtung hätte, hat Paulus vollständig beseitigt. So kann nur der selbstherrliche Sinn in seiner Eigensucht denken. Da vielmehr der Herr in keiner anderen Stellung zum Christus steht als der Sklave, kann Paulus einfach fortfahren und sagen, das, was er dem Sklaven gesagt hat, ebenso dem Herrn gilt. Auch der Herr hat zu bedenken, daß er für das, was er den Menschen, auch seinen Sklaven, Gutes tut, Gottes Lohn empfangen wird, daß er aber Gott wider sich hat, wenn er boshaft am Sklaven handelt und ihn verdirbt. Auch er hat dem Sklaven mit Wohlwollen zu begegnen in der Erkenntnis, daß auch er von Christus an seinen Platz gestellt ist wie der Sklave. Auch er dient dadurch, daß er seine Aufgabe erfüllt, nicht nur den Menschen, sondern Christus und tut den Willen Gottes, den man nur dann richtig tut, wenn man ihn von Herzen tut. Paulus nennt aber als besonderen Punkt noch die Drohung, ohne die ein heidnischer Herr seinen Sklaven gegenüber nicht auskam. Weil kein inneres Band beide verband, wußte der Herr nichts Besseres, als daß er die Knechte beständig mit den schwersten Strafen bedrohte, um sie durch Furcht willfährig zu machen. Für den christlichen Herrn ziemt sich im Verkehr mit dem christlichen Sklaven dieses Drohen nicht. Es zeigt, daß er dem Knecht nicht traut, und beweist die innere Störung des Verhältnisses. Der Herr soll den guten Willen des Sklaven dadurch ehren, daß er ihm mit Vertrauen begegnet und ihn nicht mit der Furcht sich untertänig macht. Das Verhältnis beider zueinander kommt in Ordnung, wenn sie nicht vergessen, daß über ihnen in seiner heiligen Gerechtigkeit derselbe Herr steht, vor dem die Vornehmheit des Herrn nichts gilt und der den Sklaven nicht verachtet, sondern beider Tun am selben Maß seines gnädigen Willens mißt.

Die Rüstung der Gemeinde zum Kampf

(6,10-24)

6,10.11: *Weiter, werdet im Herrn stark und durch die Macht seiner Stärke. Zieht die Rüstung Gottes an, damit ihr gegen die Schliche des Verklägers bestehen könnt.* Das letzte Wort des Briefes an die Gemeinde gilt dem Kampf, den sie gegen die Welt durchzukämpfen hatte. Ihr Bekenntnis zu Christus wurde verlacht, ihre Bezeugung Gottes bestritten. Die Welt wollte sie vernichten, jedenfalls ihr Wachstum hemmen. Der von außen an sie herangetretene Kampf rief auch in ihrem eigenen Kreis Erschütterung hervor; die Gemeinde erfuhr die Einflüsse der Umwelt in ihrer eigenen Mitte. So braucht sie Kraft; aber sie kann sie auch bekommen; denn sie ist mit Gott verbunden, dessen Kraft die alles beherrschende Überlegenheit hat. Er sendet sie nicht ohne Waffen in den Kampf; er hat für sie bereit, was sie bedarf, um sich selber zu schützen und den Angriff zu führen und ihren Beruf zu erfüllen. Nur von Gott kann sie die Rüstung erhalten, die sie zu diesem Kampf tüchtig macht; denn sie hat unsichtbare, jenseitige Gegner, den Verkläger, der ihr Recht vor Gott bestreitet und als Versucher an sie herantritt und der durch seine Macht über die Menschheit ihren Haß gegen sie erregt und die Verfolgung entfacht. Sie weiß nicht, wann und wie er sie angreift; darum muß sie beständig gerüstet und durch die Kraft Gottes gehalten sein.

6,12.13: *Denn für uns geht das Ringen nicht gegen Fleisch und Blut, sondern gegen die Herrscher, gegen die Machthaber, gegen die Weltregenten über diese Finsternis, gegen die, die unter den Himmlischen geistige Macht mit Bosheit haben. Deshalb ergreift die Rüstung Gottes, damit ihr am bösen Tag widerstehen, alles vollbringen und so bestehen könnt.* Fleisch und Blut ist der Name des Menschen, der an seine Schwäche und Vergänglichkeit erinnert. Hätte die Gemeinde nur mit ihm ihren Kampf auszufechten, so wäre er viel weniger gefährlich und schwer und viel rascher beendet als jetzt, da sie es nicht mit Menschen zu tun hat. Zunächst, wenn von Paulus die sichtbaren Vorgänge erwogen wurden, konnte er auf Menschen verweisen, die die Gemeinde angriffen, gegen die sie sich wehren mußte. Menschen waren es, die die Verfolgung betrieben, die Beamten des Staates und die Volkshaufen, die sie überfielen, und Menschen waren es, die sie zu verführen suchten und sie verleumdeten. Aber Paulus zieht den Blick der Gemeinde absichtlich entschlossen von ihren menschlichen Gegnern weg. Sie ermißt die Schwere des Kampfes nicht, wenn sie ihn den Menschen zur Last legt, dem Kaiser, den Priestern, den Philosophen, den Rabbinen, oder wer es sonst sei. Nicht dort sitzt der Feind, der dieses Ringen verursacht; nicht dort ist der Herd des Hasses. Die Menschen sind nur Werkzeuge höherer Mächte, denen sie dienen, ohne es zu wissen. Sie selbst spüren nicht, woher es kommt, daß ihnen das Wort Jesu widerwärtig ist, und warum es ihnen nötig scheint, die Christenheit auszurotten. Vom Jenseits her wird diese Leidenschaft erregt; die Gemeinde ist damit an dem Streit beteiligt, der dort zwischen denen, die Gott dienen, und den gefallenen Mächten zum Austrag kommt.

Für Paulus hatte diese Überzeugung eine beruhigende Kraft. Der menschliche Gegner wird entlastet; nicht gegen ihn richtet sich der Zorn. Ihm wird die Entschuldigung zugesprochen, da er nicht weiß, was er tut, und das Erbarmen gewährt, das der von bösen Gewalten Geknechtete verdient. So zeigte Paulus der Gemeinde die Möglichkeit, mit den Widersachern, die sie bekämpften, freundlich zu verkehren und ihnen das Evangelium anzubieten. Nicht die Menschen sind hier die Schuldigen; die Schuld fällt hier auf mächtigere Wesen. Paulus häuft die Namen, um die Macht dieser Gegner eindrücklich zu machen. Sie üben über die Völker und den Verlauf ihrer Geschichte Herrschaft aus und haben Befugnisse, denen die Menschen unterworfen sind. Ihr Machtgebiet ist die Menschheit, solange und soweit Finsternis auf ihnen liegt. Darum kämpfen sie gegen die Gemeinde Jesu; denn mit ihr geht das Licht auf, weil Christus das Licht für alle ist, die erwachen. Nicht Fleisch und Blut ist ihr Wesen; es sind geistige Mächte, die aber ihr Merkmal nicht in der Güte, sondern in der Bosheit haben. Sie gehören nach ihrem Ursprung und ihrer Begabung zu den Himmlischen, zu denen, denen Gott ihren Ort nahe an seinem Thron gab; aber sie haben sich durch ihre Bosheit von ihm geschieden. Zu den Himmlischen rechnet sie Paulus, wie man sie sonst auch Engel nannte, ohne damit den Ort zu bestimmen, wo sie jetzt sind. Er weist damit auf ihre Macht und Gefährlichkeit hin, daß er sie nach ihrem Ursprung zu denen rechnet, die im hellsten Licht der göttlichen Herrlichkeit ihren ursprünglichen Standort hatten. Darum darf die Gemeinde die Waffen, die Gott ihr gegeben hat, nicht unbenützt lassen. Der böse Tag, an dem es zum harten Angriff kommt, so daß sie alle ihre Kraft braucht, kann unversehens eintreten. Sie muß deshalb für ihn bereit sein, damit sie ihr Werk vollenden kann, sei es, daß sie um Jesu willen ihr Leben läßt, sei es, daß ihr Wort mit unwiderstehlicher Macht die Menschen erfaßt und zu Christus führt. Nur dann, wenn sie ihr Werk nicht aufgibt, sondern ganz vollendet, steht sie aufrecht, unbezwungen und hat den Sieg.

6,14-17: *Darum steht und umgürtet eure Hüften mit Wahrheit, und zieht den Panzer der Gerechtigkeit an* (Jes. 59,17; 1. Thess. 5,8), *und bindet die Schuhe an die Füße, indem ihr die Heilsbotschaft bereithaltet. Bei allem erfaßt den Schild des Glaubens, mit dem ihr alle glühenden Pfeile des Bösen löschen könnt, und nehmt den Helm des Heiles und das Schwert des Geistes an, das das Wort Gottes ist, mit jedem Gebet und jeder Bitte.* Der Gurt um die Hüften, mit dem der Mann das Kleid aufschürzt, macht ihn zur Arbeit und zum Kampf tüchtig. Der Gemeinde ist ihre Rüstigkeit und Tüchtigkeit durch die Wahrheit gegeben. Ohne sie wäre sie verloren. Verirrt sie sich in Schein und Träumerei und Mythologie, so hat sie die erste Bedingung ihrer ganzen Arbeit zerstört. Sie gewinnt die Zustimmung der Gewissen nur dadurch, daß ihr das Zeugnis, sie rede die Wahrheit und handle aufrichtig, nicht verweigert werden kann. Der Panzer macht sie unverwundbar; das ist die ihr von Gott gegebene Gerechtigkeit. Denn diese wendet ihr das Wohlgefallen Gottes zu, und solange sie dieses hat, wird nichts sie verletzen. Um der Gerechtigkeit willen ist Gott für sie; dann kann niemand gegen sie sein. An die Füße gehören für den Marsch die Schuhe. Damit vergleicht Paulus den Besitz der Botschaft, die den Frieden Gottes allen anbietet. Die Gemeinde hat sie zur Hand und muß sie nicht erst entdecken. Was sie allen zu sagen hat, das ist eine für sie bereitgestellte Botschaft; so gleicht sie dem Krieger, der bereit ist und ohne Zaudern dahin gehen kann, wohin er geschickt wird. Absichtlich gibt Paulus hier dem Evangelium den Frieden zum Inhalt. Für den Frieden streitet die Christenheit; ihn bringt sie zur Herrschaft in der Welt, während die Mächte der Finsternis den Frieden stören und vertreiben. Darin, daß das Wort Jesu allen den Frieden Gottes bringt, hat die Gemeinde ihre Macht.

Immer, bei jedem Kampf und in jeder Lage, braucht die Gemeinde den Glauben. Paulus vergleicht ihn mit dem Schild, mit dem die Brandpfeile aufgefangen und unschädlich gemacht werden. Ist sie glaubend zu Gott gewendet, so kann nichts ihr Schaden tun. Sie hat durch den Glauben ihren Stand in der Gnade, von der nichts sie scheiden kann. Das Heil, das das rettende Handeln Gottes ihr bereitet, ist ihr Helm, der sie deckt. Die Hilfe von oben ist bei ihr. Ihre Waffe reicht ihr der Geist dar. Dieser versieht sie mit einem Schwert, mit dem sie auch ihre unsichtbaren Feinde schlägt; denn er bringt ihr das Wort Gottes und lehrt sie, es zu brauchen. Damit hat die Gemeinde, was sie bedarf, um ohne Furcht und unüberwindlich dem Ansturm aller Mächte zu widerstehen, die die Herrschaft Gottes hindern. Der Besitz und Gebrauch ihrer Waffen ist ihr aber nur dann möglich, wenn sie betet. Zu jedem Gebet und jeder Bitte, zu dem ihre Lage sie führt, ist sie ermächtigt, und dadurch, daß sie alles in ihr Gebet faßt, gewinnt sie in jeder Lage den Frieden und aus jeder Arbeit und jedem Leiden die Frucht.

6,18-20 (Kol. 4,2-4): *Betet in jeder Lage im Geist und wacht dazu mit ganzem Beharren und mit Bitten für alle Heiligen und für mich, damit mir das Wort beim Auftun meines Mundes gegeben werde, damit ich mit freudigem Mut das Geheimnis der Heilsbotschaft kundmache* (Apg. 4,29), *für die ich in der Kette Gesandter bin, damit ich an ihr den freudigen Mut beweise, wie ich reden soll.* Die Gemeinde bleibt aufrecht, solange sie beten kann, wirklich beten, so, daß sie vom Geist ihr Gebet empfängt. Dann ist es nicht nur Gerede, nicht Willkür, nicht eigenmächtige Zudringlichkeit, mit der sie Gottes Majestät entweihte. Und weil die Arbeit und der Verkehr mit den Menschen den Tag füllt, schlägt Paulus seinen Ephesern vor, die Nacht zum Gebet zu gebrauchen, in der niemand ihren Umgang mit Gott stört. An Stoff fehlt es ihnen nicht; denn ihre Gemeinschaft mit allen Heiligen kommt in ihrem Gebet zum Ausdruck, und Paulus beteiligt sie auch an seiner Arbeit dadurch, daß er sie zum bleibenden Inhalt ihres Gebets macht. Nicht um seine Befreiung soll die Gemeinde bitten, sondern darum, daß ihm das Wort gegeben werde. Weil es dem Apostel gegeben wird, gibt es dem Hörer die Berufung zu Gott. So ist es aber auch das zu Erbittende. Der Apostel braucht innere Ermächtigung zum Reden. Er kann nicht jederzeit, nicht nach seiner Willkür den Mund öffnen. Von innen käme die Verhinderung, wenn ihm das gute Gewissen fehlte; von außen kann sie kommen, wenn er dem Hörer die göttliche Gnade nicht bezeugen darf. Die Größe des Wortes besteht darin, daß es das Geheimnis der göttlichen Botschaft den Menschen mitteilt. Diese besteht in der Verkündigung, daß und wie Gott der Menschheit den Christus gegeben hat. Sie bleibt aber ein Geheimnis; denn sie durchkreuzt nicht nur alle früheren Gedanken der Menschheit, sondern sie sieht auch immer unglaublich aus und steht zu dem, was der Mensch für vernünftig, wirksam und göttlich hält, in anstößigem Widerspruch. Dazu kommt die seltsame Weise, wie Gott seinen Boten vor die Hörer stellt: Er ist mit einer Kette beladen. Es entspricht nicht den menschlichen Gedanken, daß Paulus in dieser Gestalt den Botendienst für Gott ausrichte. Darum bedarf er der göttlichen Ausrüstung und Leitung, um ohne Scheu mit dem Freimut, den kein Hindernis erschreckt, das Evangelium zu sagen, und alle Gemeinden haben beständig darum zu bitten, daß Gott ihm diese Freudigkeit gewähre.

6,21.22: *Damit aber auch ihr wißt, wie es mit mir steht, was ich mache, wird euch Tychikus, der geliebte Bruder und treue Diener im Herrn, alles mitteilen, den ich dazu zu euch sandte, damit ihr erfahret, was mit uns geschieht, und damit er eure Herzen tröste* (Kol. 4,7). Weil die Gemeinden für Paulus und seine Arbeit beten sollen, werden sie auch über sein Schicksal unterrichtet. Dies tut der Apostel aber nicht selbst in seinem Brief, sondern diesem Zweck dient die Entsendung des Tychikus.

6,23.24: *Friede sei für die Brüder und Liebe mit Glauben von Gott dem Vater und dem Herrn Jesus Christus. Die Gnade ist mit allen, die unseren Herrn Jesus Christus lieben, durch Unvergänglichkeit.* Durch die Gewährung des unvergänglichen, ewigen Lebens macht sich die Gnade Gottes an uns offenbar.

Der Brief an die Kolosser

Als Paulus seinen Gefährten Tychikus zu den kleinasiatischen Gemeinden schickte, damit sie über ihn Bericht bekämen, gab er ihm nicht einzig den Epheserbrief mit. Gleichzeitig schrieb er auch an die Christen von Kolossä, die Tychikus ebenfalls besuchen sollte. Die Stadt lag von Ephesus landeinwärts im Tal des Lykus. Paulus war nicht selbst dort gewesen. Die ersten Christen von Kolossä hatten das Evangelium von ihm in Ephesus empfangen und darauf in ihrer Heimat eine Gemeinde gesammelt. Er hatte einen besonderen Anlaß, an sie zu schreiben, weil der Mann, der einen großen Teil der Missionsarbeit in der Stadt getan hatte und der Gemeinde vorstand, Epaphras, zu ihm gekommen war und damals bei ihm lebte. Durch ihn wußte Paulus, daß es in der Stadt Männer gab, die das apostolische Wort mit fremden Gedanken aus der jüdischen und heidnischen Frömmigkeit vermengten und dadurch für die Gemeinde eine Gefahr waren. Darum benützte Paulus die Sendung des Tychikus dazu, um ihr zu sagen, was diese religiösen Bestrebungen vom apostolischen Wort schied. Da der Brief unmittelbar zusammen mit dem Epheserbrief verfaßt ist, hat Paulus für beide denselben Grundriß verwendet, und auch im einzelnen gebraucht er im Brief an die Kolosser oft dieselben Gedanken in derselben Fassung wieder.

1,1.2: *Paulus, ein Bote des Christus Jesus durch Gottes Willen, und Timotheus, der Bruder, an die heiligen und gläubigen Brüder in Christus, die in Kolossä sind. Gnade sei euch und Friede von Gott unserem Vater.*

Kapitel 1,3–3,4

Der Reichtum der Gabe Gottes

Fromme Bestrebungen, die andere Bahnen einschlagen, entstehen nach dem Urteil des Paulus daraus, daß wir uns die Größe dessen, was Jesus uns gewährt, verbergen. Darum stellt er ihn mit seiner vollkommenen Gabe der Gemeinde dar und wendet so ihren Glauben einzig und ganz auf Jesus hin.

Das Gebet des Paulus für die Gemeinde

(1,3-12)

1,3-5a: *Wir danken Gott, dem Vater unseres Herrn Jesus Christus, immer für euch beim Gebet, da wir von eurem Glauben in Christus Jesus hörten und von der Liebe, die ihr zu allen Heiligen habt, der Hoffnung wegen, die für euch in den Himmeln bereit ist* (Eph. 1,15.18; Philem. 4.5; 1. Petr. 1,4). Auch die Kolosser gehören zu dem Kreis von Gemeinden, für die Paulus und Timotheus in ihrem Gebet vor Gott eintreten, und sie gründen ihr Gebet für sie wie für die Epheser auf die Nachrichten, die sie über ihren Glauben und über ihre Liebe empfangen haben. Die Christen in Kolossä haben ihren Glauben an Jesus gebunden und ihre Liebe allen Heiligen gegeben, weil sie auf das große Gut sehen, das ihnen Paulus als das Ziel ihres Lebens gezeigt hat. Darum ist in ihnen die Hoffnung entstanden, die mit entschlossenem Verlangen nach ihm strebt. Sie ist von keinem Zweifel und keiner Angst angefochten, weil das erhoffte Gut im Himmel für sie bereitgehalten wird, wo es keine feindliche Hand antastet. Die Gnade Gottes und das Heilandsamt Jesu schaffen, daß ihr Lebenslauf zu einem herrlichen Ende kommt. Paulus beschreibt mit diesem Wort nicht, in welcher Weise die Hoffnung der Kolosser sich einst an ihnen erfüllen wird, nämlich dadurch, daß sie in den Himmel kommen, sondern er spricht damit aus, woher ihre Hoffnung Gewißheit hat. Eine Hoffnung, mit der sich die Furcht verbände, sie könnte entrinnen, würde zur Last, machte matt und wäre nicht vor einem inneren Erlahmen gesichert. Aber der, der im Himmel ist, steht für sie ein; bei ihm ist das Erhoffte in sicherer Hut. Deshalb, weil sie diese gewisse und frohe Hoffnung haben, können die Kolosser in ihrer Liebe in rüstiger Arbeit für alle tätig werden. Darum haben sie auch das Vermögen, sich mit festem Vertrauen an Christus zu halten. Wir brauchen nicht zu fürchten, Paulus bringe dadurch, daß er die Liebe sich an der Hoffnung nähren und stärken läßt, ein eigensüchtiges Verlangen in die Liebe hinein; so werde eine Rechnung aus ihr, wieviel Gewinn und Seligkeit sie uns eintrage. Wer so rechnet, hätte nicht verstanden, was Paulus Liebe nennt – sie sucht nicht das Ihre –, und auch nicht, woher seine Hoffnung stammt – sie entsteht nicht aus der Größe unseres Werkes und unserer Liebe, sondern aus Gott.

1,5b.6: *Diese habt ihr schon jetzt durch das Wort der Wahrheit, durch die Heilsbotschaft, gehört, die bei euch ist, wie sie in der ganzen Welt ist und Frucht trägt und wächst, wie auch bei euch von jenem Tag an, da ihr gehört und die Gnade Gottes in Wahrheit erkannt habt* (Eph. 1,13). Zu dieser Hoffnung kamen die Kolosser dadurch, daß sie das göttliche Wort bei sich haben, das ihnen jetzt schon, bevor die künftige Offenbarung ihnen ihr Heilsgut schenkt, sagt, was ihnen Gott geben wird. Dieses Wort ist wohl imstande, sie in die Hoffnung zu versetzen; denn es ist Wahrheit. Die Kolosser können sich mit der vollen Zuversicht darauf verlassen, die uns einzig die Wahrheit zu geben vermag. Daß aber auch sie zum Evangelium kamen, hat darin seinen Grund, daß Gott es in die ganze Menschheit hineingestellt hat. Wenn sie auch nicht einen der Apostel Jesu bei sich sahen und nicht zu der Zahl der Gemeinden gehören, die von Anfang an die Hauptorte der christlichen Verkündigung waren, so schädigt sie das in ihrem Christenstand nicht. Dadurch sind sie von der göttlichen Botschaft nicht getrennt. Denn diese durchdringt die Menschheit in ihrer Einheit und Größe. Sie gilt deshalb auch den Kolossern. Nicht wie eine tote, unbewegliche Sache ist sie in der Welt; sie schafft Frucht, sie ergreift die Menschen, führt sie zum Glauben und stellt in die Gemeinde Jesu hinein. Und sie wächst dadurch, daß sie sich neue Zeugen schafft und so von Ort zu Ort gelangt. Wie das Wort überall an den Menschen seine Kraft bewährt hat, die ihm als dem Wort der Wahrheit eigen ist, so hat es sich auch in Kolossä erwiesen, und dies nicht erst allmählich und langsam, so daß seine Wirkung erst nach langer Zeit sichtbar geworden wäre, sondern vom ersten Tag an; sowie es verkündigt wurde und die jetzt zur Gemeinde Vereinigten es vernahmen. Denn mit ihrem Hören verband sich das Erkennen, dem die Gnade Gottes deutlich wurde, wie sie ihnen eben durch die Botschaft nicht nur beschrieben oder verheißen, sondern gewährt worden ist. Mit der Verkündigung des Christus gab Gott den Kolossern seine Gnade, und es kam nur noch darauf an, daß sie dies erkannten. Wäre ihnen verhüllt geblieben, daß ihnen Gottes Gnade nahte, hätten sie nicht gemerkt, daß Gott ihnen mit dem Christus alles anbot, was sie brauchen, bis in das ewige Leben hinein, dann hätten sie das Evangelium freilich umsonst gehört. Nun aber haben sie es so gehört, daß sie erkannten, was Gott ihnen durch ihre Berufung zu Jesus tat.

Sagt Paulus: „In Wahrheit habt ihr die Gnade Gottes erkannt", so denkt er dabei nicht zunächst daran, wie weit die christliche Einsicht der Kolosser reichte und ihre Vorstellungen von Gott und Christus richtig waren. Vielmehr spricht der Apostel aus, daß Gott ihnen mit einer ernstgemeinten Absicht und mit einer Macht, die sie im Innersten erfaßte, durch das Wort seine Gnade gab. Es war keine Selbsttäuschung, wenn sie von ihrer Berufung zu Christus sagten, daß sie die Offenbarung der Liebe Gottes für sie war. So verhält es sich in Wahrheit, und sie dürfen mit Gewißheit sagen, daß Gott ihnen gezeigt hat, daß er ihnen gnädig ist. Damit, daß das Wort mit seiner Frucht schaffenden und wachsenden Macht in die Welt hineingestellt ist, ist aber noch nicht vollständig gesagt, wie es auch nach Kolossä kam und dort die Wirkungen hervorbrachte, die das Dankgebet des Apostels immer neu erwecken. Denn es wird durch den Mund der Menschen weitergetragen und nimmt zu seinem Wachstum ihren Dienst in Anspruch. Darum nennt Paulus jetzt den Mann, der es nach Kolossä brachte, und er hat dazu einen besonderen Grund, weil dieser eben damals bei Paulus war und sein Brief durch ihn veranlaßt worden ist.

1,7.8: *wie ihr von Epaphras, unserem geliebten Mitknecht, gelernt habt, der ein treuer Diener des Christus euch zugut ist, der uns eure Liebe im Geist auch kundgetan hat.* Beide Männer sind das Eigentum desselben Herrn, und beider Arbeit gehört ganz ihm. Daher sind sie miteinander so verbunden wie zwei Knechte, die demselben Herrn gehören. Für die Gemeinde ist Epaphras deshalb wichtig, weil er ein Diener des Christus ist, der seinen Willen an ihr tut. Sie darf sich auf ihn verlassen; Paulus gibt ihm das Zeugnis, daß er treu ist. Mit dem Glauben an Jesus hat Epaphras in Kolossä auch die Liebe zu Paulus gepflanzt, und er hat Paulus erzählt, wie dankbar die Kolosser für seine Arbeit sind, wie herzlich sie deren Fortgang wünschen und sich mit ihm als dem Boten Jesu verbunden wissen. Von solcher Liebe sagt Paulus, sie sei im Geist begründet; denn allein durch Gottes inwendiges Wirken in uns kommen wir zur reinen Liebe, vor allem zur Liebe zu denen, die uns nicht irdische Wohltaten erweisen, wohl aber sein Wort sagen. Die Liebe der Kolosser zu Paulus hat ihm Epaphras auch dadurch gezeigt, daß er die Reise zu ihm, obwohl er gefangen war, unternahm. Dies sehen wir daraus, daß der Schluß des Briefs den Gruß des Epaphras an die Gemeinde enthält (4,12; Philem. 23).

1,9a: *Deshalb lassen auch wir von dem Tag an, da wir es hörten, nicht ab, für euch zu beten und zu bitten* (Eph. 1,15.16). Paulus bleibt auch hier bei seiner Regel, daß das rechte Danken nie allein bleibt, sondern immer das Bitten bei sich hat. Denn die Erkenntnis der Gnade macht uns nach ihr begierig, und aus dem ernsthaften Hoffen entsteht die Bitte, die Gottes große Gaben sucht. Paulus sagt den Kolossern wie den Ephesern, was er für sie erbittet; denn er will zwischen sich und ihnen die Gemeinschaft in der Bitte herstellen. Oben sagte er, von dem Tag an, da sie die Botschaft Gottes hörten und seine Gnade erkannten, habe sie ihre Fruchtbarkeit an ihnen erwiesen; hier sagt er, von dem Tag an, da er die Nachrichten über die Gemeinde erhalten habe, stehe er in der Fürbitte für sie. In beiden Aussagen wird ein notwendiger Zusammenhang sichtbar. Wie das Wort Jesu nicht gegenwärtig sein kann, ohne daß es seine Frucht schafft, so kann Paulus den Christenstand einer Gemeinde nicht kennen, ohne daß seine Fürbitte für sie beginnt. Was hat er für sie erbeten? 1,9b.10a: *daß ihr mit der Erkenntnis seines Willens erfüllt werdet durch ganze Weisheit und ganzes Verständnis, wie der Geist sie gibt* (Eph. 1,17), *um so zu wandeln, wie es des Herrn würdig ist, zum vollen Empfang seines Wohlgefallens.* In unerschöpflicher Fülle sind der Christenheit neue Gaben unentbehrlich, die ihr das Wachstum und den Fortschritt bereiten, weil sie, um den Willen Gottes zu tun, ihn zuerst erkennen muß. Diese Erkenntnis wird aber niemals fertig; denn das Leben stellt ihr immer neue Aufgaben. So wird es für sie zur neuen Pflicht, mit klarem Blick zu erfassen, was in der neuen Lage der Wille Gottes ist. Paulus bittet deshalb für die Kolosser, daß Gott sie nicht arm und ratlos lasse, so daß ihnen bald hier, bald dort die Erkenntnis des göttlichen Willens versagt bliebe und sie nicht merkten, wohin seine Regierung zielt und was er ihnen als ihre Aufgabe zuteilt. Angefüllt von der Erkenntnis sind sie dann, wenn sie ihnen vor jeder Aufgabe und in allem, was sie zu sagen und zu tun haben, zur Hand ist. Dazu bedürfen sie in jeder Lage der Weisheit, die sie im Aufblick zu Gottes großen Zielen diejenigen Gedanken finden läßt, die ihr Wirken auf den richtigen Grund stellen und es fruchtbar machen. Mit der Weisheit muß sich die Verständigkeit verbinden, die scharf auffaßt, was geschieht, und klar wahrnimmt, was die Lage von ihnen verlangt. Das sind nicht Fähigkeiten, die wir in uns selbst besitzen oder durch unsere Denkarbeit in uns herstellen. Wenn unser Sehen, Urteilen und Begreifen den Willen Gottes erfaßt, so ist das die Gabe des Geistes. Die Erkenntnis des göttlichen Willens ist uns aber unentbehrlich, weil wir dem Herrn durch unser Verhalten Ehre oder Schande bereiten, Ehre, wenn der Wille Gottes von uns getan wird, Schande, wenn wir blind sind und nicht merken, was Gott von uns will. Es bedeutet aber für uns und für die Menschen um uns her viel, ob wir auf den Namen Jesu Schmach legen oder ob wir durch unser Handeln sichtbar machen, wer er ist und was er gibt, und zu bewähren vermögen, daß wir in Wahrheit die Gnade Gottes in ihm erkannt haben. Dabei steht Christus über uns als der, der über unser Handeln urteilt. Wir verhalten uns also nur dann richtig, wenn wir uns ganz um sein Wohlgefallen bemühen und es auch ganz erhalten, und das geschieht nur dann, wenn wir so handeln, wie es seiner würdig ist.

Paulus führt nun aus, welches Verhalten Christus und seinem Handeln an uns entspricht, so daß wir dafür seinen Beifall haben. 1,10b: *als solche, die durch jedes gute Werk Frucht bringen und durch die Erkenntnis Gottes wachsen.* Die Gemeinde soll zu jedem heilsamen und wohltätigen Werk bereit sein. Dadurch bringt sie Frucht und hält sich so, wie es der Würde Jesu entspricht. Denen, die ihre Mitarbeit und Hilfe wünschen, hat sie diese nur dann zu versagen, wenn das, was man von ihr verlangt, kein gutes Werk ist. Und wie an allem, was lebt, Fruchtbarkeit und Wachstum beisammen ist, so hat Paulus auch hier beides vereint. Nicht stillstehen oder gar zurückgehen, sondern wachsen, das ist das Merkmal des richtigen Verhaltens, das Jesus Ehre macht. Wir wachsen durch die Erkenntnis Gottes; wenn unsere Gewißheit über sein Werk fester begründet und unser Blick für seinen Willen klarer wird, kommen wir voran. Damit ist aber noch nicht der ganze Wandel, der des Herrn würdig ist, beschrieben; es folgt noch ein zweites Stück. 1,11: *und durch jede Kraft nach der Macht seiner Herrlichkeit zu jeder Standhaftigkeit und Langmut gestärkt werden* (Eph. 1,19). Wir haben nicht nur mit dem guten Werk eine rüstige Arbeit zu tun, sondern auch ohne Feigheit und Weichlichkeit und ebenso ohne Erbitterung und Zorn zu warten und zu leiden. Dazu braucht man Kraft, nicht nur die eigene, sondern die Kraft Gottes. Die tragende, aushaltende Geduld zu üben und von jeder Erbitterung sich freizuhalten, vermag nur der, den Gott stärkt. Paulus sieht aber auf die uns in Gott erschlossene Quelle der Kraft, die unerschöpflich ist, weil seine Herrlichkeit die allem überlegene Macht in sich hat und uns den Sieg über alles gewährt, was uns zur Feigheit und zum Zorn versucht. Paulus bittet für die Gemeinde nicht dazu um die göttliche Kraft, damit sie dem Leiden entgehe oder den Zorn durch die Vollstreckung des Gerichts betätige, sondern dazu, damit sie sich beugen, still sein, leiden und verzeihen könne. Zu diesem Zweck darf sie sich getrost an die Machtfülle Gottes halten, und sie wird erfahren, daß Gott sein Werk in ihr mit seiner herrlichen Macht vollbringt. Zu einem Wandel, der des Christus würdig ist, gehört aber noch ein dritter Punkt. 1,12: *und mit Freuden dem Vater danksagen, der euch zum Anteil am Los der Heiligen im Licht tüchtig gemacht hat* (Apg. 26,18). Die Gemeinde soll ihr Leben dankend führen; nur dadurch ehrt sie ihren Herrn; und sie soll mit Freuden danken, weil ein jammerndes Danken kein Danken ist. Den Grund dazu gibt ihr die Größe der göttlichen Gnade; an ihrer Wahrnehmung gewinnt sie die Freude. Denn Gott hat sie dazu bestimmt, an dem Heil derer teilzuhaben, die er als seine Heiligen mit sich verbunden hat. Ein Los, ein Eigentum hat er für uns bereitgestellt und uns zu dessen Empfang dadurch fähig gemacht, daß er uns sein

Wort sandte und uns durch dieses mit Christus verband. Daran sollen wir uns freuen und ihm dafür danken, auch dann, wenn wir Geduld und Langmut nötig haben, damit wir ihm zum Wohlgefallen unser Leben führen. Worin dieses Los besteht, das Gott zum Eigentum der Seinen macht, sagt Paulus nur mit einem einzigen Wort; es reicht aber aus, um uns deutlich zu machen, daß wir dazu von Gott zugerüstet werden müssen und ihm dafür immer zu danken haben. Das Los der Heiligen befindet sich im Licht. Daß auch wir in das Licht eintreten dürfen und da, wo das Licht strahlt, unsere Heimat finden werden, dazu machen wir uns nicht selbst fähig, sondern dazu bedürfen wir der Zurüstung, die uns Gott durch Christus gibt. Und dafür danken wir ihm.

Die Größe Jesu
(1,13-23)

Wie hoch der Christenstand mit seiner Erkenntnis, seiner Fruchtbarkeit, seiner Stärke und seinem Dank steigt, hängt von der Bedeutung Jesu ab. Auf ihr sind alle vorangehenden Sätze aufgebaut. Darum macht es Paulus zu seinem Thema, der Gemeinde den Christus in seiner Größe zu zeigen, die ihn über alles erhebt. Den Übergang stellt er vom letzten Gedanken aus her, der auf die Fürsorge Gottes hinwies, die uns zum Besitz der Heiligen im Licht verhilft. Wie bereitete uns Gott zu diesem Ziel? 1,13.14: *Er hat uns von der Macht der Finsternis errettet und unter die Herrschaft des Sohnes seiner Liebe gestellt* (Eph. 2,2; 1,6), *in dem wir die Erlösung, die Vergebung der Sünden haben* (Eph. 1,7). Nicht nur von den Heiden redet hier Paulus, sondern von sich und allen Christen, wie immer es früher mit ihnen stand. Früher hatten solche Mächte über sie Gewalt, die nicht im Licht Gottes leben und die es auch der Menschheit nicht geben, die vielmehr selbst finster sind und uns in die Finsternis bringen. Solange wir von ihnen abhängig sind, vermögen wir nicht zu jener Gemeinde zu gelangen, die im Licht Gottes ewig leben wird. Aber Gott hat durch eine uns rettende Tat die Herrschaft dieser Mächte über uns aufgehoben und uns einem anderen Herrn übergeben, dessen Herrschaft uns dahin führt, wo das Licht uns scheint. Das kann nur dadurch geschehen, daß Gott uns unsere

Schuld erläßt; denn die Sünde unterwirft uns dem Regiment jener finsteren Mächte. Durch das, was Christus für uns getan hat, ist uns aber die Vergebung Gottes verschafft. Daß Jesus so über uns Herr ist, daß er uns von der Schuld und von der Knechtschaft der Finsternis befreit, ist in seiner Gemeinschaft mit Gott begründet. Sein königliches Werk, durch das er seine herrliche Überlegenheit über alle offenbart, kommt aus seiner Sohnschaft Gottes. Gott gab ihm seine Liebe zu seinem vollkommenen Besitz. Deshalb kann er uns so regieren, daß er uns in das Licht Gottes erhebt.

1,15: *Er ist das Bild des unsichtbaren Gottes* (2. Kor. 4,4; Röm. 8,29), *ist der Erstgeborene vor jedem Geschöpf* (Hebr. 1,6). In der Gemeinschaft Jesu mit Gott wurzelt die Kraft seines Königtums und seines Erlöserwerks. Von ihr redet Paulus aber mit der ehrfurchtsvollen Beugung, die sich nicht an das Geheimnis herandrängt, das Gottes inwendiges Leben für uns verhüllt. Er braucht, um auszusprechen, was Jesus für den Vater ist, nur denjenigen Ausdruck, den ihm die Schrift darbot, die bei der Schöpfung vom Bild Gottes redet (1. Mose 1,26). Dieses Bild, das Gott bei sich hat und in dem sein schöpferisches Werk geschieht, ist nicht der Mensch, auch nicht ein Engel, sondern sein ewiger Sohn. Das gibt diesem seine alle überragende Hoheit, daß Gott ihn zu seinem Bild macht; seine Liebe, die dem Sohn in ewiger Vollkommenheit gehört, verleiht ihm alles, was den Schatz des göttlichen Wesens ausmacht. Auch das ist damit gesagt, daß es Jesu Amt sei, Gott zu offenbaren. Während Gott seine Hoheit über allen dadurch kundtut, daß kein Auge ihn erreicht, zeigt er sich in seinem Sohn so, daß wir ihn an ihm erkennen und an ihm dessen gewiß werden, was er will und tut. Doch hat Paulus seine Aussage zunächst nicht nach dieser Seite hin gewendet, sondern bezeugt mit ihr die Gleichheit Jesu mit Gott, die auf der völligen Gemeinschaft Gottes mit ihm beruht. Denn wir sind nur dann gerettet, wenn wir zu Gott gebracht sind. Damit wir aber bei Gott seien, müssen wir zum Christus kommen, weil er das Bild Gottes ist. Wir können Gott von seinem Bild nicht trennen und ihn nicht anders finden als in seinem Bild. Ist der unser Herr, der das Bild Gottes ist, so sind wir zu Gottes Eigentum gemacht. Wir sollen nicht fragen, wann Jesus Gottes Bild war oder ist, ob in seinem ewigen Leben vor seiner Sendung in die Welt oder durch sein Leben auf Erden oder jetzt in seiner Erhöhung zum Thron Gottes oder einst in seiner Erscheinung in Herrlichkeit. Es ist unmöglich, jetzt das Bild Gottes zu sein und dann wieder nicht. Der, der es ist, ist es stets, unwandelbar und wesenhaft. Ohne seine Ewigkeit wäre Jesus nicht das Bild Gottes; er wäre es ebensowenig ohne seinen Heilandssinn, der ihn in die irdische Arbeit und an das Kreuz geführt hat, oder ohne sein königliches Walten, durch das er die Gemeinde vollenden wird. Durch alle seine Werke besitzt und offenbart er seine Verbundenheit mit Gott. Darum hat er den Vorrang vor allem, was besteht. Nach dem Recht Israels stand der Erstgeborene über allen anderen Kindern; damit vergleicht Paulus das Verhältnis Jesu zu allem Geschaffenen. Obwohl eine unermeßliche Fülle von lebendigen Wesen aus Gottes Schöpfermacht entstand, so steht doch Christus über allen und bleibt dem Vater der Nächste. Keiner ist im selben Sinn der Sohn der Liebe wie er.

1,16: *weil in ihm alles in den Himmeln und auf der Erde geschaffen wurde, das Sichtbare und Unsichtbare, mögen es Throne oder Herrschaften oder Regenten oder Gewalten sein. Alles ist durch ihn und zu ihm geschaffen* (Eph. 1,21; 1. Kor. 8,6; Joh. 1,3; Hebr. 1,2). Daß Christus mit Gott als sein Bild verbunden und darum höher als alles Geschaffene ist, geht daraus hervor, daß Gott in ihm sein Schöpferwerk getan hat; weil er lebt, ist eine Schöpfung geworden, und weil er bei Gott war, ist sie so geworden, wie sie besteht. „In seinem Bilde schuf Gott", sagt die Schrift. Dieses Wort hat für Paulus deshalb einen neuen Sinn bekommen, weil er am Christus schaut, was für eine Liebe und was für eine Herrlichkeit Gott seinem Bilde gibt. Darum sagt der Apostel nicht nur vom Menschen, sondern von allem, es sei in ihm geschaffen, und überträgt damit, was die Schrift vom Menschen sagt, auf alles, was von Gott das Leben empfing. Nichts nimmt er davon aus, nichts Irdisches, nichts Himmlisches, ob es zu dieser Welt gehöre und deshalb sichtbar sei oder ob es nicht zu ihr gehöre und daher unserem Auge unerreichbar bleibe. So gewiß alles vom Vater abhängig ist, so gewiß steht alles unter dem Sohn. Gott ist nie ohne sein Bild. Was von Christus getrennt wäre, wäre auch von Gott getrennt. Darum können wir auch im Himmel keine Macht, keinen Engel und keinen Geist suchen, deren Ursprung nicht im Sohne Gottes läge, so daß sie ohne ihn das Leben gewonnen hätten. Die Einzigkeit Gottes, die Einzigkeit seines Sohnes und auch die Einheit der Welt, deren unendlicher Reichtum durch den einheitlichen Willen Gottes zu einem Ganzen vereinigt ist, kommen gleicherweise zur Offenbarung darin, daß auch die mit der höchsten Vollmacht ausgestatteten Geister darum entstanden sind und darum leben, weil der Sohn beim Vater ist.

In Christus geschaffen sein bedeutet: durch ihn und zu ihm geschaffen sein. Durch ihn, das heißt, daß Christus der Vollstrecker des göttlichen Willens gewesen ist und Gott durch ihn seine Schöpfermacht wirksam gemacht hat. Zu ihm, das heißt, daß alles von seinem Ursprung her auf Christus angewiesen ist und sein Ziel darin hat, sein Eigentum zu sein, ihm zu dienen, seinen Willen zu tun, im Gehorsam gegen ihn die eigene Seligkeit zu finden und in seiner Verherrlichung die Herrlichkeit zu erlangen. Weder am Anfang noch am Ende der Schöpfung, weder in der Stunde ihres Ursprungs noch in der Stunde ihrer Vollendung steht Gott ohne seinen Sohn vor seiner Kreatur; er macht durch alles, was er tut, den Sohn seiner Liebe offenbar. Der Vater verherrlicht sich, indem er den Sohn verherrlicht, und verwirklicht seine Herrschaft, indem er den Sohn herrschen läßt. Darum besteht die Heilandstat Gottes an uns darin, daß er uns in seinem Sohn unseren Herrn gibt. Da Paulus nachher die Kolosser davor warnt, daß sie sich nicht von Christus weg zu anderen Mächten wenden, die angeblich auch hilfreich sein sollten, sind wohl schon diese Worte im Blick auf derartige Gedanken gesagt. Nicht so, daß er solche Meinungen schon hier widerlegte, aber er zeigt der Gemeinde deshalb die Hoheit Jesu, um jeder Neigung zu widersprechen, die sich an andere Mächte halten möchte als an Christus. Denn über ihm steht niemand, und die Abwendung von ihm kann nur von Gott trennen, nicht zu ihm bringen.

1,17: *Und er ist der, der vor allem ist, und alles besteht in ihm.* Weil die Gemeinschaft des Sohnes mit dem Vater allem vorangeht, was Gott durch ihn entstehen ließ, gibt er auch allen Dingen die Dauer und Kraft und Wirkungsmacht. Weil er besteht, bestehen sie; weil er lebt, sind sie lebendig; weil er sie beherrscht, genießen sie Gottes Regierung. Wer sich von ihm trennt, zerstört damit die Wurzel seines Lebens.

1,18: *Und er ist das Haupt für den Leib, für die Gemeinde* (Eph. 1,22). *Er ist der Anfang, der Erstgeborene aus den Toten* (Offenb. 1,5), *damit er unter allen den Vorrang habe.* Christus steht nicht mit allen Bereichen der Schöpfung in derselben Verbundenheit. Die Gemeinde bildet vielmehr in ihr einen besonderen Teil, weil sie einen Leib darstellt, ein innig und völlig geeinigtes Ganzes, das ein gemeinsames Leben hat. Dieser Leib bedarf eines Hauptes, das ihm die Einheit und Leitung gibt, dem er zugehört und für das er seine Kraft verwenden und arbeiten kann. Gott hat auch in der Tat für diesen Leib gesorgt und ihm das Haupt gegeben, den Christus, keinen anderen als ihn, der der Herr der Schöpfung ist. Wenn Paulus ihn hier den Anfang nennt, so wird er nicht mehr daran denken, wie alles, was lebt, entstand, sondern wie die Gemeinde entsteht. Aus ihm entspringt sie; sie wäre nicht da ohne ihn. Er nimmt sich ihrer nicht erst später an, nachdem sie zuerst ohne ihn bestanden hätte, sondern er ist ihr Schöpfer. Das zeigt sich auch darin, daß er als der erste auferstanden ist. Daran wird offenbar, daß jene Gemeinde, die das ewige Leben hat, durch ihn entsteht; denn sie empfängt es dadurch, daß er zuerst in den Stand der Auferstehung eingegangen ist. Daher gibt es nun Heilige, die ihr Eigentum da haben, wo das Licht Gottes scheint. Daß der Vater den Christus dazu sandte, damit er sterbe und auferstehe, rührt wieder daher, daß er der Sohn der Liebe ist, den er über alle erhöht und vor allen verklärt. Darum hat er nicht nur im Ursprung des natürlichen, sondern auch im Aufgang des ewigen Lebens den Vorrang, nicht nur unter den Gewalten himmlischer Art, sondern auch in der Gemeinde, die auf Erden zur Liebe Gottes kommt. Denn er soll unter allen der erste sein.

1,19.20: *weil Gott beschlossen hat, in ihm die ganze Fülle wohnen zu lassen und durch ihn alles zu ihm hin zu versöhnen, da er durch das Blut seines Kreuzes Frieden schuf* (Eph. 2,13), *durch ihn, sei es das, was auf der Erde ist, oder das, was in den Himmeln ist* (Hebr. 9,23). Jesu Auferstehung, mit der er den Tod für die Gemeinde überwunden hat, richtet den Blick auch auf sein Sterben. Er litt auch den Tod deshalb, weil er der Sohn der Liebe ist; sein Kreuz ist in der wunderbaren Hoheit begründet, nach der alles durch ihn geworden ist und in ihm besteht. Denn er ist darum gestorben, weil

Gott alles mit sich durch seinen Sohn versöhnt. Deshalb machte Gott alles, was er selbst ist, das volle Maß seiner Gottheit, ohne Abzug und Verkürzung in Christus gegenwärtig. So hat Christus nicht nur eine begrenzte Gemeinschaft mit Gott oder nur einen zeitweiligen Anteil an seinem Werk. Nun ist Gott vollkommen in ihm gegenwärtig und der ganze Wille Gottes in ihm wirksam, auch die Gnade, die an der Feindschaft gegen Gott nicht endet, sondern sie überwindet und den Frieden schafft. Darum ist das Versöhnen Jesu wirklich unsere Versöhnung mit Gott, der Empfang der göttlichen Vergebung und unsere Freilassung in göttlich gültiger Macht.

„Das Blut seines Kreuzes" ist das Mittel geworden, durch das Gott die Entzweiung zwischen ihm und den Menschen, die in Sünde und Gottlosigkeit ihm widerstehen, abgetan und statt des Zwistes den Frieden zwischen uns und ihm geschaffen hat. Denn durch seinen Tod bewirkt Christus unsere Erlösung, die uns von der Schuld frei macht, weil Gott uns verzeiht. Nachdrücklich spricht Paulus vom „Blut seines Kreuzes", weil er darin ein wichtiges Merkmal des göttlichen Versöhnens sieht, daß dem Christus durch Gericht, Verurteilung und Entehrung das Leben genommen worden ist. Darin wird das Urteil Gottes über die Sünde offenbar, und der Gehorsam Jesu vollendet sich zur Beugung unter das Gericht Gottes. Darum entsteht aus dem am Kreuz vollzogenen Urteil die Freilassung, aus der das Kreuz tragenden Liebe der Friede.

Wo sich die Neigung zeigt, Jesus hinter andere religiöse Mächte zurückzustellen, wird immer sein Kreuz als nebensächlich und fruchtlos umgangen. Darum hält Paulus den Blick der Gemeinde bei dem Tod Jesu fest und heißt sie ermessen, was Jesus für sie durch sein Kreuz erworben hat. Was ihr dort bereitet ist, kann ihr keine andere Hand darbieten. Es gibt nur einen, den die Gnade Gottes dazu gesandt hat, daß er sein Blut hingebe und dadurch unsere Versöhnung mit Gott sei. Darum sagt Paulus, daß alle, denen sich die Liebe Gottes zu eigen gibt, ob sie im Himmel oder auf Erden stehen, diese Liebe Gottes wegen des Todes des Christus empfangen und an der Gnade, die Christus an das Kreuz führte und ihm seinen Heilandstod auftrug, den Grund ihres Friedens mit Gott haben. Daher wären wir töricht, wenn wir uns nach einem anderen Weg zum Frieden mit Gott umsähen und dazu etwa himmlische

Mächte benützen wollten, um durch sie Gemeinschaft mit Gott zu gewinnen. Denn auch die Himmlischen empfangen ihren Frieden mit Gott durch dieselbe Heilandstat, die ihn uns erworben hat, durch den Gekreuzigten in Kraft jener Gerechtigkeit und Gnade, die er in seinem Sterben aufgerichtet hat. Sie sehen auf dasselbe göttliche Werk, auf das unser Auge sich zu richten hat, wenn wir das Vergeben Gottes schauen wollen: Es ist der Christus, nicht ohne sein Kreuz, das vielmehr sein ganzes Verhältnis zu Gott und zur Welt bestimmt, der Christus, der durch sein Blut zum Spender der göttlichen Gnade geworden ist. Auch die Himmlischen empfangen von ihm wie wir die Beseitigung alles dessen, was sie von Gott trennt, neue Einigung mit ihm, erneuerte und darum auch vertiefte Begabung mit der Liebe Gottes.

Wie kann auch im Himmel eine Entfremdung von Gott entstehen, die durch eine Versöhnung überwunden werden muß? Wir haben schwerlich an teuflisch gewordene Geister zu denken, die Jesus mit seiner am Kreuz erworbenen Heilandsmacht in die göttliche Gnade zurückführte. Es gibt keine andere Aussage des Paulus, die das belegte. Dagegen spricht er mehrmals von der Beziehung zwischen den Geistern droben und dem Verlauf der irdischen Geschichte, wie sie auch durch die Namen „Throne, Regenten, Herrschaften" angedeutet ist. Wenn die Menschheit von Gott verlassen ihre eigenen Wege geht, wird seine Regierung auch für die zum Rätsel, die seinem Throne näher stehen als wir, und wenn nun der für uns stirbt, durch den und zu dem alles geschaffen ist, stehen die Himmlischen nicht gleichgültig dabei, als ginge sie das nichts an, sondern auch sie haben hieran ein neues Erlebnis der göttlichen Liebe, das jede Frage, die sich gegen Gott erheben will, verstummen macht, jeden Widerspruch gegen sein Regieren beseitigt und die anbetende Eintracht mit seinem Willen vollkommen macht. Doch wir sollen da nicht träumen, wo Paulus nicht geredet hat. Er hielt auch hier sein Wort bei dem fest, was zu unserem Beruf gehört und darum vor unser Auge gestellt ist, und läßt sein Wort nicht zum Geheimnis hinüberschweifen mit einer Neugier, die vergißt, daß Gottes Liebe und Werk kein Spielzeug für uns ist. Als eine gewisse Sache hat der Apostel bezeichnet, daß mit dem Tode des Christus, der über allem ist, ein neuer Aufgang der göttlichen Liebe anbricht, der nicht nur die

Erde, sondern auch den Himmel durchdringt, nicht nur die Menschen in den Frieden stellt, sondern auch die himmlischen Geister mit Gott vereint. Dies hat er dazu gesagt, damit niemand das Kreuz Jesu als leer und fruchtlos mißachte und durch höhere Offenbarungen zu überbieten suche. Hier am Kreuz Jesu sollen wir die ganze Gottesfülle sehen, hier den Frieden mit Gott finden, den die Himmlischen und Irdischen nötig haben und den Gott allen dadurch darreicht, daß er seinen Sohn in den Tod gegeben hat.

1,21.22: *Und euch, die ihr einst entfremdet und in eurem Denken durch die bösen Werke verfeindet wart, hat er nun aber versöhnt mit seinem Leib aus Fleisch durch den Tod, um euch heilig und ohne Flecken und ohne Anklage vor ihn zu stellen* (Eph. 2,12.16; 1,4; 5,27). Die Kolosser haben die Herrlichkeit Jesu an sich selbst durch die wunderbare Veränderung erlebt, die an ihnen vorgegangen ist. Sie sehen auf eine Zeit zurück, in der sie ohne Zugang zu Gott und ohne Gemeinschaft mit ihm lebten, ja noch mehr, in der sie im Streit mit ihm standen, soweit die Kreatur den Kampf mit Gott aufnehmen kann; inwendig in ihren Gedanken murrten sie wider Gott, schalten seinen Willen, verwarfen, was gut ist, und verleugneten, was wahr ist. Ihre Geschiedenheit von Gott und ihre Auflehnung gegen ihn entstanden dadurch, daß ihre Werke böse waren. Sowie die böse Tat durch uns geschehen ist, bringt sie uns inwendig in ein gänzliches Mißverhältnis zu Gott, das alle unsere Gedanken zerrüttet. Um ihretwillen werden wir zu Sophisten, die unsere Pflicht wegdeuten, am Guten zweifeln und Gott leugnen. Ratlos stehen wir vor der Schuld und können das böse Werk nicht mehr heilen; deshalb greifen wir nach einem falschen Schutzmittel, nach der Flucht vor Gott und dem Streit mit ihm, beschuldigen ihn statt uns selbst und hassen ihn statt unsere Bosheit.

Damit die Gemeinde trotzdem in die Gnade Gottes eingesetzt werde, hat Christus sich an einen Ort gestellt, der ihm nicht von Anfang an zukam: Gott hat ihm den Leib aus Fleisch gegeben. In dieser Gestalt vermochte er, das Gericht über den Menschen und seine Sünde an sich selbst zu leiden, indem er diesen seinen Leib in den Tod gab. Dadurch, daß er an seinem Leibe Gottes Verurteilung der Sünde in Gehorsam und Gnade trug, wurde er unser Versöhner. So macht er die von Gott Getrennten zu Heiligen und nimmt ihnen jeden Makel ab. Denn das göttliche Vergeben ist gründlich und vollständig und deckt ihren Fall ganz. Nicht weniger gründlich und vollständig ist das göttliche Geben, das ihnen zu jener Lebensgestalt helfen wird, die in das Licht einzugehen vermag. Jede Anklage ist damit von den Heiligen genommen, da Gott sie rechtfertigt, und sein Urteil bestimmt ihren Stand vor Gott in der Welt.

Wenn aber Paulus den Reichtum der göttlichen Gnade vor uns entfaltet und uns zeigt, wer Christus ist, so meint er das nie so, als ob wir ohne eigenes Wollen, ohne persönlichen Anteil die Gnade Gottes haben könnten. Mit diesem Gedanken hätten wir die Gnade Gottes abgelehnt. Wenn sie nicht uns selbst erfaßt und zu Gott hinwendet, ist sie nicht mehr Gnade. Darum nennt Paulus auch hier die der Gemeinde zufallende Pflicht, die für sie den vollen Ernst einer Heilsbedingung hat. 1,23: *wofern ihr im Glauben bleibt als gegründet und fest und von der Hoffnung der Heilsbotschaft nicht abgebracht werdet, die ihr gehört habt, die bei allen Geschaffenen unter dem Himmel verkündigt wird, deren Diener, ich, Paulus, geworden bin.* Die Vollkommenheit des göttlichen Versöhnens macht, daß wir es im Glauben empfangen; ihn haben wir nicht durch eine einmalige Wendung zu Gott, die ihn uns für immer verschaffte, sondern dadurch, daß wir beim Glauben bleiben und ihn immer neu im Blick auf Gott und sein Werk als eine feste und frohe Zuversicht in uns haben. Halten wir uns so zu Gott, so bringt uns sein Versöhnen sicher an unser Ziel und stellt uns frei von Makel und Anklage vor ihn. Unsere Heiligkeit kann uns nur dadurch verlorengehen, daß wir den Glauben preisgeben. Ihn zu bewahren ist keine unerfüllbare Zumutung; denn wir sind auf einen festen Grund gestellt. Darum sind wir nicht dem Schwanken preisgegeben. Dann allerdings würden wir im Glauben schwankend werden, wenn wir die Hoffnung fahrenließen, die uns das göttliche Wort darreicht. Ihre Bewahrung bezeichnet Paulus hier ähnlich wie 1,5 als das Mittel, das uns die Fähigkeit zum beharrlichen Glauben gibt. Wenn wir unser Verlangen nicht von dem Ziel wegwenden, zu dem Gott uns beruft, werden wir uns glaubend an den halten, der uns unser Gut und Erbe verschafft. Ist dagegen die Hoffnung in uns tot, so endet auch unser Glaube. Weil unsere Hoffnung auf dem Evangelium beruht, hängt unser ganzer Heilsstand von diesem ab. Deshalb schließt

Paulus sein Zeugnis von der Größe Jesu damit ab, daß er auf die Botschaft hinzeigt, durch die die Gemeinde mit dem Versöhnungswerk Jesu verbunden ist und den Segen seines Todes empfängt.

Weil das Jesus verkündigende Wort der Träger der göttlichen Gnade ist, wird es zur wichtigen Sache, daß es der Menschheit gebracht wird. Daran erinnert Paulus ähnlich wie 1,6, weil er noch ein Wort über seinen eigenen Apostelberuf anfügen will. Die Hoheit des Christus ist freilich das erste, worauf der Heilsstand der Gemeinde steht; aber zur Hoheit des Christus kommt als in ihr begründete Folge die Hoheit seines Boten hinzu; es ist auch wichtig, daß die Gemeinde den Beruf des Paulus kennt und das richtige Verhältnis zu ihm findet. Auch das gibt ihr Schutz gegen alle kranken religiösen Unternehmungen. Daß Jesus auch den Kolossern verkündigt wurde, hat darin seinen Grund, daß sein Wort nicht nur hier und dort diesem oder jenem Teil der Menschheit, dieser oder jener Stadt, sondern soweit die Schöpfung Gottes unter dem Himmel reicht, verkündigt wird. Bei dem „Geschaffenen" denkt Paulus nach dem in der Judenschaft befestigten Sprachgebrauch an die Menschen; er nennt sie hier absichtlich so, weil darin, daß sie Gottes Geschöpfe sind, auch ihre Berufung zu Christus und ihr Anteil an der Versöhnungsgnade begründet ist. Auf nichts kommt es bei der Verkündigung Jesu an, auf keine Unterschiede der Völker oder der Bildung oder des eigenen Werks; allen wird sie dargeboten, denen Gottes Schöpfermacht das Leben gab.

Daß es noch weite Länder gab, wohin das Evangelium noch nicht gekommen war, vergißt Paulus nicht. Aus dem königlichen Beruf Jesu, der ihm den Auftrag Gottes für die Menschheit gibt, folgt aber, daß er allen, soweit der Himmel sich über Menschen wölbt, zu verkündigen ist, und Paulus sieht dafür in den Ereignissen die Bestätigung: Sie haben zur freien Predigt des Evangeliums geführt, so daß es nirgends eine Grenze gab, vor der sie haltmachte. Die Bestimmung der christlichen Predigt für die Menschheit macht auch den Beruf des Apostels groß. Für diese Botschaft, die allen gilt und allen gesagt wird, ist Paulus zum Diener bestellt.

Die Würde des Paulus
(1,24-29)

Paulus sagt der Gemeinde zuerst, wie er sich zum Leiden stellt, das ihm sein Botenamt bringt. Jetzt hat ihn jedermann, der an ihn denkt, als den Gefangenen vor Augen. Denen, die ihn liebhaben, bringt diese Tatsache Schmerz, den Schwachen leicht eine Erschütterung des Glaubens, allen aber die Nötigung, sich tapfer unter die Regierung Gottes zu beugen. Darum zeigt der Apostel den Kolossern sein Leiden in einer Gestalt, daß es sie nicht von ihm trennen kann, vielmehr inniger mit ihm vereinen muß. 1,24: *Jetzt freue ich mich an den Leiden euch zugut* (Eph. 3,1), *und was an den Bedrängnissen des Christus noch fehlt, mache ich an meinem Fleische voll zugunsten seines Leibes, der die Gemeinde ist.* Früher konnte Paulus dem Evangelium dadurch dienen, daß er es verkündigte; jetzt dagegen gilt es für ihn, mit bitterem Ernst zu leiden. Aber er jammert darüber nicht und wehrt sich nicht gegen diese Führung, sondern freut sich an den Leiden, weil sie, wie er auch den Ephesern sagte, den aus den Heiden gesammelten Gemeinden einen großen Gewinn verschaffen. Er muß auch nicht zuerst oder allein leiden. Denn auch Christus wurde verfolgt und unter das Leiden gestellt. Das, was Jesus während seiner irdischen Arbeit bis zum Kreuz litt, war aber noch nicht die ganze Verfolgung, die gegen ihn anstürmen sollte, und hat noch nicht das Ende des Kampfes herbeigeführt, den die Geisterwelt und die Menschheit gegen ihn führen. Er hinterließ auch seinen Boten Not, die sie nun zu übernehmen haben, bis endlich die Summe der Schmerzen voll wird und das Vollmaß der Not erreicht ist. Darum leidet Paulus freudig; denn er sieht darin die Fortsetzung des Leidensweges Jesu und nimmt auf sich, was Jesus den Seinen hinterließ. Das gilt Paulus nicht als eine Qual, sondern als eine Freude. Er sagt nicht, daß der Tod Jesu nach seiner Heilsbedeutung als die Tat, die uns Gottes Gnade verschafft, einer Ergänzung bedürfe. Am Versöhnerwerk Jesu hat keiner neben ihm teil, und es lag Paulus ganz fern, auch nur den kleinsten Teil auf sich selber zu übertragen. Denn die Arbeit des Versöhners kann nur der Eine tun, in dem die Fülle Gottes wohnt, und er tut sie darum auch mit ewiger Geltung und Vollkommenheit. Dagegen ist der Kampf der Welt gegen Jesus noch nicht zu Ende und das aus ihm entstehende Leiden noch nicht voll. Den Weg Jesu darin fortzusetzen, ist die Pflicht seines Boten und seine Freude.

Der Bote schafft auch mit seinem Leiden Frucht; daran hat Paulus nie gezweifelt; und diese Frucht wird nicht nur ihm selbst zuteil, weil er im Leiden seine Treue bewährt, sondern der ganzen Gemeinde. Diese Überzeugung ergab sich Paulus schon aus der Gewißheit, daß er der Gefangene Jesu ist und seine Kette in der Ausrichtung seines Apostelamtes von ihm empfangen hat. Bei dem, was der Herr tut, fragte er nicht, ob es nicht vielleicht nutzlos sei; er ist der heilsamen Frucht der Führung Jesu gewiß. Daß die ganze Gemeinde diese Frucht aus dem Leiden des Apostels empfängt, ergibt sich aus ihrer Verbundenheit mit dem Christus. Was dieser seinem Boten auflegt, ist sicher für sie heilsam, weil sie sein Leib ist. Es kommt Paulus hier auf beides an, auf ihre Gemeinschaft mit Christus und auf die Gemeinschaft, die ihre Glieder miteinander eint. Aus beidem ergibt sich, daß der Kampf, den Paulus zur Erfüllung des Willens Jesu besteht, zum Sieg der ganzen Christenheit mitwirkt.

Paulus will aber den Kolossern nicht nur zeigen, daß seine Bande seiner Würde nichts schaden und ihm und ihnen die Freude nicht rauben dürfen. Die Hauptsache bleibt für ihn, daß die Gemeinde die besondere Gabe versteht, die ihr von Gott durch die Arbeit des Apostels gegeben ist. 1,25-27: *Ihr Diener bin ich geworden nach dem Verwalteramt Gottes, das mir für euch gegeben ist, um Gottes Wort voll zu machen, das Geheimnis, das von allen Zeiten und Geschlechtern her verborgen war* (Röm. 16,25); *nun aber wurde es seinen Heiligen offenbar gemacht, denen Gott kundtun wollte, was für ein Reichtum von Herrlichkeit in diesem Geheimnis bei den Völkern sei; dieses ist Christus in euch, die Hoffnung auf die Herrlichkeit* (2,2; Eph. 3,2-7). Durch die göttliche Anordnung, die den Gang der Menschheit ordnet, bekam Paulus seinen Dienst, der der jenseits von Israel lebenden Menschheit die Hilfe bringt. Durch sie war es ihm gegeben, das göttliche Wort ganz zu sagen. Nun ist nichts Unfertiges und keine Lücke mehr in ihm. Es hat jetzt seinen vollen Bestand bekommen, weil der bisher unerkennbare Rat Gottes jetzt sichtbar geworden ist, durch Paulus, aber nicht ihm allein, sondern durch ihn auch allen, die Gott gehören. Was Gott so lange bei sich verborgen hielt, hat eine wunderbare Größe. Die Herrlichkeit Gottes wird darin sichtbar, und die, in denen Gott sich in dieser herrlichen Weise offenbart, sind die von Israel geschiedenen Völker. Darum spricht Paulus das Geheimnis sogleich in einer Form aus, daß es die Kolosser mit umschließt. Was er aber von ihnen sagt, gilt für die ganze Menschheit. Daß bei den Griechen, die in Kolossä leben, der Christus sei, sie zu sich berufe und mit sich vereine, daran hat niemand gedacht, ehe es geschehen war. Geschehen ist dies aber durch den Dienst des Paulus auf Grund der ihm gegebenen göttlichen Anordnung. Bisher waren die Augen aller nur auf Israel gerichtet; und alle erwarteten, daß durch seine Erhöhung die Größe der göttlichen Gnade sichtbar werde. Nun ist sie aber nicht dort offenbar geworden, dafür aber bei den Kolossern, weil Christus aus ihnen seine Gemeinde gemacht hat. Er hat an ihnen nicht als Richter und Vergelter gehandelt; er hat ihnen auch nicht nur eine stückweise Gabe und begrenzte Gnade geschenkt; er hat ihnen vielmehr die Hoffnung auf die Herrlichkeit gegeben und ist bei ihnen mit der ganzen göttlichen Verheißung und seiner ganzen Erlösermacht, die ihnen auch den Eingang in die Herrlichkeit verleiht, die Gott seiner Gemeinde geben wird. Daß Paulus dieses Geheimnis sichtbar zu machen hatte, gab seiner Arbeit einen so reichen Inhalt, daß er für immer und in jeder Lage mit vollkommener Dankbarkeit vor seinem Herrn steht. Darum sind auch alle in der Völkerwelt gesammelten Gemeinden mit ihm verbunden; sie alle sind durch seinen Dienst entstanden, auch wenn er sie nicht selbst gegründet hat. Daraus ergibt sich die Regel, die ihm seine Arbeit zuteilt.

1,28.29: *Ihn verkündigen wir, indem wir jeden Menschen mahnen und jeden Menschen unterrichten mit ganzer Weisheit, um jeden Menschen als vollkommen im Christus vor ihn zu stellen, wofür ich arbeite und ringe infolge seines Wirkens, das sich in mir mit Kraft wirksam macht.* Aus dem Auftrag, den Gott Paulus gegeben hat, folgt, daß er Christus verkündigt, nicht sich selbst, auch nicht irgendeine andere Weisheit; denn allein darum handelt es sich bei seiner Sendung, daß Christus zu den Völkern kommt. Daher kann er sich keinem Menschen entziehen; wer es sei, jeden mahnt er, jeden unterrichtet er. Das entspricht dem Herrlichkeitsreichtum des göttlichen Geheimnisses. Mit ihm sind von der Arbeit des Paulus alle beschränkenden Grenzen weggetan. Er braucht sich bei niemand zu besinnen, ob er ihn warnen soll oder ob er ihn ungewarnt im Bösen lassen darf, ob er ihn über Gottes Willen unterrichten darf oder ob ihm Gottes Wort nicht gilt. Wer er sei, Paulus hat jedem gegenüber die Pflicht, ihm das Bußwort zu sagen, das ihm seine Sünde zeigt, und ihm den Unterricht zu geben, der ihm den Weg zu Gott erkennbar macht. Und so macht es Paulus auch; er übt keine Parteilichkeit und hat keine gebrochene Liebe, die nur wenigen gälte, sondern tritt an alle mit der Gewißheit heran, daß er ihnen das Größte geben kann, das alles überragende Geheimnis: „Christus in euch".

Dazu braucht er Weisheit. Wer ohne Weisheit warnt und lehrt, kann niemand helfen. Paulus braucht sie nicht nur, sondern er hat sie. Christus entzieht sich ihm nicht, sondern gibt ihm bei seiner Arbeit, die er an jedem Menschen zu tun hat, jede Weisheit, deren er bedarf. Sein Ziel ist, jeden in den fertigen, vollendeten Zustand zu bringen, in dem er vor Gott bestehen kann, vor den er einst zu treten hat. Er will nicht nur eine Anregung geben, die wieder erlahmt, nicht nur einen Anfang machen, auf den sich nichts aufbaut. Er tut ganze Arbeit; denn er hat ihr Ziel fest im Auge, die Gemeinde für den Christus zu sammeln, die er für immer zu sich nimmt. Dazu hilft er allen dadurch, daß er sie zum ganzen Glauben, zur vollen Liebe und zum beharrlichen Gehorsam führt. Seine Arbeit bringt ihm nicht nur Erquickung und Lust. Er braucht vielmehr für sie seine ganze Kraft, wird müde und steht in einem beständigen Kampf. Aber er verweilt nicht bei der Anstrengung, die sein Dienst von ihm fordert, sondern sieht dankbar zu Gottes Wirken empor, das ihn trägt, ohne das er seine Arbeit nicht leisten und nicht bis zur Frucht vollenden könnte. Dadurch lenkt er den Blick der Gemeinden von der Größe seiner eigenen Leistung ab, weg von der Glut seines Eifers, die ihre Bewunderung erweckte. Was er erreicht hat, wäre ihm ja nicht möglich geworden, wenn nicht Gott mit seiner Kraft in ihm wirksam wäre. Er schreibt dies nicht, damit die Gemeinde ihn bewundere, sondern damit sie Gott danke. Von der menschlichen Denkweise aus wäre es nicht auffallend, wenn Paulus aus dem göttlichen Wirken den entgegengesetzten Schluß gezogen hätte: Weil Gott mächtig in ihm und für ihn wirke, sei ihm eine Anstrengung erspart, wie sie der übt, der in den Wettkampf tritt und sich um den

Sieg bemüht. So denkt der lieblose Sinn: „Mache du es ohne mich.“ Paulus ist von der Liebe Christi umfaßt (2. Kor. 5,14); darum denkt er in entgegengesetzter Weise. Weil das Wirken Gottes sich kräftig in ihm erweist, darum ist ihm keine Mühe zu groß, keine Anstrengung zu hart. In dieser Weise verbindet die Liebe unser Wirken und das Wirken Gottes.

Die Warnung vor der Mißachtung Jesu

(2,1-15)

Durch Epaphras wußte Paulus, daß die Christen von Kolossä mit Männern im Verkehr standen, deren Einfluß er für gefährlich hält. Darum bezeugt er ihnen nicht nur, was sie am Herrn und was sie an ihm, seinem Apostel, haben, sondern macht sie auch gegen die Lehren und das Vorbild jener Männer fest. 2,1-3: *Denn ich will, daß ihr wißt, was für einen Kampf ich für euch und die in Laodicea* (4,16) *habe und für alle, die mein Angesicht im Fleisch nicht sahen, damit ihre Herzen getröstet werden und sie durch die Liebe zusammen und zum ganzen Reichtum des gewiß gemachten Verständnisses gebracht seien, zur Erkenntnis des Geheimnisses Gottes. Dieses ist der Christus, in dem alle Schätze der Weisheit und der Erkenntnis verborgen sind.* Diejenigen Gemeinden, die Paulus in ihrer Mitte gesehen hatten, wußten es für immer, daß er aus der Apostelarbeit keinen Scherz machte und sie nicht nur mit Formeln und Worten zu erledigen gedachte, sondern daß sie ihn persönlich angriff und mit dem Einsatz seiner ganzen Liebe und Weisheit von ihm ausgeführt wurde. Aber auch die Gemeinden, die ihn nie gesehen hatten, sollen wissen, daß ihr Heil dem Apostel ernst auf der Seele liegt und ihn anspornt, alles, was er kann, für sie zu tun, wie der Wettkämpfer seine ganze Kraft einsetzt. Es wäre ihnen schädlich, wenn sie dächten, er tue seine Apostelarbeit leichthin. Neben Kolossä nennt Paulus hier auch die Nachbarstadt Laodicea; zwischen beiden Gemeinden bestand jedenfalls eine rege Gemeinschaft und lebhafter Verkehr. Wahrscheinlich hat sich auch die trübe Frömmigkeit, vor der der Apostel warnt, an beiden Orten Eingang zu verschaffen gesucht. Doch denkt er bei seinem Kampf nicht nur an diese Städte, sondern an alle Gemeinden, mit denen er die persönliche Gemeinschaft noch nicht herzustellen vermocht hat. Er ist darum nicht weniger für die Richtigkeit und Kraft ihres Christenstandes besorgt. Sie sind ihm nicht gleichgültig; er bemüht sich vielmehr nur um so mehr, daß auch sie über Schmerz und Unlust Herr werden und zum lebendigen Glauben und Lieben gelangen. Paulus denkt aber nie bloß an das, was in der Seele der einzelnen vorgeht. Sie haben noch eine andere Aufgabe zu lösen als die, durch Trost und Mahnung Gottes ein frommes Herz zu haben, nämlich die, eine Gemeinde zu sein. Daß sie aber die Hindernisse wegtun, die uns beständig voneinander trennen, und wirklich miteinander und füreinander in der Eintracht leben, die die Liebe zwischen uns herstellt, das ist ein hohes Ziel, zu dem sie nicht gelangen, wenn sie nicht mit ganzer Kraft nach ihm ringen, wie auch Paulus nach ihm ringt.

Um als Gemeinde zu leben, muß die gemeinsame Einsicht vorhanden sein, da wir nicht zur Eintracht kommen, wenn verschiedene Überzeugungen unser Handeln leiten. Nicht nur die Einheit des Glaubens ist hierzu nötig; von ihr hofft Paulus, daß sie den Gemeinden gegeben ist, da er ja gehört hat, wie es mit ihrem auf Christus gegründeten Glauben steht. Aber die Gemeinden brauchen noch mehr, damit sie sich nicht zerspalten: einen reichen Schatz von Verständigkeit, die ein klares Auge für die Anliegen, Verhältnisse und Persönlichkeiten hat, die auf die Gemeinde einwirken, und das Richtige und Nötige sieht. Über allen einzelnen Entscheidungen, die zu treffen sind, und über allen besonderen Anliegen, die besorgt sein müssen, steht aber der große Hauptpunkt, daß der Rat Gottes erkannt werde, nach dem er uns im Christus seine Gnade erweist, seine Gemeinde sammelt und den Weltlauf zur Vollendung führt. Der Wille Gottes bleibt, eben weil er der seine ist, für uns ein unerforschliches Geheimnis und ist doch zugleich der höchste und reichste Gegenstand unserer Erkenntnis und das große Ziel alles auf Gott gerichteten Forschens. Erfassen können wir ihn deshalb, weil im Christus die göttliche Weisheit und Erkenntnis in ihrem ganzen Reichtum wirksam ist. In ihm wird der Wille Gottes auch für uns wahrnehmbar. Alle Weisheit können wir von ihm empfangen. Wir werden dadurch weise, daß wir ihn kennen.

Verborgen ist die Weisheit Gottes in Jesus nicht dazu, damit sie uns unerkennbar bleibe; Gott hat diesen Schatz in Jesus erschlossen, damit wir ihn bei ihm finden. Ist Jesus einerseits hoch über uns erhaben, weil in ihm die Vollkommenheit Gottes wohnt, so ist er andererseits zur Menschheit gesandt, mit der Gemeinde verbunden und für uns wirksam, so daß der Schatz Gottes durch ihn für uns zugänglich wird und wir bei ihm holen können, was wir bedürfen. Verborgen sind die Schätze Gottes, eben weil sie Schätze sind, die Gott wert hält und vor Mißbrauch und Entweihung schützt. Darum sind sie so in Jesus vorhanden, daß wir an ihnen vorbeigehen und sie verachten können. Nur der wird sie finden, der die Berufung zu Christus hört. Kommt er aber zu ihm, so findet er bei ihm nicht ein Stückwerk von Weisheit, sondern, weil Christus in Gottes vollkommener Klarheit lebt, jede Weisheit, die uns zur Erfüllung unseres Berufes dient.

2,4: *Ich sage dies, damit euch niemand durch wahrscheinlich scheinende Beweise täusche.* Daß Paulus die Gemeinden einzig auf Christus verweist, bei dem sie die Weisheit finden, hat in der Gefahr, der sie ausgesetzt sind, eine ernste Veranlassung. Er möchte ihnen ersparen, daß sie religiösen Lehren Wert zuschreiben, die Eindruck auf sie machen; sie scheinen nicht unbegründet, nicht erfunden, sondern geistreich zu sein und Beachtung zu verdienen. Und doch steht nichts Wirkliches hinter ihnen; es sind nur Worte und Theorien. Von unseren Gedanken meinen wir leicht, sie besäßen Wahrscheinlichkeit; sie leuchten uns ein und geben uns doch keine Gewißheit. Wir befriedigen mit ihnen vielleicht unseren Wissensdrang, gewinnen aber keine Kraft. Denn unsere Gedanken können uns nicht enthüllen, was Gott tut. Sie beschäftigen uns nur mit dem, was wir oder andere Denker meinen. Anders steht es mit Christus, der kein Denker oder Redner ist, sondern uns in Gottes Macht regiert. In ihm sind wirklich die Schätze der Erkenntnis für uns da.

2,5: *Denn wenn ich auch dem Fleisch nach abwesend bin, so bin ich doch dem Geist nach bei euch und freue mich und sehe eure Ordnung und die Festigkeit eures Glaubens, der zu Christus hingewendet ist.* Paulus schützt und warnt die Gemeinden; er ist nur dem Leib nach von ihnen getrennt, dagegen durch den Geist bei ihnen gegenwärtig. Das heißt nicht nur, daß er mit seinen Gedanken oder seiner Sehnsucht bei ihnen sei. „Geist" ist bei Paulus nicht nur der Ausdruck für sein menschliches Denken und Wünschen, sondern für die innere Lebendigkeit, die von Gott her durch seine Verbindung mit Christus in ihm gewirkt ist. Die ihm von oben her verliehene Liebe und Macht bringen ihn in eine echte, fruchtbare Gemeinschaft auch mit den Kolossern und lassen ihn erkennen, was sie nötig haben und wie ihnen zu helfen ist, so daß sein Wort für sie heilsam wird und sie gegen jede Verführung schützen kann. Weil ihm inwendig ein Mitleben mit den Kolossern gegeben ist, darum sieht er, wie es bei ihnen steht, und freut sich daran. Nicht deshalb mahnt er, weil ihr Zustand ihn betrübte, sondern deshalb, weil er sich an ihnen freut. Was jetzt ihre Kraft und Ehre ist, ihr wohlgeordnete Gemeinschaft und ihr auf Christus gegründeter Glaube, soll nicht geschädigt werden.

2,6.7: *Wie ihr nun den Christus Jesus, den Herrn, angenommen habt, so wandelt in ihm als die, die in ihm gewurzelt sind und gebaut und durch den Glauben fest gemacht werden, wie ihr unterwiesen seid, und seid reich an Danksagung.* Paulus muß den Kolossern Christus nicht erst neu zeigen. Sie haben sich ihm schon ergeben, daß er über sie herrsche und sie leite. Darum stellt sich für sie die Aufgabe so, daß sie sich nun so verhalten, wie es sich aus ihrer Verbindung mit ihm ergibt. Wenn das, was sie von ihm wissen, glauben und haben, ihre Lebensführung bestimmt, dann wandeln sie in ihm. Christus gibt ihnen den festen Halt, wie ihn die Wurzel dem Baum verleiht, und zugleich das fortschreitende Wachstum zur klaren und geschlossenen Gestaltung ihres Lebens, wie es ihnen ein Bau zeigt, an dem sich Stein an Stein planmäßig fügt. Durch die Verbindung der beiden Bilder zeigt ihnen Paulus aufs schönste ihre doppelte Aufgabe, die Festigkeit in der Bewahrung des Empfangenen und die Beweglichkeit, die zum Ziel hinstrebt. Das eine ist hier nicht ohne das andere da; wenn das eine oder das andere fehlt, ist ihre Verbindung mit Christus gelöst. Die Christen in Kolossä nehmen nur dann aus Christus die Kraft und Regel für ihr Verhalten, wenn sie sich in beidem bewähren. Damit der Baum wachse, muß die feste Wurzel dasein; damit die Wurzel stark werde und in die Tiefe dringe, muß der Baum wachsen. Im Anschluß an Jesus gewinnen die Kolosser inwendig die Unbeweglichkeit, die sie von seinem Wort und Willen nicht weichen läßt, und zugleich den steten Zufluß der neuen Gaben, der ihren Blick immer reicher und ihre Liebe stärker macht. Das Mittel, wodurch er sie unerschütterlich macht, ist der Glaube. Sind sie von sich selbst weg und hin zu ihm gewendet, so kommen ihre Gedanken zur Festigkeit, weil sie Gewißheit haben, und kommt ihre Arbeit zur Beharrlichkeit, weil der Gehorsam sie regiert. Zum Glauben aber haben sie dadurch die Ausrüstung erhalten, daß sie über die Sendung und das Werk Jesu unterrichtet sind.

Paulus schickt die Gemeinde auf ihren Weg mit der frohen Zuversicht des Sieges. Sie hat nicht in einem schwachen Rohr ihr Bild, sondern ist gefestigt und steht im Wachstum. Der Apostel läßt aber den Blick der Gemeinde nicht selbstgefällig auf ihrer Tüchtigkeit ruhen – damit wäre alles befleckt und preisgegeben, sondern er weckt in ihr die Danksagung. Sie ist das notwendige Merkmal dafür, daß sie in Jesus wandelt. Wenn seine Gabe sie nicht mehr zur Danksagung bewegt, trennt sie sich von ihm; ist sie mit ihm verbunden, so ermißt sie, wieviel er ihr gab und gibt, und das erzeugt in ihr den großen, tiefen Dank.

2,8: *Seht darauf, daß es niemand gebe, der euch durch die Philosophie und leeren Trug gefangennehme, im Anschluß an die Überlieferung der Menschen, an die der Welt gegebenen Elemente, und nicht an Christus* (2,20; Gal. 4,3.9; Hebr. 5,12). Die Männer, die auf die Gemeinde Einfluß zu gewinnen suchten, bekämpften sie nicht mit der Leugnung Gottes oder mit Theorien, die den natürlichen Menschen verherrlichten und die Sinne reizten; sie brachten vielmehr das Beste herbei, was das Heidentum und das Judentum in ihren frommen Gedanken besaßen, die nach der göttlichen Wahrheit suchten. Die Theorien über Gott und die Welt und den Sinn des menschlichen Lebens hieß man damals Philosophie, nicht nur in den heidnischen, sondern auch in den jüdischen Schulen der griechischen Städte. Schon oben dachte Paulus an sie, als er von blendenden, mit edlem Schein glänzenden Worten sprach, die doch nichts als Worte seien (V. 4). Zur Philosophie rechnet er daher auch die neuen Gedanken, über die man in Kolossä sprach; sie erwuchsen aus den Theorien, die man da, wo man vom groben Götzendienst und Aberglauben frei geworden war, als die höchste Weisheit und Lebenskunst pries. Schon längst vor der Gründung der Kirche hatten diese Gedanken viele in der Judenschaft beschäftigt und sich in ihr mit Überzeugungen verbunden, die aus der Schrift stammten. In dieser Gestalt, nicht beladen mit fremden Götternamen, sondern in Verbindung mit dem Gedanken an den einen Gott, der die Welt schuf und regiert, kam die Philosophie von Anfang an an die christlichen Gemeinden heran.

Paulus sagt, sie lüge und ihr Trug sei leer; sie gebe nichts, was uns als echter Gewinn bleibe, und ende darum mit einer großen Enttäuschung. Nun ist freilich die unter dem Namen „Philosophie" von den Griechen geleistete Arbeit überaus groß und rührend, wenn wir dabei auf das sehen, was der menschliche Geist hervorbringen kann. Das Bemühen, Klarheit über die Welt und das menschliche Sein und Leben zu gewinnen, das uns in allen Zweigen der alten Philosophie begegnet, verdient Ehrfurcht und Bewunderung. Diese Arbeit wurde auch nicht umsonst getan; denn kein Bemühen, das ernsthaft zum Licht hinstrebt, bleibt ohne Frucht. Diese Gedanken können aber die Armut und Gebundenheit unseres menschlichen Wesens nicht durchbrechen; das gelang keinem, der ihnen folgte. Denn der Mensch erhebt sich nicht zu Gott empor, sondern Gott kommt zu den Menschen herab. Weil aber die Philosophie als das Licht betrachtet wurde, das uns zeige, wie der gute Mensch herzustellen, Religion zu gestalten und das Glück zu gewinnen sei, war sie notwendig mit Selbsttäuschung verbunden und täuschte darum auch die anderen. Diese Philosophie war das Beste, was die Zeit hatte; wer aber bei ihr die Hilfe für die menschliche Not suchte, täuschte sich, vollends, wenn er sie über Christus stellte und die Gemeinde von Christus weg zu ihr hinüberlockte. Dadurch wurden ihr Gedanken angeboten an Stelle der erlebten Geschichte, Vermutungen an Stelle der Gewißheiten, Theorien an Stelle des göttlichen Werks, menschliche Denkkunst an Stelle des göttlichen Rufs. Wer zu einem solchen Tausch rät, gehört zu denen, die nach dem Wort des Paulus „durch leeren Trug gefangennehmen". Paulus mahnt die Gemeinde, daß sie ihre Freiheit schirme. Die, die ihr die Philosophie anpriesen, wollten sie gefangennehmen durch den Anspruch, erst ihre Gedanken seien der Gipfel der Weisheit und die Anleitung zum rechten Gottesdienst. Dieser Verführung darf die Gemeinde nicht erliegen.

Die Quelle, aus der diese philosophischen Gedanken entsprangen, war eine andere als die, aus der das Wort des Apostels kommt. Paulus stellt den Menschen den von Gott gekommenen Christus und den menschlichen Traditionen die Gabe Gottes in Christus gegenüber. „Welt" nennt Paulus nicht die verschiedenen Räume oder Gebilde der Natur, so daß er zum Beispiel die Sonne oder die Sterne als ein Stück der „Welt" betrachtete. Spricht er von der Welt, so denkt er an die Menschheit in der Gleichartigkeit ihres Wesens und Lebens, die unseren Zustand gleichförmig und unsere Geschichte einheitlich und gemeinsam macht. Es fehlt auch ihr nicht völlig an einer geistigen Ausrüstung, da ihre Geschichte von den Geistern geleitet wird, denen die Herrschaft über die Menschheit anvertraut ist. Die vollkommenste Bezeugung dieser Erkenntnisse sah Paulus im mosaischen Gesetz, und da die Männer, die den Kolossern ihre besondere Frömmigkeit anboten, aus der Judenschaft kamen, standen ihre besonderen Gedanken mit dem Gesetz im Zusammenhang. Aber diese Erkenntnisse bedeuten nur Anfänge, die auf den weisen, der ihnen zur Vollendung hilft; sie geben erste Gewißheiten, die eben noch ausreichen, damit der Mensch Gott nicht ganz vergesse, und lassen die Schätze der Weisheit Gottes noch nicht wahrnehmen. Was nur durch die Wirksamkeit der die Welt regierenden Geister entstanden ist und darum durch die dunkle, von Gott geschiedene Art der Welt entstellt wird, kann und soll nicht über das Wort Jesu gestellt werden. Denn zwischen der Welt und Christus besteht der Gegensatz, der das Fleisch vom Geist, die Sünde vom Willen Gottes, die Feindschaft gegen Gott von der Gemeinschaft mit ihm trennt. Darum ist, was aus der Welt stammt, nicht aus Christus geschöpft und, was dem Sinn der Welt entspricht, nicht mit dem Willen Jesu eins. Die Gemeinde kann und soll nicht zweifeln, welche Wahl hier richtig ist.

2,9.10: *Denn in ihm wohnt die ganze Fülle der Gottheit leiblich, und in ihm seid ihr erfüllt, der das Haupt für jede Herrschaft und Macht ist.* Also wäre es ein schlechter Tausch, wenn die Gemeinde für die schimmernden Gedanken, die man ihr anbietet, preisgäbe, was von Christus stammt. Denn er erschließt ihr Gott und seinen Willen, und dies so, wie es die Menschheit bedarf, die nur das kennt, was leiblich besteht, und weder mit ihren Gedanken noch mit ihrer Liebe den Bereich des leiblichen Lebens übersteigen kann.

Gott ist aber in Christus so vor uns getreten, wie wir es bedürfen; denn er gab seine Fülle dem, der in einem Leib lebte; er offenbarte sich in einem echten, leiblichen Menschen und regiert uns durch ihn.

Und wie im Christus alles heimisch ist, was Gott hat, so gilt auch von den Seinen, daß sie erfüllt sind; sie bleiben nicht leer, nicht der Ohnmacht, dem Wahn und der Sünde überlassen, sondern sind mit den guten Gaben Gottes und seiner gnädigen Gegenwart ausgestattet, und dies nicht karg oder halb, so daß sie noch einen anderen Helfer brauchten, sondern ganz. Daß wir an uns selbst nicht nur die göttliche Gnade, sondern auch unsere menschliche Art und Sünde mit ihren schweren Folgen sehen, das vergißt Paulus hier so wenig, wie wenn er sagt, daß wir gerechtfertigt, geheiligt und zum ewigen Leben erweckt sind. Solche Worte drücken aus, was uns die Gnade Gottes gegeben hat, und dies ist etwas Ganzes. Sein gnädiger Wille geschieht ganz, gilt ewig und reicht für alles aus, so daß wir kein Verlangen nach anderem über ihn hinaus in uns erwecken können.

Christus bereitet uns diese Fülle; er ist auch für jede himmlische Macht, die Einfluß auf unser Geschick haben kann, das Haupt; denn er bringt nicht nur zu uns Menschen die Gabe und Regierung Gottes, sondern ist reich genug, sie auch allen Himmlischen zuzuwenden und alles zu dem großen Bau zu einigen, der durch Gott entsteht und für Gott lebt. Daher haben wir mit ihm auch die himmlischen Mächte für uns, wie wir sie ohne ihn gegen uns haben. Wahrscheinlich wendet Paulus sein Wort deshalb so, weil die Freunde der Philosophie in Kolossä viel von den unsichtbaren Geistern, von den guten wie von bösen, redeten und sich vom Schutz der guten Geister den Eingang in das ewige Leben versprachen und durch den Verkehr mit ihnen Offenbarungen zu erlangen suchten. Was sie suchen, erlangen sie nicht; denn sie träumen über Unsichtbares. Sie brauchen den Christus, der im Leib die Gemeinschaft mit Gott hat und ihnen Gott im Leib verkündigt; mit ihm haben sie alles, was sie auf ihrem Weg vergeblich suchen, weil sie in ihm mit dem Haupt aller himmlischen Mächte verbunden sind; deren Hilfe können sie nicht ohne Christus oder gegen ihn, sondern nur durch ihn finden, da die Himmlischen ihm gehorsam sind. In ähnlicher Weise mag mit den Gesprächen, die man in Kolossä führte, der nun folgende Gedanke zusammenhängen. Jene Lehrer rühmten die Beschneidung, vielleicht als Opfer, durch das die Lösung vom Irdischen erreicht werden sollte, vielleicht auch in Verbindung mit ihrer Geisterlehre, weil die höchsten Geister Gottes über Israel gestellt seien und darum zu Israel hinzutreten müsse, wer ihre Hilfe begehre. Aber auch die Beschneidung ist nichts neben dem, was die Gemeinde im Christus hat.

2,11.12a: *In ihm seid ihr auch beschnitten durch eine Beschneidung, die nicht mit der Hand vollzogen wird* (Eph. 2,11; Röm. 2,29; Phil. 3,3), *dadurch, daß ihr den Leib aus Fleisch auszogt, durch die Beschneidung des Christus, da ihr in der Taufe mit ihm begraben wurdet.* Es muß uns noch etwas anderes zuteil werden als die Darbietung der göttlichen Gabe bis zur Fülle; es muß von uns genommen und weggetan werden, was uns jetzt von Gott trennt und unsere Schande und Schuld vor ihm ist. Auch dies hat uns die Gnade Gottes gewährt; sie hat eine Beschneidung an uns vollzogen, die alles von uns trennt, was unter Gottes Mißfallen steht. Damit ist uns eine bessere Beschneidung gewährt als die, deren Israel sich rühmt. Denn was mit der Hand gemacht wird, haftet an unserer auswendigen Gestalt und hat nicht die Kraft, uns mit Gott zu einigen. Die Beschneidung, an die Paulus denkt, geschieht dagegen durch den Geist; denn sie ist das Werk des Christus und entfernt nicht ein Stück des Leibes von uns, sondern trifft unseren ganzen Leib; von ihm müssen wir befreit werden wegen seiner fleischlichen Art, aus der die sündlichen Triebe entstehen und die uns der Sterblichkeit unterwirft. Die an Christus glauben, sind von ihm befreit, nicht nur so, daß sie die Freiheit ersehnen, sondern sie wissen, daß sie ihnen bereitet ist. Denn er selbst hat seinen Fleischesleib am Kreuz in den Tod gegeben und wird auch die Seinen dahin bringen, daß sie sein Bild haben, so daß sein Leben an ihnen offenbar wird. Das ist die gründliche und wirksame Beschneidung, die von uns alles wegnimmt, was uns befleckt, und alles in den Tod gibt, was uns mit Gott entzweit. Nicht weniger ist hier notwendig; aber diese große und ganze Beseitigung unseres irdischen Standes ist auch für uns durch die Erweckung Jesu erreicht. Darum nennt Paulus die an uns geschehene Beschneidung die Beschneidung des Christus: Durch sie hat er, als er das Kreuz trug, sich selbst Gott geheiligt, und an ihr gibt er nun auch uns dadurch teil, daß wir an ihm den Erlöser haben, der allem, was das Fleisch in uns schafft, ein Ende macht.

Den Anteil am Sterben Jesu empfängt jeder, sowie er im Glauben die Verbindung mit ihm erhält. Daher sagt Paulus hier wie Röm. 6,3.4, wir seien durch die Taufe mit Jesus in das Grab gelegt. Er stellte damit die Taufe, durch die man in die christliche Gemeinde trat, neben die Beschneidung, die den Anteil an der alttestamentlichen Gemeinde gewährte. Bei dieser Vergleichung hat der Apostel auch an den äußeren Vorgang gedacht, daran, daß beim damaligen Vollzug der Taufe das Wasser für einen Augenblick den Leib ganz bedeckte und verschwinden ließ. Aber der höhere Wert der Taufe, der sie zur Vollendung der Beschneidung macht und mit ihr die Wirkung verbindet, die die Beschneidung nicht gewährt, entsteht für Paulus nicht aus dem Wasser, nicht aus dem Ritus, nicht aus dem, was die Christenheit bei der Taufe tut, sondern ganz und gar aus dem, was Christus ist und tut. Daß sie dem alten Menschen das Ende bereitet und uns die Befreiung von der Not verkündet, die aus unserer menschlichen Natur entsteht, das ergibt sich aus dem Tod Jesu. Weil die Taufe uns von ihm gegeben ist, darum wirkt sie eine echte Heiligung; denn sie bringt uns in die Gemeinschaft mit ihm.

2,12b: *In ihm seid ihr auch mitauferweckt durch den Glauben an die Wirkung Gottes, der ihn aus den Toten auferweckt hat* (Eph. 1,19). Nicht nur das Sterben Jesu, sondern auch sein Auferstehen ist für uns geschehen, so daß wir im Anschluß an ihn stets beides erhalten, den Einschluß in sein Sterben und in sein Leben. In ungeteilter Verbindung wird uns beides zuteil, nicht so, daß zuerst nur sein Tod für uns Bedeutung hätte und hernach erst sein Leben uns umfaßte. Beides kommt uns deshalb zu, weil er unser Verhältnis zu Gott bestimmt und unseren Lebenslauf regiert. Er ist aber immer beides zugleich, der Träger des Kreuzes, der seinen Fleischesleib in das Grab gelegt hat, und der Auferweckte, der sein Leben in der Herrlichkeit Gottes führt. So steht er für uns vor Gott; so ist er bei uns; so regiert er uns vom Anfang unseres Christenstandes, von unserer Taufe an; und das ist das Ziel, zu dem er uns durch seine Gnade bringt. Wir erreichen es dann, wenn wir an ihn glauben, und werden dadurch mit ihm auferweckt, daß wir an ihn glauben. Das kann uns dieser Glaube deshalb geben, weil dieselbe Macht der Gnade und des Lebens, die Jesus die Auferstehung gab, unseren Glauben bestätigt und uns gewährt, was wir glauben.

2,13.14: *Und euch, die ihr durch die Fehltritte und durch die Vorhaut an eurem Fleisch tot wart* (Eph. 2,1.11), *euch hat er mit ihm lebendig gemacht* (Eph. 2,5), *da er uns alle Fehltritte verzieh, da er den Schuldschein strich, der gegen uns durch die Satzungen bestand* (Eph. 2,15) *und uns zuwider war, und er hat ihn dadurch weggeschafft, daß er ihn an das Kreuz genagelt hat.* Wie Paulus die Epheser dadurch dankbar und in Jesu Gnade fest machte, daß er sie an ihren früheren erstorbenen Zustand und an ihr Heidentum erinnerte, so schärft er auch den Kolossern das Auge für die Wohltat Jesu dadurch, daß er sie rückwärts sehen läßt. Er hat hier beides in einem Satz zusammengefaßt: Sie taten manchen Fall in ihrem Leben mit der Wirkung, daß sie sich mit Schuld beluden und dem Tod verfielen – und zugleich waren sie von der berufenen Gemeinde geschieden, was sich daran zeigt, daß sie die Vorhaut an sich trugen. Dadurch waren sie als die gekennzeichnet, die nicht zur heiligen Gemeinde gehörten und kein Bürgerrecht bei Gottes Volk hatten. Darum brachte auch ihre Vorhaut ihnen den Tod, weil das Leben da ist, wo die Berufung Gottes ist, nicht jenseits seiner Gemeinde, nicht bei denen, zu denen sein Wort nicht kam und denen seine Verheißung nicht galt.

Den durch ihre Sünde und ihr Heidentum in den Tod Gesunkenen schenkte Gott dadurch das Leben, daß er Christus in das Leben führte; denn die, die sein sind, leben durch ihn und mit ihm. Das ist deshalb geschehen, weil Gott ihnen die Sünde vergeben hat. Wollte er sie strafen und sie ihnen vergelten, so blieben sie im Tod. In das Leben kommt der Schuldige nur dadurch, daß ihm verziehen wird. Nur ein völliges Verzeihen kann ihm helfen, nur ein Verzeihen, das ihm nicht einige, sondern alle seine Übertretungen vergibt. Damit wir es empfangen, muß unser Verhältnis zum Gesetz neu geordnet werden. Der Schuldschein muß ungültig gemacht werden, der unsere Bosheit ausweist und uns bei ihr behaftet. Dieser Schuldschein ist nicht das Gesetz selbst; denn dieses spricht aus, was gut und Gott wohlgefällig ist, und macht erkennbar, was böse ist. Ein Schuldschein entsteht erst durch die Übertretungen, dadurch, daß wir das Gesetz brechen. Nun spricht es die Verurteilung über uns, und diese verzeichnet der Schuldschein, den wir nicht ableugnen oder selbst aufheben können, der gegen uns ein unabdingbares Recht besitzt. Die Vergebung geschieht also dadurch, daß dieser in der Heiligkeit des Gesetzes begründete Schuldschein vernichtet wird. Weil die Verurteilung aus dem Gesetz folgt, sagt Paulus, daß der Schuldschein in den Satzungen begründet ist, die deshalb, weil sie göttliche Anordnungen sind, die Strafbarkeit der Übertretung bewirken. Gott aber, der das Gesetz gegeben hat und größer ist als das Gesetz, hat in seiner freien Gnade diesen Schuldschein abgetan und unsere Verurteilung aufgehoben (vgl. Röm. 8,1).

Bisher bildete das göttliche Zeugnis gegen die Schuld des Menschen das unübersteigbare Hindernis, das ihm den Zugang zu Gott verschloß. Er hat keinen Anteil an seiner Gnade, keinen Eintritt in seine Gemeinde, kein Vertrauen und keine Liebe zu Gott, weil ihm immer dieser Schuldschein im Wege stand. Der war die Kette, die ihn an den Tod band, der Riegel, der ihn von Gott schied, der Widersacher, der ihn verklagte. Durch ihn kam die Menschheit unter die Macht der Finsternis. „Uns", sagt Paulus, „hat der Schuldschein belastet"; er stellt sich damit mit den Kolossern, die Judenchristen mit den Heidenchristen unter dieselbe göttliche Verurteilung, weil er die Macht des Gesetzes, das Böse zu richten, nie nur auf die Judenschaft, sondern auf alle Menschen bezogen hat. Das Gesetz spricht auch über die heidnische Sünde das Todesurteil aus, wie er es auch im Römer- und Galaterbrief sagt (Röm. 2,12; 5,12; Gal. 2,15; 5,21). Aufgehoben hat Gott die Verurteilung des Menschen durch das Kreuz Jesu. Der Schuldschein ist dadurch vernichtet worden, daß er an das Kreuz genagelt wurde; das geschah damals, als Jesus an dasselbe angenagelt worden ist. Wir müßten leugnen, daß Gott uns im Sterben Jesu die Vergebung anbietet, wenn wir meinten, der Schuldschein habe sein Sterben am Kreuz überdauert. Als Christus sich nach dem Willen der göttlichen Gnade für uns in den Tod gegeben hat, ist das gerechte Urteil, das uns unsere Schuld vorgehalten und uns von Gott geschieden hat, beseitigt worden.

Auch hier gründet Paulus unseren Glauben an das göttliche Verzeihen auf die heilige Art der Gnade im Kreuzesweg Jesu. Der Schuldschein verschwindet nicht heimlich, als hätte er nie bestanden, sondern wird öffentlich abgetan. So wird er uns unvergeßlich gemacht und uns vorgehalten, damit wir ihn anerkennen und das Urteil Gottes heiligen. Aber er wird uns und aller Welt so gezeigt, daß uns gleichzeitig das Vergeben Gottes widerfährt. Dazu ist Jesus an das Kreuz gegangen, damit wir beides sehen, daß unser Schuldschein gegen uns zeugt und daß Gott ihn abgetan hat.

Wir bedürfen aber noch einer weiteren Tat der göttlichen Gnade, damit uns geholfen sei, und auch sie ist für uns durch das Kreuz Jesu geschehen. 2,15: *Er hat die Regierenden und Mächte ausgezogen, sie offenkundig zur Schau gestellt und den Triumph über sie gefeiert in ihm.* Vom Gesetz schaut Paulus hinüber auf die Geister, die Macht über die Menschheit haben. Er denkt hier schwerlich an den Satan und die mit ihm verbundenen Geister, sondern an solche, die nahe bei Gott stehen und als die „Throne" ihn umgeben. Der Mensch hat sie seiner Schuld wegen gegen sich; sie werden zu seinen Verklägern. Aber Gott hat alle abgewiesen, deren Wille war, daß wir gestraft werden und an unserer Schuld verderben. So nahe solche Mächte ihm stehen, er hat sie von sich weggetan, wie man ein Gewand weglegt, das man nicht mehr tragen will, und hat ihren Willen durchkreuzt. Seine Fülle war in dem, der um unsertwillen das Kreuz trug, nicht in denen, die als Herrscher walten. Er macht es dadurch, daß er uns verzeiht, für alle sichtbar, daß ihr Wille nicht der seine war, sondern von ihm vernichtet wird. Das ist die Beschämung, die das Kreuz Jesu ihnen brachte; sie standen hier vor einer Gnade, die größer als ihre Gedanken war. Und dies geschah in heller Öffentlichkeit, so daß jedermann mit Gewißheit und Freimut davon reden kann. Öffentlich gibt hier Gott denen die Antwort, die ihn und uns verklagen wollten, und wir dürfen uns mit Zuversicht dessen rühmen, daß unsere Verhaftung an alle feindseligen Mächte zerschnitten ist. Das ist deshalb die Frucht des Kreuzes, weil es die Sünde nicht heimlich, nicht durch einen Bruch des Rechtes mit unlauterer Willkür beseitigt, sondern die Gerechtigkeit Gottes offenbart; so gibt es uns die völlige Begnadigung. Darum ist das, was den Geistern, die uns verklagen, von welcher Art sie seien, mit dem Tode Jesu widerfährt, ein Triumph Gottes, eine öffentliche Siegesfeier, die vor der ganzen Schöpfung feststellt, daß die Gnade Gottes ihr Werk in Herrlichkeit und siegreicher Macht vollführt.

Im Christus, dem Träger des Kreuzes, feiert Gott diesen Triumph, der ihn in seiner Größe über allen zeigt und uns die Furcht vor allen im Jenseits stehenden Mächten nimmt; denn im Christus ist unsere Errettung geschehen und wird sie vollendet werden.

So ist der Gemeinde gezeigt, was ihr die Verkündigung Jesu gebracht hat: eine klare Stellung gegenüber ihrer Schuld: sie ist verziehen; gegenüber der Verurteilung des Gesetzes: sie ist aufgehoben; gegenüber den Mächten des Geisterreiches: sie ist von ihnen frei. Was sollte sie noch darüber hinaus auf neuen Wegen und bei anderen Heilsmittlern suchen wollen? Sie ist erlöst und gerade von dem erlöst, was ihnen die anpriesen, deren Philosophie ihr bestes Stück im Gesetz und in der Verehrung der Geister besaß.

Die Freiheit der Christenheit
(2,16–3,4)

2,16: *Darum soll niemand ein Urteil über euch abgeben wegen des Essens oder Trinkens oder in Sachen eines Festes oder Neumonds oder Sabbats* (Gal. 4,10). Die Freunde der Philosophie verteidigten in Kolossä die gottesdienstlichen Ordnungen des Gesetzes, wohl mit allerlei theologischen Zutaten und Deutungen, wie wir sie aus der griechischen Judenschaft reichlich kennen. Da die Gemeinde sich mit dieser Art des Gottesdienstes noch nicht beladen hatte, maßten sie sich an, über sie abzuurteilen, ihr das, was sie aß und trank, und daß sie den Sabbat und die Feste nicht feierte, als Sünde anzurechnen und sie deshalb gottlos oder doch lau und unvollkommen zu heißen. Solche Urteile, die man denen draußen nicht wehren konnte, stellten der Gemeinde die Aufgabe, sich vor ihnen nicht zu beugen. Wenn andere eine Verurteilung unseres Verhaltens aussprechen, die bis in unser Verhältnis zu Gott hineinreicht, erschreckt uns dies leicht. Es bedarf eines festen Gewissens und eines starken Glaubensstandes, um ohne Furcht zu tun, was andere mit lauter Verdammung als Sünde schelten. Beim Essen und Trinken sprachen sie in Kolossä vielleicht auch vom Fasten, nicht nur von den Reinheitsgesetzen. Eine eifrige jüdische Frömmigkeit führte leicht zu einer hoch entwickelten Fastenübung. Auch hier spricht Paulus kein Verbot der jüdischen Sitte aus, als erklärte er es seinerseits für Sünde, wenn Judenchristen den Sabbat oder das Osterfest feierten oder kein Schweinefleisch aßen. Wie überall, so schützt der Apostel auch hier einzig die Freiheit; diese ist ihm aber ein wesentliches Merkmal des Christenstandes. Auf solche Dinge darf nicht ein Urteil gegründet werden, das den Anteil des Menschen an der Gnade Gottes abschätzen will. Sie hängt nicht vom Essen und Trinken oder von der Sabbatfeier ab.

2,17: *Das ist ein Schatten für das Künftige, der Körper aber gehört dem Christus zu* (Hebr. 10,1). Der vom Gesetz angeordnete Gottesdienst hat an der weissagenden Bedeutung des Alten Testaments teil und kündet die vollkommene Gestalt der Gemeinde an, die sie dann erhält, wenn Gott sie in das ewige Leben einführt. Dann wird sie in Wahrheit Sabbat und Ostern feiern, dann in Wahrheit reine Speisen essen und von keiner Befleckung mehr berührt werden. Aber dieses Endziel, das im offenbaren Reich Gottes sichtbar wird, verwirklicht die alttestamentliche Ordnung noch nicht; sie ist noch nicht der rechte Weg dazu; nur Christus ist hier der rechte Führer. In ihm werden wir die Erfüllung dessen erlangen, was das Reinheits- und Sabbatsgesetz verheißt. Am Unterschied zwischen dem Schatten und dem Körper macht Paulus die Verschiedenheit zwischen Christus und dem alttestamentlichen Gesetz klar. Am Schatten ist zwar der Umriß des Körpers zu sehen, aber nicht er selbst; so ist der alttestamentliche Gottesdienst zwar eine Abbildung echter Heiligkeit, aber nicht diese selbst. Im Christus ist uns aber nicht nur der Schatten gezeigt, sondern die vollkommene und wirksame Gabe Gottes verliehen; sie hat die Kraft, unter uns zu verwirklichen, was das alttestamentliche Gesetz abgebildet hat. Darum ist jedes Urteil unwahr, das sich auf jenen Schatten gründet; hier hat einzig Bedeutung, wie wir uns zum Christus stellen, der uns das von Gott Gewollte in Kraft und Wahrheit beschert.

2,18: *Keiner spreche euch den Siegespreis ab, weil ihm Demut und Verehrung der Engel gefällt und er sich an das hält, was er geschaut hat,*[1] *und sich ohne Grund vom Verstand seines Fleisches zur Hoffart treiben läßt.* Wer sich über die Gemeinde zum Richter aufwirft, der tut, als ob er den Kampfpreis auszuteilen habe, und weil sein Urteil gegen sie ausfällt, spricht er ihr den Siegespreis ab

[1] Diese Worte sind wahrscheinlich beschädigt.

und erklärt, sie sei im Kampf unterlegen, habe in ihrem Lauf das Ziel nicht erreicht und den Glauben nicht festgehalten. Einem solchen Urteil soll die Gemeinde nicht nachgeben und ihm sich nicht unterwerfen. So käme sie tatsächlich um den Siegespreis; sie würde durch diese falschen Richter um ihn betrogen. Nun nennt Paulus einige Merkmale der Frömmigkeit der Männer, gegen die er die Gemeinde stärkt. Sie machten auf die Kolosser einen tiefen Eindruck, und der Schein eines erbaulichen Ernstes zog viele an. Sie stellten die Demut obenan, verlangten einen auf das Kleine, Unscheinbare und Niedrige gerichteten Sinn und warfen der Gemeinde Hochmut vor, während sie die rechte Demut übten, die die wichtigste Eigenschaft eines Frommen sei, die wie nichts anderes seinen Heilsstand sichere. Nun ist die Demut freilich eine wichtige und fruchtbare Äußerung des Glaubens. Wir sind durch den Glauben an Jesus von unserer Hoffart erlöst, weil wir jetzt nicht mehr für uns selbst leben, nicht mehr uns selbst erhöhen, zieren und verherrlichen. Darum haben wir auch für die kleinen Menschen und Dinge, die Gott uns zu Nächsten macht und an die Hand gibt, damit wir an ihnen unsere hilfreiche Liebe erweisen, nicht einen Widerwillen, sondern helfende Güte. Wir meinen nicht, nur mit großen Menschen, großen Werken und großen Erfolgen ein glückliches Leben zu bekommen, kennen vielmehr den Reiz zur Sünde, zur Selbsterhebung und Hoffart, der an den großen Dingen für uns haftet. So ist der Sinn, der sich in das kleine Maß der Arbeit und des Lebens willig findet, freilich ein wesentliches Merkmal des Christentums, und wir verstehen leicht, warum der Eifer für die Demut, den die Gegner der Christen in Kolossä an den Tag legten, diese anlockte.

Paulus anerkennt aber die nicht als rechte Richter, die nach nichts zu fragen wissen als nach der Demut und die Gemeinde danach beurteilen, ob sie ihrem Anspruch an eine demütige Lebensführung entspreche oder nicht. Diesen Rang hat bei Paulus nie eine menschliche Tugend oder Regelung unseres Benehmens. Der Apostel läßt nie zu, daß der Glaube, durch den wir mit Christus verbunden sind, durch eine Leistung unserer Frömmigkeit verdrängt und ersetzt wird. Wer darum nur darauf achtet, ob jemand das von ihm verlangte Maß von Demütigung leiste, der weiß nicht, worum es sich im Christenstand handelt; er weiß auch nicht, daß uns im Glauben an Christus ein hoher, freier Sinn gegeben ist. Er wird darum leicht da von Hochmut und Stolz reden, wo nichts vorliegt als der tapfere Gebrauch des Christenrechts und die Ausübung der uns im Glauben gegebenen Freiheit und der dankbare Griff in die göttliche Gnade, die uns mit Christus alles gibt. Wahrscheinlich sind auch die jüdischen Ordnungen zu dieser Demutsübung benützt worden. Die Gegner der Gemeinde werden es als Hochmut gescholten haben, wenn sie sich vor den unreinen Dingen nicht fürchtete oder sich weigerte, am Sabbat die Arbeit zu unterlassen, weil sie auf ihre Freiheit nicht verzichten wollte. Aber darauf sollen sich die Kolosser nicht einlassen, daß jemand den Grad ihrer Demut messe und danach über ihren Heilsstand urteile.

Mit dieser ängstlichen Zurückgezogenheit, die sofort von Hochmut redet und in einem gebeugten, unterwürfigen Verhalten das Hauptmerkmal des Christenstands sah, war Verehrung der Engel verbunden. Beides fand sich auch in der späteren Christenheit wieder zusammen: eine künstliche Demutsübung in allerlei Entsagung und die phantastische Verehrung der Engel und Heiligen im Himmel. Die Gegner der Gemeinde warfen ihr also vor, sie kümmere sich zuwenig um die Engel, die doch in Gottes hoher Regierung wichtige Ämter hätten. Erst der übe den rechten Gottesdienst, der auch der Engel fleißig gedenke und ihnen Verehrung erweise. Zur Demut paßt das gut, weil sie das geringe und dürftige Maß, in das sie sich hinunterbeugten, nach der anderen Seite hin dadurch ergänzten, daß sie sich als die guten Freunde der himmlischen Geister fühlten und mit ihnen allerlei Gemeinschaft suchten. Scheinbar erhoben sie sich damit in die unsichtbare Welt empor; in Wahrheit klebte ihr Urteil doch nur an dem, was sie vor Augen hatten. Ob die Gemeinde gewisse Formeln braucht, mit dem oder jenem Engelnamen betet und wie sie die natürlichen Dinge benützt oder ihnen entsagt, das gilt hier als Merkmal der Gemeinschaft mit Gott.[1] Paulus urteilt, daß man nicht so zu dem, was droben ist, emporgelangt. An eine solche Frömmigkeit hängt sich stets die Hoffart an. Das wonnige Gefühl besonderer Leistungen stellt sich ein und verlockt den Menschen zur Bewunderung seiner selbst. Es sind aber nur

[1] Die Erklärung dieser Worte ist nicht gesichert.

menschliche Gedanken und Theorien, auf die hier der Wert des Verhaltens und das Hochgefühl besonderer Vollkommenheit gegründet wird. Auf unsere menschlichen Spekulationen und Theorien gibt aber Paulus nichts. Denn auch unsere Denkkraft ist an das „Fleisch" gebunden und wird von ihm bewegt. Wir können sie nicht von der natürlichen Grundlage lösen, aus der sich unser ganzes inwendiges Leben entfaltet. Darum kann das Denken sich von der Schwäche und Sünde nicht befreien, die alles an sich hat, was aus dem Fleisch entsteht. Frei vom Fleisch ist einzig Gott und, was Gott uns gibt, der Geist, nicht unser Denkvermögen. Darum verschaffen wir uns mit unseren Denkgebilden nicht die rechte Größe und den vor Gott bleibenden Ruhm, und wenn wir uns ihretwegen groß und wichtig dünken, so ist dies eine unbegründete Überhebung und leere Eitelkeit.

Nun nennt Paulus den tiefen Schaden, der dieser Frömmigkeit anhaftete. Daß diesen Frommen die Demut als unendlich wichtig und die Beziehung zu den Engeln als ein großer Vorzug erschien und daß sie auf ihre Meinungen einen gewaltigen Wert legten, das rührt alles daher, daß Christus für sie ein Ferner war und sie seine Gnade und Gabe nicht suchten. 2,19: *und das Haupt nicht ergreift, aus dem der ganze Leib durch die Gelenke und Bänder versorgt und vereinigt wird und so das Wachstum erlangt, das Gott ihm gibt* (Eph. 4,16). Damit spricht Paulus aus, was man verliert, wenn man sich von Jesus entfernt. Wenn der Glaube und die Liebe Jesus nicht mehr erreicht, fällt man aus der Pflege heraus, deren der ganze Leib bedarf und die er von Jesus auch erhält. Weil er das Haupt ist, ist der Leib nur im Zusammenhang mit ihm mit Kraft, Nahrung und Leben ausgestattet und zu einer lebendigen Gemeinschaft der Glieder verbunden. Am Leib wirken vielerlei Organe, Gelenke und Bänder darauf hin, daß er in seiner Einheit ein kräftiges Leben habe. Daran erinnert Paulus, weil durch den Anschluß an Jesus sich auch die brüderliche Gemeinschaft mit ihrem reichen Segen einstellt und das gegenseitige Geben und Nehmen zustande kommt, das zum Gedeihen aller wesentlich ist. Nicht nur durch das, was Christus in seiner unsichtbaren Gegenwart uns unmittelbar gewährt, sondern auch durch das, was aus der Gemeinschaft miteinander uns zuteil wird, erleben wir seine heilsame Regierung und den Zusammenschluß des ganzen Leibes mit dem Haupt. Auch zu dieser Mahnung des Apostels lag der Anlaß sicher im Verhalten der Männer, die die Kolosser tadelten. Wenn sie ihre Sonderfrömmigkeit pflegten, die Beschneidung empfahlen und Urteile über die vom Gesetz freien Christen wagten, so zerriß, weil „das Haupt nicht ergriffen" war, auch der brüderliche Verkehr. Ihre Trennung von Christus wurde dadurch sichtbar, daß sie sich durch ein sektenhaftes Treiben in stolzer Selbstgenügsamkeit von der Gemeinde lösten. Darum sagt Paulus, daß Christus, weil er das Haupt ist, nicht nur jeden mit sich, sondern auch alle miteinander vereint und so die Gelenke und Bänder herstellt, durch die der Leib das Leben von einem Glied zum andern weitergibt.

So wächst der Leib, während die Trennung vom Haupt das Wachstum unmöglich macht. Dieser Hinweis bezieht sich nicht nur auf die Vermehrung der Gemeinde, sondern auch auf die innere Vollendung der einzelnen. Nur durch ihre Einfügung in das große Ganze gelangen sie zum Ziel. Nicht menschliche Kraft oder Willkür kann das Wachstum erzeugen. Wie der natürliche Leib seine von Gott ihm gegebene Regel des Wachstums hat, die für uns ein völliges Geheimnis ist, so vollzieht sich auch das Wachstum der Gemeinde auf den Wegen und durch die Mittel, die Gott hierfür geordnet hat und die wir nicht überspringen oder durch anderes ersetzen können. Das gibt unserem Verhältnis zu Jesus und zueinander den tiefen Ernst.

2,20-22: *Wenn ihr mit Christus den der Welt gegebenen Elementen abgestorben seid* (2,8; Gal. 4,3.9; Hebr. 5,12), *warum gebt ihr euch Satzungen, als ob ihr in der Welt euer Leben hättet: „Fasse nicht an und koste nicht und berühre nicht", was alles durch den Gebrauch der Vernichtung verfällt, im Anschluß an die Gebote und Lehren der Menschen* (Matth. 15,9; Mark. 7,7)? Der Einschluß in den Tod Jesu scheidet uns von der Welt, darum auch von jenen Regeln, die nur mit den Erkenntnissen rechnen, die der Menschheit ohne Christus gegeben sind. Die Christenheit soll sich nicht so stellen, als ob ihr das, was die Menschheit ohne Christus schon weiß und hat, für die Führung ihres Lebens das Ziel und das Gesetz verschaffte. Denn sie wurde durch eine Trennung, die die Macht eines Sterbens hat, von allem geschieden, was der Menschheit wichtig, groß und wesentlich erscheint. Damit fällt jede Gesetzgebung dahin, die die äußerlichen Dinge als die Hilfen wertet, die das Heil spenden oder auch Verderben bringen könnten. Solche Satzungen finden sich überall in der Menschheit und haben nur für diejenige Lebensstufe Gewicht, die das Merkmal der Welt ist. Wer sich an die Speise- und Reinheitsordnung band, die aus dem mosaischen Gesetz stammte, der verlangte, daß das, was verunreinigt, weder genossen noch angerührt werde. Das waren aber nur dann hochwichtige Dinge, wenn das Sterben Jesu, sowohl nach seiner richtenden als nach seiner begnadenden Kraft, vergessen war. Vergessen war auch, daß die Verurteilung Gottes nicht nur einzelnes an uns, sondern unser ganzes menschliches Wesen trifft, und weiter, daß uns eine treugemeinte, volle Gnade erwiesen ist, die wirklich verzeiht und uns völlig erneuert; denn sie gibt uns in Gott unser Gut und Ziel und darum auch das Gesetz unseres Handelns. Damit fallen alle von außen an uns herantretenden Dinge aus der Heilsfrage heraus; sie können nur den in der Tiefe seines Herzens bewegen, der nichts anderes kennt als die Welt. Der folgende Satz wird aus einer Erinnerung an das Wort Jesu zu erklären sein, mit dem er die Reinigkeitsordnung der Pharisäer abgewehrt hat (Matth. 15,17.19). Die Stoffe, die von außen in uns hineinkommen, gehen in den Bauch, und was für den Leib nicht taugt, wird durch den natürlichen Prozeß wieder ausgestoßen. Ähnlich sagt hier Paulus: Die Dinge, auf die sich solche Satzungen beziehen, gehen beim Gebrauch unter; sie haben keinen bleibenden Bestand, darum auch keine bleibende Bedeutung. Den Satzungen, die so heiliggehalten werden, liegt nicht der göttliche Wille zugrunde; sie stellen Gebote und Lehren der Menschen dar, die eigenmächtig für sich einen Heiligungsweg ausdenken und ihn unter Vermengung mit ihren Theorien für sich und andere zur Pflicht machen. Damit ist Jes. 29,13 auf das jüdische Reinigkeitswesen angewandt, wie Jesus es tat.

2,23: *Solches hat freilich den Ruhm der Weisheit in eigenwilliger Frömmigkeit und Demut und Härte gegen den Leib, gibt ihm aber nicht ein gewisses Maß von Ehre, damit das Fleisch satt werde.*[1] Paulus erklärt, warum dieses Satzungswesen eine solche Macht gewinnen kann, während es doch nur auf menschlicher Meinung beruht und sich auf lauter Äußerlichkeiten bezieht. Es macht einen

[1] Die letzten Worte sind beschädigt.

großen Eindruck, weil es für Weisheit gilt. Paulus bleibt auch hier gerecht und würdigt die inwendige Seite dieser frommen Unternehmungen; diese verschafft ihnen den Ruhm, damit sei ihnen die höchste Erkenntnis gegeben, durch die man sich über die alltägliche Leere und Flachheit emporschwingen könne. Er hatte ja als Pharisäer ähnliche Wege eingeschlagen und auch sich mit beständigem Fleiß die Satzungen auferlegt: „Iß nicht, rühre nicht an!" In dem Bemühen, sie zu erfüllen, äußerte sich ein entschlossener Eifer, Gott zu dienen, ein ernster Versuch, sich fromm zu erzeigen, der freilich nur aus dem menschlichen Willen entsprang, aber deshalb auch Bewunderung erweckte, weil eine starke Willenskraft sich darin äußerte. Immer spendet die Menschheit dem Bewunderung, der an sein Ziel einen entschlossenen Willen setzt, vollends, wenn er ihn dazu verwendet, um fromm zu sein und Gott zu ehren. Damit verband sich die Demütigung, mit der diese Frommen sich vielleicht sogar gewaltsam einprägten, daß sie nichts seien, unrein und getrennt von dem, was ewig und himmlisch ist. So gingen sie hart mit ihrem Leib um, entzogen ihm die Nahrung und das Wohlsein und kämpften gegen ihn als ihren Widersacher. Die großen Faster und Peiniger ihres Leibes sind aber immer verehrt worden, weil sie neben denen, die wie Tierchen ihren Bauch pflegen, als die Weisen dastanden.

Wir erwarten nun ein Wort, das aussagt, warum dieser Ruhm der Weisheit doch nicht echt und heilsam ist. Die folgenden Worte sind uns aber nicht so erhalten, wie Paulus sie schrieb. Was jetzt in den Texten steht, scheint zu bedeuten: Sie verhalten sich nicht so, daß der Leib die ihm gebührende Ehre und Sättigung erhalte. Paulus scheint aber gesagt zu haben, daß diese Selbstkasteiung doch nicht vom Fleisch befreit, sondern nur wieder den fleischlichen Trieb befriedigt, wohl in anderer Form als die Wollust, edler als diese, mit höherem Schwung und doch so, daß der Trieb des Fleisches die Herrschaft behält und der Mensch sich selbst dabei wohltut. Auch mit der eifrigen Übung des Gottesdienstes kann man sich selbst erhöhen und aus der Härte gegen seinen Leib eine Wollust ziehen, bei der die selbstsüchtige Eigenliebe ihre Rechnung findet. Die auf ihre Demut Eitlen und in der Härte gegen sich Wollüstigen finden wir in der Geschichte der Frömmigkeit oft.

3,1: *Wenn ihr nun mit dem Christus auferstanden seid, so sucht, was droben ist, wo der Christus ist, der zur Rechten Gottes sitzt.* Die Loslösung hier schafft die Anknüpfung dort; das Sterben geschieht, damit das neue Leben werde. An dem Tod Jesu haben wir teil, damit wir nicht mehr bei der Welt das suchen, was wir zum Leben bedürfen; aber wir haben auch an seiner Auferstehung teil, damit wir eine neue Liebe und ein neues Ziel empfangen. Unser Anteil am Leben Jesu besteht jetzt schon darin, daß unsere Liebe sich dahin wendet, wo er ist: nach oben, nicht auf das, was die Natur und die Menschen uns zu bieten haben, sondern auf das, was uns Gott über der Natur und der Welt durch Jesus bereitet hat.

3,2: *Auf das, was droben ist, seid bedacht, nicht auf das, was auf der Erde ist.* Droben ist unser Vater, droben unser Herr, droben das, was ewig ist und uns die vollendete Gemeinschaft mit Gott geben wird. Auf der Erde ist das Fleisch mit seinem Trieb und die Welt mit ihrer Herrschaft über uns. Um von diesen Mächten frei zu werden, bedarf es eines Sterbens; denn sie fassen uns inwendig und bestimmen unser Wesen. In dieses Sterben wurden wir versetzt, als wir das Eigentum Jesu wurden. Darum vermögen wir nun unser Verlangen von dem wegzuwenden, was auf der Erde ist. 3,3: *Denn ihr starbt, und euer Leben ist mit dem Christus in Gott verborgen* (Röm. 7,4; 2. Kor. 5,14). Weil Christus uns zu diesem Sterben bringt, entsteht aus ihm kein Verlust, sondern der Empfang des Lebens. Nun ist es für uns in Gott begründet, bei dem Christus ist, und darum noch verborgen, nicht schon in unserem irdischen Dasein sichtbar und mächtig; denn es besteht völlig in unserer Verbindung mit Jesus. Es befindet sich aber, weil er bei Gott ist, an einem sicheren Ort und in guter Hut. Darum erheben wir jetzt unsere Liebe und unsere Gedanken zu ihm. 3,4: *Wenn aber Christus, der unser Leben ist, offenbar wird, dann werdet auch ihr mit ihm in Herrlichkeit offenbar werden.* Das, was droben ist, suchen, heißt zugleich das suchen, was künftig ist. Denn was droben ist, kommt mit der Vollendung des göttlichen Werks zur vollen Offenbarung. Nicht ohne Christus kann die Gemeinde erwarten oder begehren, daß die Herrlichkeit Gottes an ihr sichtbar werde. Solange er verborgen ist, bleibt auch das, was ihr gegeben ist, verhüllt. Da er aber offenbar werden wird, wird auch deutlich werden, was seine Gemeinde an ihm hat und wozu er sie führt.

Kapitel 3,5–4,6

Das christliche Handeln

Wenn die Gegner der Gemeinde auf ihren Wandel achten, so haben sie darin freilich recht, daß ihre Gemeinschaft mit Christus sich dort bewähren muß. Sie hat aber in Christus alles, was ihr Leben rein und fruchtbar macht.

Die Absage an das Böse

(3,5-11)

3,5.6: *Darum macht die Glieder, die auf der Erde sind, tot: Unzucht, Unreinheit, Leidenschaft, schlimmes Gelüsten und die Habgier, die Götzendienst ist, weshalb der Zorn Gottes kommt* (Eph. 5,3-6; Röm. 8,13). Da wir um Jesu willen unser Verlangen nach oben wenden, gewinnen wir nun die Macht und den Willen, das, was auf die Erde entsteht und ihr angehört, statt es auf alle Weise zu erhalten und zu stärken, unwirksam zu machen, so daß es absterben muß. Auf der Erde tun unsere Glieder ihr Werk; für sie arbeiten sie und empfangen von ihr her ihre Reizungen. Wir können aber nicht mehr bei ihnen unser Leben suchen und können uns nicht mehr damit beschäftigen, sie zu allem zu gebrauchen, was uns möglich ist, und alles an uns zu ziehen, was sie uns zutragen; vielmehr haben wir ihr Getriebe abzustellen und sie still und unwirksam zu machen. Das wird nicht mit einem Male erreicht, wird auch nicht durch einen Gewaltakt erzielt, etwa so, daß wir sie zerstörten. An Gewaltsamkeit und Unnatur dachte Paulus nie. Er weist uns hier vielmehr eine inwendige Arbeit zu, die wir beständig zu tun haben, weil wir im Glauben an Christus unser Leben in Gott haben, also inwendig für das tot sind, was uns die Glieder zutragen. Wir haben sie aber an uns, sie reizen uns und möchten gern lebendig sein und tun, was ihnen Lust verschafft. Darum haben wir sie zu regieren und in der Ordnung zu erhalten, die unserem inwendigen Stand entspricht, und diese besteht darin, daß wir sie nicht wirken lassen, was ihnen beliebt, sondern machen, daß sie wie abgestorben sind.

Wie das Paulus meint, macht die Fortsetzung seiner Mahnung

deutlich. Nicht davon redet er, daß das Auge nicht mehr sehen, das Ohr nicht mehr hören, der Magen uns nicht mehr ernähren und die Organe der Zeugung nicht mehr zu ihrem großen Werk fruchtbar werden sollten. Wenn die Glieder nur das täten, so bedürften sie keiner Abtötung. Sie knechten uns aber an ihren Trieb und entflammen ihn zur wilden Unersättlichkeit, und das heißen die Menschen: leben.

Dieses Leben, das in unseren Gliedern lebt, sollen wir ihnen nehmen; dann sind sie so tot, wie Paulus sie tot haben will. Ihrer Wichtigkeit wegen stellt er die mit dem Zeugungsvorgang zusammenhängenden Sünden an die erste Stelle: den Verkehr mit einer Frau ohne Ehe und alles, was sonst die Keuschheit verletzt und die eigene Person und die anderen entwürdigt, dazu die inwendigen Formen dieser Sünden, die leidenschaftliche Entzündung der sinnlichen Begehrung, die lüstern über die für uns gültigen Grenzen hinüberschaut und die Herrschaft über unser inwendiges Leben an sich reißt. Das alles ist dem nach oben gerichteten Trachten feind. Es hat aber eine starke Stütze in unseren Gliedern. Wenn sie diese Leidenschaften nicht mehr in uns entzünden und zur Herrschaft bringen können, haben wir sie in der richtigen Weise totgemacht. Damit verbindet Paulus wie im Epheserbrief das unersättliche Trachten nach Geld und Gut. Auch das ist ein der Erde zugekehrtes Streben, das durch das Sterben, in das Christus uns führt, sein Ende finden muß. Die Schuld und Torheit dieses Trachtens stellt der Apostel auch hier dadurch dar, daß er es mit der dem toten Bild erwiesenen Verehrung gleichsetzt. Ebenso sagt er auch hier, daß dieser Dinge wegen Gott seinen Willen durch schwere Gerichte an der Menschheit heiligen wird.

3,7: *worin einst auch ihr wandeltet, als ihr in solchem lebtet.* Wären diese Sünden den Kolossern völlig fremd geblieben, so wäre die Mahnung „Haltet über euren Gliedern Wacht!" nicht so nötig und wichtig; sie kennen sie aber aus ihrer früheren Erfahrung. In ihrer heidnischen Zeit hatten sie in diesen Dingen den Inhalt und Sinn des Lebens gefunden; sie hatten gemeint, dazu sei der Mensch da, daß er sich die Geschlechtslust verschaffe und seine Begehrlichkeit durch immer neuen Erwerb nähre. Und weil ihnen dies als die Nahrung und Füllung ihres Lebens erschien, hatten sie auch ihr Verhalten und ihren Umgang mit den Menschen danach eingerichtet. So führt ein jeder sein Leben, daß er sich von dem Begehren leiten läßt, in dessen Erfüllung er den Sinn des Lebens sucht. Halten wir Christus für unser Leben, so wandeln wir in ihm. Halten wir Unzucht und Habgier für die begehrenswerten Erlebnisse, so wird uns unser Wandel von ihnen diktiert. „Auch ihr" wart einst so wie wir anderen auch, sagt Paulus. Er erinnert die Kolosser nicht an die schmachvolle, verderbliche Hälfte ihres Lebens, ohne anzudeuten, daß er nicht ihnen allein ein solches Geständnis zumutet, sondern ihnen damit nur den Platz zuweist, an dem alle Menschen ohne Christus stehen. Das gehört mit zu der zarten Art, mit der Paulus stets das Bußwort handhabt; er verwendet es nie zur Erniedrigung und Schändung derer, denen er ihre Sünde zeigt, sondern immer so, daß er zwar das Licht in alles Finstere dringen läßt, aber mit dem treuen Willen der Liebe, die ihnen die Hand reicht, damit sie sich aufrichten.

3,8a: *Nun aber legt auch ihr alles ab.* Die Kolosser waren in der Sünde den anderen Christen gleich gewesen; nun sollen sie ihnen auch darin gleichen, daß sie alles Böse von sich tun. Dieses „alles" umfaßt aber noch mehr als das, was Paulus schon aufgezählt hat. 3,8b: *Zorn, Groll, Schlechtigkeit, Lästerung, häßliche Worte aus eurem Mund; lügt nicht gegeneinander* (Eph. 4,31.29.25). Die Sünden, die im Verkehr des Menschen mit dem Menschen unmittelbar geschehen, sind zwar weniger direkt in einem Reiz unserer Glieder begründet als die zuerst genannten, entspringen aber immer auch aus unserem natürlichen Wesen und suchen die Befriedigung bösartiger innerer Triebe, der Schadenfreude, der Rachsucht, des Hochmuts. Sie zerstören mit verheerender Gewalt die einzelnen wie die Gemeinde. Aus der auf die Schädigung der anderen zielenden Erregung entstehen die bösen Worte, die sie verwunden und schänden. Neben diesen Jammer, den die Zunge anrichtet, stellt Paulus die Lüge. Wenn er sagt: „Nicht gegeneinander lügen", so erinnert er daran, daß die Lüge die Lüge erzeugt. Der ganze Verkehr wird unwahr; jeder versteckt sich vor dem anderen und hintergeht ihn. So entsteht der volle Gegensatz zu der Gemeinschaft, die wir dann haben, wenn wir im Licht wandeln. Nun folgt der kräftige Grund, der alle diese Mahnungen in eine einzige Regel zusammenfaßt und zugleich die Quelle der Kraft nennt, aus der sie ihre Erfüllung finden. 3,9.10: *Seid solche, die den alten Menschen samt seinen Handlungen ausgezogen und den neuen angezogen haben, der zur Erkenntnis nach dem Bild seines Schöpfers erneuert wird* (Eph. 4,22-24). Die Kolosser haben den Menschen, der, von Christus aus gesehen, veraltet und überholt ist, von sich abgelegt; darum gilt ihnen nun die Mahnung, die sie gegen die unreine Begierde, den Groll und die Lügen in den entschlossenen Kampf stellt. Mit der Absage, die sie dem alten Menschen gegeben haben, haben sie auch all das, was dieser treibt und anrichtet, abgelehnt, eben das, was Paulus im Vorangehenden aufzählte. Vom alten Menschen sind sie durch die Annahme eines neuen frei geworden, wie sie auch ihr bisheriges Gewand ablegen, wenn sie ein anderes Gewand anziehen. Dazu ist ihr bisheriger Mensch von Gott als alt gerichtet, damit sie einen neuen Menschen erhalten; sie kennen den neuen Menschen; denn sie haben ihn in sich, so gewiß sie Christus kennen. Das, was ihnen gegeben ist, ist nicht die verbessernde Fortsetzung ihres alten Lebens, sondern ein neuer Anfang, aus dem ein neues menschliches Wesen und Leben geworden ist. Denn dieser Mensch ist zur Erkenntnis erneuert, während der alte in Wahn und Blindheit dahinging und nicht wußte, weder wer Gott ist, noch was sein eigenes Wollen und Handeln bedeutete und wirkte. Dem neuen Menschen sind dagegen die Augen geöffnet, so daß er wahrnimmt, was er an Gott hat, und darum auch einsieht, was Sünde und Gerechtigkeit, was heilsam und verwerflich am menschlichen Wesen und Verhalten ist. Nicht mit einem Male ist diese Erneuerung vollendet. Sie geschieht in einem anhaltenden und zunehmenden Wachstum bis zur vollen Erkenntnis und Aneignung des Lebens, das Gott uns im Christus dargeboten hat. Ihre Regel und ihr Ziel hat diese Erneuerung am Bild dessen, der den neuen Menschen schuf. Damit sieht Paulus auf die ursprüngliche Bestimmung des Menschen zurück (1. Mose 1,27). Was Fall und Sünde an ihm verdorben haben, wird nun aufgehoben; der Mensch entsteht, der, weil Christus ihn leitet, im Bild Gottes sein ihn gestaltendes Urbild hat, so daß er den Willen Gottes kennt und tut.

3,11: *wo es nicht Griechen und Juden, Beschnittene und Unbeschnittene, Barbaren, Skythen, Sklaven, Freie gibt, sondern alles in allen Christus ist* (1. Kor. 12,13; Gal. 3,28). Mit dem neuen Menschen sind die alten Unterschiede überwunden, die bisher die Gemeinschaft zerbrachen. Voran steht der religiöse Unterschied: Juden und Heiden mit dem Zeichen, das jene von diesen trennt. Der neue Mensch bemüht sich nicht, ein Jude zu sein, und ebensowenig, ein Grieche zu sein; er geht weder darauf aus, als Träger der Beschneidung zu gelten, noch ist ihm wichtig, zu denen zu gehören, die die Beschneidung nichts angeht; denn Christus gibt seinem Leben den Inhalt und die Regel. Daß er im Christus und für Christus lebt, ersetzt und verdrängt nun die alte jüdische oder heidnische Lebensform. Auch die Unterschiede der Bildung und des Volkstums bleiben nicht die alles bestimmenden Mächte. Dabei nennt Paulus die größten Unterschiede, die die damalige Welt kannte, den Unterschied zwischen den wilden Stämmen, die jenseits der römischen Grenze wohnten, und den hochkultivierten Griechen; beide waren, wo sie sich berührten, durch einen scharfen Gegensatz getrennt. Aber auch der Skythe hatte nicht darin sein Ziel, ein Skythe zu sein und die Art und Sitte seines Volkes zu bewahren, wie es von jeher bei seinem Stamm geschah. Er hat jetzt denselben Herrn wie der Jude und Grieche, und der neue Mensch in ihm trägt das gleiche Bild, nicht das eines Skythen, sondern das Bild dessen, der ihn geschaffen hat. Darauf nennt Paulus noch den schroffen Gegensatz, der in der damaligen Welt die Menschen in zwei ganz verschiedene Klassen schied. Der eine war das Eigentum eines anderen, nicht Herr über sich, ohne Besitz, ohne Recht, immer zum Dienen gezwungen; der andere war ein freier Mann. Aber auch dieser Gegensatz wirkt nicht in den neuen Menschen hinüber; denn beide erhalten durch ihre Berufung dieselbe Gabe Gottes und dieselbe Regel. Der Sklave ist wie der Freie in die Gnade des Christus eingesetzt und von aller Sünde geschieden. Es gibt nichts Böses, das der Freie sich gestatten dürfte, der Sklave aber nicht, oder das dem Sklaven erlaubt wäre, dem Freien aber nicht. Es gibt auch nicht göttliche Gaben, die der Sklave nicht bekäme oder der Freie nicht erlangen könnte, und gute Werke, die der Sklave oder umgekehrt der Freie nicht tun dürfte. Es zeigt sich auch an der Überwindung dieses Gegensatzes, daß Christus wirklich etwas Neues aus dem Menschen macht.

In allen, nicht nur in besonderen Gruppen der Menschheit, ist der

Christus alles, nicht nur eine Zutat zu ihrer sonstigen Art, nicht nur ein Stück ihres Lebens, neben dem sich das Frühere unabhängig weiter erhielte. Erfaßt er uns, so erfaßt er uns ganz; uns erfaßt er, nicht etwas an uns. Daher ordnet seine Gnade unseren ganzen Lebensgang. Paulus meint nicht, daß die alten Unterschiede, wie sie unter Gottes Regierung im Verlauf der Geschichte entstanden sind, mit einem Male verschwänden oder aufgehoben werden könnten. Er verlangt nicht, daß der Skythe auswandere und eine neue Heimat suche, ebensowenig, daß der Sklave seinem Herrn entlaufe oder der Jude seine völkische Art verleugne. Aber nicht diese besondere Eigenart darf unseren Willen und unser Handeln bestimmen; nicht darin suchen wir den Wert und das Ziel unseres Lebens, sondern in dem, was Christus uns gibt. Er schafft die große Gleichheit, die alle besonderen Verhältnisse und Eigenschaften umfaßt, in denen jeder von uns sein natürliches Leben führt. Ein christlicher Skythe hatte denselben Willen wie ein christlicher Grieche; ein christlicher Sklave handelte nach derselben Regel wie ein christlicher Freier. Auch der alte Mensch war im Grund überall derselbe. Im Juden und Griechen und Skythen, im Knecht und im Freien steckten Unzucht, Habgier, Groll und Lügen. Nun machte sie auch ihr neuer Herr im Gehorsam gegen denselben Willen Gottes eins.

Der richtige Weg
(3,12-17)

3,12-14: *Darum zieht als von Gott Erwählte, Heilige und Geliebte barmherziges Empfinden an, Güte, Demut, Sanftmut, Langmut; ertragt einander und verzeiht einander, wenn einer gegen jemand eine Beschwerde hat; wie auch der Herr euch verzieh, so auch ihr* (Eph. 4,2.32); *zu dem allem aber die Liebe, die das Band der Vollkommenheit ist* (Eph. 4,3). Was Christus in allen wirkt und zur Art und Handlungsweise des neuen Menschen macht, sagt uns Paulus ebenso bestimmt, wie er uns vorher bezeichnet hat, was an uns sterben muß, weil es der Sinn und das Tun des alten Menschen ist. Das Verhalten der Christen in Kolossä entsteht aus ihrer Verbundenheit mit Gott; weil die Erwählung Gottes sie zu ihm gebracht hat, darum haben sie ein Anrecht auf den Namen, der allem zukommt, was Gott gehört: Sie sind heilig und stehen im Licht und Genuß der göttlichen Liebe. Damit, daß sie die volle Gnade Gottes empfangen haben, ist ihnen die Liebe gegeben; durch sie treten sie nun miteinander in Verkehr, und nach ihr ordnen sie ihre Gemeinschaft. Paulus stellt die verschiedenen Haltungen und Handlungsweisen der Liebe voran: den barmherzigen Sinn, der durch die Not der anderen berührt und zum Helfen angetrieben wird – die zur Gemeinschaft und zum Dienst bereite Freundlichkeit – die Fähigkeit, sich an der geringen Arbeit und am unteren Platz zu freuen im Verzicht auf alle hoffärtige Verteidigung der eigenen Person – die biegsame, tragfähige Sanftmut – das Vermögen, den Zorn zu beherrschen, die Gemeinschaft auch über bittere Erfahrungen hinweg zu bewahren und sie auch da, wo Unrecht und Bosheit sie gefährden, in der Freiheit des Vergebens zu erhalten. Diese für uns schwerste, höchste Betätigung der Liebe bekommt ihren Grund und ihre Regel daran, daß unsere eigene Gemeinschaft mit Christus auf seinem Verzeihen beruht.

Dies alles sind Erweisungen der Liebe. Man kann nicht verzeihen, tragen, langmütig und gütig sein, solange man sich selber lebt, solange das Denken und das Handeln sich um die eigene Person dreht. Dazu müssen wir von der Eigensucht befreit sein und die reine, aufrichtige Liebe gelernt haben, die unserem Leben und unserer Arbeit das Ziel im Wohl der anderen gibt. Dennoch hat Paulus guten Grund, davon die Liebe noch besonders zu unterscheiden. Sie ist zwar in all den von Paulus genannten Erweisungen wirksam, aber sie ist doch noch darüber hinaus etwas Eigenes, Höchstes. Denn jene Dienste, die wir einander leisten, entstehen aus den besonderen Umständen, in denen die anderen sich befinden, aus ihrer Not, Schwäche und Schuld. Die Liebe aber hängt nicht von solchen Umständen ab; sie gilt der Person des Nächsten, schließt uns mit ihm, in welcher Lage er sei, zusammen und gibt unserer Haltung und unserem Tun ihm gegenüber die Richtung auf sein Heil. Darum ist sie derjenige Wesenszug, der vor allem den neuen Menschen kennzeichnet, wie sie auch die ganze Sendung und das ganze Werk Jesu bestimmt.

Ein Band heißt Paulus die Liebe; denn sie ist nur in der Gemeinschaft möglich, nicht dann, wenn wir uns voneinander absondern und auf uns selbst beschränken; damit würfen wir die Liebe weg. Sie führt uns zusammen, macht uns die anderen wert wie uns selbst, ja mehr als uns selbst. Sie stellt nicht eine unfertige, mangelhafte Verbindung zwischen uns her; sondern das Band, mit dem sie uns umschließt, hat Vollkommenheit zum Merkmal, weil es uns fest und ganz vereint und unserer Gemeinschaft die Vollendung gibt. Keine andere Gemeinschaft hält jedem Stoß stand. Auch unsere Interessen können uns verbinden; aber aus der Gemeinschaft der Interessen wird leicht der Streit um sie. Gemeinsame Gedanken, einheitliche Überzeugungen und Lehren fassen uns zu festen Verbänden zusammen. Die Kirche hat aber, als sie ihre Gemeinschaft nur auf die Übereinstimmung in der Lehre gründen wollte, erfahren, daß es auf diesem Weg zu scharfer Entzweiung und heißem Streit kommen kann. Erst dann hält das Band fest und bewirkt echte Einigung, wenn die Liebe uns zueinander führt. Dann geht jeder von uns nicht mit einem Teil seines Wesens, sondern mit seinem Willen, mit seinem eigenen, ganzen Selbst in die Gemeinschaft ein. So entsteht die unzerstörbare Gemeinde, die, die Gott baut, deren Glied und Träger der neue Mensch ist, wie Gott ihn schafft.

3,15: *Und der Friede des Christus* (Phil. 4,7) *gebe in euren Herzen die Entscheidung, zu dem ihr im selben Leib auch berufen seid, und werdet dankbar.* Der Friede gehört Christus; er hat ihn uns erworben und verleiht ihn uns mit seiner Gegenwart, die uns in sein Versöhnen einschließt. Daß wir Gott für uns, nicht gegen uns haben, ist an diesem Frieden das Hauptstück; er hebt aber auch zwischen uns den Hader auf und gibt uns den einträchtigen Sinn, der daraus entsteht, daß hier der Wille Jesu alle in allem führt, so daß weder Jude noch Grieche, weder Sklave noch Freier ist. Diesem von ihm uns verliehenen Frieden sollen wir das Recht geben, überall, bei jeder Überlegung die Entscheidung zu treffen, wie zu handeln und mit den Menschen zu verfahren ist. Wir haben am Frieden Jesu die sichere Leitung. Was ihm widerspricht, uns von ihm trennt oder andere aus ihm verstößt, haben wir aus unseren Gedanken auszuscheiden. Dadurch, daß wir im Frieden Jesu bleiben, ihn als die Gabe der göttlichen Gnade festhalten und ihn auch den anderen darbieten, tun wir, was recht und gut ist. Diese schiedsrichterliche Wirksamkeit übt der Friede Jesu nicht von außen her, etwa durch ein Gesetz, sondern dadurch, daß er inwendig über uns die Macht besitzt. Unser Herz ist entweder zu seinem Frieden hingewandt oder im Widerstreben gegen ihn befangen. Wenn er über die Herzen Macht hat, dann ist der Friede der Gemeinde in ihrem ganzen Verkehr gesichert, und das in der Liebe ihr gegebene Band der Vollkommenheit bringt die Einheit in ihr hervor.

Zum Frieden Jesu hat der Ruf Gottes die Gemeinde in Kolossä gebracht; er muß ihr ganzes Verhalten regieren. Sie hat dem Ruf Gottes zu gehorchen, nicht zu widerstreben; darum muß alles, was dem Frieden Jesu zuwider ist, aus ihrem Herzen, damit auch aus ihrem Verhalten weichen. Auch die Weise, wie sie berufen ist, ist dabei wichtig; es geschah nicht so, daß sie voneinander geschieden blieben, daß hier einer und dort einer für sich allein zum Glauben an Christus kam, sondern in dem einen Leib erreichte sie der Ruf, so daß ihr Leben sogleich ineinandergefügt war und das Wohl des einen zum Wohl des anderen wurde. Wenn die Kolosser dem Frieden Jesu widersprechen, streiten sie gegen die Gnade, die sie zu einem Leib vereint hat, und heben damit ihre Berufung auf.

Der Dank, den Paulus anfügt, hängt eng mit der regierenden Macht des Friedens Jesu in unseren Herzen zusammen; denn mit diesem Frieden widerfährt uns die herrliche Gnade Gottes. Wenn wir ihren Wert und ihre Größe erkennen, werden wir dankbar. Solange der Dank gegen Gott in uns lebt, gehorchen wir seiner Berufung, bleiben als Glieder mit der Gemeinde vereint und bewahren den Frieden des Christus. Wollten wir diesen Frieden wegwerfen, von der Gemeinde uns trennen und den selbstsüchtigen Hader beginnen, dann müßte der Dank in uns erstorben und es uns undeutlich geworden sein, wieviel uns die Gnade Gottes gibt.

3,16a: *Das Wort des Christus sei reichlich in euch heimisch.* Der Friede stammt aus dem Werk des Christus; er hat uns aber auch sein Wort übergeben, und dies ist ein großer, in Ehren zu haltender Besitz. Paulus macht dabei keinen Unterschied zwischen dem Wort, das Jesus während seiner irdischen Arbeit gesprochen hat und das durch seine Jünger den Gemeinden überliefert wurde, und dem Wort, das er ihnen jetzt durch Paulus und seine anderen Boten gibt. Christus ist derselbe in seiner irdischen Arbeit und in der Regierung der Gemeinden von oben her. Um aber das Wort Jesu bei sich zu haben, müssen sie vor allem dasjenige Wort hören, das er einst als Lehrer seiner Jünger gesprochen hat. Es soll in ihnen heimisch sein und für sie nicht etwas Fernes bleiben, an das sie sich nur gelegentlich erinnern und das sie erst aus weiter Entfernung holen müssen; sie sollen es bei sich haben, in sich tragen, nicht dürftig in kleinem Ausschnitt und mit magerem Verständnis, sondern reichlich. Nun gibt Paulus an, wie wir das Wort des Christus reichlich bei uns heimisch machen.

3,16b: *Lehret und mahnet einander mit jeder Weisheit.* Wenn jemand das Verständnis schwer wird und er fragt, was jetzt Gottes Wille sei, dann muß Unterricht für ihn vorhanden sein. Wenn sein Wille schwankt und ihm die Sünde naht, dann hat die zurechtweisende Warnung ihren Ort. Beides muß die Gemeinde immer bei der Hand haben; sie muß dem Antwort geben können, der mit seiner Frage nicht zurechtkommt, und muß für den die Warnung haben, den ein sündlicher Antrieb blenden will. Damit ist dieselbe Aufgabe der Gemeinde übertragen, die Paulus 1,28 als die seine beschrieb, nur mit dem Unterschied, daß die Pflicht der Gemeinde sich auf ihre Glieder beschränkt, während Paulus sich jedem verpflichtet weiß. Dagegen sind beide darin einander gleich, daß ihr Lehren und Warnen in aller Weisheit zu geschehen hat, nicht blindlings, ohne daß erkannt ist, was not tut und wie der Not wirklich abgeholfen werden kann. Viel Lehren und Mahnen wird deshalb nutzlos, weil es ohne Weisheit, wie es sich eben trifft, geübt wird, und dies wird immer damit zusammenhängen, daß den Lehrenden und Mahnenden die Liebe fehlt. Denn diese gibt uns das offene Auge für den, dem wir das Wort darbieten, und macht, daß unser Lehren und Warnen mit Weisheit geschieht. Es gibt aber noch eine andere Art, wie das Wort in der Gemeinde und in den einzelnen heimisch und wirksam wird. 3,16c: *Mit Psalmen, Lobgesängen und Liedern, wie der Geist sie gibt, singt durch die Gnade mit euren Herzen für Gott* (Eph. 5,19). Das Wort soll sich nicht nur an die Menschen wenden, sondern auch zu Gott emporsteigen; dazu dient der Gemeinde der reiche Schatz von Liedern, den sie hat. Sie darf ihn gebrauchen, weil die Gnade Gottes sie umfaßt. Wäre nicht sie der Grund ihres ganzen Gottesdienstes, so wäre das Lied nicht die rechte Form für ihr Wort. Zum Lied gehört die Freude, der dankbare und helle Aufblick zu Gott. Da die Gemeinde aber durch die Gnade den freien Zugang zu Gott hat, ist sie zum Lied fähig gemacht.

3,17: *Und alles, was ihr mit Wort oder Werk vollbringt, tut es alles im Namen des Herrn Jesus als die, die Gott dem Vater durch ihn Dank sagen* (Eph. 5,20; 1. Thess. 5,18). Wenn das Wort Jesu in uns heimisch ist, geschieht auch unser Handeln in seinem Namen. Wir haben zwei Mittel und Werkzeuge für unsere Arbeit: das Wort und die Tat. Vieles, was zu unseren Pflichten gehört, wird durch das Wort getan; wir haben zu sagen, was der Wahrheit und dem Willen Gottes gemäß ist. In anderen Fällen ist mit dem Wort unsere Aufgabe nicht erledigt; dann muß so gehandelt werden, daß ein Werk entsteht, weil ein wirksamer Eingriff in die vorhandenen Zustände nötig ist. Wie immer wir uns zu betätigen, ob wir zu reden oder zu wirken haben, allem gibt Paulus den Grund im Namen Jesu. Denn alles hat nach seinem Willen und in seinem Sinn zu geschehen, weil er unser Herr ist. Darum wird auch sein Name dabei von uns gebraucht; es liegt Paulus nicht an der Formel, sondern daran, daß wir, die Handelnden, und die, für die wir handeln, auf Christus schauen: Er ist es, von dem die Pflicht und Kraft unseres Handelns stammt, der uns das Wort sagen und das Werk tun heißt und für den es auch geschieht. Damit ist die Eigenwilligkeit ausgeschlossen, die sich selber nach ihrer Laune Arbeit macht, und ebenso der Ehrgeiz und die Falschheit, mit der wir für uns selbst arbeiten. Dann geschieht alles, was wir tun, im Namen Jesu, wenn wir damit Gott danken, wenn das, was wir sagen oder tun, ein tätiger, voller Dank ist für das, was er uns gab. Wir haben hier nicht einzig an die Dankgebete zu denken, die unser Reden und Handeln stetig zu begleiten haben, sondern auch daran, daß unsere Arbeit selbst der Dank sein soll, mit dem wir der göttlichen Gnade antworten. Wir lieben, weil wir geliebt sind; wir preisen den Namen Gottes, weil wir berufen sind, und geben auch den anderen jede Hilfe nach unserem Vermögen, weil alles, was wir Gutes haben, Gottes Gnadengabe ist. Durch Christus danken wir, weil er uns alles gibt, wofür wir danken, und es uns dazu gibt, damit wir danken. Damit ist unser Lobpreis Gottes durch ihn gewirkt und die nach oben steigende Frucht seiner Heilandstat.

Das christliche Haus
(3,18–4,1)

Die Sorge des Paulus um den richtigen Wandel der Gemeinde wendet sich im Kolosser- und im Epheserbrief in derselben Weise den Grundformen der menschlichen Gemeinschaft zu, die im Hausstand vereinigt sind. Überall haben die Gemeinden an der richtigen Gestaltung der Familie in derselben Weise eine immer wichtige Aufgabe.

3,18.19: *Ihr Frauen, seid den Männern untergeben, wie es sich im Herrn gebührt. Ihr Männer, liebt die Frauen und werdet gegen sie nicht herb* (Eph. 5,22-33; 1. Petr. 3,1). Die Bedingung zur reinen und für beide Teile reichen und fruchtbaren Ehe sieht Paulus auf der Seite der Frau darin, daß sie sich dem Mann mit entschlossenem Willen untergibt. Er fordert dies nicht mit Berufung auf natürliche Gründe, sondern auf Gottes Ordnung. Sie soll tun, was ihr durch ihr Verhältnis zu Gott als ihre Ehre und Aufgabe zufällt. Paulus wird dabei erwägen, daß das, was der natürliche, selbstsüchtige Wunsch der Frau rät: „Herrsche, beuge dich nicht, tue deinen Willen!", leicht auch einen falschen christlichen Schein und eine geistliche Färbung erhalten kann. Hat denn die Frau ein geringeres Recht vor Gott als der Mann? Ist sie nicht in vielen Fällen und in mancher Hinsicht stärker, reicher und reifer als er? Paulus sagt ihr, daß sie die von Gott ihr bereitete Bahn immer verläßt, wenn sie sich nicht mit entschlossenem Willen dem Mann untergibt. Durch ihre Verbundenheit mit Gott wird sie nicht dazu angeleitet, sich vorzudrängen und den Mann mit der Macht, die ihr durch die Natur über ihn verliehen ist, zu beherrschen. Was dem eigensüchtigen, herrischen Willen entspringt, ehrt uns vor Gott nicht und bringt uns nicht in die Lage, in der wir ihm gefallen. Wohl aber lernt die Frau durch ihre Verbundenheit mit Gott, die Eintracht zu suchen, dem Mann von Herzen zu dienen und an seinem Wohl ihr Glück zu haben. Dazu kommt sie aber nur durch die ehrliche, entschlossene Unterordnung unter den Mann. Will sie sich nicht unterordnen, sondern herrschen, so entzündet sie den Streit, oder sie verursacht, wenn sie den Streit vermeidet, die gegenseitige Entfremdung, bei der jeder Teil seinen eigenen Weg geht. Es ist Torheit, hinter der

Regel des Paulus Härte gegen die Frau oder doch ein mangelhaftes Verständnis für ihren Wert und Reichtum zu suchen. Die reichere Ausführung, die er seiner Regel im Epheserbrief gibt, entfernt jeden solchen Schein von ihr; aber auch die knappe, ernste Fassung, in der Paulus hier die Mahnung ausspricht, gibt zu solchen Klagen keinen Grund. Nicht gegen die Frau, sondern für sie spricht Paulus; er will, daß sowohl ihr Verhältnis zu Gott als auch das zu ihrem Mann rein, reich und fruchtbar wird und sie in ihrer Ehe das findet und empfängt, was ihr Gottes Güte durch ihre Stellung als Frau zugedacht hat. Härte käme in die Weisung des Apostels freilich dann hinein, wenn er dem Mann nichts zu sagen hätte und nur der Frau für ihre Ehe eine große, heilige Aufgabe gestellt hätte, die sie nach Gottes Wohlgefallen erfüllen soll. Aber den Mann denkt sich Paulus der Frau gegenüber ebenso verpflichtet, wie es die Frau ihm gegenüber ist. Beim Mann dringt seine Mahnung auf die Liebe. Er urteilt, der Frau werde es leichter, die Liebe zu bewahren, als dem Mann. Die Gefahr, die an sie herantritt, entsteht nach seinem Urteil vor allem aus der Schwierigkeit, die der Verzicht auf den eigenen Willen immer für uns hat. Den Mann dagegen mahnt er zur Liebe, die im Wohl der Frau ihr Ziel hat und sein Verhalten so ordnet, wie es für die Frau heilsam ist. Paulus verließ sich dabei nicht nur auf den Naturtrieb, der den Mann zur Frau hinzieht, als wäre er ausreichend, die Liebe zu schaffen. Der Naturtrieb mag der Anlaß für die Liebe werden; er bedarf aber der Reinigung, damit er nicht schließlich der Liebe widerstreite. Darum mahnt Paulus den Mann zur Liebe und verbindet mit der Mahnung die Warnung, die ihm die herbe, scharfe Betonung seiner männlichen Überlegenheit untersagt. Durch ein herrisches, gewaltsames Verhalten, das aus dem Verkehr die Güte verdrängt, macht er es der Frau schwer, sich freudig unter ihn zu stellen, während da, wo die Liebe das Regiment führt, die Unterordnung nichts Hartes oder Entehrendes ist.

3,20.21: *Ihr Kinder, gehorcht den Eltern in allem; denn das ist dem Herrn wohlgefällig. Ihr Väter, reizt eure Kinder nicht, damit sie nicht verdrossen werden* (Eph. 6,1-4). Es liegt Paulus daran, daß die Familie ihre Verbundenheit und Gesundheit behalte, bis der Tod sie auflöst. Dies ist nur so zu erreichen, daß die Kinder mit Entschlossenheit ihren Willen unter den der Eltern stellen. Damit ihre Gemeinschaft mit den Eltern vollständig werde, muß auch ihr Gehorsam vollständig sein. Paulus läßt hier keinen Vorbehalt zu, der es den Kindern gestattete, in gewissen Fällen im Streit mit den Eltern ihrem Eigenwillen zu folgen. Weil aber der Gehorsam immer Entsagung von uns fordert, stellt ihm Paulus die Verheißung zur Seite, daß er das Wohlgefallen Gottes hat. Die Kinder gewinnen also mit ihm das Größte: Sie bleiben auf Gottes Weg und haben seine Zustimmung für sich. Sie haben somit für ihr Verhältnis zu ihren Eltern die zuverlässige Weisung, die ihnen den Willen Gottes zeigt. Dabei darf freilich nie vergessen werden, daß diese besonderen Regeln ihre Voraussetzung in der grundlegenden Christenregel haben, nach der der Wille des Herrn für das gesamte Verhalten die oberste Norm ist; von da her ist jeder menschlichen Autorität eine Grenze gesetzt. Bei der Mahnung an die Eltern wendet sich Paulus an die Väter, weil ihnen die Ausübung der elterlichen Autorität vor allem zusteht. Er spricht nicht davon, daß sie ihre Autorität in den Dienst ihrer Selbstsucht stellen oder gar Sündliches von den Kindern fordern können, sondern redet zu Christen, die den neuen Menschen angezogen haben; aber auch dann ist die Gefahr da, daß die Eltern in ihr Verhältnis zu den Kindern eine herbe, gesetzliche Schärfe legen, die sie zum Widerspruch reizt; sie verlangt etwas von ihnen Unausführbares und macht sie mutlos; oder sie läßt die Fürsorge vermissen, die auf das, was die Kinder bedürfen, Rücksicht nimmt. So erstirbt die Freudigkeit, ohne die es nicht zu einem wirklichen, ganzen Gehorsam kommen kann.

3,22–4,1: *Ihr Knechte, gehorcht in allem denen, die nach dem Fleisch eure Herren sind, nicht durch Dienste, die nur für die Augen bestimmt sind, als solche, die Menschen zu gefallen suchen, sondern mit Einfalt des Herzens als solche, die den Herrn fürchten. Bei allem, was ihr tut, tut euer Werk mit ganzer Seele als für den Herrn und nicht für Menschen, da ihr wißt, daß ihr vom Herrn die Vergeltung durch das Erbe erhalten werdet. Ihr seid dem Herrn Christus dienstbar. Denn wer Unrecht tut, wird erhalten, was er Unrechtes tat, und parteiische Gunst gibt es nicht. Ihr Herren, gewährt den Knechten, was gerecht ist, und die Gleichheit, da ihr wißt, daß auch ihr einen Herrn im Himmel habt* (Eph. 6,5-9; 1.Tim. 6,1.2; Tit. 2,9.10; 1. Petr. 2,18-21). Besondere Fürsorge wendet Paulus den

Sklaven zu. Er hilft ihnen dadurch, daß er ihrem Dienstverhältnis die ganze Tiefe des Gottesdienstes gibt. Dadurch, daß sie ihre Arbeit für den Christus tun, im Gehorsam gegen ihn und zum Empfang seiner Vergeltung, wird sie groß und tief; nun beansprucht sie ihre ganze Liebe und ganze Kraft. Wie alle in der Gemeinde sind auch die Sklaven zuerst und vollständig die Knechte des Christus. Ihm gehören sie, ihm bringen sie ihren Gehorsam dar, und zur Erfüllung seines Willens tun sie ihr Werk. In dies ihr Dienstverhältnis zu Christus ist dasjenige hineingeordnet, in dem sie zu ihren Herren stehen. In ihm haben sie Christus zu dienen. Das bringt in ihre Arbeit die Ehre und Freude, aber auch den tiefen Ernst. Die Furcht, gegen Christus untreu zu handeln und ihn gegen sich zu haben, wenn sie ihren Dienst unwillig tun, führt sie dazu, ihre ganze Kraft für ihn einzusetzen und ihn mit vollem innerem Anteil auszuführen, darum auch so gut, als es in ihrem Vermögen steht. Der Lohn, den ihnen Christus gibt, besteht nicht in einer besonderen einzelnen Gabe, sondern in dem, womit er allen lohnt, die ihm mit Treue dienen. Er gibt ihnen für ihren Knechtsdienst das Erbe. Er ist aber auch in seinem Urteil über sie der Widersacher aller Bosheit und Ungerechtigkeit. Tun sie Unrecht, so fällt es auf sie selbst zurück; der Schaden, den sie ihrem Herrn bereiten, trifft sie, und der Gedanke wäre töricht, durch ihre harte Lage werde das Unrechttun gerechtfertigt. Das Recht Gottes bekommt nie Risse und macht auch zugunsten der Sklaven keine Ausnahme, so daß ihre Bosheit vor Gott nichts bedeutete, weil sie ja nur ein Sklave tat.

Zu dem Recht, das der Herr seinem Knecht zu gewähren hat, rechnet Paulus auch, daß er zwischen sich und ihm Gleichheit herstellt. Der Apostel meint nicht, daß sie die Arbeit tauschen und der Herr Knecht, der Knecht Herr sein sollte; damit wäre alles umgestoßen, was Paulus soeben sagte. Vielmehr soll der Herr in seinem Verhalten gegen den Knecht beständig anerkennen, daß beide dieselbe Berufung zu Gott empfangen haben. Diese Gleichheit steht über dem Unterschied, der dem Herrn eine andere Stellung als dem Knecht gibt. Paulus begründet die Gleichheit nicht nur darauf, daß beide als Menschen die menschliche Natur besitzen; er gibt ihr eine noch tiefere, kräftigere Begründung dadurch, daß beide im Christus denselben Herrn haben und von ihm die gleiche Gabe erhielten und zu dem gleichen Ziel berufen sind. Auch die Herren sind die Knechte des Christus; sie haben ihre Herrschaft so zu üben, daß sie durch sie seinen Willen tun, den Willen desselben Herrn, dem auch der Knecht gehört und seinen Dienst darbringt.

Die Verwaltung des Gebets und des Worts
(4,2-6)

4,2-4: *Harret aus im Gebet. Wachet darin mit Danksagung. Betet zugleich auch für uns, daß uns Gott die Türe für das Wort öffne, das Geheimnis des Christus zu sagen, um dessetwillen ich auch gefesselt bin, damit ich es offenbar mache, wie ich es sagen soll* (Eph. 6,18-20). Paulus fügt noch eine Mahnung für alle an; sie betrifft das Gebet. Er kämpft dagegen, daß wir seiner müde werden. Da seine Frucht sich nicht mit sichtbarer Deutlichkeit zeigt, kommen wir leicht dazu, es kurz abzutun. Paulus urteilt anders; das beharrlich geübte Gebet ist das Ziel, zu dem er die Gemeinde führen will; er schätzt es so hoch, daß er ihr rät, zu ihm die Nächte zu verwenden. Den Stoff gibt ihm vor allem die Danksagung. Am Reichtum der göttlichen Gabe entsteht ein nie endender, unerschöpflicher Dank, der auch das Bitten von Ungeduld und allen selbstsüchtigen Regungen reinigt und unter die Leitung des Glaubens bringt. Auch den Kolossern macht Paulus seine eigene Arbeit, zu der auch die des Timotheus gehört, zum Gegenstand ihres Gebets. Wie er unablässig für die Gemeinde bittet, so soll auch sie es für ihn tun. Das Ziel der Bitte ist, daß Gott dem Wort den Zugang zu den Menschen bereite, so daß sie es so zu hören vermögen, daß aus ihm der Glaube entsteht. Bei seiner ganzen Arbeit war Paulus von der Überzeugung geleitet, daß es nicht in seiner Macht stehe, einem Menschen das Wort so zu geben, daß es ihn erfasse und er glaube, wenn Gott ihm nicht den Hörer bereitet. Verschafft ihm Gott die Gelegenheit, das Wort zu sagen, und bereitet er ihm den Hörer zu, der es versteht, so ergibt das für das Wort „die geöffnete Türe". Die Größe des Berufs, den Paulus auszurichten hat, entsteht daraus, daß er ein Geheimnis zu verkünden hat. Dieses so zu sagen, daß es verstanden wird, ist eine große Aufgabe, zumal da dieses Geheimnis der Christus und sein Werk ist. Es hat also den hellsten, herrlichsten Inhalt, zugleich aber auch eine überraschende Rätselhaftigkeit und Seltsamkeit. Die Lage des Paulus machte dies damals allen besonders deutlich. Weil durch Christus das große Geheimnis sichtbar wird, das alle menschlichen Gedanken durchkreuzt, darum muß Paulus die Kette tragen. Daran wird offenbar, wie unverständlich das Wort Jesu für die Menschen ist und wie wunderbar er sein königliches Amt verwaltet. Von den menschlichen Gedanken aus würde es niemand erwarten, daß er seine Herrschaft über die Welt durch einen Boten, der Ketten trägt, verkünden ließe. Dennoch muß das Geheimnis offenbar werden. Es bleibt zwar der Grund des tiefen Erstaunens und überragt alle menschlichen Gedanken weit; aber jedermann soll es in seiner Tatsächlichkeit und Herrlichkeit wahrnehmen. Es darf nicht verborgen bleiben, daß Gott der Menschheit den Christus gab und wie er ihn ihr gab. Daß Paulus redet, ist nicht sein eigener Wille; er muß es; denn das verlangt das ihm befohlene Amt. Und weil er es nicht lassen darf, vom Geheimnis des Christus zu zeugen, und dieses allen bekanntmachen muß, darum bedarf er des Gebets der Gemeinde. Mit ihm vereint soll sie Gott bitten, daß er Menschen und Verhältnisse so lenke, daß das Wort fruchtbar verkündigt werden kann.

4,5.6: *Mit Weisheit benehmt euch gegen die, die draußen sind. Kauft die Zeit aus* (Eph. 5,15.16). *Euer Wort habe stets Anmut* (Eph 4,29)*; es sei mit Salz gewürzt, daß ihr wißt, wie ihr einem jeden einzelnen antworten sollt.* Nicht einzig Paulus, auch die Gemeinde arbeitet an der Offenbarung des Geheimnisses des Christus mit, und sie erlebt nicht weniger als Paulus, daß dies eine große Sache ist. Sie braucht zum Verkehr mit den Griechen und den Juden um sich her Weisheit. Denn sie trifft bei ihnen nicht auf Wohlwollen und Verständnis, vielmehr auf Haß, der ihre Augen zwar für alle Schwächen der Gemeinde schärft, aber gleichzeitig für die Wahrheit, die sie ihr bezeugt, blind macht. Das macht nötig, daß sie jeden Schritt sorgfältig überdenkt und richtig bestimmt. Aber die Weisheit der Gemeinde kann nicht einzig in der Vorsicht bestehen. Würde sie durch die Größe ihrer Aufgabe furchtsam gemacht, so wäre dies nicht die Weisheit, an die Paulus denkt; denn zu ihr gehört auch, daß sie den geeigneten Zeitpunkt erkennt, die günstige Gelegenheit ergreift und dadurch kauft, daß sie zugreift, handelt und das Wort dann an die Menschen bringt, wenn ihr die Gelegenheit dazu gegeben ist. Soll ihr Wort bei den anderen Eingang finden, dann muß es lieblich sein, nicht ein herbes, hartes Bußwort, das die anderen verachtet und schändet, nicht eine dunkle Theorie, eingehüllt in schwere Worte; die freundlich ladende Absicht, die das Wort für den Hörer zu einer Hilfe machen möchte, zeigt sich auch in der Form, die ihm gegeben wird.

So ist es gewürzt mit Salz, nicht fad und abstoßend, sondern so gestaltet, daß es gern aufgenommen und dankbar angeeignet wird. Dazu gehört, daß es sich dem Bedürfnis der einzelnen anpaßt, denen es je in ihre besondere Lage hinein gesagt werden muß. Mit der Wiederholung derselben Formeln richtet die Gemeinde nichts aus. Das Wort muß auf den Lebensstand der Hörer ausgerichtet sein. Und darin, daß die Gemeinde darin klarsieht, bewährt sie die Weisheit, die ihr unentbehrlich ist, damit sie das richtige Wort finde.

Kapitel 4,7-18

Die persönlichen Mitteilungen

4,7-9: *Was mit mir geschieht, wird euch Tychikus, der geliebte Bruder und treue Diener und Mitknecht im Herrn, mitteilen, den ich deshalb zu euch geschickt habe, damit ihr erfahrt, wie es mit uns steht, und er eure Herzen tröste* (Eph. 6,21), *samt Onesimus, dem treuen und geliebten Bruder, der zu euch gehört* (Philem. 10). *Alles, was hier geschieht, werden sie euch mitteilen.* Tychikus hatte also den Auftrag, die Kolosser zu besuchen, da Paulus auch sie zu denen rechnet, die mit lebhaftem Anteil den Gang seines Prozesses verfolgen und nach Nachrichten über ihn verlangen. Er hat die Berichte über sein Ergehen aus allen Briefen, die er in jenen Tagen schrieb, nur deshalb ausgeschlossen, weil er sie dem mündlichen Bericht seines Boten überweist. Es ist derselbe Satz, mit dem er auch den Epheserbrief beendet hat. Dagegen erfahren wir hier neu, daß Paulus auch Onesimus nach Kolossä schickt. Dieser stammte aus der Stadt; er war ein Sklave Philemons, zu dem Paulus ihn jetzt zurücksendet. Auch er kommt als Bruder, des Vertrauens wert und im Besitz der Liebe Gottes, darum auch mit dem Anrecht, daß die Kolosser ihm ihre Liebe geben. Dieses Zeugnis des Paulus soll ausreichen, um Onesimus die Mitgliedschaft in der Gemeinde ohne Beschränkung zu verschaffen. Die Erinnerungen an das Frühere sind damit abgetan.

4,10.11: *Aristarchus* (Philem. 24; Apg. 20,4; 27,2) *grüßt euch, der mit mir gefangen ist, und Markus, der Vetter des Barnabas, über den ihr Anweisungen erhieltet – nehmt ihn auf, wenn er kommt* (Apg. 12,25; 15,39; Philem. 24; 2. Tim. 4,11; 2. Petr. 5,13) –, *und Jesus, der den Namen Justus hat. Sie gehören zu den Beschnittenen, und sie allein sind Mitarbeiter für Gottes Herrschaft, und sie wurden mir zum Trost.* Aristarchus aus Thessalonich war schon in der ephesinischen Zeit der Mitarbeiter des Paulus; daher waren diejenigen Kolosser, die Paulus damals kennenlernten, auch mit Aristarchus bekannt. Dann war er der Begleiter des Paulus nach Jerusalem, blieb in Cäsarea während der Gefangenschaft bei ihm, wurde mit ihm nach Rom gebracht und wartete dort bei ihm auf den Ausgang seiner Gefangenschaft. Von Markus hören wir hier nach seiner Trennung von Paulus zum erstenmal wieder, daß er mit ihm verbunden das Missionswerk fortsetzte. An seine Verwandtschaft mit Barnabas wird zunächst deshalb erinnert, um ihn von allen anderen, die denselben Namen haben, deutlich zu unterscheiden. Barnabas war offenbar auch für die Gemeinden der Asia ein wohlbekannter Mann, so daß die Verwandtschaft mit ihm Markus sofort die Türen öffnete. Er war damals entschlossen, eine Reise nach Ephesus und seiner Umgebung anzutreten, und wollte auch nach Kolossä kommen. Paulus hatte den Gemeinden bereits vorgeschrieben, was sie zu tun hätten, wenn Markus bei ihnen sei. Den dritten, auch einen geborenen Juden, der gleichzeitig einen hebräischen und einen lateinischen Namen führte, kennen wir nur durch diese Erwähnung. Paulus hebt hervor, daß diese Männer aus der Judenschaft hervorgegangen sind. Sie machen durch ihre Mitarbeit mit ihm deutlich, daß das Werk Gottes in geradem Gang ohne Riß und Verwirrung von der alttestamentlichen Gemeinde durch das Kreuz und die Auferstehung Jesu zum Dienst des Paulus und zur Begründung der griechischen Kirche hinüberführt. Aber er sagt betrübt, daß nur wenige geborene Juden die Mitarbeit mit ihm wagen. Sein Prozeß war ihm ja durch die zornige Feindschaft Israels aufgezwungen; daher brauchte es besonderen Mut und einen starken Glaubensstand, wenn ein jüdischer Mann Hand in Hand mit Paulus arbeitete und sich seiner Kette nicht schämte. Und doch ist das Ziel der Arbeit so hoch; sie dienen dem königlichen Werk Gottes, durch das er seine Herrschaft über alle Menschen offenbart.

4,12.13a: *Epaphras grüßt euch, der einer von euch ist, ein Knecht des Christus Jesus, der beständig für euch in den Gebeten ringt, damit ihr aufrecht steht als Vollkommene und in allem Willen Gottes Vollendete.* Der Kolosser, der durch seine Reise zu Paulus den Brief veranlaßt hat, fehlt unter den Grüßenden nicht. Seine Entfernung von der Gemeinde hat seine Arbeit für sie verändert, aber nicht beendet. Nun besteht sie im Gebet; aber dies hat den Ernst eines Kampfes – nicht eines Kampfes mit Gott, als ob Epaphras meinte, er müsse den Unwillen oder die Untätigkeit Gottes durch sein Gebet überwinden, sondern so, wie Paulus vom „Kampf des Glaubens" spricht (1. Tim. 6,12): Das Gebet treibt ihn zum Gebrauch aller seiner inwendigen Kräfte, zur Entfaltung seines ganzen Glaubens und seiner ganzen Liebe. Das Ziel ist die Bewahrung der Gemeinde vor Fall und Niedergang. Dieses Ziel erreicht sie nur dadurch, daß sie zum ganzen Christenstand vorwärts kommt, alle unfertigen Halbheiten überwindet und die Aufgabe ganz erfüllt, die der Wille Gottes ihr zuteilt. Weil dies ein hohes Ziel ist, hat Epaphras am Gebet für die Kolosser ein Anliegen, das ihn ganz beschäftigt, nicht weniger als ein Wettkampf, der den Griechen völlig in Anspruch nahm. Zunächst liegt es darin, daß die Kolosser über den Willen Gottes zur Gewißheit kommen. An ihren Gedanken muß ihre Vollendung sich zuerst zeigen; sie müssen aus dem Schwanken und Zweifeln herauskommen und ein sicheres Urteil erreichen, das ihnen deutlich macht, was Gott von ihnen erwartet. Die klare Einsicht allein reicht aber dem Willen Gottes gegenüber noch nicht aus, um den aufrechten Stand zu gewinnen; der Gehorsam, der den eigenen Willen mit Gottes Willen in Einklang bringt, gehört wesentlich zur Vollendung.
4,13b: *Denn ich bin für ihn Zeuge, daß er für euch und für die in Laodicea* (2,1) *und für die in Hierapolis große Mühsal hat.* Die drei durch ihre Nachbarschaft verbundenen Gemeinden lagen Epaphras gleichzeitig auf der Seele, und seine Sorge für sie bewährt sich dadurch, daß er ihretwegen keine Anstrengung scheut. Wir dürfen daran denken, daß der Aufenthalt bei Paulus seinen Ge-

führten viel Entsagung und Beschwerden zumutete. Epaphras hatte aber seine Reise zu Paulus der Gemeinden wegen unternommen.

4,14: *Lukas, der Arzt, der Geliebte* (2. Tim. 4,11), *und Demas grüßen euch.* Lukas teilte wie Aristarchus sowohl in Palästina als in Rom die Gefangenschaft des Paulus. Von Demas wissen wir nur, daß er in der letzten Zeit des Paulus zu seinen Gehilfen gehört hat und daß er ihn kurz vor dessen Tod verließ (2. Tim. 4,10).

4,15: *Grüßt die Brüder in Laodicea und Nymphas und die Gemeinde in seinem Haus.* Von den Christen in Laodicea kennt Paulus wohl aus seiner in Ephesus verlebten Zeit einen vornehmen Mann persönlich, dessen Familie und Gesinde für sich eine kleine Christengemeinde bildete wie die des Philemon in Kolossä oder die des Aquila (Philem. 2; 1. Kor. 16,19; Röm. 16,5). 4,16: *Und wenn der Brief bei euch vorgelesen ist, so sorgt dafür, daß er auch in der Gemeinde der Laodicener vorgelesen werde und daß auch ihr den von Laodicea vorlesen könnt.* Paulus schrieb also, da Tychikus mehrere Gemeinden an der Westküste Kleinasiens besuchen sollte, gleich hintereinander eine größere Zahl von Briefen und ordnete an, daß die beiden benachbarten Gemeinden ihre Briefe tauschen sollen. Der Vorgang zeigt uns, wie es zur Erhaltung und Sammlung der Briefe des Paulus kam: Man las sie nicht nur sogleich nach dem Empfang den versammelten Brüdern vor, sondern gab sie auch an die benachbarten Gemeinden weiter. So wurde die Verlesung seiner Briefe allmählich zu einem Stück des Gottesdienstes; schließlich wurde hierfür eine bestimmte Zahl von Briefen ausgewählt und von allen Gemeinden gleichmäßig verwendet. Warum der Brief nach Laodicea nicht in die Briefsammlung der Kirche kam, läßt sich nicht sagen. Die Vermutung tritt schon frühe hervor, der Brief, den wir Epheserbrief heißen, sei der nach Laodicea gerichtete; er enthält jedoch nichts, was auf jene Gemeinde deutete.

4,17: *Und sagt dem Archippus: Gib acht auf den Dienst, den du im Herrn übernahmst, damit du ihn erfüllest* (Philem. 2). Archippus gehörte zum Haus des Philemon, also zur Gemeinde von Kolossä. Wahrscheinlich hatte er kurz vorher das Vorsteheramt übernommen. Daß Paulus von seinem Dienst spricht, beweist nicht, daß er nur das untere Amt, das Diakonat, verwaltete; Paulus hat jedes Amt, auch sein eigenes, einen Dienst genannt. Archippus hatte sich zur Übernahme des Amts „in Gott" entschlossen, das heißt mit der gläubigen Gewißheit, daß die Weisung Gottes ihn zur Fürsorge für die Gemeinde rief. Aus ihr leitet Paulus jedoch nie die Sorglosigkeit ab; vielmehr ist Archippus deshalb, weil er im Herrn sein Amt antrat, ihm nun die volle Treue und die ganze Hingabe schuldig. Er soll sich deutlich machen, was alles zu seinem Dienst gehört; denn er hat ihn nicht nur stückweise, sondern ganz zu besorgen und seine Arbeit so zu tun, daß sie der Gemeinde alles verschafft, was sie von ihm erwarten darf. Paulus richtet diese Mahnung nicht unmittelbar an Archippus, sondern gibt der Gemeinde auf, ihn zu mahnen; denn es ist für die Ausrichtung des Amts eine starke Hilfe, wenn die Gemeinde selbst an den, der es führt, den Anspruch stellt, daß er es nach seinem ganzen Umfang übernehme und durchführe.

4,18: *Der Gruß mit meiner, des Paulus, Hand. Denkt an meine Fesseln. Die Gnade ist mit euch.*

Der Brief an Philemon

Ein Ersatz dafür, daß uns Paulus im Epheser- und Kolosserbrief wenig über seine Arbeit erzählt, ist zum Teil darin gegeben, daß uns von den Briefen, die Tychikus nach Kleinasien brachte, noch ein dritter erhalten ist, der an eine einzelne christliche Familie in Kolossä gerichtet ist. Hier haben wir Paulus nicht mehr als Lehrer vor uns, sondern sehen ihm zu, wie er die Liebesarbeit getan, einen gefallenen Mann aufgerichtet und ihm seinen Weg neu geordnet hat.

1–3: *Paulus, der Gefangene des Christus Jesus, und Timotheus, der Bruder, an Philemon, der geliebt und unser Mitarbeiter ist, und an Apphia, die Schwester, und an Archippus, unseren Mitstreiter, und an die Gemeinde in deinem Haus. Gnade sei euch und Friede von Gott unserem Vater und vom Herrn Jesus Christus.* Philemon war der Hausvater, dem in der Sache, die Paulus mit ihm bespricht, die Entscheidung zukommt; darum spricht Paulus im Fortgang des Briefs nur ihn an. Apphia war seine Frau, und da Archippus, den die Gemeinde zur entschlossenen Erfüllung seines Dienstes auffordern soll (Kol. 4,17), hier nochmals genannt ist, war er wahrscheinlich ihr Sohn. Da Paulus mit diesem Brief für das Wohl eines einzelnen Mannes sorgt, stellt er nicht die Bezeugung seines Botenamts voran, gründet aber auch die Ordnung dieser Sache auf das ihm und Philemon gemeinsame Verhältnis zu Christus; denn sie soll wie alles, was Christen tun, so behandelt werden, wie es zu ihrer Verbundenheit mit Christus paßt. Dabei erinnert Paulus an seine Kette; weil Jesus ihm diese gab, bewährt Paulus seine Verbundenheit mit ihm dadurch, daß er sie trägt. So macht er Philemon zur

Liebe munter, mit der er ihn erfreuen kann. Ihn erinnert er daran, daß er die Liebe Gottes empfangen hat und im Werk Gottes beschäftigt ist, in dem gleichen Werk, das auch Paulus und Timotheus tun. Diese Gemeinsamkeit stiftet zwischen ihnen ein festes Band. Durch die Gemeinde waren alle in die Arbeit gestellt; keinen ließ sie müßig. Denn eine Gemeinde kann nur durch die gemeinsame Arbeit aller ihrer Glieder bestehen und wachsen. Da Archippus ein Amt in der Gemeinde übernommen hat, nennt ihn Paulus seinen Genossen im Kriegsdienst Jesu; denn aus dem von Jesus empfangenen Amt wird ein Kampf, der in der Gemeinde und in der Welt gegen die Sünde angeht. Zwischen denen, die diesen Kampf gemeinsam führen, ist dadurch eine starke Gemeinschaft hergestellt. Die Glieder dieser Familie lebten aber nicht für sich, sondern zusammen mit einem größeren Kreis, zu dem zunächst die Sklaven und Sklavinnen gehörten, von nun an aufs neue auch Onesimus. Dieser größere Kreis bildet eine Gemeinde, weil er sein gemeinsames Leben auf den Glauben an Christus gründet.

4–6: *Ich danke meinem Gott immer und bewirke Erinnerung an dich bei meinen Gebeten, da ich von deiner Liebe und von deinem Glauben höre* (Kol. 1,3.4; Eph. 1,15.16), *die du zum Herrn Jesus und gegen alle Heiligen hast, damit dein Anteil am Glauben durch die Erkenntnis alles Guten wirksam werde, das in uns zu Christus hin vorhanden ist.* Auch den Christenstand Philemons rechnet Paulus zu den guten Gaben Gottes, für die er ihm dankt, weil ihn die Gnade Gottes bewirkt hat. Darum gehört auch Philemon zu denen, für die Paulus fürbittend vor Gott steht. Die Gemeinschaft, die er dadurch mit ihm hat, schätzt er hoch, da er durch seine Fürbitte den Blick der göttlichen Gnade auf Philemon wendet. Er gründet sein Gebet für Philemon wie das, mit dem er Gott für die Gemeinden anruft, darauf, daß dieser durch die Liebe und den Glauben mit Jesus und allen, die seine Gemeinde bilden, verbunden ist. Mit der Gemeinschaft, zu der der Glaube ihn mit Jesus, mit Paulus und mit allen, die Christen sind, geführt hat, kann es sich aber verschieden verhalten; sie kann schwach bleiben und über Worte nicht hinauskommen, oder sie kann eine tüchtige Arbeit führen, durch die vielen ein Dienst geleistet wird. Paulus bittet für Philemon, daß die Gemeinschaft, die ihm sein Glaube gebracht hat, ihn zur Tat führe.

Dadurch, daß sie ihm den Anlaß zu fruchtbarem Wirken gibt, wird sie wahr und fest und wird ihre Vollendung verbürgt.

Hierfür ist das Mittel die Erkenntnis des Guten; denn die Gemeinschaft wird durch die Bewirkung des Guten fruchtbar. Für alles Gute soll Philemon den klaren Blick haben, nicht so, daß er an Unmögliches dächte, sondern um wahrzunehmen, worin das Gute besteht, das Gott jetzt der Christenheit zuteilt, damit sie es jetzt von ihm empfange und in seiner Kraft herstelle. Ihren inneren Wert bekommt diese ihre Arbeit dadurch, daß sie für Christus geschieht. Ihr Täter und Empfänger sind dabei zu Christus gewendet, aus dessen Gnade ihr Dienst stammt und zu dessen Verherrlichung er geschieht. Paulus schreibt ja, um für Onesimus um Philemons Liebe zu bitten. Das gehört zu dem Guten, in dem sich die Gemeinschaft Philemons mit Christus als fruchtbar erweisen soll.

7: *Denn ich bekam große Freude und Trost deiner Liebe wegen, weil dem Gemüt der Heiligen durch dich, Bruder, die Ruhe gebracht worden ist* (V. 20; 1. Kor. 16,18; 2. Kor. 7,13). Bleibt dem Wunsch die Erfüllung, dem Verlangen die Gabe versagt, so bringt das in uns eine unruhige Gemütsbewegung hervor. Die Ruhe tritt ein, wenn wir erlangen, was wir begehren. Philemon hat sich zur Christenheit so gehalten, daß er ihr keine Enttäuschung und Sorge bereitet, sondern sich ihr in allem so erwiesen hat, wie sie es von ihm seines Glaubens wegen erwartet hat. Das macht auch Paulus im Blick auf ihn froh, und aus dieser Freude entsteht sein Gebet für ihn und auch sein Entschluß, Onesimus so zu ihm zurückzuschicken, wie er es mit diesem Briefe tut.

8.9: *Deshalb habe ich im Christus großen Freimut, dir zu gebieten, was geschehen soll, mahne aber lieber um der Liebe willen so, wie ich bin, Paulus, ein alter Mann, nun aber auch ein Gefangener des Christus.* Nachdem sich Philemon so bewährt hat, dürfte ihm Paulus getrost ein Gebot auflegen, ohne daß er fürchten müßte, er bringe ihn darum in die Versuchung, sich aufzulehnen. Er will aber die Sache des Onesimus nicht so ordnen, daß er Philemon einen Befehl schickt, wie er es zu halten habe, sondern dadurch, daß er ihn bittet. Auch seinen Befehl gäbe er ihm in der Gemeinschaft mit Christus; an andere Befehle hat Paulus nie gedacht als an solche, zu denen er durch Christus ermächtigt ist, weil sie auf der Gewißheit beruhen, daß er damit den Willen Jesu ausspricht. Aber dem Sinn der Liebe entspricht es besser, wenn er das Gebot, das zum Gehorsam verpflichtet, unterläßt und die Bitte braucht, die dem Philemon den Entschluß, sie zu erfüllen, freigibt. Denn die Liebe freut es, dem anderen Vertrauen zu erweisen und ihm unverkürzt die Freiheit zu verschaffen, damit seine Wohltat sein eigener, freier Wille ist. Paulus hat zu Philemon das Vertrauen, daß ihm gegenüber kein Druck und Zwang nötig ist. Weil Philemon die Liebe hat, wendet Paulus sich an sie; so bekommt, was er für Onesimus zu tun hat, die höchste Reinheit, zu der sein Handeln gelangen kann. Er gibt aber seiner Bitte dadurch Nachdruck, daß er ihm vorhält, wer sie an ihn stellt. Aus der Güte, mit der Philemon Onesimus behandeln wird, macht Paulus eine ihm selbst gewährte Wohltat, die er nicht kraft seines Amts von Philemon fordert; vielmehr erbittet sie Paulus für sich und erinnert Philemon daran, daß er schon ein alter Mann ist. Ohne Not schlägt man einem Alten keine Bitte ab; man beschämt ihn nicht gern dadurch, daß man ihn umsonst bitten läßt, bedenkt auch, daß man nicht mehr lange Gelegenheit hat, ihm Liebes zu tun. Dazu kommt, daß Paulus die Kette trägt, die Christus ihn tragen heißt.

10–14: *Ich mahne dich wegen meines Kindes, wegen dessen, den ich in den Banden erzeugte, wegen Onesimus* (Kol. 4,9), *der einst für dich unbrauchbar war, jetzt aber für dich und für mich wohl brauchbar ist, den ich dir zurückgeschickt habe, ihn, das will sagen: mein Inneres. Ich hätte gewünscht, ihn bei mir zurückzubehalten, damit er mir an deiner Statt in den Banden, die ich wegen der Heilsbotschaft trage, diene, wollte aber ohne dein Wissen nichts tun, damit dein Gutes nicht wie gezwungen geschehe, sondern mit Freiwilligkeit.* Was Paulus von Philemon begehrt, wußte dieser, als er den Brief empfing, bereits; sein Sklave Onesimus stand vor ihm, der ihn rechtswidrig verlassen hatte und nun zu neuem Dienst zu ihm zurückkehrte. Um Philemon zu sagen, was Onesimus jetzt ist, dazu schrieb ihm Paulus. Daraus entnimmt Philemon sofort, was Paulus für Onesimus von ihm erwartet. Onesimus ist sein Kind; denn er konnte ihm das Leben geben, das Jesu Wort dem Menschen schenkt und das im Glauben an ihn empfangen wird. Als Onesimus Philemon verließ, sträubte er sich noch gegen das Evangelium; jetzt aber hat es auch ihn ergriffen. Paulus war es vom Herrn gegeben, es ihm so zu sagen, daß es in ihm Glauben schuf. Das ergibt nach dem Urteil des Paulus eine feste, völlige Verbundenheit, so daß von nun an alles, was Onesimus geschieht, Paulus selber trifft.

Es war für den Apostel eine besondere Freude, daß er jetzt diesen Sohn bekommen hat, obwohl er gefangen ist. Seine Bande erschweren ihm die Arbeit; wenn es ihm dennoch gelingt, das Wort so zu sagen, daß es sich die Menschen unterwirft, so sieht er hierin eine besondere göttliche Wohltat. Er erzählt uns nicht, welche Umstände die Begegnung des Onesimus mit ihm herbeigeführt haben; so läßt sich nicht mit Sicherheit sagen, wo er sich damals befand und wie es mit seinem Prozeß stand. Man darf es wohl wahrscheinlich heißen, daß dabei an die Zeit zu denken ist, als Paulus in Rom auf die Entscheidung des Kaisers über sein Schicksal wartete, während der er zwar gefesselt, aber an der Arbeit nicht gehindert war. Früher hatte sich Onesimus schlecht gehalten. Paulus spielt auf seinen Namen „Der Nutzen Bringende" an; sein Verhalten widersprach aber seinem Namen; er war ja weggelaufen. Daß er trotz der schweren Strafe, die auf der Flucht eines Sklaven stand, sie dennoch wagte, läßt schließen, daß er Grund hatte, seinen Herrn zu fürchten. Paulus schickt ihn aber nicht so zurück, wie er ging. Ein Mann, den er seinen Sohn nennen kann, ist nicht mehr unbrauchbar, störrisch und untreu. Jetzt bekommt Philemon an Onesimus einen wackeren Gehilfen, und Paulus bezeugt ihm, er habe auch ihm selbst schon tüchtig geholfen. Und wenn er ihn jetzt zu Philemon schickt, so bleibt er doch mit ihm verbunden. Auch in der Trennung bewahrt er ihm seine Liebe. Nun weiß Philemon, wie er Onesimus zu behandeln hat. Er wird Paulus nicht kränken; indem Paulus Onesimus „sein Inneres" nennt, hat er ihm jede Güte und Ehre zugewandt. Der Apostel hat den Gedanken erwogen, ob er Onesimus nicht behalten soll, und einen solchen Entschluß hätte kein Tadel treffen können, weil er von Philemon jeden Dienst verlangen durfte. Wenn Onesimus in den Dienst des Paulus getreten wäre, hätte Philemon ihm etwas von dem Dank erstattet, den er ihm schuldet. Aber Paulus schob diesen Gedanken auf die Seite, weil jede Wohltat ihren Wert dadurch bekommt, daß sie mit eigenem, freiem Willen geschieht. Wenn Paulus Onesimus bei sich behalten und erst nachher Philemon um seine Zustimmung gefragt hätte, so hätte er diesen in eine Lage gebracht, die dem Zwang glich.

15.16: *Denn er wurde wohl deshalb für eine Stunde getrennt, damit du ihn ewig habest, nicht mehr als Knecht, sondern mehr als nur als Knecht, als geliebten Bruder, besonders für mich, wieviel mehr aber für dich, sowohl im Fleisch als im Herrn.* Auf das, was in der Vergangenheit geschah, legt Paulus das ganze Vergeben. Er erleichtert dieses Philemon dadurch, daß er ihm den Gewinn vorhält, den der verkehrte Schritt des Onesimus schließlich auch ihm bringt. Jetzt hat er ihn zu ewiger Gemeinschaft. Dazu hat die kurze Trennung geführt, die Onesimus eigenmächtig und rechtswidrig herbeigeführt hat. Den irdischen Beziehungen, die Gottes Gnade zwischen uns stiftet, gibt Paulus ewige Bedeutung. Sie bringen uns unverlierbare Gaben Gottes, die auch in den vollendeten Stand des ewigen Lebens hinüberreichen. Leicht mag es so sein, sagt er. Er spricht den Satz nicht als Gewißheit aus. Denn Onesimus steht noch nicht am Ziel, auch Philemon nicht. Den Siegespreis, den ihnen ihre Berufung zu Christus vorhält, haben sie noch vor sich. Aber auch Onesimus hat jetzt den Lauf nach ihm begonnen, und sie können ihn jetzt so vollführen, daß sie auch in Gottes ewiger Gemeinde miteinander verbunden sind.

Aber nicht nur die Dauer ihrer Gemeinschaft, auch deren innere Art ist neu geworden. Jetzt ist Onesimus für Philemon ein Bruder geworden. Nach seiner rechtlichen Stellung blieb er das Eigentum Philemons. Das hat Paulus dadurch anerkannt, daß er ihn zu Philemon zurückgeschickt hat. So bewährt Onesimus seine Buße als echt; denn diese setzt getanes Unrecht nicht fort, sondern hebt es auf. Aber die rechtliche Ordnung, die das Verhältnis der beiden Männer zueinander regelt, hindert die Liebe nicht. Paulus erwartet deshalb mit Zuversicht, Philemon werde an Onesimus einen Bruder finden, weil er ihm selbst zum Bruder geworden ist. Nachdem er mit Paulus brüderlich in der Eintracht des Glaubens und der Liebe zu leben vermocht hat, wird er es noch viel mehr mit Philemon tun, mit dem ihn gleichzeitig ein äußeres und ein inneres Band verbindet. „Dem Fleisch nach", äußerlich ist er sein Eigentum; nach seiner rechtlichen Stellung kann er Philemon nicht verlassen, sondern schuldet er ihm seine ganze Arbeit. Dies ist aber jetzt nicht mehr das einzige Band, das sie vereint; es würde auch nicht ausreichen, um aus ihnen Brüder zu machen und Onesimus vor einem tückischen, boshaften Sinn, Philemon vor herrischer Härte zu schützen. Aber jetzt sind sie dem Herrn verbunden, und das gibt die echte, treue Gemeinschaft, die beide füreinander besorgt und dienstwillig macht.

17: *Wenn du nun mich zum Genossen hast, so nimm ihn auf wie mich.* Mit Paulus teilt Philemon alles gern; ihm gegenüber gilt ihm der Brudername als eine Ehre, und er bewährt dies dadurch, daß er für Paulus gern alles tut, womit er ihm helfen kann. Eben um dies, was Philemon ihm täte, bittet Paulus für Onesimus.

18.19: *Wenn er dich aber mit etwas geschädigt hat oder etwas schuldig ist, das bringe mir in Rechnung. Ich, Paulus, schrieb es mit eigener Hand; ich werde dir Zahlung leisten; damit ich dir nicht sage, daß du auch dich selbst mir schuldig bist.* Paulus verlangt von Philemon für Onesimus ein völliges Vergeben. Aber die Vergebung hebt nicht auf, daß das Recht in Geltung bleibt; denn sie hegt und erhält nie das Unrecht. Darum geht Paulus nicht einfach darüber hinweg, daß Onesimus seinem Herrn Verluste zugefügt, vielleicht allerlei entwendet hat. Er will aber nicht, daß ihm die alten Bosheiten jetzt noch vorgehalten werden und er jetzt noch unter ihnen zu leiden hat. Mit einem völlig neuen Anfang soll er in Philemons Haus zurückkehren. Darum verpflichtet sich Paulus, selbst allen Schaden, den Onesimus angerichtet hat, zu ersetzen, gibt aber Philemon zu bedenken, daß er ihm seine Berufung zu Gott verdankt mit allem, was sie ihm gebracht hat. Wir dürften das, auch wenn Paulus es nicht ausdrücklich sagte, aus der Haltung des Briefes schließen. Er ist nicht eine Anrede an einen Unbekannten, mit dem Paulus hier zum erstenmal spräche. In dieser zarten, kurzen Weise, die mit Andeutungen alles zu sagen vermag, stellt Paulus seinen Sohn einem Mann vor, der ihn kennt. Ihre Gemeinschaft ist dadurch entstanden, daß auch Philemon zu denen gehört hat, die Paulus ihren Glaubensstand verdankten, wahrscheinlich damals, als der Apostel in Ephesus arbeitete.

20.21: *Ja, Bruder, ich möchte von dir Gewinn haben im Herrn. Bringe mein Gemüt im Christus zur Ruhe! Im Vertrauen auf deinen Gehorsam habe ich dir geschrieben, da ich weiß, daß du mehr tun wirst, als ich sage.* Paulus benützt nochmals die Bedeutung des Namens „Onesimus"; er bittet Philemon, er solle jetzt für ihn ein Onesimus werden, einer, der ihm Nutzen und Gewinn einträgt. Philemon weiß ja, daß dieser Wunsch völlig rein und selbstlos ist. Paulus begehrt nur so für sich selbst einen Vorteil von ihm, daß er Onesimus unverkürzt die Wohltat zuteil werden läßt, die der christliche Herr dem christlichen Knecht dann erweist, wenn sie als Brüder miteinander leben. Darum hat das Verlangen des Apostels, daß Philemon ihm einen Nutzen eintrage, seinen Grund in Gott, wie Philemon seinerseits seiner Gemeinschaft mit Christus wegen das Verlangen des Paulus erfüllen soll. 22: *Zugleich rüste mir auch die Herberge. Denn ich hoffe, daß ich euch durch eure Gebete geschenkt werde.* Noch einen anderen Dienst hofft Paulus von Philemon zu empfangen, den, daß er ihn beherbergt. Er hofft auf seine Freisprechung (vgl. Phil. 1,25; 2,24), wie wir auch durch Lukas wissen, daß er unerschüttert über alle Hindernisse hinweg den Kampf für seine Freiheit und sein Leben geführt hat. Wird er frei, dann schenkt Gott ihn seinen Gemeinden, und er wird ihnen auch seine Arbeit aufs neue widmen. Da er dann sicher Ephesus besuchen wird, will er auch nach Kolossä kommen. Dann wird er sehen, was für eine Frucht sein Brief an Philemon schuf und was aus Onesimus geworden ist. Das Gebet der Gemeinden um seine Befreiung hielt Paulus für eine Macht vor Gott. Er hoffte, die Erhörung werde ihm zuteil. 23.24: *Es grüßt dich Epaphras* (Kol. 1,7; 4,12.13), *mein Mitgefangener im Christus Jesus, Markus, Aristarchus* (Kol. 4,10), *Demas, Lukas, meine Mitarbeiter* (Kol. 4,14). Es sind dieselben Männer, die auch im Kolosserbrief die Gemeinde begrüßen. Nur Jesus Justus ist hier nicht genannt. 25: *Die Gnade des Herrn Jesus Christus ist mit eurem Geist.*

Inhalt

Der Brief an die Galater

Der Brief an die Epheser

Der Brief an die Kolosser

Der Brief an Philemon